Hedwig Courths-Mahler

Des Schicksals Wellen

Hilfe für Mona

BASTEI LÜBBE TASCHENBUCH
Band 14529

1. Auflage: November 2000
2. Auflage: Juli 2001
3. Auflage: November 2001

Vollständige Taschenbuchausgabe

Bastei Lübbe Taschenbücher ist ein Imprint
der Verlagsgruppe Lübbe

© 1976, 1980 by Verlagsgruppe Lübbe GmbH & Co. KG,
Bergisch Gladbach
© des Sammelbandes 2000 by
Verlagsgruppe Lübbe GmbH & Co. KG,
Bergisch Gladbach
Umschlaggestaltung: Martinez Produktions-Agentur, Köln
Titelfoto: G. Sachs, Archiv Martinez
Satz: hanseatenSatz-bremen, Bremen
Druck und Verarbeitung: AIT Trondheim, AS
Printed in Norway
ISBN 3-404-14529-1

Sie finden uns im Internet unter
http://www.luebbe.de

Der Preis dieses Bandes versteht sich einschließlich
der gesetzlichen Mehrwertsteuer.

HEDWIG COURTHS-MAHLER

Des Schicksals Wellen

1

Die beiden Besitzer der großen Plantage Larina standen auf der Veranda ihres großen Bungalows. Es waren Vater und Sohn, beides hochgewachsene Männer mit gebräunten Gesichtern. Sie trugen kurze Beinkleider und leichte Jacken aus getöntem Leinen. Es waren zwei prachtvolle Erscheinungen.

»Also, ich fahre jetzt hinunter, Vater. Die Elefanten müssen in den Fluß, und ich will selber mit in die Schwemme reiten.«

»Tu das, Jan. Du kannst überall selber noch einmal nach dem Rechten sehen unten auf den Plantagen. Morgen hast du dann mit deinen letzten Reisevorbereitungen zu tun – und übermorgen fährst du nach Kandy.«

»Ja, Vater, ich habe dann gerade noch Zeit, mit der Bahn von Kandy nach Kolombo zu fahren und rechtzeitig an Bord meines Dampfers zu gelangen. Dann geht es nach Europa.«

Der Vater legte seine Hand auf die Schulter des Sohnes.

»Du freust dich auf die Reise, Jan?«

Dieser sah etwas bekümmert in das seltsam düstere Gesicht des Vaters, in dem tiefe Falten von einem schweren Schicksal sprachen.

»Ich weiß nicht, Vater, ob ich mich freuen soll. Wenn ich dich nicht allein zurücklassen müßte, würde ich mich bestimmt freuen, aber so reise ich eben nur, um den notwendigen Klimawechsel vornehmen zu können.«

»Du vergißt die Hauptsache, Jan, du hast mir doch versprochen, dich drüben nach einer Frau umzusehen.«

Jan sah gedankenverloren ins Weite.

»Eine Frau? Ach ja, Vater, ich möchte mich sehr gern verheiraten, es ist ein unausgefeiltes Leben hier, wenn man jung ist und keine Frau hat. Ich sehe es doch drüben bei meinem Freund Schlüter, wie schön es ist, eine junge Frau zu haben. Aber ob ich die rechte finden werde? Es ist nicht so leicht, eine weiße Frau hierher zu verpflanzen. Jede geht nicht mit mir – und jede mag ich auch nicht.«

»Du mußt suchen, Jan – sieh, daß du eine Deutsche findest.« Jan sah den Vater fragend an.

»Warum gerade eine Deutsche, Vater? Mutter war eine Holländerin, wie du ein Holländer bist – also warum soll ich mir nicht auch lieber eine Holländerin nehmen?«

Das Gesicht des alten Herrn überflog ein Schatten.

»Nun gut – es kann auch eine Holländerin sein, Jan.«

Dieser sah seinen Vater forschend an.

»Es ist seltsam, Vater, daß du für alles, was deutsch ist, so eine große Vorliebe hast – aber noch viel seltsamer ist es, daß ich diese Vorliebe teile.«

In die Stirn des alten Herrn stieg eine leichte Röte, und er wandte sich ab, damit Jan nicht in sein Gesicht sehen konnte.

»Das ist doch gar nicht so seltsam, Jan. Ich bin drüben auf Sumatra schon viel mit Deutschen zusammen gewesen, deine Mutter ist in einer deutschen Pension erzogen worden, und – deine Freunde drüben auf Saorda sind auch Deutsche. Und sie sind dir lieb und haben dich für ihre Heimat gewonnen.«

Jan nickte lachend.

»Ja, Vater, so sehr, daß ich den größten Teil meiner Ferien in Deutschland, im bayrischen Hochgebirge verbringen will. Harry Schlüter sagte mir, daß ich in Tirol und den bayrischen Bergen genug Eis und Schnee finden werde. Danach gelüstet es mich. Es wird Zeit, daß ich mir einmal wieder einen Schneesturm um die Nase wehen lassen kann.«

Und Jan breitete die Arme aus und merkte nicht, wie es düster in den Augen seines Vaters aufflammte.

»Also in die Berge willst du gehen?« fragte er heiser.

Jans Augen leuchteten.

»Darauf freue ich mich am meisten. Und deshalb werde ich mich auch in Holland nur kurze Zeit aufhalten – da gibt es keine Berge, Vater.«

»Nein, da gibt es keine Berge.«

»Es tut mir nur so leid, Vater, daß ich dich allein zurücklassen muß, du bist gerade in letzter Zeit wieder so schwermütig und bedrückt gewesen.«

»Darauf brauchst du nicht zu achten, Jan, das hat nichts auf sich.«

»Ich weiß aber, daß du dich sehr einsam fühlen wirst, wenn ich fort bin.«

Der alte Herr zwang sich zu einem Lächeln.

»Das mußt du doch auch durchhalten, wenn ich einen Klimawechsel vornehme und dich allein lasse. Zusammen können wir nun mal nicht fort.«

»Für mich ist es auch nicht so schwer, allein zu bleiben, Vater, ich habe Schlüters zur Gesellschaft. Aber du kommst ja nicht heraus aus dem Haus, kommst selten einmal mit Harry zusammen, wenn ihr euch gerade trefft, und bist sonst nur auf die Eingeborenen angewiesen.«

»Mache dir keine Sorge um mich, Jan, die Zeit wird mir schnell genug vergehen, denn gottlob gibt es Arbeit in Hülle und Fülle. Ein halbes Jahr ist schnell herum.«

»Aber ich befürchte, daß ich dich düsterer und schwermütiger als bisher wiederfinden werde.«

Der Vater legte den Arm um seine Schulter.

»Bist du dann wieder da, Jan, dann ist es doppelt schön. Und – wenn du eine junge Frau mitbringst –«

Jan lachte.

»Rechne nur nicht so bestimmt damit, sonst bist du enttäuscht, wenn ich allein wiederkomme.«

»Wir wollen es dem Schicksal überlassen, Jan.«

»Das wollen wir, Vater. Und nun muß ich hinunter – die Treiber warten auf mich, da sie die Elefanten nicht eher ins Wasser lassen wollen, bis ich komme.«

»Sei vorsichtig, die Tiere sind übermütig, wenn sie ins Wasser kommen.«

Jan lachte.

»Ich reite meinen Jumbo, du weißt, er hält die andern vor zu großen Torheiten zurück.«

Die beiden Herren drückten sich die Hand, und Jan sprang mit zwei Sätzen die Verandastufen hinab, setzte sich an das Steuer seines bereitstehenden Autos und fuhr die scharfen Kurven des Berges hinab ins Tal, zu dem Fluß hinüber.

Dort warteten seine Leute mit etwa zwanzig Elefanten, die von den Plantagen herübergetrieben worden waren, um zu baden.

Jan sprang aus seinem Wagen, warf rasch den Tropenhut, die leichte Jacke und die Stiefel hinein und zog das Hemd über den Kopf, so daß er nur mit den kurzen Beinkleidern bekleidet war. Lachend trat er dann an den größten Elefanten heran.

»Nun, Meister Jumbo, du freust dich wohl schon auf das Bad. Es kann losgehen!«

Jumbo, der große Elefant, wackelte ein wenig mit seinen Schlappohren, sah sich nach seinem Herrn um, kniff das eine Auge zu und streckte seinen Rüssel einladend aus. Jan schwang sich elastisch auf den Rüssel, und Jumbo hob ihn mit einem eleganten Schwung empor auf seinen Rücken. Die Treiber folgten Jans Beispiel, so daß auf einer Anzahl der größten Elefanten je ein Treiber saß. Die kleineren liefen ohne Führer nebenher.

Jan ritt nun voraus, und Jumbo watete in den Fluß, stieß einen Trompetenton aus, der den andern Tieren anscheinend als Kommando galt, und sah sich sorglich um, ob die andern auch in den Fluß hineinwateten.

Das gab nun ein lustiges Bad. Die grauen, breiten Elefantenrücken sahen noch eine Weile trocken aus dem Fluß heraus, aber dann tauchte Jumbo unter, und die andern folgten seinem Beispiel. Es war für die Treiber nicht immer eine leichte Arbeit, ihren Sitz auf dem Rücken der übermütigen Tiere, die sich anscheinend im Wasser sehr wohl fühlten, zu behaupten. Sie wurden verschiedene Male gründlich getaucht, aber es ging alles ganz harmlos ab.

Jan redete mit Jumbo, als sei er ein verständiger alter

Herr. Immer gab Jumbo an, was die andern ihm nachmachen sollten. Es war ein seltsamer Anblick, als all diese massigen Tierrücken nebeneinander den Fluß hinabschwammen.

So kamen sie fast bis zur Brücke, die über den Fluß führte, als am gegenseitigen Ufer ein Auto aus dem Walde herauskam. Das Auto stoppte, als der am Steuer sitzende Herr die Elefanten sah. Er erhob sich und sprang aus dem Wagen.

»Hallo, Jan!«

»Hallo, Harry!«

»Ist gut, daß ich heute nicht auch meine Elefanten in den Fluß trieb, sonst wäre er übergelaufen«, scherzte Harry Schlüter, der Herr von Saorda, Jans Freund.

»Mußt ja deine Tiere nicht gerade baden lassen, wenn wir Badezeit haben, Harry. Was hast du vor?«

»Ich fahre heim. Kannst du nicht mitkommen? Dora könnte eine kleine Aufmunterung brauchen, sie ist wieder ein wenig heimwehkrank, seit deine Reise nach Europa feststeht.«

»Wenn du warten willst, bis ich die Tiere heraus habe, komme ich mit, ich wollte heute ohnedies meinen Abschiedsbesuch bei Frau Dora machen.«

»Abschiedsbesuch? O weh, da wird es wieder Tränen geben bei meiner Frau. Ist es denn schon soweit?«

»Ja, übermorgen reise ich ab, und morgen möchte ich dann Vater nicht allein lassen. Also warte ein paar Minuten, wir treiben gleich aus dem Fluß.«

Und Jan trieb Jumbo an das Ufer zurück. Sehr erbaut war dieser anscheinend nicht, aber Jan redete ihm gut zu.

»Jumbo, du willst doch nicht ein schlechtes Beispiel geben? Raus aus dem Wasser!«

Jumbo kniff das Auge zu, stieß wieder einen Trompetenton aus, um seine Artgenossen zu veranlassen, ihm zu folgen. Die schweren Tierleiber wälzten sich an das Ufer. Jumbo stieg als erster aus dem Wasser, und die andern folgten. Während Jan die Landung der Tiere überwachte, zog er die nassen Sachen aus, schüttelte das Wasser von sich und streifte sie wieder über. In wenigen Minuten war er fertig.

Die Tiere wurden von den Treibern zu den Plantagen zurückgetrieben, und Jan sprang an das Steuer seines Wagens. Schnell ging es über die Brücke zu dem andern Ufer. Da hielt er seinen Wagen neben dem Harry Schlüters an.

Die Freunde reichten sich die Hände, und dann fuhren sie hintereinander nach Saorda, der Schlüterschen Besitzung. Das Wohnhaus Harry Schlüters lag auch oben auf einem Berge, weil oben die Luft besser war. Im scharfen Tempo nahmen sie die Kurven aufwärts und hielten bald vor dem Schlüterschen Bungalow. Auf der Veranda saß eine schlanke, junge Frau. Sie sprang auf und warf die Näherei in weitem Bogen von sich. Eiligst kam sie die Treppe herunter und flog in ihres Mannes Arme.

Dann begrüßte sie auch Jan.

»Famos, daß Sie mitkommen, Jan, ich brauche sehr nötig Ihre gute Laune. Ich habe einen Brief von meiner Freundin Waltraut bekommen, mit einer Absage. Sie bekommt von ihrem Vater keinen Urlaub, mich zu besuchen.«

Jan schüttelte ihr die Hand.

»Frau Dora, das wäre doch auch wider die Abrede gewesen, wenn Ihre Freundin nach Saorda kommen würde, wenn ich in Europa bin.«

»Ich kann mir die Zeit leider nicht aussuchen, Jan, Sie müssen bedenken, daß Waltraut bei ihrem Vater einmal eine günstige Stimmung abpassen muß, in der sie ihm die Erlaubnis zu dieser Reise abschmeicheln kann. Sie möchte ja sehr gern kommen, aber der Vater will sie nicht fortlassen. Also muß ich weiter warten. Und nun reisen auch Sie bald fort, und dann bringen Sie sich sicher eine Frau mit heim.«

»Setzen Sie mir nicht auch noch zu, Frau Dora, mein Vater hat mir den Kopf schon warm genug geredet. Ich will ja auch ganz gern heiraten, aber so eine Frau müßte ich finden, wie Ihre Freundin ist. Zeigen Sie mir doch noch einmal ihr Bild, Frau Dora.«

Dora brachte das Bild ihrer Freundin herbei. Jan sah lange in das reizende Mädchengesicht, dann atmete er tief auf.

»Also wie gesagt, zeigen Sie mir eine Frau wie diese, und ich heirate sie auf der Stelle«, scherzte er.

Frau Dora lachte.

»Das haben Sie mir schon wiederholt gesagt, Jan, aber wer weiß, ob Sie sich diesmal nicht schon eine Frau mitbringen werden. Wenn Waltraut dann endlich kommen wird, sind Sie längst glücklicher Ehemann.«

Jan sah wieder lange in das Gesicht Waltrauts und sagte dann, das Bild Frau Dora zurückreichend:

»Wer weiß, Frau Dora. Ich bin allerdings des eintönigen Lebens müde. Warum soll es Harry allein so gut haben, eine schöne junge Frau sein eigen nennen zu können.«

Frau Dora lachte.

»Sie üben sich wohl schon in Komplimenten, Jan. Wann reisen Sie denn nun?«

»Ich komme, um Abschied zu nehmen, Frau Dora. Übermorgen geht es fort.«

Dora Schlüter schluckte verstohlen ein paar Tränen hinunter, damit ihr Mann nicht merkte, wie sie das Heimweh packte. Sie wollte ihn doch nicht betrüben.

»Also, so bald schon?«

»Ja. Und ich wollte Sie und Harry herzlich bitten, sich mal nach meinem Vater umzusehen. Ich bin in großer Sorge um ihn. Er wird, wenn ich fort bin, noch viel düsterer und schwermütiger werden.«

»Ich suche ihn zuweilen auf, Jan. Aber seine Schwermut werde ich kaum heilen können.«

»Die ist nicht mehr zu heilen, Harry. Seit ich meinen Vater kenne, ist er nicht anders gewesen. Irgend etwas Schweres lastet auf ihm, etwas, das in der Vergangenheit liegt. Er spricht sich nie aus darüber, und deshalb kann ich ihm nicht helfen. Ich bitte dich nur, zuweilen nach ihm zu sehen, damit er sich nicht gar zu einsam fühlt.«

»Das ist selbstverständlich.«

Inzwischen hatte Frau Dora eine Erfrischung bestellt, eine der Dienerinnen brachte sie heraus. Die drei Menschen saßen beisammen auf der Terrasse und hatten einander noch viel zu sagen. Dann wurde Abschied genommen, er tat allen weh. In der weltabgeschiedenen Einsamkeit, in der sie hier im fremden Lande lebten, war es schwer, einen zu entbehren.

Frau Dora weinte, und auch den Männern wurden die Augen feucht. Dann raffte sich Jan auf.

»Hallo, Frau Dora, jetzt zum Abschied noch einmal klare Augen und ein frohes Lachen. Sechs Monate sind bald vorbei, dann sehen wir uns wieder. Harry, führe deine Frau einige Male nach Kandy, damit sie das Tanzen und das Lachen nicht verlernt.«

Dora erzwang ein Lachen, die Hände wurden noch einmal geschüttelt, dann sprang Jan in seinen Wagen und fuhr davon. Dora warf sich in die Arme ihres Mannes, die sie fest und liebevoll umfingen.

Jan fuhr auf seine Plantage und sah überall nach dem Rechten. Dann kehrte er nach Hause zurück.

Am übernächsten Tage reiste er ab. Sein Vater sah ihm mit umflorten Augen nach. Ein brennendes Weh malte sich in seinem Gesicht. Würde er seinen Sohn noch einmal wiedersehn – seinen einzigen – den einzigen, den ihm das Schicksal gelassen?

Langsam, mit schweren Schritten ging er ins Haus zurück, warf sich in einen Sessel und stützte die Arme auf den Tisch. Und seine Gedanken flogen in die Vergangenheit zurück – und suchten da draußen in der Welt –, was ihm teuer war – was er verloren hatte.

»Hast du einen Moment Zeit für mich, lieber Vater?«

»Einen Moment? Der ist schon vorbei.«

»Also fünf Minuten!«

»Gut, die bewillige ich dir. Was hast du auf dem Herzen, Waltraut?«

»Ich habe wieder einen Brief von Dora Schlüter. Sie

bittet mich dringend, sie auf längere Zeit zu besuchen. Willst du mir wirklich nicht erlauben, es zu tun?«

»Aber Kind, darüber haben wir doch schon oft debattiert.«

»Ja, Vater, und leider hast du mir nie eine Zusage gegeben.«

»Könntest du es wirklich ernsthaft in Erwägung ziehen, mich so lange zu verlassen?«

»Ach, lieber Vater, du wirst mich – leider – kaum vermissen. Du bist von deinen Geschäften immer so stark in Anspruch genommen oder bist im Klub. Und wenn du doch einmal daheim bist, dann sprichst du meist mit Rudolf über Geschäfte oder über Dinge, die ich nicht verstehe. Ihr beiden vergeßt dann ganz, daß ich auch auf der Welt bin. Und deshalb wird es euch kaum zu Bewußtsein kommen, wenn ich einmal fort bin.«

Georg Roland sah etwas unsicher zu seiner Tochter auf, die, rank und schlank in ihrem eleganten Kostüm vor ihm stehend, einen sehr erfreulichen Anblick darbot. Es zuckte leise in seinem Gesicht, wie ein vorüberhuschender Schmerz, aber dann wurde sein Blick wieder ganz ruhig. Er faßte ihre Hand und zog sie näher zu sich heran an den Schreibtisch, an dem er saß.

»Waltraut, für wen arbeite ich denn, wenn ich mich in Geschäfte vergrabe?«

Diese Worte klangen weicher, als er sonst zu sprechen pflegte. Das rührte an Waltrauts Herz. Sie legte den Arm um seinen Hals und strich ihm mit der andern Hand zärtlich über die Stirn.

»Ich weiß, Vater, du tust es für mich. Aber was hilft es

mir, wenn du immer mehr Reichtümer für mich sammelst und mich doch darben läßt an deiner Liebe, an deiner Gesellschaft? Ich möchte lieber ärmer sein, wenn ich nur nicht immer so einsam zu sein brauchte.«

Er lehnte sich einen Moment mit geschlossenen Augen in ihren Arm zurück und empfand das wie eine Wohltat. Aber dann riß er sich gleich wieder zusammen.

»Das wird alles anders werden, Waltraut.«

»Willst du dich endlich vom Geschäft zurückziehen und dir mehr Ruhe gönnen? Soll ich etwas von meinem Vater haben? Dann verzichte ich natürlich auf die Reise zu Dora.«

Er schüttelte den Kopf.

»Aber Kind, mit kaum fünfundsechzig Jahren setzt man sich doch noch nicht zur Ruhe. Ich werde mich doch nicht außer Kurs setzen.«

»Rudolf könnte dich doch vertreten.«

»Rudolf? Nun ja, später einmal, wenn ich mich nicht mehr arbeitsfähig fühle, dann soll Rudolf mein Nachfolger werden, obwohl er nicht mein Fleisch und Blut ist. Aber noch stehe ich selbst meinen Mann. Und du darfst nicht neidisch sein auf meine Geschäfte. So ein großes Handelshaus braucht ungeteilte Aufmerksamkeit, es ist doch mein Lebenswerk. Als ich es von meinem Vater erbte, stand es schon auf der Höhe, aber ich habe es doch noch weiter emporgebracht und bin stolz darauf. Und meine ganze Kraft gehört der Firma Roland, solange ich welche habe. Aber sei versichert, wenn ich mich dir auch nicht viel widmen kann, so gehört dir doch meine väterliche Liebe, meine Fürsorge.«

Wieder streichelte sie seine Stirn.

»Das weiß ich, lieber Vater, sonst wäre es auch noch viel trauriger für mich, daß ich so wenig von dir habe.«

Er sah sie mit einem forschenden Blick an.

»Du hast doch Rudolf? Ist er dir nicht sehr viel?«

Sie merkte nicht, daß eine gewisse Unruhe in seiner Frage lag.

»Ja doch, Rudolf ist mir gewiß lieb und wert, ich habe ihn lieb, als sei er mein richtiger Bruder, und was er an Zeit übrig hat, widmet er mir. Aber das ist eben sehr wenig. Auch er wird ja von Geschäften ganz in Anspruch genommen, wenn er nicht mit dir konferiert oder mit dir im Klub ist. Ihr beide seid immer zusammen und könnt mir gar nicht nachfühlen, wie das ist, wenn man den ganzen Tag so einsam und allein ist. Du solltest mich wirklich beurlauben, ich bin so leicht abkömmlich. Im Hause läuft auch alles ohne mich wie am Schnürchen unter der Aufsicht unserer Haushälterin. Laß mich doch nach Ceylon, Vater.«

Er richtete sich schroff auf, und sein Gesicht bekam einen harten, strengen Ausdruck, der ihr immer den Vater so fremd machte. Sie wußte, daß er gegen sich selbst am strengsten und härtesten war. Irgend etwas war aber in des Vaters Wesen, über das hinweg sie zuweilen den Weg zu seinem Herzen nicht finden konnte.

»Es geht nicht, Waltraut, ich kann dich nicht für lange Zeit fortlassen. Eine Reise zu deiner Freundin würde mindestens einige Monate in Anspruch nehmen, denn zur Reise allein brauchst du hin und zurück fast zwei Monate. Auch könntest du diese Reise nicht allein machen.«

»Doch, Vater, ich würde mich unter den Schutz des

Kapitäns stellen, sehr viele Damen müssen solche Reisen allein machen.«

Der alte Herr machte eine hastig abwehrende Bewegung.

»Es geht nicht, schon deshalb nicht, weil ich andere Pläne habe. Doch davon später, die fünf Minuten sind schon längst verstrichen. Laß mich jetzt allein.«

Er küßte sie auf die Stirn, und ein trüber, sorgenschwerer Blick in seinen Augen hinderte sie an jedem weiteren Einwand. Still und beklommen verabschiedete sie sich und ging hinaus aus dem Privatkontor des Vaters, das in der ersten Etage des großen Geschäftshauses lag. Er sah ihr mit einem Blick nach, der sie tief erschüttert haben würde. Und ein dumpfer Seufzer stieg wie ein Stöhnen aus seiner Brust empor.

Als sie auf das Treppenhaus hinaustrat, kam gerade der Fahrstuhl auf der Etage an, und ein hochgewachsener junger Herr trat heraus. Er mochte fast die Mitte der Dreißig erreicht haben und war ohne Hut und Überrock. Aus seinem offenen sympathischen Gesicht leuchteten zwei graue, kluge Augen, in denen viel Güte lag, als er sie jetzt auf Waltraut richtete, während sein Gesicht sonst einen sehr energischen, bestimmten Ausdruck hatte. Lächelnd trat er auf sie zu, während der Fahrstuhl mit einigen anderen Herren weiter hinauffuhr.

»Du hier in unserem nüchternen Geschäftshaus, Waltraut, das dir doch sonst so unsympathisch ist?«

Damit reichte er ihr die Hand.

Sie seufzte tief auf. »Ja, Rudolf, es ist mir sehr unsympathisch, manchmal hasse ich es direkt wie einen Moloch, der alles, was mir lieb ist, auffrißt«, sagte sie zornig.

Er lachte leise.

»Aber Schwesterchen, du siehst ja ganz kriegerisch aus. Bist du so schlecht gelaunt?«

Kläglich sah sie zu ihm auf.

»Betrübt bin ich, sehr betrübt, weil Vater meine Bitte rundweg abgeschlagen hat zum soundsovielten Male.«

»Was denn für eine Bitte?«

»Dora hat wieder geschrieben und mich dringend um meinen Besuch gebeten. Ich soll auf einige Monate zu ihr kommen.«

»Ah, also wieder Reiselust, Waltraut? Und Vater hat deine Bitte wieder abgelehnt?«

»Leider!«

»Möchtest du uns denn so gern allein lassen, kleine Waltraut?« Er fragte das mit einem warmen Lächeln.

Vorwurfsvoll sah sie ihn an. »Ihr braucht mich ja gar nicht, ich bin so überflüssig, das habe ich Vater auch gesagt.«

Er streichelte ihre Hand.

»Überflüssig? Das ist doch nicht dein Ernst, Waltraut?« fragte er ernst.

»Doch, ihr habt immer allerlei vor, nie habt ihr Zeit für mich. Ich bin so viel allein, das spüre ich um so mehr, da ich leider keine ausfüllende Tätigkeit habe.«

»Du stehst doch im Haushalt vor.«

Sie zuckte die Achseln. »Nur nominell! In Wahrheit geht ohne mich alles viel besser. Frau Hag hat alles am Zügel und versteht ja auch alles besser als ich, und unsere Leute sind sehr tüchtig. Alles um mich her hat ernste Pflichten, nur ich nicht – ich bin einfach überflüssig.«

Er legte den Arm leicht um ihre Schulter.

»Aber Schwesterchen, was ist mit dir, so kenne ich dich gar nicht.« Es zuckte um ihren Mund.

»Kennt mich denn überhaupt ein Mensch, nimmt sich jemand nur die Zeit dazu, mich richtig kennenzulernen? Vater denkt, es ist alles gut und in Ordnung, wenn er Geld für mich verdient, und du – du wirst vom Vater immerfort in Anspruch genommen und vom Geschäft.«

Er sah sie forschend an und strich ihr dann über die Wange.

»Es wäre vielleicht wirklich gut, wenn du einmal für eine Weile fortkämest, dann würdest du vielleicht am ehesten erkennen, daß du im Grunde doch der Mittelpunkt bist, um den sich alles dreht, und daß du durchaus nicht überflüssig bist.«

»Vater läßt mich aber nicht fort.«

»Er fürchtet die Trennung von dir.«

Sie sah ihn fragend an.

»Glaubst du das wirklich?«

»Aber Waltraut, er hat dich doch lieb!«

»Soweit er sich Zeit läßt, sich darauf zu besinnen, und das geschieht sehr selten«, sagte sie mit schmerzlicher Bitterkeit.

»Du bist ungerecht, Waltraut«, sagte er ernst und vorwurfsvoll.

Sie seufzte. »Vielleicht – ich weiß nicht, wie es kommt, daß ich in dieser Beziehung so anspruchsvoll bin. Dafür hältst du mich doch gewiß. Und ich weiß ja natürlich auch, daß Vater nur für uns arbeitet, für dich und mich.«

»Hauptsächlich doch für dich, Waltraut, du bist ja sein einziges Kind.«

Ernst sah sie ihm in die Augen.

»Du bedeutest ihm trotzdem mehr als ich.«

Er stutzte und sah sie fast erschrocken an.

»Waltraut, du bist doch nicht etwa eifersüchtig, du wirst mir doch nicht mißgönnen, daß dein Vater mir auch ein Vater wurde?«

Lächelnd hing sie sich an seinen Arm und sah ihn mit einem liebevollen Ausdruck an.

»Aber nein, um Gottes willen, so mußt du das nicht auffassen, Rudolf. Ich gönne dir die Liebe meines Vaters, wie ich sie einem rechten Bruder gönnen würde. Nur erkenne ich einfach Tatsachen. Es ist doch so verständlich, daß du ihm näherstehst als ich. Du warst schon jahrelang von ihm als Sohn angenommen, als ich zur Welt kam, und er hing an dir mit einer so großen Beharrlichkeit, daß es mir schwer wurde, ein Plätzchen in seinem Herzen zu erobern, genau, als hätte ich schon einen großen Bruder gehabt. Was soll ein Mann wie mein Vater mit einem kleinen Mädchen anfangen? Wenn Mutter noch am Leben wäre, dann wäre ja alles gut. Solange sie lebte, habe ich mich nicht einsam gefühlt, obwohl ich da von Vater und dir auch nicht mehr hatte. Aber – nun habe ich Mutter doch nicht mehr.«

Es klang ein tiefer Schmerz aus ihren Worten. Eine tiefe Rührung flog über Rudolfs Gesicht.

»Ja, leider ist sie von uns gegangen, deine liebe, herrliche Mutter. Sie war die personifizierte Menschengüte. Nie vergesse ich ihr, wie mütterlich sie für mich, den Heimatlosen, gesorgt hat. Ich kann dir sehr gut nachfühlen, Waltraut, wie sehr sie dir fehlt, wie einsam du dich ohne sie fühlst. Habe ich doch selbst die Lücke, die sie hinterließ, schmerzlich empfunden. Das Scheiden von dir ist ihr auch sehr schwer geworden, sie hing mit zärtlicher Inbrunst an dir.«

Waltraut nickte und schluckte aufsteigende Tränen hinunter.

»Ja, siehst du, Mutter gehörte in der Hauptsache mir, Vater gehört in der Hauptsache dir. So war es immer, und es war gut so. Aber nun habe ich Mutter nicht mehr, und das macht mich so einsam. Deshalb gönne ich dir Vaters Liebe aber von Herzen. Ein Vater braucht einen Sohn mehr, eine Mutter die Tochter. Du mußt mich doch verstehen.«

Nachdenklich sah er sie an.

»Ich verstehe dich schon, mein armes Kleines! Mutter füllte das ganze Haus mit Liebe und Güte, mit Licht und Wärme für uns alle. Nun, da sie fort ist, mußt du ja frieren und einsam sein, zumal dir fast zu gleicher Zeit die liebste Freundin genommen wurde durch ihre Heirat und die damit verbundene Übersiedlung in ein fernes Land. Ich verstehe auch, daß du dich an die anderen jungen Damen deiner Bekanntschaft nicht inniger anschließen kannst, sie sind mehr oder minder oberflächlich. Nun bist du den größten Teil des Tages allein zu Hause. Vater und ich, wir haben unsere Geschäfte, die uns ablenken und ausfüllen. Ich sehe schon ein, es wäre besser für dich, wenn du eine Weile fortkämst zu deiner Freundin Dora. Dort würdest du Mutters Verlust eher verschmerzen, und wenn du wieder heimkehren würdest, dann würdest du erst wieder merken, wie warm und traulich es trotz allem im Vaterhause ist. Soll ich Vater für dich bitten, soll ich ihm das ans Herz legen?«

Sie faßte seine Hand mit festem Druck.

»Ach bitte, tu das, Rudolf! Auf dich hört Vater vielleicht. Weißt du, Dora fehlt mir so sehr, und sie sehnt sich auch nach mir, weil ihr Mann sie auch viel allein lassen muß. Sie ist nun schon fast drei Jahre fort nach Ceylon. Und wenn sie auch ihr Mann sehr glücklich macht und ihr jeden Wunsch von den Augen absieht, so wäre sie doch sehr glücklich, wenn ich zu ihr käme. Ihre Mutter kann die weite Reise nicht machen, und ihr Vater kann, wenn er sich wirklich zu einem Besuch bei ihr entschließt, nur kurze Zeit bei ihr sein. Und wenn ihr Mann auf der Plantage zu tun hat, was natürlich meistens der Fall ist, dann ist sie allein. So himmlisch schön es in ihrer neuen Heimat ist, würde sie sich doch sehr freuen, wenn ich kommen würde. Und wenn du mit Vater sprichst und er macht seine Bedenken wieder geltend, daß ich nicht allein reisen kann, dann sage ihm nur, daß ich unter dem Schutz des Kapitäns ganz sicher reise, und im Hafen würde mich dann, wenn ich allein kommen würde, Dora mit ihrem Manne erwarten.«

Er küßte sie lachend auf die Wangen.

»Ich werde nichts vergessen, was deinem Wunsch Erfüllung bringen könnte.«

»Du bist gut, wie immer, Rudolf.«

»Und werde mir selber damit weh tun, denn ich werde dich sehr entbehren«, sagte er, sehr ernst werdend.

»Ach, weißt du, für die paar Stunden, die du für mich übrig zu haben pflegst, findest du andere Verwendung.«

Er zog sie leise am Ohr.

»Das war eine kleine Stichelei, Waltraut.«

Sie reckte sich und küßte ihn schwesterlich auf die Wange.

»So, nun habe ich abgebüßt. Also versuche, Vater umzustimmen, ich würde mich so sehr freuen. Von allem anderen abgesehen, wäre schon die weite Reise auf dem Dampfer wunderschön. Wenn ich ein Mann wäre, hätte mich Vater längst auf Reisen geschickt, wie er dich auch hat reisen lassen.«

Er sah sie lachend an.

»Wenn du ein Mann wärst? Ach, Waltraut, in deinem Alter saß ich noch fest auf der Handelshochschule und konnte noch nicht an Reisen denken.«

Sie zog ein Mäulchen.

»Nun ja, ihr Männer werdet eben später reif als wir Frauen«, neckte sie. »Aber nun will ich dich nicht länger aufhalten. Auf Wiedersehn.«

»Wiedersehn, Waltraut!«

Sie trennten sich mit warmem Händedruck, und Waltraut huschte schnell die Treppe hinab.

Rudolf Werkmeister, Georg Rolands Pflegesohn, suchte seinen Pflegevater auf.

2

Als er dessen Privatkontor betrat, sah er betroffen, daß sein Pflegevater vor seinem Schreibtisch saß und das Gesicht in den Händen vergraben hatte.

»Ich störe doch nicht, lieber Vater?« fragte Rudolf ganz betreten, daß er den Vater in solch einer Situation überraschte.

Georg Roland zuckte zusammen. Er hatte den Eintritt Rudolfs überhört. Jetzt sah er auf und starrte Rudolf fassungslos an. Nur mühsam rang er eine große Erregung nieder.

»Ich habe dich erschreckt, Vater – bist du nicht wohl?«

Besorgt sah der junge Mann in das blasse Gesicht des älteren. Mit einem tiefen Atemzug fand sich Georg Roland wieder in die Wirklichkeit.

»Es ist seltsam, Rudolf, ich dachte gerade an deinen Vater – heute ist sein Todestag. Und da standest du vor mir, und es ist mir noch nie so aufgefallen wie heute, wie sehr du ihm gleichst. Deinen Eintritt hatte ich überhört, weil ich mit meinen Gedanken in vergangenen Zeiten war. Und als ich aufblickte, war mir, als sei dein Vater aus meinen Gedanken heraus vor mich hingetreten.«

Es geschah sehr selten, daß Georg Roland mit seinem Pflegesohn von dessen Vater sprach.

»Gleiche ich meinem Vater wirklich so sehr?« fragte Rudolf.

Der alte Herr nickte.

»Ja, je älter du wirst, je mehr gleichst du ihm.«

»Er war ja wohl ungefähr in meinem Alter, als er starb?«

»Ganz recht, vierunddreißig Jahre war er alt, genau wie du jetzt.«

»Und heute ist sein Todestag – seit dreiunddreißig Jahren ist er nun schon tot.«

Schwer nickte Georg Roland mit dem Kopfe.

Rudolf setzte sich zu ihm und nahm seine Hand.

»Du sprachst mir so selten von ihm, ich weiß so wenig über ihn, daß ich dich gerade heute bitten möchte, mir doch wenigstens über seinen plötzlichen Tod einmal ausführlich zu berichten.«

»Es weckt schmerzliche Erinnerungen, wenn ich von ihm spreche, deshalb vermeide ich es gern. Aber ich kann deinen Wunsch verstehen und will mich dazu aufraffen, davon zu sprechen. Also höre mich an.«

Der alte Herr setzte sich so, daß sein Gesicht im Schatten blieb. Dann begann er mit heiserer Stimme:

»Es war die schwerste Stunde meines Lebens, Rudolf, und gerade, ehe du eintratest, hielt ich sie mir wieder in der Erinnerung vor. Ganz lebendig steht sie wieder vor mir. Du weißt, dein Vater war mein bester, wohl mein einziger Freund, was man wirklich einen Freund nennen kann. Wir kannten uns von der Schule her schon. Dein Vater war einer der besten und kühnsten Bergsteiger, und einige Tage vor seinem Tode waren wir wieder einmal in die Schweiz gereist, in den Engadin, um verschiedene Touren zu machen. Wir waren über Nacht in der Schutzhütte geblieben und wollten nun den letzten Teil des Aufstiegs auf den Gipfel eines Berges machen. Ich verschweige dir absichtlich, welcher Berg es war, denn da du selber gern auf die Berge steigst, will ich dich nicht damit belasten. Dein Vater kannte Weg und Steg genau, und wir machten die Tour, die durchaus nicht zu den gefährlichsten gehörte, die wir schon zusammen gemacht hatten, ohne Führer, wie immer.

Bei schönstem, klarstem Wetter brachen wir auf, aber nach einer Stunde setzte plötzlich, nachdem sich der Himmel schnell umzogen hatte, ein heftiges Schneetreiben ein. Es wunderte mich, denn dein Vater war sonst im Voraussagen des Wetters fast unfehlbar. Diesmal hatte er sich wohl geirrt, sonst wären wir sicher in der Schutzhütte geblieben. Ich muß gestehen, daß mir nicht sehr wohl in meiner Haut war, denn es hatte sich auch ein starker Schneesturm erhoben, und die Staublawinen fegten über uns hinweg, als wollten sie uns mitreißen. Und seltsamerweise war auch dein Vater sehr still und in sich gekehrt, was mich allerdings nicht so sehr wunderte, weil er in jener Zeit viel Schweres erlebt hatte. Der dicht fallende Schnee, der wie ein weißes Tuch über uns herniederfiel, und die Staublawinen verschütteten sofort unsere Spuren. Aber trotzdem, wir waren schon in schlimmerer Situation gewesen, ohne daß dein Vater die Richtung verloren hätte. An jenem Tage war es aber doch geschehen. Wir waren über eine Stunde in diesem wüsten Schneetreiben unterwegs und waren dicht neben einem steilen Abgrund angekommen, von dessen Schauerlichkeit ich durch den dichten Schnee, der uns fast blind machte, keine Ahnung hatte. Und da setzte sich dein Vater, der sonst nie die Ruhe und Sicherheit verlor, dicht neben den Abgrund nieder in den Schnee und stöhnte: Ich habe die Richtung verloren, wir haben uns verirrt. –

Aber das war nicht das Schlimmste, dein Vater erklärte plötzlich: ›Ich kann nicht mehr, ich will nicht mehr, geh du allein weiter, halte dich immer rechts an der Felswand – laß mich allein – rette dich.‹

Es fiel mir natürlich nicht ein, diesen Worten Folge zu leisten, aber was nun kam, war etwas so Rätselhaftes, Unverständliches für mich, daß ich es heute noch nicht begreifen kann. Dein Vater, dieser kühne und unverzagte Bergsteiger, bekam, wie ein Neuling, einen furchtbaren Anfall von Bergkrankheit. Du weißt, das ist ein vollständiges Versagen der Nervenkraft, eine absolute Willenlosigkeit, die durch nichts zu besiegen ist. Ich war fürchterlich erschrocken. Wohl hatte dein Vater in jener Zeit Schweres erlebt, und deshalb hatte ich ihn überredet, zu seiner Erholung mit mir in die Berge zu gehen, aber einen solchen Nervenzusammenbruch hätte ich bei ihm nicht für möglich gehalten. Der einige Wochen zurückliegende Tod deiner Mutter, die er sehr geliebt und die er nach schwerer Krankheit verloren, hatte ihm wohl mehr zugesetzt, als ich geglaubt hatte. Ich war gerade erst von einer mehrjährigen Auslandsreise zurückgekommen und hatte ihn sehr verändert gefunden, aber wie gesagt, einen solchen Nervenzusammenbruch hatte ich bei ihm nicht für möglich gehalten. Offen gesagt, ich war sehr gegen die Verbindung deines Vaters mit deiner Mutter gewesen, weil sie beide völlig vermögenslos waren und dein Vater auf sein Gehalt angewiesen war, das er in einer Stellung in einem großen Handelshause bezog. Er hätte bei seiner fabelhaft interessanten Erscheinung und seinen glänzenden Fähigkeiten eine ganz andere Partie machen können. Aber er liebte deine Mutter namenlos und wollte nicht von ihr lassen. Fast zwei Jahre ist das gutgegangen, aber dann begann deine Mutter nach deiner Geburt zu kränkeln und starb dann auch nach monatelangem Leiden. Wie gesagt, kurz nach ihrem Tode kehrte ich zurück, und nun saßen wir da oben in dem Schneetreiben fest. Dein Vater war völlig hilflos, ganz zusammengebrochen. Er beschwor mich nur immer wieder mit matter Stimme, ich möge mich allein retten, möge mich immer rechts halten, er sei nicht mehr imstande, nur noch einen Schritt zu tun.

Ich hätte natürlich gern Hilfe herbeigerufen, denn ich allein konnte den großen, schweren Mann nicht tragen, zumal ich auch etwas von Kräften war durch das Ankämpfen gegen den Schneesturm, aber ich wagte nicht, deinen Vater in der gefährlichen Nähe des Abgrundes allein zu lassen.«

Eine Weile verstummte Georg Roland und vermochte nicht, weiterzusprechen. Er stützte den Kopf in die Hand und verbarg sein Gesicht. Rudolf sah ihn erregt und erwartungsvoll an, drängte aber nicht, daß er weiter berichten möge. Endlich richtete sich der alte Herr auf, seufzte tief auf und wischte sich über die Augen, als müsse er ein quälendes Bild verscheuchen. Dann sprach er weiter mit heiserer, gepreßter Stimme:

»Ich beschwor deinen Vater, sich zusammenzunehmen, sich aufzuraffen und mit mir zu kommen, aber er reagierte gar nicht mehr, saß nur stumm und starrte vor sich hin. Ich wurde ärgerlich. ›Willst du hier liegenbleiben und erfrieren? Komm mit mir, denke doch an dein Kind‹, sagte ich.

Er sah mich an mit einem Blick, den ich nie vergessen werde.

›Ich will sterben, geh, laß mich allein‹, stieß er hervor. ›Versprich mir, daß du dich meines Sohnes annimmst, ich weiß, du wirst dies Versprechen halten.‹

Um ihn zu beruhigen, sagte ich, daß ich ihm das verspreche, aber er möge nicht so törichtes Zeug reden und möge aufstehen, da ich ihn doch nicht tragen könne.

Er schüttelte den Kopf und starrte wieder vor sich hin. Da sagte ich, um ihn aufzustacheln:

›Sei keine Memme, so kenne ich dich gar nicht.‹

Wieder sah er mich seltsam an.

›Nein – du kennst mich nicht.‹

Da zwang ich mich, in meiner Angst um ihn, zu einem verächtlichen Ton: ›Feigling!‹ rief ich ihm zu.«

Wieder machte Georg Roland eine Pause und kämpfte erst die Erregung in sich nieder. Dann fuhr er, mit starren Augen auf einen Fleck sehend, fort:

»Als ich ihm dieses Wort zurief, erhob er sich plötzlich – tat es aber so schwerfällig und ungeschickt, daß er auf dem glatten Boden ins Gleiten kam und – vor meinen entsetzten Augen – in den Abgrund stürzte, ehe ich ihn nur halten konnte.«

Lange war es still zwischen den beiden Männern, Georg Roland war totenblaß geworden, und seine Augen sahen glanzlos in die Weite, als sähe er das Grauenhafte wieder vor sich.

Endlich faßte Rudolf, der sich gefaßt hatte, seine Hand. Auch er war tief erschüttert.

»Verzeihe mir, ich habe schlimme Erinnerungen in dir geweckt durch meine Bitte.«

Georg Rolands Brust hob sich in einem stöhnenden Atemzug.

»Die brauchen nicht geweckt zu werden, Rudolf, sie sind immer wach, immer lebendig, jene Stunde steht immer in grauenvoller Klarheit vor mir. Also höre weiter: Dein Vater war abgestürzt, und ich konnte nichts, nichts tun, ihn zu retten. Der Abgrund, den ich ja nur ahnen konnte, da ihn das Schneetreiben ganz verdeckte, hatte deinen Vater aufgenommen. Ich stand eine Weile wie gelähmt, habe wohl vor Schreck laut aufgeschrien, schrie nun weiter wie sinnlos und beugte mich über den Rand des Abgrundes, um deines Vaters Namen zu rufen. Eine grauenvolle Stille antwortete mir. Und da endlich kam mir zum Bewußtsein, daß ich um jeden Preis Hilfe holen müsse. Ich lief davon wie ein Blinder, aber instinktiv mich nach deines Vaters Rat immer rechts haltend. Immer wieder schrie ich laut um Hilfe, und nachdem ich wohl eine halbe Stunde so gelaufen war, hörte ich eine Antwort auf meine Rufe – sie kam aus der Schutzhütte; zu meinem Erstaunen stand ich dicht davor, und drei Männer kamen mir entgegengestürzt, auf meinen Ruf antwortend. Wir mußten im Kreise herumgelaufen sein, da wir die Hütte vor Stunden verlassen hatten. Die drei Männer waren zwei Engländer und ein Führer, die dieselbe Tour, wie wir vorgehabt, machen wollten und in der Schutzhütte noch vor dem Schneetreiben angekommen waren. Ich berichtete völlig verstört von dem Unglück, das meinen Freund betroffen hatte, und mußte von dem Führer allerlei Vorwürfe anhören, weil wir die

Tour ohne Führer gemacht hatten. Ich konnte ihm kaum erklären, daß wir ganz andere Touren schon ohne Führer gemacht hatten. Aber er und die Engländer begleiteten mich zurück zu der Unfallstelle. Wie durch einen Zauberspruch hatte plötzlich das Schneetreiben wieder aufgehört, und hell und klar schien die Sonne. Wir fanden die Stelle bald, an der dein Vater abgestürzt war, seinen Eispickel, das Seil und den Rucksack fanden wir schon tief unter dem Schnee. Der Schnee hatte alle Spuren verwischt. Aber ich sah nun erst den grauenvollen Abgrund klar vor mir und starrte entsetzt hinab.

Es war ausgeschlossen, daß wir von hier oben aus deinem Vater hätten zu Hilfe kommen können, selbst wenn er noch am Leben gewesen wäre. Der Felsen fiel ganz steil ab in eine tiefe Schlucht, in die von halber Höhe des Felsens ein tosender Wasserfall mit furchtbarer Gewalt herniederbrauste und auf dem Grund der Schlucht einen brodelnden Wasserkessel bildete, der von rotierenden Steinen durch die Gewalt des Wassers ausgehöhlt worden war. Aus diesem Wasserkessel suchte sich das Wasser mit großer Gewalt einen Ausweg, um sich in eine Ache zu ergießen. Das alles sah man aber nicht vom Rand des Abgrunds aus, es wurde mir nur von dem Führer der Engländer erzählt. Ganz glatt fiel der Felsen ab, nur etwa drei Meter tiefer, als wir standen, war ein schmaler Vorsprung zu sehen, der sich zu einer aufwärts führenden Felsschrunde hinzog. Der Vorsprung war aber nur so schmal, daß ein Mensch vielleicht einen Halt gefunden hätte, wenn er vorsichtig und sanft hinuntergeglitten wäre, aber im jähen Fall konnte sich hier niemand halten. Der Körper deines Vaters war aufgeschlagen auf diesem Vorsprung, denn der Schnee lag nicht so hoch an der Stelle, wo er abgestürzt war, als an den anderen. Sonst aber war keine Spur von deinem Vater zu erblicken. Tief unten brodelte der Wasserfall, der sicher alles mit sich in die Tiefe riß, was ihm in den Weg kam. Es war aber unmöglich, auf den Grund der Schlucht zu sehen, obwohl es ganz klar geworden war. Der Führer sagte uns, daß es ausgeschlossen sei, daß dein Vater noch am Leben sei. Selbst, wenn er sich nicht gleich zu Tode gestürzt hätte, wäre er von dem Wasserfall in den brodelnden Wasserkessel gestürzt und dort zerrieben worden durch die Gewalt des Wassers. Es sei kaum eine Möglichkeit, daß die Leiche unversehrt geborgen werde, wenn sie überhaupt zutage gefördert werden könne, was unerhört schwierig sein würde.

Trotzdem wurde, nachdem wir sofort abgestiegen waren – den Engländern war die Lust an der geplanten Partie vergangen –, eine umfassende Rettungsaktion, die voraussichtlich im günstigsten Falle nur eine Bergung der Leiche möglich erscheinen ließ, in die Wege geleitet. Aber sie verlief trotz unbeschreiblicher Mühen ergebnislos. Auch von deines Vaters Leiche fanden wir keine Spur, weder damals noch später. Ein Priester weihte die Stelle, und wir beteten für das Heil seiner Seele, weiter konnten wir nichts tun. Nicht einmal ein christliches Begräbnis konnte ich dem Freunde verschaffen.«

Erschöpft schwieg der alte Herr und sank in sich zusammen. Auch Rudolf saß mit blassem, fahlem Gesicht da und konnte nicht sprechen. Nach einer langen Weile fuhr Georg Roland fort:

»Du kannst dir denken, wie der Tod deines Vaters

auf mich gewirkt hat. In einer unbeschreiblichen Stimmung reiste ich nach Hause, als alles getan war, was getan werden konnte. Mein erstes war, daß ich mich deiner annahm, nicht nur, weil ich es deinem Vater versprochen hatte, sondern auch, weil es mir Bedürfnis war. Du warst unter der Aufsicht deiner alten Kinderwärterin zurückgeblieben, die nun mit dir in meine Junggesellenwohnung übersiedelte. Als ich bald darauf heiratete, geschah es nicht zuletzt, um dir eine Mutter zu geben, die sich deiner annehmen konnte. Meine Wahl fiel auf eine Frau, der ich zutraute, eine gute Mutter auch für dich zu werden. Sie war einverstanden, dich aufzuziehen mit liebevoller Sorgfalt, und ich brauche dir nicht in Erinnerung zu bringen, was für eine gute Mutter sie dir wurde.«

»Nein, wahrlich nicht, lieber Vater, nie, niemals werde ich euch beiden vergessen, was ihr für mich getan habt«, sagte Rudolf warm und herzlich.

»Von mir sprich nicht, ich erfüllte nur eine Pflicht und löste ein Versprechen. Nicht nur deinem Vater hatte ich gelobt, für dich zu sorgen, auch mir selbst hatte ich es gelobt, dich wie meinen eigenen Sohn aufzuziehen. Und ich hoffe, du bist überzeugt, daß ich dich wie einen Sohn an mein Herz nahm.«

Rudolf faßte seine Hand.

»Ja, Vater, davon bin ich überzeugt und danke dir von ganzem Herzen.«

Und damit drückte er schnell einen Kuß auf die Hand seines Wohltäters. Dieser zog wie in tiefem Erschrecken seine Hand zurück.

»Nein, danke mir nicht! Ich will keinen Dank! Und –

nun laß mich allein. Ich muß mich erst wiederfinden und habe dann noch zu tun. Oder hattest du noch ein besonderes Anliegen?«

»Ja, Vater, ich traf Waltraut draußen im Treppenhaus. Sie sagte mir, weshalb sie bei dir war, und bat mich, ein gutes Wort für sie bei dir einzulegen. Könntest du Waltraut nicht gestatten, ihre Freundin für einige Zeit zu besuchen? Du hast mich vor Jahren lange Zeit ins Ausland gehen lassen, willst du deiner Tochter diese Erlaubnis nicht auch gewähren?«

»Du bist ein Mann und du gingst hauptsächlich, um unsere geschäftlichen Verbindungen im Ausland zu festigen. Frauen gehören ins Haus.«

»Aber sie will doch nur die Freundin besuchen, die ja nun einmal so weit fort geheiratet hat. Du mußt bedenken, wie schwer Waltraut durch den Verlust ihrer Mutter betroffen ist – viel schwerer als du und ich. Wir haben unsere geschäftlichen Ablenkungen und sind abends oft im Klub. Waltraut ist soviel allein in dem Hause, das sonst die Liebe ihrer Mutter mit Wärme füllte. Leider ist fast zu gleicher Zeit ihre einzige Freundin von hier fortgegangen, und du weißt, wie schwer sich Waltraut an andere Menschen anschließt, die ihr zudem nicht zusagen. Nun kommen immer von ihrer Freundin die Sehnsuchtsrufe, weil auch diese sich im fremden Lande einsam und allein fühlt, da ihr Mann den ganzen Tag unterwegs ist. Wie verständlich ist es, daß Waltraut diesem Rufe gern Folge leisten möchte. Laß sie doch einige Zeit nach Ceylon gehen. Reisen ist ein gutes Mittel gegen Stimmungen, wie Waltraut solchen anscheinend unterworfen ist. Kommt sie zurück, wird sie sich freuen, wieder daheim zu sein, und den Verlust ihrer Mutter nicht mehr so schmerzlich empfinden.«

Georg Roland hatte seinen Pflegesohn mit forschenden Augen angesehen. »Würdest du Waltraut nicht vermissen?«

»Doch, Vater, sehr, wie ich auch weiß, daß du sie vermissen würdest, aber an uns dürfen wir in diesem Falle wirklich nicht denken, nur an Waltraut. Ich muß gestehen, ich sorge mich um sie, sie ist jetzt immer so still und bedrückt und grübelt zuviel.«

Der alte Herr strich sich über die Stirn, als sei ihm zu heiß. »Ihr setzt mir beide sehr zu, aber – ich kann nicht einwilligen, weil ich einen ganz bestimmten Grund habe. Ich habe andere Pläne – lange schon –, und die sollen sich jetzt verwirklichen. Und zwar erscheint mir der heutige Tag, der Todestag deines Vaters, besonders dafür geeignet. Aber jetzt nichts mehr davon, heute abend daheim, da werden wir weitersprechen. Jetzt laß mich allein, ich habe zu viel zu erledigen, die Arbeit wächst mir zuweilen über den Kopf, und ich sehe ein, daß ich mir eine Sekretärin engagieren muß. Wenn man nur gleich eine tüchtige, anstellige Persönlichkeit finden würde. Für Versuche am untauglichen Objekt fehlt mir die Zeit und die Geduld. Also geh, mein Junge, hier nimm diese Post mit, sie geht dich an.«

Er reichte seinem Pflegesohn einen Stoß Briefe, und dieser entfernte sich, um in sein eigenes Kontor zurückzukehren. Er war seit zwei Jahren Prokurist der Firma Roland, mit einigen anderen Herren zusammen. Freilich war er der jüngste Prokurist.

Als Georg Roland allein war, begann er aber nicht gleich zu arbeiten. Er hatte nur allein sein wollen, denn was er seinem Pflegesohn erzählt hatte, wühlte alles wieder in ihm auf, was er an jenem Tage erlebt hatte. Wieder wie vorhin vergrub er das Gesicht in den Händen und saß in qualvolle Gedanken versunken. Fast sechsundsechzig Jahre war er alt geworden, und dreiunddreißig Jahre lag jener Tag hinter ihm, aber er konnte ihn nie vergessen. Immer wieder sah er den gleichaltrigen Freund vor sich, wie er ihn gesehen hatte, ehe er abstürzte. Er hatte sich bei seiner Erzählung in einigen Punkten nicht ganz streng an die Wahrheit gehalten, nie hatte er einem Menschen die unbedingte Wahrheit über jene Szene, die dem Absturz seines Freundes vorausgegangen war, gesagt. Wahrheit war, daß er mit Heinrich Werkmeister, seinem Freund, jene Bergtour gemacht hatte, und auch sonst stimmten alle Einzelheiten, nur hatte er sich in jener gefährlichen Situation nicht nur damit begnügt, dem Freunde zuzureden, daß er sich aufraffen solle, er hatte sich schließlich zu dem Willenlosen herabgebeugt und hatte versucht, ihn emporzuheben. Dieser hatte sich dagegen gewehrt, und zwar mit viel mehr Kraft, als das völlige Versagen seiner Nerven hätte zulassen können. Und da erst hatte ihm Georg Roland, um ihn aufzustacheln aus seiner Lethargie, zugerufen, daß er ein Feigling sei. Darauf hatte sich Heinrich Werkmeister plötzlich aufgerichtet, hatte sich auf den Freund gestürzt und ihm zugerufen:

»Das lasse ich mir auch von dir nicht ungestraft sagen – wehre dich!«

Und dicht an dem furchtbaren Abgrund hatten sie

zu ringen begonnen, und Heinrich Werkmeister hatte plötzlich eine erstaunliche Kraft entfaltet. Georg hatte ihn im Ringen von dem Abgrund fortziehen wollen, aber er hatte sich nicht vom Fleck bringen lassen, hatte so unglücklich manövriert, daß er immer dichter herankam. Und dann hatte er ihm einen so kräftigen Stoß versetzt, daß er ein Stück zurücktaumelte und zu Boden fiel. Aber wohl dadurch, daß er den Freund in diesem Augenblick losgelassen hatte, war dieser ganz plötzlich über den Rand des Abgrunds in die Tiefe geglitten.

Wie gelähmt hatte Georg Roland auf die Stelle gestarrt, wo der Freund gestanden hatte, und hatte nur einen grauenvollen Schrei ausgestoßen, als sei er selbst in höchster Todesnot gewesen. Und dann hatte er sich mühsam erhoben, hatte immer wieder um Hilfe geschrien, obwohl er keinen Menschen in der Nähe wußte, und hatte sich weit über den Abgrund gebeugt, um den Namen des Freundes in qualvoller Angst zu rufen, ohne daß er eine Antwort erhalten hätte. Endlich hatte er sich dann aufgemacht, um Hilfe um jeden Preis zu holen. Und sein Herz hatte die Gewißheit bedrückt, daß er schuld sei an dem Tod des Freundes, obwohl er ihn doch nur hatte retten wollen. Eine heiße Angst war dabei über ihn gekommen. Wenn man ihn nun zum Mörder seines Freundes stempelte, wenn man ihm nicht glaubte, daß er ihn nur einen Feigling genannt hatte, um ihn aus seiner Lethargie zu reißen, wenn man annahm, der Ringkampf habe im Ernst stattgefunden und er habe bei diesem Ringkampf den Freund mit Vorbedacht in den Abgrund gestürzt? Da warf man ihn vielleicht ins Gefängnis, stellte Verhöre mit ihm an und wühlte in der Wunde, die ihm durch den Tod des Freundes geschlagen worden war. Und sein stolzer Vater – was sollte der leiden, wenn er nur einen solchen Verdacht auf seinen Sohn geworfen sehen würde? Nein, er durfte nicht die volle Wahrheit sagen, mußte sich eine andere Version zurechtlegen.

Und während er, die Seele voll Verzweiflung, im Schneetreiben nach Hilfe rief und dahineilte wie ein Blinder, sich nur instinktiv so weit wie möglich rechts haltend, hatte ihn der Selbsterhaltungstrieb befähigt, sich die Szene am Abgrund in etwas veränderter Gestalt zurechtzulegen, und niemand hatte seine Schilderung bezweifelt.

Aber obwohl er sich im Grunde seines Herzens unschuldig fühlen mußte, blieb doch immer ein heimlicher Stachel in seiner Brust, der ihm sagte: Wenn du Heinrich nicht einen Feigling genannt hättest, hätte er nicht mit dir gerungen und wäre nicht abgestürzt. Dann lebte er vielleicht noch. Und so bist du unschuldig schuldig geworden.

Und noch etwas hatte er Rudolf verschwiegen, in bester Absicht freilich. Als er damals aus den Bergen heimgekehrt war mit bedrücktem Herzen, hatte er die Firma aufgesucht, bei der Heinrich Werkmeister angestellt gewesen war, um dort den Tod seines Freundes zu melden. Man hatte aber dort schon in den Zeitungen davon gelesen und – da der Posten Heinrich Werkmeisters neu besetzt werden sollte, hatte man eine Revision seiner Bücher vorgenommen. Dabei war dann zu Tage gekommen, daß Heinrich Werkmeister im Laufe einiger Jahre zwanzigtausend Mark unterschlagen hatte. Erst waren es nur ganz kleine Summen, die nicht ordnungsgemäß gebucht waren, dann immer größere und zuletzt, kurz vor seiner Abreise, waren noch zehntausend Mark unterschlagen worden. Im ganzen fehlten also zwanzigtausend Mark.

Georg Roland war durch diese Nachricht wie vor den Kopf geschlagen gewesen, das veränderte, nervöse Wesen seines Freundes war ihm nun in einem anderen Lichte erschienen. Erst jetzt kam ihm zum Bewußtsein, daß Heinrich Werkmeister doch all die großen Kosten, die ihm die Krankheit seiner Frau, die Anschaffung des Hausstandes, der Tod der Frau und die Geburt seines Sohnes verursacht haben mußten, nicht von seinem Gehalt hatte bestreiten können. Leider war er selbst in all der Zeit im Ausland gewesen, sonst hätte sich der Freund sicher um Hilfe an ihn gewandt, die er ihm auch gewiß gewährt hätte. So hatte er sich an fremdem Eigentum vergriffen, hatte die Bücher fälschen müssen und hatte dann nicht gewußt, was er hätte tun sollen. Nun wurde ihm der völlige Nervenzusammenbruch des Freundes erklärlich. ›Nein, du kennst mich nicht!‹ hatte ihm Heinrich da oben zugerufen und hatte ihn mit einem gramerfüllten Blick angesehen, den er nie vergessen konnte.

Alles das erschien ihm jetzt in einem anderen Licht, und er hatte sich gefragt: Wollte er sterben, um sein Unrecht zu sühnen? Hatte er ihn deshalb fortschicken wollen, ihm den rechten Weg angebend, den er also sicher nicht verloren hatte, damit er sich dann in die Tiefe stürzen konnte, deren Furchtbarkeit er doch sicher kannte, da er nicht zum ersten Male diese Partie machte?

Dies Geheimnis würde nie geklärt werden. Heinrich Werkmeister hatte es mit sich in sein grausiges Grab genommen.

Aber es war für Georg Roland eine Selbstverständlichkeit gewesen, daß er dem ehemaligen Chef des Freundes die unterschlagene Summe ersetzte. Deshalb sah dieser von einer Publizierung des Falles ab, und Heinrich Werkmeisters Name war rein erhalten worden für seinen kleinen Sohn. In der Zerrissenheit seines Gemüts, niedergedrückt von einem Schuldbewußtsein, das doch keines war, suchte Georg Roland an dem Sohne seines Freundes gutzumachen, was in seiner Macht stand. Und dabei wuchs' der Knabe ihm ans Herz wie ein eigenes Kind. Rudolf zählte bereits dreizehn Jahre, als Georg selbst ein Töchterchen geboren wurde. Georg Roland war dadurch in eine schwierige Lage gekommen. Er hatte in Rudolf seinen Sohn und Erben gesehen, und fast erschien es ihm nun wie ein Unrecht an diesem, daß ihm durch die Geburt seiner Tochter dies Erbe verlorengehen sollte. Er grübelte, wie er das abwenden konnte, und kam zu einem Entschluß. Er legte sich selbst ein feierliches Gelübde ab, daß seine Tochter eines Tages die Gattin seines Pflegesohnes werden solle, damit ihm so das ihm zugedachte Erbe erhalten bliebe, ohne daß er seine eigene Tochter hätte enterben müssen. Dies Gelübde, in einer Stunde seelischer Erregung abgelegt, hielt er für bindend. Da nun seine Tochter herangewachsen war, hielt er es an der Zeit, die beiden jungen Menschen aneinanderzubinden. Waltraut war nun einundzwanzig Jahre alt, also heiratsfähig. Hatte doch ihre kaum zwei Jahre ältere Freundin Dora schon vor drei Jahren Hochzeit gehalten. Heute, am Todestage seines Freundes, wollte er noch mit Rudolf und danach auch mit Waltraut sprechen und ihnen sagen, daß sie füreinander bestimmt seien.

Und er sagte sich, daß er, wenn Rudolf der Gatte seiner Tochter geworden sei, alles getan haben würde, was er hätte für Rudolf tun können. Dann mußte doch endlich seine »Schuld« gesühnt sein. Er hatte sich bis heute noch nicht mit der Tatsache abfinden können, daß der Freund wohl selbst hatte den Tod suchen wollen und daß es eher ein Verhängnis für ihn selbst gewesen sei als eine Schuld, daß er die Ursache zum Tode seines Freundes geworden war. In seinem Unterbewußtsein hatte er es immer als Schuld empfunden, und die wollte er gutmachen um jeden Preis.

Daß er schon getan hatte, was in seinen Kräften stand, daß er Heinrich Werkmeisters Namen rein erhalten hatte und seinem Sohne eine sorglose Heimat, eine erstklassige Erziehung gab, damit begnügte sich der äußerst gewissenhafte Mann nicht.

Ganz fest war er entschlossen, sein Gelübde zu halten und aus Rudolf und Waltraut ein Ehepaar zu machen. Er tat damit auch seiner Ansicht nach das Beste für seine Tochter und bezweifelte gar nicht, daß die beiden jungen Menschen füreinander geschaffen seien.

Niemals hatte Georg Roland seinem Vater Mitteilung davon gemacht, was damals in den Bergen geschehen war. Und ebensowenig seiner späteren Frau. Oft war er nahe daran gewesen, ihr auch das Letzte zu enthüllen, aber immer hatte er es wieder in sich verschlossen, und sie war wohl zu feinfühlig, um nicht zu spüren, daß er sein tiefstes Inneres ihr verschlossen hielt, wenn sie auch nie darüber sprach.

Über all das grübelte der stille Mann am Schreibtisch nach in dieser Stunde, und er kam nicht mehr zum Arbeiten, bis es Zeit war, zu Tisch zu gehen – obwohl die Arbeit drängte.

3

Es war am Abend desselben Tages. Villa Roland lag in vornehmer Abgeschlossenheit inmitten eines großen Gartens am Alsterufer. Waltraut stand am Fenster des Wohnzimmers und sah über die Alster hinweg, in Gedanken versunken. Rudolf hatte ihr nach dem Mittagessen gesagt, daß auch seine Bitte von dem Vater abgelehnt worden sei, weil er andere Pläne habe.

»Was mögen das nur für Pläne sein, Rudolf?« hatte sie gefragt.

»Ich weiß es nicht, aber Vater sagte mir, daß wir das heute abend erfahren würden, jedenfalls will er mit mir darüber sprechen.«

Waltraut hatte geseufzt.

»Dann zieht ihr euch natürlich wieder gleich nach Tisch in Vaters Arbeitszimmer zurück, und ich bin wieder allein. Und denke dir nur, wie herrlich es gepaßt hätte, wenn ich jetzt nach Ceylon gegangen wäre. Ich traf auf dem Heimweg Doras Vater. Er hat sich entschlossen, seiner Tochter einen Besuch zu machen, und reist in zirka vier Wochen ab. Er sagte mir, dies sei doch eine gute Gelegenheit für mich, ich könne da unter seinem Schutz und in seiner Begleitung reisen. Und ich könne dann bei Dora bleiben, bis diese im nächsten Spätsommer mit ihrem Gatten nach Deutschland reise, um den notwendigen Klimawechsel vorzunehmen. Also hätte ich auch auf der Rückreise Begleitung.«

Betreten hatte er sie angesehen.

»Gleich so lange möchtest du fort, Waltraut?«

»Nun ja, es wäre fast ein Jahr, Doras Vater reist Anfang Oktober, und sie und ihr Mann kommen nächstes Jahr im September herüber. Aber Vater wäre dann doch die Sorge los, daß ich allein reise.«

»Also ein ganzes Jahr? Weißt du, Waltraut, daß ich fast froh bin, daß der Vater dir diese Erlaubnis nicht gibt? Was sollen wir ein ganzes Jahr ohne dich anfangen?«

Sie zog die Stirn kraus.

»Das haben wir doch schon zur Genüge besprochen. Ihr würdet mich wenig vermissen. Aber Vater will nun einmal nicht. Meinst du vielleicht, daß ihm die Reise zu kostspielig erscheint und er sie mir deshalb verweigert?«

»Das halte ich für ausgeschlossen, da er doch mir ohne weiteres eine viel kostspieligere Reise gestattet hat.«

»Sonst würde ich sie einfach selbst bezahlen.«

»Ei, bist du Kapitalistin?« scherzte er.

»Du weißt doch, Rudolf, daß ich von Mutter eigenes

Vermögen geerbt habe, über das ich seit meiner Mündigkeit selbst verfügen darf. Ich habe ja bisher noch keinen Gebrauch davon gemacht, würde es aber gern tun, wenn Vater um die Kosten der Reise besorgt wäre.«

»Das ist er sicher nicht, dein Vater ist doch ein reicher Mann.«

Sie zuckte die Achseln.

»Ich suche eben nach einem stichhaltigen Grund für seine Weigerung.«

»Und übersiehst den stichhaltigsten, daß er dich nicht gern so lange entbehren möchte.«

Ehe sie hatte antworten können, war der Vater eingetreten, und sie hatten nicht weitersprechen können.

Und nun stand Waltraut wartend am Fenster. Der Vater und der Bruder mußten jeden Moment nach Hause kommen.

Da sah sie auch schon das Auto vorfahren, das beide brachte.

Wenige Minuten später ging man zu Tisch. Waltraut vertrat die fehlende Hausfrau und dirigierte die Diener, ihre einzige Beschäftigung, wie sie sagte. Und gleich nach dem Abendessen sagte der Vater zu Rudolf:

»Komm mit in mein Arbeitszimmer, ich habe mit dir zu sprechen.«

Waltraut sah Rudolf mit einem Blick an, als wollte sie sagen: Ich habe es doch gewußt. Sie sagte aber nur:

»Dann darf ich mich wohl gleich von euch verabschieden, ich ziehe mich lieber mit meiner Lektüre gleich auf mein Zimmer zurück.«

Der Vater faßte ihr Kinn und hob ihr Gesicht zu sich empor.

»Ich bitte dich, unten zu warten. Du kannst ja auch im Wohnzimmer lesen. Ich möchte dich später auch noch in einer wichtigen Angelegenheit sprechen.«

Mit einem fragenden Blick sah sie zu ihm empor, sagte aber gehorsam: »Wie du willst, Vater, ich kann ja unten bleiben. Wenn du mich haben willst, läßt du es mich wohl wissen.«

Er sah sie seltsam an und freute sich an ihrer lieblichen Erscheinung. Sie hatte eine jugendfrische, schlanke Gestalt, schöne dunkelblaue Augen, so klar wie ein Bergsee, feine, reizvolle Züge und wunderschönes Haar von einer Farbe, die sehr selten ist. Es war ein richtiges Goldbraun mit helleren Lichtern, wenn die Sonne oder Kerzenlicht darauffiel. Sie trug ein mattblaues Abendkleid, das ihren zarten, aber gesunden Teint sehr hob. Unstreitig war Waltraut Roland eine sehr anziehende und anmutige junge Dame.

Das fand auch ihr Pflegebruder, der sich herabbeugte und sie auf die Wange küßte.

»Bis nachher, Waltraut!«

Sie nickte ihm lächelnd zu, und als sie so zusammenstanden, dachte Georg Roland mit einem Gefühl der Befriedigung, wie gut diese beiden jungen Menschen zusammenpassen würden. Rudolfs Gestalt überragte die Waltrauts um ein ganzes Stück, er war eine imponierende, interessante Erscheinung mit seinem festgeprägten Charakterkopf. Und in seinen grauen, guten Augen schien für Georg Roland die Gewähr zu liegen, daß er seiner Tochter Schicksal in gute, treue Hände zu legen bemüht war.

Während sich Waltraut in einen Sessel schmiegte, verließen die beiden Herren das Zimmer. Im Arbeitszimmer des Hausherrn angekommen, ließ sich Georg Roland in einen Sessel gleiten und forderte Rudolf auf, ihm gegenüber Platz zu nehmen. Erwartungsvoll sah er seinen Pflegevater an, und dieser sagte sich im stillen, daß er wohl das Seine dazu getan habe, daß Rudolf Werkmeister ein so tüchtiger Mann geworden war und daß er dazu geschaffen sei, eine Frau glücklich zu machen, wie auch seine Tochter alle Vorzüge hatte, die einen Mann beglücken konnten. Gewissermaßen hatte er ja diese beiden Menschen füreinander erzogen. Es mußte doch eine gute Ehe zwischen ihnen geben. Von Jahr zu Jahr hatte sich Georg Roland mehr in diesen Gedanken verbissen. Er erwartete von der Erfüllung seines Gelübdes endlich die völlige Befreiung von seiner eingebildeten Schuld.

Rudolf wartete ein wenig nervös auf das, was ihm der Vater zu sagen haben würde. Aber er fragte nicht, wußte er doch, daß der Vater voreilige Fragen nicht leiden mochte. Endlich begann Georg Roland, seinen Blick voll in den seines Pflegesohnes richtend:

»Ich bin mir bewußt, Rudolf, daß ich dir etwas sehr Außergewöhnliches zu sagen habe – du sollst mir helfen, ein Gelübde zu erfüllen.«

Erstaunt, fast betroffen von dem tiefen Ernst dieser Worte, sah ihn Rudolf an.

»Willst du mir sagen, Vater, was das für ein Gelübde ist.«

»Du sollst es gleich hören. Laß mich nur noch einiges vorausschicken. Du weißt, daß ich deinem Vater versprach, für dich zu sorgen.«

»Ja, du hast es mir oft gesagt, und du hast das in so vollem Umfange getan, daß ich dir nur immer wieder danken kann.«

»Nun wohl, ich sah in dir meinen Sohn und Erben, da ich gar nicht daran dachte, daß ich auch eigene Kinder haben könne. Du weißt, daß mir Waltraut erst nach zehnjähriger Ehe geboren wurde. Und ich muß sagen, daß ich dadurch in all meinen Plänen gestört wurde. Daß ich meiner Tochter das väterliche Erbe nicht entziehen konnte, war selbstverständlich, aber unmöglich erschien es mir, dich darunter leiden zu lassen.«

»Aber, lieber Vater, es ist doch selbstverständlich, daß Waltraut deine uneingeschränkte Erbin wird. Du hast mir eine so gute Erziehung zuteil werden lassen, daß ich gottlob allezeit imstande sein werde, für mich selbst zu sorgen.«

Der alte Herr nickte ihm liebevoll zu.

»Ich weiß, daß es dir am wenigsten einfallen würde, Waltraut ihr Erbe zu mißgönnen. Ich weiß, was für ein uneigennütziger Charakter du bist, und ich weiß auch, daß deine Kenntnisse und Fähigkeiten, deine Tüchtigkeit dir immer durchs Leben helfen könnten, wenn nicht schlimme Umstände eintreten würden.«

Dabei dachte Georg Roland, wie wenig Rudolfs Vater seine Tüchtigkeit und seine Fähigkeiten vor Not und Sorge und vor Schlimmerem bewahrt hatten. Aber das sprach er natürlich nicht aus.

»Was beunruhigt dich also, lieber Vater – ich fühle, daß du unruhig bist.«

»Ich will es dir sagen. Mir ist, als begehe ich ein Unrecht an dir, wenn ich meine Tochter zu meiner alleinigen Erbin einsetze. Das empfand ich schon bei ihrer Geburt – und deshalb legte ich damals ein Gelübde ab. Ich gelobte, *daß eines Tages meine Tochter die Gattin des Sohnes meines Freundes Heinrich Werkmeister werden müsse.* Das ist es, was ich dir zu sagen habe, mein lieber Rudolf. Ich habe damit gewartet, bis Waltraut das nötige Alter hatte. Sie ist nun einundzwanzig Jahre, das rechte Alter für eine Frau zum Heiraten. Ich habe euch beide in dem Sinne füreinander erzogen und glaube, daß eure Charaktere gut übereinstimmen werden. Ich wende mich zuerst an dich und frage dich, ehe ich mit Waltraut spreche, ob du mir helfen willst, mein Gelübde zu halten. Es ist mein sehnlichster Wunsch, daß du ihr Gatte und zugleich mit ihr mein Erbe wirst und die Firma Roland nach meinem Tode in meinem Sinne weiterführen wirst.«

Rudolf war leise zusammengezuckt und sehr blaß geworden. Nur mühsam konnte er seine Ruhe bewahren, was ihm der Vater sagte, kam zu überraschend für ihn. Endlich sagte er mit verhaltener Stimme:

»Lieber Vater, wie sehr mich dein Anerbieten rührt, kann ich dir gar nicht sagen. Ich sehe darin einen erneuten Ausdruck deiner väterlichen Liebe und Güte. Aber du wirst trotzdem verstehen, daß ich momentan fast betroffen bin durch deine Worte. Sie machen mich fassungslos.«

Es zuckte erregt in den Augen des alten Herrn.

»Ich hoffe, daß das nicht etwa heißen soll, daß du dein Herz schon anderweitig vergeben hast«, sagte er beunruhigt.

»Nein, Vater, ich habe offengestanden noch gar nicht

an eine Heirat gedacht. Immer habe ich mir gesagt, daß ich von deiner Güte abhängig bin, und wenn du mich auch seit einigen Jahren als deinen Prokuristen auf eine feste Einnahme gestellt hast, so habe ich mir doch immer gesagt, daß ich in deiner Schuld bleibe nach allem, was du für mich getan hast. Du hast mich diese Schuld nie fühlen lassen, hast es mir immer leichtgemacht, die unzähligen Wohltaten von dir zu empfangen, und ich habe mich immer so sehr zu euch gehörig betrachtet, daß ich nie ernstlich daran gedacht habe, mich zu verheiraten und mich so gewissermaßen von euch zu trennen. Denn wenn ich heiraten wollte, könnte ich euch nicht auch noch meine Frau aufbürden. Ich beziehe ein Gehalt von dir, das mich in die Lage versetzt, alle meine Bedürfnisse glänzend zu befriedigen, zumal ich in deinem Hause wohne und verpflegt werde. Aber als wirklichen Besitz kann ich nur mein Gehalt buchen, das ich beziehe. Und wenn ich heiraten würde, müßte dies Gehalt zunächst für zwei und später vielleicht für mehrere reichen. So habe ich mir vernünftig gesagt, wenn ich nicht aus der Sphäre heraus will, in die mich deine Güte gestellt hat, darf ich keine Heiratspläne machen, wenn ich nicht ein Mädchen finde, die so viel Vermögen besitzt, daß sie sich selbst alle Annehmlichkeiten schaffen kann. Wiederum aber war mir der Gedanke, dann nicht für alles, was meine Frau brauchen würde, einstehen zu können, so unbehaglich, ja widerwärtig, daß ich den Gedanken an eine Heirat gar nicht ernstlich erwog. Ich bin deshalb kein Mönch gewesen, Vater, hier und da eine kleine Liaison, wie sie das Leben mit sich bringt, habe ich nicht ausgeschlagen. Aber mein Herz habe ich dabei nie verloren, das waren kleine Emotionen, an denen nur die Sinne beteiligt waren. So – nun habe ich dir auf diese Frage erschöpfend Antwort gegeben.«

Mit einem tiefen Atemzug nickte der alte Herr.

»Also, wenn dein Herz noch frei ist – wie stellst du dich zu meinem Wunsch?«

Rudolf fuhr sich über die Stirn.

»Ich habe von dir schon so viel angenommen, daß ich mich auch gegen diese deine Fürsorge nicht auflehnen würde. Aber ich habe Waltraut nie mit anderen als brüderlichen Augen angesehen. Ich habe sie von ganzem Herzen lieb und kenne all ihre guten Eigenschaften so genau, daß ich weiß, eine bessere, wertvollere Frau könnte ich mir nicht wünschen. Aber wie gesagt, sie ist meine Schwester, nur als solche sah ich sie bisher an. Deine Worte rücken sie mir zum erstenmal in ein ganz anderes Licht, und das kommt so überraschend, daß ich jetzt nicht weiß, was ich dir antworten soll. Vielleicht, da du dieses Gelübde ablegtest und diesen Wunsch hegtest, hättest du besser getan, wenn du uns nicht so ganz als Bruder und Schwester hättest aufwachsen lassen. Sollte ich deinen Wunsch erfüllen, müßte ich mich erst anders zu ihr einzustellen versuchen, müßte sie erst einmal mit anderen Augen ansehen. Sie ist so lieb und reizend, daß mir das vielleicht nicht einmal schwerfallen dürfte – ich weiß es noch nicht. Und man sagt, daß die Ehen, die nicht aus einer aufflammenden Leidenschaft, sondern in gegenseitiger ruhiger Wertschätzung geschlossen werden, oft am glücklichsten auszufallen pflegen. Ich meine, mir sollte es nicht schwerfallen, Waltraut mit der Zeit auch auf eine andere Art liebzugewinnen. Außerdem würde ich gern alles tun, um dir zu helfen, dein Gelübde zu erfüllen. Aber du darfst nicht vergessen, daß ich nicht allein in dieser Frage zu bestimmen habe. Waltraut müßte da unbedingt zuerst gefragt werden. Ein Mann kann sich vielleicht in einer solchen Situation eher umstellen als ein sensitives Mädchen. Und sie ist besonders feinfühlig.«

»Aber sie hat dich doch sehr lieb, schätzt dich sehr hoch ein.«

»Das weiß ich, aber zum Heiraten gehört mehr – oder weniger. So ein junges Mädchenherz ist zarter besaitet, als wir Männer nachfühlen können, und ich möchte nicht um alle Schätze der Welt, daß wir sie beunruhigen und ängstigen. Das könnte ich nicht ertragen, sie darf das Vertrauen zu mir nie verlieren.«

»Wenn aber Waltraut einwilligt – wäre mir dann deine Einwilligung auch sicher?«

Rudolf antwortete nicht gleich. Gewiß, es gab keine Frau auf der Welt, die er lieber hatte und höher einschätzte als Waltraut. Aber diese Liebe war eben von einer ganz anderen Art, als die in einer Ehe verlangt und gegeben wird. Auch er hatte sich zuweilen ausgemalt, wie es sein würde, wenn er einmal heiraten würde. Und er hatte das in einer ganz leidenschaftslosen, vernünftigen Art erwogen, weil er im Herzen unbeteiligt war. Und weil auch jetzt sein Herz noch nicht vergeben war, erschien es ihm nicht ganz unmöglich, sich Waltraut als seine künftige Frau zu denken. Nur meinte er, es müsse da erst eine peinliche Situation überwunden werden. Aber Waltraut? Er mußte jetzt daran denken, daß sie früher, als Kind, manchmal ganz naiv gesagt hatte: »Wenn ich mal groß bin, Rudolf, dann werde ich deine Frau.«

Darüber hatte er gelacht. Jetzt kam es ihm wieder in den Sinn. Er wußte auch, daß Waltrauts Herz noch für keinen Mann gesprochen hatte, sie war mit ihren einundzwanzig Jahren noch ein unbeschriebenes Blatt. Sollte es wirklich möglich sein, daß sie beide eines Tages eine Ehe eingehen würden, dann mußten sie sich freilich erst ganz umstellen. Er kannte Waltraut ganz genau, und sie kannte ihn ebenso. Viel zu gut kannten sie sich, als daß er sich jetzt ausmalen konnte, daß sie je anders als geschwisterlich aneinander denken konnten. Aber vielleicht ging alles besser, als er glaubte, vielleicht fanden sie sich beide in die veränderte Lage. Schließlich wußte er, daß er eine Frau in ihr bekommen würde, um die ihn viele Männer beneiden würden, und er, er würde natürlich alles tun, um Waltraut glücklich und zufrieden zu machen.

Und so sagte er schließlich:

»Wenn Waltraut einwilligen würde, meine Frau zu werden, dann würde mich nichts hindern, deinen Wunsch zu erfüllen, lieber Vater.«

Und seine Dankbarkeit gegen Georg Roland war ein so starkes Gefühl, daß er tatsächlich ohne Murren noch Schwereres auf sich genommen hätte.

Der alte Herr reichte ihm die Hand.

»Ich danke dir, mein Sohn, und nun bitte ich dich, mich allein zu lassen. Ich will Waltraut rufen lassen und auch mit ihr erst einmal allein sprechen. Wenn ich deine Zustimmung nicht erhalten hätte, dann hätte ich mit

Waltraut über diese Sache gar nicht gesprochen. Sobald ich mit ihr im klaren bin, lasse ich dich rufen.«

Rudolf erhob sich und sah den Vater bittend an.

»Eins mußt du mir aber versprechen, Vater.«

»Was soll ich versprechen?«

»Daß du keinerlei Zwang auf Waltraut ausüben wirst, ich muß gewiß sein, daß sie ganz freien Herzens darauf eingeht, anders wäre es mir unerträglich.«

»Darauf gebe ich dir mein Wort!«

Rudolf nahm die Hand des alten Herrn. Groß und ernst sah er ihm in die Augen.

»Ich weiß, du willst mir jetzt den größten Beweis deiner Liebe und deines Vertrauens geben, lieber Vater. Dafür danke ich dir von ganzem Herzen. Mag der Himmel alles zum besten kehren, damit du nie zu bereuen brauchst, was du für mich getan hast.«

»Nie, niemals werde ich das bereuen«, sagte der alte Herr feierlich.

Rudolf Werkmeister ging mit einem unbeschreiblichen Gefühl hinaus. Es war ihm alles so schnell und überraschend gekommen, und sein einziger Trost in dieser entschieden etwas peinlichen Situation war, daß Waltraut die Entscheidung selbst in den Händen hatte. Er würde sich in alles fügen, um seine Dankbarkeit zu beweisen.

Rudolf Werkmeister war hinausgegangen, und wenige Minuten später stand Waltraut vor ihrem Vater.

»Du hast mich rufen lassen, lieber Vater.«

»Ja, Kind, bitte nimm Platz, ich habe etwas besonders Wichtiges mit dir zu besprechen.«

Etwas beklommen durch seinen feierlichen Ernst ließ sich Waltraut in demselben Sessel nieder, in dem zuvor Rudolf gesessen hatte.

»Was hast du mir zu sagen, lieber Vater?«

Er nahm ihre Hand.

»Hast du schon einmal darüber nachgedacht, Waltraut, daß du nun im heiratsfähigen Alter bist?«

Sie lächelte ein wenig.

»Aber, Vater, daran denkt doch jedes junge Mädchen. Seit Dora verheiratet ist, habe ich natürlich zuweilen darüber nachgedacht.«

»Und hast du dabei an einen bestimmten Mann gedacht?«

Sie lachte unbefangen.

»Nein, Vater, von all den jungen Herren, die mir mehr oder weniger den Hof machten, hat mir keiner so sehr gefallen können, daß ich ihn hätte zum Manne haben mögen. Weißt du, ich glaube, das liegt daran, daß ich sie alle mit Rudolf habe vergleichen müssen – und da schneiden sie selbstverständlich sehr schlecht ab.«

Er atmete auf.

»Also Rudolf gefällt dir von allen jungen Herren, die du kennst, am besten?«

»Aber selbstverständlich, lieber Vater, mit ihm hält doch keiner einem Vergleich stand«, sagte sie ganz harmlos und unbefangen.

Gerade diese Harmlosigkeit hätte dem alten Herrn sagen müssen, daß Waltraut Rudolf mit ganz schwesterlich ruhigem Herzen gegenüberstand, aber er wollte etwas anderes heraushören und streichelte bewegt über ihre Wangen.

»Weißt du, daß mich das sehr froh macht?«

Erstaunt schüttelte sie den Kopf.

»Aber, Vater, es kann dir doch nichts Neues sein, daß Rudolf mir nach dir der liebste Mensch ist?«

»Nein, das ist mir natürlich nichts Neues, aber ich freue mich doch, daß du es mir bestätigst, freue mich um so mehr, da es meinen Wünschen entgegenkommt. Und nun will ich dir auch sagen, was ich für Pläne habe. Du und Rudolf, ihr sollt gemeinsam meine Erben werden, und deshalb ist mein brennender Wunsch, daß ihr beide heiratet.«

Waltraut sah ihn erstaunt an, mehr erstaunt als betroffen.

»Aber, Vater! Heiraten? Rudolf und ich? Das kann doch nicht dein Ernst sein.«

Es zuckte erregt in seinem Gesicht.

»Doch, Kind, es ist mein Ernst, ist es um so mehr, als ich ein Gelübde abgelegt habe, daß meine Tochter die Gattin des Sohnes meines Freundes Heinrich Werkmeister werden soll.«

Und er berichtete ihr, wie er dazu gekommen sei, dies Gelübde abzulegen. Waltraut hörte etwas beklommen zu. Und als sie sich vorstellen wollte, daß Rudolf ihr Mann werden könne, mußte sie in ihrer Unerfahrenheit über das Wesen der Ehe ein wenig lachen.

»Das ist doch eine ganz seltsame Idee von dir, Vater.«

»Warum?« fragte er nervös.

Wieder mußte sie ein wenig lachen.

»Weil ich in Rudolf doch immer nur meinen Bruder gesehen habe. Nie wäre mir der Gedanke gekommen, daß er eines Tages mein Gatte sein könne. Als Kind habe ich wohl zuweilen in meinen Spielen Rudolf zu meinem späteren Gatten bestimmt, aber doch nur, solange ich ein dummes Kind war. Im Ernst hätte ich nie daran gedacht.«

»Aber nun ich dich auf diese Idee gebracht habe, nun mußt du doch zugeben, daß ich einen besseren Gatten als Rudolf nie für dich finden würde, solange ich auch suchte.«

Sie war nun doch ein wenig blaß geworden und schlang die Hände ineinander.

»Nein, nein, einen besseren gewiß nicht! Das weiß ich selbst. Nur kann ich nicht fassen, daß Rudolf jemals mein Gatte werden sollte. Wir sind doch wie Geschwister aufgewachsen und haben uns immer nur als solche betrachtet.«

»Ich sehe, daß ich damit einen Fehler beging. Rudolf hat mir das auch schon klargemacht.«

Eine jähe Röte schoß in ihr Gesicht.

»Du hast mit Rudolf schon darüber gesprochen?«

»Ja, ich habe ihm soeben meinen Wunsch unterbreitet.«

»Oh! Und er war sicher ebenso überrascht wie ich. Was hat er denn dazu gesagt?«

Und bei dieser Frage war wieder ein harmloses Lachen in ihrer Stimme.

»Er legt die Entscheidung in deine Hände.«

Überrascht sah sie auf.

»Wie? Er hält das für möglich? Er hätte nichts dagegen einzuwenden?«

»Er will mich nicht hindern, mein Gelübde zu halten, zumal er weiß, daß er in dir eine sehr liebenswerte

Frau bekommen wird. Natürlich gibt er auch zu, daß ihm das alles überraschend kommt und daß er sich erst an den Gedanken gewöhnen muß, dich mit anderen Augen zu betrachten. Aber einzuwenden hat er nichts.«

Waltraut strich ein wenig unruhig das Haar aus dem Gesicht.

»Das ist doch so seltsam, Vater! Ich sollte mich plötzlich ganz anders einstellen zu Rudolf, sollte in ihm nicht mehr meinen Bruder sehen, sondern meinen Gatten. Das – das ist so merkwürdig –, ich kann das gar nicht fassen.«

»Du willst mich also zwingen, mein Gelübde zu brechen?« fragte er traurig.

Schnell faßte sie seine Hand und sah ihn betreten an.

»Wie konntest du nur so ein Gelübde ablegen, Vater?« entfuhr es ihren Lippen.

Wie ein Stöhnen kam es über seine Lippen.

»Wie ich es konnte? Ich sah doch in Rudolf meinen Sohn, schon lange, ehe du geboren wurdest. Sollte ich ihn enterben, weil ich nun eine Tochter besaß?«

Sie erschrak.

»Nein, nein, das will ich gewiß nicht, dazu habe ich Rudolf viel zu lieb.«

»Siehst du, Kind, du hast ihn lieb, weißt vielleicht selbst nicht, wie lieb du ihn hast. Du sagtest doch vorhin selbst, kein anderer Mann kann in deinen Augen den Vergleich mit ihm aushalten. Also was hindert dich, ihm dein Jawort zu geben?«

Sie zuckte hilflos die Achseln.

»Ja, was hindert mich? Ich weiß es selbst nicht, wohl

nur der Umstand, daß ich immer nur meinen Bruder in ihm sah.«

»Sonst nichts?«

»Nein, nein, was sollte mich sonst hindern.«

»Du wirst dich an den Gedanken gewöhnen, in ihm deinen künftigen Gatten zu sehen.«

Waltraut sah sinnend vor sich hin. Sie war noch sehr unerfahren, unerfahrener als andere Mädchen ihres Alters. Sie gehörte nicht zu denen, die ihre Gefühle schon vor der Ehe in kleiner Münze verzetteln. Von der Ehe hatte sie nur unklare Begriffe, und so war es möglich, daß sie sich ganz harmlos fragte, ob es nicht doch ganz gut und richtig sei, wenn sie Rudolf heiratete. Er war doch wirklich ihr liebster Mensch, und sie hatte zu ihm ein so unbedingtes Vertrauen. Immer hatte sie sich ein wenig davor gefürchtet, daß eines Tages ein ganz fremder Mensch in ihr Leben treten könne mit allerlei Forderungen, die ihr unbequem und verdrießlich sein könnten. So wie Harry Schlüter in das Leben ihrer Freundin Dora eingedrungen war und sie aus den freundlichen und friedlichen Verhältnissen ihres Vaterhauses hinaus in eine fremde Welt gerissen hatte.

Wieviel besser würde sie es da haben als Rudolfs Frau, da würde nicht gewaltsam in die freundlichen Gewohnheiten ihres Lebens eingegriffen werden. Es war doch eigentlich töricht von ihr, daß sie vor diesem Gedanken erschrocken war.

Aber freilich, es war doch ein wenig peinlich, wenn sie sich plötzlich so anders zueinander einstellen sollten. Wenn sie wenigstens Zeit gehabt hätten, sich erst an diesen Gedanken zu gewöhnen. Sie seufzte auf.

»Ja, Vater – wenn man sich erst daran gewöhnen könnte! Schließlich kann ich mir wirklich keinen besseren Mann wünschen als Rudolf, aber die Umstellung ist doch gewiß etwas peinlich. Ich weiß nicht, wie sich das fügen soll. Es braucht jedenfalls Zeit.«

»Du sollst Zeit haben, soviel du willst, Waltraut. Wenn du mir nur deine Einwilligung gibst, will ich dir alles so leicht machen wie es möglich ist.«

Sie sah sinnend vor sich hin.

»Ich möchte dir natürlich helfen, dein Gelübde zu erfüllen, nun du es einmal abgelegt hast. Rudolf ist ja so lieb und gut, bei ihm wäre ich wohl geborgen, das sehe ich ein. Aber Zeit müßte ich haben und –«

Er sah sie fragend an.

»Und was?«

»Laß mich nachdenken.«

Sie saß eine Weile in tiefes Sinnen verloren, dann hob sie den Kopf. »Ja, Vater, so könnte es vielleicht gehen. Ich will dir versprechen, Rudolfs Frau zu werden, wenn du mir ein Jahr Zeit läßt. Und dieses Jahr will ich fern von Rudolf verbringen, ohne in dieser Zeit mit ihm zusammenzutreffen oder mit ihm zu korrespondieren. Auch für Rudolf wird das das beste sein. Wir können in dieser Zeit der Trennung zu vergessen suchen, wie wir bisher zueinander gestanden haben. Er und ich, wir können uns an den Gedanken gewöhnen, daß wir von jetzt an anders zueinander stehen sollen. Darauf müßte ich bestehen, Vater. So von heute auf morgen mein Verhalten zu Rudolf ändern, das kann ich nicht. Laß mich solange zu Dora Schlüter nach Ceylon gehen. Wenn ich dann von der Reise zurückkomme, dann werde ich Rudolf mit anderen Empfindungen gegenüberstehen können und er auch mir. Wir können so allem Peinlichen dieser Umstellung aus dem Wege gehen. Nicht wahr, Vater, du siehst ein, daß das sein muß?«

Georg Roland konnte sich den Ausführungen seiner Tochter nicht verschließen. Er mußte ihr recht geben.

Waltraut berichtete ihm noch, daß Doras Vater in vier Wochen nach Ceylon reise und sie gern unter seinen Schutz nehmen würde und daß sie dann im September nächsten Jahres mit Schlüters wieder zurückkommen könne.

Ihr Vater war viel zu froh, daß sie in die Verbindung mit Rudolf willigte, als daß er ihrem Wunsche, den er unter den gegebenen Umständen berechtigt fand, nicht gern nachgekommen wäre. Er besprach die Angelegenheiten noch von allen Seiten mit ihr, und Waltraut schien sich nun ziemlich leicht in den Gedanken an eine Verlobung mit Rudolf zu finden. Georg Roland ließ also schließlich Rudolf rufen.

Dieser hatte inzwischen Zeit gehabt, sich ein wenig mit dem Gedanken an eine Heirat mit Waltraut vertraut zu machen. Er suchte sich wenigstens einzureden, daß es ihm nicht schwerfallen würde, den Wunsch seines Pflegevaters zu erfüllen. Georg Roland sagte ihm nun, wie Waltraut seinen Vorschlag aufgenommen hatte und was für eine Bedingung sie gestellt hatte.

Rudolf trat zu Waltraut heran und faßte ihre Hände.

»Wir sind beide durch Vaters Wunsch überrascht worden, Waltraut, aber in meinem Herzen besteht kein ernstes Hindernis dagegen. Und ich freue mich, daß auch in deinem Herzen ein solches Hindernis nicht vorhanden ist. So wollen wir Vaters Wunsch erfüllen, damit er sein Gelübde einlösen kann. Aber ich begrüße es trotzdem mit meinem vollen Einverständnis, daß du auf ein Jahr nach Ceylon gehen willst und denke, daß du damit den richtigen Weg gefunden hast, auf dem wir uns später als Verlobte zusammenfinden können. Auch ich halte jetzt eine Trennung für wichtig und für notwendig. Jedenfalls danke ich dir, daß du dein Schicksal vertrauensvoll in meine Hände legen willst.«

Sie sah mit einem Lächeln zu ihm auf, das ihm verriet, daß sie sich der ganzen Tragweite ihres Entschlusses durchaus nicht bewußt war, und das rührte ihn.

»In keines Mannes Hände vertrauensvoller als in die deinen, Rudolf, das ist doch sicher. Und ich bin froh, daß auch du in diese Trennung willigst, die ich für unbedingt nötig halte, weil wir uns sonst vielleicht in einer gewissen Befangenheit auseinanderleben würden, statt uns auf der veränderten Basis näherzukommen. Wenn ich nach Jahresfrist zurückkomme, wollen wir uns gleichsam als neue Menschen gegenübertreten. Ich bitte dich auch, daß wir uns bis zu meiner Abreise möglichst aus dem Wege gehen.«

»Dazu kann ich am besten helfen«, warf Georg Roland ein. »Rudolf kann morgen schon eine Geschäftsreise antreten, die ihn vom Hause fernhält, bis du abgereist bist.«

Das war den beiden jungen Menschen sehr angenehm. Sie dankten dem Vater für seine Bereitwilligkeit. Dieser war sich selbst darüber klargeworden, daß auf diese Weise sich alles am besten einrenken würde. Man besprach nun ganz ruhig noch allerlei Notwendiges. Die Verlobung des jungen Paares sollte noch geheimgehalten werden bis nach Waltrauts Rückkehr, aber sie war trotzdem in aller Form geschlossen. Die Hochzeit sollte dann vorbereitet werden. Von dieser Hochzeit sprach freilich nur der Vater, Waltraut und Rudolf sahen scheu aneinander vorbei, als das geschah. Und Waltraut verabschiedete sich dann schnell von den beiden Herren. Heute gab ihr Rudolf nicht wie sonst einen brüderlichen Kuß zur guten Nacht, sie vermieden das beide in einer peinlichen Befangenheit. Rudolf beugte sich nur auf Waltrauts Hand und führte sie an seine Lippen.

»So will ich dir schon jetzt glückliche Reise wünschen, Waltraut. Da wir nicht miteinander korrespondieren wollen, werden wir ja durch Vater voneinander hören. Ich hoffe und wünsche, daß du nach Jahresfrist leichten und frohen Herzens zu mir zurückkehren wirst«, sagte er warm und herzlich, mit einer leisen Sorge um sie.

Aber sie sah ihn ganz tapfer an.

»Ich danke dir, Rudolf, und ich wünsche dir auch, daß du nie zu bereuen brauchst, daß du Vaters Wunsch erfüllt hast.«

»Das werde ich sicher niemals tun, ich kann keine bessere und liebere Frau finden als dich.«

»Und ich keinen besseren und zuverlässigeren Mann. Leb wohl, Rudolf, auch dir wünsche ich eine glückliche Reise, wir werden uns am besten morgen gar nicht mehr wiedersehn.«

Er merkte ihr sehr wohl an, daß sie dies Wiedersehn

fürchtete, und es tat ihm doch weh, daß das alte, vertraute Verhältnis zwischen ihnen gestört wurde. Aber es war gewiß notwendig, daß sie sich erst fremder werden mußten, um sich näherkommen zu können. Noch einmal zog er ihre Hand an seine Lippen. Ihm war, als müsse er sie schützend in seine Arme nehmen und ihr beruhigend über das Köpfchen streicheln, aber er versagte sich das, um sie nicht zu beunruhigen.

Rudolf blieb bei seinem Pflegevater, um mit ihm über die bevorstehende Geschäftsreise zu reden, und Waltraut suchte ihr Zimmer auf. Dort saß sie noch lange am offenen Fenster und dachte nach über die seltsame Wandlung, die ihr Geschick genommen hatte. Sie wußte nicht, ob sie froh oder traurig sein sollte, wußte nur, daß man ihr etwas Liebes und Gutes genommen hatte und daß sie dafür etwas eintauschen sollte, was sie nicht kannte. Ihr Verhältnis zu Rudolf hatte so etwas Unwirkliches, Fremdes bekommen, das bedrückte sie ein wenig. Sie wollte sich immer wieder einreden, daß es doch sehr schön sein würde, wenn sie nicht mit einem fremden Manne fortgehen müsse aus dem Vaterhaus und wenn alles hier beim alten bleiben würde. Aber irgend etwas ließ darüber doch keine Freude aufkommen. Sie konnte trotzdem nicht fassen, daß sie sich heute für alle Zeiten an einen Mann gebunden hatte, den sie nicht liebte, dem sie nur ihre Hand, aber nicht ihr Herz geschenkt hatte, trotzdem er ihr lieb und teuer war, aber doch nur wie ein Bruder.

Wenn sie nicht so unerfahren gewesen wäre, hätte sie sich vielleicht noch mehr über diese überstürzte Verlobung beunruhigt. Aber so fand sie sich mit dem Gedanken ab, daß schon alles gut werden würde. Was ihr Vater und ihr Bruder wollten, das konnte nichts Schlimmes sein. Sie wehrte die unruhigen Empfindungen von sich, und nun gewann die Freude, daß sie reisen durfte, daß sie die Freundin wiedersehen sollte, Macht über sie. Sie vertiefte sich in ihre Reisepläne, überlegte, was sie sich als Ausrüstung für diese Reise anschaffen mußte, und suchte einen Brief von Dora Schlüter hervor, in dem diese ihr angegeben hatte, was sie zu einer solchen Ausrüstung alles brauchen würde.

Das lenkte sie von dem Erlebnis der letzten Stunde ab. Sie überlegte, was sie Dora morgen telegrafieren wollte, und setzte folgendes Telegramm auf:

Komme mit deinem Vater. Waltraut.

Sie lachte ein wenig in sich hinein. Wie sich Dora freuen würde, wenn sie dieses Telegramm erhielt.

4

Am nächsten Morgen nahm Waltraut mit ihrem Vater allein das Frühstück ein. Dieser sagte ihr, daß Rudolf schon ins Geschäft gefahren sei, um sich noch Unterlagen für die Geschäftsreise zu holen, und daß er dann gleich zum Bahnhof fahren würde. Er lasse sie nochmals herzlich grüßen und ihr gute Reise wünschen.

Waltraut atmete auf. Sie war froh, Rudolf nicht mehr begegnen zu müssen, und bedauerte doch, daß sie froh darüber sein konnte. Aber sie vertiefte sich nun gleich wieder mit ihrem Vater in ein Gespräch über ihre Reisevorbereitungen, und dieser ging liebevoll darauf ein. Er versprach ihr auch, das Telegramm an Dora Schlüter aufzugeben, und sie plauderten noch über dies und das.

Als der Vater dann in das Geschäft gefahren war, schrieb Waltraut erst einmal einen langen Brief an ihre Freundin, der doch immerhin noch einige Wochen vor ihr eintreffen würde. Aber von ihrer Verlobung erwähnte sie kein Wort. Die sollte ja noch geheimgehalten werden.

Während sie noch bei diesem Briefe saß, brachte ihre Zofe ihr einen großen Strauß roter Rosen mit einem Billett von Rudolf. Er schrieb ihr: »Meiner lieben Schwester einen Abschiedsgruß, meiner lieben Braut ein frohes: auf Wiedersehn! Sei ruhig, kleine Waltraut, es wird alles viel leichter werden, als du glaubst. Und vergiß das eine nicht, daß Du mir immer und in allen Lebenslagen vertrauen kannst. Sei überzeugt, daß ich den ernsten und innigen Wunsch habe, Dir das Leben so leicht zu machen, wie es in eines Menschen Kraft steht. In treuer Liebe, wie immer, grüßt Dich Dein Rudolf.«

Mit einem befangenen Lächeln streichelte Waltraut die Rosen.

»Guter, lieber Rudolf, es wird schon gehen«, dachte sie in ihrer Unerfahrenheit.

Und dann schrieb sie weiter an Dora.

Als sie damit fertig war, besprach sie, wie täglich, das Menü mit der Haushälterin und dann kleidete sie sich zum Ausgehen an. Sie wollte Dora Schlüters Eltern besuchen und ihnen melden, daß sie mit dem alten Herrn reisen werde. Und anschließend wollte sie schon mit ihren Einkäufen beginnen. Der Vater hatte ihr einen Scheck ausgestellt, der hoch genug war, daß sie nicht zu knausern brauchte.

Dora Schlüters Eltern, Justizrat Dr. Heinze und seine Frau, nahmen Waltraut wie immer herzlich auf und freuten sich sehr, als sie erfuhren, daß Waltraut mit nach Ceylon gehen würde.

»Wie wird sich mein Dorchen freuen, liebe Waltraut! Und mir machen Sie auch das Herz ein wenig leichter. Weiß ich sie doch in guter Gesellschaft, wenn Sie bei ihr sind. Mein Mann kann ja nicht lange bei ihr bleiben, aber Sie werden ihr nun Gesellschaft leisten, bis Dora mit ihrem Manne uns besuchen kommt. Ich kann Ihrem Herrn Vater gar nicht genug danken, daß er Sie so lange beurlaubt«, sagte Doras Mutter.

Waltraut küßte ihr die Hand.

»Ich freue mich so sehr auf unser Wiedersehn, um so mehr, als ich die Hoffnung schon ganz aufgegeben hatte, daß ich Urlaub bekommen würde.«

»Richtig, Sie sagten mir doch gestern, daß der Vater Ihnen absolut keinen Urlaub bewilligen wollte«, warf der Justizrat ein.

Waltraut wurde ein wenig rot, weil sie daran denken mußte, welchem Umstand sie diesen Urlaub verdankte.

»Ich habe Vater gestern abend gesagt, daß Sie mich unter Ihren Schutz nehmen wollen und daß ich dann nächstes Jahr mit Dora und ihrem Manne zurückkehren kann. Das hat ihn beruhigt.«

»Nun, jedenfalls habe ich nun eine reizende Reisebegleiterin«, schmunzelte der alte Herr.

Waltraut besprach mit ihm noch allerlei, erkundigte sich nach Einzelheiten, welche die Reise betrafen, und kündigte den baldigen Besuch ihres Vaters an, der dem Justizrat seinen Dank sagen wolle, daß er sie unter seinen Schutz nehmen wollte. Dann verabschiedete sie sich von den alten Herrschaften und begann ihre Einkäufe zu machen.

Sie wurde in der nächsten Zeit so ganz von ihren Reisevorbereitungen in Anspruch genommen, daß sie leichter, als sie geglaubt hatte, über ihre Verlobung hinwegkam. In ihrer Unerfahrenheit konnte sie nicht ermessen, wieviel sich seit gestern in ihrem Leben geändert hatte. Als sie von dem Besuch bei Justizrats nach Hause gekommen war, sah sie Rudolfs Rosenstrauß auf ihrem Zimmer stehen. Nachdenklich trat sie heran und sog den süßen Duft ein. Rote Rosen? Rosen der Liebe? Und von Rudolf? Das erschien ihr nun doch wieder ganz ungeheuerlich, ganz unfaßbar. Aber sie wehrte diese Gedanken schnell wieder von sich ab. Wozu sich damit quälen? Das hatte ja alles so lange, lange Zeit – ein volles Jahr. Und dieses Jahr sollte voll köstlicher Tage werden. Eine herrliche Reise lag vor ihr und ein langer Aufenthalt auf Ceylon, der Wunderinsel, von deren Reizen und Seltsamkeiten Dora nie genug hatte berichten können.

Wenn ihr in den folgenden Wochen ihre Reisevorbereitungen Zeit ließen, dann ging sie oft langsam durch das ganze Haus, wie abschiednehmend, und es wurde ihr dabei so recht bewußt, wie schön doch ihr Vaterhaus war und wie viele frohe und glückliche Stunden sie darin verlebt hatte, trotz der Einsamkeit der letzten Jahre. Alle Räume waren mit soviel Geschmack und Kunstverständnis ausgestattet und überall spürte man noch das einst sorgliche Walten der verstorbenen Mutter. Eine heiße Sehnsucht nach der Mutter überkam sie dann immer wieder, und es kam ihr zum Bewußtsein, wie nötig sie die Mutter gerade jetzt gebraucht hätte. Und eines Tages sagte sie sich in so einer Stunde:

Wenn Mutter noch gelebt hätte – sie hätte es nicht zugelassen, daß ich vor eine so schwere Entscheidung gestellt worden wäre von Vater – nein, ganz gewiß nicht.

In jener Stunde fragte sie sich auch zum ersten Male, ob die Ehe ihrer Eltern ganz glücklich gewesen war. Harmonisch war sie gewesen und friedlich, die Mutter hatte sich immer dem starken Willen des Vaters angepaßt, hatte sich beschützt und behütet gefühlt. Und ihr Kind und Rudolf, den sie auch wie ein eigenes Kind liebte, hatten ihr Leben ausgefüllt, hatten es reich und schön gemacht. Aber etwas hatte doch wohl der Ehe ihrer Eltern gefehlt – das unbedingte Ineinanderaufgehen, die jubelnde Glücksfreude aneinander, das Himmelhochjauchzende. Es war alles ein wenig ernst und still gewesen, ein wenig zu ruhig und zu gehalten. Ja, und so würde ihre Ehe mit Rudolf wohl auch einst werden, das fühlte sie mehr instinktiv, als es ihr bewußt wurde. Irgendein Etwas würde auch ihrer Ehe einst fehlen, wie es der Ehe der Eltern gefehlt hatte.

Aber gab es überhaupt Ehen, die dieses Himmelhochjauchzende hatten? Bestand das nicht nur in der Einbildung der Dichter, die davon sangen? Sie fand keine Antwort auf diese Frage. Das Herz wurde ihr dabei ein wenig schwer, eine Unruhe ergriff sie, als müsse sie irgend etwas tun, um sich Erleichterung zu schaffen, sie wußte nur nicht, was. Und dann floh sie gleichsam vor ihren beunruhigenden Gedanken und befaßte sich wieder intensiv mit ihren Reisevorbereitungen. Sie war froh, wenn sie gar nicht mehr so recht zur Besinnung kam.

Von Rudolf hatte sie nichts mehr gehört. Der Vater bestellte zwischen ihnen beiden immer nur herzliche Grüße, da er dauernd mit Rudolf in brieflicher Verbindung stand.

Ein wenig tat das Waltraut weh. Sie ertappte sich oft bei dem Wunsch, schnell mit irgend etwas, das sie beschäftigte, zu Rudolf zu flüchten, wie sie es sonst wohl getan hatte. Und sie dachte dann an seine Worte, die er ihr an jenem Abend gesagt hatte: Wir müssen uns fremd werden, damit wir uns näherkommen können. Diese Worte, die sie selber empfunden hatte, waren von ihm ausgesprochen worden. Es war ja oft so, daß sie beide dieselben Gedanken hatten, und das hatte ihnen sonst immer so viel Freude gemacht.

Oh, es tat doch zuweilen recht weh, daß sie ihren lieben Bruder Rudolf verlieren sollte. Würde ihr das Schicksal vollwertigen Ersatz dafür geben in dem Gatten, dem sie angehören sollte, wenn sie wiederkam?

Dem Gatten?

Das war ein Begriff für sie, der ihr noch nichts sagen konnte, weil er ihr fremd war. Dora Schlüters Gatten hatte sie als einen ganz rücksichtslosen Eroberer, als Eindringling in den Frieden einer Familie angesehen, der die Freundin erbarmungslos fortschleppte von allem, was ihr bisher lieb und teuer gewesen war. Konnte einen denn ein Gatte für so viel Liebes und Schönes entschädigen? Würde Rudolf ihr als Gatte ersetzen können, daß er ihr den Bruder genommen hatte?

Immer wieder verlor sie sich in solche Gedanken. Nicht für lange Zeit, sie wurde zum Glück zuviel davon abgelenkt, aber sie kamen doch wieder.

Der Vater war jetzt immer sehr zärtlich und liebevoll zu ihr, er war heiterer als sonst und suchte ihr jeden Wunsch zu erfüllen. Ganz gewiß litt er auch ein wenig unter dem Gedanken an die bevorstehende Trennung, und das genügte schon, um Waltrauts liebevolles Herz zu bedrücken. Sie hatte Stunden, in denen sie klaglos die ganze schöne Reise aufgegeben hätte, um bei dem Vater bleiben zu können. Das sagte sie ihm auch, und es rührte ihn sehr. Aber er beruhigte sie dann immer, weil er eingesehen hatte, daß diese Reise wirklich nötig war, um dem Verlöbnis alles Peinliche zu nehmen, und sagte ihr, sie möge sich nur seinetwegen die Reisefreude nicht nehmen lassen, er bleibe doch nicht allein zurück, Rudolf werde ja sofort zurückkehren, wenn sie abgereist sei.

Aber der Abschied vom Vater war dann doch sehr schwer. Er hatte sie nach Bremerhaven hinüberbegleitet, von wo ihr Dampfer abging, und brachte sie an Bord. Justizrat Heinze mußte ihm immer wieder versprechen, seine Tochter in gute Obhut zu nehmen. Und als der Vater dann den Dampfer verlassen hatte und dieser langsam abfuhr, während die Schiffskapelle: »Muß ich denn zum Städtle hinaus« spielte, da stürzten Waltraut die Tränen aus den Augen, und sie wäre am liebsten wieder umgekehrt. Auch ihrem zurückbleibenden Vater wurden die Augen feucht. Er dachte daran, daß er ein alter Mann sei. Würde er sein Kind wiedersehn? Er sah dem Dampfer mit trüben Blicken nach.

Der Dampfer, auf dem Waltraut Roland unter dem Schutze des Justizrats Heinze ihre Reise angetreten hatte, war nun schon in voller Fahrt. Waltraut hatte sich in ihrer Kabine so wohnlich wie möglich eingerichtet und wurde durch das lebhafte gesellige Treiben an Bord von ihren Gedanken abgelenkt. Auch der Justizrat hatte sich so gut wie möglich eingerichtet und war so guter Laune, daß Waltraut nicht anders konnte, als auch vergnügt zu sein. Am zweiten Tag nach der Abfahrt von Bremerhaven hatte sich der Justizrat nach Tisch zu seinem üblichen Mittagsschläfchen in seine Kabine zurückgezogen. Auf Deck behauptete er nicht schlafen zu können, weil ihn da immer wieder neugierige Mitpassagiere ansahen. Das konnte er nicht vertragen, wenn er schlief.

Waltraut war jedoch hinauf auf Deck gegangen und hatte sich in einem abseits stehenden Liegestuhl niedergelassen, um zu lesen. Das Buch fesselte sie aber nicht genügend, und sie ließ es sinken und schloß die Augen, nicht um zu schlafen, sondern nur, um vor sich hin zu träumen. So saß sie einige Zeit, in eine wohlige Müdigkeit eingesponnen, als sie plötzlich das Empfinden hatte, daß irgend etwas sie beunruhigte. Ein unbestimmtes Gefühl zwang sie, die Augen aufzuschlagen – und sie begegnete dem Blick eines hochgewachsenen jungen Mannes, der ihr gegenüber an der Reling lehnte und mit einem eigentümlich forschenden, suchenden Blick zu ihr herübersah. Die beiden Augenpaare hingen eine Weile ineinander, als könnten sie nicht voneinander los, und Waltraut überkam ein seltsames, nie gekanntes Gefühl unter dem Blick dieser grauen Männeraugen, die so eigenartig hell aus dem tiefgebräunten Gesicht leuchteten. Irgend etwas Vertrautes und doch ganz Neues leuchtete ihr aus diesen Augen entgegen. Sie fühlte, wie ihr das Blut ins Gesicht schoß, und schloß schnell wieder die Augen. Aber ein ganz klein wenig mußte sie doch hinüberblinzeln, und sie sah, daß die grauen Männeraugen noch immer mit dem eigenartig forschenden Blick auf ihr ruhten. Sie grübelte, an wen diese Augen sie erinnerten, und plötzlich kam es ihr zu Bewußtsein. Rudolfs Augen glichen denen dieses fremden jungen Mannes, aber nur in der Form und in der Farbe, nicht im Ausdruck. Ja, es lag ein ganz anderer Ausdruck darin, und doch erinnerten sie diese Augen an die Rudolfs.

Sie wurde immer unruhiger unter dem Blick des jungen Herrn, den sie wie einen heimlichen Zwang empfand. Um diesem Zwange zu entgehen, richtete sie sich aus ihrer halb liegenden Stellung empor und wollte nach ihrem Buche greifen, um weiterzulesen, aber das Buch war ihr entfallen.

Schnell kam jetzt der junge Herr von der Reling herüber, bückte sich und hob das Buch auf, es ihr mit einer artigen Verbeugung überreichend. Unsicher und befangen sah sie in sein gebräuntes, sympathisches Gesicht und dankte mit einem stummen Neigen des Kopfes.

Der Fremde ging nun langsam davon, die Deckpromenade entlang. Waltraut war zumute, als habe sie soeben ein schwerwiegendes Erlebnis gehabt, und ihr Herz klopfte sehr unruhig. Sie versuchte vergeblich, sich in ihre Lektüre zu vertiefen, aber sie war zerstreut, mußte jeden Satz einige Male lesen, ehe sie den Sinn erfaßte, und sah immer wieder in die Richtung, in welcher der fremde Herr verschwunden war.

Er kam ihr nicht wieder zu Gesicht, und schließlich vertiefte sie sich doch, ruhiger werdend, in ihre Lektüre.

So saß sie, bis der Justizrat wieder an Deck erschien und lächelnd zu ihr trat.

»Wie ist es, Fräulein Waltraut, wollen wir jetzt eine Deckpromenade machen?«

Sie sah lächelnd zu ihm auf.

»Anscheinend haben Sie ein ruhiges Mittagsschläfchen gemacht, Herr Justizrat, Sie sehen so zufrieden aus.«

»Bin ich auch! Famos habe ich geschlafen. Die Seeluft scheint mir ausgezeichnet zu bekommen. Und Hunger habe ich wahrhaftig auch schon wieder.«

»Seeluft zehrt, Herr Justizrat. Aber wir bekommen ja bald Tee serviert.«

»Da wir zum Tee allerlei sehr nette und sättigende Sachen bekommen, sehe ich ihm hoffnungsvoll entgegen.«

Waltraut hatte sich erhoben und ging nun an der Seite des alten Herrn die Promenade entlang. Sie plauderten sehr angeregt und vergnügt zusammen. Der Justizrat war ein kluger, vielbelesener Mann mit einem noch sehr regsamen, frischen Geist und viel Humor. Es machte ihm Vergnügen, Waltraut immer wieder zum Lachen zu bringen, und er war sehr stolz auf seine reizende Schutzbefohlene, auf die die jungen Herren sehr interessierte, mehr oder minder verstohlene Blicke warfen. Nachdem sie ein halbes Stündchen promeniert waren, sagte der alte Herr: »Ich glaube, Fräulein Waltraut, die anwesenden Leute sehen sich für gewöhnlich gleich in den ersten Tagen die Passagierliste an. Wir wollen uns doch nicht als absolute Neulinge, die wir zwar sind, zu erkennen geben und das auch mal tun. Man sieht eine Menge ganz interessanter Gesichter an Bord, und da die Welt klein ist, wäre es immerhin möglich, daß wir irgendeinen Bekannten unter den Passagieren entdecken.«

»Habe ich schon entdeckt, Herr Justizrat, wenn auch nur Menschen, die *ich* kenne. Es ist nämlich eine ganze Filmgesellschaft hier an Bord, eine ganz bekannte Filmdiva, die ich schon in verschiedenen Filmen bewundert habe, und unter anderen auch der Berliner Schauspieler Hans Brausewetter, der immer so herzerfrischend echt und natürlich spielt. Auch die russische Tänzerin, die kürzlich in Hamburg gastierte, ist an Bord.«

»Nun also, da können wir ja Studien machen und uns die Filmleute auch einmal in natura ansehen. Aber kommen Sie, wir sehen jetzt einmal die Passagierliste ein.«

Das geschah. Aber es fiel ihnen kein Name besonders auf, nur ganz am Schluß wurde Waltraut aufmerksam und deutete lächelnd auf einen Namen.

Mijnheer Jan Werkmeester.

»Sehen Sie doch, Herr Justizrat, wie drollig, ein Holländer mit dem Namen Werkmeester. Das ist doch ganz sicher identisch mit dem deutschen Werkmeister. Also ein Namensvetter meines Pflegebruders.«

»Richtig, wenn auch nur ein holländischer. Den müssen wir uns einmal anschauen, wenn er nur annähernd so ein Prachtmensch ist wie Ihr Pflegebruder, dann werden wir versuchen, uns mit ihm anzufreunden.«

Waltraut lachte.

»Ich stelle mir unter einem Mijnheer immer einen alten, behäbigen Herrn vor mit einer Glatze, einer etwas angeröteten Nase und einem vollen, runden Genießergesicht.«

»Es gibt doch auch junge Mijnheers. Aber selbst, wenn es ein alter ist und wenn er ein Genießergesicht rund wie ein Vollmond hat, kann er doch ein angenehmer Gesellschafter sein. Ich habe Leute mit vollen runden Gesichtern immer gern, vielleicht weil ich selbst immer zu den Hageren gehört habe. Ich halte es mit Julius Cäsar: Laßt wohlbeleibte Männer um mich sein.«

Schelmisch sah ihn Waltraut an.

»Diese Vorliebe kann ich nicht mit Julius Cäsar teilen.« Er lachte.

»Sie wollen mir doch nicht versteckte Komplimente machen, Kindchen?«

»Doch, es gefällt mir sehr, wenn gerade ältere Herren noch schlank sind.«

Mit einer humoristischen Verbeugung quittierte er.

»Es geht auf Ihre Rechnung, wenn ich auf meine alten Tage noch eitel werde. Aber nun wollen wir doch sehen, daß wir Tee bekommen, mein Hunger nimmt beängstigende Formen an.«

»Dann schnell, Herr Justizrat!«

Vergnügt begaben sie sich auf Deck, wo die Schiffskapelle bereits spielte und einige Paare sich schon im Tanze drehten. Auch die Filmdiva tanzte mit Hans Brausewetter, was Waltraut interessiert konstatierte.

Während sie in der Nähe dieser tanzenden Paare mit dem Justizrat an einem kleinen Tisch Platz nahm, servierte der Steward bereits den Tee, und der alte Herr kostete vergnügt von all den guten Dingen, die mit dem Tee serviert wurden. Ein Tisch neben dem ihren war noch unbesetzt, aber gleich darauf erschien derselbe junge Herr, der Waltraut vorhin das Buch aufgehoben hatte und nahm an diesem Tische Platz. Zu ihrem Leidwesen merkte Waltraut, daß ihr das Blut ins Gesicht schoß.

Der Fremde setzte sich so, daß er Waltraut ins Gesicht sehen konnte. Artig grüßend verneigte er sich vor ihr. Sie dankte etwas verwirrt mit einem leisen Neigen des Kopfes. Der Justizrat bemerkte diesen stummen Gruß.

»Kennen Sie den Herrn, Fräulein Waltraut?«

»Nein, er hob mir nur vorhin ein Buch auf, das mir entfallen war, und glaubt wohl, mich nun begrüßen zu müssen.«

Der Justizrat sah nun scharf nach dem Nebentisch hinüber, und der junge Herr erhob sich und machte auch gegen den Justizrat eine stumme Verbeugung, die dieser höflich erwiderte.

»Anscheinend ein sehr artiger junger Mann«, sagte er anerkennend, »und eine sehr sympathische Erscheinung.«

Inzwischen waren noch zwei junge Herren dazugekommen und hatten ebenfalls am Nebentisch Platz genommen. Sie unterhielten sich lebhaft, wie gute Bekannte, mit dem ersten jungen Herrn. Es war Waltraut nicht immer möglich, dessen Blick zu vermeiden. Auch der Justizrat sah immer wieder, durch den munteren

Ton am Nebentische angezogen, hinüber und bemerkte, daß der junge Herr, der zuerst Platz genommen hatte, entschieden der sympathischste und interessanteste von den dreien war. Er war elegant, aber nicht stutzerhaft gekleidet, die Eleganz war nicht auffallend, sondern durchaus vornehm. Von seinem braunen Gesicht hob sich nur die Stirn etwas heller ab, soweit sie wohl meist vom Hut beschattet wurde. Es war eine sehr schön gebaute Stirn, unter der die grauen Augen gebettet waren, die von dunklen Brauen und Wimpern umgeben waren. Das dichte dunkelbraune Haar war aus der Stirn glatt zurückgestrichen und im Nacken ganz kurz verschnitten. Ein schmallippiger, sehr ausdrucksvoller Mund, und um diesen Mund ein fester, fast harter Zug, wie ihn Menschen haben, die an Kämpfe und Beschwerden gewöhnt sind, gaben diesem großzügigen Gesicht ein sehr markantes Aussehen. Es war ein bedeutendes und interessantes Gesicht. Die Bewegungen des jungen Mannes verrieten einen sportgestählten Körper, und seine Manieren schienen tadellos zu sein.

Auch Waltraut hatte sich nicht versagen können, diese Einzelheiten im Äußeren des jungen Mannes zu beachten, dessen Erscheinung sie ungewollt fesselte. Und immer wieder mußte sie erkennen, daß seine Augen sie an Rudolf erinnerten, wenn er auch sonst keine Ähnlichkeit mit ihm hatte. Diese Augen übten aber eine seltsame Wirkung auf sie aus. Jedesmal, wenn ihre Augen mit den seinen zusammentrafen – und das geschah einige Male –, war Waltraut zumute, als wenn ihr Herzschlag einen Moment stockte.

Nachdem sie ihren Tee eingenommen hatte, erhob sie sich, um sich einen Mantel aus ihrer Kabine zu holen, da es kühl wurde. Sie ließ sich absichtlich viel Zeit dazu, weil sie sich nicht eingestehen wollte, daß es sie wieder in die Nähe des Fremden zog.

Als sie aber dann endlich wieder hinaufkam, sah sie erstaunt, daß der Justizrat mit den drei Herren vom Nebentisch zusammensaß. Er erhob sich sogleich, als Waltraut herbeikam, und zugleich mit ihm erhoben sich die drei jungen Herren.

»Denken Sie sich, Fräulein Waltraut, ich habe soeben in Erfahrung gebracht, daß dieser Herr – er zeigte auf den Fremden, der Waltraut interessierte –, ein Nachbar und sehr guter Freund meines Schwiegersohns ist. Darf ich vorstellen: Mijnheer Werkmeester, Mijnheer Boon, Herr Döring von der bekannten Handelsfirma Döring & Sohn, die Ihnen sicher bekannt ist – Fräulein Roland, eine Freundin meiner Tochter, die unter meinem Schutze diese Reise macht, um meiner Tochter einen längeren Besuch zu machen.«

Die Herren verneigten sich vor Waltraut. Diese erwiderte den Gruß und sprach einige liebenswürdige Worte mit den Herren. Zuerst wandte sie sich an Herrn Döring, einen munteren blonden Herrn im Beginn der Dreißig.

»Ihre Firma ist mir nicht unbekannt, Herr Döring, ich habe zuweilen meinen Vater und meinen Bruder davon sprechen hören. Döring & Sohn ist eine weltbekannte Firma.«

»Wie die Firma Roland auch, mein gnädiges Fräulein. Ich freue mich, in Ihnen die Tochter des Herrn Georg

Roland kennenzulernen, mit dem wir geschäftlich oft zu tun haben.«

»Dann kennen Sie sicher auch meinen Pflegebruder, der Prokurist der Firma ist?«

Herr Döring verneigte sich lächelnd.

»Gewiß, wir sind erst im März dieses Jahres auf der Leipziger Messe zusammengetroffen, und wir haben einige sehr fidele Abende zusammen verlebt. Die Welt ist doch klein, nun treffe ich auch Sie, und zwar auf den Wellen des Ozeans.«

»Sie reisen sicher geschäftlich?«

»Teils, teils, mein alter Herr fand es nötig, daß ich mit unseren Geschäftsfreunden auf Ceylon, Sumatra und Java persönlich Fühlung nehme, und ich habe mich natürlich nicht geweigert. Ein junger Mann muß etwas von der Welt sehen.«

»Mein Bruder machte auch dieselbe Reise vor Jahren.«

»Weiß ich, von ihm habe ich mir die nötigen Anweisungen geben lassen, wie man sich in den Tropen benehmen muß«, erwiderte Herr Döring lachend. »Aber bitte, gnädiges Fräulein, wollen Sie nicht Platz nehmen?«

Er stellte ihr dienstbeflissen einen Sessel zurecht. Waltraut nahm Platz zwischen dem Justizrat und Mijnheer Werkmeester, dem jungen Herrn, der ihr das Buch aufgehoben hatte. Das war freilich kein Mijnheer mit einem runden Genießergesicht und einer geröteten Weinnase. Er wandte sich jetzt an Waltraut.

»Ich habe von Herrn Justizrat Heinze gehört, daß Sie nach Saorda gehen, um Herrn und Frau Schlüter einen Besuch zu machen, mein gnädiges Fräulein.«

Sie wunderte sich über seine tadellose Aussprache des Deutschen.

»So ist es«, erwiderte sie schüchtern, ärgerlich auf sich selbst, daß sie so befangen war.

»Mijnheer Werkmeester war auf einer längeren Erholungsreise in Europa, Fräulein Waltraut, und deshalb können wir ihn gar nicht ausforschen, wie es Dora geht«, sagte der Justizrat.

Waltraut sah Mijnheer Werkmeester fragend an, ihre Beklommenheit bekämpfend.

»Sie gehen auch nach Ceylon?«

»Ja, mein gnädiges Fräulein.«

»Sie leben dauernd dort?«

»Ja, wir besitzen große Plantagen dort, mein Vater und ich. Unsere größte Plantage, Larina, grenzt direkt an die Besitzung Harry Schlüters, Saorda und Larina sind nur durch einen Fluß getrennt. Harry Schlüter ist mein bester Freund. Und auch Frau Dora würdigt mich ihrer Freundschaft. Wir sind sehr viel zusammen. Ich freue mich, in Ihnen Frau Doras vielgeliebte Freundin kennenzulernen, von der sie mir sehr viel erzählt hat. Ich habe auch bei ihr Ihr Bild gesehen, und deshalb ist mir Ihr Gesicht so bekannt vorgekommen, daß ich Sie vielleicht schon mit meinem Interesse belästigt habe.«

Wieder stieg das Blut in Waltrauts Gesicht.

»Ich habe nichts davon bemerkt«, sagte sie nicht ganz der Wahrheit entsprechend.

»Und doch war dies Interesse so groß, daß ich mir erlaubte, mich dem Herrn Justizrat vorhin vorzustellen, und durch ihn erfuhr ich, daß Sie Frau Doras Freundin sind und wußte nun gleich, wo ich Ihr Gesicht schon gesehen habe.«

Waltraut zwang sich zu einem unbefangenen Lächeln.

»Die Welt ist klein, muß ich wie Herr Döring sagen.«

»Wir haben übrigens auch schon einiges Interesse an Ihrer Person genommen, Mijnheer Werkmeester, meine Schutzbefohlene und ich«, warf hier der Justizrat ins Gespräch.

»Wirklich? Darf ich fragen, in welcher Weise?« fragte der junge Mann, während seine Augen unverwandt an Waltrauts Gesicht hingen.

»Wir sahen heute die Passagierliste durch und fanden Ihren Namen, der uns aus besonderem Grunde interessierte.«

»Und darf ich fragen, was Sie an meinem durchaus nicht ungewöhnlichen Namen interessierte?«

»Fräulein Rolands Pflegebruder heißt Werkmeister, was mit Ihrem holländischen Werkmeester doch wohl identisch ist.«

»Allerdings! So bin ich jedenfalls sehr froh, diesen Namen zu führen, da er mir Ihre Beachtung eingetragen hat«, sagte der junge Mann mit einem hübschen Lächeln.

»Aber sonst haben Sie uns sehr enttäuscht, Mijnheer Werkmeester«, sagte der alte Herr mit humoristischem Schmunzeln. »Wir hatten Sie uns ganz anders vorgestellt.«

Waltraut wurde glühend rot und faßte nach dem Arm des alten Herrn. »Nicht doch, lieber Herr Justizrat.«

Mijnheer Werkmeester wurde aber nun erst recht begierig zu erfahren, wie er in Waltrauts Vorstellung ausgesehen hatte.

»Doch, Herr Justizrat, Sie müssen mir sagen, wie ich in der Vorstellung des gnädigen Fräuleins lebte.«

»Sie behauptete, unter einem Mijnheer stelle sie sich immer einen alten Herrn mit einer Glatze, einer roten Weinnase und einem runden Genießergesicht vor.«

Mijnheer Werkmeester lachte, es war ein frisches, frohes Lachen. Schalkhaft blickte er in Waltrauts Gesicht, das nun auch ein Lachen erhellte.

»Ich bedaure wirklich nicht, daß ich Sie so enttäuschen mußte, mein gnädiges Fräulein.«

»Davon bin ich überzeugt«, sagte Waltraut, befreit in sein Lachen mit einstimmend. Und dann sagte sie, auf ein anderes Thema übergehend: »Es ist auffallend, was für ein gutes, reines Deutsch Sie sprechen, Mijnheer Werkmeester.«

»Ja? Ist es ein gutes Deutsch? Das ist aber kein Wunder. In meinem Elternhause wurde ebensoviel Deutsch wie Holländisch gesprochen. Mein Vater liebte alles, was deutsch ist, sehr, und auch meine Mutter hat schon von Kind auf die deutsche Sprache gelernt und beherrschte sie vollständig. Außerdem spreche ich mit Schlüters nur deutsch und bleibe so immer in Übung. Auch habe ich jetzt einen großen Teil meines Erholungsurlaubs in Deutschland verbracht, weil auch ich dies Land sehr liebe. Einige Monate habe ich mich im bayrischen Hochgebirge aufgehalten, um ordentlich Schnee und Eis zu genießen, wonach wir, die wir in den Tropen leben müssen, immer schmachten.«

»Haben Sie immer auf Ceylon gelebt?« fragte Waltraut interessiert.

»Nein, nicht immer, ständig erst seit zirka vier Jahren, früher immer nur vorübergehend. Der Vater meiner Mutter hatte auf Sumatra seine Besitzungen und besaß erst auf Ceylon nur eine kleine Plantage, die er geerbt hatte. Auch meine Eltern lebten auf Sumatra. Ich mußte als Kind, aus Gesundheitsgründen und der besseren Schule wegen, in Holland leben, bis zu meinem sechzehnten Lebensjahr. Abwechselnd war immer einer meiner Angehörigen bei mir, am meisten meine Großmutter, die Mutter meiner Mutter, die das Tropenklima nie sehr lange vertragen konnte. Mit sechzehn Jahren ging ich dann auch nach Sumatra, um meinem Vater, nach dem Tode meines Großvaters, bei der Bewirtschaftung unserer Plantagen zu helfen. Es hatte sich nun herausgestellt, daß unsere Besitzung Larina auf Ceylon, die mein Großvater durch große Länderkäufe mit den Jahren sehr vergrößert hatte, sich noch ertragreicher gestaltete als unsere Besitzungen auf Sumatra, und so hatten wir eigentlich schon lange vor, nach Ceylon überzusiedeln. Wir hätten aber zuvor gern die Besitzung auf Sumatra verkauft, weil es auf die Dauer zu beschwerlich war, zwei so ausgedehnte Besitzungen zu bewirtschaften, wodurch wir, Vater und ich, uns zu oft trennen mußten, zumal wir ja auch nach wie vor zuweilen einen Klimawechsel vornehmen und nach Europa reisen mußten. Wir besuchten dabei abwechselnd meine Großmutter, aber als ich vor vier Jahren wieder nach Holland kam, lebte sie nicht mehr. Meine Mutter war zum Glück bei ihr, als sie starb. Aber als meine Mutter von jener Europareise zurückkam, begann sie zu kränkeln – und starb bald darauf. Inzwischen hatte mein Vater einen Käufer für unsere

Besitzungen in Sumatra gefunden, und nun hielt ihn dort nichts mehr. So siedelten wir zwei nach Ceylon über, wo wir beide reichlich genug zu tun haben mit der Bewirtschaftung unserer Besitzung, die immer größer wurde.«

So berichtete Mijnheer Werkmeester in ruhiger, sachlicher Art. Zu seinem eigenen Erstaunen war er so ausführlich geworden, er, der sonst so zurückhaltend war. Aber unter Waltrauts teilnehmenden Augen kam ihm das alles leicht über die Lippen.

»Und in Ihrer Abwesenheit ist nun Ihr Herr Vater ganz allein?«

»Leider! Ich lasse ihn nicht gern allein, denn er hat eine große Neigung zur Schwermut, die mir Sorge macht.«

»Sicher seit dem Tode Ihrer Mutter?«

»Etwas sehr ernst und schwermütig ist mein Vater eigentlich immer gewesen, aber seit dem Tode meiner Mutter ist das noch schlimmer geworden. Ich ließ ihn, wie gesagt, nicht gern allein, aber er drang darauf, daß ich den nötigen Klimawechsel vornahm. Zu gleicher Zeit können wir nicht gut fort. So mußte ich allein reisen. In zwei Jahren ist mein Vater dann wieder an der Reihe. Wenn wir ja auch in Ceylon, da unsere Besitzung, genau wie Saorda, in den Bergen liegt, ein außerordentlich günstiges Klima haben, so muß man doch von Zeit zu Zeit etwas für seine Gesundheit tun, um leistungsfähig und frisch zu bleiben.«

»Also Saorda liegt wirklich sehr günstig?« fragte der Justizrat.

»Unbedingt.«

»Das freut mich, ich habe geglaubt, daß meine Tochter uns das nur geschrieben hat, um uns zu beruhigen«, sagte der Justizrat aufatmend.

»Nein, nein, Sie können ganz unbesorgt sein. Im übrigen werden Schlüters nächstes Jahr wieder zur Erholung nach Deutschland gehen.«

»So ist es ausgemacht.«

»Und Sie, mein Fräulein, werden auf Ceylon bleiben, bis Sie in Schlüters Begleitung zurückkreisen können?«

»Ja, so haben wir es geplant.«

»Ich freue mich sehr, daß unser kleiner Kreis einen so interessanten Zuwachs bekommt«, sagte Jan Werkmeester mit seinem angenehmen Lächeln. Waltraut sah ihn mit einem schelmischen Blick an.

»Wenn Sie mich mit dem interessanten Zuwachs meinen, dann werde ich Sie wohl enttäuschen müssen.«

»Oh, das können Sie selbst wohl am wenigsten beurteilen. Wenn man in so großer Abgeschiedenheit lebt wie wir, dann ist jeder Gast ein großer Gewinn – Sie aber werden ein Haupttreffer sein.«

Waltraut wandte sich jetzt an Mijnheer Boon.

»Leben Sie auch auf Ceylon, Mijnheer Boon?«

»Nein, ich lebe auf Sumatra«, erwiderte dieser in etwas unbeholfenem Deutsch.

»Mijnheer Boon war auf Sumatra unser Nachbar und so sind wir gute Freunde geworden. Zufällig trafen wir auf der Europareise zusammen, haben zusammen im bayrischen Hochgebirge Hochtouren gemacht und haben nun auch gemeinsam die Rückreise angetreten. Leider beherrscht Mijnheer Boon die deutsche Sprache nur sehr mangelhaft, und wenn Sie sich mit ihm unterhalten wollen, biete ich meine Dienste als Dolmetscher an«, sagte Jan Werkmeester.

Er wurde nun gleich in scherzhafter Weise als Dolmetscher verpflichtet, und so kam eine sehr heitere Stimmung auf. Herr Döring unterstützte diese mit seinen lustigen Einfällen, und der Justizrat blieb nicht hinter ihm zurück. Der alte Herr war noch sehr gern fröhlich in Gesellschaft junger Menschen.

Man blieb zusammen, bis es Zeit war, sich zur Abendtafel umzukleiden, und trennte sich mit Bedauern. Als Jan Werkmeester sich von Waltraut verabschiedete, sagte er bittend:

»Ich hoffe, daß Sie uns öfter die Ehre Ihrer Gesellschaft schenken, denn wir haben noch eine lange gemeinsame Reise und wollen doch schon als recht gute Freunde bei unsern gemeinsamen Freunden eintreffen.«

Sie sah ihn unsicher an und verschanzte sich dann wieder hinter einem Scherz.

»Wir werden uns kaum weit aus dem Wege gehen können, Mijnheer Werkmeester, auch wenn wir es wollten.«

»Aber wir wollen es doch nicht? Sagen Sie mir, daß Sie es nicht wollen«, bat er dringend.

»Nein, wir wollen es nicht«, erwiderte sie scherzend.

5

Und es ergab sich in der Folge wie von selbst, daß die drei jungen Herren viel in der Gesellschaft des Justizrats und seiner Schutzbefohlenen waren, am meisten widmete sich ihnen Jan Werkmeester. Das war nicht auffallend, denn der Justizrat konnte nicht genug von seiner Tochter und seinem Schwiegersohn hören, und Waltraut forschte ihn immer wieder über die Verhältnisse auf Ceylon aus. Bereitwillig gab er ihr über alles Auskunft. Er kannte ganz Ceylon sehr genau und erzählte sehr interessant, ob er nun von dem Isuruminijatempel berichtete, den König Tissa vor mehr als zweitausend Jahren aus dem Felsen hatte heraushauen lassen und der erst vor Jahrzehnten wiederentdeckt worden war, oder von dem Adamspik, dessen Gipfel er bestiegen hatte, wo von den Buddhisten der Fußabdruck Buddhas angebetet wurde, alles schilderte er ihr so plastisch, daß sie atemlos lauschte. Von dem seltsamen, kegelförmigen Schatten erzählte er ihr, den der Adamspik, der den Buddhisten als heiliger Berg gilt, im Sonnenschein bei aufsteigendem Morgennebel auf die Landschaft wirft, von dem grandiosen Wasserfall bei Nuwara Eliya, der Hunderte von Metern abstürzt, von den heiligen Tempelfelsen, die den Europäern nur selten zugänglich sind, und von den überaus kostbaren Opfergaben, die dabei von gläubigen Birmanen und Singhalesen gestiftet und die nur bei diesen Festen dem Volke gezeigt werden, während sie sonst hinter goldgestickten Samtvorhängen verborgen liegen. In einem dieser Tempel, so erzählte er, sei der Zahn Buddhas aufbewahrt und sieben, mit den kostbarsten Steinen verzierte Glocken, und erst unter der siebenten Glocke liege eine Lotosblume mit goldenen Blättern, auf denen der Zahn Buddhas, der etwa die Daumengröße eines normalen Menschen hat und nur noch bei den ganz gläubigen Buddhisten für echt gilt, ruht.

All diese Herrlichkeiten breitete Jan Werkmeester mit seiner warmen, sonoren Stimme vor Waltraut aus. Sie staunte und lauschte ihm wie im Traume.

»Das werden Sie ja zum Teil selbst zu sehen bekommen, mein gnädiges Fräulein. Kandy, wo Sie viele solche Herrlichkeiten neben den schönsten Naturwundern sehen können, liegt an unserem Wege, wenn wir nach Saorda fahren. Wir fahren auch zuweilen nach Kandy hinüber, halten uns dort einige Tage auf, wenn wir wieder einmal internationale Geselligkeit genießen wollen. Immerhin müssen wir freilich einen halben Tag fast mit dem Auto fahren, weil es bergauf und bergab geht, aber gottlob, daß es Autos gibt. Früher waren diese Fahrten viel beschwerlicher und langwieriger, weil man auf der Ochsentonga fahren mußte. Ich habe kürzlich in Deutschland einen Artikel über Ceylon gelesen, in dem der Verfasser lebhaft bedauert, daß die Poesie des Landes durch die Autos verlorengehe. Teilweise mag er recht haben, aber wenn er öfter eine tagelange Fahrt auf einer Ochsentonga machen müßte, würde er den Sinn für Poesie verlieren. Da bleibt im Auto doch noch mehr übrig. Man behält darin wenigstens die Kraft, sich an den Naturschönheiten zu erbauen.«

Waltrauts Augen glänzten bei seinen Erzählungen, als höre sie Märchen aus Tausendundeiner Nacht.

»Ich freue mich, oh, ich freue mich so sehr, daß mein Vater mir erlaubte, diese Reise zu machen«, sagte sie froh.

»Ich auch!« erwiderte er leise, mehr zu sich selbst. Aber sie hörte es doch und sah unruhig in seine Augen, die mit einem so seltsamen Ausdruck auf ihrem Gesicht ruhten. Sie gab sich aber den Anschein, diese Worte nicht gehört zu haben.

Und an diesem Tage fragte sie sich zum ersten Male bedrückt, ob es nicht besser sei, wenn sie ihm sagte, daß sie verlobt sei. Es kam ihr aber doch nicht über die Lippen. Immer wieder hielt sie diese Worte zurück und beruhigte sich damit, daß es doch beschlossene Sache war, daß diese Verlobung bis zu ihrer Rückkehr geheim bleiben sollte. Je länger sie aber in Jan Werkmeesters Gesellschaft weilte, je öfter sie mit ihm sprach und dabei in seine seltsam zärtlich leuchtenden Augen sah, desto quälender empfand sie, daß sie mit Rudolf verlobt war. Es kam ihr immer mehr zum Bewußtsein, daß es ein Unrecht gewesen war, daß sie in diese Verlobung eingewilligt hatte. Wie hatte sie das nur tun können? Seit sie Jan Werkmeester kannte, seit seine zärtlichen Augen etwas in ihr aufgeweckt hatten, von dem sie früher keine Ahnung gehabt hatte, fühlte sie erst, was sie damit auf sich genommen hatte.

Ganz klar waren diese Empfindungen freilich noch immer nicht, sie huschten durch ihre Seele, wie ein schnell vorübergleitendes Licht, aber dieses Licht schmerzte sie, so daß sie immer wieder die Augen davor schloß.

So verging eine Woche nach der andern. Jeden Tag, fast jede Stunde war sie mit Jan Werkmeester zusammen. Das Leben auf dem Dampfer gestattete kein Ausweichen, wenn man nicht direkt ungezogen sein wollte. Und sie wollte ihm ja auch gar nicht ausweichen, sie freute sich, wenn sie ihn sah und wenn sie merkte, daß er ihre Gesellschaft jeder anderen vorzog. Immer wußte er es so einzurichten, daß sie zusammen waren, und wenn auch der Kreis um den Justizrat und seine Schutzbefohlene immer größer wurde, wenn man auch nach und nach fast mit allen anderen Passagieren bekannt wurde und auch wenn Herr Döring und Mijnheer Boon mit Jan Werkmeester wetteiferten, um Waltraut Aufmerksamkeiten zu erweisen, so fühlte sie sich doch nur wohl und glücklich, wenn Jan Werkmeester in ihrer Gesellschaft war.

Sie suchte dafür hundert Gründe – um den einzig wahren vor sich selbst zu verbergen. Um keinen Preis hätte sie sich zugestanden, daß sie für ihn ganz anders empfand als je zuvor für einen Mann. Sie redete sich ein, daß sie seine Gesellschaft bevorzugte, weil er ihr so genaue Informationen über Ceylon geben konnte, weil er der Freund von Schlüters war, weil sie für die Zeit ihres Besuchs bei der Freundin doch viel in seiner Gesellschaft sein würde und was es sonst noch für Gründe geben konnte.

»Sie werden meine Gesellschaft in Saorda fast täglich ertragen müssen«, hatte er lächelnd gesagt.

»Ich habe Ihre Gesellschaft doch hier auf dem Dampfer auch täglich genossen und habe sie ganz leidlich ertragen«, neckte sie.

Sein Blick verdunkelte sich.

»Leidlich ertragen? Es ist ganz schlimm für mich, daß Sie meine Gesellschaft nur leidlich ertragen haben.«

Ein wenig unruhig unter seinem Blick fragte sie lächelnd:

»Genügt ihnen das nicht?«

»Nein!« erwiderte er.

Nichts als dieses Nein. Aber seine Augen redeten eine leidenschaftliche Sprache. Es lag ein heißes Flehen, ein stummes Werben darin. Und ihr Herz klopfte bis zum Halse hinauf. Sie lehnten beide an der Reling und hatten auf den leise gekräuselten Wasserspiegel gesehen. Nun blickten sie sich an. Und unter dem bittenden Zwang seiner Augen sagte sie leise:

»So war es doch gar nicht gemeint, ich scherzte ja nur. Sie wissen sehr wohl, daß mir Ihre Gesellschaft lieb und angenehm ist.«

Da strahlten seine Augen in die ihren, daß sie bis ins Herz hinein erschrak.

»Ist das wahr?« stieß er erregt hervor.

Sie mußte die Augen abwenden und sah wieder auf das Wasser hinaus. »Ja doch! Ich habe doch außer ihnen und dem Herrn Justizrat keinen Menschen hier an Bord, mit dem ich von meiner Freundin sprechen kann.«

Die Erregung in seinen Zügen ebbte ab, und seine Augen blickten düster. »Ah, also nur deshalb?«

Ganz scheu sah sie ihn von der Seite an.

»Was soll ich Ihnen sonst noch sagen, Mijnheer Werkmeester? Sie wissen doch selbst, daß wir beide sehr gute Freunde geworden sind während der Seereise.«

Er strich sich das Haar aus der Stirn.

»Ja, gute Freunde – *nur* gute Freunde. Aber schon damit muß ich zufrieden sein, schon das ist viel, und ich danke Ihnen, daß Sie mir das gesagt haben. Wenn ein so stolzes und zurückhaltendes Mädchen, wie Sie es sind, das sagt, so ist es schon sehr viel, und wenn ich mehr verlangen würde, jetzt schon, nachdem wir uns nur einige Wochen kennen, so wäre es vermessen. Freilich, mir ist nicht so, als kennten wir uns nur kurze Zeit, und schließlich haben wir uns in der engen Gemeinsamkeit dieser Seereise besser kennengelernt, als es sonst in jahrelangem, oberflächlichem Gesellschaftsverkehr möglich wäre. Ich wenigstens glaube, Sie bis in Ihr innerstes Wesen zu kennen, und ich möchte gern wissen, ob Ihnen das mit mir auch so geht?«

Sie schwieg eine Weile und sah versonnen auf das Spiel der Wellen. Und sie fühlte seine Nähe wie eine unbeschreibliche Wohltat und zugleich wie einen brennenden Schmerz. Ihre Augen wurden feucht. Sie dachte an Rudolf – daran, daß er ihr Verlobter war. Ach, daß sie noch seine Schwester sein könnte, nichts als seine Schwester.

»Sie antworten nicht? Das ist hart«, sagte er leise.

Da wandte sie ihm ihre Augen zu. »Sie wissen es doch! Fragen Sie mich doch nicht«, bat sie mit versagender Stimme.

Er fühlte, daß er sie quälte, und schalt sich, daß er nicht geduldig seine Zeit abwarten könne. Was wollte er denn schon jetzt von ihr hören, welche Zugeständnisse sollte sie ihm denn schon machen nach so kurzer Bekanntschaft. Und schuldbewußt zog er ihre Hand an seine Lippen. »Verzeihen Sie mir, ich bin ein Hinterwäldler. Man verlernt ein wenig, mit Damen umzugehen in unserer Weltabgeschiedenheit. Bitte, seien Sie mir nicht böse, ich sehe, daß ich Sie quäle mit meiner Ungeduld und mit meiner Sehnsucht, etwas Liebes und Gutes von Ihnen zu hören. Schimpfen Sie mich aus – bitte, tun Sie es.«

Da flog ein erlöstes Lächeln über ihr Gesicht.

»Nein, zanken werde ich nicht, und zu verzeihen habe ich Ihnen auch nichts, sonst müßten Sie mir auch etwas zu verzeihen haben. Wir haben uns doch beide gewiß nicht weh tun wollen, das weiß ich von mir und weiß es von Ihnen. So gut kenne ich Sie nun schon.«

Er wollte ihr über eine Verlegenheit forthelfen, die er selbst verursacht hatte, und zeigte sich nun wieder ganz heiter.

»Diese gute Meinung muß ich mir zu verdienen suchen, und ich werde damit anfangen, indem ich mir Mühe gebe, Sie wieder froh und vergnügt zu machen. Das tue ich schon aus Egoismus, weil ich Sie so gern lachen höre. Bin ich nicht ein greulicher Egoist?«

»Ja, mich schaudert es!« rief sie lachend, froh, daß die gefährliche Situation vorüber war.

Und dann gingen sie hinüber zu den anderen, die in großer Gesellschaft zusammensaßen und den Tanzenden zuschauten. Es wurde auch an Bord des Dampfers, wie jetzt überall, zu jeder Tageszeit getanzt, und auch hier betrachtete man den Tanz nur noch als Sport, als Ausgleich, nicht als einen Ausdruck festlicher Freude.

»Wünschen Sie zu tanzen, mein gnädiges Fräulein?« fragte Jan Werkmeester.

Waltraut schüttelte den Kopf.

»Nein, nein, diese gewohnheitsmäßigen Tänze sind mir unangenehm. Ich tanze nur, wenn ich in besonderer Stimmung dazu bin.«

»Ganz mein Fall, ich habe mit Staunen auf meiner Reise bemerkt, wieviel jetzt an allen Orten getanzt wird und wie wenig Festliches dem Tanz noch anhaftet. Auch er ist nüchtern geworden wie alles andere. Wir tanzen zuweilen auf Saorda, nur zu einem Grammophon, und Frau Schlüter muß abwechselnd für ihren Gatten und für mich Tänzerin sein, aber stimmungsvoller ist das immer als dieses stupide Tanztraining zur Erhaltung der schlanken Linie. Aber über Geschmack läßt sich nicht streiten. Jedenfalls hoffe ich, daß wir in Saorda zuweilen stimmungsvolle kleine Tanzabende arrangieren, da wir ja nun eine Tänzerin mehr haben werden.«

Seine Augen glitten dabei über ihr Gesicht wie in einer heimlichen, verstohlenen Liebkosung, und sie wandte sich rasch ab und setzte sich zu dem Justizrat, der mit Herrn Döring und Mijnheer Boon zusammensaß und scheinbar mit ihnen spaßige Bemerkungen über einige wenig graziöse Tänzer und Tänzerinnen machte.

»Hier spielt man anscheinend Lästerallee, da wollen wir auch mithalten, Mijnheer Werkmeester und ich«, sagte Waltraut, und sie beteiligte sich nun mit Jan Werkmeester an dieser Unterhaltung.

So war man, nachdem man den Suezkanal passiert hatte, fünf Tage durch das Rote Meer, wo es sehr heiß und drückend war, gefahren. Dann war man sieben Tage durch den Indischen Ozean gefahren, hatte fast immer nur Wasser oder kahles Felsgestein an den Ufern zu sehen bekommen, und die Passagiere lechzten nun nach ein wenig Vegetation und nach dem bunten, beweglichen Treiben der Hafenplätze. Endlich tauchten die von leichten Wolken umgebenen Bergriesen Ceylons auf. Waltraut stand mit dem Justizrat und Jan Werkmeester an der Reling, und der letztere erklärte ihnen, was sie zu sehen bekamen. Die »Smaragdinsel« lag vor ihnen. So wird Ceylon genannt, und man sagt, es sei das wundervollste Tropenland der Erde. Das liegt wohl unter anderem daran, daß man hier die fremdartige Tropenvegetation in einer Mannigfaltigkeit und Üppigkeit ohnegleichen emporsprießen sieht.

Langsam näherte sich der Dampfer dem Hafen von Colombo. Nachdem man an Land gehen konnte, verabschiedeten sich der Justizrat, Jan Werkmeester und Waltraut von ihren Mitpassagieren. Mijnheer Boon reiste weiter, und Herr Döring wurde von Geschäftsfreunden in Colombo erwartet.

Jan Werkmeester riet dem Justizrat und Waltraut, den Aufenthalt in Colombo tunlichst zu beschränken, weil es zu heiß und zu staubig und Colombo nicht interessanter sei als alle internationalen Hafenplätze. Außerdem würden Schlüters, die ihre Gäste in Kandy erwarten wollten, sehr ungeduldig sein, diese in Empfang zu nehmen.

»Wir fügen uns ganz Ihren Anordnungen, Mijnheer Werkmeester, und es ist sehr angenehm für uns, daß Sie uns mit ins Schlepptau nehmen wollen«, sagte der Justizrat, der ein wenig benommen war von dem Lärm, der ihn hier umgab.

Für Waltraut war das zwar alles sehr interessant, aber sie sagte sich auch, daß es besser sei, der großen Hitze und dem Staub rasch zu entfliehen.

Also blieb man nur eine Nacht in Colombo, in einem englischen Hotel, das zwar vorzüglich geleitet war, aber, wie alle großen Hotels an belebten Hafenplätzen, einem Rummelplatz glich.

Am nächsten Morgen fuhren die drei mit der herrlich bequemen Eisenbahn in die Berge hinauf. Jan Werkmeester hatte in zuvorkommender Weise für jeden erdenklichen Komfort gesorgt. Er kannte ja Land und Leute und wußte, wie man es anfangen mußte, die besten Aussichtsplätze zu belegen, Kühlung und Erfrischungen zu erhalten und die aufdringlichen Kulis zurückzuscheuchen.

Waltraut war glücklich und froh, daß er in ihrer Gesellschaft war. In seinem Schutz fühlte sie sich geborgen. Denn der alte Herr Justizrat war nun doch etwas benommen und unbeholfen auf diesem ihm ganz fremden Boden.

Und Jan Werkmeester war glücklich und froh, daß er Waltraut dienen konnte, das sah man ihm auch an. Eifrig erklärte er ihnen die ganze Umgebung. Sie fuhren an dem berühmt schönen Botanischen Garten von Paradeniya vorüber. Mit staunenden Augen nahm Waltraut die leuchtende Farbenpracht der Smaragdinsel in sich auf. Die Bahnwagen waren so bequem und schön, daß man die Ausblicke mit allem Behagen genießen konnte. Das Wunderbarste, was die südliche Pflanzenwelt zu bieten hatte, breitete sich zu beiden Seiten der Bahnlinie aus. Und die malerische Fremdartigkeit dieser Tropenwelt wirkte wie ein Märchen auf Waltraut. Sie kam dadurch selbst in eine Märchenstimmung, fühlte sich wie losgelöst von aller Erdenschwere und empfand, unbewußt zwar, aber doch mit aller Intensität, daß dies alles noch viel schöner und wunderbarer sei, weil Jan Werkmeester bei ihr war.

Als sie endlich Kandy erreichten, schien der Höhepunkt der Schönheit erreicht zu sein. Kandy war ein wundervoller, märchenhaft schöner Gebirgsort, eine befestigte Stadt und jetzt Sitz eines englischen Gouverneurs. Die buddhistischen Tempel inmitten der üppigen Vegetation wirkten wie Wunderbauten. In der Mitte von Kandy lag ein kleiner See mit kristallhellem Wasser, und inmitten dieses Sees sah man eine kleine Insel, die mit hohen Palmen und einem märchenhaften Blütenreichtum bewachsen war. Unter diesen Palmen sah man die Ruinen eines Pavillons, und Jan Werkmeester erklärte Waltraut und dem alten Herrn, daß dieser Pavillon einst von den Gemahlinnen der Könige von Kandy benutzt worden sei.

Am Bahnhof wurden die Reisenden von Harry Schlüter und seiner jungen Frau empfangen. Das gab eine große Aufregung. Dora Schlüter, eine reizende schlanke Frau mit gebräuntem Teint und kastanienbraunem Haar, sah mit ihren braunen Augen glückstrahlend auf die Ankommenden und wußte in ihrer Freude nicht, ob sie zuerst den Vater oder die Freundin umarmen sollte. Weil sie sich darüber nicht schlüssig wurde, umfaßte sie beide zu gleicher Zeit und lachte und weinte gleichzeitig. Jan Werkmeester begrüßte inzwischen Harry Schlüter. Dieser schüttelte ihm erfreut die Hände.

»Jan, alter Kerl, das ist ja famos, daß du zugleich mit unseren Gästen ankommst. Ihr seid doch auf demselben Dampfer gefahren und habt wohl schon Bekanntschaft gemacht?«

»Jawohl, Harry, gleich die ersten Tage an Bord haben wir uns aneinandergeschlossen. Ich habe viel von euch erzählen müssen und von Ceylon überhaupt und habe mich damit natürlich sehr beliebt gemacht. Frag deinen Schwiegervater und Fräulein Roland, ob es stimmt. Aber, weißt du, wie es meinem Vater geht, Harry?«

»Gut, Jan, alles in Ordnung. Und da drüben steht euer Auto, das dein Vater geschickt hat, um dich abzuholen.«

»Ah, richtig!«

Schon kam ein singhalesischer Diener auf Jan zu und begrüßte ihn nach Landessitte. Jan nickte ihm lachend zu, gab ihm den Gepäckschein und erteilte ihm ruhig und freundlich, wenn auch sehr bestimmt, seine Befehle. Der Diener eilte davon, um sie auszuführen.

Inzwischen hatte Dora Schlüter ihre erste Wiedersehensfreude gestillt. Sie reichte nun auch Jan Werkmeester die Hand.

»Lieber Jan, auch Sie haben wir wieder. Das wird ein Labsal sein für meinen Harry!«

»Oh, und für Sie zähle ich nun gar nicht mehr, Frau Dora, ich bin jetzt überflüssig«, neckte Jan.

Sie lachte.

»Das glauben Sie ja selber nicht, so gute alte Freunde sind nie überflüssig. Jetzt soll es lustig werden in unserem Bungalow. Sie müssen wieder sehr oft von Larina herüberkommen, Jan, denn wir haben nun eine junge Dame zu Gast, für die wir einen Kavalier brauchen.«

Jan sah lächelnd zu Waltraut hinüber.

»Ich stelle mich mit Freuden zur Verfügung.«

»Und Ihren Vater müssen Sie nun auch zuweilen bewegen, nach Saorda zu kommen. Solange Sie fort waren, haben wir ihn nur an einigen Sonntagen bei uns gehabt, und immer mußten wir ihn erst lange bitten. Wir haben ja nun in meinem Vater einen würdigen Gesellschafter für ihn, er braucht sich dann nicht über den Übermut unserer Jugend zu entrüsten.«

»Tut er nie, Frau Dora, es schmerzt ihn nur, wenn er nicht mithalten kann.«

»Ja, ja, ich weiß, ich scherze nur. Aber mein Vater wird sich ihm gern widmen, wenn wir herumtollen und Unfug treiben.«

Und sich an Waltraut wendend, fuhr Frau Dora lachend fort: »Du mußt wissen, Waltraut, Mijnheer Werkmeester und Harry haben oft die tollsten Sachen angestellt, um mir das Heimweh zu vertreiben. Nicht geruht haben sie alle beide, bis ich wieder lachte.«

Waltraut sah erstaunt zu Jan hinüber.

»So übermütig können Sie sein, Mijnheer Werkmeester? Das habe ich gar nicht gewußt.«

Er lachte frisch und herzlich.

»Ja, auf dem Dampfer, da hat sich mein Übermut nicht herausgetraut, ich war immer ein wenig bange, daß Sie mich dann strafend ansehen würden.«

Dora lachte hell auf.

»Ach, Waltraut, wenn Jan Werkmeester wüßte, was wir zuweilen für tollen Unfug angestellt haben daheim.«

Jan sah Waltraut nun mit drollig würdevollem Erstaunen an.

»So übermütig können Sie sein, Fräulein Roland? Das habe ich gar nicht gewußt«, sagte er wie sie.

Mit einem Lachen quittierte Waltraut seinen Scherz.

»Mir scheint, wir haben uns alle beide ein wenig verstellt.«

»Also ihr habt euch benommen, wie es sich für wohlerzogene Leute gehört, habt nett und artig miteinander Konversation gemacht und nur von ernsten Dingen gesprochen? Das muß anders werden. Ihr müßt beide gute Freunde, sehr gute Freunde werden«, erklärte Dora energisch.

»Nicht so viel Energieverschwendung, wo es nicht nötig ist, Frau Dora. Fräulein Roland und ich, wir sind schon ganz gute Freunde geworden, wenn ich auch in heillosem Respekt vor ihr immer sehr formell sein mußte.«

Bei diesen Worten sah Jan Waltraut mit einem verstohlenen Blick an. »Ich erlaube mir nun die ergebene Anfrage, ob ich jetzt auch einmal Fräulein Roland begrüßen darf?« fragte Harry, der inzwischen seinen Schwiegervater herzlich begrüßt hatte.

Jan sah Dora wichtig an.

»Wollen wir es ihm erlauben, Frau Dora?«

»Dich werde ich gerade fragen, mein Sohn. Geh aus dem Wege, wenn du nicht niedergeboxt werden willst«, sagte Harry und begrüßte Waltraut herzlich.

Jan schüttelte den Kopf wie ein besorgter Vater über einen ungeratenen Sohn.

»Du bist schrecklich verwildert, seit ich dich nicht

veredelnd beeinflußt habe, mein lieber Harry, und was das Boxen anbelangt, so habe ich Dempsey einige recht nette Griffe abgesehen. Ich warne Neugierige.«

Harry lachte.

»Treff ich dich aber draußen im Freien, mein Sohn, dann wollen wir mal sehen, wie weit dich die netten Griffe bringen. Im übrigen finde ich, daß wir uns das alles viel gemütlicher drüben auf der schattigen Hotelveranda sagen können, sobald ihr euch erfrischt habt. Wir bleiben heute in Kandy und fahren erst morgen nachmittag nach Saorda. Unsere Gäste sollen erst mal noch ein wenig Kultur genießen, ehe sie in unserer Wildnis untertauchen, und sollen die Sehenswürdigkeiten von Kandy wenigstens im Fluge ansehen. Nach Kandy fahren wir nämlich nur, Fräulein Roland, wenn wir es mal in unserer Wildnis vor Menschenhunger nicht mehr aushalten können.«

»Aber Harry, mache Fräulein Roland nicht bange, das klingt ja, als käme sie in Saorda zu den Menschenfressern und als seien wir darauf aus, jeden Tag ein paar Menschen zum Frühstück zu verspeisen.«

Waltraut lachte.

»Ich bin auf alles gefaßt«, neckte sie.

Harry schob fast kameradschaftlich die Hand unter ihren Arm.

»Es ist besser, Sie sind auf das Schlimmste vorbereitet und sind dann angenehm enttäuscht. Nun vorwärts! Jan, deinem Vater habe ich gesagt, daß wir dich vor morgen auch nicht von hier fortlassen.«

Jan sah neidisch zu, wie Harry Waltraut führte.

»Ich wäre auch ohnedies nicht eher heimgefahren,

mein Lieber. Denkst du vielleicht, ich werde es dir allein überlassen, die Honneurs von Kandy zu machen? Ich habe Fräulein Roland versprochen, sie zu den Tempeln und zu den heiligen Schildkröten zu führen.«

Damit schob Jan seine Hand unter Doras Arm und führte sie auch davon. »Was man verspricht, muß man halten!« rief Harry über die Schulter zurück.

Der Justizrat hatte vergnügt diesen launigen Disput angehört und schritt an Doras anderer Seite. Plaudernd erreichte man das Hotel.

Und nachdem sich die Reisenden erfrischt hatten, saß man in fröhlichster Stimmung beisammen. Waltraut und Dora hielten sich bei den Händen und hatten sich viel zu sagen und zu fragen. Heute kam aber nur das Nötigste und Wichtigste zu Wort.

»Wir haben jetzt so lange Zeit zum Plaudern, Waltraut. Wie glücklich bin ich, daß du mit Vater gekommen bist. Nun habe ich euch beide hier, endlich einmal«, sagte Dora.

»Mir scheint, ich bin jetzt ganz überflüssig, meine Frau braucht mich nicht mehr«, sagte Harry in scherzhafter Eifersucht.

Dora reichte ihm die Hand schnell über den Tisch hinüber.

»Du wirst schon auch noch zu deinem Recht kommen.«

Sie sahen sich liebevoll in die Augen, und in demselben Moment trafen Jans und Waltrauts Blicke ineinander. Es flammte sehnsüchtig in Jans Augen auf. Aber schon wurde er wieder abgelenkt. Dora fragte plötzlich:

»Und eine Frau haben Sie nicht drüben gefunden, Jan,

Sie wollten sich doch eine Frau mitbringen von Ihrer Reise?«

Ein schneller Blick in Waltrauts Augen überzeugte Jan, daß sie leicht erblaßte. Das machte ihn so froh, daß er hätte aufjauchzen mögen.

»Nein, ich fand keine, die ich hätte mitnehmen mögen.«

»Aber erzähle doch, wie war es drüben, hast du dich gut unterhalten?« fragte Harry.

Jan berichtete nun kurz von seinen Erlebnissen während seiner Urlaubs- und Erholungsreise.

Und dann mußte der Justizrat von zu Hause berichten.

»Mutter wird jetzt sehnsüchtig zu Hause sitzen und an uns denken«, sagte er.

Da wurden Doras Augen naß, und um die frohe Stimmung war es geschehen. Aber Jan faßte sein Glas.

»Wir wollen unsere Gläser leeren im Gedenken an Frau Doras gütige liebevolle Mutter!«

Sie taten alle, wie er geheißen. Dann sagte Jan, die weiche Stimmung vertreibend:

»Und nun wollen wir wieder sehr fröhlich sein, so will es die liebevolle Mutter daheim, die es nicht leiden mag, wenn ihre Kinder traurig sind. Frau Dora, Kopf hoch!«

Dora trocknete hastig ihre Tränen und sah schon wieder lächelnd in die besorgten Augen ihres Mannes, der ihr die Hand über den Tisch reichte.

»Ist schon wieder gut, Harry, ich bin schon wieder ganz tapfer.«

Und die frohe Stimmung kam wieder auf.

Man trennte sich ziemlich spät, um zur Ruhe zu gehen.

Am anderen Morgen wurde Kandy besichtigt. Jan Werkmeester arrangierte es aber gleich so geschickt, daß er Waltraut führen konnte, während Frau Dora zwischen ihrem Gatten und ihrem Vater ging. Man begab sich an die andere Seite des Sees. Der sonnigen Esplanade gegenüber erhoben sich in malerischen Gruppen Tempel und Paläste mit weiten Hallen und Säulengängen. Sie wurden von mächtigen Bäumen beschattet. Der größte der Tempel, den eine eigenartige Kuppel krönte, war von mehreren Ringmauern und einem tiefen Wassergraben umgeben. Auf dem nassen Pflaster des Ufers sonnte sich träge eine Unzahl von Riesenschildkröten. Auch aus dem Wasser streckten viele dieser Tiere ihre Köpfe. Sie wurden gerade von den Priestern gefüttert, und diese Priester erhielten von allen Besuchern reiche Gaben, die ihnen ein sehr behagliches Leben gestatteten. Europäische Gäste waren bei den Priestern sehr beliebt, weil sie reichlich zahlten. Denn obwohl diese Priester weder Geld noch Gut besitzen dürfen, nehmen sie doch gemütsruhig die Gaben der Fremden.

Dafür spenden sie ihnen Segenssprüche.

Auf Waltraut machte das alles großen Eindruck. Jan Werkmeester führte sie dann auch zu dem Tempel, in dem der Zahn Buddhas aufbewahrt wurde. Die anderen drei folgten ihnen. In diesem Tempel wurde zur Erhöhung der Festlichkeit ein Riesenlärm gemacht mit Pauken und Schalmeien durch die Priester, so daß man es in diesen Tempelhallen nicht lange aushalten konnte.

Waltraut und der Justizrat sahen sich nur schnell den Zahn Buddhas an, betrachteten die aufgestapelten Kostbarkeiten und Kleinodien, die allerdings sehr sehenswert waren, aber dann suchten sie alle ihr Heil in der Flucht, weil der Lärm zu ohrenbetäubend war. Lachend verschnaufte man in einem der wundervollen Palmenhaine, und dann ging es zu dem Hotel zurück, wo man vor der Abfahrt einen kräftigen Imbiß einnahm.

Jan Werkmeester erklärte energisch, daß er als fünfter im Schlüterschen Auto mitgenommen werden wolle, bis sich die Wege nach Saorda und Larina trennten. Es falle ihm gar nicht ein, so weit allein in seinem Wagen zu fahren. Er wolle auch von der Unterhaltung profitieren.

»Gut, Jan, nimm meinen Platz im Wagen ein, ich will großmütig sein und mich zum Chauffeur setzen«, sagte Harry.

»Ausgeschlossen, ich werde mir doch nicht Frau Doras Feindschaft zuziehen. Ich setze mich zum Chauffeur.«

»Gut! Also los!«

Man brach auf. Jan Werkmeester nahm neben dem Chauffeur Platz, die beiden Damen im Fond und die beiden anderen Herren auf dem Rücksitz. Die Koffer waren hinten aufgeschnallt worden. Jans Wagen wurde mit seinem Gepäck und dem Diener von dem Chauffeur hinterhergefahren.

Als Jan dann beim Scheideweg aussteigen mußte, verabschiedete er sich herzlich von allen.

»Morgen komme ich nach Saorda hinüber. Auf Wiedersehn, Herrschaften. Fräulein Roland, keine Angst vor Menschenfressern!«

Waltraut lachte, schüttelte den Kopf und winkte ihm, wie die anderen, noch einmal zu.

»Grüß deinen Vater, Jan!«

»Von mir auch!« rief Dora.

Jan nickte dankend. Seine Augen ließen nicht von Waltraut, während er stehenblieb und den Wagen vorüberließ. Sein Herz zuckte doch schmerzhaft, es war seit Wochen die erste räumliche Trennung von Waltraut Roland. Und wenn er auch nicht weichmütig war, diese Trennung schmerzte ihn doch.

Endlich stieg er in sein Auto, das neben ihm hielt, und fuhr ebenfalls davon.

6

Die Sonne ging schon unter, als Schlüters mit ihren Gästen in Saorda ankamen. Immer höher in die Berge hinauf war das Auto von Kandy aus gefahren durch eine bezaubernde Tropenlandschaft. Und nun fuhr der Wagen vor dem reizenden, sehr geräumigen Bungalow vor. Er stand auf dem höchsten Punkt von Harry Schlüters Besitzung, die dieser von einem Onkel geerbt hatte, der in jungen Jahren ausgewandert war. Sie war nun für ihn und seine junge Frau eine Heimat geworden. Harry Schlüter hatte nicht genug Vermögen gehabt, um bald an eine Heirat mit Dora Heinze denken zu können, da sie auch kein nennenswertes Vermögen zu erwarten hatte. So hatten die jungen Leute es als ein Glück gepriesen, daß ihnen diese Erbschaft eine schnelle Heirat gestattete, allerdings auch eine Trennung von der Heimat brachte.

Von diesem Berg hinab konnte man in ein weites Tal schauen. An einem besonders schönen Aussichtspunkt hatte der Wagen vorhin eine Weile gehalten. Ein weites fruchtbares Tal, in dem sich Reisfelder mit Teeplantagen ausbreiteten, lag vor ihnen. Im Norden wurde dies weite Tal wieder von einem Berg begrenzt. Seine Mitte durchzog ein Fluß, an dessen beiden Ufern zwei Eingeborenendörfer mit ihren seltsamen, mit Palmenblättern bedeckten Hütten lagen. »Mit einem guten Fernglas können Sie da drüben auf dem Berge den Bungalow von Mijnheer Werkmeester liegen sehen. Das ganze vor Ihnen liegende Tal gehört zur Hälfte zu Saorda, zur anderen Hälfte zu Larina. Larina ist noch bedeutend größer als Saorda. Die Grenze wird durch den Fluß gebildet, und die beiden Dörfer dort unten heißen Larina und Saorda, wie unsere Besitzungen. In den Dörfern wohnen unsere Arbeiter«, hatte Harry Schlüter zu Waltraut gesagt.

Ihre Augen waren zu jenem Berge hinübergeflogen, der von den letzten Sonnenstrahlen hell beleuchtet wurde. Sie mühte sich, den Werkmeesterschen Bungalow mit bloßen Augen zu entdecken, aber das war nicht möglich, weil er zum großen Teil durch die Vegetation verdeckt wurde.

Also da drüben wohnte Jan Werkmeester. Ihr war etwas beklommen gewesen, seit er sie verlassen hatte, nun atmete sie auf – sie konnte doch wenigstens zu seinem Hause hinübersehen. Ein gutes Fernglas würde wohl im Schlüterschen Hause zu haben sein.

Und nun hielt das Auto vor dem Bungalow, der wie ein Märchentraum in einer bezaubernden Pracht von herrlich blühenden Blumen lag, die um diese Stunde besonders stark dufteten. Ein wundervoller Duft, der mit nichts zu vergleichen war.

Der Bungalow erhob sich auf einem etwa zwei Meter hohen Steinfundament. Eine breite Treppe führte zu der sehr geräumigen Veranda hinauf, die sich um das ganze Haus herumzog, und deren Überdachung von buntbemalten Holzsäulen getragen wurde. Hinter dieser Veranda lagen die Wohnräume. Der Bungalow hatte nur dieses eine Stockwerk, besaß aber eine große Ausdehnung und viele luftige Zimmer. Durch einen breiten Flur, zu dessen Eingang die Treppe hinführte, kam man in eine große Diele, von der aus nach allen Zimmern Türen führten. Auch von außen, von der Veranda aus, führten Türen in jedes Zimmer, die nur nachts mit Rolljalousien abgeschlossen wurden. Die Türen zu der Diele waren nur durch buntbestickte Vorhänge abgeschlossen. Nur die Schlaf- und Badezimmer waren mit festen, verschließbaren Türen versehen.

Ein Stück abseits von dem Bungalow lag noch ein Gebäude, in dem die zahlreiche Dienerschaft untergebracht war, sowie die Garage und die Stallungen.

Alle Fußböden des Bungalows waren mit Kokosmatten, mit reizenden, wenn auch naiven Mustern ausgelegt, die von den Eingeborenen selbst gewebt waren.

Überall sah man auch bunte Korbgeflechte, ebenfalls Erzeugnisse der Eingeborenen, wie auch die vielen, bunten Stickereien, mit denen die Zimmer geschmückt waren.

Auf der Veranda standen mehrere Gruppen von leichten Bambusmöbeln. Die Zimmer selbst waren sehr hell und luftig gehalten, hatten nur leichte Möbel und viel eingebaute Schränke und Bänke, letztere mit bunten Kissen belegt. Verschiedene der eingebauten Schränke waren nur mit Vorhängen abgeschlossen. Viele Kissen und buntbestickte Decken gaben den Räumen ein malerisches Aussehen. Auch die leichten Vorhänge an den Fenstern waren mit hübschen Stickereien verziert. Alles in allem stellte dieser Bungalow ein sehr behagliches und schönes Heim dar.

Waltraut stieß immer wieder Rufe des Entzückens in dieser fremdartigen, farbenfrohen Umgebung aus. Sie lachte über die vielen Diener und Dienerinnen, die ihnen entgegenkamen. Die männlichen Diener trugen weiße Leinenanzüge, und die Dienerinnen hatten sich alle nur in den landesüblichen Sarong und die leichte Kabaja gehüllt, die über den Sarong wie eine weite, offenstehende Jacke getragen wurde. Bei einigen fehlte auch die Kabaja, sie zeigten ihre schöngeformten Schultern und Arme unbedeckt. »Mein Gott, Dora, was habt ihr für eine Menge Dienstboten«, rief Waltraut überrascht aus.

Dora lachte.

»Es sind trotzdem nicht zu viele, denn du mußt bedenken, daß hier die Leute nicht so leistungsfähig sind wie bei uns zu Hause. Dafür sind sie aber auch bedeutend anspruchsloser. Aber verwechsle nur ja nicht ihre Obliegenheiten. Du darfst von der Badebedienung nicht verlangen, daß sie deine Stiefel putzt oder von Khitmatgars, die nur bei Tisch bedienen, daß sie ein Zimmer in Ordnung halten sollen. Auch darfst du von den Ankleiderinnen nicht verlangen, daß sie bei Tisch servieren sollen, sie würden solche Zumutungen mit Entrüstung zurückweisen. Hier hat jeder sein bestimmtes Amt, damit für keinen zuviel Arbeit herauskommt. Aber sie sind alle sehr gutartig und freundlich, mürrische Gesichter wirst du nie sehen. Sie sind zutraulich wie die Kinder, und wenn man sie mit Berechtigung bestraft, nehmen sie es geduldig hin. Nur Unrecht darf man ihnen nicht tun, das vergessen sie nie. Sieh nur, wie sie dich anstaunen, nun du deinen Hut abgenommen hast. Sie sehen dein goldenes Haar und staunen darüber, weil es hier selten ist.«

So plauderte Dora, nachdem sich ihr Gatte mit dem Justizrat entfernt hatte, um ihm sein Zimmer anzuweisen.

Dora führte nun auch Waltraut zu ihrem Zimmer. Es war ein heller, luftiger Raum mit weißen Möbeln und einem Bett aus blankgeputztem Messing, mit bunten Behängen und Decken. Spitzenbesetzte Kissen erinnerten an europäischen Komfort.

»Das sieht ja ganz europäisch aus, Dora«, sagte Waltraut erstaunt.

»Nun ja, so ganz aus der Welt liegen wir ja nicht, ich hoffe, daß du dich behaglich fühlen wirst. Und nun will ich dir erst einmal deine Dienerinnen vorstellen. Dies ist Naomi, deine Ankleiderin, dies ist Mirja, die dein Zimmer in Ordnung halten, und dies ist Carida, die dich beim Baden bedienen wird.«

Waltraut nickte den zierlichen Singhalesinnen lächelnd zu. Sie sahen sie mit ihren sanften dunklen Augen freundlich an.

»Verständigen werde ich mich wohl vorläufig nicht mit ihnen können«, sagte Waltraut lächelnd.

»Oh, was denkst du, Waltraut! Du sprichst doch sehr gut englisch.«

»Allerdings!«

»Nun also, deine Dienerinnen sprechen ebenfalls ein geläufiges Englisch, ich habe sie dir deshalb ausgesucht.«

Waltraut küßte die Freundin.

»Das ist ja wahrhaft fürstlich, Dora, drei Dienerinnen ganz für mich allein, und auch noch solche, mit denen ich mich verständigen kann.«

»Nun, mit etwas müssen wir dir doch imponieren. Aber jetzt übergebe ich dich Carida, die dich zum Baden geleiten wird. Gib Naomi und Mirja deine Kofferschlüssel, sie werden inzwischen auspacken. Naomi hilft dir dann beim Ankleiden. In einer Stunde speisen wir zu Abend. Bis dahin auf Wiedersehn, mich verlangt nach der langen Fahrt auch nach einem Bade. Ach, Waltraut, wie glücklich bin ich, daß ich dich und Vater hier habe.«

Und Dora küßte und umarmte die Freundin noch einmal herzlich.

Dann war Waltraut mit ihren Dienerinnen allein. Zu ihrer Freude konnte sie sich wirklich tadellos mit ihnen verständigen. Carida führte sie in ein dicht neben ihrem Schlafzimmer gelegenes Badezimmer. Es war ein kleiner

Raum mit zementiertem Fußboden, der sich etwas nach innen senkte und in der Mitte einen Abfluß hatte. Man stellte sich auf diesen Fußboden und schöpfte mit einem kleinen Eimer Wasser aus einem großen Behälter, und dies Wasser goß man sich, so oft man wollte, über den Körper, eine in den Tropen übliche Art zu baden, die sehr einfach und erfrischend ist und die man ohne Umstände beliebig oft am Tage wiederholen kann.

So war das Bad schnell genommen. In ihren Bademantel gehüllt, ging Waltraut wieder in ihr Zimmer zurück. Hier waren Mirja und Naomi noch mit Auspacken beschäftigt. Sie betrachteten mit hellem Staunen und munteren Ausrufen Waltrauts elegante Garderobe.

Naomi half Waltraut beim Ankleiden, sie war sehr gewandt und anstellig und ordnete auch Waltrauts Haar sehr geschickt, die anderen Dienerinnen immer wieder auf die goldene Farbe dieses Haars aufmerksam machend.

Als Waltraut dann, in ein duftiges weißes Kleid gehüllt, fertig vor dem großen Spiegel stand, wurde sie mit kindlichem Entzücken von den drei Singhalesinnen angestaunt. Die schlanke Europäerin mit dem goldenen Haar und den tiefblauen Bergseeaugen gefiel ihnen anscheinend sehr gut. Und Waltraut bot auch wirklich ein reizendes Bild.

Mirja und Naomi blieben dann zurück, um Waltrauts Koffer fertig auszupacken und alles in die Schränke zu räumen. Carida begleitete Waltraut in ein Zimmer, wo sie bereits Dora und die beiden Herren ihrer wartend fand. Die Herren trugen weiße Tropenanzüge, und auch Dora hatte ein weißes Kleid angelegt.

Gleich darauf erschien ein Diener und meldete: *Khana mez pur!* (Es ist angerichtet.)

Der Hausherr reichte Waltraut den Arm, Dora wurde von ihrem Vater geführt.

So gingen sie lachend und plaudernd in das Speisezimmer, den größten Raum des Hauses, mit Ausnahme der Diele. Auch hier war alles in hellen Farben gehalten.

Die Khitmatgars (Tischdiener) walteten eifrig ihres Amtes in ihrer geräuschlosen, freundlichen Art. Ein vorzüglich bereitetes Mahl wurde serviert, dazu ein leichter Wein, den man mit Wasser vermischte. Zum Schluß gab es herrliche große Ananas, in Scheiben geschnitten, und allerlei andere köstliche Früchte.

Nach Tisch saß man im behaglichen Wohnzimmer, und es wurde viel erzählt und gefragt, bis man erst einmal das Wichtigste wußte. Um zehn Uhr ging man zu Bett. Dora brachte Waltraut selbst zu ihrem Schlafzimmer und ließ es sich nicht nehmen, sie mit Naomi zu Bett zu bringen. Dabei wurde natürlich allerlei Scherz getrieben und geplaudert. Dora versicherte wieder und wieder, wie glücklich sie sei, die Freundin bei sich zu sehen.

Waltraut war ganz gerührt von Doras Freude, aber sie wurde ein heimlich quälendes Gefühl nicht los, weil sie der Freundin verschweigen mußte, daß sie mit Rudolf verlobt sei und daß es nur diesem Umstand zu danken war, daß Waltraut von ihrem Vater den langen Urlaub bewilligt bekommen hatte. Aber, wenn es auch nicht der Wunsch ihres Vaters gewesen wäre, sie hätte es doch vielleicht nicht über die Lippen gebracht, denn sie hatte das Gefühl, als müsse sie sich schämen, in diese Verlobung eingewilligt zu haben.

Als sie dann allein war und mit offenen Augen in das Dunkel starrte, überkam sie ein nie zuvor gekanntes Gefühl, ein intensives Sehnen nach einem Menschen, der ihr doch vor Wochen noch ganz fremd gewesen war und der in diesen kurzen Wochen einen so gewichtigen Platz in ihrem Leben eingenommen hatte – nach Jan Werkmeester.

Sie konnte lange nicht einschlafen, nicht nur, weil sie an Jan Werkmeester denken mußte, sondern auch, weil so viel Neues auf sie eingestürmt war. All die neuen Eindrücke wirbelten durch ihre Gedanken, aber immer wieder drehte sich alles um eine Person wie ein fester Pol – Jan Werkmeester. Endlich schlief sie ein.

Als sie am nächsten Morgen erwachte, sah sie sich erst ein wenig fassungslos in der fremden Umgebung um und wußte nicht gleich, wo sie sich befand. Sie hörte auf der Diele huschende Schritte über die Matten gleiten, hörte, daß auf der Veranda leise mit Geschirr geklappert wurde. Da draußen wurde der Frühstückstisch gedeckt. Immer konnte man auf der Veranda irgendwo im Schatten sitzen, da sie sich um das ganze Haus zog.

Mit einem Satz war Waltraut jetzt aus dem Bett und klingelte. Gleich darauf erschien Naomi, zog die Rolljalousien empor und wünschte Waltraut, gut geruht zu haben. Schon erschien nun auch an der Verandatür Doras lachendes Gesicht.

»Guten Morgen, Waltraut, gut geschlafen?«

»Guten Morgen, Dora, ganz vorzüglich. Ich bin sehr erschrocken, daß ich mich verspätet habe. Ich konnte aber gestern abend nicht gleich einschlafen, weil ich so viel Neues und Schönes gesehen habe. Darüber mußte ich lange nachdenken.«

Die Freundinnen umarmten sich.

»Nun schnell ins Bad, Waltraut, da ist Carida schon. Harry will unbedingt heute mit uns frühstücken und hat seine Fahrt in die Plantagen verschoben, zumal ihn Vater begleiten soll. Wir warten also mit dem Frühstück auf dich.«

»Ich beeile mich, Dora!«

In einer halben Stunde trat sie auf die Veranda hinaus, wo das Chota Hazree (erstes Frühstück) schon bereitstand. Naomi kam hinter Waltraut hergelaufen und reichte ihr die kleine Handtasche, in der sie Taschentuch und allerlei Kleinigkeiten mit sich herumtrug.

»Du hast das sicher vergessen, Sahiba!« sagte sie freundlich.

Waltraut nickte ihr dankend zu. Tief atmete sie die wunderbar würzige Morgenluft ein, die mit dem Duft von Millionen Blumen getränkt war.

»Mein Gott, wie ist es hier wunderbar schön!« rief sie ganz andächtig, ihre Gastgeber und den Justizrat begrüßend.

»Nicht wahr, Fräulein Waltraut, da braucht man keinen Tempel, um seine Morgenandacht zu verrichten. Ich habe das auch schon getan inmitten dieses herrlichen Blütenmeeres. So etwas gibt es freilich bei uns zu Hause nicht. Zu schade, daß das meine Frau nicht auch sehen kann.«

»Weshalb haben Sie auch Doras Mutter nicht mit auf die Reise genommen, Herr Justizrat?«

Doras Augen wurden gleich wieder feucht.

»Mutterle kann doch nicht, die weite Reise wäre zu anstrengend für sie, und sie muß auch immer einen Arzt in der Nähe haben wegen ihres alten Leidens. Sonst wäre sie sicher mitgekommen«, antwortete Dora statt des Vaters.

Der Justizrat nickte.

»Ja, ja, so ist es! Schweren Herzens mußte sie daheim bleiben, aber nach meiner Rückkehr werde ich ihr nun wenigstens alles ausführlich berichten können. Ich habe mir deshalb schon ein Reisetagebuch angelegt, und die Illustrationen dazu müssen Sie mir liefern, Fräulein Waltraut. Ihre sehr hübschen Aufnahmen vom Dampfer und von Colombo und Kandy habe ich mir schon eingeklebt. Nun hoffe ich, daß Sie auch hier noch verschiedene Aufnahmen machen, von denen ich profitieren kann.«

»Daran soll es nicht fehlen, Herr Justizrat. Wie lange werden Sie in Saorda bleiben?«

»Vier Wochen.«

»Oh, nicht länger?«

»Ich wollte mich nur einmal hier umsehen, wie unser Kind aufgehoben ist. Die Reise frißt leider so viel Zeit, und es ist schon viel, daß ich mich ein Vierteljahr zu Hause von meinen Geschäften losreißen konnte. Es wäre nicht möglich gewesen, wenn mich nicht ein befreundeter Rechtsanwalt vertreten würde.«

Harry Schlüter legte seinem Schwiegervater vor, und Dora verwöhnte Waltraut. Die Diener hatte man entlassen.

»Wenn wir dich und Mutter nur für immer hier haben könnten, lieber Vater«, sagte Dora.

Der Justizrat seufzte ein wenig.

»Daran ist nicht zu denken, Dora. So alte Leute, wie Mutter und mich, soll man nicht mehr aus angestammtem Boden verpflanzen. So gerne wir bei unserem einzigen Kind wären, es kann nicht sein. Wir müssen uns damit begnügen, daß ihr uns alle vier Jahre auf längere Zeit besucht.«

Dora stand auf und fiel dem Vater um den Hals.

»Siehst du, Vaterle, so gern wir Kinder haben möchten, Harry und ich, der Wunsch vergeht mir immer wieder, wenn ich an euch denke, wenn ich mir ausmale, daß meine Kinder mich auch eines Tages so hartherzig verlassen könnten, wie ich euch verlassen habe«, sagte sie reumütig.

Er streichelte sie liebevoll.

»Von Hartherzigkeit kann doch keine Rede sein, Kind. Das Weib soll Vater und Mutter verlassen und dem Manne anhängen. Was aber kleine Enkelchen anbelangt, wir, Mutter und ich, hätten nichts dagegen einzuwenden. Kleine Kinder könntet ihr doch hier nicht gebrauchen, die müssen doch wohl in einem gemäßigten Klima aufwachsen. Ich glaube, Mutter würde noch einmal jung, wenn sie ein paar Enkelchen aufzuziehen hätte. Das wäre doch ein Ersatz für dich.«

Dora lehnte ihre Wange an die seine.

»Nein, nein, Vaterle, es ist schon besser, wenn wir vorläufig keine Kinder bekommen, ich – ich brächte es nicht übers Herz, mich von ihnen zu trennen. Und von Harry mag ich mich auch nicht trennen.«

Harry zog seine Frau in die Arme.

»Tapfer sein, Kleines! Kommt Zeit, kommt Rat. Für ewig wollen wir ja nicht hierbleiben. Jetzt setze dich wieder und frühstücke ordentlich, damit du bei Kräften bleibst. Fräulein Waltraut scheint auch schon vor Schreck der Appetit vergangen zu sein.«

Die beiden Herren gaben nun acht, daß die Damen ordentlich zulangten. Dann verabschiedeten sie sich, um hinunter zu den Plantagen zu fahren.

Dora und Waltraut setzten ihre Schutzhüte auf und gingen durch den Garten zu dem hübschen, luftigen Pavillon hinüber, von dem aus sie das ganze Tal überblicken konnten. Dora nahm ein Fernglas mit. Bein Durchschreiten des Gartens fragte Waltraut ein wenig zaghaft:

»Sag mir doch, Dora, ob es hier Schlangen gibt?«

Dora schüttelte lächelnd das Haupt.

»Hier oben haben wir noch keine zu Gesicht bekommen, Waltraut, unten im Tal haben wir mal eine mit dem Auto totgefahren. Sonst sah ich noch keine. Du brauchst keine Angst zu haben, die Schlangen weichen den Menschen aus, wo sie nur können.«

»Darüber bin ich sehr froh, Dora, Schlangen sind das einzige, wovor ich mich fürchte, ich glaube, ich hätte eher Mut, einem Löwen oder einem Tiger gegenüberzutreten als einer Schlange.«

Hell lachte Dora auf.

»Nun, es ist jedenfalls besser, wenn du nicht vor die Wahl gestellt wirst, und zu deiner Beruhigung kann ich dir sagen, daß es hier in unserer Gegend weder Schlangen noch Löwen und Tiger gibt. Harry hat voriges Jahr einen prachtvollen schwarzen Panther erlegt, der sich in der Nähe des Dorfes unten bemerkbar gemacht und Vieh gestohlen hatte. Das ist, außer einigen Elefanten, das einzige wilde Tier gewesen, das sich hier bei uns gezeigt hat. Die Elefanten waren übrigens schon gezähmt. Wir haben unten in den Plantagen auch eine Anzahl und darunter einen, der sehr drollig ist und schon immer auf mein Kommen wartet, weil er dann irgendeine Leckerei erhält. Bist du nun zufrieden?«

»Sehr!«

Sie waren inzwischen bei dem Pavillon angelangt.

»Siehst du, Waltraut, hier sitze ich den größten Teil des Tages, ganz allein, und habe immer dies Fernglas bei mir. Mittels seiner Hilfe kann ich Harry auf all seinen Fahrten begleiten. Er hat mir den Pavillon an dieser Stelle errichten lassen, weil ich von hier aus die beste Aussicht ins Tal habe«, sagte Dora, während sie sich in die bequemen Bambussessel niederließen. »Hier ist es auch sehr schattig und luftig.«

Waltraut sah die Freundin lächelnd an.

»Dein Mann scheint alles zu tun, was er dir nur von den Augen absehen kann – er hat dich sehr lieb.«

Verträumt blickte Dora vor sich hin.

»Das beruht auf Gegenseitigkeit. Und meines Mannes Liebe entschädigt mich für vieles, er lebt in ständiger Sorge, daß mich das Heimweh übermannen und daß ich ihn eines Tages allein lassen könne.«

»Daran ist doch gar nicht zu denken, Dora.«

»Nein, nein! Du wirst es auch eines Tages empfinden, wie stark das Gefühl ist, das uns Frauen an den Mann bindet, den wir lieben. Oder hast du vielleicht inzwischen dein Herz schon verschenkt? Aber nein, nein, dann wärst du keinesfalls auf so lange Zeit zu mir gekommen.«

Waltraut war froh, daß Dora sich selber Antwort auf ihre Frage gab. Es hatte in ihrem Herzen schreckhaft aufgezuckt, als Dora diese Frage an sich richtete.

Am liebsten hätte sie der Freundin alles gebeichtet, was ihr Herz bedrückte, wie sie dazu gekommen war, sich mit Rudolf zu verloben, und wie ihr nun schon klargeworden war, daß dieser Verlobung nie eine Ehe folgen dürfe. Ja, das war Waltraut klargeworden in diesem wochenlangen Zusammensein mit Jan Werkmeester, daß sie Rudolf um keinen Preis würde heiraten können. Sie hätte es vielleicht eines Tages gekonnt, wenn sie Jan Werkmeester nicht kennengelernt hätte, aber nun war es ganz unmöglich. Warum? Darauf gab sie sich keine Antwort, sie wagte nicht einmal, sich diese Frage zu stellen.

Während sie mit der Freundin plauderte, nahm sie wie spielend das Fernglas in die Hand, das Dora vor sich hingelegt hatte, und hielt es vor die Augen. Sie suchte damit den gegenüberliegenden Berg, und als sie es richtig eingestellt hatte, sah sie ganz deutlich da drüben unter hochstämmigen Palmen und Teakbäumen den Werkmeesterschen Bungalow stehen, der dem Schlüterschen sehr ähnlich war.

»Da drüben also liegt Larina, Dora?«

Die sah sie ein wenig forschend an.

»Ja, Waltraut, du wirst den Bungalow durch das Glas ganz deutlich erkennen.«

»Ich sehe ihn schon, er scheint dem euren sehr zu gleichen.«

»Man baut hier alle Bungalows so ähnlich. Der Werkmeestersche ist fast zur selben Zeit gebaut wie der unsere. Als Mijnheer Werkmeester noch nicht fest auf Ceylon lebte und nur zuweilen von Sumatra herüberkam, da genügte ihm zu kurzem Aufenthalt ein kleinerer Bungalow, der schon lange da drüben auf dem Berge stand. Jetzt, seit er mit seinem Sohne hier lebt, hat er sich einen größeren Bungalow bauen lassen. Der alte wird aber auch instand gehalten. In ihm will Jans Vater einmal wieder wohnen, wenn sein Sohn sich verheiraten sollte.«

Waltraut war ein wenig blaß geworden.

»Ihr haltet gute Freundschaft mit Vater und Sohn«, sagte sie ablenkend.

»Hauptsächlich mit dem Sohne. Der Vater ist ein wenig Sonderling, ein schwerblütiger, fast melancholischer Mensch. Seit dem Tode seiner Frau ist das, wie Jan uns sagte, bedeutend schlimmer geworden. Weißt du, Waltraut, er macht mir den Eindruck, als trüge er eine schwere Last im Herzen mit sich herum, von der er keinem Menschen etwas sagen will, auch seinem Sohne nicht.«

»Wie kommst du darauf?«

»Ich weiß es nicht. Man hat dergleichen manchmal im Gefühl. Du wirst ihn ja auch kennenlernen, wenn er auch nicht häufig bei uns zu Gast ist. Dann wirst du verstehen, wie ich auf einen solchen Gedanken kommen konnte. Er ist zu düster und zu ernst. Trotzdem ist er ein interessanter alter Herr, und ich mag ihn gern und gäbe etwas darum, könnte ich ihn von seiner Schwermut heilen.«

»Sein Sohn hat aber nichts von dieser Schwermut geerbt.«

Dora lachte hell auf.

»Jan? Nein, gottlob nicht. Er ist ein lebensfrischer, fröhlicher Mensch und immer zu allerlei Späßen aufgelegt.«

»Kann er seinen Vater nicht damit beeinflussen?«

»Oh, das tut er schon, sonst wäre es sicher noch schlimmer mit ihm. Liebte er seinen Sohn nicht so sehr, wäre er zweifelsohne ein ganz menschenscheuer Einsiedler geworden.«

»Der junge Mijnheer Werkmeester ist sicher sehr froh, daß er euch in der Nähe hat.«

»Gewiß, ebenso wie wir froh sind, ihn zu haben. Wir sind sehr viel zusammen, und er hat uns sehr gefehlt, während er in Europa war. Neben Harry verdanke ich es am meisten ihm, wenn ich nicht vor Heimweh krank geworden bin.«

Und Dora erzählte von verschiedenen übermütigen Späßen, die Jan mit ihrem Gatten getrieben hatte, um sie aufzuheitern. Waltraut mußte darüber lachen.

»Wie ich schon sagte, ich kann mir gar nicht denken, daß er so übermütig sein kann.«

»Von der Seite wirst du ihn schon noch kennenlernen.«

»Weshalb ist er eigentlich noch nicht verheiratet?« fragte Waltraut ein wenig zaghaft.

Dora zuckte lächelnd die Achseln.

»Er hat eben die Rechte noch nicht gefunden. Ich habe ihm schon weidlich damit zugesetzt, aber er behauptet, ohne eine große, ganz große Liebe werde er nicht heiraten. Diesmal war er mit dem festen Vorsatz nach Europa gereist, sich gründlich zu verlieben und sich eine Frau mitzubringen, aber du hörtest ja, als ich danach fragte, daß er wieder nicht die Rechte gefunden hat. Weißt du, Waltraut, ich glaube, du wärst die passende Frau für ihn.«

Dunkle Röte schoß in Waltrauts Gesicht und verriet der klugen Dora eine ganze Menge.

»Ich?!« rief Waltraut erschrocken.

In Dora regte sich der in allen glücklichen Frauen schlummernde Trieb, auch andere glücklich zu machen. Es fiel ihr eine kleine Episode ein, die sie nun schnell Waltraut erzählen mußte.

»Ja, du! Das wäre doch wunderschön, wenn du hierbleiben würdest.«

»Aber, Dora, wie kommst du nur darauf?«

»Das will ich dir sagen. Jan hat doch dein Bild bei mir gesehen und hat es immer wieder lange angeschaut. Kreuz und quer hat er mich nach dir ausgefragt, und immer wieder erkundigte er sich, wenn ich Post von dir erhielt, ob du nicht kommen würdest. Und einmal, als ich ihn scherzhaft bedrängte, er möge doch heiraten, damit ich auch einen weiblichen Umgang hätte, sagte er mir, mich mit seinen lachenden Augen anblitzend: Auf der Stelle würde ich Ihre Freundin heiraten, dann hätte ich eine Frau und Sie den gewünschten Umgang. Also verschaffen Sie mir Ihre Freundin zur Frau!«

Waltrauts Gesicht wurde zu Doras heimlichem Vergnügen noch viel röter. Aber sie sagte so ruhig sie konnte:

»Er scheint wirklich sehr übermütig zu sein.«

Dora stellte sich ganz unbefangen.

»Natürlich war es nur ein Scherz, Waltraut. Und Gott sei Dank, daß er übermütig ist, das braucht er so nötig als Ausgleich zu seines Vaters Schwermut, damit er sich von dem ja nicht anstecken läßt. Aber bei allem Übermut, in dem soviel überschüssige Kraft steckt, ist er doch ein sehr tiefgründiger und wertvoller Mensch von vornehmer Gesinnung, und die Frau, die er mal heimführen wird, kann sich glücklich preisen.«

»Das glaube ich dir ohne weiteres, Dora, denn ein wenig habe ich ihn doch auch schon kennengelernt. Wir waren doch an Bord täglich, ja stündlich zusammen.«

»Es war wirklich ein hübscher Zufall, daß ihr zusammengetroffen seid, nicht wahr?«

»Ganz gewiß, ich war diesem Zufall sehr dankbar, denn ich konnte von ihm schon auf der Fahrt so viel von Saorda und von Ceylon im allgemeinen erfahren. Und außerdem, seit wir den Dampfer verlassen haben, war er uns ein unschätzbarer Helfer. Er hat sich unser so fürsorglich angenommen, daß wir ihm viele Annehmlichkeiten zu verdanken haben.«

»Ja, er ist ein lieber, prachtvoller Mensch, und ihr müßt unbedingt sehr gute Freunde werden.«

»Das sind wir schon, Dora.«

»Oh, noch lange nicht genug. Aber bitte, gib mir doch einmal das Fernglas, ich will mal sehen, wo Vater und Harry sich befinden.«

Waltraut reichte ihr das Glas.

»Glaubst du wirklich, sie damit zu finden?«

»Ganz bestimmt! Was meinst du, was ich für Übung darin habe. Und ich weiß doch genau, welchen Weg Harry fährt. Wie oft habe ich ihn auf diese Weise begleitet. An einer bestimmten Stelle winkt Harry dann immer mit einem großen Taschentuch, das heißt: Ich denke an dich.«

Waltraut sah die Freundin fast neidisch an. Wie schön mußte es sein, so zu lieben – und so geliebt zu werden.

Dora suchte nun im Tal mit dem Fernglas das Auto zu entdecken. Das dauerte gar nicht lange.

»Da sieh, zwischen diesen beiden Palmenstämmen hindurch mußt du das Glas halten – so –, ein wenig mehr nach rechts. Du siehst eine helle, durch das Grün schimmernde Straße, siehst du den kleinen Palmenhain?«

»Ja, ja, den habe ich jetzt im Glas!«

»Nun gib acht, jetzt ein wenig weiter nach links, da siehst du, wie die Straße wieder aus dem Palmenhain herausführt, hast du die Stelle?«

»Ja, ich sehe genau, wie die Straße weiterführt.«

»Nun verfolge die Straße ein Stück, bis eine andere Straße sie kreuzt.«

»Richtig, ich habe den Kreuzungspunkt.«

»Gut, nun halte das Glas auf diesen Kreuzungspunkt gerichtet. Gleich wird das Auto dort entlangfahren, und dann wirst du Harrys weißes Tuch flattern sehen.«

Waltraut sah angestrengt nach der bezeichneten Stelle und gleich darauf rief sie lebhaft:

»Ja, jetzt kommt das Auto! Ah, wahrhaftig, jetzt flattert ein weißes Tuch! Aber nun sind sie schon vorüber.«

Sie ließ das Glas sinken und sah Dora lachend in die leuchtenden Augen.

»Du, Dora, jetzt weiß ich doch, wozu solch ein Fernglas gut ist.«

Dora lachte.

»Was meinst du, wie oft es mich in meiner Einsamkeit getröstet hat?«

Waltraut seufzte ein wenig.

»Trotz allem bist du doch beneidenswert, Dora.«

»Ich weiß es, Waltraut, und wünsche dir, daß du auch einmal in deiner künftigen Ehe so glücklich wirst.«

Waltraut wurde ein wenig blaß und sah mit großen Augen vor sich hin, aber dann begann sie schnell von anderen Dingen zu plaudern.

Der Gesprächsstoff ging ihnen nicht aus, sie hatten sich so viel zu erzählen. Aber dabei dachte Waltraut immer wieder, wie in einem Zwange: Nein – nein, ich kann Rudolf nicht heiraten –, ich kann nicht.

Jan Werkmeester war nach Larina weitergefahren, und als er sein Ziel erreicht hatte, wurde er von seinem Vater herzlich empfangen. Nachdem sich Jan erfrischt hatte, saßen sich die beiden Herren beim Abendessen gegenüber.

Mijnheer Hendrik Werkmeester war ein großer, stattlicher Mann. Jan hatte seine Figur geerbt, wenn der Vater auch etwas stärker war als er. Das ebenfalls tiefgebräunte Gesicht war von dichtem weißem Haar umgeben. Er mochte in der zweiten Hälfte der Sechzig stehen, war aber noch sehr rüstig und kräftig. Er hatte seinen Körper noch in der Gewalt wie ein junger Mann. Aber das Leben hatte tiefe Falten in sein Gesicht gegraben, und dadurch war es sehr charakteristisch geworden.

Hendrik Werkmeester hatte dieselben grauen, von dunklen Brauen und Wimpern umrahmten Augen wie sein Sohn, sie leuchteten auch so überraschend hell aus dem braunen Gesicht. Aber sie blickten nicht so froh und lebensbejahend wie die des Sohnes, sondern in düsterem Ernst wie nach innen gerichtet.

Heute war er etwas lebhafter als sonst, die Freude, seinen Sohn nach langer Trennung wiederzuhaben, war ihm doch anzumerken. Jan erzählte von seinen Reiseeindrücken, und der Vater hörte interessiert zu. Im Laufe des Gesprächs sagte er dann:

»Schlüters erwarteten ja Gäste, die mit demselben Dampfer angekommen sind. Hast du sie gesehen?«

»Ja, Vater, ich bin sogar auf dem Dampfer in enge Berührung mit ihnen gekommen. Der alte Justizrat, Frau Doras Vater, ist ein sehr liebenswerter alter Herr, den du unbedingt kennenlernen mußt. Und Frau Doras Freundin ist eine ebenso reizende wie liebenswürdige junge Dame. Um ihnen noch einen Tag Gesellschaft in Kandy zu leisten, habe ich dich einen Tag länger auf meine Heimkehr warten lassen.«

»Schlüter hatte mir das vorausgesagt, ich traf ihn vorgestern am Fluß. So erwartete ich dich also nicht früher. Es freut mich sehr, Jan, daß du so wohl und frisch aussiehst, der Klimawechsel hat dir recht gutgetan.«

»Ja, Vater, das fühle ich. Und wie immer habe ich gefunden, daß ich mich in Deutschland am wohlsten fühle, es gefällt mir dort besser als in Holland. In Holland fehlen mir die Berge. Ich war mit Justus Boon im bayrischen Hochgebirge. Auch nach Tirol sind wir hinüber auf ein paar Wochen und haben den Großglockner bestiegen. An Schnee und Eis hat es uns nicht gemangelt. Wir haben uns prächtig erholt, fern von aller Tropenhitze. Schade, daß du nicht dabeisein konntest, Vater, so eine Bergtour ist etwas Herrliches.«

Es zuckte seltsam im Gesicht des alten Herrn.

»Du weißt, ich habe nie etwas für Bergtouren übrig gehabt. Ich sehe mir die Berge lieber von unten an«, sagte er rauh.

»Dadurch hast du aber das Schönste im Leben versäumt! Das Hochgefühl, wenn man wieder einen Gipfel genommen hat, wenn man alles Erdenleid, alle Erdenschwere tief unter sich lassen kann und dem lieben Gott am nächsten ist – siehst du, Vater, das läßt sich mit nichts anderem vergleichen.«

»Also, Frau Schlüters Vater ist ein angenehmer alter Herr?« fragte Hendrik Werkmeester schnell ablenkend.

»Ja, Vater, du wirst dich an ihm freuen können. Er ist ja wohl mindestens zehn Jahre jünger als du und vergnügt und betriebsam wie ein ganz Junger. Er wird dich aufheitern. Willst du nicht gleich morgen mit hinüberkommen nach Saorda, um ihn kennenzulernen?«

Der alte Herr zögerte.

»Morgen schon? Du mußt mir Zeit lassen, mich an den Gedanken zu gewöhnen, mit fremden Menschen zusammenzutreffen.«

»Du solltest dich nicht erst lange besinnen. Sonst wird es dir immer schwerer. Wir freuen uns so sehr, daß du in dem Herrn Justizrat eine passende Gesellschaft finden wirst, denn wir Jungen sind dir doch immer zu geräuschvoll. Und der Justizrat wird nicht lange bleiben, kaum einen Monat.«

»Nun ja, vielleicht übermorgen, Jan, übermorgen ist Sonntag, da habe ich mehr Zeit.«

»Gut, Vater, den Sonntag halten wir also fest. Ich melde uns bei Frau Dora zu Tisch an für diesen Tag.«

Hendrik Werkmeester rief einen Diener herbei und ließ noch eine Flasche Wein bringen. Die Gläser wurden frisch gefüllt.

»Auf deine Heimkehr, Jan!«

»Und auf deine Gesundheit, Vater!«

Sie tranken sich zu, und der alte Herr trank bedächtig den Wein.

»Was ist denn Frau Schlüters Freundin für eine Persönlichkeit, Jan? Ist sie auch so hübsch und so liebenswert wie Frau Dora selbst?«

»Beides noch viel mehr, Vater! Und blond ist sie, weißt du, so ein ganz sattes Goldblond. Augen hat sie wie der Enzian in den Tiroler Bergen. Aber was noch viel mehr ist, sie ist ein gütiges, vornehm denkendes Geschöpf.«

Mit einem forschenden Blick sah der Vater zum Sohne hinüber.

»Das klingt sehr engagiert.«

»Sieh sie nur erst selbst, Vater.«

»Ich dachte, du würdest dir eine Frau mitbringen von drüben.«

»Leider habe ich keine gefunden, die mir so gefallen hätte, daß ich sie hätte heiraten mögen. Wenn ich eine Frau heimführe, muß es schon eine sein, auf die ich mich ganz einstellen kann, denn hier in unserer Abgeschiedenheit muß man schon mindestens so gut übereinstimmen wie Schlüters, sonst wird es unerträglich.«

»Schade! Du bist in dem Alter, wo ein Mann heiraten müßte.«

»Will ich ja auch, Vater. Und wenn ich auch drüben keine fand, auf dem Dampfer fand ich eine, die möchte ich gern zur Frau.«

Überrascht richtete sich der alte Herr auf.

»Auf dem Dampfer?«

»Ja, Vater, Frau Schlüters Freundin – die möchte ich zur Frau.«

Mit einer hastigen Bewegung strich sich der alte Herr das Haar aus der Stirn.

»Die möchtest du zur Frau?«

»Ja, sie ist eine Frau nach meinem Herzen, und ich muß sie mir erringen, wenn ich glücklich werden soll.«

Ein Lächeln, wie es selten auf Hendrik Werkmeesters Gesicht trat, spielte um seinen sonst so fest geschlossenen Mund.

»Mein lieber Jan, dann muß ich freilich spätestens am Sonntag nach Saorda hinüber, um sie mir anzusehen. Aber, wird sie dich auch haben mögen? Wird sie hierbleiben wollen für immer?«

Jan atmete tief auf, und seine Augen blitzten.

»Das muß ich zwingen, Vater – und ich glaube, ich werde es schaffen. Ihre Augen sind holde Verräter, wenn sie auch sehr stolz und zurückhaltend ist.«

»Das sind die Besten, die Stolzen und Zurückhaltenden, sie sind zuverlässig und treu.«

»So denke ich auch! Und wenn ich glücklich werden soll, muß Waltraut Roland meine Frau werden.«

Der alte Herr saß eine Weile ganz still und ließ sich nicht anmerken, daß soeben etwas stark und drohend an seinem Lebensnerv gerissen hatte. Er war es aber gewohnt, sich zu beherrschen, und sein Sohn ahnte nicht, daß der Vater über etwas tief erschrocken war. Nur seine Gesichtsfarbe war etwas fahler geworden, und aus den Lippen war das Blut gewichen.

»Wie sagst du, heißt die junge Dame?« fragte er mit etwas unsicherer Stimme.

»Waltraut Roland«, erwiderte Jan unbefangen.

»Und – aus welchem Teil von Deutschland ist sie gebürtig?«

»Sie ist, wie Frau Dora, Hamburgerin.«

Wieder blieb es eine Weile ganz still. Das fiel Jan aber nicht auf, der Vater pflegte oft mitten im Gespräch zu verstummen.

Wie geistesabwesend sog Hendrik Werkmeester an seiner Zigarre, seine Hand, die auf seinem Knie lag, zitterte ein wenig, aber nicht so stark, daß es Jan gemerkt hätte.

»Soso, also aus Hamburg?« fragte er dann scheinbar harmlos.

»Ja, Vater, sie ist die einzige Tochter des Großkaufmanns Georg Roland, die Firma Roland hat einen guten Klang in der ganzen Welt.«

Hendrik Werkmeester erhob sich etwas unsicher.

»Ich möchte nun zur Ruhe gehen, Jan, gute Nacht!«

Jan war gewohnt, daß der Vater oft so schnell aufbrach, heute berührte es ihn aber mehr als sonst, er hätte gern noch mit dem Vater über Waltraut gesprochen. Aber etwas Auffallendes fand er nicht an seinem schnellen Aufbruch.

»Gute Nacht, lieber Vater. Also Sonntag kommst du mit nach Saorda.«

»Wir werden sehen«, sagte der alte Herr zögernd und verließ das Zimmer. Jan sah ihm betrübt nach. Das seltsame Wesen seines Vaters fiel ihm jetzt wieder sehr beklemmend auf die Seele. In seiner Abwesenheit hatte er das nicht so schwer empfunden.

Seufzend suchte auch er sein Lager auf. Aber ehe er sich niederlegte, suchten seine Augen da drüben auf dem Berge den Schlüterschen Bungalow, und ein heimlicher Gutenachtgruß flog hinüber zu Waltraut Roland. –

Am nächsten Morgen ging Jan, als sei er gar nicht fortgewesen, seinen Geschäften nach, fuhr hinunter in die Plantagen, kontrollierte die Arbeiter und machte einen Besuch im Eingeborenendorf, um einen kranken Arbeiter zu besuchen. Das alles besprach er nach seiner Heimkehr mit dem Vater. Die beiden Herren sprachen dann noch über geschäftliche Fragen, und zuletzt sagte Jan:

»Ich fahre jetzt nach Saorda hinüber, Vater, und melde uns beide für morgen zu Tisch an. Wir fahren morgen dann schon am Vormittag hinüber.«

Sein Vater zog die Stirn zusammen.

»Ich möchte es lieber bis nächsten Sonntag verschieben, Jan.«

Dieser sah ihn betrübt an.

»Ich habe mich so sehr darauf gefreut, daß du mit hinüberkommen wolltest, möchte ich doch gerne von dir hören, wie dir Waltraut Roland gefällt.«

Es zuckte wie schmerzhaft in dem Gesicht des alten

Herrn. Dann richtete er sich auf, strich sich über die Stirn und sagte wie zu sich selbst:

»Es ist ja schließlich einerlei, ob früher oder später. Der Himmel hat sie hergesandt. Also ja, ich komme morgen mit. Bestelle Schlüters einen Gruß!«

Mit frohem Gesicht schüttelte Jan ihm die Hand.

»Ich danke dir, Vater, denn ich weiß, daß es ein Opfer für dich ist, mit neuen Menschen zusammenzutreffen. Du wirst es aber sicherlich nicht bereuen.«

Vater und Sohn verabschiedeten sich. Dann blieb Hendrik Werkmeester auf der Veranda stehen, die auch, wie am Schlüterschen Bungalow, das ganze Haus umgab. Er sah seinem Sohne nach, als er im Auto davonfuhr. Jan winkte lachend zurück, und der Vater winkte ihm nach. Dabei sagte der alte Herr gedankenschwer vor sich hin:

»Du weißt es doch nicht, mein Junge, was für ein Opfer ich dir bringe. Aber ich muß es bringen, der Himmel hat's gefügt – und es gilt dein Glück.«

Lange stand er so und sah zu dem anderen Berge hinüber. Ein grübelnder Ausdruck lag in seinen Augen. Endlich ging er in das Haus zurück und suchte sein Arbeitszimmer auf. Er setzte sich an seinen Schreibtisch und entnahm einem verschlossenen Fach ein kleines Buch, das er stets sorgsam unter Verschluß hatte. Es war ein Tagebuch, das er seit langen Jahren führte. Auch heute schrieb er in das Buch, länger, als er es seit Jahren getan. Irgend etwas mußte ihn stark beschäftigen, das er sich von der Seele schreiben wollte. Als er fertig war, schloß er das Buch sorgsam wieder ein und saß noch eine Weile da, mit grübelndem Blick vor sich hin sehend. Endlich raffte er sich auf und beschäftigte sich nun wieder mit geschäftlichen Dingen. Aber immer wieder sah er dazwischen gedankenschwer vor sich hin.

7

Rudolf Werkmeester hatte während der Reise, die ihn von zu Hause fernhalten sollte, bis Waltraut abgereist war, in verschiedenen deutschen Großstädten Geschäfte erledigt. So kam er auch nach Düsseldorf.

Dort wollte er eine befreundete Firma besuchen, deren Inhaber er noch nicht persönlich kannte.

Das Etablissement der Firma Karsten lag etwas abseits von der Stadt, und Rudolf fuhr in einem Mietauto vor, bestellte aber den Wagen ab, weil er nicht wußte, wie lange er aufgehalten werden würde. Er hatte sich gemerkt, daß er nur durch ein kleines Gehölz zu gehen brauchte, um an eine Haltestelle der Elektrischen zu gelangen, wenn er wieder in das Innere der Stadt zurückkehren wollte.

Er wollte sich dem Chef der Firma Karsten melden lassen, aber der Kontordiener sagte bestimmt:

»Sie müssen sich ein Weilchen gedulden, mein Herr, der Chef hat gerade eine Sekretärin rufen lassen, damit sie ein wichtiges Stenogramm aufnimmt. Solange Fräulein Lenz in seinem Privatkontor ist, darf er nicht gestört werden.«

Rudolf hatte nicht Lust, lange zu warten.

»Wird das lange dauern?«

»Gewiß nicht, mein Herr, Fräulein Lenz muß spätestens in einer halben Stunde die Post erledigen, die am Vormittag noch fort soll.«

Rudolf folgte nun dem Diener, und dieser öffnete leise, um nicht zu stören und um zugleich dem Besucher anzudeuten, daß er sich ruhig verhalten müsse, das Vorzimmer des Chefs. Rudolf drückte ihm ein Geldstück in die Hand, und beflissen flüsterte der Diener:

»Bitte, nehmen Sie Platz. Ich bleibe draußen vor der Tür, sobald Fräulein Lenz herauskommt, melde ich Sie dem Chef.«

Rudolf nickte ihm stumm zu und ließ sich in einem Sessel nieder. Er hörte hinter der Tür zu Herrn Karstens Zimmer eine Männerstimme laut diktieren. Der Diktierende mußte wohl dabei auf und ab gehen, da seine Stimme einmal näher, einmal weiter klang. Aber Rudolf konnte so ziemlich jedes Wort verstehen, und er dachte lächelnd bei sich, daß Herr Karsten auf diese Weise keine Geschäftsgeheimnisse diktieren dürfe. Bei uns ist das praktischer eingerichtet, da gibt es gepolsterte Doppeltüren, die den Schall dämpfen, dachte er befriedigt.

»Haben Sie das alles, Fräulein Lenz?« fragte jetzt die Männerstimme.

Und eine weiche, klare Frauenstimme antwortete: »Ja, Herr Karsten.«

»Lesen Sie noch einmal vor.«

Die Frauenstimme las das Diktierte noch einmal vor. Rudolf konnte nicht alles verstehen, anscheinend saß dieses Fräulein Lenz mit dem Rücken zur Tür. Aber plötzlich stockte das Vorlesen, anscheinend mitten im Satz. Rudolf hörte, wie jemand hastig aufsprang und dabei wohl den Stuhl umwarf. Und dann hörte er dieselbe Frauenstimme erregt und energisch sagen:

»Ich verbitte mir das! Ich bin Ihre Sekretärin, nichts weiter, und verlange, daß Sie das respektieren, Herr Karsten.«

Darauf hörte er ein fettes, brutales Lachen.

»Zieren Sie sich doch nicht, und vor allen Dingen schreien Sie nicht so laut, Sie kleines dummes Ding. So ein niedlicher Käfer wie Sie sollte nicht so abweisend sein. Ihr Nacken sah so verführerisch aus Ihrem Halsausschnitt, daß ich ihn küssen mußte. Seien Sie doch gescheit, Sie können sich zehnmal besser bei mir stehen, wenn Sie nur wollen.«

»Ich will aber nicht! Bitte, geben Sie mir den Weg frei, ich will hinaus!«

Rudolf hatte sich erhoben und starrte zur Tür. Und nun hörte er die Frauenstimme aufschreien.

»Lassen Sie mich los, Sie sind ein Unverschämter, lassen Sie mich los, oder ich rufe laut um Hilfe!«

Darauf ein unterdrücktes Murmeln einer Männerstimme, ein Keuchen und Stöhnen, als finde ein Kampf statt.

Rudolf trat an die Tür heran. Dieser Herr Karsten schien seinen Untergebenen wie ein Pascha gegenüberzustehen. Er überlegte, ob er sich einmischen solle, ob er da wirklich einer bedrohten Frau zu Hilfe kommen müsse. Aber ehe er sich noch schlüssig war, wurde von drinnen die Tür aufgerissen. Rudolf wich unwillkürlich zur Seite zurück. Eine schlanke Frauengestalt erschien auf der Schwelle, das Gesicht zu dem Zimmer zurückgewandt. Und mit bebender Stimme sagte Fräulein Lenz: »Ich wäre auch ohnedies nach diesem Vorkommnis um keinen Preis in Ihrem Hause geblieben. Lieber verhungern! Die Ohrfeige haben Sie verdient. Ich kündige meine Stellung sofort!«

Und an Rudolf vorbei eilte ein schlankes, junges Mädchen mit einem vor Entrüstung und Aufregung geröteten Gesicht. Im Zimmer hatte Rudolf für einen Moment einen dicken Herrn stehen sehen, der sich die Wange hielt, die wahrscheinlich als Quittung für seine Unverschämtheit soeben geohrfeigt worden war.

Hastig hatte Fräulein Lenz die Tür hinter sich ins Schloß gezogen und eilte nun durch das Vorzimmer davon. In diesem Moment sah sie Rudolf stehen. Eine noch dunklere Röte stieg in ihre Wangen, und ihre Lippen zuckten vor verhaltenem Weinen. Nervös an ihrem Haar ordnend, lief sie hinaus.

Mitleidig sah ihr Rudolf nach. Das arme Ding schien ernstlich bedroht gewesen zu sein, sie hatte scheinbar eine böse Szene hinter sich. Eine Schmach war es für diesen Herrn Karsten, daß er seine Machtstellung seinen Angestellten gegenüber mißbrauchte. Die Ohrfeige, die ihm dies energische Fräulein Lenz verabfolgt hatte, war eine sehr verdiente.

Ehe er sich noch ganz klarwerden konnte über das, was er ungewollt erlauscht hatte, trat der Kontordiener ein. Diensteifrig sagte er: »Jetzt werde ich Sie melden, der Chef ist allein, Fräulein Lenz hat ihn soeben verlassen.«

Rudolf hielt ihn einen Moment fest.

»Dieses Fräulein Lenz ist die Sekretärin des Herrn Karsten?«

Der Diener zuckte die Achseln.

»Gewesen! Sie hat mir eben gesagt, daß sie entlassen worden sei.«

»So mitten im Monat?«

»Ich verstehe das auch nicht! Sie war sehr aufgeregt und weinte. Es hat wohl etwas gegeben. Natürlich, eine gutbezahlte Stellung verliert man heute nicht gern, wo alles eingeschränkt wird. Aber sie muß sich doch wohl etwas haben zuschulden kommen lassen, sonst brauchte sie sich doch nicht mitten im Monat fortschicken zu lassen.«

Rudolf hätte ihm am liebsten gesagt:

»Sie hat den Chef geohrfeigt, weil er unverschämt geworden ist, deshalb hat er sie entlassen.« Aber er hielt sich zurück. Das alles war so schnell gekommen, daß er sich noch gar nicht hatte klarwerden können, ob es irgendeine Stellungnahme für ihn in dieser Angelegenheit gab. Der Diener hatte ihn gemeldet, und Rudolf trat ein. Er war nicht ganz sicher, ob ihn Herr Karsten hatte im Vorzimmer stehen sehen, als Fräulein Lenz die Tür geöffnet hatte. Aber die Art und Weise, wie ihn Herr Karsten begrüßte, bewies ihm, daß er keine Ahnung hatte, daß Rudolf die eben stattgefundene Szene, in der er eine so üble Rolle gespielt hatte, miterlebt hatte.

Er begrüßte Rudolf mit einer gutgespielten Jovialität und fragte, ob er ihn habe warten lassen; Rudolf erwiderte, daß er gerade gekommen sei, als eine junge Dame das Vorzimmer in sichtlicher Erregung verlassen habe.

Herr Karsten warf sich in die Brust.

»Ja, ja, Sie wissen, mein lieber Herr Werkmeister, man hat so seinen Ärger mit dem Personal. Es war meine Sekretärin, die ich Knall und Fall habe entlassen müssen.«

Rudolf biß sich auf die Lippen.

»Dann muß sie sich wohl etwas haben zuschulden kommen lassen.«

Herr Karsten nickte empört.

»Jawohl, unverschämt ist sie geworden – Gehorsamsverweigerung, verstehen Sie.«

Rudolf mußte an sich halten, damit er sich nicht verriet.

»Glauben Sie, daß sie deshalb die junge Dame fristlos entlassen können?«

Karsten lachte hart und brutal auf.

»Junge Dame, seien Sie so gut, diese kleinen Mädels gebärden sich schon viel zuviel als Damen. Man muß ihnen das nicht erst noch weismachen. Übrigens war sie mit ihrer Entlassung einverstanden.«

»Soso! Übrigens, wenn es dieselbe Dame ist, die in letzter Zeit Ihre Korrespondenz mit uns geführt hat, so scheint sie sehr tüchtig zu sein. Sie hat einen sehr guten Stil und eine äußerst präzise Sachlichkeit.«

»Nun ja, sie beherrscht auch die englische und französische Sprache perfekt in Wort und Schrift, und ich werde so leicht nicht wieder eine so tüchtige Kraft bekommen, aber – das kann man sich doch nicht gefallen lassen, daß solche Mädel frech werden. Aber nun lassen wir das, mein lieber Herr Werkmeister, ich denke, wir haben Wichtigeres zu besprechen. Es freut mich, daß ich

Ihre persönliche Bekanntschaft endlich einmal machen kann.«

Es wurden nun streng geschäftliche Dinge besprochen, und als Rudolf sich dann sofort nach Erledigung derselben entfernen wollte, sagte Herr Karsten:

»Bleiben Sie noch lange in Düsseldorf?«

»Nur bis morgen.«

»Dann könnten wir doch den Abend zusammen verleben. Es würde mir eine Ehre und ein Vergnügen sein, wenn Sie heute abend bei uns speisen würden. Meine Frau würde sich sehr freuen.«

»Leider muß ich danken, ich habe eine Verabredung.«

Karsten lachte, ein häßliches, zynisches Lachen.

»Aha! Weiß schon! Familiensimpelei ist nicht Ihr Fall. Im Vertrauen, meiner auch nicht. Wenn ich Sie in eine nette lustige Gesellschaft einführen soll –«

»Nein, nein, wie gesagt, ich habe schon etwas anderes vor.«

Karsten blinzelte ihm zu.

»Was Nettes natürlich? Da bin ich auch gern dabei, wenn es nicht stört.«

Rudolf hätte am liebsten der Ohrfeige, die Herr Karsten von seiner tapferen Sekretärin erhalten hatte, seinerseits noch eine zweite hinzugefügt. Aber er mußte sich darauf beschränken, höflich ablehnend zu sagen:

»Sie irren, es ist nichts *Nettes*, was ich vorhabe, sondern eine ganz seriöse Angelegenheit, die es mir nicht gestattet, Ihre Gesellschaft zu genießen.«

Er hatte zwar absolut nichts vor, aber er sehnte sich begreiflicherweise nicht danach, die Gesellschaft dieses Mannes, der sich ihm, ohne es zu wissen, in einem so üblen Lichte gezeigt hatte, länger als unbedingt nötig zu ertragen. Und so verabschiedete er sich kurz und verließ das Geschäftshaus Karsten.

Als er wieder im Freien war, hob sich seine Brust, als könne er endlich wieder frei atmen. Und während er langsam zu dem kleinen Gehölz schritt, hinter dem, wie er wußte, die Haltestelle der Elektrischen war, dachte er an das arme Fräulein Lenz, und er überlegte, ob diese nicht eine passende Sekretärin für seinen Pflegevater sein würde. Die nötigen Fähigkeiten hatte sie entschieden, und es wäre vielleicht ein gutes Werk gewesen, ihr gerade jetzt eine gute Stellung zu verschaffen.

Ehe er noch mit diesem Gedanken im reinen war, hatte er das Gehölz erreicht, und plötzlich stockte sein Fuß. Da drüben auf einer Bank saß eine schlanke Frau, die sich anscheinend ganz allein hier wähnte, denn sie hatte das Gesicht im Taschentuch vergraben und schien haltlos zu weinen.

Als er näher kam, wollte ihm scheinen, als müsse dieses weinende weibliche Wesen dasselbe Fräulein Lenz sein, das Herr Karsten auf so ungewöhnliche Weise entlassen hatte. Die Tapferkeit ihrer Empörung war anscheinend einer tiefen Verzagtheit gewichen.

Rudolf konnte nun überhaupt keine Frau weinen, kein hilfloses Wesen leiden sehen, ohne daß alle ritterlichen Instinkte in ihm wach wurden. Es war ihm unmöglich, teilnahmslos vorüberzugehen, und zugleich hielt er es für einen Wink des Schicksals, daß er Fräulein Lenz noch einmal begegnete. Er blieb dicht neben ihr stehen, zog den Hut und fragte artig:

»Kann ich Ihnen irgendwie helfen?«

Ein erschrockenes, tränenüberströmtes Gesicht sah zu ihm auf. Es war wirklich Fräulein Lenz. Sie schüttelte den Kopf.

»Nein, nein, ich danke – ich –, mir ist nur nicht ganz wohl.«

»Eben deshalb sollten Sie meine Hilfe annehmen.«

Sie sah ihn genauer an und wurde plötzlich dunkelrot.

»Waren Sie nicht im Vorzimmer des Herrn Karsten?«

Er neigte den Kopf.

»Ja, und ich glaube, daß ich so ziemlich genau weiß, was zwischen Ihnen und Ihrem Chef vorgegangen ist. Sie sind sehr tapfer gewesen, Fräulein Lenz, und die Ohrfeige hat Herr Karsten verdient.«

Wieder schoß dunkle Glut in ihr Gesicht. Sie trocknete hastig ihre Tränen und sagte voller Empörung:

»Ganz gewiß hat er sie verdient, aber für mich war es furchtbar, daß ich mich nicht anders wehren konnte. Und meine Stellung bin ich nun ebenfalls los.«

»Eine so tüchtige Persönlichkeit wie Sie findet schnell wieder eine andere Stellung.«

Traurig schüttelte sie den Kopf.

»Es gibt nicht viel Möglichkeiten in dieser Zeit. Und daß ich hier in Düsseldorf keine Stellung wiederbekommen werde, dafür wird Herr Karsten schon sorgen. Es kommt ihm auf eine Unwahrheit nicht an, wenn er mich hier unmöglich machen kann. Ich aber kann mich nicht verteidigen, ich stehe ganz allein im Leben, und ich würde auch nicht über meine Lippen bringen, weshalb ich diese Stellung aufgeben mußte, schon nicht, weil ich Frau Karsten schonen möchte, die immer sehr freundlich zu mir gewesen ist, und die schon ohnedies in ihrer Ehe nicht auf Rosen gebettet ist.«

Rudolfs Teilnahme für die junge Dame wurde immer größer. Ihre letzten Worte verrieten ihm eine vornehme Gesinnung. Sie schien jetzt ihre Ruhe und Festigkeit wiedergewonnen zu haben, und er konnte nun erst beurteilen, was für ein reizendes Gesicht sie hatte. Ihre Züge waren feingeschnitten, und die großen braunen Augen blickten rein und stolz. Und ohne noch lange zu zögern, fragte er plötzlich: »Würden Sie ein Engagement nach Hamburg annehmen?«

Sie sah ihn erstaunt an.

»Nach Hamburg?«

»Ja.«

Sie atmete tief auf, es klang wie ein letztes, verhaltenes Schluchzen.

»Wenn ich dort ein Engagement finden würde, warum sollte ich es nicht annehmen. Mich hält hier nichts. Aber wer sollte mich in Hamburg engagieren?«

»Ich, wenn Sie gestatten.«

Ungläubig sah sie zu ihm auf.

»Sie?«

»Ja!«

»Ich glaube, Sie belieben zu scherzen.«

»Nein, nein, es ist mein Ernst. Wir können so tüchtige Kräfte wie Sie sehr gut gebrauchen.«

Fräulein Lenz steckte energisch ihr Taschentuch in eine kleine Handtasche, die sie nun von der Bank aufnahm. Dann richtete sie sich empor und sah ihn ernst und forschend an.

»Ich weiß nicht, wer Sie sind, mein Herr, und ich befinde mich in einer sehr peinlichen Situation. Wenn ich Ihnen auch glauben wollte, daß Sie Ihr Angebot ehrlich meinen, so muß ich Sie doch fragen, wie Sie mich so ohne weiteres engagieren wollen und woher Sie wissen wollen, daß ich eine tüchtige Kraft bin.«

Er mußte ein wenig lächeln.

»Mir gegenüber brauchen Sie keine Kampfstellung einzunehmen, Fräulein Lenz. Ich bin Rudolf Werkmeister, Prokurist der Firma Roland in Hamburg.«

Ein Staunen lag in ihrem Blick.

»Verzeihen Sie, das konnte ich nicht wissen. Diese Firma hat einen guten Ruf in der ganzen Welt, glaube ich. Aber ich muß doch wieder fragen, woher wissen Sie, daß ich eine tüchtige Kraft bin?«

Wieder lächelte er leise.

»Sie führen doch schon seit längerer Zeit die Korrespondenz mit uns, mir haben Ihre Briefe sehr gefallen, weil sie einen guten Stil haben und sehr sachlich gehalten sind, sowie viel Verständnis der Branche verraten. Außerdem hat mir Herr Karsten, sehr widerwillig zwar, bestätigen müssen, daß Sie eine sichere englische und französische Korrespondentin sind. Hauptsächlich das Englische ist uns wichtig. Mein Pflegevater, der Chef der Firma Roland, sucht seit langem schon eine Sekretärin, die ihn entlasten soll. Für ihn möchte ich Sie engagieren, und er wird ohne weiteres dies Engagement bestätigen.«

Sie war nun sehr blaß geworden vor innerer Erregung, und mit bebenden Lippen stieß sie hervor:

»Ich weiß nicht, womit ich Ihr Vertrauen verdient habe.«

»Aber ich weiß es. Ich wäre Ihnen schon vorhin in Ihrer unangenehmen Lage gern zur Hilfe gekommen, da ich im Vorzimmer mit anhören mußte, wie Sie attackiert wurden. Aber ich wußte nicht recht, ob meine Hilfe wirklich erwünscht war – in solchen Fällen kann man hinter geschlossenen Türen nicht urteilen. Es hat mir nachher leid getan, daß ich zu spät kam. Aber um Ihnen, die ich bei dieser Gelegenheit als eine so tapfere und ehrenhafte junge Dame kennengelernt habe, jetzt noch zu Hilfe zu kommen, ist es nicht zu spät. Nochmals ganz ernsthaft, wenn Sie nach Hamburg kommen wollen, werde ich Ihnen die Stellung als Sekretärin bei meinem Pflegevater verschaffen, obwohl mir Herr Karsten vorlügen wollte, daß er sie plötzlich entlassen mußte, weil Sie unverschämt und frech geworden seien.«

Ein bitteres Lächeln umspielte ihren Mund.

»Das sieht ihm ähnlich. Diese Lüge wird er überall verbreiten, und Sie können mir glauben, daß mich danach so bald niemand beschäftigen würde.«

»Sie sehen, daß es mich nicht abgeschreckt hat.«

»Weil Sie gottlob ein Zufall zum Zeugen gemacht hat. Wäre das nicht der Fall gewesen, wie hätten Sie dann ahnen können, daß meine sogenannte Unverschämtheit nichts anderes war als Notwehr, als ein Akt der Selbstverteidigung. Ja, ich habe Herrn Karsten ins Gesicht geschlagen, weil er mich in seine Arme riß und mir unverschämte Anträge machte. Er wollte mich trotz meiner Gegenwehr auf den Mund küssen – da schlug ich zu, damit er mich losließ.«

»Bravo! Sie haben recht getan! Also, wollen Sie nach Hamburg kommen?« fragte er, sie mit einem warmen Blick ansehend.

Die Farbe war wieder in ihr Gesicht gekommen. Sie sah ihn mit ihren schönen braunen Augen an, daß ihm ganz seltsam ums Herz wurde.

»Darf ich das wirklich annehmen? Gibt es wirklich so edle, hilfsbereite Menschen?«

Er lachte. Es war, als wolle er eine in ihm aufsteigende Befangenheit fortlachen.

»Das ist weder sehr edel noch sehr hilfsbereit, ich kapere einfach für unsere Firma eine tüchtige Arbeitskraft.«

Sie reichte ihm impulsiv die Hand.

»Ich danke Ihnen, oh, ich danke Ihnen von ganzem Herzen. Und wenn es wirklich sein darf – mit tausend Freuden nehme ich diese Stellung an, und ich will mir viel Mühe geben, Sie und Ihren Herrn Pflegevater zufriedenzustellen.«

Mit festem Druck nahm er ihre Hand.

»Abgemacht, Fräulein Lenz. Bitte melden Sie sich am 15. Oktober bei der Firma Roland. Reisevergütung wird Ihnen gern zugebilligt. Aber vielleicht bedürfen Sie auch eines Vorschusses, da Sie Ihr Domizil wechseln müssen, ich werde Ihnen einen Scheck ausschreiben.«

Sie hob bittend die Hand.

»Nein, ich danke, das ist nicht nötig, ich habe kleine Ersparnisse und werde damit auskommen. Wenn mir die Reisekosten später vergütet werden, nehme ich das dankbar an.«

»Das ist selbstverständlich. Sie bringen bitte dann der Ordnung halber Ihre Zeugnisse mit, für meinen Pflegevater.«

»Gewiß, Herr Werkmeister.«

»Sind Sie geborene Düsseldorferin?«

»Nein, ich bin in Elberfeld geboren und habe dort die Schule besucht. Bis zum Tode meiner Eltern habe ich in Elberfeld gelebt. Mein Vater war bei einer Elberfelder Zeitung Druckereifaktor. Da ich sein einziges Kind war, hat er mir eine gute Erziehung zuteil werden lassen können. Ich habe die Schule bis zur mittleren Reife besucht und gute Zeugnisse gehabt. So gelang es mir, gleich eine gute Stellung in Elberfeld zu bekommen. Aber diese Firma geriet infolge der Inflation in Konkurs und wurde aufgelöst, und so verlor ich diese Stellung. Da meine Eltern inzwischen gestorben waren, ging ich nach Düsseldorf, wo ich bei der Firma Karsten ein Engagement gefunden hatte. Aus meiner ersten Stellung habe ich ein sehr gutes Zeugnis, und ein solches kann mir auch Herr Karsten nicht vorenthalten.«

»Das wird er auch nicht tun. Und was Sie mir sagen, genügt. Es ist also abgemacht, ich erwarte Sie am 15. Oktober. Und – warten Sie einen Moment – ich will Ihnen die Adresse eines Hamburger Pensionats geben, in dem zuweilen Angestellte von uns wohnen und gut aufgehoben waren. Es liegt in der Nähe unseres Geschäftshauses.«

Er notierte ihr die Adresse auf ein Blatt seines Notizbuches und überreichte es ihr.

»So, Fräulein Lenz. In einigen Tagen bin ich wieder in Hamburg und werde meinem Pflegevater sofort Bericht erstatten. Und nun haben Sie wieder ein bißchen Mut, es sind nicht alle Menschen so schlecht wie Herr Karsten«, sagte er lächelnd.

Er reichte ihr die Hand zum Abschied und zog den Hut.

»Ich bin so glücklich und so dankbar, Herr Werkmeister, und hoffe nur, daß ich Ihnen diese Dankbarkeit werde beweisen können.«

Ihr noch einmal ermutigend zunickend ging er davon, und ein Lächeln flog über sein Gesicht, als er sich überlegte, auf wie seltsame Art dies Engagement zustande gekommen war.

Lore Lenz aber sah wie im Traume hinter ihm her und ging dann auch langsam davon, ihrer Wohnung zu.

Rudolf hatte noch an demselben Abend an seinen Pflegevater geschrieben und ihm mitgeteilt, daß er eine außerordentlich tüchtige Sekretärin für ihn engagiert habe, die bisher bei der Firma Karsten angestellt gewesen sei. Sie werde am 15. Oktober antreten, und er werde Weiteres nach seiner baldigen Rückkehr berichten.

Er hatte damit vermeiden wollen, daß sein Pflegevater vielleicht zufällig jetzt eine andere Sekretärin engagieren würde.

Als Rudolf dann nach einigen Tagen nach Hause kam, war Georg Roland auch gerade erst von Bremerhaven zurückgekommen, wohin er Waltraut bis an Bord des Dampfers begleitet hatte. Neben anderen geschäftlichen Dingen wurde nun auch von den beiden Herren das Engagement von Fräulein Lenz besprochen.

»Ich ergriff die Gelegenheit, dir diese tüchtige Kraft zu sichern, um so lieber, als ich das junge Mädchen dadurch für die ungerechte Entlassung entschädigen konnte«, sagte Rudolf.

Georg Roland nickte ihm zu.

»Du hast recht gehandelt, und ich bin sehr froh, daß ich eine Sekretärin bekomme. Da sie schon bei Karsten war, ist sie ja auch mit der Art unserer Geschäfte bekannt, was mir nur lieb sein kann.«

»Das dachte ich auch. Und nun alles Geschäftliche erledigt ist – wie hat Waltraut den Abschied überstanden?«

Der alte Herr seufzte tief auf.

»Leicht ist er für uns beide nicht geworden. Und obwohl Waltraut unter dem Schutze des Justizrats reist, mache ich mir doch Sorgen.«

»Der Justizrat ist aber doch ein energischer und zuverlässiger Beschützer.«

»Immerhin, es gibt auf Reisen Dinge, gegen die kein Mensch ein ausreichender Schutz ist.«

»Solche Dinge gibt es nicht nur auf Reisen, lieber Vater. Schließlich sind wir überall von Gefahren umgeben. Du mußt dich nicht zu sehr sorgen und dir sagen, daß Waltraut nichts geschehen wird, was ihr nicht vom Schicksal vorausbestimmt ist.«

»Du bist Fatalist?«

»Jeder Mensch sollte das im gewissen Sinne sein, dann sparte man sich manche unnötige Sorge.«

»Aber wir werden Waltraut beide sehr vermissen.«

»Das ist gewiß, Vater, aber du mußt bedenken, daß sie mit dieser Reise das Richtige fand, um uns über den Übergang hinwegzuhelfen.«

»Und hast du dich nun schon mit dem Gedanken vertraut gemacht, daß Waltraut deine Gattin wird?«

Rudolf zögerte eine Weile. Plötzlich sah er vor seinen

geistigen Augen zwei feuchtschimmernde samtbraune Augen, und die Augen Waltrauts waren blau.

»Es geht nicht so schnell, Vater. Man löscht nicht in wenig Wochen aus, was man lange Jahre für einen Menschen empfunden hat. Ich sehe noch immer in Waltraut viel mehr meine Schwester als meine Braut.«

»Nun, das wird sich mit der Zeit ändern, bei gutem Willen.«

»Der gute Wille ist bestimmt vorhanden, Vater.«

Danach kamen die Herren wieder auf die Geschäfte zu sprechen.

8

Pünktlich am 15. Oktober fand sich Lore Lenz vormittags in den Geschäftsräumen der Firma Roland ein, und man sagte ihr, sie möge auf das Eintreffen des Chefs warten, der etwas später kommen würde, aber schon gestern Order gegeben habe, daß man sie im Wartezimmer warten lassen solle, falls sie früher kommen würde als er selbst.

Etwas beklommen war Lore Lenz zumute, als sie im Wartezimmer Platz nahm. Wieder und wieder hatte sie an Rudolf Werkmeister denken müssen. Sie war ihm so sehr dankbar. Aber zuweilen war doch etwas wie Angst und Beklommenheit in ihr aufgestiegen, daß er sich doch vielleicht nur einen Scherz mit ihr gemacht habe oder daß er sie vergessen haben könne. Als sie nun hörte, daß sie erwartet wurde, war ihr schon ein großer Stein vom Herzen gefallen. Nun sorgte sie sich nur noch darum, daß sie dem Chef des Hauses auch zusagen würde.

Etwa eine halbe Stunde hatte sie gewartet, ehe Georg Roland mit seinem Pflegesohn eintraf. Lore wurde nun sofort in das Privatkontor des Chefs gerufen, wo sie außer diesem zu ihrer Erleichterung auch Rudolf Werkmeister fand. Er begrüßte sie freundlich und stellte sie dem alten Herrn vor. Lore legte unaufgefordert ihre Zeugnisse vor, die Georg Roland gewissenhaft prüfte. Währenddessen sahen sich die beiden jungen Menschen mit großen, ernsten Augen ins Gesicht, aber sie ahnten beide voneinander nicht, daß sie im Innern eine durch nichts bedingte Erregung und Unruhe empfanden.

Mit einem freundlichen Neigen des Kopfes gab Georg Roland Lore ihre Zeugnisse zurück.

»Alles in Ordnung, Fräulein Lenz, wir haben nun nur noch die Gehaltsfrage zu lösen, die mein Sohn, wie er mir sagte, noch offengelassen hat, um mir nicht vorzugreifen. Was für ein Gehalt haben Sie bei der Firma Karsten bezogen?«

Lore nannte die Summe. Georg Roland nickte.

»Gut, ich zahle Ihnen monatlich hundert Mark mehr, denn das Leben in Hamburg ist sicher teurer als in Düsseldorf.«

»Soweit es mich angeht, nicht, Herr Roland, ich bin sogar noch eine Kleinigkeit billiger in der Pension untergebracht als in Düsseldorf«, sagte Lore.

Der alte Herr sah sie mit einem Lächeln an. Lores

Ehrlichkeit gefiel ihm. Und Rudolf freute sich auch, daß sich Lore gleich so gut bei seinem Vater einführte.

»Was ich gesagt habe, gilt, Fräulein Lenz, Sie bekommen hundert Mark mehr.«

Lores Gesicht rötete sich vor Freude.

»Ich danke Ihnen sehr, Herr Roland.«

»Keine Ursache. Ihre Reisespesen lassen Sie sich an der Kasse auszahlen.«

»Auch dafür danke ich Ihnen.«

»Haben Sie in der Pension, die ich Ihnen bezeichnete, Aufnahme gefunden, Fräulein Lenz?« fragte Rudolf möglichst ruhig und unbefangen.

»Ja, Herr Werkmeister, und ich danke Ihnen sehr für die Angabe dieser Pension. Es ist dort sehr sauber, und die Pensionsinhaberin ist eine freundliche alte Dame, die mich sehr liebenswürdig aufnahm, als ich ihr sagte, daß Sie mich an ihre Adresse gewiesen haben.«

»Frau Dittmar wird Sie sicher gut versorgen, unsere Angestellten, die bei ihr gewohnt haben, waren alle sehr zufrieden. Einige Herren wohnen wohl jetzt noch dort.«

»Ja, so sagte sie mir.«

»Wie ist es, Fräulein Lenz, müssen Sie erst noch einmal in die Pension zurück, um sich einzurichten, oder können Sie gleich hierbleiben?« fragte Georg Roland.

»Sie können gleich über mich verfügen, ich kam schon vorgestern abend hier an und bin schon völlig eingerichtet.«

»Um so besser. Ich hoffe, daß wir uns schnell miteinander einarbeiten werden. Im Vorzimmer zu diesem Raum werden Sie Ihren Platz und eine Schreibmaschine finden, ich muß Sie in meiner nächsten Nähe haben, und Sie sollen nur für mich zur Verfügung stehen. Bitte, sehen Sie nach, ob Sie alles, was Sie brauchen, an Ihrem Platze finden, sonst wird Ihnen der Kontordiener alles Fehlende herbeischaffen. Sobald ich Sie brauche, werde ich nach Ihnen klingeln.«

Rudolf blieb, bis sich Lore entfernt hatte. Dann fragte er seinen Vater:

»Ist dir die junge Dame sympathisch, Vater?«

»Sehr! Sie gefällt mir. Und sie scheint ehrlich zu sein. Sie hätte lieber die hundert Mark Zulage aufs Spiel gesetzt, als mir zu verschweigen, daß sie hier nicht teurer lebt als in Düsseldorf.«

Rudolf nickte lächelnd.

»Diplomatisch war das gerade nicht, Vater.«

Auch der alte Herr lächelte.

»Wir brauchen ja hier auch keine Diplomatin, Rudolf, sondern einen ehrlichen, zuverlässigen Menschen. Und wenn mich meine Menschenkenntnis nicht trügt, haben wir den gefunden.«

Eine halbe Stunde später saß Lore Lenz ihrem neuen Chef gegenüber und mühte sich eifrig, ihn zufriedenzustellen. Dankbaren Herzens merkte sie sofort mit dem feinen Instinkt der Frau, daß hier in der Firma Roland ein ganz anderer Ton herrschte als in der Firma Karsten und daß die beiden Chefs dieser Firmen sehr verschieden voneinander waren. Das Ehrfurchtgebietende ihres neuen Chefs erfüllte sie mit großem Vertrauen.

Lore Lenz war in sehr bescheidenen Verhältnissen aufgewachsen. Ihr Vater hatte sich vom einfachen Buchdrucker zum Druckereifaktor emporgearbeitet und konnte seinem einzigen Kind eine gute Erziehung angedeihen lassen. Lore war ein sehr wertvoller Charakter und hatte es ihren Eltern innig gedankt, daß sie ihr so manches Opfer brachten, um ihr eine gute Erziehung zuteil werden lassen zu können. Als sie dann auf eigenen Füßen stehen konnte und ihre erste Stellung in Elberfeld angenommen hatte, starb nach einer schweren Grippeerkrankung zuerst ihre Mutter und dann, wenige Monate später, der Vater, der schon länger krank gewesen war. Lore stand nun ganz allein im Leben, sie hatte keinen Menschen, dem sie angehörte, und war sich sehr wohl bewußt, daß sie tapfer sein mußte, um sich im Lebenskampf behaupten zu können.

Als sie nach dem Konkurs der Firma, in der sie angestellt war, die Stelle bei Karsten erhielt und von Elberfeld nach Düsseldorf übersiedeln mußte, hatte sie den Nachlaß ihrer Eltern an Möbeln verkauft und nur die Wäsche und bescheidene Schmucksachen der Mutter für sich zurückbehalten. Den Erlös dafür legte sie auf der Sparkasse an, um einen Notpfennig zu haben, aber die letzten Inflationswochen zehrten diesen Sparpfennig, wie so manchen anderen, auf, und Lore war nun ganz auf das angewiesen, was sie selber verdiente. Sie vermochte aber bei ihrer bescheidenen Lebensführung immer noch kleine Ersparnisse von ihrem Gehalt zu machen. Und da ihr Karsten schließlich doch ein volles Monatsgehalt ausgezahlt hatte, wohl weil er fürchtete, daß sie vor Gericht klagen könne, so war sie nicht ganz mittellos nach Hamburg gekommen. Daß sie nun hundert Mark im Monat mehr erhalten sollte, war für sie ein großes Glück. Sie wußte, daß sie diese hundert Mark mehr sparen konnte, denn in Frau Dittmar hatte sie eine Wirtin gefunden, die nicht darauf aus war, sich auf Kosten anderer zu bereichern. Sie hatte ein nettes, sauberes, wenn auch kleines Zimmerchen und ausreichende Kost für hundertzwanzig Mark im Monat gefunden. Da blieb ihr noch ein erheblicher Überschuß für Garderobe und sonstige Ausgaben, auch wenn sie die hundert Mark sparen würde.

Alles, was ihr nun in ihrer neuen Stellung Gutes geschah, nahm sie in ihrem Herzen zugunsten Rudolf Werkmeisters auf. Sie hegte eine große Dankbarkeit für ihn und zugleich eine stille Bewunderung. In ihrem jungen Leben hatte sie schon genug trübe Erfahrungen gesammelt, um erkennen zu können, daß Rudolf ein Ausnahmemensch war. Wenn sie ihn sah, was ja täglich mehrere Male geschah, sooft er zu seinem Pflegevater ins Kontor kam und durch das Vorzimmer gehen mußte, empfand sie ein starkes, frohes Glücksgefühl, und ihr war zumute, als habe sie jetzt wieder einen Beschützer. Dieses Gefühl hatte sie seit dem Tode ihres Vaters nicht mehr gehabt, und willig öffnete sie diesem Empfinden ihr Herz, ahnungslos, daß neben der Dankbarkeit verstohlen noch ein anderes, viel stärkeres Gefühl in ihr Herz mit hineinschlüpfte. Sie betete jeden Tag darum, daß Herr Roland mit ihr zufrieden sein und diese Stellung ihr recht lange erhalten bleiben möge.

Rudolf begrüßte sie bei ihrem jeweiligen Zusammentreffen stets mit ruhiger Freundlichkeit. Daß ihm diese Ruhe innerlich mehr und mehr verlorenging, wenn er in ihre gläubigen, vertrauenden Augen sah, ahnte sie nicht.

Hatte sie doch selbst genug zu tun, ihre heimliche Erregung zu verbergen.

Und Rudolf wollte sich ebensowenig eingestehen, daß sich sein Interesse für Lore Lenz immer mehr verstärkte, aber instinktiv fühlte er wohl die Gefahr, die seine Herzensruhe bedrohte, und suchte deshalb Lore so viel wie möglich auszuweichen. Hatte er aber dann eine Weile diesem Zwange gehorcht, überfiel ihn zuweilen plötzlich ein so heißes, intensives Verlangen nach ihrem Anblick, daß er aufspringen mußte und sich irgendeinen Vorwand ersann, um zu seinem Pflegevater gehen zu können – um Lore wiederzusehen. Wenn sie nicht direkt in Georg Rolands Zimmer saß, fand er sie im Vorzimmer. Und wenn er durch dies Zimmer ging, sah sie mit ihren schönen Augen zu ihm auf – und da war wieder für eine Weile dies uneingestandene Sehnen gestillt.

Lange wehrte er sich gegen den Einfluß, den Lore Lenz, ohne es zu ahnen, auf ihn ausübte, und als er schon alles Wehren dagegen aufgegeben hatte, gestand er sich noch lange nicht ein, daß sie ihm mehr, viel mehr geworden war als je zuvor ein weibliches Wesen, viel mehr noch als Waltraut – seine Braut.

Und wenn er sich, lange vor seiner Bekanntschaft mit Lore, mit dem Gedanken an eine Heirat mit Waltraut hatte vertraut machen wollen, so wurde es ihm jetzt von Tag zu Tag klarer, daß es unmöglich sei, in Waltraut jemals etwas anderes zu sehen als seine Schwester, seine liebe kleine Schwester, aber nicht mehr und nicht weniger. Je öfter er in Lores Augen sah, desto unmöglicher wurde es ihm, an Waltraut als an seine künftige Gattin zu denken.

Dabei sprach er immer nur wenige Worte mit Lore, aber diese wenigen Worte wurden ihm zu schwerwiegenden Erlebnissen. Ihre weiche, dunkle Stimme, die sich mühte, ruhig zu bleiben, wenn sie mit ihm sprach, und durch die er doch die Zuneigung ihres jungen Herzens herausklingen hörte, schmeichelte sich immer mehr in sein Herz. Er hörte diese Stimme auch, wenn er fern von ihr war, sah ihre Augen vor sich, wenn er allein war. Nachts vor dem Einschlafen hörte er ihre Stimme, sah ihre gläubig vertrauenden Augen und rief dann in jäh aufflammender Sehnsucht nach ihr.

»Lore! Lore! Kleine Lore, süße kleine Lore!«

Und ihr Name schloß schon tausend Zärtlichkeiten für ihn ein, dieser schlichte Name, der doch so gut zu ihr paßte wie kein anderer. Ja, soweit war es nun schon mit ihm gekommen, nachdem Lore einige Monate Sekretärin seines Pflegevaters war. Er nannte sie bei sich immer nur mit diesem Namen, dem er allerlei kosende Zusätze gab.

Georg Roland war mit seiner jungen Sekretärin sehr zufrieden und machte Rudolf gegenüber durchaus kein Hehl aus dieser Zufriedenheit. Eines Tages sagte er:

»Ich bin dir sehr zu Dank verpflichtet, Rudolf, daß du Fräulein Lenz für mich engagiert hast. Es ist ganz erstaunlich, was für eine eminente Arbeitskraft in diesem jungen Mädchen steckt. Du ahnst nicht, mit welch feinem Instinkt – ich kann es nur Instinkt nennen – sie sich meinem Ideenkreis angepaßt hat. Ich brauche schon längst keine Diktate mehr aufzugeben, brauche keine langatmigen Auseinandersetzungen, um mich verständlich zu machen. Einige Stichworte von mir genügen, ihr klarzumachen, was ich will, und eine Viertelstunde später habe ich das fertige Schriftstück hier, das mit einem Schwung, mit einer stilistischen Feinheit ausgearbeitet ist, daß man nur staunen kann. Und eine wahrhaft verblüffende Sachkenntnis legt sie an den Tag, daß ich mich oft frage, wo sie das alles hernimmt. Ich kann dir sagen, wenn ich bei einem Manne so ein subtiles Empfinden für das, was ich will, suchen wollte, dann könnte ich lange suchen. In dieser Beziehung sind uns doch wirklich die Frauen überlegen. Sogar für meine Börsengeschäfte hat sie sozusagen etwas Hellhöriges, sie scheint zu spüren, wenn eine Sache nicht floriert. Dabei ist sie immer frisch und munter, immer arbeitswillig und unverdrossen, und immer freundlich und bescheiden – also –, wie gesagt, sie ist eine Perle von einer Sekretärin. Ich werde am Ersten ihr Gehalt erhöhen, sie ist nicht ihren Leistungen entsprechend bezahlt.«

Das hörte Rudolf sehr gern.

»Es ist mir sehr lieb, Vater, daß du mit ihr zufrieden bist, und es wird sie sicherlich freuen, wenn du ihr Gehalt erhöhst, wird sie doch daraus sehen, wie sehr du mit ihr zufrieden bist«, sagte er scheinbar ruhig und sachlich.

»Das weiß sie ohnedies. Gerade das ist das schönste an ihr, daß sie ein Lob verträgt, ohne arrogant zu werden. Aber freuen kann sie sich über jedes anerkennende Wort, daß ihr immer gleich die Tränen in die Augen treten. Schade, daß Waltraut jetzt nicht hier ist, sie müßte dieses Fräulein Lenz zuweilen einladen, ich möchte sie gern in solcher Weise auszuzeichnen, denn immerhin muß ich ihr in geschäftlichen Dingen viel anvertrauen. Und dadurch steht sie mir persönlich näher als meine anderen Angestellten. Waltraut würde auch sicher Gefallen an ihr finden, denn obwohl sie nur aus kleinen Verhältnissen stammt, hat sie unbedingt etwas Damenhaftes, Vornehmes.«

»Das finde ich auch, Vater«, erwiderte Rudolf, immer noch sehr ruhig, wenn ihm das Herz rebellisch klopfte.

»Und sie weiß auch klug über andere Dinge zu plaudern. Zuweilen mache ich mir das Vergnügen, mich eine Weile mit ihr zu unterhalten. Das darf ich mir jetzt leisten, denn sie nimmt mir so viel Arbeit ab, daß ich mir Ruhe gönnen kann. Sie kann über alles mitsprechen, und sie hat Geist und einen warmblütigen Humor.«

Georg Roland ahnte nicht, daß er mit solchen Worten Öl ins Feuer goß. Rudolf fiel es sehr schwer, bei diesen Lobsprüchen auf Lore Lenz Ruhe und Gleichmut zu markieren. Es wäre wahrlich nicht nötig gewesen, daß der alte Herr auch noch das Seine dazutat, um Rudolfs Herzensruhe zu untergraben.

Als er sich eine Weile später entfernte, mußte er wie immer durch das Zimmer gehen, in dem Lore an ihrer Schreibmaschine saß. Wieder blickte sie auf, als er herauskam, gerade in seine Augen hinein. Und obwohl er sich sagte, daß es gefährlich für ihn sei, blieb er doch neben ihr stehen – er vermochte jetzt nicht mit einem kurzen Gruß vorüberzugehen.

»Sie sind immer so fleißig, Fräulein Lenz«, sagte er, weil ihm nichts Besseres einfiel, und weil er ihr nicht sagen konnte, was er ihr so gern gesagt hätte.

Er merkte, wie sie bei seinen Worten erbleichte. Das trug natürlich nicht dazu bei, ihn ruhiger zu machen.

»Es ist doch meine Pflicht, hier fleißig zu sein, Herr Werkmeister.«

Das sagte sie mit leise bebender Stimme, die jeden Nerv in ihm erzittern ließ.

»Sie tun mehr als ihre Pflicht, sind meinem Vater eine unschätzbare Mitarbeiterin geworden. Ich habe soeben Ihr Lob in allen Tönen anhören müssen. Er hat mir gedankt, daß ich Sie für ihn engagiert habe.« Ein flammendes Rot jagte über ihr Gesicht.

»Oh, wie mich das freut. Es wäre doch auch gar zu schlimm, wenn Sie noch Vorwürfe für Ihre gute Tat ernten würden.«

»Aber, Fräulein Lenz, ich bitte Sie – was habe ich groß getan? Es war doch nichts als reiner Egoismus, daß ich Sie engagierte und uns eine so tüchtige Kraft sicherte.«

Sie sah ihn mit einem unbeschreiblichen Blick an.

»Ich weiß dennoch, daß es eine edle Tat war«, sagte sie leise. Und lauter fuhr sie dann fort. »Noch nie habe ich mich so sehr darüber gefreut, daß ich etwas leisten kann, wie jetzt. Fühle ich doch die Verpflichtung in mir, zu beweisen, daß Sie keinen Fehlgriff getan haben, als Sie mich verpflichteten. Schon aus diesem Grunde tue ich alles, was in meiner Kraft steht, Herrn Roland zufriedenzustellen.«

Er wollte etwas antworten, konnte aber im Moment nicht reden. Denn das, was er so gern gesagt hätte, durfte nicht über seine Lippen, und alles andere erschien ihm so banal. Seine Augen aber sahen mit brennendem Ausdruck auf sie herab und verrieten etwas von dem, was er nicht sagen durfte. Da senkte sie wie erschrocken ihre Augen und saß ganz still da. Er zwang sich zu einem Scherz.

»Also Sie leisten so Großes, nur um mir Vorwürfe zu sparen?«

Sie nahm ihr Herz tapfer in die Hände und blickte wieder zu ihm auf.

»Irgendwie muß ich Ihnen doch meine Dankbarkeit beweisen, und auf andere Art kann ich das nicht.«

Mit heimlicher Rührung sah er in ihre tapferen Augen.

»Sind Sie denn zufrieden mit Ihrer Stellung?«

»Oh, wie sehr. Es ist hier ein ganz anderes Arbeiten als bei der Firma Karsten. Man fühlt sich hier als Mensch bewertet. Worte der Anerkennung, wie ich sie hier von Herrn Roland so oft höre, gab es bei Herrn Karsten nie. Und je mehr man sich anstrengte, desto mehr wurde einem aufgebürdet. Ich war dort oft bis zum Umsinken müde, wenn der Feierabend kam.«

»Und hier nicht?«

»Nein, hier bin ich am Abend so frisch wie am Morgen.«

»Und doch müssen Sie hier so viel arbeiten.«

»Nicht mehr als ich leisten kann. Es ist ein großer Unterschied, ob man mit Freuden arbeitet oder nur aus Pflichtgefühl.«

»Hier arbeiten Sie also mit Freuden?«

»Ganz gewiß!«

»Nun also, Sie sind zufrieden und mein Vater ist zufrieden, so ist alles in bester Ordnung«, suchte er wieder zu scherzen.

»Ja, ich wünsche mir nur, daß es nie anders werden möge.«

Mit einem seltsam forschenden Blick sah er sie an.

»Nie anders? So haben Sie keine anderen Wünsche für Ihr Leben, als immerfort in abhängiger Stellung zu bleiben?« fragte er heiser.

Sie erblaßte ein wenig, aber dann leuchteten ihre Augen auf.

»Was kann einem armen Mädchen besseres beschieden sein? Ist es nicht beneidenswert, wenn man einen Pflichtenkreis hat, der einem Freude macht, der einem lieb und angenehm ist? Ich freue mich jeden Morgen, wenn ich wieder an meine Arbeit gehen kann, und die Sonntage sind mir fast leid, weil ich da fernbleiben muß.«

Wieder schlich ein Gefühl der Rührung in sein Herz. Aber er fragte scheinbar ruhig und gleichmütig:

»Was fangen Sie denn mit Ihren Sonntagen an?«

»Ich gehe meistens zum Hafen, weil mich das Leben und Treiben dort interessiert. Häufig fahre ich ein Stück mit einem Hafendampfer und sehe mir die Schiffe an.«

»Und immer allein?« frage er unsicher.

»Ja, mit wem sollte ich gehen? Ich schließe mich sehr schwer an fremde Menschen an, und ehe ich mich einer Gesellschaft anschließe, die mir in geistiger und seelischer Beziehung nichts zu geben hat, begnüge ich mich lieber mit meiner eigenen. Ich habe auch nie Langeweile; ich denke mir herrliche Geschichten aus, wenn ich die großen Dampfer liegen sehe. Was für Menschenschicksale die wohl mit sich hinaustragen in die Welt. Und wie weit sie hinausfahren in diese weite Welt. Dann komme ich mit größerem Gewinn nach Hause, als wenn ich mich irgendeinem gleichgültigen Menschen angeschlossen hätte, der mich nur von meinen lieben Gedanken ferngehalten hätte.«

Sie verriet ihm natürlich nicht, daß er der Held all ihrer ausgedachten Geschichten war.

»Und dann kehren Sie wieder in Ihre Pension zurück?«

»Ja, Frau Dittmar hält mir dann eine Tasse Tee bereit, und ich plaudere ein Stündchen mit ihr. Sie ist eine liebe, gebildete Frau, die Witwe eines Kapitäns, und weiß viel aus dem Hamburger Leben zu erzählen. Viel Zeit hat sie ja nicht, aber für mich müßigt sie sich sonntags gern ein Stündchen ab. Ich bin überaus froh, daß ich bei ihr Unterkunft gefunden habe, und auch das danke ich Ihnen.«

Er hätte ihr gern, sehr gern gesagt, daß es ihn glücklich machen würde, wenn er zuweilen einen Sonntag in ihrer Gesellschaft verbringen dürfe, aber das durfte nicht sein, ihretwegen nicht und auch seinetwegen nicht. So sagte er nur:

»Wenn meine Schwester hier wäre, dann müßten sie mit ihr bekannt werden.«

Fast erschrocken sah sie ihn an.

»Oh, das würde doch Herr Roland nicht gestatten, selbst wenn es seine Tochter wünschen würde.«

Ein Lächeln flog über seine Züge.

»Sie irren sehr, mein Vater hat vorhin zu mir gesagt, wie leid es ihm tue, daß seine Tochter jetzt nicht hier ist, weil er Sie zuweilen in seine Familie einladen möchte.«

Lores Gesicht überflog eine jähe Röte.

»Wie ehrenvoll ist es für mich schon, daß er diese Absicht hat. Aber Fräulein Roland würde sicher nichts mit einem so einfachen Mädchen, wie ich es bin, anzufangen wissen.«

»Das würde sie gewiß. Sie ist selbst ein wertvoller, guter Mensch und schätzt andere Menschen nicht nach ihrer Stellung ein, sondern nach ihrem Wert. Und da können Sie, meine ich, den Vergleich mit jedem andern ruhig aushalten. In dieser Beziehung ist es wirklich schade, daß meine Schwester nicht hier ist. Sie würden sich sicher gut mit ihr verstehen.«

Sie wagte nicht zu ihm aufzusehen, weil sie spürte, daß ihr die Augen feucht wurden. Und sie mußte erst tapfer die aufsteigenden Freudentränen hinunterschlukken, ehe sie mit leidlich fester Stimme fragen konnte: »Fräulein Roland hat sich sicherlich sehr gefreut, daß sie ein so herrliches Stück Erde zu sehen bekommt. Ich habe kürzlich ein Buch über Ceylon gelesen; es wurde darin als eine Märcheninsel geschildert.«

»Ja, Ceylon ist wundervoll. Ich war auch vor Jahren dort und gönne es meiner Schwester, daß sie es kennenlernt. Sie hat sich auch sehr auf die Reise gefreut, um so mehr, da sie ihre liebste Freundin dort hat. Aber nun will ich Sie nicht länger stören. Auf Wiedersehn, Fräulein Lenz!«

»Auf Wiedersehn, Herr Werkmeister!«

Rudolf schritt schnell hinaus. Der Gedanke an Waltraut – an seine Braut – hatte ihn in die Flucht geschlagen, hatte ihm klargemacht, daß er schon viel zu lange mit Fräulein Lenz geplaudert, viel zu tief in ihre Augen gesehen hatte, in diese lieben, schönen Augen.

Lore aber saß eine Weile noch mit festgeschlossenen

Augen, um das Erlebnis dieser Stunde in sich ausklingen zu lassen. Ja, es war ein Erlebnis für sie, daß Rudolf Werkmeister sich so lange und so freundlich mit ihr unterhalten hatte. Er galt im ganzen Betriebe als der künftige Herr und Erbe der Firma, das hatte Lore gehört, und natürlich sah sie in ihm nun in erhöhtem Maße eine bedeutende, imponierende Persönlichkeit. Sie rechnete es ihm hoch an, daß er so schlicht und einfach in seinem Wesen war und sich nicht hochmütig über die Angestellten der Firma erhob. Daß er mit allen Leuten im Geschäft freundlich war, hatte sie selbst oft beurteilen können. Und ihr gegenüber? Oh, wie gut war er zu ihr.

Es war kein Wunder, daß sie bewundernd zu ihm aufsah. Keine Ahnung kam ihr, daß seine Empfindungen für sie weit über die Schranke hinausgingen, die die Gefühle eines Vorgesetzten einem Untergebenen gegenüber begrenzte. Sie machte sich nicht einmal klar, daß ihre große Bewunderung für ihn noch mit einem ganz anderen Gefühl gemischt war, mit einem Gefühl, das sie in Angst und Schrecken versetzt hätte, wäre sie sich darüber klargeworden.

Aber jedenfalls war sie sehr stolz und glücklich, daß er sich so freundlich mit ihr unterhalten hatte. Und mit verdoppeltem Eifer machte sie sich nun wieder an die Arbeit, um das Versäumte nachzuholen.

Als sie eine Stunde später wieder zu ihrem Chef gerufen wurde, um mit ihm zu arbeiten, lag noch ein Abglanz dieses Glücks auf ihrem Antlitz, so daß Georg Roland ganz erstaunt erkannte:

Dieses Fräulein Lenz ist nicht nur klug und tüchtig, sie ist auch bildhübsch, beinahe eine Schönheit. Wäre sie eine große Dame, würde alle Welt von ihrer Schönheit entzückt sein.

Aber er ahnte nicht, daß Lore Lenz seinen Wünschen und Plänen sehr gefährlich war und daß sie vielleicht zu einem ernsten Hindernis werden könne, sein Gelübde zu erfüllen.

Ehe er heute mit ihr zu arbeiten begann, sagte er freundlich: »Ich wollte Ihnen sagen, Fräulein Lenz, daß Ihr Gehalt vom Ersten ab um hundert Mark erhöht wird. Sie haben mir schon große Dienste erwiesen und werden mir hoffentlich noch recht viele erweisen, deshalb mag ich nicht, daß Sie nicht Ihren Verdiensten entsprechend entlohnt werden.«

Lore sah ihn fast erschrocken an. Ihre Augen wurden gleich wieder feucht. Sie war durchaus kein sehr weichmütiger Mensch, war immer hart vom Leben angefaßt worden und wußte sich mit seinen Härten tapfer abzufinden, aber Güte, wirkliche Güte hatte sie nicht oft erfahren, seit dem Tode ihrer Eltern überhaupt nicht mehr, und solcher Güte gegenüber war sie immer schwach. Sie suchte sich schnell zu fassen, aber ihre Stimme schwankte doch bedenklich, als sie sagte:

»Sie sind sehr gütig zu mir, Herr Roland. Ich weiß gar nicht, womit ich das verdient habe.«

Er lächelte.

»Das gerade ist das Nette an Ihnen, daß Sie es nicht wissen.«

»Ich tat doch nur meine Pflicht.«

Er lächelte gütig.

»Vielleicht doch etwas mehr als Ihre Pflicht. Und vor allem Dingen – wie Sie Ihre Pflicht tun, das ist so erstaunlich. Ich muß Ihnen immer wieder sagen, daß ich sehr zufrieden mit Ihnen bin. Ich möchte Ihnen das gern auf eine besondere Art zeigen, aber solange meine Tochter fern ist, geht das nicht an. Jedoch ist mir eingefallen, daß unser Theaterabonnement jetzt wenig ausgenützt wird, und wenn es Ihnen Spaß macht, können Sie zuweilen auf unser Abonnement ins Theater gehen. Wollen Sie?«

Lores Augen leuchteten auf.

»Ob ich will? Es war für mich immer wie ein Fest, wenn ich einmal das Theater besuchen durfte.«

»Gut, dieses Vergnügen sollen Sie jetzt öfter haben, ich werde es Sie immer wissen lassen, wenn ein Platz frei ist.«

»Ich weiß nicht, wie ich Ihnen für Ihre große Güte danken soll.«

Gerührt sah er in ihre schönen Augen hinein, in denen es schon wieder feucht glänzte.

»Sie scheinen nicht sehr verwöhnt zu sein, daß Ihnen das so großen Eindruck macht. Aber reden wir nicht mehr davon. Wenn Sie mir danken wollen, dann bleiben Sie weiter meine tüchtige Helferin und meine verständnisvolle Mitarbeiterin. Und nun lassen Sie uns an die Arbeit gehen.«

9

Jan Werkmeester war in einem sehr flotten Tempo nach Saorda gefahren und kam dort gerade an, als Schlüters mit ihren Gästen auf der Veranda den Tee einnahmen. Er wurde von Harry und Dora mit übermütigen Neckereien empfangen, die er in gleicher Weise erwiderte. Aber seine Augen flogen dabei heiß und brennend zu Waltraut hinüber, die in einem zarten weißen Spitzenkleid, mit dem goldenen Haar wie eine Märchenprinzessin aussah.

Er war aus dem Auto gesprungen und ins Haus hineingeeilt, um sich zu erfrischen und umzuziehen. Dann erst trat er zu den anderen hinaus und begrüßte sie herzlich.

»Kann ich noch Tee haben, Frau Dora? Mich dürstet.«

»Soviel Sie wollen, Jan. Setzen Sie sich, nein, nicht zwischen meinen Vater und mich, den will ich jetzt an meiner Seite haben. Rücken Sie etwas weiter!«

Wie gerne Jan gehorsam war. Er stellte sich einen Sessel zwischen den Justizrat und Waltraut, während Harry zwischen Waltraut und seiner Frau saß.

»Zuerst das wichtigste, Fräulein Roland – wie gefällt Ihnen Saorda?« eröffnete er die Unterhaltung mit Waltraut, während seine Blicke ihr Gesicht liebkosten.

Da sie sich mit ihrer Teetasse beschäftigte, sah sie diese Blicke nicht.

»Es ist ganz märchenhaft schön hier, mir ist zumute, als lebte ich im Paradiese«, erwiderte sie ehrlich entzückt. »Das macht mich froh. Nicht wahr, ich habe Ihnen nicht zuviel versprochen?«

»Nein, im Gegenteil, meine Erwartungen sind noch weit übertroffen. Die Sprache ist viel zu arm, um diese paradiesische Schönheit zu schildern.«

»Und wie finden Sie sich mit der Tropenhitze ab?«

»Davon habe ich noch nicht viel gemerkt. Hier oben geht immer ein kühlender Luftzug, und ich finde es hier nicht viel heißer, als es bei uns an heißen Sommertagen ist.«

»Das muß ich ebenfalls sagen«, warf der Justizrat ein, »ich hatte mir die Hitze viel belastender vorgestellt. Und dabei war ich mit meinem Schwiegersohn heute vormittag unten im Tal auf den Plantagen und habe sogar das Eingeborenendorf besucht.«

»Du vergißt, lieber Vater, daß wir im Auto mit achtzig Kilometer Geschwindigkeit fuhren. Da ist der Luftzug so stark, daß man immer einige Kühlung hat. Auch in dieser Beziehung ist das Auto ein Segen für die Tropen.«

»Stimmt! Daran hatte ich nicht gedacht. Aber hier oben ist es wirklich ganz erträglich, wenn man im Schatten sitzt. Jedenfalls bin ich nun viel beruhigter über das Schicksal meiner Tochter und werde auch ihre Mutter beruhigen können.«

»Nicht wahr, Herr Justizrat, es ist gewiß kein verbrecherisches Unterfangen, wenn ein Mann eine Europäerin in dies Klima verpflanzt, zumal wenn er ihr alle vier Jahre eine Erholungsreise nach Europa garantieren kann. Das können Sie doch jedem Menschen bezeugen, der Sie danach fragen sollte?«

Diese etwas rätselhaften Worte Jans fielen niemandem auf. Nur Frau Dora spitzte heimlich ein wenig die Ohren. Der Justizrat aber erwiderte unbefangen:

»Ganz gewiß kann ich das bezeugen, und ich bitte in dieser Beziehung meinem Schwiegersohn viel ab. Das Leben hier hat manche Annehmlichkeit, die wir zu Hause nicht kennen, wenn man nicht über ein fürstliches Vermögen verfügen kann. Die Lebensführung hat hier etwas Großartiges. Ihr lebt doch hier wie die kleinen Fürsten! Ach, was rede ich, mancher von unseren Fürsten wäre heutzutage froh, wenn er so leben könnte, wie Ihr es tut. Freilich, für euch Männer gibt es hier in den Plantagen harte Arbeit, es fehlt nicht an großem und kleinem Ärger, denn so viel habe ich nun schon herausgefunden, so freundlich und gutartig hier die Arbeiter sind, sehr fleißig sind sie nicht.«

»Man kann es ihnen nicht verargen, Vater, das Klima macht träge und müde«, sagte Harry einsichtsvoll. »In Europa ärgert man sich gleichfalls mit den Leuten, wenn auch wieder auf andere Weise. Und wenn man hier die Arbeiter gut behandelt und sie zu nehmen weiß, ist gut mit ihnen auszukommen. Sie werden zudem so gering bezahlt, daß man mehr Arbeit von ihnen gerechterweise nicht verlangen darf.«

»Wie haben Sie Ihren Herrn Vater angetroffen, Mijnheer Werkmeester?« fragte Waltraut.

Jan sah sie mit so zärtlich leuchtenden Augen an, daß ihr das Herz bis zum Halse hinaufschlug.

»Er war in der Wiedersehensfreude etwas lebhafter als sonst, wurde aber dann zeitig müde und zog sich leider viel früher zurück, als mir lieb war, weil ich ihm noch allerlei zu sagen gehabt hätte. Aber, hören und staunen Sie, Frau Dora, Vater sagt sich für morgen als Mittagsgast bei Ihnen an.«

»Wirklich? Das ist allerdings ein Ereignis. Sonst muß man ihn doch lange bitten, ehe er einmal herüberkommt.«

Jan sah von der Seite in Waltrauts Gesicht.

»Ich habe ihm so viel von Ihren Gästen erzählt, daß er sie kennenlernen möchte. Wir kommen Ihnen doch nicht ungelegen, Frau Dora, denn selbstverständlich lade ich mich auch mit ein.«

Dora lachte.

»Darauf gebe ich gar keine Antwort. Ungelegen? Seit wann machen Sie so viele Umstände, Jan?«

Er machte ein drolliges Gesicht, wie ein artiger Schuljunge.

»Ich muß doch einen guten, gesitteten Eindruck auf ihre Gäste machen. Die schaudern sonst doch, wenn ich mich in meiner sonstigen formlosen Art einlade.«

»Fandest du es besonders formell, wie du dich heute eingeladen hast, Jan?« neckte der Hausherr.

»Warte noch einen Moment, mein Lieber, ich bin noch nicht fertig. Also liebe, hochverehrte Frau Dora, da Sie mir, gastlicher als Ihr Herr Gemahl, so liebenswürdig Ihre Aufnahme für morgen zugesagt haben, erlaube ich mir, Sie zugleich im Namen meines Vaters für den nächsten Sonntag mit Ihren Gästen nach Larina einzuladen, wenn es sein muß, können Sie auch Ihren Herrn Gemahl mitbringen.«

Alle lachten hell auf. Harry gab sich aber nicht geschlagen.

»Ich weiß gar nicht, ob ich so großmütig sein werde, dir unsere Gäste für einen Sonntag abzutreten.«

»Es sind, soviel ich weiß, in der Hauptsache die Gäste deiner Frau, mein Lieber.«

»Hm! Aber ich möchte wissen, was sie in Larina sollen?«

»Sie müssen doch auch unsere Behausung kennenlernen.«

»Finde ich durchaus nicht nötig, Larina unterscheidet sich von Saorda in keiner Weise.«

Jan sah Harry strafend an. Dabei krempelte er die Ärmel seines Blusenhemdes langsam und bedächtig auf.

»Frau Dora – bitte, stellen Sie Ihren Gatten in eine geschützte Ecke, ich möchte hier kein Blutbad anrichten.«

»Aber Jan«, sagte Dora lachend, »mein Mann hat doch nur die Wahrheit gesagt.«

Mit milder Trauer sah Jan Frau Dora an.

»Auch du, Brutus? Soll das vielleicht heißen, daß Sie mit diesem Ungeheuer, das sich Ihr Gatte nennt, gemeinsame Sache machen und uns Ihre Gäste vorenthalten wollen?«

»Nein, mein Lieber, das soll selbstverständlich heißen, daß wir sehr gern mit unseren Gästen kommen werden«, erklärte Harry vergnügt.

»So? Nun, sehr klar hast du dich da nicht ausgedrückt, deine verehrte Frau Gemahlin auch nicht.«

»Was mich aber nicht abhalten wird, Jan, nächsten Sonntag mit Vergnügen mit nach Larina zu kommen, wenn Sie mir versprechen, daß wir, meine Freundin und ich, ein Bad und ein Ankleidezimmer vorfinden werden, damit wir uns nach der staubigen Fahrt erfrischen können.«

»Steht Ihnen selbstverständlich zur Verfügung, Frau Dora.«

»Lieber Himmel«, sagte der Justizrat lachend, »ein Glück, daß unsere Gäste in Hamburg nicht auch solche Anforderungen an uns stellen, wenn sie uns auf einen Sonntag besuchen.«

Das löste wieder ein lustiges Lachen aus.

»Du mußt bedenken, lieber Vater, mit welcher Staubkruste du heute von der Plantagenfahrt heimkamst. Ich habe Jan nur ein wenig geneckt, denn es ist hier selbstverständlich, daß man für seine Gäste immer ein Bad bereithält. Du hast doch vorhin gesehen, Jan verschwand auch zuerst im Badezimmer, und einen Anzug zum Wechseln hält er sich immer hier vorrätig.«

»Nun ja, ländlich – sittlich«, erwiderte der Justizrat neckend. Jan wandte sich aber wieder zu Waltraut, die lachend Zeugin der kleinen, übermütigen Plänkelei gewesen war.

»Lassen Sie sich ja nicht bange machen vor der Fahrt nach Larina, Fräulein Roland, sonst kommen Sie am Ende nicht mit.«

»Oh, sie kommt schon mit, denn sie ist schon sehr neugierig auf Larina. Sie hat heute morgen schon per Fernglas einen Besuch drüben abgestattet«, sagte Dora.

Jan wandte sich Waltraut rasch wieder zu und sah sie sehr beglückt an.

»Wirklich? So viel Interesse haben Sie an Larina?«

Waltraut war sehr rot geworden, erwiderte aber scherzend:

»Sie wissen, daß Neugier das Privileg der Frauen ist.«

»Also nur Neugier?« fragte er leise, nur ihr verständlich, mit dem betrübten Blick, der sie immer ganz hilflos ihm gegenüber machte.

»Es war auch ein wenig Interesse dabei, wie und wo Sie wohnen«, sagte sie leise.

Aber mit großer Unruhe fragte sie sich, wohin das führen sollte, wenn Jan Werkmeester immer mehr Einfluß auf sie gewann. Teils war sie befangen, teils beglückt, wenn sie sich dieses Einflusses bewußt wurde. Dora beobachtete die Freundin und Jan heimlich sehr scharf, ohne es sich anmerken zu lassen, und sie wußte es dann so einzurichten, daß die beiden eine Weile allein blieben. Sie behauptete, ihrem Gatten und ihrem Vater im Zimmer etwas zeigen zu müssen. Waltraut machte instinktiv eine Bewegung, als wolle sie ihr folgen, aber Jan sah sie bittend an, und da sank sie willenlos wieder in ihren Sessel zurück.

»Sie ahnen nicht, wie sehr ich Ihre Gesellschaft vermißt habe, Fräulein Roland. So lange ist es her, daß wir uns nicht allein und ungestört unterhalten konnten.«

Sie zwang sich zu einem schelmischen Lächeln.

»Lassen Sie mich einmal rechnen! Eins, zwei, drei – vier Tage sind es her, seit wir zuletzt an Bord, während der Herr Justizrat sein Mittagsschläfchen hielt, miteinander geplaudert haben.«

»Ganz recht, vier endlos lange Tage, Ihnen scheint das eine sehr kurze Zeit zu sein.«

»Gewiß!«

»Aber mir nicht! Ich habe Ihnen immer so viel zu sagen, was ich Ihnen nur sagen kann, wenn wir allein sind.«

Sie wurde glühend rot.

»Aber bitte, was wir sprechen, kann doch jeder hören.«

»Ja, aber ich kann nicht so, wie ich gern möchte, mit Ihnen reden, wenn andere Leute zuhören. Man muß dann immer gleich einen konventionellen Ton anschlagen, und das ist für mich wie eine Disharmonie. Wenn ich mit Ihnen rede, will ich keinerlei Phrasen machen. Begreifen Sie das nicht?«

»Ja doch, ich begreife es«, sagte sie leise, weil sie unter seinem zwingenden Blick einfach nicht anders konnte.

Schnell faßte er ihre Hand und preßte sie an seine Lippen.

»Wenn Sie wüßten, wie glücklich ich bin, daß es Ihnen hier gefällt.«

Sie zwang sich zur Ruhe.

»Aber Sie sind doch nicht verantwortlich dafür.«

»Nein, aber es hätte mich sehr traurig gemacht, wenn es Ihnen nicht gefallen hätte, weil ich sehr gern einmal dafür verantwortlich sein möchte«, sagte er ein wenig unklar.

Aber sie verstand ihn doch, fühlte, was er damit sagen wollte, und gab sich krampfhaft Mühe, ihn nicht zu verstehen.

»Nun, jedenfalls gefällt es mir sehr gut hier«, sagte sie, sich zur Unbefangenheit zwingend.

»Das freut mich sehr. Ich habe meinem Vater viel von Ihnen erzählt.«

»Was gibt es von mir zu erzählen, das Ihren Herrn Vater interessieren könnte?«

»Viel, sehr viel. Zum Beispiel, daß Sie sehr anmutig sind, daß Sie wundervolles Haar haben, und Augen so blau wie der Enzian. Und daß Sie sehr stolz sind und sehr unnahbar, trotz aller Freundlichkeit.«

Sie wagte ihn nicht anzusehen.

»Ich meine, Sie könnten sich nicht beklagen über meine Unnahbarkeit.«

»Ich beklage mich auch nicht. Es gefällt mir ja gerade über alles, daß Sie so stolz und zurückhaltend sind. Mein Vater sagte: Die Stolzen und die Unnahbaren, das sind die besten Frauen, sie sind treu und zuverlässig. Das ist auch meine Ansicht. Aber gar zu stolz und unnahbar dürfen Sie nicht sein – mir gegenüber nicht.«

Sie zwang ihre Verlegenheit tapfer nieder.

»Weil wir gut Freund geworden sind, meinen Sie?« fragte sie scheinbar harmlos.

»Nun ja, auch deswegen.«

»Aber nun wollen wir doch nicht mehr von mir sprechen.«

»Darf ich das nicht?«

»Nein, ich bin mir zu uninteressant.«

»Oh, für mich nicht – im Gegenteil. Aber wovon darf ich jetzt sprechen? Vielleicht von mir?«

Schelmisch sah sie ihn an.

»Wollen Sie damit sagen, daß Sie ein interessanteres Thema sind als ich?« fragte sie neckend.

Es blitzte in seinen Augen auf.

»Ich wünsche mir brennend, daß ich wenigstens für Sie ein wenig interessant wäre. Ob ich andere Leute interessiere, ist mir gleichgültig. Sagen Sie mir, Fräulein Roland, bin ich für Sie ein ganz klein wenig interessant?«

Dabei sah er sie halb lächelnd, halb ernst mit einem flehenden Blick an. Sie sah hilflos befangen zu der schmalen Tür. Er sah diesen hilflosen Blick und gab sich einen Ruck.

»Nein, nein – bitte –, antworten sie mir nicht. Verzeihen Sie mir, daß ich diese Frage stellte, sie war ungeschickt und brachte Sie in eine peinliche Situation. Das sollte ein Mann nie tun einer Frau gegenüber. Bitte, bitte, sehen Sie nicht zu der Tür, als müßten Sie Hilfe herbeirufen. Verzeihen Sie mir.«

Sie hörten die anderen zurückkommen, und Waltraut fand noch immer keine Antwort.

»Sagen Sie mir doch, daß Sie mir verziehen haben«, bettelte er ganz zerknirscht.

»Ja, ja, ich verzeihe Ihnen, Sie haben es doch nicht böse gemeint.«

»O nein, nein, ganz gewiß nicht. Ich danke Ihnen.«

Und er preßte seine Lippen auf ihre Hand.

Dann kamen die anderen wieder heraus, aber Frau Dora sah noch den zärtlichen Handkuß.

Die Unterhaltung wurde nun wieder allgemein. Es kam nicht noch einmal zu einem Alleinsein zwischen Jan und Waltraut. Man war sehr lustig und heiter, auch Waltraut stimmte in den übermütigen Neckton mit ein, um ihre Unruhe zu verbergen.

Bis nach dem Abendessen blieb Jan, dann brach er auf. Bald darauf ging man auch in Saorda zu Bett, denn man stand morgens sehr zeitig auf, um die Stunden auszunützen, in denen es noch nicht zu heiß und doch schon hell war.

Waltraut fand aber noch lange keinen Schlaf. Jedes Wort, jeder Blick von Jan Werkmeester zitterte noch in ihrer Seele nach. Ihr Herz pochte laut und schwer, und sie hatte ein Gefühl, als habe sie ein ganz schlechtes Gewissen. Schließlich barg sie das Gesicht in ihrem Arm und horchte auf die Stimme in ihrem Innern: Du liebst ihn, ja, du liebst Jan Werkmeester, liebst ihn so ganz anders, als du je einen Menschen geliebt hast, ganz anders, als du Rudolf liebst. –

Es war, als wolle vor Schreck über diese Erkenntnis ihr Herzschlag aussetzen. Und doch wurde diese Stimme in ihrem Innern immer lauter und dringender. Ja, ja, sie liebte ihn, und diese Liebe hätte sie so unsagbar glücklich machen können, da sie fühlte, daß sie erwidert wurde, wenn sie nicht Rudolfs Braut gewesen wäre.

Wie hatte man sie nur zu dieser Verlobung bereden und wie hatte sie zustimmen können. Das begriff sie jetzt selbst nicht mehr. Und einen festen Entschluß faßte sie in dieser Stunde – sie mußte diese Verlobung lösen um jeden Preis, mußte sich frei machen von dem Band, das man ihr übergestreift hatte, ohne ihr zu Bewußtsein kommen zu lassen, was man ihr damit aufgebürdet hatte. Zur unerträglichen Fessel mußte diese Verbindung für sie werden, wenn sie sich nicht lösen konnte. Sie mußte sich lösen, konnte sich nicht opfern, damit der Vater sein Gelübde halten konnte.

Sie richtete sich auf im Bett und starrte im Dunkeln vor sich hin. Was konnte sie tun, um frei zu werden, frei für Jan, frei für das Glück? Wenn sie sich nicht frei machte, das fühlte sie, war es nicht nur um ihr Glück geschehen, sondern auch um das Jans. Und das letzte war am ausschlaggebendsten für sie.

Und so kam sie zu einem Entschluß – sie wollte an Rudolf schreiben. War sie doch auch sonst in allen großen und kleinen Nöten ihres Lebens vertrauensvoll zu ihm geflüchtet. Immer hatte sie Verständnis bei ihm gefunden, sie würde es auch diesmal finden. Rudolf mußte ihr helfen, würde ihr helfen, wenn er sah, daß ihr Glück in Gefahr war. Bald, sehr bald wollte sie an Rudolf schreiben, sobald sie Ruhe und Sammlung dazu fand.

Nun sie diesen Entschluß gefaßt hatte, wurde sie etwas ruhiger und schlief endlich ein.

Am nächsten Vormittag mußte Waltraut zunächst dem Justizrat Gesellschaft leisten, während Dora Anordnungen zur Bewirtung ihrer Gäste traf und Harry einige wichtige geschäftliche Briefe schreiben mußte. Dann trafen die beiden Werkmeesters ein. Waltraut war ein wenig beklommen, als sie Jans Vater entgegentrat, aber irgend etwas in seinem Gesicht fesselte sie sogleich und flößte ihr ein Gefühl des Mitleids ein. Diese Züge sprachen von Leiden und Kämpfen. Dora hatte recht, dieser Mann machte den Eindruck, als schleppe er etwas Schweres mit sich herum.

Sie mußte an ihren Vater denken, der auch zuweilen diesen düsteren leidvollen Blick hatte, wenn auch nicht so ausgeprägt, wie es bei Jans Vater der Fall war. Von einem warmen Impuls getrieben, reichte sie ihm mit einem lieben Lächeln die Hand.

»Ich freue mich sehr, Sie kennenzulernen, Mijnheer Werkmeester, Ihr Herr Sohn hat mir so viel Liebes und Gutes von Ihnen erzählt.«

Die grauen Augen Hendrik Werkmeesters schienen sich festzusaugen an Waltrauts Gesicht.

»Die Freude ist gegenseitig, Fräulein Roland, auch mir hat mein Sohn viel Liebes und Schönes von Ihnen berichtet, so daß ich die Zeit nicht erwarten konnte, Sie kennenzulernen.«

Jan sah den Vater an, als wollte er fragen: Habe ich zuviel versprochen?

Aber seines Vaters Augen blieben ernst und düster. Es war jedoch seltsam, im Laufe des Tages suchte Hendrik Werkmeester immer wieder in Waltrauts Nähe zu kommen und sie zu isolieren. Sobald ihm das wieder einmal gelungen war, versuchte er die Rede auf die Heimat der jungen Dame zu bringen.

Nach Tisch, als der Justizrat sich zu seiner üblichen Siesta zurückgezogen hatte, Harry und Jan im Zimmer des Hausherrn eine Zigarre rauchten und Dora ihren Hausfrauenpflichten nachging, saß Hendrik Werkmeester ungestört mit Waltraut allein. Und wieder kam er auf Waltrauts deutsche Heimat zu sprechen. Schließlich fragte er: »Sie haben keine Mutter mehr, wie mir mein Sohn erzählte?«

»Nein, Mijnheer Werkmeester, Mutter starb vor zwei Jahren.«

»Dann haben Sie sich sicher noch mehr an Ihren Vater angeschlossen?«

»Soviel es ging. Vater ist sehr von Geschäften in Anspruch genommen.«

»Trotzdem wird es für ihn hart gewesen sein, Sie für einen so langen Urlaub fortzugeben?«

»Ich hoffe, daß er nicht allzuschwer darunter zu leiden hat.«

»Wenn man alt wird, kann man das Alleinsein fast schwerer ertragen als in der Jugend.«

»Oh, Vater ist gottlob nicht allein geblieben.«

»Sie haben noch Geschwister?«

»Rechte Geschwister nicht, aber einen Pflegebruder, den mein Vater, schon lange, ehe ich zur Welt kam, an Kindes Statt angenommen hatte. Und Vater hat ihn lieb wie sein eigenes Kind, wie er auch mir lieb wie ein echter Bruder ist.«

»Soso! Sie verstehen sich gut mit ihm und Ihr Vater auch?«

»Oh, mit Rudolf kann man sich nicht anders als gut stellen. Er ist so ein guter und zuverlässiger Mensch. Wenn ich ihn nicht gehabt hätte, wäre ich kaum über den Verlust meiner Mutter hinweggekommen. Er hat meine Mutter auch sehr geliebt und verehrt, weil sie ihn wie eine echte Mutter an ihr Herz genommen hatte. Und da er sie so sehr schmerzlich vermißte, konnte er auch meinen Schmerz verstehen und mir darüber hinweghelfen. Übrigens, da fällt mir ein, er trägt denselben Namen, den auch Sie tragen, nur natürlich ins Deutsche übersetzt. Er heißt Rudolf Werkmeister.«

Der alte Herr hatte seinen Kopf so gestützt, daß sein Gesicht im Schatten war.

»Rudolf – Rudolf Werkmeister?« fragte er heiser.

Sie sah ihn lächelnd an.

»Ich glaube, Mijnheer Werkmeester, daß Sie sich auch

nach einer Ruhestunde sehnen. Bitte, nehmen Sie auf mich keine Rücksicht, ich bleibe allein hier sitzen, bis die anderen Herrschaften zurückkommen. Ziehen Sie sich ruhig zu einem Schläfchen zurück.«

Er ließ die Hand sinken, und sie sah, daß sein Gesicht schlaff und fahl war.

»Nein, nein, lassen Sie uns ruhig noch ein wenig plaudern. Ihre liebe, weiche Stimme tut mir so wohl. Bitte, erzählen Sie noch ein wenig von daheim, wir hören hier doch alle so gern von Europa erzählen.«

Sie sah ihn besorgt an.

»Mir scheint, Sie sehen sehr müde aus.«

»Ich bin es bestimmt nicht. Lassen Sie sich nicht lange bitten. Also Ihr Pflegebruder lebt noch im Hause Ihres Vaters?«

»Gewiß, ich könnte mir auch gar nicht denken, daß er es je verlassen könnte. Vater hängt sehr an ihm. Und er ist auch im Geschäft seine Stütze, er hat Prokura bekommen, und er ist ein sehr tüchtiger Mensch. Mein Vater ist sonst ein sehr ernster, fast harter Mann, am härtesten ist er freilich gegen sich selbst. Er hat ein sehr gutes Herz, aber leider ist er oft sehr düster. Ich glaube, das ist so seit einem sehr tragischen Erlebnis aus seiner Jugendzeit, als er noch nicht verheiratet war.«

Wieder verbarg Hendrik Werkmeester sein Gesicht in der Hand, auf die er es stützte.

»Er hat etwas Tragisches erlebt?«

»Ja, er hatte einen Freund, den er sehr liebte. Das war Rudolfs Vater. Dieser Freund verunglückte bei einer Bergpartie, die er mit meinem Vater zusammen machte. Es war ihm unmöglich, den Freund zu retten, und es gelang ihm nicht einmal, seine Leiche zu bergen. Das bedrückt sein Gemüt noch heute. Mir selbst hat er nie darüber gesprochen, aber Mutter und Rudolf haben es mir erzählt, um mir Vaters bedrücktes Wesen zu erklären. Und von dieser Zeit an verstand ich Vater auch viel besser. Es muß sehr quälend sein, wenn man einen lieben Menschen vor seinen Augen in einen Abgrund stürzen sieht, ohne ihn halten zu können. Vater hat dann Rudolf als eigenen Sohn angenommen, denn seine Mutter war schon vorher gestorben, bald nach seiner Geburt. Vater hatte es seinem Freunde versprochen, daß er sich seines Sohnes nach seinem Tode annehmen würde.«

Der alte Herr stieß einen leisen Seufzer aus. Aber er fragte scheinbar ruhig:

»Wie kam es denn, daß Ihr Vater ein solches Versprechen gab? Wußte denn sein Freund, daß er vor ihm sterben würde?«

»Es ist wohl so etwas wie eine Todesahnung gewesen. Vaters Freund erlitt, ehe er abstürzte, einen totalen Nervenzusammenbruch. Er hatte vorher viel Schweres durchgemacht, hatte seine geliebte Frau verloren und mit schweren Sorgen zu kämpfen. Und als sie sich bei jener Bergtour im Schneetreiben verirrt hatten, bekam er einen Anfall von Bergkrankheit. Wissen Sie, was das für eine Krankheit ist?«

»Nur vom Hörensagen, ich war nie auf einem Berg. Aber ich hörte, daß diese Krankheit in einem völligen Versagen der Nerven besteht, die jede Willensregung ausschließt.«

»So ist es, es muß eine furchtbare Krankheit sein. Also

Vaters Freund verfiel in diese Krankheit, gerade als sie beide im dichtesten Schneegestöber an einem furchtbaren Abgrund angelangt waren. Der Unglückliche bat meinen Vater, er möge ihn allein lassen und wenigstens sich selbst zu retten suchen, er wolle zurückbleiben und sterben. Und er bat meinen Vater, sich seines Sohnes anzunehmen. Vater redete ihm nun energisch zu, sich aufzuraffen, und da erhob sich schließlich sein Freund, taumelte aber und stürzte in den Abgrund, ehe ihn mein Vater nur halten konnte. Das hat mein armer Vater nie vergessen können, es liegt noch heute wie ein Schatten auf seinem Leben, zumal die Leiche seines Freundes nicht geborgen werden konnte, weil ein schrecklich brodelnder Wasserkessel auf dem Grunde des Abgrunds toste, der alles mit sich fortriß.«

Eine Weile blieb es still. Dann rang sich eine Frage schwer über die Lippen des alten Herrn.

»War denn der Freund Ihres Vaters wert, daß er sich so um ihn grämte? Ich meine, war er denn ein untadeliger Ehrenmann?«

Erstaunt sah Waltraut ihn an.

»Gewiß, sonst hätte ihn mein Vater doch nicht Freund genannt.«

Hendrik Werkmeester ließ jetzt die Hand vom Gesicht sinken und Waltraut sah erschrocken, wie blaß und verfallen er aussah.

»Oh, ich habe Sie mit meiner grauenvollen Erzählung sicher aufgeregt. Sie sehen so bleich und müde aus.«

Er zwang sich zu einem Lächeln.

»Nein nein, daran liegt es nicht. Aber so ist es, wenn alte Leute es noch mit den jungen aufnehmen wollen –

die Müdigkeit überfällt mich nun mit Gewalt. Bitte, seien Sie mir nicht böse, wenn ich mich auf ein halbes Stündchen zurückziehe. Sie werden ja nicht lange allein bleiben.«

Waltraut sprang auf und stützte ihn, denn sie sah, daß er ein wenig taumelte.

»Ich muß mit Ihnen schelten! Aus Rücksicht für mich haben Sie sich über Gebühr angestrengt. Sie müssen mir nun wenigstens gestatten, Sie auf die andere Schattenseite der Veranda zu einem der Liegestühle zu führen, damit Sie sich erholen können. Ich mache mir Vorwürfe, Sie mit meiner traurigen Geschichte auch noch gequält zu haben.«

»Das dürfen Sie nicht. Es war alles sehr interessant, was Sie mir erzählten, und wenn ich ein halbes Stündchen ruhen kann, bin ich wieder frisch und munter.«

Sie geleitete ihn zu einem Liegestuhl, half ihm sich niederlegen und schob ihm ein Kissen unter den Kopf. Er faßte ihre Hand.

»Liebes, gutes Kind, Sie haben mir wohlgetan. Bitte, verraten Sie meinem Jan nicht, daß ich ein wenig schwach war, er macht sich sonst unnütze Sorge. Alte Leute sollen eben nicht gegen ein Mittagsschläfchen revoltieren wollen.«

Sie nickte ihm lächelnd zu.

»Ich verrate nichts. Aber Sie müssen auch schön schlafen.«

Er schloß gehorsam die Augen, sah ihr aber dann nach, ehe sie um das Haus herum verschwand. Dann schloß er die Augen wieder, aber er schlief nicht. Die Gedanken jagten hinter seiner Stirn wie aufgescheuchte

Vögel. Und zuweilen stieß er einen tiefen Seufzer aus, der mehr einem Stöhnen glich.

Waltraud ließ sich wieder in ihrem Sessel nieder, und gleich darauf kamen Jan und Harry heraus und dann auch Dora.

»Sie sind allein, Fräulein Roland? Ich glaubte, mein Vater leiste Ihnen Gesellschaft?« sagte Jan.

»Das hat er auch bis vor einigen Minuten getan, aber dann übermannte ihn die Müdigkeit, und nun hält er drüben auf der anderen Seite der Veranda eine Siesta.«

»Oh, das ist gut, da hält er länger aus, und wir müssen nicht so zeitig aufbrechen. Ich möchte nicht so bald heim.«

Sie plauderten vergnügt zusammen, aber wenn die anderen einmal zu laut wurden, legte Waltraut den Finger an den Mund.

»Ruhe! Der alte Herr wird sonst gestört.«

Jan faßte ihre Hand und küßte sie.

»Wie sorgsam Sie sind! Sie verwöhnen Ihren Herrn Vater gewiß recht sehr.«

»Er läßt sich das leider nicht gefallen.«

Jan lachte.

»Das haben Väter so an sich. Am liebsten wollen sie alles allein tun.«

»Ihr Herr Vater hat auch erst heldenhaft gegen seine Müdigkeit gekämpft, er wollte mich absolut nicht allein lassen.«

Mit einem seltsamen Blick sah Jan sie an.

»Das kann ich ihm nicht verdenken.«

Sie wich errötend seinem Blick aus und dachte wieder: Ich muß an Rudolf schreiben.

Etwa eine Stunde war Hendrik Werkmeester nicht in Erscheinung getreten, als er dann wieder zu den anderen trat, fast zu gleicher Zeit mit dem Justizrat, der ausgeschlafen und vergnügt aussah und das Muster eines Kissens auf der Wange hatte, wurde der Tee serviert. Hendrik Werkmeester schien wieder ruhig und frisch zu sein, aber seine Augen ruhten immer wieder wie sinnend auf Waltraut. Er blieb auch noch auf Doras dringende Einladung zum Abendessen, aber gleich danach verabschiedete er sich von Schlüters und ihren Gästen und lud sie nochmals dringend ein, nächsten Sonntag in Larina zu verbringen.

Jan aber meinte lachend:

»Ich warte aber nicht bis Sonntag mit einem Wiedersehn, ich komme viel früher wieder.«

»Das ist doch selbstverständlich, Jan! Ich habe neue Platten für das Grammophon, wir wollen tanzen, wenn Sie wiederkommen«, sagte Dora bestimmt.

»Famos! Ich halte mit. Also auf Wiedersehn, spätestens übermorgen.«

Dabei sah er aber nur Waltraut an.

Als er mit seinem Vater davonfuhr, blieb es lange Zeit still zwischen den beiden Herren. Endlich sagte Jan:

»Nun, Vater, wie gefällt dir Waltraut Roland?«

Der Vater faßte seine Hand mit einem fast krampfhaften Druck.

»Die halte dir fest, mein Junge, und wenn es eine Welt voll Hindernissen zwischen euch geben sollte. Die halte dir fest!«

Jan gab den Händedruck zurück. Seine Augen leuchteten.

»Ja, Vater, mit aller Kraft meines Herzens, wenn sie sich halten lassen will. Sie gefällt dir also?«

»Gefallen? Was ist das für ein armes Wort. Sie hat mein Herz gelabt, hat mir wohlgetan. Aber laß dir Zeit, überstürze nichts, solche Mädchen vergeben sich nicht leicht, auch nicht, wenn sie lieben. Und ich möchte, na einerlei, laß ihr Zeit und mir auch.«

Und er drückte seinem Sohne wieder die Hand wie im Krampf.

Dieser war kleine Wunderlichkeiten bei seinem Vater gewöhnt und fand nichts Auffallendes in seinen Worten. Aber er freute sich innig, daß sein Vater Waltraut Roland so hoch einschätzte. Das war ihm lieb, wenn er sich auch durch das Gegenteil nicht hätte abhalten lassen, Waltraut zu lieben.

Ja, er liebte sie, liebte sie mit der ganzen Kraft seiner Jugend, mit der ganzen Innigkeit seines Herzens. Er wußte, daß das Schicksal ihn aufgespart hatte für dieses Mädchen, für diese eine einzige, die ihm Ergänzung seines Ichs sein konnte. Und er war gar nicht verzagt, daß Waltraut ihn vielleicht nicht wiederlieben könne. Seine Liebe war so stark, daß er glaubte, Berge damit versetzen zu können. Er mußte Waltraut damit an seine Seite zwingen, das war für ihn Gewißheit. Nur daß ihm der Vater zuredete zu warten, das lag ihm nicht, Geduld war seine Stärke nicht.

10

Waltraud kam die ganze Woche nicht dazu, an Rudolf zu schreiben. Es gab allzuviel Neues zu sehen und zu erleben. Man machte große Autotouren, um Waltraut verschiedene Sehenswürdigkeiten zu zeigen, wobei sich Jan wie selbstverständlich immer anschloß. Dann wurden die Plantagen besichtigt, im Eingeborenendorf gab es ein Volksfest, das sie ansehen mußte, und an einem Tag machte man gar einen Ausflug auf Elefanten. Jan kam auf einem Prachttier geritten, das ein buntverziertes Tragzelt auf dem Rücken trug. Und Harry Schlüter hatte seinen Elefanten ähnlich ausgestattet. Jans Elefant war bedeutend größer als der Harrys, deshalb wurde bestimmt, daß er Waltraut, Jan und den Justizrat tragen müsse, während Harry und Dora den anderen benutzten. Die Treiber liefen nebenher, und an unwegsamen Stellen wurden sie einfach von den Elefanten auf ihren Rüsseln fortgetragen. Jans Elefant, Jumbo genannt, war sehr komisch, er leistete sich allerlei kleine Späße, legte den Kopf schief und sah verschmitzt zu seinem Besitzer auf, als wollte er sagen: Bin ich nicht ein großer Schalk? Waltraud lachte herzlich über seine Späße, und wenn er den Rüssel zu ihr hinaufreichte, gab sie ihm kleine Leckerbissen, die sie auf Doras Rat mitgenommen hatte. So blieb Jumbo guter Laune und trug seine Last mit Freuden. Auf den Elefanten konnte man tief in die tropische Vegetation eindringen, auch dorthin, wo es keine Wege gab und wohin man mit dem Auto unmöglich gelangen konnte. Auf einem paradiesischen Fleckchen wurde haltgemacht, dicht am Ufer des Flusses, und hier wurde eine Art Picknick arrangiert. Man hatte alles Nötige dazu mitgenommen. Jumbo legte sich galant auf die Knie, damit Waltraut leichter absteigen konnte. Jan hob sie aus dem Tragsessel heraus und setzte sie behutsam ab, worauf Jumbo in edler Bescheidenheit Waltraut seinen Rüssel hinstreckte und sich belohnen ließ. Sie tat es auch folgsam.

Die Damen breiteten nun ein Tischtuch aus und legten die Speisen auf große Blätter. Jumbo holte mit seinem Rüssel einige Kokosnüsse herbei und legte sie Waltraut zu Füßen. Er wollte auch seinen Teil zur Bewirtung der Gäste beitragen. Einer der Treiber hatte Feuer angezündet, auf dem man Tee bereiten und einige Früchte rösten konnte, die nur im gerösteten Zustand schmackhaft waren. Das so bereitete Mahl war herrlich, und Waltraut erklärte, es habe ihr nie zuvor so gut gemundet.

Nach eingenommener Mahlzeit ging man ein Stück am Fluß entlang, und hier sollte Waltraut ihre Bekanntschaft mit der ersten Schlange machen. Sie kroch über ihren Weg, als sie mit Jan dahinschlenderte, Waltraut schrie laut auf und wurde totenbleich, aber schon hatte Jan die Schlange mit einem Stock erschlagen und sah Waltraut lachend an.

»Keine Angst, Fräulein Roland, sie ist schon tot.«

Waltraut stand wie gelähmt und preßte die Hände aufs Herz.

»Oh, wie bin ich erschrocken.«

Er nahm ihre Hand und sah sie mit seinen zärtlichen

Augen so beruhigend an, daß ein wohliges Gefühl der Geborgenheit über sie kam.

»Solange ich bei Ihnen bin, wird Ihnen nichts Böses geschehen, Fräulein Roland.«

»Schlangen machen mir Angst«, hauchte sie, noch immer ein wenig blaß.

»Sie sind auch sehr selten hier, nur wenn man so tief in die Wildnis eindringt, wie wir es heute getan haben, begegnet man zuweilen einer. Aber sie greifen fast nie an, und wenn man schnell ist, sind sie leicht unschädlich zu machen.«

»Ich bewundere Sie, daß Sie die Geistesgegenwart hatten, so schnell zuzuschlagen.«

Er lachte froh auf.

»Da gibt es nichts zu bewundern, das lernt sich hier von selbst.«

Jetzt waren die anderen herbeigekommen, von Waltrauts Aufschrei alarmiert.

»Was gibt es?« fragte Harry.

Waltraut flog auf Dora zu.

»Sieh doch, Dora, Mijnheer Werkmeester hat eine Schlange erschlagen, die über unseren Weg kroch.«

Neugierig kam Dora herbei.

»Wahrhaftig! Das ist die zweite tote Schlange, die ich hier sehe, die erste hatten wir mit dem Auto überfahren. Jan, Sie sind ja ein Held!«

Jan warf sich in Pose.

»Ovationen strengstens verboten!«

»Wegen so eines Regenwurms brauchst du dich nicht als Held aufzuspielen«, knurrte Harry.

»Harry, mein Sohn, der blasse Neid sieht dir aus den

Augen. Du gönnst mir meine Lorbeeren nicht. Sagen Sie selbst, Fräulein Roland, haben Sie schon je einen so großen Regenwurm gesehen?«

Die beiden Herren hatten mit ihrem Geplänkel erreicht, was sie wollten. Waltraut hatte ihren Schrecken überwunden und lachte schon wieder.

»Ich habe noch nicht einmal einen Räucheraal von solcher Ausdehnung gesehen und fand es fabelhaft, wie schnell Sie die Schlange erschlagen haben.«

»Also schön, flechten wir ihm einen Lorbeerkranz«, sagte Harry gelassen. Bald darauf brach man wieder auf. Jumbo und sein Freund, Schlüters Elefant Lola, hatten inzwischen ihre Mahlzeit auf eigene Faust gesucht, aber sie schienen beide noch auf ein Dessert zu warten, was sie denn auch von den Resten der Mahlzeit erhielten. Dann nahmen sie geduldig ihre Reiter wieder auf und trotteten heimwärts. Im Eingeborenendorf trennten sich Schlüters und ihre Gäste von Jan. Hier standen die beiden Autos bereit, und Jan fuhr nach Larina, während Schlüters mit ihren Gästen nach Saorda zurückkehrten. –

Jan kam mindestens jeden zweiten Tag nach Saorda. Meist traf er schon zur Teestunde ein und blieb bis nach dem Abendessen. Sein ganzes Wesen verriet Waltraut, daß er um sie warb, mit jedem Wort, mit jedem Blick, mit all den vielen Aufmerksamkeiten, die er ihr erwies.

Das entging natürlich auch Dora nicht. Sie war hellhörig und scharfsichtig und ahnte sehr wohl, daß Jan ernsthaft Feuer gefangen hatte. Über Waltraut war sie sich noch nicht ganz im klaren. Diese gab sich immer sehr zurückhaltend. Nur selten verriet sie durch eine kleine Unbedachtsamkeit, daß ihr Jan nicht gleichgültig sei, aber dann konnte sie gleich wieder so verschlossen und ablehnend sein, daß Dora wieder zweifelte. Als sie eines Abends mit ihrem Gatten darüber sprach, daß sie hoffe, aus Waltraut und Jan möge ein Paar werden, nahm er sie in seine Arme und sah sie ernsthaft an.

»Verbrenne dir damit nicht die Finger, Dorle, sei vorsichtig! Ich kann dir wohl nachfühlen, wie gern du die Freundin für immer hierhalten möchtest, mir scheint auch, daß die beiden ein prachtvolles Paar abgeben würden, aber du darfst nichts dazu und nichts dagegen tun. Waltrauts Vater würde kaum so ruhig seine Einwilligung geben zu dieser Heirat, die seine Tochter für immer von ihm entfernte. Du weißt, was es bei uns für Kämpfe gekostet hat, bis die Eltern einwilligten, daß ich dich mit mir nahm. Und doch waren wir schon verlobt, ehe wir wußten, daß wir hierhergehen würden. Hätten die Eltern das vorher gewußt, sie hätten mir wohl glatt ihre Einwilligung zu unserm Bunde versagt.«

Unsicher sah Dora ihn an.

»Ich tue ja auch nichts dazu, Harry, aber freuen würde es mich doch riesig, wenn aus ihnen ein Paar würde. Und Waltraut gefällt es so gut hier. Bei ihren und Jans Vermögensverhältnissen könnten sie sich ja oft genug eine Europareise gestatten. Aber wie gesagt, ich verspreche dir, den Dingen ihren Lauf zu lassen.«

»Weiter will ich ja nichts, Dorle!«

Und Dora hielt Wort, wenn sie auch gar zu gern ein wenig nachgeholfen hätte, sobald sie Jans sehnsüchtige Blicke sah, mit denen er Waltraut verfolgte. Daß sie zuweilen abgerufen wurde und dann beide infolge ihres

Fortgehens allein zurückbleiben mußten, konnte Dora doch niemand zum Vorwurf machen.

Als man also am nächsten Sonntag nach Larina fuhr, hatte Waltraut noch keine Zeit gefunden, an Rudolf zu schreiben, vielleicht auch hatte sie sich noch nicht dazu aufraffen können, obwohl bei ihr feststand, daß es geschehen müsse.

Jan kam ihnen schon unterwegs im Auto entgegen, er hatte es einfach nicht mehr aushalten können zu warten. Als sie am Werkmeesterschen Bungalow vorfuhren, stand Hendrik Werkmeester auf der Veranda und kam schnell herab, um seine Gäste zu begrüßen und ihnen beim Aussteigen zu helfen. Die Damen zogen sich gleich zurück, um sich zu erfrischen und Toilette zu machen. Sie hatten alles Nötige mitgebracht. Auch die Herren erfrischten sich und kleideten sich um, und eine Stunde darauf saß man bei Tische.

Auch die innere Ausstattung dieses Bungalows erinnerte sehr an die des Schlüterschen, aber es fehlte sichtlich an der verschönernden Hand einer Hausfrau. Es war alles sehr praktisch, sehr zweckmäßig und sauber. Auch war alles vorhanden, was nötig war, und Möbel und Geräte waren entschieden kostbarer als bei Schlüters, aber irgend etwas fehlte doch, man merkte, daß es ein Junggesellenhaushalt war. Die Speisen waren jedoch vorzüglich zubereitet. Es gab verschiedene Gänge, und zu jedem Gang wurde Reis gereicht, der in einer silbernen Schüssel auf einem silbernen Rechaud im Wasserbad stand, damit er immer heiß bliebe. Gewissermaßen vertrat der Reis die bei uns üblichen Kartoffelgerichte.

Zahlreiche Dienerschaft war in Larina ebenfalls angestellt. Alle trugen weiße Leinenanzüge und ein weißes Band um die Stirn. Es war interessant zu beobachten, mit welcher Anmut und mit welchem Geschick die Diener servierten.

Eine angeregte Unterhaltung herrschte bei Tisch. Hendrik Werkmeester und der Justizrat plauderten über die politischen Zustände in Deutschland, über die Hendrik Werkmeester außerordentlich gut informiert war. Aber immer wieder sah der Hausherr zu Waltraut hinüber, die heute in großer Toilette war und ein entzückendes mattblaues Kleid aus weichem Seidenkrepp trug, das reich mit kleinen Wachsperlen bestickt war.

Dora hatte dies Kleid sehr bewundert und Waltraut geraten, es mit nach Larina zu nehmen.

»Da wir uns dort erst ankleiden, kannst du es ruhig riskieren, und du wirst großen Effekt machen mit dieser Toilette. Ich werde ebenfalls, Mijnheer Werkmeester zu Ehren, mein hübschestes Kleid anziehen. Mutterle hat mir ja durch Vater einige reizende Kleider mitgeschickt.«

So hatte sie gesagt. Und sie hatte ein Kleid von ganz zarter, jadegrüner Seide angezogen, das zu ihren dunklen Augen und ihrem kastanienbraunen Haar vortrefflich paßte. Die beiden jungen Damen waren ein sehr erfreulicher Anblick für die Herren, die wieder ihre weißen Tropenanzüge trugen, die hier den Smoking ersetzten. Und gerade zwischen diesem etwas eintönigen Weiß wirkten die zarten Farben der Damenkleider belebend.

Auch heute wollte sich Hendrik Werkmeester nach Tisch wieder mit Waltraut absondern und sie in ein Gespräch ziehen, aber sie bat ihn mit so dringender Sorgsamkeit, sich erst ein Stündchen Ruhe zu gönnen, daß er gehorchen mußte, obwohl er nicht gern von ihrer Seite wich. Dafür belegte er sie dann zur Teestunde mit Beschlag. Er setzte sich so, daß Waltraut ihren Platz zwischen ihm und Jan hatte und während der lebhaften Unterhaltung, die am Teetisch geführt wurde, fragte er Waltraut anscheinend leichthin:

»Haben Sie nicht Fotografien aus Ihrer Heimat mitgebracht, Fräulein Roland? Wir Hinterwäldler interessieren uns sehr für alles Europäische, und ich muß auch gestehen, was Sie mir von Ihren Angehörigen erzählt haben, ließ den Wunsch in mir aufkommen, sie wenigstens auf einem Bild zu sehen.«

Waltraut nickte ihm lächelnd zu.

»Ein ganzes Album habe ich mitgebracht, allerdings nur eigene Aufnahmen. Ich will auch hier Aufnahmen machen. Ich habe meinen ganzen Vorrat davon mitgebracht, weil ich Dora damit eine Freude machen wollte.«

»Darf ich mir dies Album gelegentlich auch ansehen?«

»Aber gewiß, Mijnheer Werkmeester, wenn es Sie interessiert. Sie werden hoffentlich bald wieder nach Saorda kommen.«

»Gut, ich werde kommen und Sie dann an Ihr Versprechen erinnern.«

Jan war ein wenig eifersüchtig, daß der Vater Waltraut so viel in Anspruch nahm und fragte nun ungeduldig, ob er ihr nicht die Einrichtung des Hauses zeigen dürfe. Sie müsse sich doch ordentlich umsehen. Dabei sah er sie so flehend an, daß sie nicht die Kraft fand, ihn abzuweisen und sich etwas befangen erhob, um ihm zu folgen. Er merkte ihre Befangenheit, und das befähigte ihn, sich ihr, während sie durch das ganze Haus gingen, das noch geräumiger war als das Schlütersche, ganz ruhig zu zeigen. Er forschte sie nur gründlich aus, was ihr in diesem Hause gefiele und was sie daran auszusetzen hätte. Während er ihr eine wunderbare Waffensammlung zeigte, sagte er:

»Sie haben an meinem Vater eine große Eroberung gemacht, Fräulein Roland. Er ist Ihr begeisterter Verehrer geworden.«

Sie sah ihn schelmisch an.

»Verehrer in dem ehrwürdigen Alter Ihres Herr Vaters kann man sich wohl gefallen lassen.«

»Jüngere nicht?« fragte er seufzend.

Sie zwang sich zu einem Lachen.

»Nein, die werden leicht zu übermütig.«

»Ach lieber Gott, Sie wissen ihnen den Übermut schon auszutreiben und sie ganz schüchtern zu machen.«

Schnell ging sie auf ein anderes Thema über.

»Wenn ich Ihrem Herrn Vater sympathisch bin, dann beruht das auf Gegenseitigkeit. Ich muß gestehen, daß ich noch nie einen alten Herrn kennengelernt habe, der in mir ein so großes und warmes Interesse geweckt hat wie er. Aber darf ich Ihnen einmal etwas sehr Ernstes sagen, was Sie vielleicht betrüben wird?«

Er sah sie unruhig an.

»Von Ihnen kann mich nur eins betrüben, und das hoffe ich nie zu hören. Also bitte, sprechen Sie.«

»Ich muß Ihnen sagen, daß Ihr Herr Vater vielleicht doch nicht mehr so rüstig ist, wie er sich den Anschein gibt. Er wird zuweilen erschreckend blaß, und seine Augen blicken dann matt und trübe. Müßte er nicht bald wieder einen Klimawechsel vornehmen? Oder wollen Sie nicht dafür sorgen, daß er einen tüchtigen Arzt konsultiert? Sie müssen mir verzeihen, daß ich darüber mit Ihnen spreche, Ihr Vater wünscht das gewiß nicht, aber ein Fremder sieht zuweilen mehr als ein Angehöriger.«

Er küßte dankbar und innig ihre Hand.

»Es ist sehr gütig von Ihnen, sich um meines Vaters Wohlsein zu kümmern. Aber ich kenne diese Anfälle schon, solange ich denken kann. Und er behauptet, daß es damit nichts auf sich hat, ich merke auch nicht, daß seine körperlichen Kräfte dadurch abnehmen. Gottlob ist er noch sehr kräftig und rüstig. Ich bin zu der Ansicht gekommen, daß diese kleinen Anfälle auf einer seelischen Depression basieren. Mein Vater muß in seiner Vergangenheit sehr Schweres und Bedrückendes erlebt haben. Nie spricht er mit mir davon, hat mir nur gesagt, daß ich nach seinem Tode in einem Tagebuch alles verzeichnet finden würde, worüber er nicht sprechen möge. Ich weiß, ich würde ihn nur quälen, wollte ich ihn auszuforschen suchen. Deshalb berühre ich dies Thema nie mehr. Wenn ich ihm jetzt wegen seiner Gesundheit Vorhaltungen machen würde, würde er mich ruhig und bestimmt abwehren, würde mir vielleicht lächelnd ein Kraftstück zeigen zum Beweise, wieviel Kräfte er noch hat, aber damit wäre die Sache für ihn erledigt. So lieb mich mein Vater auch hat, und so offen er auch sonst alles mit mir bespricht, einen Punkt gibt es, an den ich nicht rühren darf. Ich würde mir vielleicht mehr Kopfschmerzen darüber machen, aber meine Mutter, die um sein Geheimnis wußte, sagte mir kurze Zeit vor ihrem Tode: Vater hat einmal in seinem Leben schwere Sorgen zu tragen gehabt; hat sich von diesen Sorgen so niederdrücken lassen, daß er eine Torheit beging. Das quält ihn noch, mein Junge, und du mußt ihn gewähren lassen. Er hat mir alles gebeichtet, schon ehe wir uns heirateten, und ich habe trotzdem mein Geschick vertrauensvoll in seine Hände gelegt und habe es nie zu bereuen gehabt. Aber er selbst will sich nicht freisprechen von dieser Torheit. Manche Menschen hängen an ihren Sorgen und Kümmernissen mehr als an allen Freuden, und so ein Mensch ist dein Vater. Aber du wirst ihn immer liebenswert finden, auch wenn du einmal alles weißt, was auf ihm gelastet hat. So sprach meine Mutter, und darum weiß ich, daß ich meinem Vater seine Sorgen lassen muß.«

Waltraut nickte vor sich hin.

»Ähnliches habe ich an meinem Vater gefunden. Auch er quält sich mit schweren Erinnerungen an ein Erlebnis seiner Jugend.«

Und sie mußte plötzlich wieder an das Gelöbnis ihres Vaters denken. Das legte sich ihr beklemmend aufs Herz. Was hatte den Vater nur bewegen können, solch ein Gelübde abzulegen? Würde es den Vater sehr schwer treffen, wenn sie es ihm unmöglich machte, dies Gelübde zu halten? Aber sie konnte Rudolf nicht heiraten, nein, um keinen Preis, es ging nicht.

Jan hob mit einem tiefen Atemzug den Kopf.

»Jedenfalls danke ich Ihnen sehr herzlich, daß Sie sich

um meinen Vater sorgten, das war sehr lieb und gütig von Ihnen, und ich will ihn im Auge behalten. Aber nun dürfen wir nicht mehr von so ernsten Dingen reden, ganz blaß sind Sie geworden, das darf nicht sein.«

Und er bemühte sich, Waltraut wieder aufzuheitern, und da er darin eine große Übung hatte, weil er Harry so oft hatte helfen müssen, seine Frau aufzuheitern, gelang es ihm bald, und sie kehrten nach einer Weile in bester Stimmung zu den anderen zurück. Aber Waltraut hatte nun den festen Entschluß gefaßt, spätestens morgen an Rudolf zu schreiben, sie mußte es tun, durfte es nicht länger hinausschieben. Rudolf mußte helfen, denn sie liebte Jan, liebte ihn mit aller Kraft ihres Herzens und – er durfte nicht unglücklich werden durch sie. Denn er würde unglücklich werden, wenn sie ihm sagen mußte, daß sie an einen anderen Mann gebunden sei. Frei mußte sie sein, frei für ihn.

Rudolf Werkmeister war in einer ähnlich schweren Lage wie Waltraut. Lore Lenz war ihm von Tag zu Tag lieber geworden, und doch mußte er seine Gefühle fest in sich verschließen. Ihm blieb nicht einmal die Hoffnung, Waltraut sein Herz auszuschütten und sie bitten zu können, ihn freizugeben. Denn ihm erschien es unmöglich, daß er seine Verlobung lösen könne, weil er annehmen mußte, daß sich Waltraut schon mit dem Gedanken vertraut gemacht haben könne, seine Frau zu werden. Ihr jetzt zu sagen: Es ist ausgeschlossen, daß ich dich heirate, das erschien ihm roh und undankbar. Wie es sein Pflegevater aufnehmen würde, wenn er ihm die Wahrheit enthüllte, daran wagte er gar nicht zu denken. Es gibt unüberwindbare Hindernisse auch für den entschlossensten und stärksten Mann. Georg Roland zu sagen, er müsse sein Wort zurücknehmen, daß er Waltraut, die ihm doch ihr Jawort gegeben hatte, nicht heiraten könne, das war ein solches Hindernis für Rudolf. Denn mehr, als Georg Roland zu betrüben, fürchtete er sich davor, die geliebte Schwester zu verletzen. Auch dem Vater konnte er das nicht antun. Soviel Dank war er ihm schuldig. Sollte er ihm diesen Dank nun dadurch abstatten, daß er ihm sagte: Ich mag deine Tochter nicht zur Frau, weil ich eine andere liebe? Sollte er vor allen Dingen Waltraut, die sich wohl inzwischen schon anders zu ihm eingestellt hatte, zurückweisen?

Daß Waltraut reich war, daß seine Verbindung mit ihr ihm ein bedeutendes Erbe sichern würde, zählte bei Rudolf so wenig wie der Umstand, daß Lore arm war. Er hatte nie mit diesem Erbe gerechnet, war froh und glücklich gewesen, als ihm der Vater eine Stellung gab, durch die er sein Brot selber verdiente. Freilich, nur auf sein Gehalt angewiesen, mußte sein Leben ein völlig anderes werden. Das wußte er, und deshalb hatte er früher nie an eine Heirat gedacht, höchstens an eine Ehe mit einer Frau, die so gestellt war, daß sie sich alle Annehmlichkeiten selber finanzieren konnte. Da ihm auch dieser Gedanke nie sympathisch gewesen war, hatte er den Gedanken an eine Ehe immer weit von sich gewiesen. Jetzt hätte es ihn aber nicht mehr geschreckt, sich mit einer armen Frau zu verbinden, jetzt, seit er Lore Lenz kannte. Sie war anspruchslos genug, um sich in ein bescheidenes Los zu fügen, und mit ihr zusammen hätte er freudig den Daseinskampf aufgenommen. Er hatte genug gelernt, um jederzeit auch in einem anderen Betrieb eine gute, führende Stellung zu erhalten, falls ihn der Vater verstoßen hätte. Aber die Dankbarkeit hielt ihn mit starken Banden, davon kam er nicht los.

Er machte vergebliche Versuche, die Liebe zu Lore Lenz aus seinem Herzen zu reißen, versuchte ihr auszuweichen, sprach nicht mehr mit ihr, wenn er durch das Vorzimmer seines Vaters gehen mußte, und wappnete sich gegen ihr blasses Gesicht, ihre traurigen Augen – es nutzte alles nichts. Hatte er sich eine Weile mit dieser Zurückhaltung selbst gequält, zog es ihn mit doppelter Gewalt zu ihr hin. Alle diese seelischen Kämpfe brachten ihn schließlich in eine Verfassung, die seinem Pflegevater auffiel. Eines Tages sagte er zu ihm:

»Du siehst miserabel aus, mein Sohn, was ist mit dir? Du fühlst dich doch nicht krank?«

Rudolf nahm sich zusammen.

»Es ist nichts, Vater, ich habe ein wenig viel zu tun gehabt in der letzten Zeit und schlecht geschlafen. Das wird schon wieder besser werden.«

Besorgt sah ihn der alte Herr an.

»Nun ja, die Geschäfte wachsen einem manchmal über den Kopf. Ich merke das jetzt nur nicht so, weil ich Fräulein Lenz zu Hilfe habe. Aber ich will dir was sagen – fahre ein paar Tage in den Schnee, das frischt schnell auf. Der Wintersport ist schon überall im Gange.«

Das war vierzehn Tage vor Weihnachten. Die beiden Herren hatten sich gegenseitig nicht eingestanden, wie nüchtern und trostlos ihnen ein Weihnachtsfest ohne Waltraut vorkommen würde.

Rudolf griff nach dem Angebot, in den Schnee fahren zu dürfen, wie nach einem Rettungsanker. Ja, einige Tage fort – aus der Nähe von Lore Lenz, hinaus in die freie Natur, das mußte guttun. Dort würde er vielleicht mit seinen Gefühlen fertig werden. Er hatte sogar schon mit dem Gedanken gespielt, Lore Lenz aus ihrer Stellung zu entlassen, ihr irgendwo anders eine gute Stellung zu verschaffen, aber das war aussichtslos, der Vater würde sie nicht fortlassen, es sei denn, er sagte ihm, warum er sie fort haben wollte. Und das ging nicht an. Mußte doch Rudolf immer wieder anhören, wie der Vater Lore Lenz lobte. Er wollte ihr eine besondere Gratifikation zu Weihnachten geben.

Das schlimmste war für Rudolf, daß er mit ansehen mußte, wie Lore immer blasser und trauriger wurde. Sie war befangen und bedrückt, wenn er eintrat. Er wußte ja, fühlte es, daß Lore ihn liebte, wie er sie liebte, und daß er ihr immer kühler und reservierter gegenübertreten mußte, quälte nicht nur ihn, sondern auch sie.

So sah er die Fahrt in den Schnee als eine letzte Rettung an. Er fuhr davon, ohne sich von Lore zu verabschieden. Sie erfuhr es erst von Georg Roland, als er schon abgereist war. Und da wurde sie noch blasser, biß aber die Zähne zusammen. Die arme Lore hatte ihr Herz rettungslos an Rudolf verloren, und wenn ihre Liebe auch wunschlos und still war, so quälte es sie doch namenlos, daß Rudolf jetzt nie mehr ein freundliches Wort für sie hatte. Er sah an ihr vorbei, als sei sie nicht vorhanden. Und war er doch einmal geschäftlich gezwungen, das Wort an sie zu richten, so geschah es in einer kalten, formellen Art. Sah sie ihn dann hilflos an, dann wurde er noch formeller, weil er sich zu verlieren drohte. Denn er konnte sich kaum dagegen wehren, sie in seine Arme zu nehmen und herzhaft zu küssen.

Rudolf hatte sich also einige Tage im Schnee getummelt, hatte sich bis zum Umsinken ermüdet, um nachts schlafen zu können, und alles getan, um Lore zu vergessen oder doch wenigstens ruhig an sie zu denken. Der Erfolg war, daß ihm die Sehnsucht nach ihr immer schmerzhafter im Herzen brannte. Körperlich erfrischt, aber seelisch noch mehr krank, kam er wieder nach Hause, voll bebender Sehnsucht nach Lores Anblick. Er fuhr zuerst zu der Villa seines Pflegevaters. In seinem Zimmer fand er einen Brief von Waltraut. Er lag auf seinem Schreibtisch; schon vor zwei Tagen war er angekommen.

Er erkannte die Schrift sofort, auch die Briefmarke verriet, woher der Brief kam. Mit erblassendem Gesicht sah er darauf nieder. Was würde dieser Brief enthalten? Waltraut hatte doch selbst bestimmt, daß sie einander nicht schreiben wollten. Weshalb tat sie es dennoch? Sie mußte doch wohl eine besondere Veranlassung dazu haben.

Er fiel schwer in den Sessel, der vor seinem Schreibtisch stand, und öffnete endlich den Brief. Er las:

›Mein lieber, lieber Bruder Rudolf! Ja, Rudolf, ich kann Dich nicht anders nennen. Nie, niemals kann ich einen anderen Namen für Dich finden, das weiß ich jetzt. Du bist mein Bruder, bist es immer gewesen und sollst es immer und immer bleiben. Ich kann Deine Frau nicht werden, Rudolf; ich weiß nicht, wie ich dareinwilligen konnte, mich mit Dir zu verloben. Erst dachte ich freilich, ich könnte mich zwingen, Vater zuliebe wollte ich es tun, und ich merkte, daß Du Dich aus dem gleichen Grunde ebenfalls zwingen wolltest. Aber, mein lieber, guter Bruder, wir haben uns damit beide gegen unsere innerste Natur gewehrt. Das weiß ich jetzt, Rudolf, es ist mir klargeworden, täglich klarer, weil ich jetzt weiß, wie eine Frau den Mann zu lieben hat, der ihr Gatte werden soll. Ja, Rudolf, ich komme vertrauensvoll zu Dir in meiner Herzensnot, wie ich immer zu Dir kam, wenn ich Hilfe brauchte. Du mußt mir helfen, Rudolf, ich bitte Dich darum. Ich liebe einen andern, ja, da steht es, ich liebe ihn mit aller Innigkeit meines Herzens, und wenn ich auch niemals seine Frau werden könnte, könnte ich doch auch nie die Frau eines anderen Mannes werden. Er hat mir noch mit keinem Wort gesagt, daß er mich wiederliebt, aber ich weiß es doch, so etwas fühlt man, ohne daß es ausgesprochen zu werden braucht. Das mußte ich Dir beichten, Rudolf, damit Du, um Gottes willen, nicht andere Gefühle als bisher in Deinem Herzen für mich aufkeimen läßt. Aber das brauche ich nicht zu fürchten, so wenig ich in Dir etwas anderes sehen kann als meinen lieben Bruder, so wenig wirst Du je in mir etwas anderes sehen können als eine Schwester. Hilf mir, lieber, lieber Rudolf, wie Du mir oft geholfen hast. Und vor allen Dingen schreibe mir sofort, daß Du mich freigibst, daß Du einverstanden bist, daß unser Verlöbnis, das wir nicht freiwillig schlossen, gelöst ist. Wie wir es Vater beibringen wollen, das werden wir erst später besprechen. Jetzt bitte ich Dich nur um meine Freiheit, gib mir mein Wort zurück und sage mir, daß Du mir nicht zürnst und daß Du mich verstehst. Ich will ja gern mein Erbe mit Dir teilen, aber auf andere Art. Vater muß begreifen lernen, daß man nicht gegen seine Natur kann. Bitte, bitte, lasse mich nicht lange auf Antwort warten. Wie Vater es aufnehmen wird, daran wage ich noch gar nicht zu denken, aber nicht wahr, er kann mich doch nicht zwingen, etwas zu tun, was ich als unmöglich empfinde? Geschwister dürfen sich doch auch nicht heiraten, und wir sind Geschwister, wenn auch nicht blutsverwandt, so doch in unserem ganzen Wesen. Hoffentlich hat sich das inzwischen bei Dir nicht geändert, das wäre furchtbar. Beruhige mich, lieber, guter Rudolf, schreibe mir sofort, daß Du mich freigibst und in mir nach wie vor nur Deine Schwester siehst, wie ich in Dir nur meinen Bruder sehe. Sollte Vater diesen Brief an Dich bemerkt haben, so wirst Du ihm vorläufig eine ausweichende Antwort geben. Wenn ich wieder an Dich schreibe, adressiere ich lieber an den Klub. Frage also dort immer nach Post für Dich. Und nun behüt Dich Gott, mein lieber Bruder, und erlöse bald von großer Angst und Qual

    Deine treue Schwester Waltraut.«

Rudolf atmete auf, wie von einer großen Last befreit, als er diesen Brief gelesen hatte. Ihm war, als sei ein schwerer Stein von seinem Herzen gefallen. Ganz leicht und frei war ihm nun plötzlich zumute. Er streichelte Waltrauts Brief.

Schwesterchen, liebes kleines Schwesterchen, gottlob, daß du nur meine Schwester bist und bleiben willst. Gottlob, nun kann noch alles gut werden. Wenn ich auch für dich mitkämpfen muß, werde ich es schaffen. Du sollst ganz gewiß nicht unglücklich werden, und nun darf auch ich an mein Glück denken.

Er sprang auf und reckte sich, wie von einer schweren Belastung befreit.

Sogleich setzte er sich dann wieder hin, um Waltrauts Brief sofort zu beantworten. Er schrieb ihr, was ihm sein Herz eingab, einen lieben, brüderlichen Brief, der sie beruhigen und ihr Mut machen sollte. Als er gerade fertig war, hörte er den Vater heimkommen. Schnell steckte er seinen und Waltrauts Brief zu sich. Den ersteren wollte er nachher gleich zur Post geben. Dann lief er mit großen Sätzen hinunter, um den Vater zu begrüßen. Dieser fing ihn in seinen Armen auf.

»Da bist du ja schon wieder, mein Sohn, und gottlob, du siehst wieder hell und frisch aus den Augen. Ja, die Jugend, da renkt sich alles schnell wieder ein. Der Ausflug in den Schnee ist dir glänzend bekommen.«

Rudolf dachte, daß der Schnee ihm nicht geholfen habe, sondern nur Waltrauts Brief. Aber er sagte:

»Herrlich war es, Vater. Du solltest auch mal wieder in die Berge gehen.«

Georg Rolands Blick verdüsterte sich.

»Nein, nie wieder! Nie bin ich wieder in den Bergen gewesen seit deines Vaters Tode. Und nie wieder werde ich in die Berge gehen.«

»Vielleicht würdest du gerade dort deinen inneren Gleichmut wiederfinden. Kannst du denn nicht über diese Erinnerung hinwegkommen?«

»Nein, ich kann nicht. Aber lassen wir das, erzähle, was hast du für Touren gemacht?«

Rudolf erzählte. Sie waren zu Tisch gegangen und speisten zusammen. Rudolf war so lebhaft und heiter, wie seit langer Zeit nicht. Wie gern hätte er nach Lore Lenz gefragt, aber er wagte es nicht, um sich nicht zu verraten. Aber der Vater kam von selber auf sie zu sprechen.

»Du hast mir sehr gefehlt, Rudolf, ich bin froh, daß du wieder da bist. Die ganz einsamen Mahlzeiten hier zu Hause waren wirklich nicht schön. Im Geschäft da ging es noch, da hatte ich Fräulein Lenz. Sie ist ein prachtvolles Geschöpf, es war, als ahnte sie, daß ich mich einsam fühlte. Wir haben viel von dir gesprochen. Auch von Waltraut habe ich ihr erzählt. Ich erhielt einen sehr ausführlichen Brief von Waltraut.«

»Du hast Nachricht von Waltraut?« fragte Rudolf gespannt.

»Ja, ich habe dir den Brief aufgehoben, wenn du ihn lesen willst. Sie schreibt sehr begeistert von Ceylon im allgemeinen und von Saorda im besonderen. Es ist ihr erster ausführlicher Bericht, ich erhielt außer ihrem Ankunftstelegramm nur noch einen kurzen Brief, in dem sie mir ausführlichere Nachricht versprach, die ja nun eingetroffen ist. Sie läßt dich natürlich herzlich grüßen.«

»Ich danke dir, Vater. Wenn du an Waltraut schreibst, grüße sie bitte auch von mir sehr herzlich. Also, Fräulein Lenz hat dir ein wenig über deine Vereinsamung hinweggeholfen?«

»Ja, sie versteht es, einen so verständnisvoll und teilnehmend anzusehen, wenn man mit ihr plaudert. Ich machte kein Hehl aus meiner Sorge um dich, weil du so nervös und blaß aussahst. Und da hat sie wahrhaftig gleich wieder feuchte Augen bekommen. Sie hat mich dann sehr lieb und verständnisvoll getröstet, und ich merkte, daß es ihr aus dem Herzen kam. Ihre Stimme klingt dann immer so warm und erinnert mich an die Waltrauts. Wie gesagt, sie ist ein prachtvolles Geschöpf.«

Rudolf wäre dem Vater am liebsten um den Hals gefallen. Sie plauderten noch ein Weilchen, dann zog sich Georg Roland zu seinem Mittagsschläfchen zurück. Rudolf aber sagte ihm, daß er gleich ins Geschäft fahren wolle, da er viel Arbeit nachzuholen haben würde.

»Das wird nicht schlimm sein, Rudolf, Fräulein Lenz hat sich einfach von mir die Erlaubnis ausgebeten, einen Teil deiner Arbeit, soweit sie das konnte, zu erledigen. Und natürlich hat sie sich auch da ganz famos hineingefunden. Immerhin waren einige Dinge dabei, die du unbedingt selbst erledigen mußt. Deshalb will ich dich nicht aufhalten, fahre ruhig ins Geschäft und schicke mir den Wagen zurück.«

11

Rudolf gab unterwegs den Brief an Waltraut zur Post. Als er ins Geschäft kam, führte sein erster Weg zu Lore Lenz. Bei seinem Eintritt saß sie an der Schreibmaschine und tippte eifrig, so daß sie ihn nicht kommen hörte. Erst als er neben sie trat, schrak sie auf und hob das Gesicht zu ihm empor. Er sah, wie blaß und schmal ihr Gesicht geworden war, und am liebsten hätte er sie in seine Arme gerissen und sie geküßt in jubelnder Wiedersehensfreude. Aber er tat es nicht, sah sie nur mit strahlenden Augen an und sagte lächelnd:

»Guten Tag, Fräulein Lenz! Da bin ich wieder.«

Als sie sein strahlendes Gesicht sah, glitt ein Abglanz davon über das ihre.

»Sie sehen sehr gut erholt aus, Herr Werkmeister. Hoffentlich hat ihnen ihr Urlaub gutgetan. Er war freilich nur sehr kurz.«

»Länger hätte ich es nicht ausgehalten, fernzubleiben. So schön es auch in den Bergen war, hier wartete zuviel auf mich.«

Sie war sehr glücklich, daß er wieder einmal freundlich und liebenswürdig mit ihr plauderte. Das wirkte auf sie mindestens so belebend ein wie eine Erholungsreise, ihr Gesicht sah gleich wieder rosig und frisch aus, und ihre Augen strahlten wie die seinen.

»Sie hätten sich ruhig etwas mehr Zeit gönnen können, es ist gar nicht viel Arbeit liegengeblieben für Sie. Mit Erlaubnis des Chefs habe ich erledigt, was ich erledigen konnte.«

Er sah ihr tief in die Augen, so daß sie die ihren erschrocken senkte. »Mein Vater hat mir das schon mitgeteilt. Sie haben zu ihrem ohnedies sehr reichlichen Arbeitspensum auch noch einen Teil des meinigen erledigt. Deshalb sollte ich eigentlich mit Ihnen zanken, Sie sind ganz blaß und müde davon geworden. Als ich eintrat, erschrak ich über Ihr Aussehen, aber jetzt ist es schon nicht mehr so schlimm, Sie haben schon wieder ein wenig rote Wangen bekommen. Wahrscheinlich freuen Sie sich, daß ich Ihnen nun meinen Teil der Arbeit wieder abnehme.«

»O nein, ich habe ihn gern übernommen.«

»So? Also Sie hätten es lieber gesehen, wenn ich länger fortgeblieben wäre?« fragte er fast übermütig.

Sie wurde dunkelrot.

»O nein, gewiß nicht.«

»Das freut mich. Es hätte mir sehr weh getan, wenn Sie mich weit fort gewünscht hätten.«

Sie sah schnell, mit großen, ernsten Augen zu ihm auf, mit einem reinen, stolzen Blick, der ihm bis ins Herz drang.

»Es steht mir nicht zu, Sie fort- oder herbeizuwünschen, das wäre eine Anmaßung von mir, die Sie mir hoffentlich nicht zutrauen«, sagte sie leise.

Er strich sich hastig über die Stirn, als sei ihm zu heiß.

»Verzeihen Sie, Fräulein Lenz, ich bin heute ein wenig aus dem Gleichgewicht. Ich habe nämlich, als ich zu Hause ankam, eine ganz wundervolle Nachricht vorgefunden, und da weiß ich vor Freude nicht, was ich rede. Seien Sie mir nicht böse, wenn ich allerlei törichte Fragen an Sie stelle.«

Es zuckte leise in ihrem Gesicht, und ein weher, schmerzlicher Zug lag um ihren Mund. Sie fragte sich, was einen Menschen so übermütig machen, ihn so aus dem Gleichgewicht bringen konnte. Es konnte doch nur etwas sehr, sehr Liebes sein. Hatte er jemanden, den er so sehr liebte und von dem er eine so gute Nachricht bekommen hatte, die ihn anscheinend sehr glücklich machte?

»Ich habe nichts zu verzeihen, Herr Werkmeister, man merkt Ihnen an, daß Sie sehr glücklich sind«, sagte sie heiser vor unterdrückter Erregung.

Er stutzte und sah den wehen Zug um ihren Mund, den er am liebsten fortgeküßt hätte. Instinktiv fühlte er, daß sie auf falscher Fährte war und wußte, daß er sie sogleich beruhigen mußte.

»Ja, ich bekam eine sehr gute Nachricht von meiner Schwester, die mir einen großen Stein vom Herzen genommen hat, der mich lange schon quälte.«

Befriedigt sah er, wie der wehe Zug um ihren Mund verschwand und wie ihre Augen heller strahlten.

»Ach, deshalb waren Sie so verändert in den letzten Wochen«, entfuhr es ihr unbedacht.

»Ja, Fräulein Lenz, deshalb war ich – unausstehlich – nicht wahr?«

»O nein, das sind Sie nie. Sie sorgten sich sicher nur um Ihr Fräulein Schwester, die allein eine so weite Reise macht. Herr Roland hat auch einen Brief bekommen mit guten Nachrichten. Er sprach mit mir davon.«

»Ganz recht! Auch mir hat er davon erzählt. Aber da fällt mir ein, bitte, erwähnen Sie nichts davon meinem Vater gegenüber, daß ich einen Brief von meiner Schwester erhalten habe, es handelt sich nämlich um eine Überraschung für ihn.«

»Ich werde gewiß nichts davon sagen.«

»Gut, und nun lasse ich Sie allein. Die Arbeit brennt Ihnen ja schon wieder unter den Händen. Und ich will auch etwas tun. Aber das möchte ich Ihnen noch sagen, später werden Sie einmal erfahren, um was für eine Überraschung es sich handelt und warum ich heute so frohen, leichten Herzens bin. Es betrifft nämlich im gewissen Sinne auch Sie.«

»Mich?« fragte sie erstaunt.

»Ja, auch Sie, aber das muß leider vorläufig noch Geheimnis bleiben.«

»Weiß denn Ihr Fräulein Schwester etwas von mir?«

»Ich weiß nicht, ob sie schon Post von ihrem Vater erhalten hat, nehme es aber an. Und dann weiß sie auch von Ihnen, denn mein Vater wird ihr viel Liebes und Gutes über seine neue Sekretärin geschrieben haben. Er hat mir wieder von Ihnen vorgeschwärmt, daß Sie ihm geholfen haben, seine Vereinsamung zu ertragen. Dafür müssen Sie sich auch meinen Dank gefallen lassen.«

Er reichte ihr die Hand. Sie legte die ihre etwas zaghaft hinein, und dieses holde Zagen brachte ihn für einen Moment um seine Selbstbeherrschung. Er preßte seine Lippen auf ihre Hand, gab sie aber dann schnell frei und ging davon wie auf der Flucht vor sich selbst.

Lore Lenz saß wie gelähmt. Sie sah auf ihre Hand hinab wie im Traume. Es war eine sehr schöne, kleine Hand, die sorgsam gepflegt war. Aber diese Hand war noch nie geküßt worden, das geschah ihr jetzt um ersten Male, und es war so etwas Ungewohntes für sie, daß ihr das Herz wie ein Hammer in der Brust schlug. Wie benommen sah sie immer wieder auf ihre Hand hinab, und dann legte sie plötzlich ihr Gesicht auf diese geküßte Hand und berührte die Stelle, auf der seine Lippen geruht hatten. Ganz scheu und leise geschah das, und zugleich rang sich ein hartes, trockenes Schluchzen über ihre Lippen. So verharrte sie einige

Augenblicke, aber dann raffte sie sich auf, strich sich wie besinnend über die Stirn und vertiefte sich, die Zähne zusammenbeißend, wieder in ihre Arbeit. Pflicht ist Pflicht, wenn das Herz auch brechen will vor Wonne oder Schmerz.

Und fleißig arbeitete sie weiter und hatte keine Ahnung, was Rudolf bewegt hatte, als er neben ihr stand, wie glücklich er gewesen war, weil er frei war und lieben konnte, wen er wollte.

Daß er noch lange nicht so frei war, wie er zu sein wünschte, daß es wahrscheinlich noch Kämpfe, harte Kämpfe kosten würde, bevor er seinem Herzen folgen konnte, das machte ihm vorläufig nicht gar zu schwere Sorge. Er war dem Schicksal dankbar, daß es ihn von der schwersten Sorge befreit hatte. Waltraut wollte nicht seine Frau werden, Waltraut liebte einen andern, wie er eine andere liebte, sie blieb für immer seine Schwester, das war ihm vorläufig Glücks genug, alles andere würde, mußte sich fügen mit der Zeit.

Und wie Lore Lenz, so arbeitete auch Rudolf, aber nicht mit zusammengebissenen Zähnen, nicht mit dem Bewußtsein, daß es für ihn kein Glück geben könne, sondern mit der frohen Gewißheit, daß noch alles gut werden würde. Und das war ein so schönes, so beseligendes Gefühl, daß er am liebsten noch einmal zu Lore hinübergelaufen wäre, um ihr zu sagen: Das Glück ist uns sicher, Lore, wir gehören zusammen und werden das Leben schon meistern, wir beiden, so oder so. Hab' nur noch eine Weile Geduld, mein liebes, süßes Mädel.

Aber er hielt sich im Zaum und blieb bei seiner Arbeit. Er durfte noch nicht sprechen, denn es hieße, Lore mit in einen Kampf hineinreißen, bei dem es Wunden geben konnte. Erst mußte er freie Bahn vor sich sehen, ehe er sie beunruhigte. Sie war vorläufig in Sicherheit, hatte es gut in ihrer Stellung, und für ein bißchen Sonnenschein für sie wollte er nun schon sorgen.

Leicht und flink ging ihm die Arbeit von der Hand, es arbeitet sich gut mit einem freien, leichten Herzen, und er wollte Lore nun wieder täglich sehen, wollte täglich wieder mit ihr plaudern und dabei in ihre schönen samtbraunen Augen sehen, in denen, wenn sie froh war, immer goldene Lichter aufleuchteten. Trübe waren ihre tapferen Augen in der letzten Zeit geworden, heute hatten sie wieder aufgeleuchtet, und das blasse, müde Gesicht hatte wieder Leben und Farbe bekommen. Wie weh es um ihren Mund gezuckt hatte, als sie glaubte, er sei glücklich einer anderen Frau wegen! Ja, ja, Lore liebte ihn, das wußte er, daran wollte und konnte er nicht mehr zweifeln, und das war die Hauptsache. Freilich, er hätte ihr auch gern die Sicherheit gegeben, daß er sie liebte, aber er würde sie doch nur erschrecken, wenn er ihr von Liebe sprach, bevor er ihr nicht zugleich sagen konnte, daß sie seine Frau werden sollte.

Kleine Lore, süße, kleine, tapfere Lore, warte nur noch ein Weilchen, mein Mädel, mein liebes, es wird schon kommen, das Glück, nur noch ein wenig Geduld.

Und da hatte er einen Fehler in seiner geschäftlichen Berechnung, sie stimmte absolut nicht. Aber wer sollte auch rechnen können, wenn man so verliebt ist, wenn man so ein süßes Mädel so lieb hat. Liebe und Zahlen, das paßt nun mal nicht zueinander. Aber jetzt aufgepaßt, jetzt muß es stimmen, und für eine Weile muß das liebe Mädel aus dem Kopf heraus, es kann sich ja dafür im Herzen so recht behaglich breitmachen.

Er lachte glücklich vor sich hin, weil er so närrisch war, und versuchte noch einmal richtig zu rechnen.

Waltraut war in großer Unruhe, wie Rudolf ihr Schreiben auffassen würde. Sie rechnete aus, daß er den Brief noch vor dem Weihnachtsfest bekommen müsse, und Ende Januar konnte dann Antwort von ihm da sein. Das erschien ihr freilich eine lange Zeit, aber sie mußte Geduld haben.

Jan kam nach wie vor mindestens jeden zweiten Tag nach Saorda. Er traf auch sonst, wie und wo es anging, mit Schlüters und ihren Gästen zusammen. Sein Vater hatte zu Jans freudiger Überraschung schon am Ende der Woche erklärt, daß er ihn am nächsten Sonntag wieder nach Saorda begleiten wolle.

»Ich will die Zeit wahrnehmen, solange der Herr Justizrat hier ist. Da habe ich doch die Gesellschaft eines alten Herrn, wenn ihr Jungen mit euch selber zu tun habt«, hatte er gesagt.

Jan berichtete das in Saorda, und Schlüters freuten sich sehr, daß der alte Herr sich aus seiner Zurückgezogenheit herauslocken ließ.

»Das haben wir nur deiner Anwesenheit zu danken, lieber Vater«, sagte Frau Dora überzeugt.

Als man aber dann bei sinkender Sonne vor dem Abendessen einen Spaziergang über das Bergplateau machte, sagte Jan, der selbstverständlich an Waltrauts Seite ging, zu ihr:

»Ich glaube, daß Sie ein noch viel stärkerer Magnet für meinen Vater sind als der Herr Justizrat.«

Sie sah ihn ungläubig an.

»Das ist wohl nicht möglich!«

»Doch, doch, glauben Sie es nur. Vater spricht sehr viel von Ihnen, und wenn er mir auch den Justizrat als Grund angab, so kenne ich ihn doch zu gut, um nicht zu wissen, daß es ihm viel mehr um Ihre Gesellschaft geht. Das will er nur nicht eingestehen. Er weicht ja kaum von Ihrer Seite, wenn Sie in seiner Nähe sind. Sie verwöhnen ihn aber auch ganz sträflich. Wenn man das mit ansehen muß, könnte man neidisch werden.«

Sie zwang sich zu einem Lachen.

»Wie kann ein Sohn neidisch auf seinen Vater sein.«

»Sehr leicht, wenn man sieht, daß so alte Herren es viel besser haben bei jungen Damen.«

»Also hoffen Sie auf Ihr Alter, Mijnheer Werkmeester«, neckte sie, »dann werden Sie es auch besser haben.«

»Hm! Ich bezweifle, daß ich dann noch so stark darauf reflektiere. Aber immerhin hoffe ich, daß Sie, wenn ich ein alter Herr bin, liebevoller mit mir umgehen als jetzt.«

»Vorausgesetzt, daß wir uns wieder begegnen, wenn Sie erst weiße Haare haben«, sagte sie scheinbar unbefangen, als habe sie den tieferen Sinn nicht verstanden.

Vorwurfsvoll sah er sie an.

»Begegnen? Nein, an einer *Begegnung* liegt mir dann absolut nichts. Ich hoffe stark auf ein dauerndes, beschauliches Beisammensein mit Ihnen, wenn ich mal soweit bin.«

Ihr Erröten verriet ihm, daß sie ihn sehr wohl verstand. Aber sie hielt sich tapfer und markierte die Unbefangene.

»Schließlich haben Sie es doch nicht so eilig, ein alter Herr zu werden.«

»Nein, gewiß nicht, ich habe noch sehr viel wichtige Dinge bis dahin vor.«

Sie wurden jetzt von den andern eingeholt, und es begann sogleich wieder das scherzhafte Geplänkel zwischen Harry und Jan, an dem sich auch die beiden Damen und der Justizrat beteiligten.

Nach dem Spaziergang wurde das Abendessen eingenommen, und dann wurde noch ein wenig getanzt. Dora war eine leidenschaftliche Tänzerin und immer bereit zu tanzen. Aber auch Waltraut tanzte mit Harry und Jan einige Tänze. Als sie wieder mit Jan dahinschwebte, fragte sie ihn:

»Müssen Sie die Heimfahrt noch nicht antreten?«

Er hielt sie unwillkürlich etwas fester, als es nötig war.

»Wollen Sie mich schon los sein?«

»Ich meine nur, so spät sollten Sie nicht mehr unterwegs sein. Ist das nicht gefährlich?«

Seine Augen strahlten glückselig in die ihren.

»Sorgen Sie sich ein wenig um mich?«

»Sie sind doch mein Freund, Mijnheer Werkmeester«, erwiderte sie, so ruhig sie konnte.

»Trotzdem beglückt es mich, daß Sie sich um mich sorgen. Was fürchten Sie für mich?«

»Die Tropennächte sind doch voller Gefahren. Doras Mann will nicht, daß wir bei Dunkelheit außer Haus gehen.«

»Nun ja, für Damen ist es besser, sie bleiben daheim. Aber so schlimm, wie Sie denken, ist es nicht. Wir haben in unseren Distrikten kaum gefährliche wilde Tiere. Und wenn mir doch eines begegnen würde, bei einem Tempo von achtzig Kilometern weicht mir alles in respektvollem Bogen aus.«

»Wenn Sie aber so schnell fahren und es geschieht etwas mit dem Wagen? Ist es da nicht möglich, daß Ihnen ein Unglück zustößt?«

Zärtlich sah er sie an.

»Keine Sorge, ich bin schon vorsichtig und kenne Weg und Steg genau. Wo es gefährlich ist, passe ich schon auf. Ich muß Ihnen alle Sorgen nehmen, obwohl es mich beglückt zu wissen, daß Sie sich um mich sorgen.«

Der Tanz war zu Ende, und Jan sagte lächelnd:

»Fräulein Roland schickt mich nach Hause, da muß ich gehorchen.«

Und er verabschiedete sich. Dora und Waltraut standen innig umschlungen auf der Veranda, als er abfuhr. Sie winkten ihm nach. Sein Blick suchte Waltrauts Augen. Frau Dora erschrak vor der leidenschaftlichen Sehnsucht, die in seinen Augen lag. Verstohlen blickte sie die Freundin von der Seite an. Sie sah sehr bleich aus, und ihre Augen glänzten feucht. Unwillkürlich zog Dora die Freundin in die Arme und küßte sie. Das eine wurde ihr klar, gleichgültig stand Waltraut Jan nicht gegenüber. –

Am nächsten Sonntag kam Jan mit seinem Vater nach Saorda herüber. Sie trafen etwas früher ein als das letztemal. Schon vor Tisch mahnte Hendrik Werkmeester

Waltraut an ihr Versprechen, ihm ihre Fotos zu zeigen. Waltraut holte das Album herbei und legte es vor den alten Herrn hin. Dicht neben ihm stehend, schlug sie Blatt für Blatt um und erklärte die Bilder. Hendrik Werkmeester betrachtete sie mit stummem, aber brennendem Interesse. Wenn Waltraut ihn beobachtet hätte, wären ihr seine gespannten Züge sicher aufgefallen. Es zuckte immer wieder erregt in seinem Gesicht, und zuweilen stieg jäh eine dunkle Röte in seine Stirn. Als das Album durchgeblättert war, sagte Jan:

»Nun komme ich aber an die Reihe, Fräulein Roland. Ich bitte Sie, mir die Bilder ebenfalls zu zeigen.«

Sie schob ihm lächelnd das Album hinüber.

»Gern, bitte sehr!«

Er schüttelte den Kopf.

»Nein, so stiefmütterlich will ich nicht behandelt werden. Sie müssen so liebenswürdig sein, mir die Bilder ebenfalls mit so ausführlichen Erklärungen zu beschreiben, wie Sie es Vater gegenüber getan haben.«

Sein Vater erhob sich.

»Ich gehe inzwischen eine Zigarre rauchen. Kommen Sie mit, Herr Justizrat, wir suchen uns eine Ecke da drüben, wo der Rauch die Damen nicht belästigt.«

»Bei dergleichen bin ich immer, Mijnheer Werkmeester«, erwiderte der Justizrat.

Hendrik wandte sich noch einmal an Waltraut.

»Darf ich mir nach Tisch Ihr Album noch einmal mit Muße betrachten, ohne daß mich mein Sohn mit neidischen Augen ansieht?«

»Gewiß, Mijnheer Werkmeester, aber erst, wenn Sie Ihre Siesta gehalten haben.«

»Wenn ich bitten darf, bevor ich meine Siesta halte. Ich nehme mir das Album mit in meinen Siestawinkel und sehe es vor dem Schlafen noch einmal in aller Ruhe durch.«

»Das will ich gestatten«, erwiderte sie mit ihrem lieben Lächeln.

»Also was die alten Herren für ein Glück haben!« murrte Jan eifersüchtig. »So ein Lächeln ist mir noch nie von Ihnen zuteil geworden.«

»Oh, welch ein häßliches Laster ist der Neid«, neckte sie, um ihre Verlegenheit zu verbergen.

»Nun kommen Sie doch, bitte, zu mir, und erklären Sie mir Ihre Bilder«, bettelte er, und sie tat ihm den Gefallen.

Jan hatte viel zu sagen und zu fragen, während sie die Bilder durchsahen. Die anderen hatten ein Stück entfernt Platz genommen. Auch Dora rauchte eine Zigarette. Hendrik Werkmeester saß Jan und Waltraut am nächsten, sah zwar nicht zu ihnen hinüber, aber lauschte auf jedes Wort, das Waltraut zur Erklärung der Bilder sagte, während er sich den Anschein gab, als höre er aufmerksam zu, was der Justizrat sprach.

»Das sind mein Vater und mein Bruder Rudolf«, sagte Waltraut, auf eine sehr gut gelungene Aufnahme dieser beiden Herren deutend.

Interessiert betrachtete Jan dieses Bild.

»Ein stattlicher alter Herr, Ihr Herr Vater! Und Ihr Pflegebruder ist noch ein Stück größer als er. Interessante Köpfe alle beide. An wen erinnert mich doch Ihr Bruder? Hier auf dem Bilde hauptsächlich, wo er so vorgeneigt auf einem Sessel sitzt und scheinbar aufmerksam zuhört, was Ihr Herr Vater ihm sagt? Ich muß einen Menschen kennen, der ihm ähnlich sieht.«

»Das kann ich natürlich nicht beurteilen, Mijnheer Werkmeester.«

»Wie alt ist Ihr Bruder?«

»Vierunddreißig Jahre alt.«

»Also fast vier Jahre älter als ich.«

»Sind Sie dreißig Jahre alt?«

»Ja! Erscheine ich Ihnen älter?«

»Zuweilen, wenn Sie sehr ernsthaft sind. Wenn Sie lachen, sehen Sie viel jünger aus. Im übrigen ist mir aufgefallen, daß Sie dieselben Augen haben wie mein Bruder. Er hat auch graue Augen, die so eigenartig hell unter dunklen Brauen und Wimpern hervorleuchten, gerade wie bei Ihnen. Und auch Ihr Herr Vater hat dieselben Augen.«

»Aber sonst besteht kaum eine Ähnlichkeit zwischen Vater und mir.«

»Zuweilen doch. Aber es ist ganz seltsam, Ihr Vater erinnert mich oft an meinen Pflegebruder. Zum Beispiel eben jetzt, wo er sich so interessiert lauschend vorbeugt, um dem Herrn Justizrat zuzuhören. Hier, bitte, sehen Sie dies Bild meines Pflegebruders noch einmal an, er sitzt auf diesem Bild genauso da, wie eben jetzt Ihr Herr Vater. Es ist genau dieselbe Haltung, dieselbe schmale, rassige Kopfform, die Sie übrigens auch haben, und genau dieselbe Profillinie, bitte, vergleichen Sie doch.«

Jan tat das, und als sie dabei beide Jans Vater ansahen, merkten sie, daß dessen Stirn sich jäh rötete. Sie brachten das aber nicht mit ihrem Thema in Zusammenhang, sondern glaubten, der alte Herr höre nur auf das, was der Justizrat sprach. Sie ahnten nicht, daß er jedes Wort ihrer Unterhaltung gehört hatte und daß ihm Waltrauts Worte das Blut in die Stirn trieben.

Jan nickte lächelnd.

»Ja, wahrhaftig, es ist eine gewisse Ähnlichkeit vorhanden. Und da Ihr Pflegebruder auch Werkmeister heißt, ist es gar nicht ausgeschlossen, daß wir in alten Zeiten dieselben Vorfahren gehabt haben. Es wäre ganz interessant, das einmal zu verfolgen. Man müßte ergründen, ob die deutschen Werkmeisters von holländischen Werkmeesters oder umgekehrt die holländischen Werkmeesters von den deutschen Werkmeisters abstammen. Jedenfalls scheint Ihr Pflegebruder mit meinem Vater mehr Ähnlichkeit zu haben, als eine solche zwischen meinem Vater und mir besteht.«

»Sie gleichen Ihrem Herrn Vater hauptsächlich im Gang und in der Haltung und haben dieselben Augen und dieselbe Kopfform. Sonst scheinen Sie mehr Ihrer Mutter zu gleichen, deren Bild ich ja in Larina gesehen und mit Ihnen verglichen habe.«

Glücklich lächelnd sah er sie an.

»Ich freue mich!« sagte er leise.

»Worüber?«

»Darüber, daß Sie mich so genau betrachtet haben. Das läßt doch immerhin auf ein schwaches Interesse schließen.«

Sie errötete, zwang sich aber zu einem lächelnd strafenden Blick.

»Ein schwaches Interesse? Mijnheer Werkmeester, ich glaube Ihnen sogar ein sehr starkes Interesse bekundet zu haben, schon auf dem Dampfer, als ich erfuhr, daß Sie mit Schlüters befreundet seien.«

Er seufzte tief auf.

»Wenn ich mich nun schon mal freue, daß ich von Ihnen Zucker bekomme, wie mein Jumbo, dann streuen Sie gleich wieder eine Handvoll Salz darüber. Als Mensch an sich habe ich Ihnen kein Interesse abnötigen können, nur als Freund von Schlüters.«

Sie mußte über seine drollige Zerknirschung lachen.

»Salz ist gesund, zuviel Zucker verdirbt den Magen«, neckte sie.

»Oh, ich habe einen ausgezeichneten Magen, der hauptsächlich für Zucker sehr empfänglich ist. Davon kann ich nie genug bekommen genau wie Jumbo, mein Elefant.«

Das Album war durchgeblättert. Waltraut richtete sich auf.

»Jetzt hole ich meinen Fotoapparat und mache einige Aufnahmen. Bitte, setzen Sie sich mit hinüber zu den anderen Herrschaften, damit ich eine nette Gruppe aufnehmen kann.«

So sprach Waltraut laut genug, daß es auch die anderen hören mußten.

Jans Vater machte unwillkürlich eine Bewegung, als wolle er entfliehen. Aber er fiel wieder in seinen Sessel zurück und sagte mit rauher Stimme: »Jan, hole mir bitte meinen Hut.«

»Oh, Mijnheer Werkmeester will mit Hut fotografiert werden«, neckte Dora.

Der alte Herr zwang sich zu einem Scherz.

»Ich bin eine Gartenschönheit!«

»Ausgeschlossen, mit Ihrem prachtvollen weißen Haar. So interessante Köpfe darf man nicht unter einen Hut stecken.«

»Also bitte, Frau Dora, machen Sie meinen Vater nicht eitel, er flirtet schon ohnedies genug mit jungen Damen, die eine bedauerliche Vorliebe für alte Herren haben«, protestierte Jan mit gutgespielter Entrüstung, so daß es Waltraut hören mußte, die soeben zurückkam.

Sein Vater griff nach dem Album und sicherte es sich für die Zeit nach Tisch. Dann manövrierte er so geschickt, daß er hinter Harry Schlüter zu sitzen kam.

Waltraut stellte ihren Apparat ein.

»Bitte, Mijnheer Werkmeester, rücken Sie ein wenig mehr nach rechts, Herr Schlüter verdeckt sie, und ich möchte einen so interessanten Charakterkopf wie den Ihren gern recht deutlich auf dem Bilde haben.«

Jan wandte sich drollig erbost nach seinem Vater um.

»Ich sage es ja, die alten Herren! Von meinem interessanten Kopf wird kein Wort gesagt«, schalt er, scheinbar schwer beleidigt.

Waltraut lachte.

»Sie sind ohnedies sehr vorteilhaft plaziert! Nun, bitte, hierher sehen, ich mache eine Momentaufnahme, es ist hell genug!«

Alle sahen mit lachenden Gesichtern in den Apparat, aber in dem Moment, in dem Waltraut knipste, machte Hendrik Werkmeester eine hastige Bewegung, so daß sein Gesicht sich abwandte. Außerdem hatte er seinen Hut tief in die Stirn gezogen, niemand hatte dies kleine Manöver bemerkt.

Waltraut dankte den Herrschaften und erklärte, daß sie gleich noch eine Aufnahme machen werde, aber unten im Garten.

Bereitwillig gruppierte man sich mitten in der tropischen Blütenpracht. Auch Hendrik Werkmeester machte keinen Einwand, er stellte sich dicht neben einen blühenden Strauch und faßte mit der Hand in die Zweige. Und als Waltraut die Aufnahme machte, zog er die Zweige rasch vor sein Gesicht. Auch das hatte niemand bemerkt.

Waltraut brachte ihren Apparat ins Haus.

»Wann bekommen wir die Bilder zu sehen, Fräulein Roland?« fragte Jan.

»Ich entwickele sie wahrscheinlich schon morgen«, entgegnete Waltraut.

Als sie wieder herauskam, sagte Jan:

»Wenn Sie wieder in Larina sind, dann mache ich mit meinem Apparat Aufnahmen, damit auch Sie auf den Bildern zu sehen sind. Sie dürfen nicht ungeknipst bleiben.«

»Sehr richtig, und in Larina werde ich die Aufnahmen machen«, ließ sich der alte Herr Werkmeester vernehmen. »Es ist wichtiger, die jungen Herrschaften sind auf der Platte. Ich erkläre hiermit feierlich, daß ich mich nicht noch einmal mit fotografieren lasse, ich habe eine große Aversion dagegen. Heute habe ich Ihnen den Gefallen einmal getan, Fräulein Roland, aber nie wieder. In Zukunft, wenn wieder fotografiert wird, mache ich die Aufnahmen. So bin ich nützlicher beschäftigt.«

Waltraut sah ihn schelmisch an.

»Ich hatte keine Ahnung von Ihrer Aversion, Mijnheer Werkmeester, und danke Ihnen doppelt, daß Sie sich wenigstens einmal von mir mit aufnehmen ließen.«

In diesem Moment kam einer der Tischdiener heraus.

»*Khana mez pur*« (Es ist angerichtet)! meldete er gravitätisch.

Man ging zu Tisch. Jan führte natürlich Waltraut, er ließ niemanden an sie heran. Er saß auch bei Tisch an ihrer Seite.

In heiterster Stimmung wurde die Mahlzeit eingenommen.

Nach Tisch zogen sich der Justizrat und Hendrik Werkmeester zur Siesta zurück, der letztere nicht, ohne sich das Album mitgenommen zu haben. Schlüters gingen mit Jan und Waltraut zu dem Pavillon hinüber, damit sie ungestört plaudern konnten, ohne die beiden alten Herren zu stören. Dora wurde noch einige Minuten aufgehalten, und ihr Mann wartete auf sie. So gingen Jan und Waltraut allein voraus.

»Jetzt sind Sie schon drei Wochen in Saorda, Fräulein Roland«, sagte Jan.

Waltraut nickte.

»Die Zeit vergeht anscheinend hier noch schneller als anderswo. In zehn Tagen muß der Herr Justizrat schon abreisen.«

»Wir werden ihn alle nach Kandy begleiten, schon damit Sie mal wieder andere Menschen zu sehen bekommen.«

»Danach sehne ich mich gar nicht so sehr.«

»Nein? Wird es Ihnen nicht langweilig hier?«

»Dazu habe ich wahrlich noch keine Zeit gehabt. Wir haben doch täglich irgend etwas Interessantes vor.«

»Aber doch keine Geselligkeit, wie Sie gewöhnt sind.«

»Wenn Sie damit große Feste, Bälle und dergleichen meinen, so muß ich Ihnen gestehen, daß ich davon so viel genossen habe, daß mich nach weiteren nicht verlangt. Ich bin im Grunde kein Gesellschaftsmensch, wenn ich auch gern mit einigen lieben Menschen zusammen bin. Das genügt mir aber auch vollkommen. Gleichgültige Phrasen mit gleichgültigen Menschen austauschen oder mit Herren tanzen müssen, denen man viel lieber aus dem Wege gehen möchte, das ist mir nicht erstrebenswert, ist es nie gewesen.«

»So könnten Sie es also noch lange hier aushalten, ohne sich zu langweilen?«

»Gewiß, das einzige, was ich vielleicht vermissen würde, wären Theater und Konzerte.«

»Frau Dora meint, daß sie sich in dieser Beziehung entschädigen will, wenn sie mit ihrem Gatten auf Erholungsurlaub nach Europa geht.«

»Sehr richtig, das kann sie ja auch. Und im übrigen gibt es in Kandy doch auch zuweilen Konzerte, und ein Kino ist auch vorhanden.«

»Sie finden also Frau Dora nicht bedauernswert, daß sie hier leben muß?«

»Nicht mehr!«

»Ah, Sie haben es aber getan?«

»Als ich das Leben auf Ceylon noch nicht kannte. Ich habe mir alles viel primitiver vorgestellt. Und in Kandy kann sie doch jederzeit eine interessante, internationale Geselligkeit finden.«

»Das gewiß.«

»Also, was entbehrt sie dann eigentlich? Ihr Mann trägt sie auf Händen, das müßte sie auch für viel größere Entbehrungen entschädigen.«

Er ergriff plötzlich ihre Hand und preßte seine Lippen darauf.

»Es ist ganz wundervoll, daß Sie finden, daß Frau Dora nichts entbehrt. Ich freue mich!«

»Oh, ich finde Dora sehr beneidenswert«, sagte sie leise, und ein trüber Schleier legte sich über ihre Augen. Er beugte sich vor und sah ihr unruhig ins Gesicht.

»Es würde doch nur an Ihnen liegen, Fräulein Waltraut, eine ebenso beneidenswerte Frau zu werden.«

Sie sah in seine Augen hinein, in diese heiß flehenden Augen. Da sie soeben im Pavillon angelangt waren, sank sie in einen Sessel.

»Das liegt nicht an mir«, sagte sie mit zitternder Stimme.

Er wollte ihre Hand fassen und erregte Worte hervorstoßen, aber da kamen Schlüters herbei, und er konnte nur noch sagen: »Nur an Ihnen, nur an Ihnen!«

Sie wandte sich ab und sah mit großen, leeren Augen in die Ferne. Ach, daß sie frei wäre, um mit frohem, glücklichem Herzen in seine zärtlichen Augen hineinsehen zu dürfen. Wie sollte sie es nur ertragen, ihn immer wieder abzuweisen und zurückzuhalten von einer Erklärung. Immer wieder mußte sie die Kühle, Unnahbare spielen, zu ihrer Qual, da sie wußte, daß sie Jan damit weh tat.

Sie war froh, daß Schlüters kamen. Nur Zeit gewinnen, Zeit gewinnen, bis Nachricht von Rudolf kam, eine hoffentlich erlösende Nachricht. Aber das würde noch lange dauern, frühestens Mitte Januar konnte seine Antwort auf ihren Brief eintreffen. Würde sie ihr die Freiheit bringen? Aber sie hoffte auf Rudolf, er würde ihr Unglück nicht wollen, ganz gewiß nicht. Wenn sie Jan nur so lange hinzuhalten vermochte, um ihm sagen zu können, daß sie frei sei, dann würde doch vielleicht alles gut werden.

Schlüters sprachen heute von Weihnachten.

»Wirst du zum Feste nicht Heimweh bekommen, Waltraut, wenn du weißt, daß man in Deutschland Weihnachten feiert?« fragte Dora.

Waltraut sah nachdenklich vor sich hin.

»Wie erging es dir am ersten Weihnachtsfest im fremden Lande, Dora?«

Die faßte Harrys Hand.

»Da hatte ich das Schlimmste schon überwunden, und Harry hatte mir so gut es ging, den deutschen Weihnachtszauber hierher verpflanzt. Es gab sogar einen geschmückten Weihnachtsbaum, wenn es auch keine Tanne war. Auch an dem Knecht Ruprecht fehlte es nicht, den mimte Jan mit solcher Vehemenz, daß wir aus dem Lachen nicht herauskamen. Unsere Dienerschaft staunte uns mit großen Augen an, auch als wir unsere Weihnachtslieder sangen. Jan feierte natürlich mit, es war wirklich sehr stimmungsvoll. Und so haben wir es jede Weihnachten hier gehalten, nur hat Jan nie wieder den Knecht Ruprecht gespielt, er hat erklärt, daß ihm dabei zu heiß geworden sei. Auch dieses Mal soll es wieder so stimmungsvoll werden, damit dir nicht zuviel fehlt. Schnee und Eis können wir freilich nicht als Szenerie versprechen.«

Waltraut lachte.

»Daran fehlt es in Deutschland auch zuweilen, zumal in den letzen Jahren. Da war es naß und schmutzig auf den Straßen, was durchaus kein schöner Anblick ist.«

»Wir werden Ihnen schon ein stimmungsvolles Weihnachtsfest bereiten, Fräulein Roland«, versicherte Jan und sah sie an mit Augen, in denen sie deutlich lesen konnte: Laß es dir nur bei uns gefallen, wir haben dich alle so lieb. Sie zwang sich zu einem Scherz.

»Ich lege aber großen Wert darauf, Sie als Knecht Ruprecht zu bewundern.«

Seine Augen blitzten sie an.

»Ihr Wunsch ist mir Befehl, aber ich mache Sie darauf aufmerksam, daß hier der Knecht Ruprecht auf dem Elefanten angeritten kommt. Jumbo hat das erstemal auch mitwirken müssen.«

Waltraut mußte laut auflachen.

»Das ist ja eine originelle Idee. Nun bin ich erst recht darauf erpicht. Jumbo als Reittier für den Weihnachtsmann! Wundervoll!«

12

Die Zeit verging Waltraut wie im Fluge. Ende November reiste der Justizrat ab. Schlüters, Jan und Waltraut begleiteten ihn nach Kandy. Doras Abschied von ihrem Vater war sehr schmerzlich. Der alte Herr mußte gleichfalls mühsam um Fassung ringen. Ohne Jan wäre es einfach tragisch geworden. Aber er war mit seinen Späßen bei der Hand und mühte sich, Dora zu beruhigen.

»Sie sehen ja Vater und Mutter schon nächstes Jahr wieder, Frau Dora. Und dann kommt der Herr Justizrat wieder einmal nach Saorda. Dann müssen Sie Ihre Frau Gemahlin mitbringen, Herr Justizrat, Sie haben ja gesehen, daß wir hier allen Komfort haben. Auf dem Dampfer ist immer ein Arzt zugegen, und wir werden dann hier dafür sorgen, daß Ihre Frau Gemahlin einen tüchtigen Arzt vorfindet. Hier in Kandy gibt es gute englische Ärzte. Ich bin überzeugt, daß es Ihrer Frau Gemahlin sehr gut auf Saorda gefallen wird, und denken Sie sich Frau Doras Freude! Also nicht geweint, Frau Dora, wir malen uns aus, wie das Wiedersehen schön sein wird, dann vergessen wir alles Trennungsweh.«

So plauderte Jan, und Waltraut unterstützte ihn. Sie trug dem Justizrat Grüße auf an Vater und Bruder und hatte ihm auch eine Anzahl Fotos mitgegeben, von Saorda und auch von Larina für Doras Mutter. Denn sie hatte noch viele Aufnahmen gemacht. Leider war Mijnheer Werkmeester auf den beiden Aufnahmen absolut nicht zu erkennen, so gut die anderen alle getroffen waren. Dafür schalt Waltraut ihn im Scherze, weil er nicht stillgehalten habe. Sie hatte bei dem nächsten Besuch in Larina verlangt, daß er sich noch einmal aufnehmen lasse, aber er hatte energisch gestreikt.

»Geben Sie es auf, Fräulein Roland, mein Gesicht ist nicht so schön, daß es verewigt werden müßte. Ich sagte Ihnen schon, daß ich eine große Aversion gegen das Fotografieren habe, lieber gehe ich zum Zahnarzt nach

Kandy. Und einer muß ja bei den Gesamtaufnahmen doch immer knipsen, so werde ich dieser eine immer sein.«

»Aber gestatten Sie mir wenigstens, daß ich von Ihnen eine Separataufnahme mache«, bat Waltraut.

Er zog die Stirne kraus.

»Nein, bitte, quälen Sie mich nicht«, sagte er fast schroff.

Da sah sie ein, daß sie ablassen müsse, zumal ihr Jan heimlich ein Zeichen machte, nicht in den Vater zu dringen. Und als er dann einen Moment mit ihr allein war, sagte er: »Seien Sie nicht traurig, Fräulein Roland, daß Vater Ihnen nicht vor die Linse will. Ich werde ihn gelegentlich einmal heimlich knipsen und Ihnen dann das Bild schenken, damit Sie sich an seinen interessanten Zügen erfreuen können.«

Sie hatte ihm freudig zugenickt.

»Oh, das ist lieb von Ihnen. Ich möchte sein Bild nicht unter meinen Erinnerungen missen, wenn ich hier fortgehen werde. Er ist ein so lieber alter Herr!«

Jan warf sich in die Brust.

»Bei so einem Sohne? Also, ich verspreche Ihnen, ehe Sie von Saorda abreisen, bekommen Sie eine gute Aufnahme von meinem Vater, und wenn ich ihn mit dem Apparat beschleichen sollte wie ein Indianer auf dem Kriegspfad. Im übrigen würde ich an Ihrer Stelle nicht so zuversichtlich von der Abreise sprechen.«

Sie seufzte ein wenig.

»Eines Tages wird es ja doch sein müssen.«

Ihr Seufzer freute ihn sehr, und er sagte:

»Kein Mensch muß müssen.«

Sie war nicht weiter darauf eingegangen.

Nun war der Abschied von dem Justizrat überstanden, der Zug fuhr davon, nach Colombo hinab. Dora weinte noch ein wenig, aber Harry, Jan und Waltraut suchten sie zu beruhigen und abzulenken. Sie faßte sich endlich und ließ sich von ihrem Gatten die letzten Tränen fortküssen.

Man begab sich in das Hotel, wo man auf zwei Tage Wohnung genommen hatte. Man speiste inmitten einer großen Gesellschaft, amüsierte sich über eine Truppe Amerikaner, die sich hier versammelt hatte und im Fluge alles Sehenswerte in sich aufzunehmen suchte und immer wieder versicherte, daß sie alles charming, beautiful und wonderful fand, ohne aber nur etwas richtig anzusehen. Es genügte ihnen, daß sie versichern konnten, auf Ceylon gewesen zu sein und alles gesehen zu haben.

Nach dem Tee wurde im Hotel getanzt, danach wurde ein Kino besucht und endlich wieder im Hotel gespeist. Was an Lustbarkeiten erreichbar war, wurde genossen, und die Stimmung der beiden jungen Paare ließ nichts zu wünschen übrig. Jan wurde ein wenig eifersüchtig, weil alle Herren Waltraut mit großem Interesse ansahen und sich mehr oder minder diskret auf ihre goldene Haarfarbe aufmerksam machten. Eine blonde Schönheit war hier selten.

Wie gesagt, man genoß die internationale Geselligkeit mit Eifer und Hingabe, aber als die beiden Tage vorüber waren, freuten sich alle sehr, nach Saorda zurückzukommen.

Der Dezember verging sehr schnell, denn man war allerseits mit geheimnisvollen Weihnachtsvorbereitungen beschäftigt. Hauptsächlich die beiden Herren waren von einer Wichtigtuerei, die sehr drollig wirkte.

Und sie hatten wirklich ein reizendes, stimmungsvolles Fest arrangiert, an dem auch Hendrik Werkmeester teilnehmen mußte.

Jan leitete das Weihnachtsfest ein, indem er tatsächlich auf Jumbo angeritten kam und trotz der Hitze in einen Pelz gehüllt war. Jumbo wurde dicht an die Veranda herangeritten, und dann mußte er mit seinem Rüssel den beiden Damen allerlei geheimnisvolle Pakete überreichen, was sehr viel Vergnügen bereitete.

»Wenn ich jetzt aber nicht den Pelz loswerde und mich unter kaltes Wasser setzen kann, werde ich meinen Geist aufgeben«, sagte Jan schließlich lachend.

Es wurde ihm gestattet, und dann begann die richtige Feier mit Weihnachtsliedern und Kerzenglanz.

Von Waltrauts Vater waren verschiedene Briefe gekommen, und sie hatte dem Vater auch regelmäßig Nachricht gegeben. Schmerzlich empfand sie, daß die Post so lange hin und her brauchte, weil Rudolfs Antwort so lange ausbleiben würde.

Zu einem längeren Alleinsein mit Jan ließ es Waltraut nicht mehr kommen, sie konnten nur wenige Worte wechseln, die von den andern nicht gehört wurden. Aber jeder Blick, jeder Atemzug Jans war ein heimlich stilles Werben um Waltrauts Liebe. Sie fühlte das sehr wohl, und es trieb ihr immer wieder Tränen in die Augen, wenn sie ihn mit ihrer Zurückhaltung quälen mußte. Sie zählte die Tage, bis Rudolfs Antwort eintraf.

Eines Tages, es war schon Ende Januar geworden,

ohne daß Rudolfs Nachricht eingetroffen war, blieb Waltraut allein zu Hause, während Schlüters in das Eingeborenendorf fuhren, um bei einer Hochzeit als Ehrengäste zu fungieren. Das gehörte mit zu ihren Pflichten ihren Arbeitern gegenüber, und solche Pflichten durften nicht versäumt werden. Waltraut hatten sie aber nicht mitnehmen wollen, weil es durchaus kein Vergnügen, sondern eine Strapaze war, so ein Fest mitzufeiern. Waltraut hatte auch von ihren verschiedenen Besuchen im Dorfe genug. Schon wenn das Auto der Herrschaft von weitem zu sehen war, schrien sich die Frauen zu:

»Kubbardar! Mem Sahib! Ap ki kuski!« (Achtung, die Herrin! Der Wille des Beschützers der Armen geschehe.)

Damit machten sie sich darauf aufmerksam, daß die Herrin die Pflicht habe, sie zu beschenken. Und Frauen und Kinder hängten sich dann wie die Kletten an die Mem Sahib.

Waltraut hatte keine Lust gehabt, Schlüters zu begleiten. Sie wollte sich gern einmal ungestört in die Lektüre von Büchern vertiefen, die der Vater ihr gesandt hatte. Und so hatte sie sich, nachdem Schlüters abgefahren waren, auf die schattige Veranda in einen Liegestuhl niedergelassen. Schatten war jetzt auf der Seite, die dem Eingang des Bungalows gegenüberlag. Waltraut vertiefte sich in ein Buch, aber da es sehr heiß war und eine lautlose Stille um sie herrschte, wurde sie müde. Sie ließ das Buch in den Schoß sinken und schlief ein. Da sie an der Rückseite des Bungalows saß, merkte sie nicht, daß etwa eine Stunde, nachdem Schlüters fortgefahren waren, ein

Auto vorfuhr. Jan hatte am Tage vorher zufällig vernommen, daß Schlüters zur Hochzeit ins Eingeborenendorf fahren wollten und daß Waltraut zu Hause bleiben würde. Er hatte sich den Anschein gegeben, das nicht zu hören, beschloß aber sofort, diese Gelegenheit zu ergreifen, um Waltraut endlich einmal ganz allein und ungestört sprechen zu können. Seine Liebe zu Waltraut war so übermächtig geworden, daß er es nicht länger ertragen konnte, ihr zu begegnen, ohne davon sprechen zu dürfen.

Ein Diener, der sich die Abwesenheit der Herrschaft zunutze machte, um am Eingang des Bungalows ein Schläfchen zu machen, und nun gestört worden war, nahm ihn in Empfang und sagte bedauernd:

»Mem Sahib darwaza bund.« (Die Herrin ist nicht zu sprechen.)

»Warum nicht?« fragte Jan, scheinbar ahnungslos, daß Schlüters nicht zugegen waren.

»Mem Sahib und Sahib sind ins Dorf zur Hochzeit.«

Jan schlug sich leicht an die Stirn.

»Ah, da werde ich lange warten müssen, bis sie wiederkommen. Aber die junge Sahiba ist doch zu Hause?«

»Ja, Sahib, sie befindet sich auf der Veranda hinter dem Hause und liest, ich werde Sahib melden.«

Jan hielt ihn fest.

»Störe die Sahiba nicht, ich will mich erst durch ein Bad erfrischen. Du kannst dann meine Sachen vom Staub reinigen lassen. Ich kleide mich um und melde mich dann selbst bei der Sahiba, wenn ich fertig bin.«

»Es wird geschehen, wie du befiehlst, Sahib.«

Jan beeilte sich nun, aus seinen staubigen Kleidern

herauszukommen, sich zu erfrischen und in den Anzug zu schlüpfen, der in Saorda immer für ihn bereitlag.

In weißen Hosen und einem Hemd begab er sich dann auf die Veranda hinter dem Hause. Er vermied, großes Geräusch zu machen, weil er Waltraut überraschen wollte, und sah beim Heraustreten, daß sie schlummerte. Er wagte nicht, sie zu wecken, konnte es sich aber nicht versagen, sich ungestört in ihren Anblick zu vertiefen. Leise ließ er sich in einiger Entfernung von ihr nieder und betrachtete sie voll inniger Liebe. Wie ein friedlich schlummerndes Kind lag sie da. Wie schön und hold sie war in dieser wohligen Aufgelöstheit des Schlummers. Ein leises Rot lag auf ihren Wangen, und die langen Wimpern, die etwas dunkler als ihr Haar waren, breiteten sich wie zarte Halbmonde über ihren Augen aus. Ruhig hob und senkte sich ihre Brust. Auf ihrem Schoß lag das Buch, in dem sie gelesen hatte, die eine Hand ruhte auf dem Buch, während die andere schlaff herabgesunken war.

Es mußte aber doch wohl eine magnetische Kraft in seinen Blicken liegen, denn nach einer Weile wurde Waltrauts Schlummer unruhiger, und dann schlug sie die Augen auf, obwohl ringsum feierliche Stille herrschte. Sie sah auf Jan, als sei er eine Traumgestalt, und lächelte ihm, noch vom Schlaf befangen, zu, wie sie ihn noch nie angelächelt hatte. Der Wirklichkeit noch nicht bewußt, schloß sie die Augen noch einmal, als wolle sie weiterschlafen, aber plötzlich wurde ihr bewußt, daß sie wachte und daß da drüben wirklich Jan Werkmeester saß. Sie richtete sich nun mit einem Ruck aus ihrer halbliegenden Stellung auf.

»Mijnheer Werkmeester? Sind Sie das wirklich? Wie kommen Sie hierher?« fragte sie verwirrt.

Er erhob sich und trat zu ihr heran.

»Wie immer, in meinem Auto«, sagte er lächelnd. »Ich hörte erstaunt, daß Schlüters nicht zu Hause seien und daß Sie hier bei Ihrer Lektüre sitzen. Ich wollte Ihnen Gesellschaft leisten, bis Harry und Frau Dora wiederkommen, und fand Sie schlummernd. Da wollte ich nicht stören und setzte mich ruhig hierher. Anscheinend habe ich Sie aber doch gestört.«

Sie strich sich das Haar aus der Stirn.

»Wahrhaftig, ich bin am hellen Tage ganz fest eingeschlafen. Das ist mir noch nie geschehen.«

»In den Tropen sollten auch junge Menschen nach Tisch eine Siesta halten.«

»Ja, Dora und ich ruhen auch jeden Tag nach Tisch, weil Harry Schlüter das unbedingt will, aber wir schlafen nie. Heute ist es das erstemal geschehen.«

»Bei dieser Stille kein Wunder. Sie werden mir nun böse sein, daß ich Sie gestört habe.«

»Sie haben mich ja nicht gestört, ich wachte von selber auf. Lange kann ich übrigens nicht geschlafen haben. Wie spät ist es?«

Er sah auf seine Armbanduhr.

»Noch nicht vier Uhr.«

»Oh, da sind Sie heute zeitig da, und Sie werden mindestens noch eine Stunde warten müssen, bis Schlüters wieder nach Hause kommen. Zum Tee wollten sie wieder da sein. Sie sind ins Dorf, um eine Hochzeit mitfeiern zu helfen. Wir haben Sie heute gar nicht erwartet, da Sie doch gestern hier waren.«

Und sie sah etwas unruhig an seiner hohen Gestalt empor, die in dem leichten Anzug so wundervoll zur Geltung kam.

»Darf ich mich zu Ihnen setzen«, bat er.

»Bitte!«

Er ließ sich ihr gegenüber nieder, und nun merkte sie sehr wohl, daß er nicht so ruhig war, wie er scheinen wollte. Das übertrug sich natürlich auf sie, und sie plauderte mit einer etwas nervösen Hast, als wolle sie verhindern, daß er etwas zu Worte kommen ließ, was sie doch um jeden Preis noch verschieben wollte.

Eine Weile tat ihr Jan den Gefallen, auf die belanglosen Themen, die sie anschlug, einzugehen, aber er hatte nicht Lust, diese seltene Gelegenheit zu verpassen. Plötzlich beugte er sich vor und faßte ihre Hand.

»Ich will ganz ehrlich sein, Fräulein Waltraut, ich habe gewußt, daß Schlüters nicht zu Hause sind, und gerade deshalb bin ich gekommen.«

Sie machte eine Bewegung, als wolle sie sich erheben und entfliehen, aber er hielt ihre Hand fest.

»Sie dürfen mich jetzt nicht verlassen«, sagte er ernst und dringlich, »Sie müssen doch wissen, begreifen, daß ich nicht länger so wie bisher mit Ihnen verkehren kann. Das geht über meine Kraft. Sie müssen doch wissen, Waltraut, wie es in mir aussieht. Ich liebe Sie, ich liebe Sie über alle Maßen und –«

Mit einem Satz war sie aufgesprungen und stand bebend und zitternd vor ihm, die Hände auf das wild klopfende Herz gepreßt.

»Nicht weiter, o bitte, nicht weiter. Kein Wort darf ich mehr hören. Ich weiß ja alles, was Sie sagen wollen, o mein Gott, ja, ich weiß es. Aber ich darf Sie nicht anhören, bin ihnen deshalb immer ausgewichen, ach, hätten Sie doch nicht gesprochen!«

Und sie sank in ihren Sessel zurück und barg das Gesicht aufschluchzend in den Händen. Er war sehr blaß geworden und sah erregt zu ihr hinüber.

»Waltraut, warum soll ich nicht sprechen von dem, was in meiner Seele lebt und was ich auch in Ihren Augen lesen durfte. Weshalb gebieten Sie mir Schweigen?«

Sie ließ die Hände sinken und wandte ihm ihr blasses Gesicht zu. Ihre Augen blickten matt und erloschen.

»Das muß ich Ihnen nun sagen, Jan Werkmeester, und es wird mir weh tun, weil ich auch Ihnen weh tun muß. Ich darf Sie nicht anhören, weil ich verlobt bin.«

Als hätte der Blitz vor ihm eingeschlagen, so saß er da und starrte sie an. Wie im Krampf biß er die Zähne zusammen, und die Muskeln seines Gesichts zuckten. So saß er eine Weile, fassungslos, völlig verstört. Endlich rang es sich über seine Lippen:

»Sie, Sie sind verlobt – gehören einem andern –, und sehen mich doch noch immer an, wie sonst – als gehöre Ihr Herz nur mir – mir?«

Sie preßte die Hände zusammen.

»O Jan, ich bitte Sie, verurteilen Sie mich nicht, ehe Sie nicht alles gehört haben. Meine Augen haben nicht gelogen, ja, ja, ich liebe Sie, nur Sie, Jan, habe Sie geliebt vom ersten Augenblick an, da ich Sie auf dem Dampfer sah. Ja, ich liebe Sie, und der Mann, dem ich verlobt wurde, gegen meinen Willen, ist mein Pflegebruder Rudolf. Sie müssen jetzt alles hören, Jan.«

Und mit bebender Stimme erzählte sie ihm von dem

Wunsch ihres Vaters und von seinem Gelübde, daß sie die Frau des Sohnes seines Freundes werden solle.

»So kam es, Jan, daß ich einwilligte, Rudolfs Frau zu werden, um meinem Vater zu helfen, sein Gelübde zu erfüllen. Wir haben immer nur wie Geschwister zueinander gestanden, der Wunsch meines Vaters überraschte uns, so daß wir gar nicht dazu kamen, ruhig zu überlegen. Ich kannte auch damals keinen Mann, der mir lieber gewesen wäre als mein Bruder Rudolf. Ich glaubte, wenn ich nur Zeit hätte, mich an den Gedanken zu gewöhnen, würde ich ihm doch eines Tages als Frau angehören können. Ich wußte ja nicht, was Liebe ist. Aber ich bat meinen Vater, mir ein Jahr Urlaub zu geben, damit wir, Rudolf und ich, uns erst anders zueinander einstellen könnten. Auch Rudolf wünschte das; denn auch er stand Vaters Wunsch fassungslos gegenüber, sah er doch in mir nur die Schwester, wie ich in ihm nur den Bruder sah. So reiste ich ab, Jan, mit dem festen Wunsch, meinem Vater zu helfen, sein Gelübde zu halten, und überzeugt, daß mein Geschick in keines Mannes Händen besser aufgehoben sein könne, als in denen meines Bruders, dessen wertvollen Charakter ich kenne. Ich ahnte nicht, weil ich die Liebe nicht kannte, was ich mir aufgebürdet hatte. Aber es wurde mir bald klar. Sobald ich Sie kennenlernte, erwachte in mir das Bewußtsein, daß es unmöglich für mich sei, Rudolfs Frau zu werden, denn ich habe Sie geliebt, Jan, vom ersten Sehen an, und diese Liebe machte mir klar, was ich auf mich genommen hätte. Ich wehrte mich erst gegen diese Liebe – aber je mehr ich mich wehrte, desto lieber wurden Sie mir. Und als ich erst erkannte, daß Sie mich wiederliebten, da wurde der Wunsch in mir wach, mich von den Fesseln zu lösen, die man mir übergestreift hatte. Oft schon wollte ich Ihnen sagen, daß ich gebunden sei, aber ich brachte es nicht übers Herz, weil ich fühlte, daß ich Ihnen weh tun mußte. Bitte, bitte, sagen Sie mir, daß Sie mir nicht zürnen, Jan.«

Er hatte die Ellenbogen auf die Knie gestützt und sein Gesicht in den Händen vergraben. So blieb er lange sitzen. Endlich hob er das Gesicht, und sie erschrak, wie sehr es verändert war.

»Ja, Sie haben mir weh getan, Waltraut, furchtbar weh, obgleich es so süß ist, von Ihnen zu hören, daß Sie mich lieben. Aber was hilft mir das? Wohin soll ich mit all meiner Liebe, wenn Sie nicht meine Frau werden können?«

Sie faßte zaghaft seine Hand.

»Jan, ich werde nie einem anderen Manne angehören, als Ihnen«, sagte sie fest und ruhig.

Er sah sie an in tiefer Unruhe.

»Waltraut?«

Ein leises Hoffen lag in diesem Wort.

Sie atmete tief auf.

»Hören Sie weiter, Jan. Ich habe Rudolf geschrieben, schon nachdem ich etwa eine Woche hier war. Alles habe ich ihm vertrauensvoll gebeichtet, daß ich einen andern liebe und nun wisse, daß ich nie seine Frau werden könne. Auch wenn der andere mich nicht wiederliebte, könnte ich es nicht, nun ich wisse, was Liebe sei. Ich habe ihn gebeten, mich freizugeben und mir sofort zu antworten. Ich hoffte, Sie am Sprechen zu hindern, Jan, bis ich seine Antwort habe. Aber ich weiß, Rudolf wird nicht wollen, daß ich leide. Immer habe ich mich mit allen meinen kleinen Nöten zu ihm geflüchtet, er ist so gut, und er wird mich gewiß auch diesmal nicht im Stich lassen.«

»Aber er muß mit Ihnen, wie ich es übersehe, ein großes Erbe aufgeben«, sagte Jan bedenklich.

Sie lächelte leise.

»Oh, Sie kennen Rudolf nicht, das kommt bei ihm nie in Frage. Nein, nein, er wird mir helfen. Ich weiß ja auch, daß ich ihm im Herzen nicht weh tun werde, denn auch er hat nur eingewilligt, um Vater zu helfen, dem er soviel Dank schuldig ist. Und jedenfalls weiß ich, daß ich nie eines anderen Mannes Frau werden kann, Jan, dazu liebe ich Sie zu sehr.«

Dabei sah sie ihn mit so innigem Ausdruck an, daß er ihr glauben mußte. Er faßte ihre Hände und legte sein Gesicht hinein, küßte ihre Handflächen wieder und wieder und sah sie dann voll Zärtlichkeit an.

»Ich weiß jetzt nur eines, Waltraut, daß Sie meine Frau werden müssen, wenn wir nicht beide unglücklich werden sollen.«

Sie erzitterte unter seinem Blicke.

»Ach, Jan, einen anderen Wunsch kenne ich nicht. Aber Sie müssen Geduld haben, Sie dürfen meines Vaters Gelübde nicht vergessen. Es wird nicht leicht sein, Vater klarzumachen, daß dieses Gelübde unerfüllt bleiben muß. Das wird noch Kämpfe kosten. Aber wenn ich nur erst Rudolf an meiner Seite weiß, dann werden wir Vater doch vielleicht dazu bringen, daß er mir seine Einwilligung zu einer Verbindung mit Ihnen gibt. Denn ohne meines Vaters Segen, Jan, nein, das darf nicht sein.«

Und sie barg ihr Gesicht wieder in den Händen.

Er streichelte ihr Köpfchen, war schon glücklich, daß sie es sich gefallen ließ und daß nach der ersten, furchtbaren Enttäuschung doch eine Hoffnung blieb, sie sich zu erringen.

Entschlossen richtete er sich auf.

»Ihr Vater muß uns seinen Segen geben, Waltraut. Wenn es sein muß, werde ich nach Deutschland reisen und ihm sagen, wie unglücklich er uns beide machen würde, wenn er auf seinem Willen bestehen wollte. Ich werde ihm mitteilen, daß Sie keinesfalls die Frau ihres Pflegebruders werden. Dann muß er einsehen, daß er sein Gelübde nicht halten kann. Wie kann überhaupt das Gelübde Ihres Vaters für Sie bindend sein? Ein Mensch kann wohl ein Gelübde ablegen und sich selber dadurch gebunden fühlen, aber doch nicht eines, daß ein anderer Mensch für ihn erfüllen müßte.«

»Sie haben recht, Jan. Aber mein Vater muß seinen Jugendfreund sehr geliebt haben. Hat er doch deshalb Rudolf an sein Herz genommen, daß mir oft schien, als hätte er ihn lieber als mich, sein eigenes Kind.«

Jan sah eine Weile sinnend vor sich hin. Dann nahm er wieder Waltrauts Hände in die seinen und sah sie mit zärtlichem Blick an.

»Wie Sie mich erschreckt haben, Waltraut, als Sie mir sagten, daß Sie mit einem andern verlobt sind. Nun bin ich viel zuversichtlicher, und die Hauptsache für mich ist, daß ich weiß, Sie lieben mich. Ich denke nicht daran, Sie aufzugeben. Sie müssen meine Frau werden, und wenn ich Himmel und Hölle in Bewegung setzen sollte.«

Ein mattes Lächeln huschte um ihren Mund.

»Ich bin von Herzen froh, daß Sie nun alles wissen und daß ich Ihnen nicht noch weher tun mußte, als es schon geschehen ist.«

Er preßte seine Lippen auf ihre Hände, wieder und wieder.

»Du liebst mich, du liebst mich, das ist soviel Seligkeit für mich, dafür nehme ich auch gern einige Schmerzen mit in Kauf.«

Sie ließ ihm ihre Hände.

»Nur ein wenig Geduld noch, Jan, nur bis ich Antwort von Rudolf habe. Dann wollen wir weiter darüber sprechen, was wir tun müssen. Rudolfs Antwort muß bald eintreffen, ich erwarte sie jeden Tag. Bitte, nur wenige Tage noch Geduld.«

Er sah sie mit einem brennenden Blick an.

»Geduld? Ach, Waltraut, das ist nie meine Stärke gewesen, Geduld? Diese Augen haben mir gesagt, daß Sie mich lieben, lange schon, ehe es der Mund aussprach, und ich darf sie nicht küssen. Dieses ganze holde, liebe Geschöpf ist mein, mit jedem Atemzug, und ich darf es nicht in meine Arme nehmen. Sind das nicht Tantalusqualen?«

Unter Tränen lächelnd strich sie leise und zaghaft über seinen Kopf.

»Ich bin nur eine schwache Frau, Jan, und muß dieselben Tantalusqualen ertragen. Sollte ein starker Mann dazu nicht imstande sein?«

Er sprang auf und ging einige Schritte von ihr fort.

»Ach ihr Frauen, ihr seid so stark im Dulden und Entsagen. Wir nicht – wir nicht! Muß ich mich darauf beschränken, dich anzusehen, während ich mich doch in Sehnsucht nach dir verzehre?«

Sie hob bittend die Hände zu ihm auf.

»Jan!«

Da kam er wieder heran, ließ sich in seinen Sessel nieder und barg das Gesicht in ihren Händen.

»Liebe, süße, schöne Frau! Ich bin ja schon wieder ruhig. Du machst mit mir, was du willst, wenn du mich so ansiehst.«

Wieder strich sie leise und sanft über seinen Kopf. Er hielt ganz still, und als sie ihre Hand fortzog, bat er:

»Tue das noch einmal und sage mir: Ich liebe dich, Jan!«

Sie streichelte nochmals über sein Haar und sagte mit tiefer Innigkeit:

»Ich liebe dich, Jan, liebe dich von ganzem Herzen und von ganzer Seele und werde nie einem andern angehören, das gelobe ich dir.«

Da hielt er ganz still und sah sie zärtlich an.

»Das ist doch wenigstens ein kleiner Trost.«

»Sag das nicht, Jan. Ist es nicht schön, wunderschön, daß wir nun wissen, daß wir uns lieben? Muß uns das nicht stark machen, alle Hindernisse zu besiegen?«

Er warf den Kopf zurück.

»Ja, wenn ich nur erst gegen diese Hindernisse anrennen kann, dann wird mir wohler sein. Sag mir nur, was wir jetzt tun wollen, tun können?«

»Erst muß ich Rudolfs Brief abwarten. Dann, wenn ich weiß, daß er mich freigibt, werden wir weitere Pläne machen. Du hörst sofort von mir, wenn diese Nachricht eingetroffen ist.«

»Aber wie? Sollen wir Schlüters einweihen?«

Sie überlegte und schüttelte dann den Kopf.

»Nein, Jan, ich darf sie nicht in die Lage versetzen, daß sie uns gegen meines Vaters Willen helfen. Sie würden es tun, aber es würde ihnen peinlich sein, weil Vater mich doch ihrem Schutze anvertraute. Dora würde sich darüber hinwegsetzen, mir zuliebe, aber Harry Schlüter hat so viel Verantwortungsgefühl, und ich möchte ihn damit nicht in einen Zwiespalt bringen, solange ich es vermeiden kann. Laß mich den Zeitpunkt bestimmen, wo wir sie einweihen werden. Sag doch, wann kann die nächste Post aus Europa hier sein?«

Jan zog ein kleines Notizbuch hervor und blätterte darin.

»Übermorgen kommt die nächste Post.«

Waltraut seufzte.

»Wenn sie mir doch meine Freiheit brächte. Nur erst wieder frei sein, dann werde ich alles leichter ertragen. Ich hoffe, daß Rudolf sofort geantwortet hat.«

»Ich werde übermorgen wiederkommen und die Post für Saorda aus dem Dak-Bungalow (Posthaus) mit heraufbringen. Hoffentlich kann ich dir den erwarteten Brief mitbringen.«

»Wenn nicht, dann müssen wir bis zur nächsten Post warten, die ihn dann bestimmt bringen wird.«

»Aber wie verständigen wir uns, wenn Schlüters nicht eingeweiht werden sollen?«

Waltraut strich sich über die Stirn.

»Wir werden schon Gelegenheit haben, allein miteinander zu sprechen, wenn ich dir nicht mehr absichtlich ausweiche.«

Mit zärtlichem Vorwurf sah er sie an.

»Ja, das hast du oft getan, ich habe es bemerkt und war darüber oft ganz verzweifelt.«

»Nun weißt du, warum ich es tat. Wäre es mir nur noch kurze Zeit gelungen, dann hätte ich dir nicht so weh tun müssen. Darum allein wich ich dir aus.«

Er preßte seine Lippen auf ihre Hand, die einzige Zärtlichkeit, die er sich erlaubte, da sie noch nicht frei war.

»Du! Liebe, Süße, ich ertrug es ja nicht mehr, daß du mir auswichest. Wenn es auch ein wenig weh getan hat, nun weiß ich doch, daß du mich liebst. Ich konnte nicht länger warten, obwohl auch mein Vater mir immer wieder predigte, ich solle dir Zeit lassen.«

Überrascht sah sie ihn an.

»Dein Vater weiß!«

»Daß ich dich liebe und dich zu meiner Frau machen will, ja, das weiß er, seit ich heimgekommen bin.«

»Und wie stellt er sich dazu?«

Er lachte ein wenig.

»Nun, ich denke, du hast gemerkt, wieviel du ihm bedeutest. Aber ein wenig wunderlich ist er auch in dieser Beziehung. Zuweilen redet er mir zu, mir mein Glück zu sichern, zuweilen bittet er mich, noch zu warten. Ich soll dir Zeit lassen, ihm Zeit lassen. Aber an dem Tage, an dem er dich kennengelernt hatte, sagte er mir: ›Die halte dir fest, mein Sohn, und wenn es eine Welt voll Hindernisse geben würde, die halte dir fest.‹«

Waltraut lächelte gerührt.

»Wie lieb von ihm. Ach, Jan, Hindernisse wird es leider genug geben.«

»Aber ich werde tun, was mein Vater mir geraten hat, festhalten, ganz fest und allen Hindernissen zum Trotz.«

Sie sprachen noch über mancherlei, berieten dies und das und hatten sich wenigstens leidlich gefaßt, als Schlüters nach Hause kamen. Jan ging ihnen scheinbar unbefangen entgegen.

»Ich warte auf den Tee, Frau Dora, aber ich werde mich gedulden, bis Sie sich erfrischt und ein wenig von der anstrengenden Hochzeitsfeier erholt haben.«

»Das müssen Sie auch, Jan. Sie wissen ja, was so eine Hochzeit auf sich hat. Puh, war das ein Lärm! Und diese Umständlichkeiten, bis der Mann endlich zu seiner Frau kam. Ihr habt es doch bedeutend leichter, Ihr Europäer. So viele Prüfungen würde bei uns mancher Mann nicht aushalten, ohne davonzulaufen und seine Braut ihrem Schicksal zu überlassen.«

»Ich danke, mir genügen die Schwierigkeiten, bis ich mal zu einer Frau komme, vollkommen«, meinte Jan, der nun seine gute Laune wiedergefunden hatte.

Dora warf einen schnellen, prüfenden Seitenblick auf Jan und Waltraut. Sie sagte aber nichts, erzählte nur, daß die Frauen im Dorfe sie bald vor Begeisterung über die gestifteten Hochzeitsgeschenke in Stücke gerissen hätten.

»Harry mußte mich buchstäblich auf seinen Armen aus dem Gewühl tragen«, sagte sie lachend und ging davon, um sich umzukleiden.

Als sie dann sauber und erfrischt wieder erschien, sagte sie lachend: »Wie haben wir es hier oben schön und friedlich! Jetzt bin ich wieder Mensch. Und mein Harry sieht auch wieder ganz menschlich aus. Aber sagen Sie, Jan, wann sind Sie denn gekommen?«

Er machte ein harmloses Gesicht.

»Eine Viertelstunde warte ich sicherlich schon. Zu meinem Erstaunen fand ich keinen Menschen hier zu Hause, und Fräulein Roland, die ich endlich auf der hinteren Veranda entdeckte, war über ihrer Lektüre eingeschlafen. Was sollte ich tun als wohlerzogener junger Mann? Ich setze mich bescheiden in respektvoller Entfernung nieder und bewachte ihren Schlummer. Als euer Auto hupte, wachte sie endlich auf und sah mich sehr erstaunt und durchaus nicht besonders gastfreundlich an.«

Waltraut wurde bei diesen seelenruhig hervorgebrachten Unwahrheiten ein wenig rot, flüchtete sich aber gleichfalls hinter einen Neckton und sagte:

»Ich habe meines Wissens hier weder ein Recht noch eine Pflicht, Gastfreundschaft zu üben.«

Dora hatte Waltrauts Erröten aber doch bemerkt und dachte sich ihr Teil. Aber sie sagte nichts. In Liebesangelegenheiten muß man zart und diskret sein, damit man nichts verdirbt. Und sie wollte doch so gern die Freundin hierbehalten.

Harry sah Jan kopfschüttelnd an.

»Ich hatte keine Ahnung, daß du heute kommen würdest. Du weißt doch, daß es unten im Dorf eine Hochzeit gab und daß man da nicht fernbleiben darf.«

Jan zuckte gemütsruhig die Achseln.

»Daran habe ich natürlich nicht gedacht. Ihr hättet mir gestern etwas davon sagen können.«

»Wir dachten doch nicht, daß du heute schon wieder kämest.«

Jan sah anklagend zum Himmel.

»Schon wieder? Das nennst du vielleicht Gastfreundschaft? Durch dieses ›Schon wieder‹ fühle ich mich direkt an die Luft gesetzt. Fräulein Roland, ich bewundere Ihren Mut, daß Sie ein Jahr lang bei diesen Leuten bleiben wollen.«

»Du, vergraule mir meine Gäste nicht«, drohte Harry lachend.

»Nun, jedenfalls wird mir dein ›Schon wieder‹ noch nächtelang in den Ohren klingen.«

»Was dich aber hoffentlich nicht hindern wird, bald wiederzukommen.«

»Das tue ich nur, um deiner Frau das Herz nicht zu brechen.«

Lachend legte Dora die Hand aufs Herz:

»Brich, o Herz, was liegt daran«, deklamierte sie pathetisch.

Jan wandte sich lachend an Waltraut:

»Was sagen Sie zu dieser gastfreundlichen Familie, Fräulein Roland? Wollen Sie nicht lieber ihre Koffer packen, ehe es Ihnen geht wie mir, und lieber nach Larina übersiedeln?«

Waltraut errötete unter seinem Blick, der ihr heimlich viel Liebes und Süßes sagte, und erwiderte lachend:

»Es gefällt mir sehr gut hier in Saorda.«

Jan nickte in scheinbar düsterer Ergebung.

»Das ist ja eben das Elend, man fühlt sich zu wohl hier, würde ich sonst fast täglich den weiten Weg zurücklegen, um einige Stunden hier verbringen zu können?«

»Laß uns nicht weich werden, Jan. Ich kann Rührung

nicht vertragen, und es rührt mich, daß du so anhänglich bist.«

So flogen wie gewöhnlich die Neckereien hin und her. Auch Waltraut beteiligte sich, freieren Herzens als sonst, daran. Wenn auch die beiden Liebenden durchaus nicht beruhigt sein konnten über das Schicksal ihrer Liebe, so wußten sie nun doch, daß sie alles gemeinsam tragen würden und daß sie einander liebten.

Als Jan sich an diesem Tage verabschiedete, sagte er wie beiläufig: »Übermorgen komme ich wieder und bringe gleich die Post mit herauf. Frau Dora kann doch schon Nachricht über die Heimkehr ihres Vaters erwarten.«

Dora zuckte die Achseln.

»Ich glaube, mit dieser Post noch nicht, Jan, aber es ist natürlich sehr lieb, wenn Sie die Post mit heraufbringen. Dann brauchen wir nicht zu dem Dak-Bungalow extra hinunterzuschicken.«

Jan sah Waltraut noch einmal bedeutungsvoll an, als er sich von ihr verabschiedete.

13

Jan brachte am übernächsten Tage die Post. Es waren für Waltraut drei Briefe dabei, zwei von ihrem Vater und einer von Rudolf. Waltrauts Hand zitterte, und sie wurde sehr blaß. Sie nahm die Briefe und ging in ihr Zimmer. Sie mußte allein sein, wenn sie Rudolfs Antwort las.

Jan sah ihr unruhig nach. Schlüters hatten aber auch Post, und wenn man weiß, wie wichtig an so abgelegenen Orten der Posttag ist, wird man verstehen, daß Jan sich vorläufig mit sich selbst beschäftigen mußte. Tee bekam er vorläufig noch nicht, als er sich inzwischen erfrischt hatte. Schlüters saßen noch bei ihrer Post, und Waltraut war auch noch nicht erschienen.

Sie saß in ihrem Zimmer und hatte mit zitternden Händen Rudolfs Brief geöffnet. Mit brennenden Augen las sie:

›Meine liebe, arme, kleine Schwester! Wie leid tut es mir, daß Du soviel Kummer hattest durch unser Verlöbnis. Aber Du konntest das Dir doch denken, Waltraut, daß ich auf keinen Fall zulassen würde, daß man Dich zu etwas zwingt. Ich habe Deinem Vater damals gleich gesagt, unter keinen Umständen. Sei ruhig, mein liebes Schwesterchen, Du bist frei! Laß mich Dir zugleich beichten, daß Dein lieber Brief auch mich von einem qualvollen Zwange befreit hat. Mir ist es ergangen wie Dir, auch ich habe mein Herz erst entdeckt, nachdem wir uns auf Vaters Wunsch verlobt hatten, und für mich war die Angst und Sorge, daß Du Dich bereits mit dem Gedanken an eine Verbindung zwischen uns gewöhnt haben könntest, noch viel quälender. Ich hätte ja nicht davon sprechen können, daß ich mich von Dir lösen wollte. Gottlob, Du hast dies Wort gesprochen, das Dich und mich befreit. Und sei ganz ruhig, wenn wir beide fest entschlossen sind, uns nicht zu heiraten, so muß auch Dein Vater einsehen, daß unsere Verlobung wieder gelöst werden muß. Schade, daß die Post so lange braucht, wir können uns deshalb nur langsam verständigen über das, was getan werden muß. Ehe ich aber näher darauf eingehe, laß Dir von ganzem Herzen Glück wünschen zu der Wahl, die Dein Herz getroffen hat. Hoffentlich wird Dir dieser Mann auch sein Herz ganz und ungeteilt schenken. Daß Du es keinem Unwürdigen geschenkt haben wirst, weiß ich, dazu kenne ich Dich zu gut. Und so kann ich ruhigen Herzens wünschen, daß Deine Liebe erwidert wird.

Doch nun zu dem, was wir tun müssen. Es wird natürlich nicht leicht sein, Deinen Vater umzustimmen und ihn zu überzeugen, daß sein Gelübde nicht bindend sein kann für uns und daß wir ihm nicht helfen können, es zu erfüllen. Ich werde ihm klarzumachen versuchen, daß er seine Freundschaft für meinen Vater dadurch besser bezeigen kann, wenn er uns nach unserem Willen glücklich werden läßt. Wenn er sich gelobte, seine Tochter dem Sohne seines Freundes zu vermählen, so geschah dies doch nur, um mir Gutes zu tun, mich an seinem Erbe teilhaftig werden zu lassen. Aber ich habe nie auf dies Erbe gerechnet und verzichte gern darauf. Es genügt mir, wenn er mich in meiner Stellung als Prokurist der Firma beläßt, damit ich die Frau, die ich liebe, heimführen und ihr ein sorgloses, wenn auch bescheidenes Los bieten kann. Denn das Mädchen, das ich liebe, ist arm wie ich selber und darauf angewiesen, sich sein Brot selbst zu verdienen. Dir will ich es gestehen, Waltraut, es ist die neue Sekretärin Deines Vaters, Lore Lenz, von der Dir der Vater sicher schon geschrieben hat. Sie ist seine rechte Hand geworden, und er mag sie sehr gern. Auch ich weiß noch nicht genau, ob ich wiedergeliebt werde, doch sage ich wie Du, so etwas fühlt man. Sie ist eine lieber, feiner und guter Mensch, wenn auch aus ganz schlichten Verhältnissen. Und ich weiß nun auch, wie glücklich man sein kann, wenn man liebt, wirklich liebt. Du hast es ja nun auch erfahren, meine liebe, kleine Schwester, und so sind wir beide noch rechtzeitig vor einem großen Irrtum bewahrt worden. Hab' Dank, daß Du das erlösende Wort fandest.

Und nun sage mir, willst Du mir freie Hand geben, unsere Sache bei Vater zu führen, wie ich es für das beste halte? Dann telegraphiere mir das eine Wort: Einverstanden. Denn es dauert zu lange, bis ich briefliche Antwort bekomme. Wir dürfen keine Zeit verlieren. Richte das Telegramm ruhig an meine Adresse ins Geschäft; denn wenn Vater es sieht, habe ich gleich eine Gelegenheit, mit ihm über die Sache zu sprechen. Es ist das beste, wenn das baldmöglichst geschieht. Du bekommst dann sofort Nachricht von mir, wie es abgelaufen ist. Geht Vater auf unseren Wunsch, unser Verlöbnis zu lösen, sogleich ein, dann depeschiere ich Dir das eine Wort: Sieg! Erlange ich das aber nicht sogleich, was ich annehmen muß, dann telegraphiere ich: Geduld. Das heißt dann, daß meine erste Attacke abgewiesen ist und daß wir Weiteres abwarten müssen. Ich werde dann aber nicht nachlassen, in Vater zu dringen und um unser Glück zu kämpfen. Und damit Gott befohlen, meine liebe, kleine Schwester. Beunruhige Dich nicht, schließlich muß doch alles noch gut werden, so oder so. Wir wollen jetzt offiziell im steten Briefwechsel bleiben, denn es hat keinen Zweck, ihn vor Vater zu verheimlichen. Er soll ruhig merken, daß wir zusammenhalten und uns ganz klar sind, daß wir uns in keinem Falle heiraten werden. Du hast recht, das wäre eine Versündigung gegen unsere Natur. Also Mut und Kopf hoch, Schwesterchen! Sei innig gegrüßt und in alter brüderlicher Liebe und Treue geküßt von Deinem

            Bruder Rudolf.‹

Waltraut drückte den Brief ans Herz.

»Lieber, guter Rudolf, wie danke ich dir«, sagte sie leise vor sich hin. Dann steckte sie den Brief wieder in das Kuvert und schrieb ein Billett an Jan:

›Lieber Jan! Ich bin überaus froh und glücklich, daß ich frei bin. Bitte, telegraphiere an Rudolfs Adresse, die Du in seinem Brief findest: ›Einverstanden!‹ Tue das spätestens morgen vormittag. Und bitte lies Rudolfs Brief, damit Du über alles unterrichtet bist. Ich bin über alle Maßen froh!

          Deine-*Deine* Waltraut.‹

Diesem Billett legte sie Rudolfs Brief bei und barg ihn in ihrer kleinen Handtasche. Sie wollte ihn Jan irgendwie heimlich übergeben. Denn so gerne sie Dora eingeweiht hätte, sagte sie sich doch, daß es eine Belastung für Schlüters sein würde, müßten sie gegen ihren Vater Partei ergreifen.

Waltraut nahm sich jetzt nicht Zeit, die Briefe ihres Vaters zu lesen, es zog sie hinaus zu Jan, der, wie sie wußte, voll Unruhe auf ihren Bescheid warten würde.

Als sie wieder auf die Veranda hinaustrat, sah sie Jan

allein in der Nähe ihres Zimmers stehen. Er sah mit brennenden Augen in die Ferne und wartete sehnsüchtig auf sie. Schlüters saßen noch über ihrer Post. So trat Waltraut zu Jan heran und schob ihm verstohlen den Brief in die Hand.

»Ich bin frei!« sagte sie leise.

Er wandte sich rasch nach ihr um und sah sie glückstrahlend an.

»Liebling!« flüsterte er.

Aber sie konnten sich nicht weiter unterhalten. Dora sprang auf.

»Ich bitte tausendmal um Entschuldigung, aber Post geht über alles. Und jetzt gibt es Tee mit allem Zubehör. Jan, machen Sie doch nicht so schrecklich hungrige Augen.«

»Wenn Sie wüßten, Frau Dora, was ich ausgestanden habe, solange Sie gemütlich Ihre Post durchsahen. Ich verschmachte!«

Dabei sah er Waltraut an, und sie wußte, was er damit sagen wollte.

»Halten Sie nur noch fünf Minuten aus«, rief Dora lachend und verschwand im Hause.

Als man dann beim Tee saß, fragte Dora:

»Hast du gute Nachricht von deinem Vater, Waltraut?«

»Vaters Briefe habe ich noch gar nicht gelesen, nur den meines Bruders, aus dem ich ersehen habe, daß zu Hause alles gutgeht. Vaters Briefe lese ich erst heute abend, wenn ich ganz ungestört bin.«

Jan hätte sehr gern Rudolfs Brief gleich jetzt gelesen, aber er mußte damit schon warten, bis er nach Hause kam. Er wußte ja die Hauptsache schon durch Waltrauts Worte.

Der Abend verlief wie gewöhnlich, und nachdem Jan sich entfernt hatte, bat Waltraut, sich zurückziehen zu dürfen, weil sie ihre Briefe lesen wollte. Dora umarmte und küßte sie.

»Ich finde es fabelhaft, daß du dich so lange hast bezwingen können. Wir wollen dich nun ganz bestimmt nicht länger abhalten, dich in die Lektüre deiner Briefe zu vertiefen.«

Waltraut verabschiedete sich und suchte ihr Zimmer auf. Als sie verschwunden war, flüsterte Dora ihrem Gatten zu:

»Ich wette mit dir, um was du willst, daß Jan und Waltraut ein Paar werden.«

Harry Schlüter küßte seine Dora lachend.

»Dorle, da ist der Wunsch der Vater des Gedankens, und wir wollen lieber nicht wetten.«

Sie zog die Brauen hoch.

»Du wirst es erleben, daß ich recht behalte.«

»Das tun Frauen doch immer und auf jeden Fall.«

Waltraut saß in ihrem Zimmer und hatte die beiden Briefe ihres Vaters vor sich. Sie las zuerst den, der einige Tage vor Weihnachten geschrieben war. Er lautete:

›Mein liebes Kind! Nun bist Du schon fast ein Vierteljahr fort von uns, und bei dem Gedanken, daß Du Weihnachten nicht mit uns feiern wirst, ist mir recht unbehaglich zumute. Rudolf und ich werden am Weihnachtsabend im Klub sein, zusammen mit anderen einsamen Junggesellen. Denn zu Hause ohne Dich will es uns beiden nicht gefallen. Ich schrieb Dir in meinem letzten Briefe schon von meiner Sekretärin, Fräulein Lenz. Wenn ich sie ansehe, muß ich immer an Dich denken. Sie ist auch nicht viel älter als Du und ist mir eine große Stütze. Sie ist eine ganz eminent tüchtige Kraft, und ich hoffe, daß sie mir erhalten bleibt.

Rudolf fühlte sich einige Zeit nicht recht wohl, und ich schickte ihn einige Tage in die Berge in den Schnee. Heute ist er zurückgekommen und hat sich fabelhaft erholt. Er läßt Dich herzlich grüßen. Über Deine ausführlichen Berichte freue ich mich sehr und bin froh, daß es Dir in Saorda so gut gefällt. Hoffentlich erfüllt Deine lange Abwesenheit auch unsere anderen Erwartungen. Du wirst Dich bald mit dem Gedanken vertraut gemacht haben, daß Rudolf Dein Gatte wird. Ich bin Dir aufrichtig dankbar, daß Du dich meinem Wunsche gefügt hast und es mir ermöglichst, mein Gelübde zu halten.

Damit für heute genug, ich schreibe bald wieder. Bitte grüße Deine lieben Gastgeber herzlich von mir, und empfiehl mich auch den Besitzern von Larina, die sich, wie Du mir schriebst, so freundlich Deiner annehmen. Es ist wirklich ein drolliges Zusammentreffen, daß sie Werkmeester heißen. Aber warum soll dieser Name nicht auch in Holland vorkommen. Und nun bleib gesund und freue Dich des schönen Lebens dort. Laß bald wieder von dir hören.

       Dein Dich innigliebender Vater.‹

Aufseufzend legte Waltraut diesen Brief zur Seite. Es bedrückte sie sehr, daß der Vater ihr dankte, daß sie es ihm ermöglichen würde, sein Gelübde zu halten. Sie konnte es ja nicht tun – konnte nicht. Und nun ergriff sie den anderen Brief, der vom fünfundzwanzigsten Dezember datiert war.

›Mein geliebtes Kind! Das war gestern ein wenig schöner Weihnachtsabend. Rudolf und ich kamen sehr spät aus dem Klub, weil wir uns einfach fürchteten, wieder nach Hause zu gehen. Aber nun ist es ja überstanden, und am nächsten Weihnachtsfest haben wir Dich wieder hier. Ich habe unsere Leute, wie gewöhnlich, beschenkt, unsere Haushälterin hatte alles sehr nett arrangiert. Und im Geschäft habe ich die gewöhnlichen Weihnachtsgratifikationen ausgeteilt. Nur Fräulein Lenz habe ich außerdem noch eine kleine Aufmerksamkeit erwiesen. Rudolf hat mir für sie eine hübsche Armbanduhr besorgt, die sie noch nicht besaß. Du hättest die Freude sehen sollen, Waltraut, es war rührend. Sie ist wirklich ein lieber, feinfühliger Mensch, was mir sehr lieb ist, da ich sie fast den ganzen Tag um mich habe. Das arme Ding steht ganz allein im Leben, und ich hoffe, daß Du dich ihrer, wenn Du erst wieder hier bist, ein wenig annimmst. Weißt Du, wenn man jemandem sein ganzes Vertrauen schenken muß in geschäftlichen Dingen, dann soll man ihn auch privat nicht völlig ignorieren. Sie ist wirklich eine Dame, obwohl sie aus kleinen Verhältnissen stammt. Ihre ganze Art hat etwas Taktvolles, vornehm Zurückhaltendes und doch Liebenswürdiges. Ich bin überzeugt, daß sie auch Dir sehr gut gefallen wird. Ich habe nun immer daran denken müssen, wie Du wohl da unten Weihnachten feiern wirst. Hast Du nicht ein wenig Sehnsucht gehabt nach daheim? Rudolf, der sonst wieder recht frisch und munter ist, war gestern abend auch recht traurig. Ich tröstete ihn und sagte ihm: ›Das Christfest übers Jahr wirst Du mit deiner jungen Frau feiern.‹ Da sagte er mit einem Seufzer und ganz sehnsüchtigen Augen: ›Gott mag es geben, lieber Vater.‹ – Er läßt Dich herzlich grüßen. Ich habe Dir absichtlich keine Weihnachtsgeschenke geschickt, mein liebes Kind, Du hast also nach Deiner Rückkehr verschiedene Wünsche frei. Bücher sende ich Dir, sobald wir, Rudolf und ich, etwas Neues entdecken, von dem wir annehmen können, daß es Dich interessiert.

Grüße Schlüters herzlich und in dankbarer Ergebenheit für Ihre Gastfreundschaft. Dein treuer Vater.‹

Lange sah Waltraut vor sich hin, als sie die beiden Briefe gelesen hatte. Also Lore Lenz, des Vaters Sekretärin, hatte Rudolfs Herz gewonnen. Wie sehr sie der Vater lobte! Das zählte bei ihm doppelt, denn er sparte mit solchem Lobe. Oh, sie wollte diese Lore Lenz wie eine Schwester lieben, denn da sie Rudolfs Herz gewonnen hatte, dankte sie es gewissermaßen ihr, daß sie sich mit Rudolf so schnell verständigt hatte. Wenn es nur erst soweit wäre, daß sie diese Lore ihre Verwandte nennen könnte.

Aber der Gedanke an den Vater lag ihr schwer auf der Seele. Sie schob ihn jedoch weit von sich und dachte an Jan. Wie glücklich er sie angesehen hatte heute nachmittag, als sie ihm gesagt hatte, sie sei frei. Heute abend noch würde er Rudolfs Brief und ihre Zeilen lesen. Wie glücklich würde er sein – wie sehr liebte er sie – und wie sehr liebte sie ihn.

Jan, lieber Jan, werden wir glücklich sein dürfen?

Sie erhob sich und trat an das Fenster. Ihre Augen suchten den Berg von Larina. Der Mond schien hell und hüllte alles in ein mildes Licht. Da drüben – da drüben wohnte ihr Glück.

Sehnsüchtig breitete sie die Arme aus.

Als Jan an diesem Abend nach Larina zurückkam, fand er seinen Vater noch wach. Dieser hatte erst in seinem Tagebuch geschrieben und sich dann in die Lektüre von deutschen Zeitungen vertieft, die er heute mit der Post bekommen hatte.

Jan begab sich zunächst auf sein Zimmer, um endlich Rudolf Werkmeisters Brief zu lesen. Beglückt entdeckte er Waltrauts Billett und drückte es an seine Lippen. Der Inhalt von Rudolfs Brief beruhigte ihn sehr. Er nahm sich vor, gleich morgen früh zu dem Dak-Bungalow zu fahren und das Telegramm aufzugeben.

Dann erhob er sich und suchte seinen Vater auf.

»Guten Abend, lieber Vater, du bist ja noch wach. Ah, ich sehe, du hast deutsche Zeitungen bekommen. Das ist doch deine liebste Lektüre.«

»Sie sind am sachlichsten gehalten«, erwiderte der alte Herr, als müsse er erklären, weshalb er am liebsten deutsche Zeitungen las, obwohl er doch Holländer war.

Jan setzte sich zu ihm, den Vater groß und ernst anblickend. Dieser schob die Zeitungen beiseite, nahm die Shagpfeife aus dem Munde und sagte forschend:

»Du siehst aus, mein Junge, als hättest du mir etwas Besonderes mitzuteilen.«

Jan fuhr sich durch seinen Haarschopf.

»Ja, Vater, ich habe dir etwas zu sagen.«

»Bist du einig geworden mit Waltraut Roland?« forschte der alte Herr etwas erregt.

»Ja, mit ihr bin ich einig, Vater, aber es ging nicht alles so glatt, wie ich hoffte. Es gab erst arges Herzweh, und es türmen sich allerlei Hindernisse auf.«

Und er erzählte alles, was gestern in Saorda zwischen ihm und Waltraut geschehen und gesprochen worden war, dann zeigte er ihm Waltrauts Billett und zuletzt Rudolfs Brief.

Die Hand des alten Herrn zitterte ein wenig, als er nach diesem Brief griff. Er stützte seinen Kopf in die Hand, so daß sein Gesicht beschattet war, während er las. Als er damit zu Ende war, ließ er den Brief sinken und sah lange in Gedanken verloren vor sich hin. Jan wartete still und geduldig, bis der Vater sprechen werde.

Endlich sagte der alte Herr scheinbar sehr ruhig:

»Die Hauptsache, dünkt mich, ist, daß ihr beiden einig seid. Aus diesem Briefe geht hervor, daß Waltraut wirklich nur auf Wunsch ihres Vaters diese Verlobung eingegangen ist. Ein Glück, daß die beiden Menschen noch rechtzeitig erkannt haben, daß sie nicht zueinander passen als Mann und Frau.«

»Ja, Vater. Und zwischen ihnen ist ja nun alles im klaren, aber was fängt man mit dem Vater an? Wenn er sich durch dies Gelübde gebunden fühlt, wie soll man ihn dann dazu bringen, Waltraut und mir seinen Segen zu geben? Denn ohne ihres Vaters Segen wird Waltraut nicht glücklich, dafür kenne ich sie.«

Wieder sah der alte Herr in tiefes Sinnen verloren vor sich hin. Seine Hand glitt dabei immer wieder über Rudolfs Brief. Es sah aus, als streichele er ihn. Nach einer Weile ergriff er ihn und las nochmals die Stelle durch: Wenn er sich gelobte, seine Tochter dem – Sohne seines Freundes zu vermählen ... Lange blieben seine Augen darauf ruhen. Dann erhob er den Kopf, sah seinen Sohn mit großen Augen an und sagte feierlich:

»Die Wege des Herrn sind wunderbar! Er führt uns auf Wegen, wie er will, mein Sohn. Und wenn wir glauben, daß wir unsere eigenen Wege gehen, dann kommt ein Tag, an dem wir einsehen, er hat uns geführt. Und nun höre mir zu: Du wirst Waltraut Roland heiraten können, ohne daß ihr Vater sein Gelübde zu brechen braucht.«

Jan sah den Vater unsicher an. An kleine Wunderlichkeiten war er bei ihm gewöhnt. Was er jedoch jetzt gesagt hatte, war mehr als wunderlich.

»Wie meinst du das, Vater?«

Der alte Herr strich sich über die Stirn.

»Ich meine es genau, wie ich es gesagt habe. Du hast mit kindlicher Liebe und Geduld manche Schrullen deines Vaters in Kauf genommen, ohne zu deuten und zu fragen. Ertrage sie noch ein Weilchen, dann soll dir, das verspreche ich dir, alles klarwerden. Heute nur das eine, was aus der Vergangenheit immer wieder vor mir aufsteigen wollte wie eine drohende Wolke, die über mir schwebte und seit vielen Jahren an meinem Herzen fraß, daß ... ach, auch für mich wird es vielleicht noch eine Ruhe geben. Ich werde jetzt die Kraft finden, etwas auf mich zu nehmen, was ich fürchtete. Ich muß eine alte Schuld bekennen, muß sie ausbreiten vor den Augen meines Sohnes. Gebüßt habe ich diese Schuld ein halbes Leben lang, aber ich habe sie keinem Menschen bekannt außer deiner lieben Mutter. Sie hat meine Beichte verständnisvoll aufgenommen, hat mir Absolution erteilt und mir manches tragen helfen, was für mich allein zu schwer war. Für dich legte ich meine Beichte in einem Tagebuch nieder, du solltest sie erst nach meinem Tode finden und dann die alte Schuld für mich bezahlen. Ich war zu feige, meinem Sohne ins Gesicht zu sagen, was ich auf mich geladen habe in bitterer Not, unter einem dumpfen Zwange. Aber nun gilt es dein Glück und das Glück zweier anderer Menschen, und nun werde ich den Mut haben und bekennen, ehe ich sterbe. Frage mich heute nicht weiter, es soll bald alles klarwerden. Sobald ihr telegraphischen Bescheid von Rudolf Werkmeister habt, gebt mir Nachricht, was er depeschiert hat. Und dann werde ich sehen, wie ich euch helfen kann. Daß ich es tue, daß ich die Hindernisse, die euch trennen, beiseite räumen werde, so oder so, dessen sei gewiß, mein Junge. Mache dir keine Sorgen mehr, ihr werdet glücklich sein dürfen. Damit laß dir für heute genügen.«

Fassungslos sah Jan den Vater an. Seine Hände ergreifend, sagte er bewegt

»Lieber, lieber Vater, was für eine Schuld du auch zu beichten hast, fürchte dich nicht, sie einzugestehen. Mutter hat dir Absolution erteilt, und für mich wirst du stets der verehrungswürdige Mensch bleiben, der du für mich immer warst. Das sollst du wissen, ehe du mir etwas beichtest. Ich will nicht in dich dringen, will geduldig warten, was du mir eröffnen wirst, was mir jetzt noch rätselhaft erscheint. Ich will dir auch glauben, daß ich mit Waltraut glücklich werden darf; denn ohne sie, Vater, gibt es kein Glück für mich.«

Der Vater streichelte über seinen Kopf. Das war bei ihm eine seltene Liebkosung, und Jan sah eine fremde Weichheit auf des Vaters Zügen. Seine Augen schienen heller zu blicken.

»Geh zur Ruhe, mein Sohn, und schlafe gut. Diesen Brief laß mir für diese Nacht. Und morgen früh gib gleich das Telegramm an Rudolf Werkmeister auf.«

»Das werde ich tun, Vater.«

Am nächsten Morgen jagte er in aller Frühe mit dem Auto hinunter zu dem Dak-Bungalow und gab das Telegramm an Rudolf Werkmeister auf. Dann ging er an seine Arbeit und war froh, daß er tüchtig zu tun hatte, damit die Zeit schneller verging.

14

Rudolf Werkmeister hatte die Depesche erhalten. Sie war ihm durch seinen Pflegevater selbst überreicht worden. Rudolf war darauf vorbereitet, und als er sie gelesen hatte, sagte er, seinen Pflegevater fest ansehend:

»Das Telegramm ist von Waltraut, Vater.«

Unruhig sah ihn der alte Herr an.

»Von Waltraut? Es ist ihr doch, um Gottes willen, nichts zugestoßen?«

Rudolf sah noch einmal auf das eine Wort herab: Einverstanden! Dann reichte er dem Vater die Depesche.

Erstaunt sah der darauf nieder.

»Einverstanden? Was bedeutet das, Rudolf?«

Ernst und gefaßt sah ihn dieser an.

»Hast du eine halbe Stunde Zeit für mich, Vater?«

»Ja, ja, aber so rede doch, was heißt das alles, weshalb telegraphiert dir Waltraut dieses ›Einverstanden‹?«

Rudolf rückte dem alten Herrn einen Sessel zurecht und drückte ihn sanft hinein. Dann setzte er sich ihm gegenüber nieder und faßte seine Hand.

»Ich will nicht große Umschweife machen, Vater, will dir kurz und bündig sagen, daß wir beide, Waltraut und ich, die Unmöglichkeit eingesehen haben, uns zu heiraten, wir können es nicht tun, wenn wir uns nicht an uns selbst versündigen wollen.«

Der alte Herr zuckte zusammen.

»Was heißt das, wollt ihr euer Spiel mit mir treiben? Habt ihr euch nur zum Schein verlobt, damit Waltraut erst fortreisen konnte und du dann mit mir darüber verhandeln solltest?« fragte er heiser.

»Nein, Vater, wir waren beide ehrlich bemüht, deinen Wunsch zu erfüllen und dir zu ermöglichen, dein Gelübde zu erfüllen. Aber entsinne dich, daß ich dir gleich sagte, daß ich nur einwilligen würde, wenn keinerlei Zwang auf Waltraut ausgeübt werden würde. Wie die Dinge jetzt liegen, müßtest du sie zwingen. Wir haben beide eingesehen, daß es uns unmöglich ist, uns zu heiraten. Bei aller Liebe zu dir, es geht nicht.«

Der alte Herr bekam einen dunkelroten Kopf.

»So? Und alles das ist hinter meinem Rücken verhandelt worden. Während ihr mich in dem Glauben laßt, daß alles gutgeht, verständigt ihr euch heimlich darüber, daß es nun plötzlich nicht gehen soll?«

Rudolf zog Waltrauts Brief hervor.

»Waltraut hat mir diesen einzigen Brief geschrieben, und ich habe ihr in einem einzigen Brief geantwortet und sie um ihre telegraphische Einwilligung gebeten, daß ich dir alles sagen und unsere Sache führen darf nach meinem eigenen Gutdünken. Bitte, lies diesen Brief erst, ehe wir weitersprechen.«

Der alte Herr griff hastig danach.

Während er las, wurde sein Gesicht immer röter, und dann erblaßte er jäh. Als er zu Ende gelesen hatte, sprang er auf und schlug mit der geballten Faust auf seinen Schreibtisch.

»Ihr seid verlobt – und ihr bleibt es!«

»Vater!«

»Schweig! Ich lasse nicht mit mir spielen, ich will und muß mein Gelübde halten! Was Waltraut hier schreibt, sind Phantastereien. Mag Gott wissen, an wen sie ihr Herz verloren hat, sicher an einen Menschen, der nach dem Goldfisch geangelt hat. Sie schlägt dich aus, dich, einen Mann, für den sie Gott auf den Knien danken sollte.«

Das alles kam so heftig und so hart aus ihm heraus, wohl in der Angst, daß man ihn hindern könne, sein Gelübde zu halten, daß Rudolf im Moment nicht wußte, was er noch sagen sollte. Er wußte nur, daß er Waltraut decken, daß er dem Vater klarmachen müsse, daß er nicht nur Waltrauts wegen frei sein wollte. Und daß er

Lores Namen jetzt um keinen Preis nennen durfte, stand auch bei ihm fest, denn sonst war ihre Existenz gefährdet, ehe er ihr eine neue bereiten konnte. Das durfte nicht sein. Und so wollte er sich jetzt darauf beschränken, dem Vater zu sagen, daß es auch sein Wunsch sei, frei zu werden.

»Lieber Vater, gestatte, daß ich dich zu überzeugen versuche, daß du ein Unrecht an uns begehen würdest, wolltest du uns zu einer Verbindung zwingen, die wir als eine Sünde wider unsere Natur ansehen müssen. Wir können einfach nicht anders als geschwisterlich füreinander empfinden. Ehrlich haben wir versucht, deinen Wunsch zu erfüllen, bis wir erkannten, daß unser Herz einen anderen Weg ging. Ich flehe dich an –«

Der alte Herr ließ ihn nicht weiterreden. Er hatte wie geistesabwesend vor sich hin gestarrt. Von einer Erfüllung seines Gelöbnisses hatte er eine Befreiung seines Gewissens von der wenn auch ungewollten Schuld am Tode seines Freundes erhofft. Diese Befreiung wollten zwei, nach seiner Ansicht törichte Kinder verhindern.

»Kein Wort weiter! Es bleibt alles, wie es ist! Du darfst nicht vergessen, daß ich dir alle Liebe erwiesen und dich wie einen Sohn gehalten habe, wie ich es deinem Vater versprach. Du sollst auch mein rechtmäßiger Erbe sein, und das kannst du nur, wenn du Waltraut heiratest, da ich sie nicht enterben kann. Waltraut zur Vernunft zu bringen, laß meine Sorge sein. Sie darf keinen Tag länger in Saorda bleiben, da ich nicht weiß, was sie für Torheiten treibt. Ich rufe sie nach Hause, depeschiere noch heute. Und dann werden wir weitersehen. Damit Schluß der Debatte, kein Wort will ich mehr davon hören. Wenn Waltraut zurückgekommen ist, werde ich diese Sache in Ordnung bringen.«

Er war so aufgeregt, daß Rudolf einsah, daß er vorläufig nichts weiter sagen durfte, um den Vater nicht in eine für seine Gesundheit schädliche Aufregung hineinzusteigern. Verloren gab er seine Sache nicht, aber erst mußte er den Vater wieder ruhig werden lassen. Still ging er hinaus.

Er sehnte sich nach einem Menschen, mit dem er alles besprechen konnte, was ihm auf der Seele lastete, und diesen Menschen, das wußte er, brauchte er nicht lange zu suchen. Draußen im Vorzimmer trat er an Lore Lenz heran, sah sie mit großen, ernsten Augen an und sagte halblaut:

»Fräulein Lenz, ich müßte Sie in einer dringenden Angelegenheit ungestört sprechen. Das kann hier nicht geschehen. Wie und wo würden Sie mir erlauben, auf eine Stunde mit Ihnen zusammenzutreffen?«

Erschrocken sah sie zu ihm auf. Sie merkte, daß er schmerzlich erregt war. Impulsiv, immer darauf bedacht, sich nie etwas zu vergeben, wollte sie ihn abweisen, aber ein Blick in seine Augen ließ solche Bedenken kleinlich erscheinen. Und so sagte sie leise:

»Ich weiß nicht, wo ich mit Ihnen zusammentreffen könnte. Wenn es aber sein muß, so bitte, bestimmen Sie Zeit und Ort.«

Er überlegte eine Weile. Er wußte, daß ihm Lore ein Opfer brachte. Er wollte es ihr so leicht wie möglich machen. Schließlich sagte er:

»Morgen ist Sonntag, da sind Sie frei. Haben Sie morgen nachmittag etwas Besonderes vor?«

»Meine freie Zeit steht Ihnen zur Verfügung, ich weiß, daß Sie nichts Unrechtes von mir verlangen werden.«

»Davon dürfen Sie überzeugt sein. Darf ich Sie also morgen nachmittag um drei Uhr in der Allee vor dem Uhlenhorster Fährhaus erwarten? Ich will Sie nicht in die Lage bringen, mit mir irgendein Lokal aufzusuchen, wo wir doch vielleicht nicht ungestört sprechen könnten. Aber die Allee ist um diese Zeit ziemlich menschenleer, und wir könnten dort auf und ab promenieren und ungestört miteinander sprechen. Ich meine, so ist es am wenigsten peinlich für Sie, mir eine Zusammenkunft zu gewähren.«

Ein wenig bange, aber doch mit dem Ausdruck grenzenlosen Vertrauens sah sie ihn an.

»Ich werde pünktlich dort sein.«

»Ich danke Ihnen. Und bitte, sagen Sie meinem Vater vorläufig nichts davon, er wird es später selbst von mir erfahren.«

Sie atmete wie befreit auf.

»Das ist mir lieb, ich möchte keine Heimlichkeiten vor Herrn Roland haben.«

Ein Lächeln, ein gutes, vertrauenerweckendes Lächeln erhellte sein Gesicht.

»Sie müssen ganz fest davon überzeugt sein, daß ich Sie zu nichts veranlassen werde, was Ihnen irgendwelche Unannehmlichkeiten bereiten könnte.«

Ihre Augen leuchteten auf.

»Das weiß ich«, sagte sie schlicht.

»Also auf Wiedersehen morgen!«

Damit ging Rudolf hinaus und suchte sein Kontor

auf. Hier gab er sogleich telefonisch ein Telegramm an Waltraut auf. Geduld! Dieses Wort depeschierte er. Aber mit schwerem Herzen dachte er daran, daß der Vater Waltraut telegraphisch nach Hause rufen würde. Daß er Waltraut helfen müsse, helfen werde, stand fest für ihn, aber nach der heftigen Aufregung des Vaters bei der ersten Auseinandersetzung in dieser Angelegenheit konnte er vorläufig nichts weiter tun. Er mußte warten, bis der Vater sich beruhigt hatte.

Inzwischen hatte auch Georg Roland ein Telegramm an seine Tochter aufgegeben. Es lautete:

›Sofort heimkommen! Nächsten Dampfer benutzen. Drahtantwort. Vater.‹ –

Am nächsten Nachmittag um drei Uhr stand Rudolf Werkmeister wartend in der Allee vor dem Uhlenhorster Fährhaus. Um diese Zeit war es ganz menschenleer hier.

Lore Lenz war pünktlich. Er sah sie kommen. Sie trug einen glatt herabfallenden Tuchmantel, der ihre schlanke Gestalt vorteilhaft zur Geltung brachte. Ein kleiner, einfacher Hut bedeckte das Haar ganz und umrahmte das reizende Gesicht. Schnell, aber ohne Hast kam sie mit ihrem elastischen, zielsicheren Gang auf ihn zu. Er ging ihr entgegen, zog den Hut und reichte ihr die Hand.

»Ich danke Ihnen, daß Sie gekommen sind, Fräulein Lenz.«

Ihr Gesicht rötete sich leicht.

»Ich hatte es doch versprochen, Herr Werkmeister.«

»Sie sehen, daß es hier ganz menschenleer ist, das ist

mir Ihretwegen sehr lieb, denn ich möchte um keinen Preis, daß Sie Mißdeutungen ausgesetzt werden. Sollte uns doch zufällig jemand hier sehen, so ist das ganz unverfänglich.«

»Wie immer sind Sie sehr rücksichtsvoll.«

Er sah sie lächelnd an.

»Ich weiß, daß Sie mir alle guten Eigenschaften zutrauen, und das möchte ich mir verdienen.«

»Oh, das haben Sie sich schon verdient, ich weiß, daß ich Ihnen rückhaltlos vertrauen kann.«

»Dieses Vertrauen dürfen Sie mir nie entziehen. Und nun lassen Sie uns langsam hier auf und ab gehen, und dabei hören Sie mir einmal ganz ruhig zu, was ich Ihnen zu sagen habe. Zuerst das Wichtigste: Meine Pflegeschwester, Herrn Rolands Tochter, und ich waren verlobt.«

Ganz leise nur zuckte Lore zusammen, aber sie wurde sehr blaß. Beides entging ihm nicht. Und er merkte auch, daß sie vergeblich nach einer Antwort rang. So fuhr er fort:

»Ich sage ausdrücklich, daß dir verlobt waren«, und er erzählte ihr alles.

Mit zuckenden Lippen und leise bebender Stimme fragte sie: »Und warum sagen Sie mir das, Herr Werkmeister?«

»Weil Sie, gerade Sie das wissen müssen, Lore Lenz. Erinnern Sie sich des Tages, da ich nach meinem kurzen Urlaub aus den Bergen zurückgekommen war?«

»Ja«, erwiderte sie mit versagender Stimme.

»Ich sagte Ihnen an jenem Tage, daß ich eine sehr freudige Nachricht erhalten habe, die mich ganz übermütig machte. Diese Nachricht war von meiner Schwester, die mir mitteilte, daß sie unmöglich meine Frau werden könne, weil sie einen andern Mann liebgewonnen habe. Das machte mich sehr glücklich; denn, wie gesagt, auch ich hatte inzwischen mein Herz anderweitig verloren. Wissen Sie, an wen, Lore Lenz?«

Sie schüttelte stumm den Kopf, sprechen konnte sie nicht.

Da schob er leise seine Hand unter ihren Arm.

»An dich, Lore Lenz, und ich weiß, daß auch du mir dein Herz geschenkt hast.«

Sie blieb mit einem Ruck stehen und sah ihn mit flammenden Augen an.

»Herr Werkmeister, ich mache Sie darauf aufmerksam, daß ich mich selber beschützen muß und daß ich nicht anhören darf, wenn mir ein Mann aus Ihren Kreisen eine Liebeserklärung macht.«

Er sah in ihre Augen, in ihre stolzen, reinen Augen hinein.

»Lore, liebe Lore, ich bin durchaus nicht aus einer anderen gesellschaftlichen Schicht als du. Mir gegenüber brauchst du nicht eine Kampfstellung einzunehmen, das habe ich dir schon am ersten Tag unserer Bekanntschaft gesagt. Wenn mein Pflegevater die Hand von mir abzieht, Lore, dann bin ich auch nur auf den Ertrag meiner Arbeit angewiesen. Aber ich kann arbeiten, Lore, um meiner Frau eine sorglose, wenn auch bescheidene Existenz schaffen zu können. Glaube nicht von mir, daß ich dich in eine leichtsinnige Liebelei verstricken will, dazu habe ich dich zu lieb und dazu stehst du mir zu hoch. Heiraten will ich dich, Lore, sobald ich

Klarheit in meine Lage gebracht habe. Mein Pflegevater ist vorläufig noch ganz außer sich, weil ich ihm gestern erklärt habe, daß wir, meine Schwester und ich, uns nie heiraten werden. Es spielen da allerlei Gründe mit, die ich dir später einmal erklären werde. Aber heute muß es endlich klar zwischen uns beiden werden, Lore, ich kann nicht mehr mit ansehen, wie du dich quälst. Ja, Lore, ich weiß, daß du dich angstvoll mit deiner Liebe zu mir herumgeschlagen hast. Das muß aufhören, du sollst wissen, daß wir zusammengehören, so oder so. Es ist nicht ausgeschlossen, daß es zwischen meinem Pflegevater und mir zu einem Bruch kommen kann, denn ich muß auch für meine Schwester eintreten, nicht nur für mich. Ich hoffe freilich, daß es dazu nicht kommt, aber rechnen muß ich damit, und dann sollst du wissen, daß wir zusammengehören. Ich sehnte mich nach dieser Aussprache mit dir. Aber ich rede, als sei gar kein Zweifel möglich, daß du mich liebst. Nun sag mir erst einmal, Lore, ob du mich liebst, auch dann noch, wenn ich nichts als ein armer Schlucker bin, und ob du meine Frau werden willst.

Sie sah zu ihm auf mit einem so warmen, innigen Blick, daß es ihrer Worte gar nicht bedurft hätte.

»Ich will nicht lügen, Herr Werkmeister, ja, ach ja, ich habe Sie lieb schon seit jenem Tage, da Sie mir so ritterlich geholfen haben. Und ob ich mein Geschick in Ihre Hand legen will?« Sie schluchzte auf vor tiefer Erregung. »Ach, lieber Gott, so ein Glück kann es doch gar nicht geben für ein armes Mädel, wie ich es bin. Aber eines muß ich Ihnen sagen, solange ich bei Herrn Roland Sekretärin bin, darf ich keine heimlichen Beziehungen zu Ihnen unterhalten. Ich könnte dem alten Herrn, der so gütig zu mir ist, nicht frei und offen in die Augen sehen. Deshalb bitte ich Sie, bis alles geklärt ist, nennen Sie mich Fräulein Lenz, auch wenn wir einmal allein sind, und lassen Sie alles zwischen uns beim alten bleiben. Gerade weil ich ein armes Mädel bin, habe ich nichts als meine Ehre und meinen guten Ruf und den Stolz meiner Armut. Ich habe Ihnen nun gesagt, wie lieb – wie sehr lieb ich Sie habe, und wenn Sie erst ganz frei sind und sich offen zu mir bekennen können, dann – dann –«

Sie konnte nicht weiterreden, die Tränen saßen ihr in der Kehle.

Liebevoll und tief bewegt sah er sie an.

»Lore! Lore Lenz! Das kannst du doch nicht von mir verlangen, daß ich dir jetzt noch so fremd gegenüberstehen soll. Du bist doch meine Braut von dieser Stunde an, wenn ich es auch, in deinem Interesse, vorläufig noch geheimhalten muß. Ich darf dir deine Existenz nicht nehmen, bevor ich dich nicht heimführen kann, aber sei beruhigt, bald soll alles klar sein. Mein Pflegevater hat meine Schwester telegraphisch sofort heimgerufen. Sie wird diesem Rufe Folge leisten müssen. In einem Monat ungefähr muß sie dann hier eintreffen, und dann wird sich schnell alles klären. Also sei vernünftig, Lore, dein Verlobter darf dich doch du nennen, wenn wir beide allein sind?«

Unsicher sah sie ihn an.

»Ach, Rudolf – lieber Rudolf«, hauchte sie, von seinem bittenden Blick und ihrem eigenen Herzen besiegt.

Er küßte ihre Hand.

»Meine Lore!« sagte er voll heißer Zärtlichkeit, »ich darf dich nicht einmal beim Kopf nehmen und dir den Brautkuß geben. Aber das holen wir nach, Lore – bald –, sehr bald. Im Geschäft und in Gegenwart anderer Menschen muß ich dich schon noch förmlich Fräulein Lenz nennen, was mir schwer genug fallen wird, aber wenn wir mal allein sind, dann will ich auch von dir das Du hören, sonst müßte ich glauben, du liebst mich nicht, du vertraust mir nicht.«

Mit feuchtschimmernden Augen sah sie zu ihm auf.

»Keinem Menschen vertraue ich so sehr wie dir, und lieb hab' ich dich von Herzen, aber du mußt bedenken, daß ich immer für mich habe einstehen müssen und daß ich auf mich halten mußte ...«

»Du sollst immer auf dich halten, meine tapfere Lore. Ich sorge schon selber dafür, daß meine Lore ein stolzes Mädchen bleiben darf, sei ganz ruhig. Ich will dich gar nicht anders, aber mein Recht als Bräutigam lasse ich mir nicht verkürzen, auch von meiner stolzen Lore nicht.«

Sie seufzte glücklich auf.

»Lieber – lieber Rudolf – stolz ist deine Lore nicht, aber – so glücklich – so unsagbar glücklich, daß mir bange davor werden könnte.«

Er lachte beseligt auf.

»Du wirst es auch nicht leicht haben! Schrecklich tyrannisieren werde ich dich, wenn du erst meine Frau bist.«

Nun mußte sie auch lachen.

»Davor habe ich gar keine Angst.«

»Warte es erst ab! Aber jetzt darf ich mich dahinein

noch gar nicht in meinen Gedanken vertiefen, sonst ist es aus mit meiner Ruhe. Also, eines weißt du nun, Lore, was auch kommen mag, wir gehören zusammen, vergiß das nicht.«

»Wie könnte ich das vergessen, Rudolf – mein Rudolf –, ich bin ja so glücklich, so namenlos glücklich.«

Er preßte ihren Arm an sich, während sie weitergingen.

»Lore – süße Lore! Herrgott, mein Mädel, wird das ein Leben werden, wenn wir erst für immer zusammen sein können. Lange darf das nicht mehr dauern, Lore! Und sollte etwas Unvorhergesehenes kommen, so daß wir uns vielleicht im Geschäft nicht sehen könnten – ich will auf alles gefaßt sein –, dann schreibe ich dir in deine Pension. Also tapfer sein, Lore! Wir beide sind jung, und du wirst auch mit einem bescheidenen Lose zufrieden sein, nicht wahr?«

Ein wenig bange sah sie ihn an.

»Ich wohl, Rudolf, ich bin an ein bescheidenes Leben gewöhnt und war stets zufrieden. Aber du? Du wirst vielleicht manches entbehren müssen, und es ist gar nicht leicht, arm zu sein.«

Fest drückte er ihren Arm an sich.

»Kleine Lore, so arm werden wir nicht sein, daß wir darben müssen. Ich stehe schon meinen Mann, und so viel verdiene ich, das weiß ich bestimmt, daß wir sorgenfrei leben können, wenn wir nicht gar zu große Ansprüche stellen. Ein wenig besser als jetzt wirst du es als meine Frau schon haben, das laß meine Sorge sein, und was ich etwa aufgeben muß, dafür wirst du mich hundertfach entschädigen. Um meines armen Vaters willen hoffe ich ja, daß es nicht zum Äußersten kommt, ich bin ihm so viel Dank schuldig. Und wenn meine Schwester nicht selbst das befreiende Wort gefunden hätte, dann hätte ich vielleicht nicht den Mut gefunden, mich für dich frei zu machen. Deshalb war ich so glücklich, als ihre Nachricht eintraf. Also mache dir um nichts Sorge, meine Lore. Und nun lasse ich dich allein weitergehen, so schwer es mir jetzt auch fällt, mich von dir zu trennen.«

Er preßte seine Lippen auf ihre Hand, den Handschuh zurückstreifend.

»Auf Wiedersehen, Rudolf, lieber Rudolf«, stammelte sie. »Der Himmel mag geben, daß du nicht zu schwere Kämpfe hast. Gott mit dir!«

»Auf Wiedersehen, Lore – *meine* Lore!«

Waltraut war, nun sie sich mit Jan ausgesprochen hatte, viel ruhiger geworden. Es war ein unbeschreibliches Glück für sie, sich mit ihm eins zu wissen. Sie konnte und wollte nicht glauben, daß unüberwindliche Hindernisse sie von ihm trennen könnten.

Aber sie wartete voll Unruhe auf die versprochene Depesche von Rudolf. Ihr Telegramm an ihn mußte längst in seinen Händen sein. Wenn er bald danach mit dem Vater gesprochen hatte, würde sie seinen telegraphischen Bescheid bald bekommen. Wie würde er lauten? Sieg – oder Geduld? Es quälte sie ein wenig, daß sie sich Dora nicht anvertrauen konnte, aber sie tat es nur aus Rücksicht auf ihre Gastgeber, nicht aus mangelndem Vertrauen.

Jan war gestern wieder dagewesen und hatte ihr, als sie

eine Weile allein waren, berichten können, was sein Vater zu ihm gesagt hatte. Nur von der Schuld seines Vaters, die dieser ihm beichten wollte, sprach er nicht, dazu fühlte er sich nicht ermächtigt. Aber von seiner rätselhaften Versicherung, daß sie beide heiraten könnten, ohne daß Waltrauts Vater sein Gelübde brechen müsse, erzählte er ihr. Waltraut schüttelte verständnislos den Kopf.

»Was kann er nur damit meinen, Jan?«

»Das weiß ich auch nicht. Vielleicht war es nichts als eine seiner kleinen Schrullen, aber es klang so deutlich und so klar. Wir dürfen natürlich nicht allzuviel Hoffnung darauf setzen, aber eines ist sicher, depeschiert uns dein Bruder ›Geduld‹ – dann reise ich sofort nach Deutschland und führe unsere Sache selbst. Auf einen andern kann und will ich mich da nicht verlassen, und wenn dein Bruder noch so zuverlässig ist. Das habe ich heute auch schon meinem Vater gesagt, und was meinst du, was er darauf geantwortet hat?«

»Nun?«

»Er sagte sehr ruhig und bestimmt: ›Dann werde ich dich begleiten, mein Junge, denn dann werde ich wohl auch noch ein Wörtchen mit dem Vater deiner Waltraut zu reden haben. Inzwischen grüße sie herzlich von mir und sage ihr, daß ich die Wahl meines Sohnes von Herzen billige.‹«

Erstaunt sah sie ihn an.

»Er will dich begleiten?«

»Ja. Ich sagte ihm: ›Aber, Vater, wir können doch nicht beide fort von Larina?‹ Darauf erwiderte er mir: ›Es wird gehen müssen. Es wird einmal eine Zeit geben, wo ich nicht mehr bin, dann mußt du Larina auch allein lassen, wenn du zum Klimawechsel nach Europa gehst. Harry Schlüter wird dann schon zuweilen hier bei uns nach dem Rechten sehen, und einer von uns beiden kehrt dann so schnell wie möglich hierher zurück.‹«

»Wie gut, wie sehr gut von deinem Vater, daß er so viel für uns tun will.«

Jan lachte.

»Er hat sich eben darauf versteift, dich zur Schwiegertochter zu bekommen, du hast es ihm angetan. Offen gesagt, ich war auch etwas verwundert, daß er so bestimmt seine Mitreise in Aussicht stellte. Aber er hätte nächstes Jahr ohnedies einen Klimawechsel vornehmen müssen, so ist es nicht schlimm, wenn er das schon ein Jahr früher tut. Er kann dann gleich drüben bleiben. Ich aber kehre so schnell wie möglich zu dir zurück, und hoffentlich mit guter Botschaft.«

Waltraut seufzte.

»Dann müssen wir uns für lange Wochen trennen.«

Er seufzte noch viel tiefer.

»Leider, leider! Aber ich hoffe, daß wir uns dann nie mehr zu trennen brauchen.«

Als Waltraut heute mit Dora auf der Veranda saß, während Harry Schlüter unten in den Plantagen weilte, kam der Dak Wallah (Postbote) und brachte ein Telegramm für Waltraut. Sie faßte mit zitternden Händen danach und bat Dora, dem Boten zu sagen, er möge warten, falls eine Rückantwort nötig sei. Das tat Dora auch und sah die Freundin besorgt an. Ein Telegramm war hier immerhin eine wichtige Angelegenheit. Und sie sah, daß Waltraut erblaßte, als sie das Telegramm las.

»Du hast hoffentlich keine erschreckende Nachricht bekommen, Waltraut?«

Diese hatte mit trüben Augen auf das Wort »Geduld« herabgesehen, das ihr Rudolf depeschiert hatte. Sie wußte somit, daß Rudolfs erster Versuch, dem Vater seine Zustimmung zur Lösung ihres Verlöbnisses abzunötigen, fehlgeschlagen war. Sich, so gut es ging, fassend, sagte sie:

»Es ist nichts Erschreckendes, Dora, aber doch etwas, das mir keine Freude, sondern schwere Sorgen macht, ich hatte meinen Bruder um etwas gebeten, was er mir vorläufig nicht erfüllen kann. Sieh, er depeschiert mir: Geduld! Das soll heißen, daß ich mich mit der Erfüllung meiner Bitte gedulden muß. Bitte, verzeihe mir, wenn ich dir nicht offen sagen kann, um was es sich handelt, ich – ich kann noch nicht darüber sprechen. Später sollst du es erfahren.«

»Aber, Waltraut, ich dränge mich doch nicht in dein Vertrauen.«

»So darfst du nicht reden, Dora, ich würde dir auch in dieser Sache, wie in allen andern Dingen, rückhaltlos vertrauen, aber ich darf es nicht, es – es geht mich nicht allein an. Du bist mir nicht böse?«

Dora küßte sie.

»Ganz gewiß nicht, Waltraut, ich fühlte nur, daß du etwas Unangenehmes oder gar Schmerzliches erfahren hast; denn du bist sehr blaß geworden. Und ich hätte dir gern helfen mögen, wenn es in meiner Macht gestanden hätte.«

»Leider steht das nicht in deiner Macht. Aber nun laß uns von etwas anderem reden, und sage dem Dak Wallah, daß eine Antwort nicht nötig ist.«

Dora schickte den Postboten fort, und nun saßen die Freundinnen eine Weile stumm einander gegenüber. Waltraut sehnte sich nach Jans Nähe. Aber heute würde er wohl nicht schon wiederkommen, da er erst gestern hier gewesen war. Freilich kam er jetzt fast jeden Tag.

Jan hatte sich jedoch ausgerechnet, daß heute schon ein Telegramm kommen könne, und er war unten am Fluß mit Harry Schlüter zusammengetroffen. Dieser rief ihm lachend zu:

»Komme doch mit hinauf zu uns, Jan!«

»Das lasse ich mir nicht zweimal sagen, ich komme mit«, hatte Jan vergnügt geantwortet.

Und so kamen die beiden Herren hintereinander hergefahren und trafen zu gleicher Zeit in Saorda ein. Waltraut atmete erleichtert auf, und bald fand sich eine Gelegenheit, daß sie Jan mitteilen konnte, was Rudolf depeschiert hatte. Er zog die Stirne kraus, und seine Augen blitzten.

»Also dein Vater hat sich vorläufig geweigert, euren Wunsch zu erfüllen?«

»So ist es, Jan.«

Jan warf den Kopf zurück.

»Geduld kann ich jetzt weniger üben als je, Liebling. Wer weiß, wie lange man uns noch quälen wird. Das ertrage ich nicht. Und so bitter es jetzt für mich ist, mich von dir zu trennen, so ist es doch das beste, ich reise sobald wie möglich nach Deutschland, um unsere Sache selber bei deinem Vater zu führen. Alle Achtung vor der

Energie deines Bruders, aber wie die Sache liegt, kann ich nur auf mich selber bauen.«

Waltraut fürchtete sich vor einer Trennung von Jan und sagte ein wenig verzagt:

»Rudolf führt doch mit unserer Sache auch die seine, und er ist sehr energisch und zuverlässig.«

»Trotzdem, mein Liebling, selbst ist der Mann. Dies tatenlose Abwarten halte ich nicht aus. Ich rede noch heute abend mit meinem Vater.«

Sie konnten jetzt nicht ungestört weiterreden. Als sie dann mit Schlüters beim Tee auf der Veranda saßen, kam abermals ein Dak Wallah mit einem Telegramm für Waltraut. Sie riß es auf und wurde blaß bis in die Lippen.

»Sofort heimkommen. Nächsten Dampfer benutzen. Drahtantwort. Vater.«

Fassungslos sah sie auf diese Worte hinab und sank wie kraftlos in ihren Sessel zurück.

»Mein Gott, Waltraut, was ist dir?« fragte Dora entsetzt.

Waltraut sah Jan mit einem unbeschreiblichen Blick an und reichte ihm stumm das Telegramm, als sei er der nächste dazu. Das gab nicht nur Dora, sondern auch ihrem Gatten zu denken.

Jan las und sah Waltraut an. Und dann gab er Schlüters die Depesche. Beide waren sehr erschrocken.

»Das kann doch nicht sein! Waltraut, was mag da geschehen sein, daß dein Vater dich jetzt schon heimruft?« rief Dora.

Jan und Waltraut hatten Auge in Auge dagesessen. Nun richtete sich Waltraut plötzlich auf und sagte mit bebender Stimme:

»Nun müßt ihr alles wissen, und nun darf ich euch auch alles wissen lassen, denn da mein Vater mich heimruft, müßt ihr erfahren, warum es geschieht.«

Und sie faßte mit krampfhaftem Druck Jans Hand und sagte erregt:

»Sprich du, Jan!«

Schlüters hörten schon aus diesen wenigen Worten, daß zwischen Jan und Waltraut etwas geschehen war. Jan nahm ihnen dann auch allen Zweifel, indem er sagte:

»Liebe Freunde, außer unsern Vätern sollt ihr die ersten sein, die es erfahren, Waltraut und ich haben uns verlobt.«

Jubelnd fiel Dora Waltraut um den Hals, und Harry schüttelte dem Freunde die Hand. Aber er jubelte nicht, denn er merkte, daß nicht alles in Ordnung war. Waltraut küßte Dora und schob sie dann sanft von sich. Sie sah noch sehr blaß aus.

»Es ist noch keine Veranlassung zum Jubel, Dora, unserer Liebe türmen sich große Hindernisse entgegen. Die Antwort meines Vaters auf mein Geständnis, daß ich mein Herz verschenkt habe, ist, daß er mich heimruft. Ihr sollt jetzt alles wissen, denn jetzt bringe ich euch nicht mehr in die fatale Lage, meinem Vater gegenüber meine Partei nehmen zu müssen.«

Und sie erzählte von ihrem Verlöbnis mit Rudolf, davon, daß sie es wieder gelöst und daß Rudolf ihrem Vater davon Mitteilung gemacht habe.

»Dies Telegramm meines Vaters ist die Antwort darauf, die nicht schroffer hätte ausfallen können. Darauf war ich nicht vorbereitet. Daß mich Vater so energisch heimruft, ist schlimm, sehr schlimm.«

»Aber du kannst doch die Reise nicht allein machen?« sagte Dora.

»Das wird für Vater kein Grund sein, mich länger hier zu lassen, da er sich denken kann, daß ich hier mein Herz verloren habe. Ich habe ihm auch damals, als ich meinen Besuch bei euch durchsetzen wollte, ehe ich wußte, daß ich mit deinem Vater reisen könnte, klargemacht, daß ich sehr gut allein reisen könne, wenn ich mich unter den Schutz des Kapitäns stellen würde. Ach, Jan, was soll nun werden?«

Er legte wie schützend den Arm um sie, glücklich, daß er das jetzt tun durfte.

»Sei nicht so erschrocken, Liebling, das sieht schlimmer aus, als es ist. Ich bin sehr zufrieden, daß ich mich nicht von dir zu trennen brauche, denn du wirst natürlich reisen, aber in meiner Begleitung.«

Dora hob beschwörend die Hände:

»Das geht doch nicht, Jan, das darf ich nicht zulassen. In Hamburg würde ja alles kopfstehen, wenn ihr beide zusammen angereist kämet.«

Jan hatte seine gute Laune wieder.

»Das würde ja vielleicht ganz nett aussehen, aber Hamburg wird uns nicht das Vergnügen machen. Denn wenn auch Waltraut unter meinem Schutze so sicher ist wie in Abrahams Schoß, so würde ich sie doch nicht in eine so prekäre Lage bringen, daß man in Hamburg kopfstehen müßte. Waltraut wird einfach unter dem Schutze meines Vaters reisen, wie sie unter dem Schutze von Frau Doras Vater hergekommen ist, und ich werde meinen Vater begleiten.«

Schlüters staunten ihn an, und Harry sagte:

»Dein Vater? Das wirst du wohl schwerlich durchsetzen, daß er mitreist.«

Energisch schüttelte Jan den Kopf.

»Ist schon alles abgemacht. Eigentlich wollten wir zwei, Vater und ich, allein reisen, ohne Waltraut, aber nun ist es mir um so lieber. Waltraut, Kopf hoch, freue dich, daß wir uns nicht trennen müssen.«

Sie faßte seine Hand und lächelte tapfer. Und Jan erzählte Schlüters nun alles Weitere, was sie noch wissen mußten. Dora atmete auf.

»Dann reist du freilich mit starker Ehrengarde, Waltraut, aber daß ich dich schon hergeben soll, ist sehr schmerzlich für mich.«

»Geben Sie sich zufrieden, Frau Dora, Sie werden Waltraut bald auf immer zurückbekommen, denn ich kehre ohne sie nicht wieder nach Larina zurück.«

Waltraut hielt ihm den Mund zu.

»Ach, Jan, sei nicht so sicher!«

Er küßte ihr die Hand.

»Willst du mich etwa aufgeben, wenn dein Vater nein sagt?«

»Ach, Jan, Jan, mir ist das Herz so schwer!«

»Das mag ich nicht! Gleich machst du wieder ein frohes Gesicht. Es wird schon alles gutgehen. Dein Vater wird doch kein Ungeheuer sein, der uns unglücklich machen will. Zur Not riskiere ich einen Kniefall.«

Sie mußte ein wenig lachen.

»Darauf sollte es mir auch wahrlich nicht ankommen, aber du kennst meinen Vater nicht, er kann sehr hart sein.«

»Das haben Väter zuweilen so an sich, aber es sieht

meistens viel schlimmer aus, als es ist. Mache keine Sorgenaugen, Liebling, es wird alles gutgehen. Und jetzt wollen wir erst mal die Schiffsliste nachsehen und feststellen, welchen Dampfer wir benutzen können, damit der Dak Wallah gleich das Antworttelegramm an deinen Vater mitnehmen kann. Er wird sich inzwischen in der Küche gütlich getan haben, da wir ihn so lange vergessen haben.«

Mit Hilfe des Fahrplans stellten sie fest, daß ein sehr guter Dampfer am 12. Februar von Colombo abginge.

»Gut, reisen wir am zwölften Februar. Da haben wir noch sechs Tage Zeit, uns vorzubereiten«, sagte Jan und fertigte den Dak Wallah mit dem Antworttelegramm ab. Und dann schob er seinen Arm unter den Waltrauts und sagte lachend zu Schlüters:

»Ihr lieben Leute könnt vielleicht verstehen, da es noch nicht gar so lange her ist, daß ihr Brautleute waret, daß ich mit meiner Braut noch allerlei zu besprechen habe, wobei ihr überflüssig seid. Ich habe noch nicht einmal einen Verlobungskuß bekommen. Bitte, beurlaubt uns eine Stunde, wir gehen hinüber in den Pavillon.«

Und er führte Waltraut einfach davon. Schlüters sahen ihnen halb lächelnd, halb beklommen nach.

»Nun, Harry, was habe ich gesagt?« fragte Dora.

Er küßte sie.

»Du bist eben eine eminent kluge Frau. Aber Gott mag geben, daß alles gutgeht. Von allem anderen abgesehen, schon daß Waltraut für immer nach Ceylon gehen will, wird ihrem Vater nicht recht sein. Und dann sein Gelübde? Wenn ein Mann sich mit solchen Dingen das

Leben beschwert, dann hat es in der Regel einen besonderen Grund.«

Dora atmete tief auf.

»Wunderschön wäre es aber, wenn Waltraut für immer hierher käme, denke doch, welch ein Glück für mich.«

Er strich ihr das Haar aus dem Gesicht.

»Dorle, um dich glücklich zu machen, wird Herr Roland seiner Tochter nicht seinen Segen zu dieser Verbindung geben.«

15

Jan und Waltraut fühlten sich im Pavillon unter dem Schutz der breitästigen Teakbäume vor fremden Augen sicher. Ohne Umstände nahm Jan sein Glück in die Arme. Sie sahen sich lange in die Augen und küßten sich dann, wie eben nur zwei Menschen sich küssen, die endlich nach langem Harren eine Gelegenheit dazu finden. Waltraut lag ganz still in Jans Armen, fühlte nichts, als das grenzenlose Glück, zu lieben und geliebt zu werden, und vergaß alles Bangen und Zagen. Als Jan seinen ersten heißen Durst an Waltrauts Lippen gestillt hatte, sagte er aufatmend:

»So, mein süßes Herz, nun sind wir doch erst mal richtig verlobt, nun weiß man doch, wozu man eine Braut hat.«

»Ach, Jan, noch haben wir Vaters Zustimmung nicht.«

»Das ist nicht so wichtig wie das, daß du an Rudolf nicht mehr gebunden bist und daß wir zwei uns einig sind, nicht voneinander zu lassen. Mit Gewalt kann euch euer Vater nicht zwingen, euch zu heiraten, und wenn er erst eingesehen hat, daß ihr fest bei eurer Weigerung bleibt, dann wird er auch einsehen, daß seine Tochter einen andern Mann bekommen muß. Und dazu bin ich doch dann der nächste, nicht wahr?«

Sie mußte über sein drolliges Gesicht lachen, wurde aber gleich wieder ernst.

»Wenn Vater nur nicht so hart und unbeugsam wäre, Jan.«

Er klopfte an seine Stirn.

»Ich habe auch einen harten Schädel, Liebling, schließlich wird er doch nachgeben müssen, denn wir sind drei gegen einen, du, Rudolf und ich gegen deinen Vater. Und diese Lore Lenz wird uns eventuell auch zur Seite stehen, und mein Vater natürlich auch. Sollen wir uns da fürchten, meine Waltraut? Wir haben auf jeden Fall die besseren Karten. Sieh nicht so sorgenvoll aus, gib mir lieber noch einen Kuß.«

Er küßte sie wieder nach Herzenslust, und sein Gesicht wurde immer strahlender.

Und dann malte er ihr aus, wie schön es sein würde, wenn sie erst in Larina als Mann und Frau wohnen würden.

»Es soll alles nach deinem Geschmack hergerichtet werden, ich habe alles notiert, was deiner Ansicht nach in Larina noch fehlt. Alles soll ganz so werden, wie du es haben willst, das lassen wir alles herrichten, während wir fort sind.«

»Aber, Jan, darüber hat doch dein Vater zu bestimmen.«

Er schüttelte lachend den Kopf.

»Nein, Waltraut, Larina gehört mir ganz allein, ich habe es von meinem Großvater geerbt.«

Und er malte ihr alles im schönsten Lichte.

»Ach, Jan, das klingt alles so wunderschön! Larina gefällt mir, so wie es ist, sehr gut. Es fehlt nur noch ein wenig Farbe und Behagen, wie es eben nur Frauenhände schaffen können, so wie hier in Saorda. Das kommt alles von selbst, wenn ich wirklich erst deine Frau bin. Es soll unsere kleinste Sorge sein.«

»Oh, ich werde einfach Frau Dora bitten, in unserer Abwesenheit Larina nach ihren Angaben verschönern zu lassen. Das wird sie großartig machen, wenn wir sie darum bitten. Und der alte Bungalow soll ebenfalls recht behaglich eingerichtet werden, damit Vater sich darin wohl fühlen kann. Wenn alles gutgeht, werden wir gleich in Hamburg Hochzeit halten, und dann machen wir unsere Hochzeitsreise zurück nach Ceylon.«

Sie legte ihm die Hand auf den Mund.

»Nicht zu rasch, Jan!«

»Willst du mich vielleicht noch lange schmachten lassen? So hartherzig wirst du doch nicht sein?«

Sie schüttelte errötend den Kopf.

»Ach, ich? Jan, wenn es nach mir ginge, würde ich heute noch deine Frau!«

Er preßte sie an sich.

»Liebling, dafür muß ich dich küssen! Wäre das herrlich! Ich wäre auch dabei, auf der Stelle. Aber leider geht das nicht. Versprich mir nur, daß du nichts tun willst, um den Termin unserer Hochzeit hinauszuschieben.«

Sie mußte über seinen drolligen Eifer lachen.

»Das verspreche ich dir nur zu gern. Du lieber, lieber Mensch, wie glücklich könnten wir sein, wenn Vater nicht als drohende Wolke an unserem Glückshimmel stehen würde.«

»Nun, diese Wolke wird sich entladen, es wird ein wenig blitzen und donnern, vielleicht hagelt es auch ein wenig, und ein tüchtiger Platzregen ist uns sicher, aber das werden wir alles überstehen.«

»Wenn es nur nicht einschlägt in unser Glück!«

Er küßte ihre bangen Augen.

»Hab' nur ein bißchen Mut, Liebste, dann hilft uns der liebe Gott bestimmt. Verzagte Menschen mag er nicht leiden.«

Sie hatten sich noch viel zu sagen, und eine Stunde war längst herum, als sie wieder ins Haus zurückkamen. Sie staunten über die Festvorbereitungen, die Schlüters inzwischen getroffen hatten. Im Speisezimmer war die Tafel wunderschön gedeckt und mit bunten Blumen geschmückt. Die Plätze des Brautpaares waren mit Girlanden umwunden und zusammengebunden.

»Und einen Festschmaus gibt es, Kinder, daß mir das Wasser schon im Munde zusammengelaufen ist. Dora hat die Prachtstücke aus ihrer Speisekammer gestiftet, ihr werdet staunen«, sagte Harry vergnügt.

Waltraut und Jan belagerten nun Frau Dora gleich mit ihren Wünschen wegen der Ausschmückung von Jans Bungalow.

»Sie müssen sich von Waltraut nur sagen lassen, wie sie alles haben will, Frau Dora«, sagte Jan.

Waltraut sah Dora ein wenig beklommen an.

»Ist das nicht sehr viel, was Jan verlangt, Dora?«

Diese lachte und umarmte Waltraut herzlich.

»Das kommt mir sehr gelegen, so habe ich doch etwas zu tun, womit ich mir die Langeweile vertreibe, solange ihr fort seid. So komme ich am besten über den Trennungsschmerz hinweg. Reizend soll es werden in Larina, ich werde meiner blühenden Phantasie ungehemmt die Zügel schießen lassen können, denn bei Jans Reichtum brauche ich nicht zu sparen. Ich habe doch freie Hand, Jan?«

»Selbstverständlich, Frau Dora, lassen Sie sich alles Nötige aus Colombo kommen. Die nötigen Handwerker kommen dann aus Kandy. Schaffen Sie für meine Waltraut ein Märchenreich.«

Und sie besprachen schon heute eifrig, was alles verschönert werden müsse. Dora war voll Feuereifer. Und Jan konnte sich nicht genug tun.

»Es muß alles so reizend werden, Frau Dora, daß sich Waltraut nie fortsehnt. Nirgends auf der Welt soll es ihr besser gefallen als in Larina. Ich lege alles vertrauensvoll in Ihre Hände. Und du, mein lieber Harry, sollst auch nicht zu kurz kommen, du mußt auf unseren Plantagen zuweilen nach dem Rechten sehen, damit die Leute wissen, daß sie kontrolliert werden. Dafür übernehme ich dann nächstes Jahr, wenn du mit deiner Frau nach Deutschland gehst, die Aufsicht über Saorda.«

»Das ist doch selbstverständlich, darüber mache dir keine Sorge.«

In heiterster Stimmung wurde das wirklich exquisite Festmahl eingenommen. Jan ließ es gar nicht mehr dazu kommen, daß Waltraut in sorgenvolle Stimmung verfiel. Wenn er auch selbst gar nicht so überzeugt war, daß alles glattgehen würde, so suchte er doch Waltraut das einzureden. Und Schlüters unterstützten ihn nach Kräften. Jan brach aber heute zeitiger auf als sonst, er wollte seinen Vater noch sprechen, ehe dieser zur Ruhe ging.

Nach einem innigen Abschied von Waltraut und herzlichem Händedruck von Schlüters entfernte er sich.

16

Als Jan in Larina ankam, wurde er von seinem Vater erwartet.

»Du wolltest doch heute nicht nach Saorda fahren, Jan. Ich habe auf dich gewartet.«

»Verzeih, lieber Vater, ich traf Harry, und er bat mich, mitzukommen. Das ließ ich mir nicht zweimal sagen, zumal ich annehmen durfte, daß Nachricht von Hamburg eingetroffen sein könnte. Und ich hatte mich nicht getäuscht.«

Hendrik Werkmeester sah lebhaft auf.

»Ist das Telegramm gekommen?«

Jan hatte sich die beiden Depeschen von Waltraut ausgebeten und legte sie dem Vater vor.

»Es sind zwei, Vater. Hier eines von Waltrauts Pflegebruder mit dem Wort ›Geduld‹. Was das heißen soll, weißt du. Das andere aber hat schlimmeren Inhalt. – Waltraut wird von ihrem Vater sofort nach Hause gerufen. Sie reist am 12. Februar von Colombo ab.«

Der alte Herr sah auf die beiden Schriftstücke hinab, dann strich er sich das dichte, aufbäumende Blondhaar aus der Stirn und sagte ruhig und bestimmt:

»Nicht ohne uns.«

Jan faßte seine Hand.

»Ich hatte das nicht anders erwartet, Vater, nach unserem Gespräch von neulich und habe es Waltraut auch schon in Aussicht gestellt. Sie ist sehr froh darüber und Frau Dora ebenfalls, die ihre Freundin nicht gern allein reisen lassen wollte.«

Hendrik Werkmeester sah eine Weile sinnend vor sich hin. Ein tiefer Atemzug hob dann seine Brust, und er sagte heiser:

»Setze dich zu mir, mein Sohn, nun es fest beschlossen ist, daß wir nach Deutschland reisen, mußt du meine Beichte hören, schon damit du verstehst, warum ich so zuversichtlich glaube, daß Georg Roland dir seine Tochter zur Frau gibt, da er damit sein Gelübde, seine Tochter dem Sohne seines Freundes zu vermählen, nicht zu brechen braucht.«

Jan setzte sich dem Vater gegenüber und sah ihn fragend an. Der alte Herr stützte den Kopf in die Hand und beschattete sein Gesicht.

»Wenn ich eine Schuld auf mich geladen habe, mein Sohn, ist es für mich Strafe genug, daß ich sie dir beichten muß. Zuerst höre also, daß ich nicht, wie du glaubst, von Geburt Holländer bin, ich bin ein Deutscher. Erst auf Sumatra erwarb ich das holländische Bürgerrecht, kurz bevor ich deine Mutter heiratete.«

Erstaunt sah Jan ihn an.

»Vater? Du bist ein Deutscher?«

Dieser nickte.

»Ja, Jan, ich war ein Deutscher und hieß Heinrich Werkmeister. Ich habe meinen Namen in das Holländische übersetzt in Hendrik Werkmeester. Und ich will dir nun auch sagen, daß ich vor deiner Mutter in Deutschland schon eine andere Frau hatte, sie ist gestorben, ehe ich Deutschland für immer verließ, einige Monate nachdem sie mir einen Sohn geschenkt hatte. Sie starb an den Folgen dieser Geburt. Mein Sohn aus erster Ehe ist aber noch am Leben, du hast einen Bruder, Jan – und dieser Bruder ist –, Rudolf Werkmeister, Waltrauts Pflegebruder.«

Jan war zusammengezuckt und starrte seinen Vater an, als zweifle er an dessen Verstand.

»Vater! Das kann doch nicht sein, bist du auch klar bei Sinnen?«

Ein mattes Lächeln flog über das Gesicht des alten Herrn, ein Lächeln voll Schmerz und Leid.

»Ich bin ganz klar bei Sinnen, Jan, und was ich sage, ist Wahrheit. Da drüben in meinem Schreibtisch liegt mein Tagebuch, das ich mit großer Gewissenhaftigkeit geführt habe, seit ich Deutschland verließ. Du kannst später nachlesen und nachprüfen, falls ich mich irgendwie nicht mehr genau an Kleinigkeiten erinnern kann. Etwas von Wichtigkeit habe ich bestimmt nicht vergessen. Es sind dreiunddreißig Jahre vergangen, seit ich meine alte Heimat verließ, als ein Betrüger.«

Jan schrak zusammen.

»Nein – nein –, das ist nicht wahr! Du bist kein Betrüger, Vater!«

»Doch, mein Sohn, auf die Gefahr hin, deine Liebe zu verlieren – ich bin ein Betrüger.«

Jan faßte erregt seine Hand mit einem krampfhaften Druck.

»Vater, meine Liebe wird dir immer gehören, und was du auch getan haben magst, ein gemeiner Verbrecher warst du nie, das weiß ich. Es soll dich nichts in meinen Augen herabsetzen. Aber nun mußt du mir alles sagen, jetzt kann ich von dir nur noch hören, was dich entschuldigen kann.«

»So höre weiter, Jan. Ich war ein armer Schlucker, mein Vater hatte gerade nur lange genug gelebt, um mir mit großen Opfern den Besuch der Handelsschule zu ermöglichen. Schon auf dem Realgymnasium wurde ich mit Georg Roland bekannt, wir wurden Freunde, treue Freunde, obwohl Georg der Sohn eines reichen Handelsherrn war. Wir besuchten auch gemeinsam die Handelsschule, und Georgs Vater sah unsere Freundschaft gern, weil ich, wie er sagte, Georg positiv beeinflußte. Ich bekam nach Absolvierung der Handelsschule zum Glück gleich eine gute Stellung, in der ich mich emporarbeiten konnte und die Zufriedenheit meiner Chefs erwarb. So ging alles gut, mein Gehalt reichte für meine Bedürfnisse aus, und ich hoffte, weiter voranzukommen. Nach und nach hatte ich eine Vertrauensstellung in dem Geschäft bekommen, in dem ich angestellt war, und ich meinte, mir stehe die ganze Welt offen. Jedes Jahr konnte ich es mir leisten, einige Wochen in die Berge zu gehen – der Bergsport war meine Leidenschaft.«

»Vater, ich denke, du bist nie auf einem Berge gewesen«, sagte Jan noch ganz benommen.

»Ich sagte es dir, um dir nicht erklären zu müssen, warum ich nie mehr in die Berge ging. Höre weiter. Eines Tages lernte ich meine erste Frau kennen, ich habe sie namenlos geliebt, Jan. Sie war arm, ärmer noch als ich, und sehr zart, aber ich liebte sie und wollte sie heiraten. Georg riet mir ab, hielt mir vor, daß ich die besten Partien machen, diese Heirat aber mich ins Verderben stürzen könne. Ich lachte ihn aus, ich fühlte mich so stark, daß ich das Schicksal zu meistern hoffte – und heiratete.

Wie sehr Georg recht behalten sollte, ahnte ich nicht. Damals lachte ich noch über allerlei Sorgen, die ich auf mich nehmen mußte, denn ich tat es für die Frau meiner Liebe. Ich schaffte unsern Hausrat auf Abzahlung an, in meinem Liebesglück gar nicht daran denkend, was ich mir damit für einen Klotz ans Bein band. War ich doch bisher mit meinem Gehalt gut ausgekommen; es konnte daher nicht schwer für mich sein, mich etwas einzuschränken. Und ein hübsches Heim wollte ich meiner jungen Frau auch schaffen, so nahm ich denn eine schwere Sorgenlast lachend und unbekümmert auf meine Schultern.

Und ein kurzes Jahr waren wir unsagbar glücklich, obwohl wir uns mehr einschränken mußten, als ich es für möglich gehalten hatte.

Dann fühlte sich meine Frau Mutter und begann schon damals zu kränkeln, sie war eben zu zart. In jener

Zeit ging Georg Roland auf eine Weltreise. Unsere Freundschaft war, trotz meiner Heirat, die gleiche geblieben. Als er sah, daß ich mir nicht abraten ließ, kam kein weiteres Wort über meine Ehe über seine Lippen. Wir verabschiedeten uns sehr herzlich und hofften auf ein frohes Wiedersehen. Georg reiste von Ort zu Ort, von Land zu Land. Ich erhielt wohl zuweilen eine Karte von ihm, doch wußte ich nie, wo ihn meine Nachrichten treffen konnten.

Als er fort war, kamen die Sorgen über mich hereingestürzt, daß ich kaum aus und ein wußte. Meine Frau wurde immer leidender und brauchte sorgsame Pflege. Ich konnte sie nicht leiden sehen, ohne alles zu versuchen, ihr diese Leiden erträglich zu machen. Die besten Ärzte schaffte ich ihr herbei, ganz gleich, was für Honorare sie forderten. Ich blieb mit den Abzahlungen für die Möbel im Rückstand. Man drohte mir, die Möbel fortzuholen. Die Ärzte mußten bezahlt werden, eine Pflegerin mußte ich für meine Frau engagieren, und schließlich wurde es nötig, sie in ein teures Sanatorium zu schicken. Das alles kostete viel mehr Geld, als ich verdienen konnte, und eine namenlose Angst überfiel mich. Als ich meine Frau in das Sanatorium bringen mußte, wußte ich nicht, woher ich das Geld nehmen sollte. Und damals, damals, mein Sohn, vergriff ich mich an fremdem Gelde. Es lief mir so viel durch die Finger – sollte ich meine Frau hinsiechen lassen? Sollte ich uns die Möbel fortnehmen lassen? Kurzum, ich unterschlug eine Summe und fälschte die mir anvertrauten Bücher.«

Hendrik Werkmeester beschattete wieder sein Gesicht mit den Händen. Jan aber legte ihm die Hand auf die Schulter.

»Armer Vater! Du tatest es nicht für dich, nicht aus Leichtsinn, sondern um ein geliebtes Leben zu retten.«

Der alte Herr ließ seine Hand sinken und sah den Sohn mit einem schmerzlichen Ausdruck an.

»Ich danke dir, mein Sohn, du sprichst wie deine gute Mutter, als ich ihr beichtete. Auch sie hat mir verziehen und legte trotzdem ihr Schicksal in meine Hände. Ich muß dir auch sagen, heute noch einmal vor dieselbe Wahl gestellt, würde ich wieder dasselbe tun. Ich war so zermürbt von Angst und Sorge um meine Frau, daß ich nicht lange fragen konnte, ob ich recht oder unrecht tat, als ich mich an fremdem Gelde vergriff, um ihr zu helfen. Es blieb nicht bei dem einen Mal, wieder und wieder nahm ich, was ich für sie brauchte. Ich mußte die Fehleintragungen in meinen Büchern vertuschen, und ein Unrecht zog das andere nach sich. Wäre Georg Roland zu Hause gewesen, so hätte er mir helfen können und es wäre nicht zum Schlimmsten gekommen, aber nun ich einmal die Bücher gefälscht hatte, wäre auch das ausgeschlossen gewesen.

In jener qualvollen Zeit wurde mir ein Sohn geboren, ich aber konnte mich nicht darüber freuen, denn eine neue Sorge kam zu den alten. Rudolf war ein starkes, kräftiges Kind, er kostete seine Mutter die letzte Kraft. Sie mußte in dem teuren Sanatorium bleiben, ich mußte für meinen Sohn eine Pflegerin haben. Die Möbel wurden mir nun doch genommen, und, der Verzweiflung nahe, entwendete ich wieder und wieder eine Summe. Ich wollte die Möbel zurückhaben, meine Frau durfte nicht ahnen, wie es um uns stand. Wenn sie wiederkam, mußten die Möbel wieder in der Wohnung stehen.

Da unterschlug ich eine größere Summe, um endlich alles ordnen zu können. Wie ich das auf die Dauer vertuschen sollte, daran konnte ich damals gar nicht denken – kurzum, ich hatte erst siebentausend Mark so nach und nach unterschlagen, nun unterschlug ich mit einemmal noch dreizehntausend Mark, so daß ich im ganzen meiner Firma zwanzigtausend Mark entwendet hatte. Ehe ich noch Schritte tun konnte, um meine Möbel wieder zurückzukaufen, wurde ich ins Sanatorium gerufen – meine Frau lag im Sterben. Eine Operation, die nötig gewesen, war ungünstig verlaufen. Sie starb in meinen Armen, ahnungslos, daß sie sterben mußte. Als ich sie zur Ruhe bestattet hatte und herumlief, wie vor den Kopf geschlagen, keines klaren Gedankens fähig, kam Georg Roland von seiner Reise zurück. Er erschrak über mein Aussehen, fragte mich sogleich, ob und wie er mir helfen könne – ich schüttelte den Kopf. Helfen konnte mir kein Mensch, sobald eine Revision meiner Bücher stattfinden würde, war ich entlarvt. Nur daß man mir so viel Vertrauen schenkte, hatte das bisher verhütet. Und momentan hatte ich noch reichlich zehntausend Mark von der letzten Unterschlagung, denn die Möbel hatte ich noch nicht zurückbringen lassen, ich wohnte in einer Angestelltenwohnung und mein Sohn war bei einer Pflegerin untergebracht.

Der Gedanke, als Betrüger entlarvt zu werden, marterte mich nun erst, da nicht alle meine Gedanken mehr in Sorge um meine Frau kreisten. Fast betrachtete ich es als ein Glück für sie, daß sie gestorben war, denn was für ein Leben hätte sie erwartet an der Seite eines Betrügers. Ich wußte, über kurz oder lang würde man meinen Betrug entdecken, und ich würde ins Gefängnis wandern. Der Gedanke daran machte mich ganz elend.

Georg Roland merkte mir an, wie zermürbt ich war, er schob es auf die Trauer um meine Frau, und machte mir den Vorschlag, auf vierzehn Tage mit ihm in die Berge zu gehen, damit ich mich ablenken und erholen könne, er lud mich ein, sein Gast zu sein. Ich bat mir bis zum nächsten Tag Bedenkzeit aus.

Und in der folgenden Nacht grübelte ich darüber nach, wie ich den Tod suchen oder mich vor dem Gefängnis retten könne! Und da kam mir ein erleuchtender Gedanke, ich mußte in den Bergen verunglücken, ich durfte nicht wiederkommen. Aber die Lebensgier war noch immer groß genug in mir, und auch die Einsicht, daß ich nur sühnen konnte, wenn ich am Leben bliebe, aber für tot galt. Ich dachte mir einen Plan aus mit allen Einzelheiten.

Am nächsten Tage sagte ich Georg Roland, daß ich seine Einladung annehmen würde. Ich nahm Urlaub im Geschäft, der mir bereitwillig gegeben wurde. Daß ich nie wiederkehren würde, ahnte niemand. Ich wollte versuchen, ins Ausland zu entkommen, und war froh, daß ich noch die zehntausend Mark besaß. Damit hoffte ich, mir eine neue Existenz gründen und eines Tages das veruntreute Geld zurückzahlen zu können. So hoffte ich besser zu sühnen, als wenn ich mich hätte ins Gefängnis stecken lassen.

Ich war ein sehr geübter Bergsteiger und hatte schon die schwierigsten Touren gemacht, ehe ich heiratete.

Einen Reisepaß hatte ich mir verschafft, mit dem ich mich hinwenden konnte, wohin ich wollte. Wir reisten, auf meinen Rat, in das Engadin. Dort kannte ich sozusagen Weg und Steg genau, war auf allen Gipfeln gewesen und kannte jede Gletscherspalte und jeden Abgrund. Ehe ich abreiste, nahm ich heimlich Abschied von meinem Sohn, den ich ja nicht wiedersehen sollte. Obwohl ich damals meinem Sohne grollte, weil er die Mutter das Leben gekostet hatte, riß es doch an meinem Herzen, als ich ihn zum letztenmal in meinen Armen hielt. Nur die Gewißheit, daß Georg Roland sich seiner annehmen und ihm ein besseres Los bereiten würde, als ich es gekonnt hätte, wenn ich blieb, half mir über diesen Abschied hinweg. Ich hinterließ der Pflegerin Kostgeld für ein halbes Jahr für meinen Sohn und riß mich los. Mein Plan konnte mir auch den Tod bringen, das wußte ich, es war ein kühnes Wagnis, was ich unternehmen wollte. Aber ich sagte mir, gelänge es mir, dann würde es mir auch gelingen, später meine Schuld zu sühnen.

Ich hatte Georg eine Tour vorgeschlagen, die ich genau kannte, er aber nicht. Und so stiegen wir eines Tages zur Höhe hinauf. Ich hatte, wie schon oft, jeden Führer abgelehnt, und Georg wußte, daß ich dann auch keinen Führer brauchen würde. Übrigens hatten wir schon schwierigere Touren gemacht als diese, auch ohne Führer.

Es kam mir zunutze, daß ich gelernt hatte, soweit das möglich ist, das Wetter vorauszuberechnen, und ich wußte schon beim Verlassen der Schutzhütte, in der wir die Nacht verbracht hatten, daß wir in spätestens einer

Stunde ein heftiges Schneetreiben haben würden. Das begünstigte meinen Plan sehr.

Es kam alles, wie ich mir ausgerechnet hatte. Nachdem wir uns am Morgen etwa eine Stunde weit von der Hütte entfernt hatten, setzte plötzlich ein so starker Schneesturm mit heftigem Schneegestöber ein, wie ich es selbst nicht erwartet hatte. Man sah kaum die Hand vor den Augen. Mir war das gerade recht. Absichtlich führte ich meinen Freund im Kreise herum, ohne daß er es ahnte, bis ich mit ihm an der Stelle anlangte, zu der ich gelangen wollte. Es war dicht am Rand eines schaurigen Abgrundes. Ich hatte schon eine Weile vorher Georg gestanden, daß wir uns verirrt hätten und hatte große Müdigkeit vorgetäuscht, obwohl all meine Nerven angespannt waren in der Energie der Verzweiflung. Und nun, am Rande des Abgrundes, überfiel mich scheinbar die Bergkrankheit. Ich ließ mich wie willenlos am Rande des Abgrundes nieder und erklärte, nicht mehr weiterzukönnen. Ich redete Georg zu, mich zu verlassen und sich allein zu retten und empfahl ihm, sich immer rechts zu halten, weil ich wußte, daß er so in einer halben Stunde sicher zur Schutzhütte zurückkommen mußte. Daß mich Georg nicht verlassen würde, wußte ich ganz genau, nur wollte ich ihm auf unverfängliche Art verraten, welchen Weg er einzuschlagen habe, wenn er nachher doch allein zurückgehen mußte. Ich brauchte ihn noch als Zeugen, daß ich in den Abgrund gestürzt sei, auf dessen Grunde einer jener wilden Wasserfälle brodelte, die in jahrtausendelanger Arbeit das Gestein ausgehöhlt haben und unbedingt alles vernichten, was hier hinunterstürzt. Die Leiche eines Menschen, der hier abstürzen würde, konnte kaum jemals wieder zum Vorschein kommen. Darauf baute ich meinen Plan. Jeder Mensch in jener Gegend wußte, daß der Wasserkessel, in den der Wasserfall hinabstürzte, nichts wieder herausgab.

Ich spielte Georg nun so überzeugend die Bergkrankheit vor, daß er schließlich zu einem Gewaltmittel griff, in seiner Sorge, mich aufzustacheln. Erst versuchte er es noch einmal mit eindringlichem Zureden. Ich reagierte nicht darauf und nahm ihm das Versprechen ab, für meinen Sohn zu sorgen, falls ich nicht aus dieser Gefahr errettet würde. Wußte ich doch wirklich nicht, ob mein Wagnis gelingen würde. Georg gab mir das Versprechen, und ich wußte, er würde es mit allen Konsequenzen halten. Und nun griff er zu dem Gewaltmittel, er schalt mich scheinbar verächtlich einen Feigling

Ich sprang plötzlich auf und wollte mich, wie ich geplant hatte, dabei scheinbar ausrutschend, in den Abgrund gleiten lassen. Aber Georg hatte mich nicht aus den Augen gelassen und faßte zu, um mich zu halten. Da markierte ich Zorn und stürzte mich auf ihn, so daß er glauben mußte, es geschähe, weil er mich einen Feigling genannt hatte, und nun begannen wir am Rande des furchtbaren Abgrundes zu ringen, wobei ich jedoch, der ich über die größeren Kräfte verfügte, so geschickt manövrierte, daß ich an die Seite kam, wo der Abgrund gähnte, der freilich im Schneegestöber kaum zu sehen war. Schließlich stieß ich Georg mit Aufbietung all meiner Kraft so weit wie möglich von dem Abgrund zurück, so daß er in den weichen Schnee fiel und in Sicherheit war, während ich, scheinbar ausgleitend, über den Rand des Abgrunds – in die grausige Tiefe glitt.

Ich höre heute noch den furchtbaren Schrei, den Georg ausstieß, als er mich verschwinden sah, hörte seine qualvollen Rufe um Hilfe, denn ich war nicht weit gestürzt. Wußte ich doch, daß etwa drei bis vier Meter unter dem Rand des Abgrundes ein schmaler Vorsprung war, auf dem ich Halt zu finden hoffte. Ich hatte dies Kunststück einmal infolge einer Wette vollbracht in Gegenwart zweier Führer und mehrerer Touristen. Damals war ich freilich angeseilt, was diesmal nicht der Fall war. Das Kunststück gelang mir aber auch diesmal, als es um mein Leben ging. Es war wirklich ein Spiel um Leben und Tod. Aber ich fand im Abgleiten Halt auf dem schmalen Vorsprung, wo ich kaum stehen konnte. Hart an die etwas schräg nach hinten abfallende Felswand gelehnt, hörte ich Georg rufen und schreien, merkte, wie er sich weit über den Rand des Abgrunds beugte und jammervoll meinen Namen rief. Das Schneetreiben verbarg mich vor seinen Augen noch besser. Ich stand nur wenige Meter unter ihm und hörte sein qualvolles Stöhnen. Und dann raffte er sich auf und lief davon, wahrscheinlich um Hilfe zu holen. Ich hörte seine Hilferufe ferner und ferner klingen und merkte befriedigt aus der Richtung, daß er den Weg eingeschlagen hatte, der ihn zu der Hütte bringen mußte.

Über sein Schicksal beruhigt, wartete ich nun auf meinem gefährlichen Platz noch einige Minuten, dann begann ich langsam in der schräg emporsteigenden Felsschrunde wieder hinaufzuklettern. Es war ein schweres Stück Arbeit, denn die Felsschrunde war kaum einen Fuß breit, und minutenlang schwebte ich noch in Lebensgefahr. Von unten hörte ich das Tosen des Wasserfalls, wie er sich hinab in den Wasserkessel stürzte, und hinterher wurde mir etwas flau bei dem Gedanken, daß ich da unten liegen könnte. Ich kam aber in Sicherheit und lief wie ein gehetztes Wild davon, in die entgegengesetzte Seite, der italienischen Grenze zu. Meine Fußspuren im Schnee waren durch den Schneesturm binnen weniger Minuten völlig verweht. Das hat mir geholfen. Meinen Rucksack, das Seil und den Eispickel hatte ich an der Stelle zurückgelassen, wo ich scheinbar abgestürzt war. Ich hatte sorgsam schon vorher alles zu mir gesteckt, was ich zu meiner Flucht brauchte. Nach einer Stunde hörte das Schneetreiben ebenso plötzlich auf, wie es begonnen hatte, es war, als habe es der Himmel extra gesandt, um mir zu helfen. Ungehindert kam ich über die italienische Grenze. Daß Georg die Hütte erreicht und dort einen Führer mit zwei englischen Touristen gefunden hatte, beruhigte mich über sein Schicksal. Ich las es nach einigen Tagen in einer deutschen Zeitung, wie man versucht hatte, mich zu retten, und daß es ergebnislos gewesen sei. Meine Leiche habe man leider nicht einmal bergen können. Ich wurde überall als tot gemeldet, die Rettungsaktion, die mein Freund veranstaltet hatte, war ergebnislos verlaufen. Heinrich Werkmeister war tot, war dem Gefängnis entgangen. Sein Vergehen mußte als gesühnt angesehen werden.

Ich bin fest überzeugt, daß Georg Roland, sobald er von meiner Firma das durch mich verursachte Defizit erfahren hatte, diese Schuld gedeckt hat; denn so eifrig ich auch alle Zeitungen las, nie wurde etwas von meinen Verfehlungen erwähnt, immer sprach man von mir wie von einem untadeligen Ehrenmann. Und so erfuhr ich auch, daß Georg meinen Sohn an Kindes Statt angenommen hatte und war somit über dessen Schicksal beruhigt. Daß Georg bei seinem Reichtum sich damit keine schwere Sorge aufgeladen hatte, wußte ich, trotzdem habe ich mich immer als sein Schuldner gefühlt.

In Italien hatte ich mir die nötigen Kleider und einen Koffer gekauft, ich war nach Genua gefahren, um hier auf irgendeinem Dampfer in die weite Welt zu fahren. Zufällig lag ein Dampfer bereit, der nach Sumatra und Java fuhr. Das betrachtete ich als einen Wink des Schicksals. Und es hat mich auch gut geführt. Ich bekam im Hause deines Großvaters, der Gefallen an mir fand, eine gute Stellung. Das übrige weißt du. Nur das weißt du nicht, was ich gelitten habe in dem Bewußtsein meiner Schuld und unter der Sehnsucht nach meinem Sohn. Als ich ganz in Sicherheit war, überfiel sie mich wie ein wildes Tier. Ich hatte nicht geglaubt, daß meine Liebe zu Rudolf so groß war. Mein vereinsamtes Herz klammerte sich an deine Mutter, die mir vom ersten Tag an ihre Liebe geschenkt hatte. Auch ich gewann sie lieb, der Schmerz um meine verstorbene Frau verblaßte. Ich wagte nicht, um deine Mutter anzuhalten, als ich aber merkte, daß sie unter meiner Zurückhaltung litt, habe ich ihr eines Tages eine umfassende Beichte abgelegt und sie gefragt, ob sie trotzdem meine Frau werden wollte. Sie verzieh großherzig und schenkte mir mit ihrer Liebe ihr Vertrauen. Nie hat sie es zu bereuen brauchen. Ab und zu konnte ich auf Umwegen Kunde aus der Heimat erhalten und hörte auch, daß mein Sohn im Hause Georg Rolands aufwuchs. Dieser hatte sich verheiratet.

Das Geld, das ich mit mir genommen hatte, legte ich

in einer Plantage an, die ich günstig wieder verkaufte. Wie ich dann weiter zu Geld kam und mir, unabhängig von deiner Mutter, ein hübsches Vermögen erwarb, weißt du: Aber die ersten zwanzigtausend Mark, die ich zusammenhatte, legte ich fest auf eine Bank und ließ Zins und Zinseszins anwachsen, Jahr um Jahr. Dieses Geld habe ich testamentarisch Georg Roland vermacht, um meine Schuld zu tilgen. Das übrige von mir erworbene Kapital, mein lieber Jan, habe ich testamentarisch meinem Sohn aus erster Ehe vermacht, der erst nach meinem Tode erfahren sollte, daß sein Vater noch so lange gelebt hat. Im Vorwort zu meinem Tagebuch habe ich die Bitte an dich gerichtet, dieses Buch auch Georg Roland und meinem Sohne Rudolf zur Kenntnisnahme zu übergeben.

Nun hat es sich aber so gefügt, daß ich sozusagen wieder von den Toten auferstehen muß, wenn ich dir, mein Jan, und deinem Bruder Rudolf zu eurem Glück verhelfen will. Und es ist vielleicht gut so. Gesetzlich ist meine Schuld von damals verjährt, und ich will versuchen, auch dafür Vergebung zu erlangen bei den wenigen Menschen, die darum wissen müssen. Seit mir Waltraut erzählt hat, welches Gelübde ihr Vater abgelegt hat, ist mir erst so recht zum Bewußtsein gekommen, daß Georg Roland sich wohl eine Art Schuld an meinem Tode zugemessen hat, denn ein Mann wie er legt ein solches Gelübde nur in schwerer Gewissensnot ab. Und auch deshalb ist es gut, wenn ich wieder auftauche. Georg Roland soll wissen, wie vollkommen schuldlos er daran ist, daß ich scheinbar abstürzte. Und wenn er alles weiß, wird er sich gern damit von seinem Gelübde, seine

Tochter meinem andern Sohne zur Frau zu geben, entbinden lassen. So hoffe ich, durch mein Auftauchen und durch meine Beichte bei Lebzeiten alle Konflikte zu lösen. Daß mir dadurch auch noch die unverdiente Gnade zuteil wird, meinen Sohn Rudolf vor meinem Tode wiederzusehen, habe ich nicht mehr gehofft. Das Schicksal geht gnädiger mit mir um, als ich es verdiente. Du aber, mein lieber Jan, wirst mir nicht zürnen, daß ich Rudolf vererbe, was ich mir erworben habe. Du bist reich durch dein mütterliches Erbe und das deines Großvaters. Und nach meinem Tode fallen dir ja auch die Zinsen wieder zu, die deine Mutter mir testamentarisch auf Lebenszeit aussetzte. Ich habe wenig davon verbraucht, und was ich davon ersparte, habe ich dir testamentarisch vermacht, da es von deiner Mutter stammt. Nicht wahr, du zürnst mir nicht und zweifelst nicht an meiner Liebe?«

Jan hatte mit atemloser Aufmerksamkeit zugehört. Nun erhob er sich und schloß den Vater in die Arme.

»Armer Vater, lieber Vater, wie hast du leiden müssen. Ich zürne dir gewiß nicht. Du bist mir immer ein liebevoller Vater gewesen, hast für mich gearbeitet von früh bis spät und hast somit meinen Besitz vermehrt. Damit hast du mich reichlich abgefunden. Ich gönne meinem Bruder neidlos, was du ihm vererben willst und was vielleicht sein Glück begründen wird. Wie freue ich mich zu wissen, daß mein Bruder ein guter, edler Mensch ist. Ich hoffe, daß wir einander lieben können. Aber nun gehst du zu Bett, du wirst nach dieser Aufregung der Ruhe bedürfen. Alles andere besprechen wir morgen. Auch ich muß erst in mir ausklingen lassen, was ich von dir hörte, und mir klar darüber werden, was nun geschehen muß. Gott mag geben, daß deine Beichte nicht umsonst war. Ich kann sehr wohl ermessen, was sie dich gekostet hat. Aber sei versichert, du bist mir dadurch, wenn es möglich wäre, nur noch lieber geworden.«

Hendrik Werkmeester lehnte seinen Kopf aufatmend an die Schulter seines Sohnes.

»Gott lohne es dir, daß du mir deine Liebe nicht entziehst und daß du mir so verständnisvoll zugehört hast. Und nun nimm mein Tagebuch mit dir, du sollst es lesen, damit du weißt, was ich gelitten habe. Wir wollen es mit nach Deutschland nehmen, Georg Roland und Rudolf sollen es ebenfalls lesen, dann brauche ich nichts zu erklären. Das macht es mir leichter. Und nun gute Nacht, mein Sohn!«

17

Georg Roland hatte das Telegramm seiner Tochter erhalten, in dem sie ihm mitteilte, daß sie am 12. Februar von Colombo abfahren würde. Er atmete auf, es war ihm ein Zeichen, daß sie gehorsam sein wollte. Und er hoffte, daß sie, stünde sie nur erst wieder unter seinem Einfluß, doch noch Rudolfs Frau werden würde. Rudolf hatte noch keine Gelegenheit gehabt, ihm zu sagen, daß auch sein Herz einer anderen gehörte.

Zwischen Rudolf und seinem Pflegevater war kein Wort mehr in dieser Angelegenheit gewechselt worden.

Als Rudolf noch einmal davon anfangen wollte, hatte der alte Herr bestimmt gesagt:

»Warte, bis Waltraut zurückgekommen ist, dann wird alles in Ordnung kommen. Bis dahin wollen wir nicht darüber reden.«

Rudolf sah ein, daß er vorläufig nichts tun konnte. Doch hatte er sich fest vorgenommen, die Angelegenheit auf seine Weise endgültig zu entscheiden, sobald Waltraut heimgekehrt war. Er wollte sich dann, ohne dem Vater vorher etwas davon zu sagen, mit Lore Lenz trauen lassen. Erst nach der Trauung wollte er dem Vater von seiner vollzogenen Vermählung Mitteilung machen. Dann stand er einer vollendeten Tatsache gegenüber. Freilich würde er sich durch diese Handlungsweise den ganzen Zorn des Vaters zuziehen, aber zugleich würde er dadurch Waltraut gründlich helfen und vor dem Zorn des Vaters schützen.

Lore schrieb er das alles, nachdem er mit sich im reinen war, in einem ausführlichen Brief und legte diesen im Vorübergehen auf ihr Pult. In diesem Brief hatte er sie gebeten, eine Antwort für ihn bereitzuhalten, damit er sie an sich nehmen konnte, wenn er wieder durch das Vorzimmer kam.

Lore schrieb ihm als Antwort:

›Mein lieber Rudolf! Wenn ich auch nur mit Bangen einwilligen kann, so soll doch alles geschehen, wie Du es willst. Du wirst schon wissen, daß es so gut ist. Hoffentlich verzeiht Dir Dein Pflegevater Deine eigenmächtige Handlungsweise. Wenn Du Deiner Schwester gründlich helfen willst, geschieht es so am besten, das sehe ich ein.

Hoffentlich verhilfst Du ihr damit zu ihrem Glück. Es tut mir sehr leid, daß ich Herrn Roland gegenüber Geheimnisse habe, aber mein Glück kann ich deshalb nicht opfern, dazu liebe ich Dich zu sehr. Mir ist noch immer, als träume ich nur einen lieben, schönen Traum. Daß Du mich liebst und mich zu Deiner Frau machen willst, ist für mich ein so märchenhaftes Glück, wie ich es nie zu finden hoffte. Es wäre fast beängstigend, wenn alles ganz glattgehen würde und wir gar keine Hindernisse zu überwinden hätten. Mein ganzes Herz ist bei Dir, mein Rudolf! Gott erhalte uns unser Glück! Deine Lore.‹

Diesen Brief las Rudolf wieder und wieder, und er mußte Lore gleich darauf antworten mit vielen lieben und törichten Worten, wie sie eben nur Liebende nicht überschwenglich finden.

Lore hatte nach wie vor mit Georg Roland zu arbeiten, und sie sah sehr oft, daß er mit verdüstertem Gesicht vor sich hin starrte. Dann fühlte sie tiefes Mitleid mit ihm, und all ihre Liebe war nötig, um sie darüber hinwegzubringen, daß sie dazu beitrug, ihm Kummer zu bereiten.

In diesen Tagen kam auch endlich der Justizrat dazu, Georg Roland einen Besuch zu machen, um ihm die Fotos von Waltraut zu bringen und ihm von Saorda zu erzählen. Nach seiner Rückkehr hatte er so viel dringende Arbeit vorgefunden, daß er es immer wieder hatte verschieben müssen. Er hatte natürlich keine Ahnung davon, daß Waltraut zurückgerufen worden war. In leuchtenden Farben schilderte er das Leben auf Saorda und Larina.

Georg Roland erwähnte vorläufig nichts von Waltrauts bevorstehender Rückkehr, forschte aber den Justizrat gründlich aus, mit wem Waltraut auf der Reise und in Saorda in nähere Berührung gekommen war. Und harmlos gab der Justizrat Auskunft. Immer wieder tauchte in seinem Bericht der Name Jan Werkmeester auf. Und so kam Georg Roland die Erkenntnis, daß nur dieser es sein konnte, der das Herz seiner Tochter gewonnen hatte. Er interessierte sich natürlich auch für die Aufnahmen am meisten, auf denen Jan Werkmeester zu sehen war. Jan war, im Gegenteil zu seinem Vater, auf allen Bildern famos getroffen und seine sympathischen Gesichtszüge waren gut zu erkennen. Georg Roland mußte sich eingestehen, daß dieser Mann wohl dazu geschaffen war, ein junges Mädchenherz zu erobern.

Nach dem Fortgang des Justizrates starrte Georg Roland auf eine besonders gute Aufnahme von Jan Werkmeester herab und sagte:

»Du willst alle meine Pläne zunichte machen? Das leide ich nicht – sie wird dich vergessen und vernünftig sein. Ich muß mein Gelübde halten, störe meine Kreise nicht!«

Wie eine angstvolle Beschwörung klang das.

In fieberhafter Unruhe erwartete er die Heimkehr seiner Tochter. Er war in einer rastlosen, bedrückten Stimmung. Sicher ging es ihm sehr nahe, daß Waltraut und Rudolf sich plötzlich ablehnend verhielten gegen sein Heiratsprojekt. Und seltsamerweise grollte er Waltraut deshalb mehr als Rudolf, erstens, weil er annahm, daß Rudolf nur Waltraut zuliebe zurückgetreten sei, und dann auch, weil sie durch ihre Weigerung gewissermaßen Rudolf um das ihm zugedachte Erbe bringen wollte. Er hatte Rudolf mindestens ebenso lieb wie seine Tochter, und dann hatte er schon immer in Rudolf seinen Nachfolger in der Firma gesehen, wußte er doch, daß Rudolf diese ganz in seinem Sinne weiterführen würde.

So war dem alten Herrn gar nicht wohl in seiner Haut, zumal er fühlte, daß er nun den beiden jungen Menschen als hartherziger Vater erscheinen mußte. Und doch war er durchaus nicht hartherzig, er beging nur den Fehler vieler Menschen, die andere nach ihrem Sinne beglücken wollen und nicht einsehen, daß jeder Mensch sein Glück auf seine eigene Art finden muß.

In all den trüben Gedanken erschien ihm Lore Lenz immer wie ein Lichtblick. Es ging etwas so Helles, Strahlendes und Lebensfrisches von diesem jungen Geschöpf aus, daß es nicht ohne Einfluß auf ihn blieb. So sehr hatte er sich schon daran gewöhnt, alles mit Lore zu besprechen, daß er ihr am liebsten auch mitgeteilt hätte, was ihm jetzt das Herz bedrückte, aber das ging natürlich nicht an. Sie hätte ihm ja auch nicht helfen können. Er ahnte nicht, daß sie in innigem Zusammenhang mit dem allen stand.

Aber er freute sich jedesmal, wenn sie in sein Kontor kam, ihm mit ihrer weichen, dunklen Stimme guten Morgen wünschte und ihn mit ihren schönen samtbraunen Augen so lieb und bittend ansah, als wolle sie sagen: Mach dir doch das Leben nicht zu schwer, es muß doch alles wieder gut werden.

Lore und Rudolf blieben in ständiger Korrespondenz, und dieser Briefwechsel mußte vorläufig ihr ganzes Glück ausmachen. Denn persönlich konnten sie nur immer einen kurzen Gruß tauschen oder einige zärtliche Worte einander wie im Fluge zuflüstern. Damit mußten sie sich begnügen, aber das war gar nicht so schwer, da sie doch wußten, daß sie einander bald angehören würden.

So vergingen die Wochen bis zu Waltrauts Ankunft.

18

Waltraud befand sich nun wieder an Bord eines großen Luxusdampfers. Der Abschied von Saorda und Schlüters war ihr schwer geworden, aber doch nicht so schwer, als wenn sie auch Jan hätte zurücklassen müssen. In den Tagen, die die Reisevorbereitungen ausfüllten, war Jan wenig nach Saorda gekommen. Es galt so vieles zu bedenken, da auch sein Vater mit fortging, daß er wenig Zeit hatte. Von seines Vaters Beichte hatte er Waltraut noch nichts berichtet, er hatte ihr nur gesagt:

»Sobald wir in Ruhe an Bord sind, werde ich dir überraschende Eröffnungen machen können über das, was mir mein Vater mitgeteilt hat. Jetzt nur so viel – ich habe die bestimmte Hoffnung, daß unsere Sache sehr gut steht und daß sich alles harmonisch auflösen wird. Dank meines Vaters Eingreifen wird uns alles viel leichter gemacht werden, mein liebes Herz, du brauchst gar nicht mehr sorgenvoll auszusehen.«

Waltraut hatte natürlich über diese rätselhaften Worte

nachgegrübelt. Und nun befand sie sich mit Jan und seinem Vater an Bord und war sehr gerührt, weil die beiden Herren alles taten, was sie ihr an den Augen absehen konnten.

Man hatte sich wohnlich eingerichtet in den Kabinen, und als nun der Dampfer in voller Fahrt war, führte Jan eines Tages nach Tisch Waltraut auf Deck in einen stillen, geschützten Winkel, wo sie ungestört sitzen konnten. Hendrik Werkmeester war in seine Kabine gegangen, um ein Mittagsschläfchen zu halten, was ihm Waltraut gewissenhaft und sorgsam jeden Tag verordnete. Nachdem Jan um Waltrauts Bequemlichkeit liebevoll bemüht gewesen war, setzte er sich zu ihr und nahm ihre Hand. Sie mit seinen zärtlichen Augen ansehend, sagte er:

»Nun wir endlich zur Ruhe gekommen sind, mein liebes Herz, sollst du auch erfahren, was Vater mir an jenem Abend, da wir in Saorda unsere Verlobung gefeiert hatten, anvertraut hat. Du wirst von seiner Beichte, von der ich dir mit seiner Einwilligung Kenntnis geben werde, nicht so tief betroffen werden wie ich, aber immerhin mache dich auf eine große Überraschung gefaßt.«

Unruhig fragend sah Waltraut in seine Augen. Er sah so ernst und feierlich aus, daß sie merkte, daß es sich um etwas Großes, Wichtiges handeln mußte.

»Sprich, Jan, ich fühle, daß du mir etwas zu sagen hast, was dich sehr aufgeregt hat.«

»Ja, Waltraut, es hat mich sehr erregt. Aber wir wollen in Zukunft keine Geheimnisse mehr voreinander haben, und deshalb mußt du alles wissen, auch wenn es nicht so wichtig für uns wäre. Wenn ich dir etwas sagen muß, was wie eine Schuld auf meines Vaters Vergangenheit liegt, so muß ich dir auch sagen, daß er mir dadurch nur noch lieber geworden ist, weil er so schwer hat leiden müssen. Und ich könnte es nicht ertragen, wenn du deshalb weniger gut von ihm denken würdest.«

Sie faßte seine Hand.

»Aber, Jan, wie kannst du so etwas denken? Bin ich deinem Vater nicht sehr viel Dank schuldig, schon allein deshalb, daß er dir das Leben gab? Und ich kenne doch deinen Vater. Hat er wirklich etwas getan, was eine Schuld zu nennen ist – wer von uns ist ohne Schuld? Du kannst mir unbesorgt alles sagen, ich werde deinen Vater nicht weniger schätzen, wenn ich alles weiß, dessen bin ich gewiß.«

Er küßte ihre Hand.

»Ich danke dir für diese Worte, mein geliebtes Herz. Und nun höre mich an und erschrick nicht, wenn ich dir das Bedeutungsvollste zuerst sage. Du hast einmal herausgefunden, daß mein Vater und dein Pflegebruder Rudolf einander ähnlich sind und daß ich dieselben Augen habe wie Rudolf. Das ist kein Wunder, denn Rudolf ist mein Bruder, der Sohn meines Vaters aus erster Ehe.«

Waltraut zuckte zusammen. Fassungslos sah sie in seine Augen.

»Jan! Wie könnte denn das sein? Dein Vater ist doch Holländer und Rudolfs Vater war ein Deutscher und ist seit langen, langen Jahren tot. Er ist vor meines Vaters Augen in einen Abgrund gestürzt.«

»Und seine Leiche ist nie geborgen worden, weil er

sich retten konnte. Mein Vater ist geborener Deutscher und hieß Heinrich Werkmeister. Erst als er bei seiner Verheiratung holländischer Staatsangehöriger wurde, übersetzte er seinen Namen in die holländische Sprache und nannte sich Hendrik Werkmeester.«

Waltraut preßte die Hände an die Schläfen.

»Jan – Jan – das ist doch –, das ist so ungeheuerlich, so unfaßbar, ich kann das nicht verstehen. Dein Vater – der Freund meines Vaters, den er so lange Jahre schmerzlich betrauert hat? Und Rudolf – Rudolf –, sein Sohn, ich fasse das nicht!«

»Laß dir alles erklären, Waltraut! Ich habe dir meines Vaters Tagebuch mitgebracht, es ist für mich geschrieben und für Rudolf, auch für deinen Vater. Und nun sollst auch du es lesen, Vater will es so, damit dir alles klar wird. Der Umstand, daß sich unsere Herzen in Liebe fanden, hat meinen Vater veranlaßt, um unser aller Glück zu retten, das Geheimnis seiner Existenz zu lüften und mir seine Beichte schon bei Lebzeiten abzulegen. Er will deinen Vater wiedersehen, will endlich auch seinem Sohn Rudolf sagen dürfen, wie sehr er ihn liebt und wie schmerzlich es ihm war, für ihn als ein Toter zu gelten. Und vor allen Dingen will er deinem Vater Gelegenheit geben, sein Gelübde zu halten. Er gelobte, dich dem Sohn seines Freundes zur Frau zu geben – ich aber bin auch meines Vaters Sohn –, verstehst du nun, daß ich so voll Zuversicht bin?«

Waltraut war sehr blaß geworden und drückte die Hände erregt zusammen.

»Ja – o ja –, jetzt verstehe ich, was dein Vater damit sagen wollte, daß wir uns angehören dürfen, ohne daß mein Vater sein Gelübde zu brechen braucht. Aber sonst verstehe ich nichts von alledem.«

»Wenn du Vaters Beichte gelesen hast, wirst du alles verstehen und wirst begreifen, was er für ein Opfer bringt, um seine Söhne glücklich zu machen. Denn mit meinem Glück steht auch das Rudolfs auf dem Spiel. Und das wird dich befähigen, ihn milde zu beurteilen; hier, nimm dies Tagebuch und lies es durch, ich lasse dich so lange allein. Es ist kurz und knapp gehalten, ausführlich nur da, wo es sein mußte. Aber erschütternd ist es, von Anfang bis zum Ende. Die Qual eines ganzen Lebens liegt darin. Ich nehme dort drüben Platz, Liebling, bis du fertig bist, du brauchst mir dann nur einen Wink zu geben, dann bin ich wieder bei dir. Du sollst das Tagebuch ungestört durchlesen.«

Er küßte ihre Hand, legte ihr das Buch auf den Schoß und strich ihr liebevoll über die Wange. Dann ging er langsam davon und nahm etwas entfernt von ihr Platz.

Waltraut öffnete mit bebenden Händen Hendrik Werkmeesters Tagebuch und las und las, mit klopfendem Herzen und in tiefster Erregung. Alles wurde ihr nun klar, und die erschütternde Selbstanklage Hendrik Werkmeesters, all seine furchtbaren Nöte und Kümmernisse, die verzweifelte Sehnsucht nach seinem ältesten Sohne, die er nicht stillen durfte, weil er sich selbst aus der Reihe der Lebenden gestrichen hatte, das alles ließ nichts anderes als tiefstes Mitleid in ihr aufkommen. Und als sie fertig war, winkte sie Jan zu, der sie verstohlen mit tiefer Unruhe beobachtet hatte. Sie streckte ihm beide Hände entgegen, und heiße Tränen rannen über ihre Wangen.

»Jan, lieber Jan, dein armer Vater!« sagte sie mit bebender Stimme.

Er setzte sich wieder zu ihr und küßte ihre Hände, immer wieder, mit großer Zärtlichkeit.

»Mein Liebling, mein gütiges, liebes Herz, wie danke ich dir, daß du solche Worte, solche Tränen für meinen Vater fandest.«

»Kann man denn anders, Jan, wenn man weiß, was er gelitten hat?«

In diesem Augenblick erschien Hendrik Werkmeester. Er sah auf die beiden jungen Menschen, sah sein Tagebuch in Waltrauts Händen und wollte stumm davongehen. Aber da sprang Waltraut auf, warf sich an seine Brust und küßte ihn innig auf den Mund, während ihr noch immer die Tränen aus den Augen stürzten. Das war das erstemal, daß sie eine solche Liebkosung für den alten Herrn hatte.

Er stand erschüttert, kämpfte heldenhaft gegen die Rührung, die in ihm aufstieg, und sagte leise, mit unterdrückter Erregung:

»Mein Töchterchen! Willst du nun noch immer mein Töchterchen werden, nun du alles weißt?«

Sie sah mit feuchten Augen zu ihm auf.

»Du bist meines Jan Vater, und ich weiß nun, weshalb du immer so düster und still warst. Du bist nun meinem Herzen noch viel nähergekommen, ich habe dich lieb, nicht nur, weil du Jans Vater bist, sondern auch, weil du so viel Schmerzen tragen mußtest. Was du gefehlt hast, tatest du aus deiner großen Liebe für Rudolfs arme Mutter.«

Er drückte sie an sich und sah tiefbewegt zu seinem

Sohn hinüber, der auch mit seiner Rührung kämpfen mußte.

»Wie macht ihr mir meine Buße so leicht! Gottes Segen über euch beide, meine lieben Kinder. Jan, du bekommst einen warmherzigen, goldenen Menschen zur Frau! Und du, mein Töchterchen, wirst du mir eine Fürsprecherin sein bei meinem Sohn Rudolf? Dann wird auch er mir verzeihen.«

Sie konnte nun wieder lächeln.

»Gib Rudolf dein Tagebuch, lieber Vater, dann brauchst du keinen Fürsprecher, und Rudolf wird dir seine Liebe und Verzeihung nicht versagen, dafür kenne ich ihn.«

Sie setzten sich nun zusammen, es war inzwischen lebhafter auf Deck geworden, aber sie achteten nicht darauf. Die drei Menschen saßen so ganz mit sich allein beschäftigt, daß sie für nichts Sinn und Aufmerksamkeit hatten. –

Von diesem Tage an war Waltrauts Verhältnis zu Jan und seinem Vater noch viel inniger geworden. Alle drei wetteiferten miteinander, sich etwas zuliebe zu tun. Jan fand bald seine gute Laune wieder und ließ es nicht zu, daß die weichmütige Stimmung lange anhielt. Immer wieder brachte er Waltraut zum Lachen und nötigte auch seinem Vater immer wieder ein befreites Lächeln ab.

Es war eine wundervolle Reise für alle drei, die ihnen zeit ihres Lebens als ein herrliches Erlebnis im Gedächtnis blieb.

Eifrig berieten sie immer wieder, was nach ihrer Ankunft in Hamburg geschehen sollte.

Waltraut glaubte fest, daß entweder ihr Vater oder Rudolf sie in Bremerhaven von Bord abholen würde, und es wurde beschlossen, daß Waltraut sich dann den Anschein geben solle, als sei sie allein angekommen. Die beiden Herren wollten sich von ihr zurückhalten, und zwar mit demselben Zuge nach Hamburg fahren, aber nicht mit Waltraut zusammen im Kupee. In Hamburg wollten die Herren in den »Vier Jahreszeiten« Wohnung nehmen. Waltraut sollte vermeiden, mit ihrem Vater über die ganze Angelegenheit zu reden. Falls er selber davon anfing, sollte sie ihn bitten, ihr einige Tage Zeit zu lassen. Schon am andern Morgen wollte dann zuerst Jan Georg Roland aufsuchen und alles in die Wege leiten.

Und so geschah es auch.

Georg Roland holte wirklich seine Tochter vom Dampfer ab. Vater und Tochter umarmten sich herzlich, und Georg Roland hatte keine Zeit, sich die anderen Passagiere anzusehen, zumal sich die beiden Herren vorsichtig zurückhielten.

Ohne auf die eigentliche Frage zu kommen, fuhren Vater und Tochter nach Hamburg. In Hamburg auf dem Bahnhof wurden sie von Rudolf erwartet. Weder Rudolf noch sein Pflegevater merkten, daß sie von zwei Herren aufmerksam beobachtet wurden, die sich aber in nötiger Entfernung hielten. Nur Waltraut wußte es und warf einen verstohlenen Blick auf Jan und seinen Vater, die sich in der Menge verloren.

Zu Hause angekommen, nahm Waltraut mit ihrem Vater und Rudolf das Abendessen ein. Auch jetzt wurde nur von gleichgültigen Dingen geredet. Waltraut merkte aber, daß der Vater verhinderte, daß sie mit Rudolf auch nur kurze Zeit allein blieb. Aber Rudolfs Händedruck, sein beruhigender Blick sagten ihr, daß sie auf ihn rechnen konnte. Sie zog sich, Müdigkeit vorschützend, sehr zeitig auf ihr Zimmer zurück und fand auf ihrem Toilettentisch einen Brief von Rudolf mit folgendem Inhalt:

›Meine liebe, liebe Schwester! Es steht zu befürchten, daß Vater uns eine Aussprache unter vier Augen unmöglich machen wird, bevor er nicht mit uns die brennende Frage erörtert hat. Deshalb muß ich Dir auf diesem Wege das Nötigste mitteilen. Sei ganz unbesorgt, obwohl Vater von unserer Entlobung nichts wissen will, obwohl er mir das Wort abgeschnitten hat, als ich nochmals auf die Angelegenheit zurückkommen wollte, so daß ich ihm noch nicht einmal sagen konnte, daß auch mein Herz inzwischen eine andere Wahl getroffen hat, werde ich die Angelegenheit in kurzer Zeit zu einem für Dich günstigen Ende bringen. Ich werde mich einfach mit Lore Lenz trauen lassen, ohne Vater vorher etwas davon zu sagen. So wird er vor eine vollendete Tatsache gestellt. Ich werde schon morgen oder übermorgen unser Aufgebot bestellen und Vater erst beichten, wenn wir verheiratet sind. So wird all sein Groll auf mich gelenkt, und Du wirst keine Unannehmlichkeiten und Kämpfe mehr haben. Sollte Vater also mit Dir über diese Angelegenheit reden wollen, so wehre dich nicht gegen seinen Willen, bitte Dir nur einige Wochen Bedenkzeit aus. Alles andere überlasse mir, und sei ganz unbesorgt. Erhalte mir Deine schwesterliche Liebe, was auch kommen mag, und nimm meine Lore schwesterlich an Dein Herz. Ihr müßt Euch bald kennenlernen. Alles andere später. In brüderlicher Treue!

Rudolf.‹

Mit einem gerührten Lächeln sah Waltraut auf seinen Brief hinab. Guter, lieber Rudolf, er wollte für sie in die Schanze springen und alle Pfeile mit seiner eigenen Brust auffangen, wollte allen Groll des Vaters auf sich lenken, um ihr gründlich zu helfen. Das sah ihm ähnlich. Sie schrieb sogleich mit fliegender Hand:

›Mein lieber, lieber Bruder! Es wird alles anders kommen, als Du denkst, Du wirst Dich nicht für mich zu opfern brauchen, und ich hoffe, daß ich mit Vaters Erlaubnis auf Deiner Hochzeit tanzen kann. Heute nur soviel: Wappne Dich, mein lieber Bruder, Dir steht eine große Überraschung, eine große Freude, aber auch eine große Erregung bevor. Weiter darf ich Dir nichts verraten. Morgen um diese Zeit wird wohl schon alles entschieden sein, und hoffentlich zu unseren Gunsten. Ich kam nicht allein von Ceylon, der Mann, den ich liebe, und sein Vater begleiteten mich und werden morgen Vater aufsuchen. Unternimm also vorläufig noch nichts, aber tausend Dank für Deine gute Absicht, Dich für mich zu opfern. Es wird nicht nötig sein. Grüße mir Deine Lore! Einen schwesterlichen Kuß von Deiner Schwester Waltraut.‹

Dieses Briefchen faltete Waltraut eng zusammen und verließ leise damit ihr Zimmer. Sie huschte auf dem dicken Teppichläufer zu der anderen Seite des Hauses, wo Rudolfs Schlafzimmer lag und klopfte leise in einer besonderen Art an seine Tür, wie sie früher immer geklopft hatte, wenn sie eine Verabredung hatten und einander mitteilen wollten, daß sie fertig seien. Rudolf hörte das Klopfen und öffnete schnell und leise. Waltraut schob ihm stumm den Brief in die Hand und legte den Finger auf die Lippen. Dann eilte sie wieder davon.

Rudolf schloß die Tür hinter sich und las, was ihm Waltraut geschrieben hatte. Besorgt schüttelte er den Kopf. Würde das gutgehen? Waltraut schien aber so zuversichtlich. Was meinte sie mit der großen Überraschung und Freude, die ihm mit einer großen Erregung bevorstehen sollte?

Er zerbrach sich darüber den Kopf, ohne zu einem Resultat zu kommen.

Am anderen Morgen traf Waltraut mit dem Vater und Rudolf im Frühstückszimmer zusammen, und es war, als sei sie gar nicht fortgewesen. Alles ging im alten Gange, und der Vater berührte mit keinem Wort Waltrauts Reise und was damit zusammenhing. Es war, als wolle er alles totschweigen. Natürlich sprach auch Waltraut nicht davon. Rudolf erhob sich dann zuerst, um noch einmal auf sein Zimmer zu gehen. Der Vater und Waltraut blieben allein. Endlich erhob sich Georg Roland und trat zu Waltraut heran, hob ihr Köpfchen empor und sah sie mit einem bekümmerten Blick an.

»Wir wollen gar nicht mehr davon sprechen, mein Kind, was du an Rudolf geschrieben hast. Das wollen wir nur als eine Verirrung ansehen. Ich lasse dir Zeit, damit fertig zu werden, einige Wochen sollst du ganz unbehelligt bleiben, aber dann hoffe ich von dir zu hören, daß du deinen Vater nicht in die Notwendigkeit versetzen wirst, sein Gelübde zu brechen, das er in schwerer Herzensnot abgelegt hat. Ich gelobte, dich dem Sohne meines Freundes Heinrich Werkmeister zur Gattin zu geben – vergiß das nicht, mein Kind.«

Sie sah ihn mit feuchten Augen an, sah, wie er litt und ahnte, warum er dies Gelübde getan; denn Hendrik Werkmeester hatte ihr das Verständnis dafür erschlossen. Sie faßte seine Hand und drückte ihre Lippen darauf.

»Laß mir Zeit, lieber Vater, und sorge dich nicht, es wird alles gut werden, ich will dich gewiß nicht betrüben«, sagte sie.

Er atmete erleichtert auf und nickte ihr zu, schon ganz überzeugt, daß sie sich fügen würde. Bedeutend leichteren Herzens ging er hinaus, im Vestibül mit Rudolf zusammentreffend. Sie fuhren nun beide ins Geschäft und sprachen unterwegs nur über geschäftliche Dinge. Im Geschäft angekommen begaben sie sich jeder in sein Kontor. Als Georg Roland durch sein Vorzimmer ging, sah er Lore Lenz schon an ihrem Platze.

»Guten Morgen, Fräulein Lenz!«

»Guten Morgen, Herr Roland.«

»Meine Tochter ist gestern angekommen.«

Mit warmer Teilnahme sah sie zu ihm auf.

»Das wird eine große Freude für Sie sein, Herr Roland.«

Er nickte ihr zu.

»Nun hoffe ich, Sie bald einmal in meinem Hause zu sehen; wenn meine Tochter in den nächsten Tagen hierherkommt, werde ich Sie mit ihr bekanntmachen.«

Ein leiser, beklommener Seufzer entfloh Lores Lippen.

»Das wird mir eine große Ehre und Freude sein.«

Er nickte ihr nochmals zu und sagte, sein Kontor betretend:

»Wenn ich Sie brauche, werde ich klingeln.«

Lore sah einen Moment hinter ihm her und seufzte wieder, diesmal tief und schwer.

Bald darauf kam Rudolf, wie jeden Morgen, um mit seinem Vater die Posteingänge zu besprechen. Er legte ihr den gestern abend von Waltraut erhaltenen Brief auf den Schreibtisch.

»Zu deiner Orientierung, Lore! Vorläufig unternehmen wir also noch nichts. Ich schreibe dir noch heute. Hast du mich lieb?«

»Du weißt es, von ganzem Herzen, Rudolf!«

»Bald sollst du von aller Heimlichkeit erlöst werden, ich weiß, du leidest darunter. Sei tapfer!« flüsterte er ihr zu.

Mit ihrem lieben, vertrauenden Blick sah sie ihn an.

Er ging zu seinem Vater hinein und besprach mit ihm die Post. Als er den Vater verließ und gerade wieder durch das Vorzimmer ging, trat der Kontordiener ein:

»Herr Werkmeister, es ist ein Herr im Wartezimmer, der Herrn Roland in einer wichtigen Angelegenheit sprechen möchte. Wird Herr Roland jetzt zu sprechen sein?«

Rudolf ahnte, wer der Besucher sei.

»Hat der Herr seine Karte abgegeben?«

»Ja«, erwiderte der Diener und reichte Rudolf eine Visitenkarte. Dieser sah darauf nieder.

»Jan Werkmeester.«

Mit einem seltsamen Gefühl sah Rudolf auf diese Karte hinab.

»Ich werde meinem Vater den Besuch gleich selbst melden, warten Sie einen Augenblick.«

Rudolf ging wieder zu seinem Vater hinein.

»Vater, es wünscht dich jemand in dringender Angelegenheit sofort zu sprechen. Darf ich den Herrn hereinführen lassen?«

»Was will er denn?« fragte Georg Roland, nicht sehr begeistert aufsehend.

»Es muß sehr dringend sein – hier ist seine Karte.«

Und er legte Jans Karte vor den Vater hin.

Der las, stutzte und sah verwirrt zu Rudolf auf.

»Jan Werkmeester? Das ist doch der Holländer, der in Schlüters Hause verkehrte.«

»Scheint so, Vater!«

»Ich bin nicht zu sprechen«, stieß der alte Herr erregt hervor.

Rudolf sah ihn bittend an.

»Es ist doch wohl besser, Vater, wenn du ihn anhörst, das muß doch schließlich geschehen.«

Der alte Herr zog die Stirn nervös zusammen und sah Rudolf unruhig forschend an.

»Was will er denn? Das ist doch verdächtig. Wie kommt der plötzlich hierher, so zu gleicher Zeit mit Waltraut? Du kannst dich darauf verlassen, das ist der

Mensch, in den sich Waltraut verliebt hat. Er soll sich nach Ceylon zurückscheren und meine Tochter ungeschoren lassen und mich auch.«

»Es ist aber doch auf alle Fälle besser, Vater, wenn du ihn anhörst, dann wirst du wenigstens klarsehen können.«

Eine Weile überlegte der alte Herr, dann richtete er sich entschlossen auf.

»Gut, du hast recht. Ich werde ihm den Standpunkt gehörig klarmachen. Laß ihn herein. Aber bitte, laß draußen die Doppeltür schließen, damit Fräulein Lenz nicht hört, wenn wir hier etwas laut werden.«

Rudolf legte beschwörend die Hand auf seinen Arm.

»Ich bitte dich um Ruhe und Mäßigung, in deinem eigenen Interesse.«

Georg Roland biß die Zähne zusammen. Dann sagte er mit verhaltener Erregung:

»Ruhig soll man bleiben, wenn man so viel Aufregung hat? Aber ich werde mich beherrschen, so gut es gehen will.«

»Soll ich nicht bei dir bleiben, wenigstens draußen im Vorzimmer?«

»Nein, nein, wenn ich dich brauchen sollte, bist du ja schnell herbeigerufen. Ich gedenke, mit diesem Mijnheer Werkmeester schnell fertig zu werden. Also geh und lasse ihn hereinführen.«

Rudolf ging hinaus und gab dem Diener Weisung. Dann beugte er sich zu Lore hinab.

»Lore, der Herr, der jetzt zu meinem Vater gerufen wird, ist der Mann, den meine Schwester liebt und dem wir demzufolge unser Glück mit verdanken, sieh ihn dir genau an. Und wenn er drinnen ist, bei meinem Vater, schließe bitte die Doppeltüren.«

Lore war ein wenig blaß geworden und nickte ihm zu. Rudolf ging nun schnell davon.

19

Georg Roland stand, als Jan eintrat, an seinem Schreibtisch – eine imponierende Erscheinung.

Als Jan sich verneigte, nickte er ihm sehr kurz und unfreundlich zu. Das verriet Jan, daß der alte Herr schon wußte, daß er der Mann sei, dem Waltrauts Liebe gehörte. Er blieb aber ganz ruhig und gelassen.

»Verzeihen Sie, Herr Roland, wenn ich Sie in einer privaten Angelegenheit in ihrem Kontor aufsuche. Ich denke, wir sind hier am ungestörtesten.«

»Ich wüßte nicht, daß ich mit Ihnen etwas zu besprechen hätte, was keine Störung verträgt«, erwiderte der alte Herr kurz und schroff.

Jan sah ihn mit großen, ernsten Augen an, die Georg Roland aus irgendeinem Grunde etwas beunruhigten.

»Darf ich fragen, Herr Roland, ob Sie ahnen, weshalb ich Sie aufgesucht habe?«

»Ich nehme an, daß sie von Ceylon kommen und daß meine Tochter mit Ihnen in Saorda verkehrt hat. Und da Sie seltsamerweise fast zu gleicher Zeit mit dieser hier eingetroffen zu sein scheinen, gehört für mich nicht viel Scharfsinn dazu zu erraten, was Sie zu mir führt. Aber ich kann Ihnen gleich im voraus sagen, daß Sie sich umsonst bemüht haben.«

»Vielleicht doch nicht, Herr Roland. Haben Sie die Güte, mir nicht zu zürnen, wenn ich Ihre Zeit etwas länger in Anspruch nehmen muß, als Ihnen jetzt angenehm erscheint, aber ich habe Ihnen viel zu sagen.«

»Wenn das, was Sie mir zu sagen haben, mit meiner Tochter zusammenhängt, können Sie sich und mir Zeit sparen, da es absolut keinen Zweck hat.«

Trotz der fast unhöflichen Kälte und Schroffheit des alten Herrn blieb Jan ruhig und beherrscht, wenn ihm auch die Röte ins Gesicht stieg. Er sagte sich, daß er um jeden Preis ruhig bleiben müsse, um zu seinem Ziele zu gelangen.

»Vorläufig habe ich Ihnen etwas zu sagen, was nicht direkt mit Ihrem Fräulein Tochter zusammenhängt, sondern mit Ihrem ehemaligen Jugendfreund Heinrich Werkmeister.«

Georg Roland zuckte betroffen zusammen.

»Was sagen Sie da? Welchen Namen nennen Sie?«

»Den Namen Heinrich Werkmeister.«

Der alte Herr starrte ihn an, dann sagte er, sich mühsam fassend:

»Sie nennen einen Namen, der mir einst sehr teuer war. Ah, und jetzt verstehe ich. Meine Tochter nannte Ihnen diesen Namen, weil Sie denselben Namen, wenn auch in holländischer Übertragung, führen. Sie glauben, daß Sie mich damit weichmachen können. Aber Sie irren, es wird mich nur härter und unbeugsamer machen. Es war nicht klug von Ihnen, mir diesen Namen, den eines mir teuren Toten, zu nennen.«

Fast mitleidig sah Jan den erregten Mann an.

»Es tut mir leid, daß ich Ihnen einige Aufregung verursachen muß. Ich habe durchaus nicht die Absicht, diesen Namen zu mißbrauchen, da er auch mir teuer ist. Dringend bitte ich Sie, sich zu fassen und sich nicht mehr als nötig aufzuregen, denn ich weiß, daß ich Ihnen eine Aufregung bringe. Darf ich weitersprechen?«

Mit einem unsicheren Griff strich sich Georg Roland über die Augen. Er rang nach Fassung und sah Jan forschend und fragend ins Gesicht, in dieses sympathische, jugendliche Gesicht mit den von dunklen Brauen und Wimpern umrahmten grauen Augen – Augen, wie sie Rudolf hat und wie sie auch Heinrich Werkmeister gehabt hatte. Es kam ihm die Einsicht, daß er kein Recht habe, diesen jungen Mann so kurz und unhöflich abzutun.

»Verzeihen Sie, daß ich Ihnen noch keinen Platz anbot, ich bin der begleitenden Umstände halber über Ihren Besuch naturgemäß sehr erregt. Bitte, nehmen Sie Platz.«

Jan setzte sich in den Sessel am Schreibtisch. Einen Moment zögerte er noch. Dann sagte er so ruhig er konnte:

»Ich bitte nochmals, sich nicht aufzuregen und auf eine große Überraschung gefaßt zu sein. Sie müssen an Ihre Gesundheit denken, denn ich muß Ihnen etwas sagen, was Sie sehr erschüttern wird. Ich, ich bin jetzt hier bei Ihnen – im Auftrag von Heinrich Werkmeister –, er ist nicht tot – er lebt.«

Mit einem jähen Ruck, als sei der Blitz vor ihm eingeschlagen, fuhr Georg Roland wieder aus seinem Sessel empor, in den er sich hatte sinken lassen. Aber er fiel gleich wieder, wie aller Kraft beraubt, zurück.

»Das ist nicht wahr! Das kann nicht sein!« stieß er mit versagender Stimme hervor.

»Doch, Herr Roland, es ist so. *Heinrich Werkmeister ist mein Vater.*«

Beide Arme auf den Schreibtisch werfend, beugte sich Georg Roland weit vor und starrte Jan ganz verstört ins Gesicht.

»Treiben Sie keinen Scherz mit mir, junger Mann!« keuchte der alte Herr.

Jan schüttelte den Kopf.

»Mir ist nicht nach Scherzen zumute. Ich bin, obwohl ich mich so leicht nicht vor etwas fürchte, mit einigem Bangen hierhergekommen, um Ihnen diese Eröffnung zu machen, aber es mußte sein. Mein Vater hat sich vor dreiunddreißig Jahren, an jenem Tag im Engadin, nicht, wie Sie glauben, zu Tode gestürzt, sondern er hat sich retten können und verließ die Heimat, weil ihm Verfehlungen, die er in bitterster Not und aus Angst um ein geliebtes Leben beging, nur die Wahl ließen, zu sterben oder fern von der Heimat seine Schuld zu sühnen. Denn ins Gefängnis wollte er nicht gehen, lieber wäre er gestorben. Er ging heimlich nach Sumatra, wo er später zum zweiten Male heiratete, meine Mutter. Er wurde holländischer Staatsangehöriger und nannte sich Hendrik Werkmeester. Nach dem Tode meiner Mutter ging er mit mir nach Ceylon, wo wir ebenfalls eine große Besitzung hatten. Schlüters wurden unsere Nachbarn. Und ein Zufall, nein, eine Himmelsfügung, führte uns mit Ihrer Tochter Waltraut zusammen. Von meiner Liebe zu Ihrer Tochter und deren Liebe zu mir will ich jetzt nicht sprechen, nur soviel: Mein Vater sah mein und meines Bruders Rudolf Glück bedroht, – weil Sie ein Gelübde abgelegt haben, daß Ihre Tochter nur den Sohn Ihres Freundes Werkmeister heiraten solle. Und da blieb ihm nichts weiter übrig, als von den Toten aufzuerstehen.«

Er hatte so ernst und überzeugend gesprochen, daß Georg Roland ihm glauben mußte. Er barg das Gesicht in den Händen, und ein Stöhnen brach aus seiner Brust.

»Und ich quälte mich ein halbes Menschenleben mit dem Bewußtsein, unschuldig schuld an seinem Tode geworden zu sein«, stieß er heiser hervor.

Jetzt wurde Jan sehr blaß. Er konnte Georg Rolands Qual nachempfinden.

»Daß Sie sich eine Schuld beimaßen, hat mein Vater erst zu ahnen begonnen, als er von Ihrem Gelübde hörte. Er sagte sich, ein Mann wie Sie könnte ein solches Gelübde nur in einer eingebildeten Gewissensnot abgelegt haben. Ich will jetzt nichts zu meines Vaters Entschuldigung sagen, aber ich will Ihnen sein Tagebuch vorlegen mit der Bitte es durchzulesen. Er wird dadurch selber zu Ihnen sprechen und kein wirksamerer Verteidiger kann ihn freisprechen als seine Leiden und Schmerzen. Sie werden alles in diesem Buche finden, was Sie wissen müssen und was ich selbst auch erst seit einigen Wochen weiß. Bitte, lesen Sie das Buch durch, und wenn Sie es gelesen haben, geben Sie es meinem Bruder Rudolf, nachdem Sie ihn vorbereitet haben, daß sein Vater noch lebt. Wir alle sollten von seiner Beichte erst nach seinem Tode in Kenntnis gesetzt werden, aber die Liebe zu meinem Bruder und mir, die Sorge um unser Glück, ließ ihn den Mut finden, alles zu bekennen und wieder zu den Lebenden zurückzukehren. Meine Sache will ich heute nicht führen, aber ich bitte Sie, wenn Sie das Buch gelesen und Ihre Fassung wiedererlangt haben, mir Nachricht in die ›Vier Jahreszeiten‹ zu geben, dort wohne ich mit meinem Vater, der nicht, ohne daß Sie vorbereitet wären, vor Sie treten wollte. Alles Weitere besprechen wir, wenn Sie ruhiger geworden sind. Ich bitte Sie nur, meinem Bruder Rudolf, wenn Sie ihm alles mitgeteilt haben, einen brüderlichen Gruß von mir zu bestellen.«

Damit erhob sich Jan, legte das Buch vor Georg Roland hin und verbeugte sich abschiednehmend. Georg Roland machte eine matte Bewegung, als wolle er ihn halten, aber er ließ die Hand sinken und verbarg sein Gesicht wieder in den Händen.

Leise ging Jan hinaus.

Georg Roland saß, von stummem, trockenem Schluchzen erschüttert, da und rang mühsam nach Fassung. Es dauerte lange, bis er sich ermannen, sich aufrichten konnte. Er griff nach dem Tagebuch, öffnete es und las es ohne Unterbrechung bis zu Ende durch. Und je weiter er las, desto ruhiger und friedlicher wurden seine Züge. Er konnte, nachdem er alles gelesen hatte, was die ihm wohlbekannte Handschrift des Freundes aufgezeichnet hatte, diesem nicht zürnen, mußte ihm, um seiner Schmerzen und Leiden willen, verzeihen, wie die anderen, die um seine Schuld wußten. Und von seiner Seele löste sich eine schwere Last, die jahrelang darauf geruht hatte. Befreit atmete er auf und gehoben durch das Bewußtsein, nicht schuld zu sein an des Freundes Tode. Und langsam stieg dann eine heiße Freude in ihm auf, daß der Freund noch lebte und in Hamburg weilte, daß er ihn wiedersehen konnte, sobald er wollte. Auch aller Groll auf Jan verflog, auf den Mann, der seiner Tochter Herz gewonnen und den er mit harten, kalten Worten hatte abweisen wollen. Jan war Heinrichs Sohn und Heinrich lebte, das gab allem ein ganz anderes Gesicht.

Den Kopf in die Hand gestützt, saß er noch eine Weile das überdenkend, was der Freund in das Tagebuch geschrieben hatte. Aber dann dachte er an Rudolf und richtete sich schnell auf. Rudolf mußte sofort alles wissen, er durfte ihm das nicht eine Minute länger vorenthalten. Durch das Haustelefon rief er Rudolf herbei. Dieser hatte voll Unruhe auf den Ruf gewartet, wußte er doch nicht, wie die Unterredung des Vaters mit Jan Werkmeester abgelaufen war. Schnell eilte er zu dem Vater hinüber und trat erwartungsvoll bei ihm ein, nachdem er Lore nur liebevoll zugenickt hatte.

Der Vater kam ihm entgegen. Er faßte seine Hände mit krampfhaftem Druck.

»Du siehst mich in einer Verfassung, die dir verraten wird, wie erregt ich bin, obwohl ich das Schlimmste schon überstanden habe.«

Betreten sah ihn Rudolf an.

»Ich habe mich gesorgt um dich, Vater. Darf ich wissen, was du mit Jan Werkmeester verhandelt hast?«

Mit großen Augen sah der alte Herr ihn an.

»Etwas, mein Sohn, was auch dich bis in die Tiefen

deines Seins erregen wird. Setze dich zu mir und versuche, ruhig zu bleiben, denn ich habe dir etwas zu sagen, was dich maßlos erschüttern wird.«

Rudolf ließ sich nieder und sah den alten Herrn unruhig an.

»Sprich, Vater, wenn du es ertragen hast, werde ich es auch nicht zu schwer empfinden.«

Georg Roland faßte wieder seine Hand.

»Rudolf, ohne alle Umschweife, *dein Vater lebt!*«

Nun zuckte Rudolf doch zusammen. Er sah den Pflegevater fassungslos an. Dieser berichtete nun, was er wußte, und drückte dann Hendrik Werkmeesters Tagebuch in seine Hände.

»Lies das, mein Junge, und alle ungelösten Fragen, alle Bitterkeit, die vielleicht in dir aufsteigen will, daß dein Vater lebte und sich nicht um dich kümmerte, wird schwinden. Laß dir nur noch sagen, die Verfehlung, die deinen Vater aus der Heimat trieb und ihn bestimmte, sich selbst zu den Toten zu rechnen, kannte ich längst. Ich tilgte seine Schuld und hielt seinen Namen deinetwegen rein. Und nun geh, mein Junge, du mußt allein sein, wenn du dies Bekenntnis deines Vaters liest. Und wenn du fertig bist, dann komme zu mir, dann wollen wir weiterreden.«

Rudolf ließ sich das Buch in die Hand drücken, ließ sich von dem Vater willenlos hinausschieben und ging durch das Vorzimmer wie im Traum, blickte nicht einmal zu Lore hinüber, die erschrocken hinter ihm hersah. Sie sah, daß er wie ein Blinder nach der Klinke tastete und aus dem Zimmer ging. Eine heiße Angst stieg in ihr auf. Was war geschehen? Warum hatte Rudolf so verändert, so verstört ausgesehen, ohne ihr auch nur einen Blick zu gönnen? Sie sah schon ihr Glück in Gefahr und preßte die Hände wie im Gebet zusammen. Auch daß sie der Chef noch nicht zu sich gerufen hatte, beunruhigte sie. Instinktiv fühlte sie, daß etwas Bedeutungsvolles geschehen war, seit Jan Werkmeester bei dem Chef gewesen war.

In großer Unruhe saß sie und wartete auf irgend etwas Schlimmes, das kommen mußte. Ganz mechanisch verrichtete sie ihre Arbeit. Im Zimmer des Chefs rührte sich nichts. Ihre Tischzeit kam, aber sie war nicht imstande, ihren Platz zu verlassen, ihr war, als dürfe das nicht geschehen. Sie wußte auch, daß sie in dieser Angst und Sorge keinen Bissen essen könnte.

Endlich wurde das Vorzimmer wieder geöffnet, und Rudolf trat ein. Er hatte das kleine Buch wieder in den Händen, das er mit sich genommen hatte, und war sehr blaß. Seine Augen sahen aus, als habe er brennende Tränen unterdrücken müssen. Er trat zu Lore heran. Angstvoll sah sie zu ihm auf, sie sah, daß seine Augen feucht waren. Liebevoll strich er über ihr Haar.

»Ich habe dich wohl erschreckt, Lore, als ich vorhin so kopflos hier durch das Zimmer ging. Aber ich habe etwas sehr Aufregendes erlebt. Nein, erschrick nicht, es betrifft nicht unsere Liebe, oder doch nur soweit, daß es unsere Sache günstig beeinflussen wird. Ich glaube, Lore, jetzt wird alles gut werden. Habe noch ein Weilchen Geduld, ich kann dir jetzt nichts weiter sagen. Morgen, Lore, morgen spätestens sollst du alles wissen. Bis dahin sei ganz unverzagt.«

Sie nahm seine Hand und legte ihre Wange einen Moment hinein. Dann nickte sie ihm tapfer zu. Er beugte sich schnell herab und küßte sie auf den Mund. Das hatte er noch nie getan. Sie erschrak und sah sich angstvoll um, als könne es einen Zeugen gegeben haben. Schnell ging er dann wieder zu seinem Vater hinein. Dieser hatte in Gedanken versunken an seinem Schreibtisch gesessen. Er erhob sich und sah Rudolf entgegen. Der warf sich in seine Arme.

»Vater, lieber Vater!«

Erschüttert strich der alte Herr über seinen Kopf.

»Ruhe, mein Junge! Und Kopf hoch! Ich danke dir, daß du mich auch jetzt noch Vater nennst.«

»Nie wirst du mir etwas anderes sein, obwohl jetzt mein leiblicher Vater aus dem Reiche der Toten zurückgekehrt ist. Ich habe seine Beichte mit tiefster Erschütterung gelesen und kann ihn nicht verurteilen. Er hat so viel gelitten.«

»Ja, mein Junge, und was er gelitten hat, das soll in unseren Herzen auslöschen, was auch wir gelitten haben. Nun kann ich es dir ja gestehen, Rudolf, ich fühlte mich schuldig an seinem Tode. Du hast ja in seinem Tagebuch gelesen, wie sich die Szene an dem Abgrunde in Wahrheit abgespielt hat. Ich glaubte, daß ich bei unserem Ringen schuld an seinem Absturz gehabt haben könne. Bei meinem Charakter mußte ich mir schwere Vorwürfe machen, obwohl ich nur das Beste gewollt hatte. Gott sei Dank, daß dein Vater lebt und daß ich nun weiß, daß ich ganz unschuldig war. In meiner Gewissensnot legte ich das Gelübde ab, daß meine Tochter den Sohn meines Freundes heiraten solle, denn mir war, als hätte ich an dir vieles gutzumachen.«

»Das hast du auch ohnedies hundertfach getan. Und daß du so schwer gelitten hast, tut mir sehr leid. Aber nun das alles von deinem Herzen herunter ist, Vater, nun darf doch Waltraut glücklich werden, sie kann nun in dem Falle einen Sohn deines Freundes heiraten, wenn auch ich es nicht bin.«

Forschend sah der alte Herr ihn an.

»Aber du, Rudolf? Du tratest doch nur von der Verlobung zurück, weil Waltraut es wünschte?«

»Nein, Vater, du ließest mich ja nicht weiter zu Worte kommen, sonst hätte ich dir gleich gesagt, daß auch ich inzwischen mein Herz verloren und die Überzeugung gewonnen hatte, daß wir beide, Waltraut und ich, in einer Ehe unglücklich werden müßten.«

Georg Roland sank in einen Sessel.

»Mein Gott, was wäre das für ein Unglück geworden. Und nun löst das Schicksal alles ohne mein Dazutun. Aber jetzt wollen wir deinen Vater nicht länger warten lassen, wir wollen zu ihm gehen.«

Erstaunt sah ihn Rudolf an.

»Du wolltest eine so weite Reise machen, um ihn zu sehen?«

»Ach, das weißt du ja noch nicht. Er ist hier, in Hamburg, mit deinem Bruder Jan zusammen. Er bat mich, ihm Nachricht in die ›Vier Jahreszeiten‹ zukommen zu lassen.«

Das erschütterte Rudolf von neuem.

»Mein Vater ist hier? Und einen Bruder habe ich nun auch?«

»Ja, ja, und nun laß uns zu ihnen gehen und sie erlösen aus qualvoller Unruhe.«

Sie machten sich schnell fertig. Georg Roland sagte Lore, daß er heute ihrer Dienste nicht mehr bedürfe, sie möge alte Sachen aufarbeiten. Rudolf konnte Lore nur noch einmal verstohlen zunicken. Dann gingen die beiden Herren davon.

Jan saß unruhig und erregt im Vestibül des Hotels in der Nähe des Telefons, Stunde um Stunde, und wartete auf Nachricht von Georg Roland. Wohl hatte er sich gesagt, daß es lange dauern würde, bis er Nachricht bekäme, denn erst mußte Georg Roland das Tagebuch seines Vaters lesen und dann sein Bruder Rudolf. Fast zwei Stunden mußte die Lektüre für jeden in Anspruch nehmen; also vor zwei Uhr würde er keinen Bescheid bekommen. Sein Vater befand sich oben in seinem Zimmer in einer unbeschreiblichen Aufregung und wartete ebenfalls. Die Minuten dehnten sich wie Ewigkeiten, auch für ihn.

Endlich aber sah Jan ein Auto vorfahren, und diesem Auto sah er Georg Roland mit einem anderen, jüngeren Herrn entsteigen. Er wußte sogleich, daß es sein Bruder war, hatte er ihn doch schon gestern auf dem Bahnhof gesehen. Seine Brust hob ein tiefer Atemzug. Schnell ging er den beiden Herren entgegen.

»Gottlob, daß Sie kommen! Mein Vater ist schon ganz zermürbt vor Unruhe. Sagen Sie mir, daß Sie ihm Erlösung bringen werden und Ruhe und Frieden?«

»Ja, ja, wir hoffen, ihm das zu bringen«, sagte der alte Herr bewegt.

Jan reichte Rudolf die Hand und sah ihn mit strahlenden Augen an. Mit krampfhaftem Druck umschloß Rudolf die Hand des Bruders, und seine Augen senkten sich in die seinen. Dann sagte Jan zu Georg Roland:

»Ich bitte Sie, gehen sie zuerst allein zu meinem Vater hinauf, Rudolf leistet mir inzwischen Gesellschaft; denn ich denke, wir haben uns auch allerlei zu sagen. Sobald Sie mit meinem Vater sich ausgesprochen haben, lassen Sie uns bitte rufen, ich komme dann mit Rudolf hinauf.«

Er rief den Liftboy herbei und gab ihm Weisung, den Herrn zu dem Zimmer seines Vaters zu führen.

Jan und Rudolf zogen sich in ein stilles Eckchen zurück. Dort saßen sie sich eine Weile schweigend gegenüber und sahen sich in die Augen. Dann reichte Jan dem Bruder die Hand über den Tisch hinweg, der zwischen ihnen stand. Mit einem warmen, ehrlichen Blick sagte er bewegt:

»Wir wollen in Zukunft einander lieben, wie es Brüder tun sollen, Rudolf, ja?«

Dieser ergriff seine Hand mit warmem Druck.

»Es ist mein ehrliches Bestreben, Jan. Wir müssen uns freilich erst zueinander finden, aber daß ich dich werde lieben können, erscheint mir sicher, da Waltraut dich liebt.«

Jans Blick leuchtete auf.

»Und ich mußte dich schon lieben, als mir Waltraut von dir erzählte. Aber ehe wir weiter miteinander Fühlung nehmen, habe ich eine große Bitte an dich.«

»Ich hoffe, daß ich die erste Bitte meines Bruders erfüllen kann.«

»Du sollst nur mit Waltraut telefonieren und ihr sagen, daß alles gut steht. Sie sorgt sich sicher sehr. Sage ihr, sie möge sich noch ein Weilchen gedulden. Wann geht ihr sonst zu Tisch?«

»Um zwei Uhr.«

»So weit ist es fast jetzt schon, und es dürfte heute erheblich später werden. Sage ihr das und bestelle ihr einen herzlichen Gruß.«

Rudolf lächelte.

»Ich denke, sie wird das lieber von dir selber hören.«

»Geht das? Kann ich mit ihr sprechen?«

»Damit ich deine erste Bitte nicht unerfüllt lasse, werde ich die Verbindung zwischen euch herstellen, dann kannst du ihr alles selber sagen.«

Sie begaben sich in die Telefonzelle. Rudolf läutete Waltraut an. Sie mußte erst an den Apparat gerufen werden.

»Hier ist Rudolf, Waltraut!«

»Ach, gottlob, daß ich etwas höre. Sag mir doch, hat Vater Besuch gehabt heute vormittag?«

»Ja, Waltraut, und dieser Besuch steht hier neben mir und will dich selbst sprechen.«

Er reichte Jan den Hörer.

»Liebling!«

»Ach, Jan, lieber Jan, ich bin fast umgekommen vor Unruhe. Wie steht es?«

»Gut, sehr gut. Ich konnte dir leider nicht früher Bescheid geben, eben erst ist dein Vater mit Rudolf ins Hotel gekommen. Unsere beiden Väter sind oben auf Vaters Zimmer und sprechen sich aus. Rudolf und ich haben gerade erst die ersten Fühler ausgestreckt, um uns recht liebgewinnen zu können, wie sich das für Brüder gehört.«

»Gott sei Dank, o Gott sei Dank! Ist Vater sehr erregt gewesen?«

»Du kannst dir schon denken, daß es ohne Erregung nicht abgegangen ist, aber ich hoffe, daß alles zu einem versöhnlichen Ende kommt. Sei unbesorgt, es wird alles gut. Das wollte ich dir nur schnell sagen. Und daß du dich nicht sorgen sollst, wenn dein Vater und Rudolf nicht pünktlich zu Tisch kommen. Das werden sie keinesfalls, aber vielleicht triffst du Anordnungen, daß noch ein paar Gäste mitessen können. Ich werde es jedenfalls deinem Vater sehr nahelegen, daß er mich zu Tisch in seinem Hause einlädt.«

»Ach, Jan, so zuversichtlich bist du?«

»Ja, so zuversichtlich bin ich. Natürlich muß ich das deinem Vater begreiflich machen, falls er nicht von selbst daraufkommt, uns einzuladen. Du weißt doch von Saorda aus, was für eine Routine ich habe, mich selbst einzuladen, wenn eine gewisse junge Dame anzutreffen ist. Also Kopf hoch, Liebling, und ein wenig Geduld, es wird alles gut werden.«

»Wie froh bin ich, daß du so zuversichtlich bist, nun will auch ich ganz tapfer und geduldig sein.«

»Brav! Auf Wiedersehen, Liebling!«

»Auf Wiedersehen, Jan!«

Mit einem glücklichen Gesicht wandte sich Jan dem Bruder wieder zu.

»So, Rudolf, nun bin ich neu gestärkt, nun kann meinetwegen der Kampf noch ein kleines Weilchen weitertoben.«

»Ich glaube, daß du das nicht zu fürchten brauchst, Jan.«

Dieser schob seinen Arm unter den des Bruders und führte ihn wieder in die stille Ecke. Hier sprachen sie sich nun vom Herzen, was sie einander zu sagen hatten. Rudolf erzählte dann auch von seiner Liebe zu Lore Lenz und von seinem Plan, für sie und sich ein bescheidenes Heim zu gründen. Da lachte Jan glücklich auf.

»Gar so bescheiden braucht es nicht zu sein, Rudolf, dafür laß Vater sorgen, er brennt darauf, dir etwas Gutes tun zu dürfen.«

Rudolfs Lippen zuckten.

»An den Gedanken, daß ich einen richtigen Vater besitze, werde ich mich erst gewöhnen müssen. Alles kam mir bisher von meinem Pflegevater, und ihn werde ich immer als einen rechten Vater lieben.«

»Das sollst du auch, etwas anderes wäre undankbar. Aber du wirst ihn nicht ärmer machen, wenn du auch deinem Vater ein wenig Liebe schenkst. Ich nehme als selbstverständlich an, daß mein Bruder Gefühlsreichtum genug besitzt, um zwei Väter damit beglücken zu können«, sagte Jan dringlich.

Da lächelte Rudolf, ein gutes, warmes Lächeln.

»Ich habe immer einen Überschuß an Liebe gehabt.«

»Nun also, den kannst du herrlich für Vater verwenden, und wenn dabei auch für mich noch ein gut Teil abfällt, bin ich nicht böse.«

Rudolf drückte ihm die Hand. Und Jan erzählte nun so viel Liebes und Gutes von seinem Vater und suchte ihn Rudolf immer näherzubringen, daß diesem das Herz warm wurde und er eine große Sehnsucht nach seinem Vater in sich aufsteigen fühlte. So tasteten sich die beiden Brüder immer näher zueinander hin und verstanden sich von Minute zu Minute besser. Blut ist dikker als Wasser, und sie fühlten doch, daß dasselbe Blut in ihren Adern floß.

20

Die beiden Jugendfreunde saßen oben in Hendrik Werkmeesters Zimmer zusammen. Jans Vater war rastlos auf und ab gelaufen, bis Georg Roland zu ihm eingetreten war. Starr und steif blieb er da mitten im Zimmer stehen und sah dem Eintretenden entgegen. Wortlos sahen sich die beiden Freunde an, und dann streckten sie zu gleicher Zeit die Hände nacheinander aus und hielten sich fest, Auge in Auge verharrend.

Lange waren sie beide nicht fähig, ein Wort zu reden, hielten sich nur krampfhaft fest und kämpften mit ihrer Bewegung. Endlich rang es sich über Georg Rolands Lippen:

»Daß du lebst, Heinrich, daß du lebst, ist eine Gnade des Himmels für mich.«

»Und daß du mich bei den Händen hältst und mich nicht voll Verachtung von dir stößt, das ist für mich ein Gnadengeschenk, Georg!«

»Wie sollte ich dich verachten, Heinrich? In der Not, in der du dich damals befandest, hätte wahrscheinlich auch ich getan, was du tatest. Leider war ich ja nicht da, um dir helfen zu können. Ich habe längst um diese deine

Schuld gewußt und habe sie getilgt, damit dein Name rein bliebe für deinen Sohn.«

»Das danke ich dir mit jedem Atemzug, ich wußte, ahnte wenigstens, daß du meine Verfehlung gedeckt hattest. Und als ich die ersten zwanzigtausend Mark zusammen hatte, legte ich sie für dich an, mit Zins und Zinseszins, die Summe hat sich inzwischen fast verdreifacht, sie sollte nach meinem Tode dir oder deinen Erben zufallen. Nun kann ich sie dir noch bei Lebzeiten zurückerstatten.«

»Wenn es dich entlasten wird, mag es geschehen, ich habe sie längst verschmerzt.«

»Ich werde auch ohnedies ewig dein Schuldner bleiben, da du meinem Sohn ein Vater warst und ihn zu einem tüchtigen Mann erzogen hast.«

»Diese Tat trug ihren Lohn in sich selbst. Ich liebe Rudolf wie ein eigenes Kind, und du weißt, daß ich ihn zu meinem Erben machen wollte, ohne daß ich meine Tochter zu enterben brauchte. Laß mir ein wenig von seiner Liebe, das ist mir Dank genug.«

»Die wird er dir nie entziehen. Aber du weißt, daß Rudolfs und Waltrauts Herzen andere Wege gingen. Darf mein Sohn Jan nun hoffen, Georg, *Jan, mein jüngster Sohn?*«

Georg Roland atmete auf, wie von einer Last befreit.

»Gottlob, daß er dein Sohn ist! So brauche ich mein Gelübde nicht zu brechen und muß meine Tochter nicht zu einer Verbindung zwingen, die ihr kein Glück gebracht hätte, obwohl ich ihr wahrlich einen Prachtmenschen zum Manne ausgesucht hatte.«

»Ich glaube, daß dich auch mein Jan in diesem Punkte

nicht enttäuschen wird. Laß ihn mit deiner Tochter glücklich werden.«

»Was aber soll mit Rudolf werden? Wenn er nicht mein Erbe wird, was bleibt ihm da?«

»Ich hoffe, ihn entschädigen zu können. Doch das werden wir alles später besprechen, wenn wir uns erst ein wenig gefaßt haben.«

Sie saßen zusammen und tauschten ihre Gedanken aus, sagten sich, was sie beide gelitten hatten und räumten fort, was trennend zwischen ihnen stand. Und dann sagte Hendrik Werkmeester bittend:

»Und wann werde ich meinen Sohn Rudolf sehen dürfen? Weiß er, daß ich lebe?«

»Alles weiß er, er hat dein Tagebuch gelesen und ist mit mir hierher ins Hotel gekommen, er wartet unten mit Jan, bis wir ihn rufen lassen.«

Wie ein junger Mann sprang Hendrik auf, klingelte und befahl dem Boy, die beiden jungen Herren heraufzurufen.

Wenige Minuten später standen Vater und Sohn einander gegenüber und staunend sahen die beiden anderen, wie sehr ähnlich sie einander waren. Es war eine erschütternde Szene des Wiederfindens zwischen den beiden, und es wollte lange nicht ruhig werden in den vier aufgestörten Gemütern. Viel gab es noch zu sagen und zu fragen. Bis Jan schließlich mit seiner Munterkeit die Situation klärte. Er sagte lächelnd:

»Jetzt haben wir beiden Brüder jeder einen Bruder und jeder zwei Väter bekommen. Rudolf hat seinen rechten Vater gefunden, und Waltrauts Vater wird mich nun auch als Sohn in seinem Herzen aufnehmen müssen. Und indem ihr beide Väter teilt, gewinnt ihr doppelt. Aber das alles hindert mich nicht, in heißer Sehnsucht an meine Braut zu denken, die in Sorge und Unruhe daheim sitzt. Ich habe ihr vorhin telefonisch versprochen, daß ihr Vater mich und meinen Vater zum Mittagessen einladen wird, wenn ich ein wenig nachhelfe. Nachgeholfen habe ich nun ziemlich heftig, und ich hoffe, Herr Roland, daß Sie mich bei meiner Braut nicht wortbrüchig machen werden?«

»Nur unter der Bedingung, daß du, mein lieber Jan, auf der Stelle diese steife Anrede unterläßt. Einen Vater nennt man nicht Sie und Herr Roland.«

Jan umarmte ihn strahlend.

»Mit tausend Freuden, lieber Vater!«

»Und du willst mir meine Waltraut entführen – so weit weg soll mein Kind heiraten? Das will mir noch gar nicht in den Kopf, was soll ich ohne Waltraut anfangen?«

»Ich hoffe, lieber Vater, daß dir Rudolf einen Ersatz ins Haus bringt, soviel ich weiß, hast du viel Sympathie für seine künftige Frau.«

Georg Roland sah betroffen auf.

»Richtig, Rudolf hat ja auch sein Herz anderweitig vergeben. Aber ich weiß noch immer nicht, an wen. Wer ist die Glückliche, die diesen Prachtkerl zum Manne bekommt?«

Rudolf sah ihn mit großen Augen an.

»Es ist Lore Lenz, Vater!«

Fassungslos fiel der alte Herr in seinen Sessel zurück.

»Lore Lenz? Die also hat dein Herz gewonnen? Nun, das kann ich freilich verstehen, für so ein Mädel hätte ich in meiner Jugend auch allerlei Torheiten begangen. Und wenn mir eine für Waltraut Ersatz bringen kann, so ist es die. Ich bin heute einmal dabei, mir lauter Einwilligungen abnötigen zu lassen, so soll auch dir mein Segen nicht fehlen, mein lieber Junge. Ich bin viel zu froh und glücklich heute, daß sich alles so harmonisch und friedlich gelöst hat, daß ich keine trüben Gesichter sehen mag. Und da dein Vater dafür sorgen wird, daß du für das verlorene Erbe Ersatz finden wirst, so ist nichts dagegen einzuwenden, daß du dir den Luxus leisten willst, eine arme Frau heimzuführen. Und wenn die Lore Lenz auch kein Vermögen hat, so bringt sie dir doch allerhand Schätze mit in die Ehe, die nicht von Motten und Rost zerfressen werden.«

Rudolf fiel ihm um den Hals, und dann umarmte er seinen Vater, so daß auch dieser nicht zu kurz kam.

In schönster Eintracht und Harmonie brachen die vier Herren endlich auf, um zur Villa Roland zu fahren und Waltraut aus ihren Sorgen zu erlösen. Ehe sie das Hotel verließen, sagte Georg Roland:

»Ich muß erst noch einmal telefonieren.«

Die anderen warteten auf ihn, und als er aus der Telefonzelle herauskam, sagte er lächelnd zu Rudolf:

»Ohne die Braut können wir doch nicht Verlobung feiern. Ich habe Fräulein Lenz gesagt, daß ich sie sofort in meiner Wohnung erwarte, sie soll sich ein Auto nehmen. Ich hätte allerlei Wichtiges zu diktieren.«

Rudolf faßte seine Hand mit so festem Druck, daß er eine kleine Grimasse schnitt und lachend sagte:

»Sei so gut, Junge, und laß mich noch ein wenig am Leben. Jetzt möchte ich doch gern noch ein paar Jährchen bei euch bleiben und mich an eurem Glück freuen. Und das sage ich dir, mit der Lore Lenz rede ich selbst erst ein Wörtchen Ich selbst will ihr beibringen, wozu ich sie animiert habe.«

»Aber laß mich dabei sein, Vater, sie ängstigt sich sonst. Wenn du wüßtest, wie bange sie war, als sie vor dir Heimlichkeiten haben mußte.«

»Nun ja, das kann ich mir denken, es ist sonst ihre Art nicht. Aber ein wenig necken muß ich sie doch, Strafe muß sein.«

21

Waltraud klopfte das Herz bis zum Halse hinauf, als sie die vier Herren aus dem Auto steigen sah. Mit blassen Wangen kam sie ihnen im Vestibül entgegen.

Georg Roland nahm sie in seine Arme.

»So blasse Wangen darf eine Braut nicht haben, Waltraut.«

Er küßte sie und schob sie Jan in die Arme, der sie ohne Umstände herzhaft küßte, so daß die blassen Wangen im Nu verschwunden waren. Sie sahen sich glückstrahlend in die Augen, dann fiel Waltraut dem Vater um den Hals und küßte ihn.

Danach kam Hendrik Werkmeester an die Reihe, und zuletzt bekam auch Rudolf einen schwesterlichen Kuß. Das konnte aber Jan nicht mehr mit ansehen, er zog sie wieder in seine Arme und sagte eifersüchtig:

»Das hört jetzt auf, jetzt gibt es für andere Männer keine Küsse mehr, ich kann sie selber alle sehr gut verwerten.«

»Du bist ja ein schöner Othello«, scherzte Rudolf.

»Warte nur ab, bis deine Lore hier der Reihe nach von uns Herren abgeküßt wird. Dann wollen wir mal sehen, wer von uns beiden der größere Othello ist«, erwiderte Jan prompt.

Sie waren nun alle in das große Empfangszimmer getreten. Und nun sahen sie auch schon ein anderes Auto vorfahren.

»Das ist Lore Lenz!« sagte Georg Roland.

Rudolf wollte hinausstürmen.

»Hiergeblieben!« kommandierte sein Pflegevater und hielt ihn am Ärmel fest. »Das ist gegen die Verabredung, erst habe ich mit ihr ein Wörtchen zu reden. Du darfst aber vom Nebenzimmer aus zuhören.«

Lore Lenz wurde in das Zimmer des Hausherrn geführt, wo ihr dieser sogleich entgegentrat. Rudolf stand hinter dem Türvorhang zum Nebenzimmer.

»Da sind Sie ja, Fräulein Lenz!«

»Ja, Herr Roland, ich habe mein Stenogrammheft mitgebracht. Bitte, wollen Sie mir Ihre Aufträge geben.«

»Hm! Das eilt nicht, ich habe etwas Privates mit Ihnen zu besprechen. Mir ist zugetragen worden, daß Sie ein Liebesverhältnis mit meinem Pflegesohn haben.«

Lore wurde blaß, richtete sich aber stolz empor.

»Wer Ihnen das zugetragen hat, lügt, Herr Roland. Ich habe kein Liebesverhältnis mit Herrn Werkmeister, aber ich bin seine Braut. Wir lieben uns und werden uns heiraten.«

»So, so? Und ich werde gar nicht gefragt?«

»Verzeihen Sie mir, ich hätte das nicht so schroff sagen sollen, aber ich darf nicht dulden, daß auch nur der Schatten eines unlauteren Verhältnisses auf mich fällt. Und wenn wir Sie nicht gefragt haben, so lag das daran, daß die Verhältnisse es nicht gestatteten, bis alles geklärt war. Aus Freude an Heimlichkeiten haben wir es Ihnen sicher nicht verschwiegen. Mir ist es herzlich schwer geworden, es Ihnen verheimlichen zu müssen. Ich kann mir auch sehr gut denken, daß Sie sehr gegen unsere Verbindung sind, ich bin ja nur ein armes Mädchen. Aber ich liebe Rudolf viel zu sehr, als daß ich stark genug gewesen wäre, seine Werbung, seine ehrliche Werbung, abzuweisen. Wenn das ein Unrecht war, so muß ich es auf mich nehmen.«

»Sie können sich aber doch wohl denken, daß ich unter diesen Umständen Ihre Dienste nicht mehr in Anspruch nehmen kann.«

Mit einem traurigen Blick sah sie ihn an.

»Ja, ich sehe ein, daß ich von Ihnen entlassen bin«, sagte sie müde.

»Selbstverständlich, ich kann doch unmöglich die Braut meines Sohnes als meine bezahlte Sekretärin beschäftigen. Aber vielleicht helfen Sie mir ohne Bezahlung noch ein Weilchen, bis ich eine andere Sekretärin gefunden habe. Oder soll die Hochzeit gleich sein?«

Ihre Augen füllten sich mit Tränen.

»Ich habe einen so grausamen Scherz nicht verdient.«

Da nahm er sie ohne Umstände in seine Arme.

»Wer scherzt denn, Lore Lenz? Sehen Sie sich nur einmal um, wer dort zitternd und bebend am Vorhang steht und mir drohende Blicke zuwirft. Er ist imstande, mich umzubringen, wenn ich Sie noch länger necke.«

Lore sah sich um, sah Rudolf mit ausgebreiteten Armen stehen.

»Lore! Lore!«

Sie flog in diese Arme hinein, in denen sie sich sicher fühlte vor der ganzen Welt.

Leise ging Georg Roland aus dem Zimmer. Rudolf erklärte Lore nun in Eile, was geschehen war und daß sie hierherbeordert sei, um Verlobung mit ihm zu feiern. Lore hörte halb beglückt und halb beklommen zu und sagte dann, was jede Frau in solch einer Situation gesagt hätte:

»Ach, Rudolf, ich bin doch nicht danach angezogen, ich habe doch mein Arbeitskleid an.«

Er lachte glücklich und küßte sie immer wieder.

»Lore, du bist schön wie eine junge Königin, so wie du bist, und dein Arbeitskleid gefällt mir besser als die herrlichsten Toiletten anderer Frauen.«

In diesem Moment trat Waltraut in das Zimmer.

»Waltraut, das ist meine Lore und denke dir, sie will nicht mit mir Verlobung feiern, weil sie kein Festkleid trägt.«

Waltraut zog Lore bei den Händen zu sich heran.

»Das ist also Lore Lenz!«

»Hab' sie lieb, Waltraut.«

Herzlich umarmte Waltraut die glückliche, aber ganz benommene Lore.

»Wir müssen Schwestern sein, Lore, sonst machen wir Rudolf unglücklich. Und das willst du doch nicht?«

Lore schüttelte unter Tränen den Kopf.

»Nein, nein, o nein! Aber ich fasse das alles noch nicht, das Glück kommt zu plötzlich.«

»Wir sind heute alle ein wenig aus den Fugen, und alles geht bei uns arg durcheinander, aber um so leichter werden wir uns im Herzen zueinanderfinden. Ich habe gehört, daß du so ein tapferes Mädel bist. Das zeige uns heute einmal. Jetzt müssen wir endlich zu Tische gehen.«

Lore sah hilflos an sich herab.

»So kann ich doch nicht!«

Waltraut lachte.

»Es hilft nichts, Lore, vorläufig soll ja auch nur eine provisorische Verlobungsfeier stattfinden, es folgt noch eine nach, und da wirst du Zeit haben, dich noch schöner zu machen, als du ohnedies schon bist. Ich kann dich schon verstehen, aber was nicht zu ändern ist, mußt du mit Ergebung tragen.«

Rudolf küßte Lore schnell noch einmal.

»Nun komm zu meinem Vater und meinem Bruder, Lore.«

Es ging bei dieser Mahlzeit noch sehr aufgeregt zu, aber die beiden jungen Paare waren jedenfalls sehr glücklich, und die beiden Väter nicht minder. Alle Schatten waren gewichen, leuchtender Sonnenschein des Glücks verklärte alle Gesichter. Nach der Tafel, als man im Nebenzimmer den Mokka nahm, wurde Lore erst einmal von allen liebevoll als Familienmitglied umarmt und geküßt, und Jan sah mit übermütigem Lächeln zu, wie Rudolf dabei wie auf Kohlen stand. Die beiden Brüder waren nun schon sehr vertraut miteinander, und Jan nahm sich, um Rudolf zu necken, sehr umständlich von

Lore einen Bruderkuß. Lore fand sich schließlich mit viel Grazie und reizender Drolerie in die neue Situation, und die beiden Väter machten ihr abwechselnd ein wenig den Hof, was zu allerlei Neckereien Anlaß gab.

Noch an diesem Nachmittag ging auf Waltrauts Bitte ein Telegramm an Schlüters ab:

»Mit väterlichem Segen glücklich. Waltraut, Jan.«

»So«, sagte Jan, als er das aufgesetzt hatte, »nun wird Frau Dora ein großer Stein vom Herzen fallen, und sie wird in Larina das Oberste zuunterst kehren, um alles zu deinem Empfang herzurichten.«

Es gab bald eine Doppelhochzeit im Hause Roland. Jan und Waltraut wollten nicht zu lange zögern, nach Larina zurückzukehren. Hendrik Werkmeester sollte noch ein halbes Jahr in Deutschland bleiben, um dem Freunde und seinem ältesten Sohne noch für eine Weile nahezubleiben.

Lore und Rudolf, so hatte sich Georg Roland ausgebeten, wohnten mit ihm in Villa Roland, damit er sich nicht so einsam fühlte. Waltraut war mit dieser Anordnung ein Stein vom Herzen gefallen, sie wußte nun, daß der Vater nicht allein bleiben würde. So konnte sie leichteren Herzens scheiden.

Rudolf trat mit einem Kapital, das ihm sein Vater zur Verfügung stellte, als Teilhaber in die Firma Roland ein, so wurde Georg Roland auch die Sorge los, was später mit der Firma werden sollte. Rudolf sollte sie später zugleich mit für Waltraut verwalten.

Lore Lenz brachte ihre Dankbarkeit für ihren ehemaligen Chef dadurch zum Ausdruck, daß sie ihn hausmütterlich verwöhnte und ihm eine liebevolle, sorgsame Tochter wurde.

Waltraut und Lore waren sich rasch sehr nahegekommen und fühlten sehr schwesterlich füreinander. Die Wochen vor der Hochzeit waren sie täglich zusammen gewesen und hatten sich herzlich liebgewonnen.

Als Jan und Waltraut am Tage nach der Hochzeit abreisten, wurden sie von allen Familienmitgliedern an den Dampfer begleitet. Sie hatten das Versprechen erhalten, daß Georg Roland Hendrik Werkmeester bei dessen Heimkehr nach Larina begleiten und daselbst einige Monate verweilen wolle. Lore und Rudolf sollten im nächsten Jahre eine verspätete Hochzeitsreise nach Ceylon machen und ebenfalls einige Zeit in Larina bleiben. Und Georg Roland hatte gefordert, daß Waltraut mit ihrem Gatten mindestens jedes dritte Jahr für längere Zeit nach Europa käme. So hoffte man allerseits im steten Verkehr zu bleiben.

An Bord des Dampfers gab es einen bewegten Abschied, aber die Augen blickten dabei froh und zuversichtlich, sollte es doch für alle keine gar zu lange Trennung werden.

Als sich der Dampfer in Bewegung setzte, standen Jan und Waltraut umschlungen an der Reling und winkten die letzten Grüße zurück. Und an Land standen Rudolf und Lore ebenso eng umschlungen und ließen ihre Tücher flattern. Hendrik Werkmeester aber und sein Freund Georg Roland hielten einander fest bei den Händen und blickten mit ernsten Augen hinter ihren Kindern her.

Zum drittenmal nun innerhalb eines Jahres legten Jan

und Waltraut die Reise zwischen Ceylon und Deutschland zurück, und sie gingen so ineinander auf, daß sie sich nicht einsam fühlen konnten. Ein reiches, volles Glück begleitete sie auf dieser Fahrt und blieb ihnen auch im fremden Lande treu.

Als sie sich nach einer herrlichen Seereise in Colombo wieder an Land begaben und dann in Kandy eintrafen, wurden sie von Schlüters empfangen. Dora flog Waltraut jubelnd um den Hals, und die beiden Männer drückten sich fest und warm die Hände.

In Larina hatte Dora Wunderdinge vollbracht, das Haus glich wirklich einem Märchentraum, und es war kein Wunder, daß das Glück für alle Zeit hier weilte.

Als Jan und Waltraut zum erstenmal in ihrem Heim allein waren, zog Jan sie in seine Arme und sah seine junge Frau mit seinen zärtlichen Augen an.

»Wirst du nie Heimweh bekommen, mein geliebtes Herz?«

Sie schüttelte den Kopf.

»Meine Heimat ist an deinem Herzen, mein Jan, wie sollte ich Heimweh nach einem Lande bekommen, in dem du nicht weilst.«

Ihre Lippen fanden sich in inniger Glückseligkeit.

Hedwig Courths-Mahler

Hilfe für Mona

1

»Wird man dich heute abend auf dem Ball in der ›Harmonie‹ sehen, Mona?«

»Nein, Gloria, es widerstrebt mir; es ist kaum ein Jahr her, daß mein Vater starb.«

»Nun, die Trauerzeit ist doch damit zu Ende.«

»Ich kann meine tiefe Trauer nicht so exakt begrenzen.«

»Das ist nicht meine Ansicht. Aber darüber werden wir uns jedoch einig werden, wie über manches andere auch, nicht wahr, Mona?«

Gloria Lindner zuckte mit spöttischem Lächeln die Achseln und fügte noch hinzu:

»Du bist wirklich langweilig, wie Richard Römer von dir behauptet.«

Mona zuckte zusammen, und ihre Augen blickten traurig.

»So, hat Richard Römer das von mir gesagt?«

Gloria Lindner hatte mit großer Genugtuung Monas Zusammenzucken bemerkt. Sie gab sich aber den Anschein vollkommener Unbefangenheit.

»Selbstverständlich hat er das gesagt, sonst würde ich es nicht behaupten. Da ihr Jugendfreunde seid, darf er sich schon so offen über dich äußern.«

Mona hatte sich wieder gefaßt.

»Das kann er, Gloria, und – wahrscheinlich hat er

recht, wahrscheinlich bin ich langweilig; im Vergleich mit dir ganz bestimmt.«

Gloria öffnete ihre Handtasche und zog einen kleinen Spiegel hervor. Mit einer winzigen Puderquaste fuhr sie über das Gesicht und betrachtete sich wohlgefällig.

»Du kannst dir nicht denken, wie verliebt er in mich ist, er liebt mich leidenschaftlich; und wenn ich nur wollte, wäre er jede Stunde bereit, sich mit mir zu verloben.«

Bei den letzten Worten sah sie über das Spiegelchen hinweg herausfordernd in Monas blasses Gesicht. Diese hatte sich aber vollkommen in der Gewalt und sagte gelassen:

»Das ist verständlich, du bist sehr schön und begehrenswert.«

Gloria lachte eitel, ärgerte sich aber, daß sie Mona nicht tiefer getroffen hatte; denn diese hatte es geschickt zu verbergen gewußt.

»Ja, wie gesagt, er ist unsagbar in mich verliebt, und ich bin sehr froh, daß dich das so ruhig läßt. Ich fürchtete schon, daß ich dir mit dieser Mitteilung weh tun könnte. Ich habe mir immer eingebildet, du liebtest ihn sehr. Deshalb redete ich bisher nicht darüber.«

Mona zwang ein stolzes Lächeln in ihr Gesicht.

»An mehr oder minder deutlichen Bemerkungen darüber hast du es eigentlich nie fehlen lassen. Du siehst aber, daß du im Irrtum bist. Zwischen Richard Römer und mir besteht nichts weiter als eine harmlose Jugendfreundschaft. Du weißt ja, seine Eltern und die meinen waren eng miteinander befreundet, und wir sahen uns fast täglich. Er ist allerdings ein paar Jahre älter als ich, und deshalb war er immer der Führende bei unseren Jugendstreichen. Jetzt, seit dem Tod meines Vaters, der meiner Mutter so bald ins Grab folgte, und seitdem auch Richard seine Mutter verloren hat, kommen wir nur noch selten zusammen. Das tut jedoch unserer Freundschaft keinen Abbruch.«

»Bis er sich eines Tages verheiraten wird. Dann wird seine Frau diese Freundschaft nicht so gern sehen.«

Mona blieb noch immer ruhig.

»An unserer Freundschaft wird auch seine künftige Frau nicht viel ändern können – aber sie wird vielleicht verbieten, daß wir noch weiter als gute Freunde miteinander verkehren. Und darum werden wir beide vernünftig genug sein, uns danach zu richten.«

Gloria war wütend, daß sie Mona nicht härter treffen konnte. Sie wußte sehr wohl, daß diese Richard Römer liebte. Gerade das hatte sie bewogen, Richard durch ein ausgeklügeltes Liebesspiel an sich zu fesseln. Der Hauptgrund war freilich sein Reichtum, denn Gloria war die Tochter vermögensloser Eltern und hatte außerdem zwei Brüder, die noch nichts verdienten.

Gloria wußte, daß sie viel schöner war als Mona und es ihr daher leicht war, Einfluß auf Männer zu gewinnen. Um Mona jede Hoffnung zu rauben, kam es ihr durchaus nicht darauf an, ihr gelegentlich zu sagen, daß Richard Römer sich abfällig über sie geäußert habe. In Wahrheit fiel das dem jungen Mann überhaupt nicht ein, er hatte eine viel zu gute Meinung von Mona und war ihr ein treu ergebener Freund. Wahrscheinlich glaubte Mona auch nicht, daß er sich abfällig über sie äußerte, aber sehr wohl, daß er Gloria Lindner liebte, und das tat ihr weh, denn bei ihr war aus der Jugendfreundschaft längst eine tiefe, starke Neigung geworden. So, wie sie veranlagt war, war das ein Gefühl auf Lebenszeit. Aber sie hatte sich schon damit abgefunden, daß Richards Liebe ihr niemals gehören würde, und sie glaubte Gloria ohne weiteres, daß diese nur zu wollen brauchte, um Richard fest an sich zu binden.

Um keinen Preis hätte Mona die Freundin merken lassen, wie es um sie stand, sie hätte es wenigstens niemals zugegeben. Dazu war sie zu stolz. Daß Gloria sie mit jedem ihrer Worte zu treffen suchte, wußte Mona, und gerade deshalb wollte sie nicht zeigen, wie tief sie verwundet war.

Gloria steckte Puderquaste und Spiegel wieder ein, blies ein Stäubchen von ihrem Ärmel und sah Mona mit ihren dunklen, flammenden Augen prüfend an.

»Du solltest etwas Puder auflegen und dir die Augenbrauen nachziehen. Gerade Gesichter wie das deine haben das sehr nötig«, sagte sie scheinbar freundschaftlich.

Mona zuckte die Achseln.

»Ich würde dadurch weder schöner noch attraktiver werden und verzichte daher darauf.«

Gloria ärgerte sich, daß Mona auch ohne solche Hilfsmittel einen wundervollen Teint hatte, während sie immer mit diesem und jenem nachhelfen mußte. Aber es war etwas wie Mitleid in ihrer Stimme, wenn von Monas Aussehen die Rede war. Nur zu gern wollte sie dieser beibringen, daß sie unansehnlich und reizlos sei, und immer gab sie sich Mühe, Mona zu überreden, Schönheitsmittel zu benutzen, weil sie genau wußte, daß dadurch Monas Teint leiden würde. Doch bis jetzt war es ihr noch nie gelungen, Mona dazu zu bewegen. Diese war keine so überragende Schönheit wie Gloria, aber sie war trotzdem eine reizende Erscheinung. Auch ihre grauen Augen waren durchaus nicht so feurig und verlockend wie die Glorias, aber sie strahlten eine große seelische Reinheit und Tiefe aus. Monas Reize waren feiner und stiller als die Glorias.

Mona hatte eine viel zu bescheidene Meinung von sich und ihrem Aussehen, als daß sie sich gesagt hätte, Gloria spräche nicht ihre wahre Meinung aus. Bei Gloria Lindner war alles Berechnung: Sie war eine kalte Natur, die fest entschlossen war, dem Leben alles abzugewinnen, was es hergab, vor allem in geldlicher Hinsicht. Ihr ganzes Streben ging nach Reichtum, der ihr bisher versagt geblieben war. Und da sie überzeugt war, daß Richard Römer ein reicher Mann war, war sie fest entschlossen, ihn zu erobern und – er machte ihr das nicht einmal schwer, denn er war wirklich über alle Maßen verliebt in Gloria Lindner.

Diese liebte ihn aber durchaus nicht. Sie war eines tiefen, ehrlichen Gefühls überhaupt nicht fähig, und was sie für einen Mann zu empfinden imstande war, das gehörte einem anderen, der seiner Wesensart nach viel besser zu ihr gepaßt hätte, sofern er überhaupt für sie in Frage gekommen wäre. Er war arm wie sie selbst und gleich ihr darauf bedacht, sich durch eine reiche Heirat gesundzustoßen. Dieser andere Mann hieß Hubert Meining. Zwischen ihm und Gloria hatte eine Zeitlang ein Liebesverhältnis bestanden. Dieses ging so weit, daß die beiden sich schließlich eingestanden, daß sie einander gern heiraten würden, wenn sie nicht beide gezwungen wären, nach einem Goldfisch zu angeln. Im besten Einvernehmen miteinander hatten sie trotzdem dieses Verhältnis noch eine Weile fortgesetzt, bis Gloria Richard Römer als Trumpf in ihre Karten gemischt hatte. Zu gleicher Zeit hatte sie auch Hubert Meining darauf aufmerksam gemacht, daß Mona Falkner, die schwerreiche Erbin, für ihn die rechte Frau sein könnte. Hubert Meining war ein bildschöner Mensch, der auf Frauen einen starken Einfluß ausübte. Er traute sich sehr wohl zu, Mona Falkner zu erobern, wenn es ihm nur gelingen würde, sie kennenzulernen. Aber er stand ihren Kreisen fern, und deshalb hatte Gloria sich erboten, ihn mit Mona, die eine Schulfreundin von ihr war, bekannt zu machen.

Das war auch vor einigen Tagen durch einen von Gloria willkürlich herbeigeführten Zufall geschehen, und nun hatte sie von Hubert Meining den Auftrag erhalten, Mona zu veranlassen, dieses Fest in der ›Harmonie‹ zu besuchen, das in der Provinzstadt, in der sie beide lebten, schon seit einiger Zeit Tagesgespräch war.

Gloria hatte eigentlich als selbstverständlich angenommen, daß Mona dieses Fest besuchen würde, und sich nur noch einmal vergewissern wollen, als sie heute vormittag Mona begrüßte. Sie war nun sehr enttäuscht, als sie hörte, daß Mona nicht kommen wollte, und wußte nicht, wie sie es anfangen sollte, sie doch noch dazu zu bewegen. Während sie sich mit Mona über alles mögliche unterhielt, grübelte sie darüber nach. Endlich meinte sie:

»Richard Römer wird sehr betrübt sein, wenn du nicht zu dem Ball kommst, Mona; wir hatten uns schon verabredet, eine vergnügte Ecke zu bilden. Hubert Meining, den ich dir neulich vorstellte, wollte auch dabei sein. Du – der hat sich auf den ersten Blick rasend in dich verliebt.«

»Wie kommst du auf so etwas?«

Gloria lachte.

»Ach, wes das Herz voll ist, des geht der Mund über. Er hat mir von dir vorgeschwärmt – unglaublich, was er alles für Vorzüge an dir entdeckt haben will.«

Mona zuckte die Achseln und sagte ein wenig spöttisch:

»Dann hat er eine ganz andere Meinung von mir als andere Leute.«

»Ja – aber über Geschmack läßt sich nicht streiten. Wie gefällt dir Hubert Meining eigentlich?«

»Ich muß dir offen gestehen, daß ich mir noch gar keine Meinung über ihn gebildet habe.«

»Aber Mona – du bist wirklich ein kleiner Stockfisch. Meining ist doch ein bildschöner und geradezu bezaubernder Mensch.«

»So? Ich habe ihn kaum angesehen, wir hatten ja nur eine flüchtige Begegnung.«

»Da hast du aber keine Augen im Kopf. Die Frauen sind alle entzückt von ihm. Er könnte an jedem Finger zehn haben – aber er sieht keine an. Ausgerechnet du hast einen tiefen Eindruck auf ihn gemacht, er schwärmt von deinen seelenvollen Augen, von deinem wundervollen Haar und deinem blütenfrischen Teint.«

»So laß ihn schwärmen«, sagte Mona seelenruhig.

»Und er freute sich sehr, dich heute abend auf dem Fest wiederzusehen, um dich besser kennenlernen zu können. Willst du nicht mitkommen? Wir würden uns sicher zu viert großartig unterhalten.«

Mona dachte aber nur, daß sie dann, wie schon des öfteren, mit ansehen müßte, daß Richard Römer Gloria den Hof machte und ihr zärtliche Blicke zuwarf. Das ging über ihre Kraft, und sie sagte ruhig und bestimmt:

»Du hast ja bereits meine Ansicht gehört, Gloria; ich kann mich noch nicht entschließen, große, laute Festlichkeiten zu besuchen. Es widerstrebt mir.«

Gloria merkte, daß das eine ernste Absage war, und überlegte. Dann meinte sie:

»Du kannst dir jederzeit die Gesellschaft, nach der du verlangst, in dein schönes Haus einladen. Unsereiner muß sich mit öffentlichen Festen begnügen. Man will doch mal unter Menschen sein.«

»Das kann ich verstehen, Gloria.«

Diese klatschte in die Hand, als käme ihr ein glänzender Gedanke.

»Weißt du, du könntest uns mal zu einem kleinen stimmungsvollen Abendessen bei dir einladen; Richard Römer, Hubert Meining und mich. Mehr Gäste brauchten nicht dazusein. Und deine Hausdame ist ja Ehrenwache genug. Sei lieb, Mona – gönne mir ein bißchen Vergnügen.«

Das konnte Mona nicht gut abschlagen. Lächelnd meinte sie:

»Wenn dir so viel daran liegt – gern.«

»Dann wollen wir gleich einen Abend vereinbaren. Also, heute ist Sonnabend. Morgen müssen wir uns ausruhen von den Festesfreuden, denn es wird spät werden, bis wir heimkommen. Wie wäre es am Montagabend? Würde dir das passen?«

Mona hätte am liebsten nein gesagt, aber sie wußte nur zu gut, Gloria würde nun nicht mehr von ihrer Idee abzubringen sein und nur den Tag verschieben. So sagte sie, in ihr Schicksal ergeben:

»Gut, also am Montagabend, um acht Uhr bitte. Du teilst es wohl den beiden Herren heute abend noch mit. Es soll eine ganz zwanglose Sache sein.«

Gloria strahlte und umarmte Mona.

»Selbstverständlich! Großartig ist das, Mona, ich freue mich riesig. Aber nun muß ich gehen, ich muß mich noch ein paar Stunden ausruhen, sonst sehe ich heute abend nicht frisch aus. Leb wohl, Mona, und bis Montag abend auf Wiedersehen!«

Mona verabschiedete sich von Gloria zwar höflich, aber ohne Wärme.

Trüben Auges sah sie der Entschwindenden nach.

Das Herz tat ihr weh. Richard Römer würde eines Tages Glorias Mann werden, das erschien ihr gewiß. Und sie würde tausend Schmerzen erleiden, nicht nur, weil sie ihn selbst liebte, sondern vor allem deshalb, weil sie wußte, daß Richard mit einer Frau wie Gloria nicht auf Dauer glücklich sein konnte. Wenn er sie erst richtig kannte, wenn ihm die rosa Brille von den Augen genommen wurde, durch die er sie jetzt sah, dann mußte es ein schlimmes Erwachen für ihn geben.

Mona fürchtete sich vor dem kommenden Montagabend. Glorias Art war ihr niemals sehr angenehm gewesen, aber jetzt erschien sie ihr geradezu unleidlich. Sie spürte auch den Hohn in Glorias Wesen, wußte, daß sie eine Ahnung haben mußte von ihren Gefühlen für Richard und daß sie ihr deshalb immer wieder bewußt weh zu tun suchte. Nur ihr Stolz befähigte sie, dies alles scheinbar ruhig zu ertragen.

Aufatmend trat sie von dem Fenster zurück und ging hinüber in das benachbarte Zimmer, in dem Frau Richter, ihre Hausdame, mit einer Handarbeit beschäftigt war.

»Ihr Besuch ist wieder gegangen, Fräulein Mona?« fragte diese lächelnd.

Mona setzte sich zu ihr.

»Ja, Fräulein Lindner wollte mich überreden, das Fest in der ›Harmonie‹ zu besuchen.«

»Aber Sie können sich nicht dazu entschließen?«

»Nein – ich liebe solche Veranstaltungen überhaupt nicht. Ich habe übrigens als Ersatz dafür Fräulein Lindner, Herrn Römer und einen Ihnen noch nicht bekannten Herrn Meining für Montag zum Abendessen eingeladen und möchte Sie bitten, ein ansprechendes Mahl zusammenzustellen.«

»Gerne. Haben Sie besondere Wünsche?«

»Nein, Frau Richter, ich überlasse alles Ihnen. Und jetzt möchte ich in das Werk hinausfahren, der Direktor hat einiges mit mir zu besprechen, und auch die beiden Prokuristen haben Probleme.«

Frau Richter drückte auf einen Klingelknopf. Der eintretende Diener erhielt den Befehl, das Auto vorfahren zu lassen.

Mona wurde im Direktionsgebäude von ihren leitenden Angestellten erwartet. Diese hatten einige Sachen von Wichtigkeit mit ihr zu besprechen, und Mona entschied sich schnell. Sie war in die Geschäfte hinreichend eingeweiht, um in solchen Fällen ihre Entscheidung ruhig und bestimmt treffen zu können; die Herren belästigten sie nicht mit Kleinigkeiten.

Vor wenigen Tagen war Mona einundzwanzig geworden, und der Direktor hatte ihr telefonisch mitgeteilt, daß er auch wegen ihrer Mündigkeit noch einiges mit ihr zu besprechen hätte. Nach Erledigung der geschäftlichen Sachen kam daher der Direktor, ein liebenswürdiger, aufrechter Herr, Ende der Fünfzig, der schon viele Jahre im Betrieb war, hierauf zu sprechen.

»Ihr Herr Vater, unser einstiger verehrter Chef, hat einen kurzen Nachtrag zu seinem Testament hinterlassen, der Ihnen erst nach Ihrer Mündigsprechung vorgelegt werden sollte. Es handelt sich um Ihre Vollmacht bei Abschlüssen von Geschäften. Die Entscheidung sollen Sie nämlich hierbei nur zusammen mit den beiden Herren Prokuristen und mir treffen können, nachdem wir gemeinsam darüber beraten und uns geeinigt haben. Ihr Herr Vater ging dabei wohl von dem Gedanken aus, daß Sie zu jung und zu wenig in die Geschäfte eingeweiht seien, um allein eine Entscheidung treffen zu können. Deshalb soll dies auch nach Ihrer Volljährigkeit so bleiben, wie wir es bisher gehandhabt haben. Ich hoffe, Sie sind damit einverstanden.«

Mona nickte schweigend.

»Wie mit allem, was mein Vater anzuordnen für gut befunden hat. Ich werde Ihnen sehr dankbar sein, wenn Sie mir nach wie vor hilfreich zur Seite stehen.«

»Dessen können Sie gewiß sein, mein gnädiges Fräulein. Und nun ist hier noch eine Bestimmung für den

Fall Ihrer Verheiratung. Auch Ihr künftiger Mann darf Geschäfte nur im Einverständnis mit uns abschließen, vor allem aber darf er größere Summen, die den Ihnen bestimmten Jahresbetrag überschreiten, nur dann anfordern, wenn wir sie unbedenklich auszahlen können. Es ist das eine gewisse Vorsichtsmaßnahme, die es wie bisher Ihnen, so auch Ihrem künftigen Mann unmöglich macht, größere Summen ohne unsere Genehmigung aus dem Werk zu ziehen.«

Mona nickte verständnisvoll.

»Ich erkenne auch darin die liebevolle Fürsorge meines Vaters, der mich davor bewahren will, einem vielleicht leichtsinnigen Gatten zu große Rechte auf mein Vermögen einzuräumen.«

»Ich sehe, Sie sind sehr klug und verständig. Ja, das war sicherlich der Wunsch Ihres Herrn Vaters. Hätten Sie sich vor Ihrer Volljährigkeit verheiratet, dann hätten wir Sie schon vor Ihrer Eheschließung auf diesen Nachtrag aufmerksam machen müssen.«

Mona sah eine Weile vor sich hin. Richard Römer war für sie verloren, und an einen anderen Mann dachte sie nicht. So meinte sie nach einer Weile:

»Es ist sehr fraglich, ob ich mich eines Tages verheiraten werde. Aber meines Vaters Bestimmungen sind gut und richtig. Außerdem ist mein Jahresetat so hoch bemessen, daß ich das Geld, wie Sie wissen, bis jetzt kaum bis zur Hälfte verbraucht habe. Ich werde kaum jemals höhere Ansprüche an die Kasse stellen.«

»Das nehme ich von Ihnen als sicher an, mein gnädiges Fräulein, aber wenn Sie sich eines Tages doch verheiraten, wird das alles vielleicht anders werden. Jedenfalls wollen Sie sich einprägen, daß auch der Ihnen zustehende Jahresbetrag und was Sie davon erübrigen, nur dann ausgezahlt wird, wenn Sie Ihre Unterschrift geben, und zwar, wie bisher, in Vierteljahresraten. Ihrem Mann würden also jeweils diese Beträge nur dann ausgezahlt werden, wenn er eine Vollmacht von Ihnen mitbringt. Am besten, Sie kassieren auch dann immer selbst. Über diese Vierteljahrsraten hinaus wird aber auch auf Ihre Unterschrift nichts ohne unsere Einwilligung ausgezahlt, und es wird dann stets am besten sein, wenn Sie persönlich mit uns über außergewöhnliche und bedeutende Beträge verhandeln.« Sie hatte aufmerksam zugehört und sah lächelnd zu den drei Herren auf.

»Ich freue mich, daß es mir dadurch unmöglich ist, Torheiten in finanziellen Dingen zu begehen, und bitte Sie, sich immer streng an die Bestimmung meines Vaters zu halten.«

Die Herren verneigten sich dankend und versicherten ihr, daß sie ihr stets treu ergeben seien.

Dann legte der Direktor Mona den von ihrem Vater aufgesetzten und unterschriebenen Nachtrag zu seinem Testament vor. Sie solle ihn aufmerksam durchlesen, was sie pflichtgemäß tat. Sie ahnte nicht, welche Bedeutung dieser Nachtrag eines Tages für sie haben würde.

Es wurden noch einige Dinge besprochen, und dann baten die Herren sie, sich einige neue Modelle im Maschinensaal anzusehen. Sie willigte ein und betrachtete alles mit großem Interesse. Darauf verabschiedete sie sich und ließ sich vom Direktor zu ihrem Wagen führen.

Während der Heimfahrt ließ sie sich noch einmal durch den Kopf gehen, was sie in der zurückliegenden

Stunde erfahren hatte. Mit aufrichtigem Dank gedachte sie ihres Vaters, der, noch über seinen Tod hinaus, für ihr Wohl besorgt war.

Es schien ihr völlig unmöglich, jemals, selbst wenn sie verheiratet sein würde, mehr als die Summe aufbrauchen zu können, die der Vater für ihre Lebenshaltung ausgesetzt hatte. Außerdem dachte sie zur Zeit überhaupt nicht an eine Heirat – ihr Herz gehörte Richard Römer, und dieser würde Gloria Lindners Mann werden. Eine Ehe mit einem anderen Mann würde immer nur eine Vernunftehe sein, und eine solche einzugehen erschien ihr vorläufig unmöglich.

2

Die Festräume der ›Harmonie‹ füllten sich schon ziemlich zeitig. Die vorausbestellten Tische, für die ein ziemlicher Betrag gezahlt werden mußte, waren die einzigen, die noch nicht besetzt waren. Aber langsam fanden sich auch die Herrschaften ein, die diese Tische bestellt hatten. Zuletzt erschienen die Ehrengäste und die, die es sich hatten leisten können, eine Loge für den Abend zu mieten.

Richard Römer hatte sich ebenfalls eine Loge gesichert, in der Hoffnung, hier mit Gloria Lindner und Mona Falkner zusammensitzen zu können. Er war ehrlich betrübt, als Gloria ihm sagte, daß mit Monas Erscheinen nicht zu rechnen sei. Und so war es gut, daß er

Hubert Meining auf Glorias Bitte hin einen Platz in seiner Loge hatte anbieten lassen. Sonst hätte er sich allein in Glorias Gesellschaft befunden, und das wäre doch etwas auffallend gewesen. Richard gehörte zu den Männern, die eine Frau niemals durch eine Unachtsamkeit bloßstellen würden. So saß man zu dritt beieinander, und im Laufe des Abends gesellte sich noch ein Freund Richards mit seiner Dame dazu.

Platz genug war in der Loge, während sonst alles überfüllt war.

Richard Römer war eine attraktive Erscheinung, wenngleich er es nicht mit Hubert Meining aufnehmen konnte. Dessen Schönheit war allerdings auffallend, und viele Frauenaugen sahen schmachtend zu ihm hinüber. Das pflegte er mit eitlem Lächeln hinzunehmen.

Richard fand diesen schönen Mann reichlich fad und überhaupt nicht angenehm. Er duldete ihn nur an seinem Tisch, weil Gloria für ihn gebeten und ihm gesagt hatte, sie habe ihn aufgefordert, in der Loge Platz zu nehmen. Eben weil sie gehofft hatte, Mona würde anwesend sein. Richard konnte sich nicht denken, daß Mona sonderlich Gefallen an diesem Mann mit dem sieghaft und eroberungslustig umherschweifenden Blick gefunden hätte.

Jedenfalls war Herr Meining sehr enttäuscht, daß es Gloria nicht gelungen war, Mona Falkner auf das Fest zu locken. Er tröstete sich aber damit, daß er von anderen Frauen angehimmelt wurde. Gloria übersah er heute, denn er wußte, daß sie darauf aus war, den vermögenden Herrn Römer zu erobern. Und wenn er auch Gloria eine Zeitlang den Verliebten vorgespielt hatte, so war dieses

Gefühl bei ihm doch ebensowenig stark und tief gewesen wie bei ihr. Sie hätten eigentlich vorzüglich zusammengepaßt, denn sie waren beide herzlose, berechnende Menschen, die wohl einem Sinnenrausch nachgeben konnten, aber niemals imstande waren, eine tiefe, ehrliche Liebe zu empfinden.

Gloria und Richard waren eifrig miteinander beschäftigt. Richard war wirklich für dieses schöne Mädchen entflammt, und Gloria setzte alle Hebel in Bewegung, ihn einzufangen. Zuweilen gingen sie hinunter in den Saal und tanzten zusammen, und dann legte Gloria es besonders darauf an, mit allen verfügbaren Mitteln weiblicher List das Feuer zu schüren. Wenn Richard nicht so verliebt gewesen wäre, hätte ihn das befremden müssen. Gloria wußte es einzurichten, ihn in einen zur Zeit leeren Wintergarten zu führen, und er folgte ihr nur zu gern. Dort kam es zu einem Liebesgeständnis seinerseits, und er küßte Gloria leidenschaftlich. Willig gab sie sich seiner Zärtlichkeit hin und erwiderte sie, als sei sie ebenfalls völlig im Banne einer Leidenschaft für ihn.

So kam eine Verlobung zwischen den beiden zustande. Gloria triumphierte und sorgte dafür, daß Richard Römer nicht zu früh aus seinem Sinnesrausch erwachte. Sie brachte es fertig, daß er sie schon heute abend einigen Bekannten als seine Braut vorstellte, und nun brauchte Gloria nichts mehr zu befürchten. Jetzt war Richard Römer unwiderruflich an sie gebunden.

Zu dem Kreis, dem die Verlobung schon heute abend mitgeteilt wurde, gehörte selbstverständlich auch Hubert Meining. Er nahm diese Nachricht mit seinem schönsten Lächeln entgegen und beglückwünschte das

Brautpaar mit scheinbarer Herzlichkeit. Aber als er Gloria einen Augenblick allein gegenüberstand, während Römer die Glückwünsche anderer Bekannter entgegennahm, flüsterte er ihr zu:

»Bin ich nicht großmütig, daß ich dich ihm überlasse?«

Darauf antwortete sie ebenso leise:

»Ich werde Gleiches mit Gleichem vergelten, Hubert, wenn du einst Mona Falkners Verlobter bist.«

»Hilfst du mir dazu?« fragte er, sie mit einem flammenden Blick ansehend.

Dieser Blick erregte sie mehr als alle Liebesbeweise Richard Römers.

»Ich helfe dir! Aber du weißt, was wir uns versprochen haben.«

»Ich weiß es und werde mein Versprechen halten, süße Gloria.«

Wenn Richard Römer geahnt hätte, daß seine Braut und Meining sich versprochen hatten, einander über die Öde einer Ehe ohne Liebe hinwegzutrösten, dann hätte er keinesfalls so strahlend und glücklich ausgesehen, wie er es tat, während er von verschiedenen Seiten Glückwünsche entgegennahm.

Gloria konnte sich Meining jetzt nicht länger widmen, sie mußte sich wieder ihrem Verlobten zuwenden. Aber je weiter die Festnacht fortschritt, desto stiller wurde Richard Römer. Nun, da er die in ihm brennende Sehnsucht nach Glorias Küssen an deren Lippen gestillt hatte, fragte er sich, ob er nicht ein wenig übereilt gehandelt hatte. Es war, als übe seine Braut nicht mehr den Zauber auf ihn aus wie zuvor. Manches an ihrem Benehmen wollte ihm nicht recht gefallen. Aber er sagte sich, daß daran wohl nur diese Festnacht schuld sei. Morgen, wenn er sie wiedersah, würde sie ihm wieder in dem alten bezaubernden Licht erscheinen.

Gloria hatte ihm schon zu Beginn des Abends gesagt, daß Mona ihn und sie am Montag zum Abendessen erwarte. Auch Meining hatte sie diese Einladung überbracht, und dieser hatte sie mit seinem eitlen Lächeln entgegengenommen. Richard Römer fand dieses Lächeln geckenhaft und unangenehm. Aber er sagte nichts. Warum Meining ihm wenig gefiel, hätte er nicht einmal in Worten auszudrücken vermocht.

Da Gloria schon heute abend ihre Verlobung durchgesetzt hatte, lag ihr an dem Abendessen in der Villa Falkner nicht mehr viel. Nur, daß sie Mona mit der Nachricht von dem unerwarteten Ereignis ärgern würde, bereitete ihr große Genugtuung. Und sie war fest entschlossen, Hubert Meining mit allen ihren Kräften zu einer Verbindung mit der reichen Erbin zu verhelfen.

Jetzt, da sie des reichen Richard Römer sicher war, erschien der schöne Hubert Meining ihr allerdings doppelt begehrenswert. Nun – sie hatte ja sein Versprechen. Er würde wohl auch nicht so sehr entzückt sein von einer Ehe mit der langweiligen Mona Falkner.

So verlief der Festabend für alle Teile zur Zufriedenheit.

Richard Römer fuhr seine Braut noch nach Hause und lud, sozusagen als Ehrenwache, Hubert Meining ein, mitzufahren. Meining wohnte nicht weit von Gloria entfernt.

Am nächsten Morgen, einem Sonntag, machte Richard Römer beim Frühstück seinem Vater die Mitteilung, daß er sich am gestrigen Abend mit Fräulein Gloria Lindner verlobt habe. Der Vater fuhr auf und sah den Sohn bestürzt an.

»Mit Fräulein Lindner? Um Himmels willen, Richard, die ist doch arm wie eine Kirchenmaus.«

»Daß sie kein Vermögen hat, spielt doch keine Rolle, Vater, da ich selbst in der Lage bin, für eine Frau zu sorgen.«

Der alte Herr strich sich über die Augen.

»Wie lange noch, Richard? Um alles in der Welt, diese Verlobung kann ich nicht gutheißen. Ich hatte gehofft, du würdest Mona Falkner zu deiner Frau machen.«

Richard sah den Vater groß an.

»Mona, daran habe ich niemals gedacht. Ich – ja – ich habe sie herzlich lieb. Sie war mir immer eine gute Freundin – oder so etwas wie eine gute Schwester. Aber sie heiraten – das ist mir niemals in den Sinn gekommen.«

Ganz verstört sank der Vater in seinen Sessel zurück.

»Es war meine einzige Hoffnung!«

Betroffen sah Richard zu ihm hinüber.

»Hoffnung? Worauf, Vater?«

»Auf unsere Rettung. Ich habe es dir verschwiegen, solange ich konnte. Wir stehen auf schwankendem Grund; ich hatte viele und große Verluste in den letzten Jahren. Als mir klarwurde, daß wir dem Ruin nahe seien, war es meine einzige Hoffnung, daß du Mona heiraten würdest. Sie ist reich genug, um uns über die augenblickliche Krise hinweghelfen zu können. Hättest du mir etwas gesagt, daß du Fräulein Lindner heiraten willst, hätte ich dir längst offenbart, wie es um uns steht. Du kannst dir einfach keine arme Frau leisten.«

Richard fuhr sich über die Stirn.

»Das ist leider zu spät, Vater. – Fräulein Lindner hat nun einmal mein Wort, und viele unserer gemeinsamen Bekannten wissen bereits von dem Ereignis. Ich kann als Ehrenmann unmöglich von dieser Verlobung zurücktreten.«

Der Vater seufzte tief.

»Dann weiß ich nicht, was werden soll.«

»Aber, Vater, so schlimm kann es doch nicht mit uns stehen?«

»Doch, Richard, wir sind fast am Ende.«

Dieser sah starr vor sich hin. Seine Verlobung erschien ihm jetzt in einem anderen Licht – er erkannte sie als Torheit, zumal Gloria ihn gestern irgendwie enttäuscht hatte. Er atmete tief und schwer.

»Wenn ich das geahnt hätte, Vater, wäre es selbstverständlich nicht so weit gekommen. Aber – Mona hätte ich doch nicht zu meiner Frau machen können. Sie ist ein viel zu wertvoller Mensch, als daß man wagen könnte, sie ohne Liebe zu begehren.«

»Aber du hättest dir wenigstens keine arme Frau aufgeladen. Das hat uns gerade noch gefehlt. Und Mädchen aus einfachen Verhältnissen entwickeln sich meistens zu sehr anspruchsvollen Geschöpfen.«

Richard wußte, daß Gloria für alles schwärmte, was kostbar und glänzend war. Ihm wurde immer flauer zumute. Aber eines erschien ihm sicher – zurücktreten durfte er als Ehrenmann nicht von dieser Verlobung, das durfte er Gloria nicht antun.

Eine Weile saßen die beiden Herren einander schweigend und nachdenklich gegenüber, dann raffte Richard sich auf.

»Du siehst vielleicht zu schwarz, Vater, es werden sich auch so Mittel und Wege finden lassen, um den Zusammenbruch zu vermeiden. Wir fahren nachher in die Fabrik und sehen die Bücher durch. Du mußt mir über alles Aufschluß geben; und wo dir kein Gedanke zur Rettung gekommen ist, wird vielleicht mir etwas einfallen. Ich habe Zeit bis nach elf Uhr – dann bin ich durch Gloria bei ihrem Vater angemeldet. Er erwartet meine Werbung.«

Der alte Herr erhob sich mit einem Ruck und ging aufgeregt im Zimmer hin und her.

»Ich fürchte, daß auch du keinen Ausweg findest, Richard; aber du hast recht, jetzt mußt du in alles eingeweiht werden. Also – laß uns gleich jetzt in die Fabrik hinausfahren.«

Eine Viertelstunde später saßen beide Herren im Auto und fuhren hinaus vor die Stadt, wo die Römersche Fabrik lag.

3

Richard hätte gern noch heute vormittag einen Besuch bei Mona Falkner gemacht, um ihr Mitteilung von dem Ereignis zu machen. Sie waren von Kindesbeinen an befreundet gewesen, so daß es ihm selbstverständlich erschien, sie einzuweihen, bevor seine Verlobung ihr durch eine Anzeige mitgeteilt wurde. Nun blieb ihm dazu keine Zeit. Er mußte den Besuch verschieben.

Auf einmal beschäftigte ihn, durch des Vaters Wort angeregt, die Frage, ob er überhaupt eine Ehe mit Mona hätte eingehen können. Ja, vielleicht, wenn ihm die Leidenschaft für Gloria nicht wie eine Krankheit im Blut gesessen hätte, wäre es ihm möglich gewesen, die Jugendgefährtin an sich zu fesseln. Freilich, es wäre niemals etwas anderes daraus geworden als eine Vernunftehe, allerdings eine auf gegenseitige Hochachtung gegründete.

Gern hatte er Mona gewiß, und ihre feine, stille Art hatte ihm stets wohlgetan. Allein, er hatte immer nur brüderlich für sie empfunden.

Oder redete er sich das jetzt nur ein, wenn er das, was ihn zu ihr hingezogen hatte, mit den Bränden verglich, die Gloria in seiner Seele entfacht hatte?

Doch was half jetzt alles Grübeln.

Er hatte sich gebunden und mußte nun alles so lassen, wie es war, wollte er nicht vor sich selbst erröten.

Selbstverständlich galt es, nachher das Haus Lindner aufzusuchen, um bei Glorias Vater um deren Hand anzuhalten.

Vorher aber wollte er sich Klarheit darüber verschaffen, wie es um des Vaters Unternehmen stand.

Erst jetzt empfand er es ganz, wie sehr er mit diesem verbunden war. Seit Jahren schon war er dort tätig und suchte den Vater nach Kräften zu unterstützen. Niemals aber hatte dieser ihm einen Einblick in die Verhältnisse gewährt. Das hatte ihn zuweilen ein wenig gekränkt.

Jetzt aber erkannte er, daß der Vater ihm nur seine Sorgen hatte fernhalten wollen.

In der Fabrik angekommen, begaben beide Herren sich in das Büro, wo in einem Kassenschrank die Geschäftsbücher aufbewahrt wurden. Der alte Herr schloß auf, holte die Bücher heraus, legte sie vor Richard hin und begann, ihm dieses und jenes zu erklären.

Als guter Kaufmann brauchte Richard nicht lange, um einen Überblick zu bekommen. Er erkannte unschwer, worum es sich handelte. Es war schon eine beträchtliche Summe nötig, um aller Sorgen Herr zu werden.

Aber woher einen solchen Betrag nehmen? Mit zusammengezogenen Brauen saß er da, machte sich Notizen, grübelte wieder und sah zum Vater hinüber, der ihm mit sorgenschwerer Miene gegenübersaß. Dann sagte er aufatmend:

»Wir müssen die Reserven heranziehen, Vater, damit wir aus dieser schwierigen Lage herauskommen.«

»Ich habe schon alles mögliche in Betracht gezogen, aber alles ist erschöpft.«

»Doch nicht alles, Vater! Bitte, sieh nicht zu verzagt aus, es muß sich eine Rettung finden. Wollten wir alles in Ordnung bringen, müßten wir freilich eine ungeheure Summe zur Verfügung haben, das sehe ich schon ein; aber – es handelt sich zunächst um das Nötigste. Vielleicht retten wir auch noch etwas von den Verlusten. Aber – nun hör mich einmal an. Wir werden zuerst unsere Villa verkaufen.«

Der Vater sah beklommen zu ihm hinüber.

»Unsere Villa? Und wo sollen wir wohnen?«

»Du weißt doch, daß hier oben über den Büros ein Stockwerk leersteht. Wir brauchen es nicht mehr, seit wir die großen Schuppen als Warenlager ausgebaut haben. Es sind sieben Räume. Die lassen wir uns als Wohnung einrichten. Wir können ja sagen, daß uns der ständige Weg zu weit ist. Ich weiß auch schon einen Käufer für die Villa. Kommerzienrat Schellhorn sucht für seine Tochter ein passendes Haus, da diese sich verheiraten will. Wir bieten ihm das unsere an. Unsere Möbel, soviel wir brauchen, lassen wir in diese sieben Räume schaffen. Wenn es dir recht ist, richten wir alles gleich so ein, daß wir getrennt darin wohnen können, in der einen Hälfte du, in der anderen meine zukünftige Frau und ich. Wir werden uns bescheiden. Ich mache das meiner Braut schon irgendwie klar – das braucht ja nicht gleich zu sein. Es ist nicht nötig, daß viel davon gesprochen wird, solange unsere Lage noch nicht geklärt ist. Es sind da auch noch einige kleinere Räume vorhanden, die unter dem Dach liegen. Die richten wir als Küche und dergleichen ein. Wir machen das so billig wie möglich. Achtzigtausend Mark bekommen wir bestimmt für unsere Villa mit dem schönen Garten, vielleicht auch etwas mehr; laß mich das nur machen. Gleich morgen gehe ich zu Kommerzienrat Schellhorn. Dann können wir auch noch unser Auto verkaufen – aber nein, für gebrauchte Autos bekommt man heute nicht viel im Verhältnis zum Neupreis – es sieht auch ziemlich pessimistisch aus, wenn wir den Wagen abschaffen. Dann besitze ich noch das kleine Erbe von Tante Röschen – ich habe das bisher nicht angegriffen.

Das sind fast dreißigtausend Mark. Und Mutters Schmuck – den beleihen wir aber nur –, er soll nicht verkauft werden. Du weißt, daß er sehr wertvoll ist, dreißigtausend Mark können wir darauf aufnehmen. Dann haben wir fürs erste, was wir brauchen. Kommt etwas von den unsicheren Forderungen herein, dann wird zuerst Mutters Schmuck wieder ausgelöst – den soll schließlich Gloria bekommen. Ich habe leider gestern abend schon davon gesprochen, wie schön sie darin aussehen würde. Nun – ich sage ihr, er sei gerade beim Juwelier, um in Ordnung gebracht zu werden. Dadurch gewinnen wir Zeit.«

»Und wie willst du ihr erklären, daß wir unsere Villa verkaufen?«

»Einfach damit, daß diese zu weit von der Fabrik entfernt liegt und daß wir hier im Haus die vielen großen Räume leerstehen haben.«

Etwas hoffnungsvoller seufzte der alte Herr auf.

»Du kannst dir denken, daß es mich hart ankommt, die Villa abzugeben, in der ich so viele schöne Jahre mit deiner Mutter verlebt habe.«

Richard erhob sich und klappte das Geschäftsbuch energisch zu. Sein Mund preßte sich fest zusammen, und sein Gesicht bekam einen harten Ausdruck, der ihn älter und reifer erscheinen ließ.

»Nur nicht sentimental werden, Vater, damit kommen wir nicht durch. Sei nicht so verzagt und, bitte, laß mich in Zukunft alle Sorgen mit dir teilen. Es hat keinen Zweck, mir noch etwas zu verheimlichen, ich bin schließlich alt genug, um auch den Ernst des Lebens zu erfahren.«

Der Vater ergriff des Sohnes Hand.

»Du hast dich in dieser Stunde bewährt, mein Junge – wir wollen fortan alles wie gute Freunde und Kameraden miteinander tragen und gemeinsam gegen den drohenden Untergang kämpfen.«

Richard nickte dem Vater aufmunternd zu.

»Wir schaffen es schon, Vater – und jetzt muß ich zur Brautwerbung. Fährst du mit zur Stadt zurück?«

»Ja, Richard. Aber vorher noch eine Frage: Ist es dir völlig unmöglich, von dieser Verlobung freizukommen?«

Richards Stirn rötete sich jäh.

»Wenn ich nicht darauf verzichten will, ein Ehrenmann zu bleiben, so ist es unmöglich, Vater.«

»Dann muß es also sein! Gott stehe dir bei, daß Gloria Lindner auch ein bescheidenes Los gern mit dir teilt.«

»Das wird sie schon, Vater, wir lieben uns doch, und die Liebe sieht über alles hinweg.«

Aber trotz dieser zuversichtlichen Worte hatte Richard ein seltsam unsicheres Gefühl. Würde Gloria sich wirklich in so bescheidene Verhältnisse fügen?

Aber er wies diesen zweifelnden Gedanken von sich. Sie war doch daheim nicht verwöhnt, im Gegenteil, da mußte sie mit sehr viel weniger vorliebnehmen. Es würde schon alles gutgehen.

So fuhr er ziemlich zuversichtlich zur Stadt zurück, setzte den Vater erst an der elterlichen Villa ab und fuhr dann weiter zu der Wohnung der Familie Lindner.

Er merkte, daß er dort schon erwartet wurde. Glorias jüngster Bruder Peter, ein fünfzehnjähriger Bursche in den schönsten Flegeljahren, schien auf ihn gewartet zu haben, denn er lehnte an der Haustür, und als Richard im Wagen vorfuhr, verschwand er plötzlich, wahrscheinlich, um ihn anzumelden.

Oben wurde Richard feierlich empfangen, und zwar von einem sonntäglich herausgeputzten Dienstmädchen, das Peter Lindner rasch einen Rippenstoß versetzte, damit dieser in einer Kammer neben der Küche verschwände. Dort verblieb Peter aber nur so lange, bis Richard das Empfangszimmer betreten hatte, dann eilte er die Treppe wieder hinunter, um das »schwägerliche« Auto mit Kennermiene und einer gewissen Art von Besitzerstolz von allen Seiten zu inspizieren, wobei er bald von zwei Schulfreunden unterstützt wurde, die fachkundige Urteile über das Auto zum besten gaben.

Oben im Empfangszimmer stand Richard indessen Glorias Vater gegenüber, dem er ohne Umschweife seine Werbung vortrug.

Herr Lindner nahm es mit geziemender Würde auf, und Richard fragte sich, wie Gloria sich in dieser kleinbürgerlichen Umgebung zu einer so glänzenden und strahlenden Erscheinung hatte entwickeln können.

Das Herz wurde ihm viel leichter. Verglichen mit dieser bescheidenen elterlichen Wohnung, mußte Gloria das, was er ihr immerhin noch zu bieten hatte, sehr begehrenswert erscheinen.

Herr Lindner gab etwas umständlich und steif seine Einwilligung, und dann wurde Gloria gerufen. Sie kam, von ihrer Mutter begleitet, und Richard sah etwas ernüchtert in die ziemlich gewöhnlichen Züge seiner künftigen Schwiegermutter. Er begriff nicht, wo Gloria ihren Charme und ihre Schönheit herhatte. Freilich hatte sie mit der Mutter eine gewisse Ähnlichkeit, aber schön war die Mutter wahrscheinlich nie gewesen.

Gloria begrüßte Richard mit züchtig niedergeschlagenen Augen, und er küßte ihr die Hand. Es war ihm unmöglich, sie jetzt in die Arme zu nehmen und zu küssen, wie es vielleicht von ihm erwartet wurde. Frau Lindner begrüßte ihn sogleich mit einer gewissen schwiegermütterlichen Vertraulichkeit, und hinter ihr erschien eine etwas ältere, aber durchaus nicht ansehnlichere Ausgabe von Peter Lindner, ein Jüngling mit Sommersprossen und ziemlich unreinem Teint, der seinen Kratzfuß vor dem eleganten Schwager machte.

Wie auf ein Stichwort erschien jetzt das Dienstmädchen mit einem Tablett, auf dem nur halb gefüllte Weingläser standen. Man trank auf das Wohl des Brautpaares, und Gloria versuchte, durch doppelte Liebenswürdigkeit das zu übertünchen, was Richard vielleicht nicht gefallen konnte. Sie nahm ihn fast völlig in Anspruch. Aber so holdselig sie auch aussah in dem weißen Kleid, das sie zur Feier des Tages angelegt hatte, irgend etwas erschien Richard heute auch an ihr gewöhnlich. Das färbte wohl von ihrer Umgebung auf sie ab, und er schalt sich selbst kleinlich, daß er sich von dem, was er sah, beeindrucken ließ.

Man forderte ihn auf, zu Tisch zu bleiben; aber er entschuldigte sich damit, daß er seinem Vater Gesellschaft leisten müßte, und darüber war man sicherlich froh – auch Gloria. Man ließ das Brautpaar dann eine Weile allein, und Gloria warf sich mit solcher Leidenschaftlichkeit in Richards Arme, daß es diesem fast zuviel war. Er liebte es nicht, wenn Frauen sich zu sehr gehenließen. Aber als er sie in seinen Armen hielt, flammte doch die heiße Leidenschaft für das schöne Mädchen wieder in ihm auf, und er schalt sich selbst, daß er sich durch ihre Umgebung hatte ernüchtern lassen.

Nach einigen leidenschaftlichen Küssen suchte sie ihre Verhältnisse vor dem Verlobten zu entschuldigen, aber das wehrte er ab.

»Was ist da zu entschuldigen, Gloria – mir ist es doch gleich, aus welcher Umgebung ich dich mir hole. Du bist du, und dich, nur dich, liebe ich. Daß du mich wiederliebst, weiß ich, und alles andere ist Nebensache.«

Sie küßte ihn stürmisch, ohne daß er es gefordert hätte, und er tauchte wieder unter in seine leidenschaftlichen Gefühle für sie und vergaß alles, was ihn gestört hatte.

»Und was sagte dein Vater zu unserer Verlobung, Richard?« fragte sie schelmisch.

»Er ist damit einverstanden und freut sich, dich bald näher kennenzulernen. Darf ich dich vielleicht heute nachmittag abholen, damit du mit meinem Vater und mir den Tee einnimmst? Vater möchte dich selbstverständlich gern als meine Braut begrüßen und – deine Angehörigen möchte er heute nicht stören.«

Sie war sofort dazu bereit und meinte, daß die Mutter voraussichtlich an einem Abend dieser Woche eine kleine Verlobungsfeier ausrichten würde. Es könne freilich nur eine bescheidene Feier sein.

Er erklärte sich damit einverstanden, wenn ihm auch ein wenig davor bangte, seinen Vater hier einzuführen.

Aber angesichts der eigenen schwierigen Verhältnisse würde der Vater es sicher begrüßen, daß Gloria Einfachheit gewöhnt war. Damit tröstete er sich.

Nachdem die Weingläser noch einmal bis zur Hälfte gefüllt worden waren, reichte Frau Lindner sie mit schwiegermütterlicher Huld erneut herum, und man trank sie aus. Danach verabschiedete Richard sich von den Angehörigen seiner Braut. Gloria gab ihm das Geleit bis zum Flur und sagte etwas beklommen:

»Du darfst dich an unserem bescheidenen Haushalt nicht stören, Richard.«

»Das tue ich ganz gewiß nicht, Gloria.«

»Ach, das fühle ich doch. Ist mir doch selbst alles hier zu kleinlich und zu eng. Wenn ich nur erst bei dir sein könnte, damit ich mich richtig entfalten kann.«

Sie sagte das so rührend, daß er sie an sich zog und heiß und leidenschaftlich küßte.

»Das soll bald geschehen, meine süße Gloria.«

»Und morgen abend sind wir bei Mona. Ich freue mich sehr darauf. Der Rahmen, in dem sie lebt, wäre für mich gerade der richtige. Sie ist viel zu anspruchslos und bescheiden, ich würde viel besser da hineinpassen; meinst du nicht auch?«

Richard sah Gloria an und dachte über ihre Worte nach. Wie seltsam, daß sie immer geringschätzig von Mona sprach. Nie hatte er bemerkt, daß diese nicht in ihre Umgebung paßte; sie wirkte immer vornehm und reizvoll. Aber Frauen sind wohl immer ein wenig neidisch aufeinander. Und er konnte sich schon denken, daß Gloria sich aus der Atmosphäre ihres Elternhauses hinaussehnte. Trotzdem hätte es ihm besser gefallen, wenn sie sich nicht so erhaben über ihre Angehörigen und Mona vorgekommen wäre. Es war eigentlich kein schöner Zug.

Er sagte nur: »Du bist zweifellos eine viel glänzendere Erscheinung als Mona, dennoch wirkt sie stets vornehm und paßt gut zu ihrer Umgebung.«

Gloria schmollte ein wenig.

»Du läßt nie etwas auf sie kommen, Richard!«

Ernst sah er sie an.

»Das würde mir auch schwerfallen. Wir sind gute und ehrliche Freunde und halten sehr viel voneinander.«

Sie drohte ihm neckisch mit dem Finger.

»Wenn da nur nicht auf beiden Seiten ein wenig Verliebtheit mitspricht.«

Das hätte sie nicht sagen sollen. Richard zog die Stirn zusammen und machte sich fast unwillig von ihr los.

»So etwas möchte ich nie wieder hören, Gloria, es verletzt mich.«

Sie nahm ihn lachend beim Kopf und küßte ihn, bis sie merkte, daß er wieder in ihrem Bann war.

»Darf man dich nicht ein wenig necken, Richard?« fragte sie schelmisch.

»Mich schon, Gloria – aber Monas Name darf nicht mit solchen Scherzen verbunden werden, dazu steht sie mir zu hoch.«

Er verabschiedete sich etwas hastig. Sie sah ihm ärgerlich nach, zuckte die Achseln und ging wieder ins Haus, um sich als glückliche Braut feiern zu lassen.

Richard trat unten an seinen Wagen heran und bemerkte Peter Lindner, den er vorhin nur flüchtig gesehen hatte. Peter kämpfte gerade mit dem Entschluß, den

Chauffeur zu fragen, ob er einmal hupen dürfe. Aber als Richard erschien, verging ihm der Mut, und er sah halb trotzig, halb verehrungsvoll zu Richard auf.

Irgend etwas in diesem Jungengesicht gefiel ihm; Peter war ein gesunder, hübscher Bengel, ein wenig frech, wie viele Jungen in seinem Alter, aber was machte das schon aus?

Richard reichte ihm lächelnd die Hand.

»Wir wollen uns mal verwandtschaftlich begrüßen, Peter, denn ich werde dein Schwager.«

Halb begeistert, halb mit weltmännischer Überlegenheit legte Peter seine nicht ganz saubere Hand in die Richards.

»Weiß ich schon, ist ja seit heute früh von nichts anderem die Rede gewesen. Ich hab' ja auch aufpassen müssen, bis Sie kamen.«

»Kanntest du mich denn?«

»Na und ob! Gloria hat Sie mir schon mal gezeigt und dabei zu mir gesagt; das wird mal dein Schwager, Peter.«

Richard mußte lachen.

»So, das hat Gloria schon vorher gewußt?«

Peter zuckte die Achseln.

»Was die will, das setzt sie auch durch.«

Etwas an diesen Worten berührte Richard unangenehm. Nicht so sehr, weil der Junge sie gebraucht hatte, sondern weil sie Gloria in einer ihm bisher unbekannten Weise charakterisierten. Trotzdem sagte er zu Peter, der den Wagen wieder mit prüfenden Blicken betrachtete und dann meinte: »Einen schnittigen Wagen haben Sie, Herr Schwager.«

»Willst du ein Stück mitfahren? Wenn der Chauffeur mich zu Hause abgesetzt hat, bringt er dich dann wieder heim!«

Peter reckte sich begeistert in die Höhe, maß seine beiden Freunde gönnerhaft und erwiderte:

»Famos! Darf ich wirklich?«

»Selbstverständlich.«

Unterwegs brachte Peter wieder einige fachkundige Urteile über den Wagen zutage, und Richard hörte ihm mit Vergnügen zu. Dann sagte Peter:

»Na, Gloria wird ja platzen vor Stolz, wenn die erst alle Tage in dem feinen Wagen fahren kann. Sie freut sich schon darauf; aber sie hat gesagt, ich mit meinen Dreckstiefeln dürfte nicht hinein. Und nun sitze ich doch drin.«

Richard hatte seinen Spaß an dem Jungen.

»Gloria wird dich schon manchmal mitnehmen, wenn sie ausfährt.«

Peter zuckte ziemlich verächtlich die Achseln.

»Da kennen Sie Gloria schlecht, Herr Schwager, die gönnt einem die Luft nicht. Und alles, was die Eltern erübrigen konnten, ist nur an sie gewendet worden, weil sie schön ist und eine feine Partie machen sollte. Jetzt, da es soweit ist, wird es kaum noch mit ihr auszuhalten sein. Aber das sage ich Ihnen, Herr Schwager, die Gloria müssen Sie scharf am Zügel nehmen, sonst wächst sie Ihnen bald über den Kopf. Das sage ich Ihnen, weil wir Männer unter uns sind und Sie ein so feiner Mensch sind. Sie haben mir gleich gefallen. Und daß ich gleich mit in Ihr Auto durfte, das ist einfach großartig!«

Mit gemischten Gefühlen hatte Richard das angehört. Es klang viel Ehrlichkeit aus Peters Worten, aber auch eine gewisse Geringschätzung seiner Schwester. Daß Gloria auf eine »feine Partie« gedrillt worden war, erschien ihm, nachdem er ihr Elternhaus kennengelernt hatte, nicht unwahrscheinlich. Komisch war es, wie Peter sich schon als Mann gebärdete; doch das haben Jungen in diesem Alter oft an sich. Im großen und ganzen wirkten Peters Worte auf ihn nicht als Geschwätz, sondern als eine ehrliche Mahnung, vorsichtig zu sein.

Das alles nützte Richard jetzt jedoch nichts mehr. Er fragte sich, ob er sich von einer Verlobung hätte abhalten lassen, wenn Peter früher ein »Männerwort« mit ihm gesprochen hätte; aber er glaubte doch, daß er nicht von Gloria losgekommen wäre. Etwas, von dem er nicht recht zu sagen wußte, was es war, fesselte ihn mit starken Banden an sie. Er würde sie sich schon zu erziehen wissen, und einem Jungengeschwätz durfte man keine allzu große Wichtigkeit beimessen.

Ein wenig beklommen war ihm nur zumute, dachte er daran, was der Vater sagen würde, wenn er die Lindnersche Häuslichkeit kennenlernte.

Aber das ließ sich leider nicht umgehen.

Peter schwatzte unbekümmert weiter. Er und Richard schieden als »bewährte gute Freunde«.

Peter fuhr dann stolz neben dem Chauffeur allein wieder nach Hause. Seine Freunde standen noch an der Haustür und sahen, wie er ausstieg. Huldvoll winkte er dem Chauffeur zu und ging, die Hände in den Taschen, gönnerhaft zu seinen Freunden.

»Schicke Sache, so'n eigenes Auto. Mein Schwager wird es mir zur Verfügung stellen, sooft ich will!«

»Mensch, hast du Schwein! So 'nen Schwager wünsche ich mir auch.«

»Doof – hast ja keine Schwester. Wo willste denn da einen Schwager hernehmen?«

Der andere Freund sang vor sich hin: »Und wer 'ne hübsche Schwester hat, der kriegt auch bald 'nen Schwager.«

In diesem Augenblick kam Peters Bruder Franz herunter und zog den Bruder mit sich ins Haus.

»Sollst raufkommen, Peter, sie wollen wissen, wie du dazu kommst, mit Glorias Verlobtem im Auto zu fahren.«

Als Peter oben diese Frage von Gloria vorgelegt wurde, sah er sie ziemlich höhnisch an.

»Er hat sich gleich um meine Freundschaft bemüht und mich eingeladen, ihn zu begleiten.«

»Aber, Peter, du wirst dich doch hoffentlich anständig benommen haben!« jammerte die Mutter.

Peter machte eine großspurige Handbewegung.

»Wenn sich einer mir gegenüber als feiner Mann benimmt, dann benehme ich mich selbstverständlich auch so, ist doch klar!«

Er mußte aber noch ausführlich erzählen und kam sich dabei sehr wichtig vor, berichtete aber nur, was ihm paßte. Frauen brauchten nicht zu wissen, was Männer miteinander zu besprechen haben.

Und so ahnte Gloria nicht, daß Peter sie in einem sehr zutreffenden, aber durchaus nicht sehr günstigen Licht geschildert hatte. Peter war überzeugt, dem neuen

Schwager einen Freundschaftsdienst erwiesen zu haben, er würde die Gloria schon fest an der Kandare halten, und das war gut und richtig so; für den Schwager auf alle Fälle.

4

Richard war etwas nachdenklich nach Hause zurückgekehrt, ließ aber seinen Vater nicht merken, daß ihm allerlei Bedenken gekommen waren. Er fragte sich, ob Gloria ihn noch für eine »feine Partie« halten würde, wüßte sie, was sein Vater ihm heute mitgeteilt hatte. Immerhin würde sie durch ihn auch heute noch in sehr gute Verhältnisse kommen im Vergleich zu denen ihres Elternhauses.

Dem Vater berichtete er nur, daß die Lindners anscheinend in sehr bescheidenen Verhältnissen lebten und daher sehr zufrieden sein dürften mit dem, was der künftige Mann ihrer Tochter zu bieten vermöge.

Er bereitete den Vater nicht nur auf die Verlobungsfeier im Hause Lindner vor, sondern teilte ihm auch mit, daß Gloria am Nachmittag zum Tee kommen würde, um sich ihrem künftigen Schwiegervater als Braut vorzustellen.

Der alte Herr war viel zu sehr mit seinen eigenen Problemen beschäftigt, als daß er dem, wovon Richard sprach, große Aufmerksamkeit geschenkt hätte.

Er verwickelte den Sohn bald wieder in ein Gespäch über die geschäftliche Lage, und das dauerte so lange, bis Richard aufbrechen mußte, um seine Braut abzuholen.

Selbstverständlich war Peter wieder in greifbarer Nähe vor dem Haus, um zu sehen, ob er wieder zu einer billigen Autofahrt gelangen könnte, aber Gloria wußte das klug zu verhindern. Sie wollte durchaus nicht den Platz im Wagen mit ihrem vorlauten Bruder teilen, und so konnte Richard nur einige Worte mit Peter wechseln.

Gloria fühlte sich bereits als Besitzerin dieses Wagens und malte sich alle Genüsse eines großen Reichtums aus. Daß Richard sehr wohlhabend sein müßte, erschien ihr selbstverständlich, da er immer einen sehr eleganten Eindruck machte, in einer schönen Villa wohnte, sich ein Auto halten konnte und sein Vater eine große Fabrik besaß. Sie bereitete sich jetzt darauf vor, den Schwiegervater genauso zu bezaubern, wie sie Richard bezaubert hatte, und sie hatte deswegen sehr sorgfältig Toilette gemacht. Richard frage sich, wie Glorias immer sehr elegante Kleider zu den bescheidenen Verhältnissen ihres Elternhauses paßten, fand aber keine andere Antwort darauf als Peters Worte, daß alles irgendwie Verfügbare auf Gloria verwendet worden war, damit sie eine feine Partie machen würde.

Gloria war berauscht von der sehr schön eingerichteten Villa, gab sich dem Vater gegenüber sehr anschmiegend und liebenswürdig. Dennoch machte sie auf diesen keinen sehr günstigen Eindruck. Er mußte zugeben, daß sie ein bildschönes Mädchen war, konnte auch verstehen, daß seines Sohnes junges Blut nach dieser Frau verlangte; aber er versprach sich von einer Ehe mit ihr nicht viel Gutes. Als erfahrener Mann wußte er aber, daß er seinem leidenschaftlich verliebten Sohn nicht raten und helfen konnte. Die heiße Glut würde, wie er Richard kannte, schnell vergehen, wenn er seine Braut erst richtig kennenlernte, und dann löste sich diese Verlobung vielleicht doch noch, sogar ohne sein Zutun. Wichtig war nur, Richard Zeit zu lassen, um sich besinnen zu können, und die Hochzeit so lange wie möglich hinauszuschieben.

Er beobachtete Gloria, wie sie von den beiden Herren im Haus herumgeführt wurde und wie ihre Blicke gleichsam besitzergreifend alles musterten. Es lag dabei etwas Begehrliches in ihren Augen. Und es mißfiel dem alten Herrn sehr, daß sie ihrem Verlobten in seiner Gegenwart immer wieder mit stürmischer Zärtlichkeit um den Hals fiel, wenn sie ein besonders kostbares Stück des Hausrats erspäht hatte. Es lag in dieser Zärtlichkeit trotz allem etwas Kaltes, Berechnendes. Jedenfalls war Richard als Mann viel zurückhaltender als sie in ihrer Eigenschaft als Frau.

Der alte Herr dachte bei sich: Wie wird sie sich dazu stellen, wenn sie erfährt, daß diese Villa nicht mehr uns gehört und daß die Verhältnisse, in die sie hineinheiratet, sehr viel bescheidener sind, als sie es jetzt erwartet?

Ihre Zärtlichkeiten hatten keine Wärme, das fühlte der alte Herr deutlich. Was würde davon übrigbleiben, wenn sie merkte, daß in ihrer Ehe Sorgen nicht ausbleiben würden?

Aber von alledem verriet er nichts. Er gab sich mit der

ihm eigenen Ritterlichkeit, und Gloria versicherte ihrem Verlobten wiederholt, so daß es der Vater hören mußte:

»Dein Vater ist wirklich ein entzückender alter Herr!«

Aber darauf gab dieser nicht viel. Er wußte solche Reden sehr wohl einzuschätzen. Eines erschien ihm sicher: Wurde Gloria in Glanz und Luxus gehüllt, dann würde mit ihr auszukommen sein, bekam sie aber in ihrer Ehe Sorgen aufgeladen, dann würde es schnell zu Ende sein mit ihrer Liebe.

In berechnender Weise äußerte Gloria bereits allerlei Wünsche für später in bezug auf das Haus, die die beiden Herren schweigend entgegennahmen; denn sie wußten, daß diese Wünsche unerfüllt bleiben mußten. Und Richard überlegte sich, daß er ihr nach und nach schonend beibringen müßte, wie es in Wahrheit um seine Verhältnisse bestellt war. Als der Rundgang beendet war, saß man noch eine Weile zusammen, und dabei sagte Gloria, was ihr schon lange auf der Zunge gebrannt hatte:

»Du erzähltest mir doch von dem hinterlassenen Schmuck deiner Mutter, Richard – ich möchte ihn mir gern einmal ansehen.«

Dabei fiel sie Richard wieder um den Hals und küßte ihn.

Vater und Sohn sahen sich einen Augenblick verstohlen an. Dann erhob sich der alte Herr, um Gloria auch diesen Wunsch zu erfüllen. In seinem Arbeitszimmer hatte er einen Geheimschrank in die Wand einbauen lassen – denn er hatte zuweilen große Werte im Haus aufzubewahren –, und in diesem Schrank war auch der Schmuck seiner verstorbenen Frau verwahrt. Es widerstrebte ihm freilich, Gloria den Schmuck zu zeigen, da er wahrscheinlich auf längere Zeit beliehen werden sollte. Aber auch er hoffte, daß er bald wieder eingelöst werden konnte. Immerhin war ihm zumute, als versündige er sich an seiner verstorbenen Frau, wenn er deren Schatz, von dem sie manches Stück von ihrer Mutter ererbt hatte, manches aber auch von ihm geschenkt bekommen hatte, den begehrlichen Augen Glorias preisgäbe.

Aber er trug die Schatulle, in der die Kostbarkeiten aufbewahrt waren, doch hinüber; freilich mit schwerem Herzen.

Richard übernahm es, die einzelnen Stücke vor Glorias Augen auszubreiten. Sie stieß beim Anblick besonders schöner Steine entzückte Rufe aus und beging sogar die Taktlosigkeit, dies oder jenes an sich selbst auszuprobieren. Das schlimmste aber war, daß sie mehr als einmal bemerkte:

»Diese Steine müssen selbstverständlich neu gefaßt werden, dann kommen sie viel besser zur Geltung.«

Richard fand es nicht schön von ihr, daß sie das, zumal jetzt schon, sagte; auf seinen Vater aber wirkten diese Worte besonders unangenehm. Fast war der alte Herr froh, daß die Schmuckstücke einstweilen beliehen und für Gloria unerreichbar sein würden.

Richard sagte endlich, als sie erneut ein Armband zur Umarbeitung verurteilte:

»Diese Stücke haben gerade wegen ihres Alters besonderen Wert. Davon darf nichts umgearbeitet werden.«

Sie sah ihn ein wenig ärgerlich von der Seite an, erwiderte aber vorläufig nichts, in der ganz bestimmten Hoffnung, ihm das später schon abschmeicheln zu können.

Der alte Herr nahm einen hübschen Brillantring, allerdings wohl den am wenigsten kostbaren, und reichte ihn Richard.

»Ich denke, du gibst deiner Braut diesen Ring als Brautgeschenk. Er ist am modernsten gefaßt und wird ihr am besten gefallen.«

Damit packte er die anderen Sachen ruhig wieder ein und trug sie fort.

Lächelnd steckte Richard seiner Braut den Ring an den Finger. Sie hatte eine sehr schöne Hand, der man es anmerkte, daß sie keine Arbeit zu verrichten gewohnt war. Gloria hatte noch nie in ihrem Leben einen so kostbaren Brillantring getragen, aber sie hatte dennoch sofort erkannt, daß er von allem, was man ihr gezeigt hatte, das billigste Stück war, und sie ärgerte sich darüber.

Sie ließ sich das aber klugerweise nicht anmerken und tröstete sich damit, daß sie ja bald den ganzen Schmuck bekommen würde. Also heuchelte sie eine laute Freude über den Ring und ließ Richard diesen immer wieder an ihrer Hand bewundern. Selbstverständlich kam es ihr nur darauf an, daß er ihre Hand bewunderte, was er auch pflichtschuldigst tat.

Bald darauf brachte Richard Gloria in seinem Auto heim, und da Peter wie aus der Pistole geschossen wieder aus dem Haus kam, forderte er ihn auf, ihn nochmals ein Stück zu begleiten.

Gloria sah ihren Bruder wütend an und sagte:

»Richard, belaste dich doch nicht mit diesem Bengel, er ist frech und ungezogen und wird es dir wenig danken.«

Peter sah erst seine Schwester mit einem unbeschreiblichen Blick an und dann zu Richard hinüber. Aber er erwiderte kein Wort. Da faßte Richard ihn lachend im Genick und schob ihn in den Wagen.

»Laß nur, Gloria, wir sind schon gute Freunde, Peter und ich, und mir gegenüber wird er bestimmt nicht frech und ungezogen sein. Auf Dank rechne ich gar nicht, ich will deinem Bruder nur ein kleines Vergnügen bereiten.«

Damit verabschiedete er sich mit einem Handkuß von Gloria und öffnete ihr die Haustür. Als sie verschwunden war, stieg Richard zu Peter in den Wagen, nachdem Richard dem Chauffeur gesagt hatte, er solle einen kleinen Umweg machen.

Peter saß ganz still da. Er schien mit seinem verbissenen Jungentrotz zu ringen. Aber dann nahm er plötzlich Richards Hand in seine beiden und sagte, während seine Augen feucht wurden:

»Das vergesse ich Ihnen nicht, Schwager – Gloria will mich bei Ihnen anschwärzen, weil sie mir Ihre Freundschaft nicht gönnt. Aber Sie können sich auf mich verlassen – für Sie gehe ich durchs Wasser.«

Richard strich ihm leicht über den struppigen Blondkopf.

»Auch wenn es naß ist, Peter?«

»Jawohl, bis dicht vor dem Ersaufen.«

»Ich will dich lieber nicht auf die Probe stellen.«

»Och – ich kann schwimmen!« sagte Peter nun schon wieder ganz vergnügt.

Richard fand an dem ruppigen Jungen immer mehr Gefallen, weil er fühlte, daß in Peters Brust ein tapferes, warmes Herz schlug. Daß der Junge auf seine Schwester nicht gut zu sprechen war, beruhte wohl auf Gegenseitigkeit, Gloria war auch nicht nett zu ihm.

»Du gehst doch noch zur Schule, Peter?«

»Ja, aufs Realgymnasium.«

»Was willst du denn werden?«

»Ingenieur für Motorenbau – ich möchte entweder in die Automobilbranche oder Flugzeugmotoren bauen. Wissen Sie, Schwager – so'n Motor hat eine Seele, darein kann man sich direkt verlieben. Wenn das alles so glatt und sicher läuft, so sanft und leise und doch so voll Kraft – großartig ist das!«

Interessiert hatte Richard zugehört.

»Du scheinst das schon recht gut erfaßt zu haben.«

»Na und ob, wenn man Tag und Nacht nichts anderes denkt; Schwager, Sie scheinen dafür ebenfalls Verständnis zu haben.«

»Also erst mal wollen wir du zueinander sagen, Peter, ich tue es ja schon immer, aber du sagst immer noch Sie!«

Peter drückte ihm wieder die Hand mit seinen derben Jungenkräften.

»Du bist ein feiner Kerl, Richard! Dank dir schön! Und nun sind wir richtige Freunde, nicht wahr?«

»Gewiß! Aber vor solchen Übertreibungen muß sich ein richtiger Mann hüten!«

»Vor welchen Übertreibungen?«

»Daß du sagst, du dächtest Tag und Nacht nur an Motoren. Ich denke, in der Nacht schläfst du meistens, nicht?«

Peter lachte ein wenig beschämt.

»Na ja – man sagt das so hin, Richard, aber es ist komisch, von dir höre ich mir solchen Tadel gelassen und ruhig an – kommt er von den anderen, macht er mich wild.«

»Von den anderen? Meinst du damit deine Angehörigen?«

Peter nickte.

»Sie schnacken alle so viel von Dingen, die sie nicht verstehen, das erbost mich. Bei dir merkt man gleich, du verstehst einen und hast das wohl alles schon hinter dir. Ich weiß, daß ich ruppig bin, aber dir gegenüber vergeht das vollständig – du imponierst mir nämlich, und man muß jemanden haben, der einem imponiert. Dann steckt man einen Tadel ruhig ein.«

»Aber – wodurch imponiere ich dir denn?«

Peter sah ihn mit seinen klaren und klugen Augen an.

»Durch deine ganze Art. Da spürt man – hier ist ein ganzer Mann! Laß dich bloß nicht unter den Schlitten bringen – wäre schade um dich.«

Richard wurde bei diesem Gespräch mit dem Jungen ganz warm ums Herz. Man spürte, wie ehrlich jedes Wort von ihm gemeint war. Er strich ihm wieder leicht über den blonden, zerzausten Schopf.

»Da kannst du beruhigt sein, Peter – ich komme nicht unter den Schlitten. Sonst wäre ich doch kein Mann, und du würdest deine Achtung vor mir verlieren.«

»Sag ruhig Hochachtung. Und – weiß Gott, die

möchte ich nicht verlieren. Weißt du – es ist verdammt schön, wenn man zu jemandem so recht von Herzen aufschauen kann.«

»Na, dazu hast du doch vor allem deinen Vater.«

Peter wischte sich über die Stirn, als sei ihm zu heiß.

»Na ja! Er ist mein Vater. Aber weißt du, wie es ist, wenn man merkt, daß der Vater nicht mal seinen Kindern zuliebe aus einem engen Kreis herauskann, in dem er immer rundum läuft. Sein Amt – das ist sein Auf und Nieder, dafür lebt er, es geht da alles in gemächlichem Schritt, ohne daß er rechts oder links zu sehen brauchte. Und das Vaterherz ist wie so'n Aktenbündel, Schema F! Nur sich auf keinen Fall aufregen oder die Gedanken außerhalb der Tretmühle herumschicken. Dann wird man aus lauter Widerspruchsgeist gegen diese Verkümmerung eines Menschen ab und zu mal gründlich frech und ungezogen, damit dieses Gleichmaß einmal erschüttert wird. Denke nicht, daß ich über meinen Vater schimpfen will, er sorgt für uns mit aller Pflichttreue, gönnt sich kaum eine Zigarre, damit Franz und ich etwas lernen können und Gloria immer schöne Kleider bekommt. Er – ja – weiß Gott, er tut mir leid, weil er so stumpfsinnig einhertrottet.«

Peter verbiß mannhaft aufsteigende Tränen. Richard fühlte, wie es in dem Jungen gärte und kochte, und er tat ihm richtig leid.

»Dann hast du aber doch auch noch die Mutter, Peter.«

Dieser lachte ein bißchen vor sich hin.

»Ach, die Mutter – sie ließe sich für jeden von uns in Stücke reißen, aber selbstverständlich hat sie viel schuld daran, daß der Vater so stumpf und dumpf wird; sie hat eben für nichts anderes Interesse als für Glorias Schönheit und möchte aus ihr und aus uns beiden Jungens die reinsten Engel machen. Man möchte ihr immer mal die Wangen streicheln, aber dann haut sie einen auf die Finger und sagt: Schnickschnack. Dann läßt man es schließlich ganz. Und nun ist es ihr ganzes Glück, daß Gloria einen reichen Mann heiraten wird. Mir ist es wichtiger, daß er ein tüchtiger und achtenswerter Mann ist, das kannst du mir glauben, wenn ich auch mächtig froh bin, daß du ein so schnittiges Auto hast. So eines will ich auch mal haben, wenn ich vorwärtsgekommen bin. Franz ist wie der Vater. Der studiert Philologie und wird wohl mal ein hervorragender Studienrat am Gymnasium oder so was Ähnliches. Er wird aber dann auch wie Vater im engsten Kreis herumlaufen, und wenn er nicht mal eine Frau bekommt, die ihn aufmöbelt – dann wird er mit den Jahren Vaters getreues Ebenbild, und seine Schüler werden ihm auf dem Kopf herumtanzen.«

Richard hatte aufmerksam zugehört. War es nicht erstaunlich, wie klug der Junge war und wie genau er seine Umgebung unter die Lupe nahm? Das Kerlchen gefiel ihm immer mehr. Und er fand nun auch Entschuldigungen für das, was ihm an Gloria nicht so recht gefallen wollte.

Es hatte ihr eben an der richtigen Erziehung und an richtigen Vorbildern gefehlt. Was Peter über seine Angehörigen sagte, klang durchaus nicht überheblich oder ungezogen, es war eher, als wenn ein besorgter Vater über seine Kinder und deren Unarten spricht.

»Wie kommt es nun, Peter, daß du sozusagen ein bißchen aus der Art geschlagen bist?« fragte er ernst.

Der Junge sah nachdenklich, aber sehr vertrauensvoll zu ihm auf.

»Mutter sagt, sie habe einen Bruder gehabt, der auch so'n Rappelkopf gewesen ist wie ich. Er ist im Krieg gefallen, und Mutter stellt ihn mir deshalb immer als warnendes Beispiel hin.«

Nun mußten sie beide lachen.

»Nicht wahr, da muß man lachen – aber sie meint damit, daß ihr Bruder auch immer so fürwitzig gewesen ist wie ich. Er ging nämlich mit knapp siebzehn Jahren als Kriegsfreiwilliger und hat sich das Eiserne Kreuz erster und zweiter Klasse geholt. Dann ist er gefallen, weil er sich zu weit vorgewagt hatte, um einen verwundeten Kameraden aus der Schußlinie zu holen.«

»Ah, dann war er jedenfalls ein sehr heldenhafter Mensch.«

»Mutter nennt das fürwitzig. Aber sie ist trotzdem mächtig stolz auf die beiden Ehrenkreuze, die er sich geholt hat.«

»Das kann sie auch. Aber – jetzt bin ich zu Hause, Peter!«

Richard stieg aus, und Peter wollte es ebenfalls. Richard schob ihn jedoch wieder in den Wagen zurück.

»Bleib nur sitzen, Peter, der Chauffeur bringt den Wagen in die Garage, du kannst bis dahin mitfahren, dann hast du nicht mehr weit nach Hause.«

»Au, fein! Vielen Dank, Schwager, und was wir miteinander besprochen haben, bleibt selbstverständlich unter uns.«

»Ehrensache, Peter!«

Sie schüttelten sich die Hände und nickten sich zu. Richard sah dem Wagen eine Weile nach und dachte:

Es wäre schade, wenn der Peter auch allmählich abstumpfte – er hat das Zeug zu einem tüchtigen Kerl in sich.

Und er nahm sich vor, den Jungen im Auge zu behalten und ihm vorwärtszuhelfen.

5

Mona Falkner wurde schon am Sonntagmorgen eine Besuchskarte gebracht. Der Besucher, der sich anmeldete, war Herr Hubert Meining. Mona fiel es ein, daß dieser Besuch ein Dank für die Einladung zum Abendessen für den kommenden Tag sein sollte. Sie meinte aber, daß das bloße Abgeben der Karte vollauf genügt haben würde. Jungen Herren gegenüber war sie immer sehr zurückhaltend. Da ihre Hausdame, Frau Richter, ausnahmsweise ausgegangen war, um eine Freundin zu besuchen, sagte sie zu dem Diener:

»Melden Sie dem Herrn, daß ich bedaure, ihn im Augenblick nicht empfangen zu können.«

Das tat der Diener und kam noch einmal zurück mit der Meldung, der Herr bedauere das ebenfalls sehr und bitte, seinen ergebensten Dank für die Einladung entgegennehmen zu wollen.

Mona entließ den Diener mit einem ruhigen, freundlichen Kopfnicken. Unwillkürlich sah sie hinaus in den Garten, in dem alles tief verschneit war. Sie sah Hubert Meinings schlanke, elegante Gestalt über den breiten Gartenweg dem Tor zugehen. Sie stellte fest, daß er eine sehr gute Erscheinung war. Aber auf sein Gesicht konnte sie sich schon nicht mehr besinnen, sie hatte ihm ja auch nur eine kurze Minute gegenübergestanden und war mit ihren Gedanken abwesend gewesen.

Sobald Meining durch das Tor verschwunden war, hatte sie ihn auch schon wieder vergessen.

Eigentlich hatte sie heute vormittag Gloria Lindner erwartet. Diese würde ihr bestimmt von ihren auf dem Harmonieball errungenen Triumphen berichten wollen. Dann würde sie selbstverständlich zu hören bekommen, daß Richard Römer ihr sehr eifrig den Hof gemacht habe. Und deshalb fürchtete Mona sich vor diesem Besuch. Sehr oft kam auch Richard Römer Sonntag vormittags zu einem Plauderstündchen in das Haus. Aber auch der blieb heute aus, und Mona sagte sich endlich, das Fest sei wahrscheinlich sehr spät zu Ende gewesen und die Teilnehmer wollten sich gewiß ausschlafen.

Um sich abzulenken und sich die Zeit zu vertreiben, nahm Mona eine Mappe mit Geschäftspapieren vor, die sie durchsehen und unterzeichnen sollte. Auch eine Quittung für das Haushaltsgeld, das ihr jeden Sonntag von der Finanzabteilung des Werkes zugeschickt wurde, war zu unterschreiben. Morgen früh holte der Bote dann alles wieder ab. Sie hatte gerade alles erledigt, als Frau Richter wieder zurückkam, und bald darauf gingen die beiden Damen zu Tisch.

Sie besprachen noch einmal ausführlich die Speisenfolge für morgen abend und welche Weine gereicht werden sollten. Mona wollte es an nichts fehlen lassen, aber sie war keineswegs für eine sinnlose Verschwendung – auch in solchen Dingen nicht.

Nachmittags machte sie zusammen mit ihrer Gesellschafterin eine Ausfahrt und ließ draußen im Wald den Wagen halten, um dort spazieren zu gehen. Tief atmeten die Damen die reine, frische Winterluft ein. Die Sonne streute Millionen glitzernde Lichter über den nachts frisch gefallenen Schnee. Die Sonntagsspaziergänger sahen neugierig auf die beiden Damen, zumeist aber auf Monas schlanke, vornehme Gestalt. Jetzt, mit dem geröteten Gesicht, den leuchtenden grauen Augen und dem blütenfrischen Teint, sah Mona sehr reizend aus. Nach Hause zurückgekehrt, fragte Mona, ob noch Besuche dagewesen seien, erfuhr aber, daß dies nicht der Fall gewesen sei. Sie fragte sich selbst, warum sie annahm, daß Besuch kommen müßte. Gloria hob sich ihren Bericht sicherlich für morgen abend auf, und Richard Römer dachte bestimmt nicht daran, daß sie ihn voll Sehnsucht erwarten könnte. Warum tat sie das überhaupt? Sie wußte es nicht, sie hatte nur das sehr starke Empfinden, es müßte etwas geschehen sein, was ihr Kummer bereiten könnte. Dieses Gefühl steigerte sich dermaßen, daß sie bei Gloria anrief. Sie erfuhr jedoch durch das Dienstmädchen, daß diese nicht daheim war.

Nun wartete sie noch eine Weile, in der Hoffnung, daß Gloria kommen würde. Da dies nicht geschah, fragte sie, sich selbst verspottend, warum ihr so viel an einem

Besuch Glorias lag, sie hatte doch fast nie reine Freude an deren Besuchen.

Der Tag verging, und mit einer seltsamen Unrast und Unlust begab Mona sich zur Ruhe.

Am nächsten Vormittag machte sie einige Besorgungen in der Stadt. Sie benutzte ihr Auto, ließ sich aber nicht von Frau Richter begleiten.

Unter anderem wollte Mona auch zu ihrem Juwelier fahren, um eine Kleinigkeit an einem Armband ausbessern zu lassen. Ihr Wagen hielt hinter einem anderen. Als sie ausstieg und sich den vor ihrem stehenden Wagen ansah, merkte sie, daß es der Römersche war. Sie stutzte einen Augenblick. In dieser Sekunde trat Richard Römer aus dem Juweliergeschäft. Er hatte von dem Inhaber den Schmuck seiner Mutter beleihen lassen, hatte auch ohne weiteres dreißigtausend Mark dafür bekommen, unter der Bedingung, daß er den Schmuck zu diesem Betrag innerhalb drei Jahren wieder einlösen konnte, inzwischen aber die vorgestreckte Summe mit sechs Prozent jährlich verzinsen mußte. Richard war darauf eingegangen und hatte zugleich für Gloria und sich Verlobungsringe gekauft.

Er hatte vorgehabt, anschließend Mona einen kurzen Besuch zu machen, um ihr unter vier Augen seine Verlobung mitzuteilen.

Jetzt sah er sie vor dem Schaufenster stehen und begrüßte sie herzlich.

»Ich wollte gerade zu dir fahren, Mona, gestern war ich verhindert.«

Sie sah ihn mit ihren schönen Augen an.

»Ich habe dich vermißt, Richard. Hoffentlich hattest

du keine unangenehme Sache; ich dachte mir, du habest spät mit dem Fest Schluß gemacht und müßtest dich ausschlafen.«

»Spät war es allerdings geworden, aber das macht mir nichts aus. Und eine unangenehme Sache hatte ich auch nicht – im Gegenteil. Aber – ich möchte dir davon nicht hier auf der Straße berichten – würdest du mich ein Stück in deinem Wagen mitnehmen? Du hast sicherlich hier bei dem Juwelier zu tun, ich begleite dich dann wieder bis hierher. Mein Wagen kann so lange stehenbleiben.«

»Gewiß, Richard, wenn du mir etwas zu sagen hast, kann es im Wagen am ungestörtesten geschehen.«

Wenige Minuten später rollte das Auto davon.

Mona hatte keine Ahnung, was sie zu hören bekommen sollte, aber irgendwie war ihr beklommen zumute, war es schon seit gestern. Sie war gewohnt, ernste Unterhaltungen mit Richard Römer zu führen, sie vertrauten einander manches an, was sie anderen Menschen nicht mitteilen wollten. Die Römersche Fabrik war nicht weit von den Falknerwerken entfernt, und zwischen beiden lag ein den Falkners gehörendes Wiesengelände. Auf diesem hatte Mona vor Zeiten gern gespielt, wenn ihre Mutter den Vater in seinem Büro aufgesucht hatte.

Oftmals hatte Richard, obwohl er einige Jahre älter war, ihr Gesellschaft geleistet. Sie hatten, umhertollend, Ball gespielt, Drachen steigen lassen oder sich sonstwie vergnügt und waren dabei Freunde fürs Leben geworden.

Nun saßen sie beide nebeneinander in dem Wagen.

Richard beugte sich vor und sah Mona ins Gesicht. Er stellte wieder einmal fest, daß sie reizend war, und konnte nicht verstehen, daß Gloria immer so abfällig über das Äußere der Freundin sprach. Der breite Nerzkragen ihres Persianermantels kleidete sie ganz besonders, und es fuhr ihm durch den Sinn, daß Gloria trotz aller Schönheit nie so vornehm und apart wirken könne wie Mona.

»Ich habe dir heute wirklich etwas sehr Wichtiges und Überraschendes zu sagen. Gestern hatte ich keine Zeit, und bis heute abend wollte ich es nicht verschieben. Also – kurz und bündig, Mona, ich habe mich mit Gloria Lindner verlobt.«

Als er das heraushatte, in einer ihm selbst unerklärlichen Befangenheit, sah er erschrocken, daß Mona leichenblaß wurde und wie vernichtet in die Wagenkissen zurücksank. Es war aber nur ein Augenblick der Schwäche und des Versagens aller Kräfte. Gleich riß sie sich wieder zusammen und vermochte ein allerdings etwas gequältes Lächeln um ihren Mund zu zwingen. Schnell reichte sie ihm die Hand, und er spürte, daß diese kleine, schmale Mädchenhand leise zitterte und sich durch den Handschuh hindurch eiskalt anfühlte.

»Also ist es am Sonnabend doch so weit gekommen – Gloria hatte mir das schon in Aussicht gestellt. Aber ich glaubte nicht, daß es so schnell geschehen würde. Jedenfalls danke ich dir, daß du mir das eher mitgeteilt hast als anderen, fremden Menschen. – Ich wünsche dir von ganzem Herzen Glück.«

Wie tonlos ihre Stimme war; wenigstens anfänglich. Erst bei dem Aussprechen des Glückwunsches hatte sie wieder herzlicher geklungen.

Er kannte Mona nur zu gut, und deshalb hatte der Augenblick, als sie, die Herrschaft über sich selbst verlierend, todbleich zurückgesunken war, hatte das leise Zittern ihrer eiskalten Hand ihm verraten, was sie ängstlich vor ihm hatte verbergen wollen. Auf einmal wußte er, daß bei Mona aus der guten Freundschaft Liebe geworden war. Und das berührte ihn seltsam. Ihm war plötzlich, als sei ihm etwas Kostbares, Herrliches verlorengegangen – als habe er einen Glassplitter aufgehoben und einen Diamanten achtlos liegen lassen. Seine Augen ruhten besorgt, fast verstört in den ihren, und sie mußte die Lider einen Augenblick niederschlagen, um sich nicht zu verraten. Daß sie sich schon verraten hatte, wurde ihr erst bewußt, als er ihre Hand wie in jähem Schrecken an seine Brust preßte und heiser vor unterdrückter Erregung hervorstieß:

»Mona – was ist mit dir?«

Da überkam sie eine stolze Scham und zugleich eine heiße Besorgnis, ihn zu beunruhigen. Mit Aufbietung aller Kraft scherzte sie:

»Du kannst dir wohl denken, daß diese überraschende Neuigkeit mich beinahe umgeworfen hat. Das ist doch keine Kleinigkeit, wenn man hört, daß der beste Freund sich verlobt hat. Also, nochmals meine herzlichsten Glückwünsche, Richard.«

Er beugte sich über ihre Hand, küßte diese und wußte, er küßte die Hand einer Frau, die ihn aus tiefstem Herzen liebte. Er fragte sich in dieser Minute ganz verzweifelt, wie es gekommen war, daß er seinen Sinnen soviel Macht über sich gelassen hatte, Gloria zu seiner Braut zu machen. In dieser Minute wurde es ihm klar, daß es nichts gewesen war als Sinnenrausch, was ihn zu Gloria hingezogen hatte, und daß das Beste und Heiligste seines Herzens Mona Falkner gehörte. Aber er kannte ihre stolze, scheue Seele und wußte, daß er ihr jetzt helfen mußte, ihre Fassung wiederzugewinnen, und sich den Anschein geben, als habe er nichts von ihrem seelischen Zusammenbruch bemerkt.

»Ich danke dir für deinen Glückwunsch, Mona, und nicht wahr – zwischen uns bleibt alles beim alten?«

Wieder zwang sie ein gequältes Lächeln in ihr blasses Gesicht.

»Soweit das in Zukunft deine Frau gestatten wird, Richard; sie wird vielleicht unsere Freundschaft nicht dulden wollen, dann müssen wir vernünftig sein und uns ihren Wünschen fügen.«

Er sah sie betroffen an.

»Nein – das wird Gloria niemals wünschen, sie weiß doch um unsere Freundschaft.«

Mona wußte sehr wohl, daß Gloria anderer Ansicht sein würde als er, aber sie sagte:

»Das müssen wir Gloria überlassen. Aber – hier sind wir ja wieder beim Juwelier – ich muß mich ein wenig beeilen. Und – wenn ich dich bitten darf – sage Gloria nichts davon, daß du mich schon eingeweiht hast, sie wird mir heute abend ihre Verlobung gern selbst mitteilen wollen.«

Wieder sah er sie mit banger Sorge an, so daß ihr das Blut in das Gesicht schoß.

»Wie du wünschst, Mona«, sagte er gepreßt. Ihm war, als dürfe er sie jetzt nicht allein lassen, und doch konnte er sich denken, daß sie danach verlangte, allein zu sein.

So half er ihr aus dem Wagen, verabschiedete sich schnell und fuhr in seinem Auto davon.

Wie Mona in das Juweliergeschäft gekommen war, wie sie ihre Bestellung gemacht hatte und dann wieder nach Hause gefahren war, ohne eine andere Besorgung machen zu können, wußte sie nicht. Sie dankte Gott, als sie endlich in ihrem Zimmer allein war und brach laut weinend zusammen. Es schien ihr fast unerträglich, daß Richard Römer jetzt Gloria Lindner gehörte, aber noch unerträglicher war ihr, daß er etwas gemerkt haben mußte, daß sie sich ihm verraten hatte. Und sie zerbrach sich den Kopf, wie sie ihm diese Überzeugung, die sie in seinem besorgten Blick gelesen hatte, austreiben konnte. Er *durfte* nicht glauben, daß sie ihn liebte, sie wußte, daß diese Erkenntnis ihn schwer bedrücken würde. Er mußte irgendwie die Überzeugung gewinnen, daß er sich getäuscht habe. Nein – er durfte nicht auf dem Gedanken beharren, daß sie ihn liebte, durfte es seinetwegen nicht und ihretwegen ebensowenig. Ihr Stolz litt tausend Qualen unter der Gewißheit, daß er um ihre Liebe wußte.

Aber womit sollte sie ihm beweisen, daß er sich geirrt hatte, wenn er glaubte, verschmähte Liebe habe sie zusammenbrechen lassen?

Sie grübelte lange darüber nach. Und plötzlich richtete sie sich auf. Jetzt wußte sie es. Sie mußte sich so schnell wie möglich mit einem anderen Mann verheiraten, mit irgendeinem – mit dem ersten besten, der geneigt war, um ihre Hand anzuhalten. Es fehlte ihr nicht an Freiern, sie würde nicht lange suchen müssen. Wie war es doch mit diesem Herrn Meining, der gestern bei ihr Besuch gemacht hatte. Gloria hatte ihr doch erzählt, wie sehr er von ihr geschwärmt habe und daß sie sofort eine Eroberung an ihm gemacht habe. Heute abend kam dieser Herr Meining – wenn sie sich den Anschein gab, als mache er tiefen Eindruck auf sie, wenn sie ihm vortäuschte, in ihn verliebt zu sein –, dann konnte Richard unmöglich glauben, daß sie ihn liebte. Und Gloria ebensowenig – auch sie durfte es nicht ahnen! Deshalb hatte sie Richard gebeten, er möge Gloria nicht verraten, daß sie schon eingeweiht war. Gloria sollte die Überzeugung gewinnen, daß sie diese Verlobungsnachricht ruhig hinnehmen konnte, daß sie im Herzen unbeteiligt war bei dieser Nachricht. Ihr Stolz mußte ihr helfen. Und dieser Herr Meining! Vielleicht war er ganz nett, und man konnte vernünftig mit ihm sprechen. Betrügen wollte sie ihn nicht, er sollte wissen, daß sie einen anderen liebte, der unerreichbar für sie war. Er mußte Geduld mit ihr haben – man konnte sich vielleicht auf einen kameradschaftlichen Standpunkt mit ihm stellen.

So jagten ihre Gedanken und klammerten sich immer wieder an das eine: Richard mußte die Überzeugung gewinnen, daß sie ihn nicht liebte. Nachdem sie sich zu diesem Entschluß durchgerungen hatte, raffte sie sich auf. Sie mußte jetzt hinuntergehen und Frau Richter ein ruhiges Gesicht zeigen, damit auch diese keinen Argwohn schöpfen konnte. Gleich nach Tisch gedachte sie sich zurückzuziehen, die Ausrede gebrauchend, sie bedürfte der Ruhe, um heute abend frisch zu sein.

Und so geschah es auch. Sie klagte Frau Richter, sie habe plötzlich rasendes Kopfweh bekommen, verzichtete auf das Mittagessen, leistete nur Frau Richter ein wenig Gesellschaft und suchte dann ihr Zimmer auf. Ihr Stolz half ihr, das glaubwürdig zu machen; Frau Richter merkte nichts von ihrer seelischen Verfassung, sondern riet ihr unbefangen, sie möge eine Tablette nehmen und zu schlafen versuchen. Mona nahm auch etwas zur Beruhigung der Nerven, sie mußte ja gefaßt und stark sein am Abend, um erfolgreich Komödie spielen zu können.

Schlaf fand sie freilich nicht, aber sie vermochte sich wenigstens zu beruhigen. Bis sie sich für das Abendessen umkleiden mußte, blieb sie liegen. Da sie sehr bleich war, wollte sie etwas Rot auflegen, was sie sonst niemals tat. Sie fand auch von einer früheren Theateraufführung her, in der sie eine kleine Rolle übernommen hatte, um eine erkrankte junge Dame zu vertreten, etwas Schminke und Puder. Damit richtete sie sich her, so daß sie leidlich aussah – wenn man nicht in ihre Augen sah, in denen aller Glanz erloschen zu sein schien.

Sie betete inbrünstig, daß sie die Fassung nicht verlieren möge, um Richard Römer nicht mit dem Gedanken zu belasten, daß er sie durch seine Verlobung unglücklich gemacht und sie sich hinter ihren Stolz hatte retten müssen.

Alles andere war ihr jetzt gleichgültig. Sie war so bis in ihr tiefstes Sein erschüttert, daß sie bereit war, die größte Torheit zu begehen, nur um Richard Römer die Überzeugung gewinnen zu lassen, daß er sich im Irrtum befinde, wenn er glaubte, sie liebe ihn.

Richard Römer hatte eine fast ebenso tiefe seelische Erschütterung durchzumachen gehabt bei der Erkenntnis, daß ihm nicht nur Monas Freundschaft, sondern auch deren Liebe gehörte. Er hatte sich ganz verzweifelt gefragt, wie er nur nach einer Frau wie Gloria hatte sehen können, wenn er eine Mona Falkner hätte erobern können. Selbstverständlich war er Ehrenmann genug, um sich zu sagen, nun, da er verlobt war, habe er nicht mehr das Recht, an eine andere Frau zu denken.

Wie ihm zumute war, als er Gloria am Abend bei ihren Eltern abholte und ihr dabei den Verlobungsring an den Finger steckte, läßt sich nicht beschreiben. Einen Augenblick riß Gloria ihn durch ihre leidenschaftlichen Küsse wieder in den alten Rausch hinein, aber nachher fühlte er sich um so elender.

Peter hatte ihm die Hand gedrückt und einen »Freundesblick« mit ihm gewechselt, und Richard hatte plötzlich das Gefühl, daß alle die Menschen, die ihn hier umgaben – samt seiner Braut – oberflächliche Menschen waren, außer diesem Jungen, der ihn in sein Herz hatte blicken lassen.

Zu solchen Betrachtungen hatte er aber zum Glück nicht viel Zeit. Man mußte jetzt aufbrechen. Er verabschiedete sich von Glorias Angehörigen mit einigen leeren Worten. Peter drückte er schweigend die Hand. Dieser sah seltsam forschend in Richards blasses Gesicht, das ihm ganz anders erschien als sonst.

Aber er wußte nicht, was er daraus lesen sollte, fühlte nur, daß dem »Freund« aus irgendeinem Grund nicht wohl zumute war.

Unten im Wagen schmiegte sich Gloria in Richards Arm und überfiel ihn wieder mit ihren leidenschaftlichen Küssen, womit sie ihn immer zu betören versuchte. Nach einer Weile sagte sie:

»Mona wird einfach platt sein, wenn sie von unserer Verlobung erfährt. Du kannst mir glauben, sie gönnt dich mir nicht.«

Er richtete sich unwillig auf.

»Ich habe dich schon einmal gebeten, Mona aus dem Spiel zu lassen. Bitte, laß das in Zukunft – ich mag solche Worte nicht hören.«

Er sah nicht, wie es zornig in ihren dunklen Augen aufblitzte.

»Sei doch nicht so empfindlich, Richard. Immer stellst du dich wie mit ausgebreiteten Armen vor Mona, als müßtest du sie vor etwas schützen. Es tut ihr doch kein Mensch etwas. Und nun mach bitte kein verdrießliches Gesicht. Sieht so ein glücklicher Bräutigam aus?«

Er nahm sich zusammen, und da sie ihm wieder den Mund bot, küßte er sie, aber er tat es ziemlich gedankenlos und fragte sich immer wieder, wie er es Mona leicht machen könnte, über diesen Abend hinwegzukommen. Denn daß sie leiden würde, erschien ihm gewiß. Einen Augenblick kam ihn die Versuchung an, Gloria einfach zu bitten, ihn wieder freizugeben, weil er sich geirrt habe, aber dann siegte doch wieder seine Ritterlichkeit. Gloria war schon vielen Menschen als seine Braut vorgestellt worden, er durfte sich nicht feige Pflichten entziehen, die er auf sich genommen hatte.

Und so betrat er, in sein Schicksal ergeben, mit Gloria das Falknersche Haus.

Kaum hatten beide in der Diele abgelegt, als auch Hubert Meining eintraf, schön wie ein Gott, elegant vom Scheitel bis zur Sohle, mit jenem seelenlosen Eroberlächeln auf den Lippen, das Richard stets unangenehm berührte. Er hatte eine sehr geringe Meinung von diesem jungen Mann. Soviel er von Gloria erfahren hatte, war er Schriftsteller, aber jedenfalls einer, von dem noch niemand etwas Nennenswertes gelesen hatte. Hubert Meining wollte Jura studiert haben, bis der Tod seines Vaters ihm ein weiteres Studium unmöglich gemacht hatte. Einige tausend Mark, die er geerbt hatte und vielleicht gut zur Beendigung seines Studiums hätte verwenden können, hatte er lieber dazu benutzt, sich ein bequemes Leben zu schaffen und sich auszustatten für die Jagd nach einer reichen Frau. Er war fest davon überzeugt, jedwede erobern zu können, die er haben wollte.

Die drei Gäste betraten gemeinsam das große, elegante Empfangszimmer, das man von der Diele aus erreichte. Hier wurden sie von Frau Richter und Mona empfangen. Richards Blick suchte nur Monas Antlitz, und er allein bemerkte das leise Zucken in ihrem blassen, stolzen Gesicht. Mona beherrschte sich fabelhaft, begrüßte ihre Gäste und wandte sich mit bezaubernder Liebenswürdigkeit Herrn Meining zu, der ihr einen flammenden Blick zuwarf, ehe er ihre Hand küßte. Man nahm im Empfangszimmer Platz, und nun konnte Gloria es nicht erwarten, ihre Neuigkeit loszuwerden. Mit einem neckischen Lächeln zu Mona hinüber sagte sie:

»Nun mach dich auf eine große Überraschung gefaßt, Mona – Richard Römer und ich haben uns am Sonnabend verlobt.«

Gloria kam aber um die erhoffte Wirkung ihrer Worte, denn Mona sagte ruhig und gefaßt, in ihrer beherrschten Art:

»Das ist allerdings überraschend, Gloria. Ich wünsche dir und deinem Verlobten von Herzen alles Glück.«

Sie reichte beiden Verlobten die Hand, und wieder spürte Richard ein leises Beben ihrer kleinen kalten Hand. Aber sonst war Mona nichts anzumerken. Sie wandte sich sofort Hubert Meining zu, der sie fragte, welche Szene der in diesem Zimmer angebrachte Gobelin darstelle.

Mona trat sofort heran, sah ihm sehr liebenswürdig in die Augen und erklärte das Motiv. Sie verstrickte Meining in ein sehr angeregtes Gespräch, und dieser glänzte mit seinen Geistesgaben ebenso wie mit seinen körperlichen Vorzügen. Mona fand, daß Hubert Meining nicht nur ein bildschöner Mensch, sondern auch klug und gewandt in der Unterhaltung war, und sie sagte sich mit trotzigem Stolz, daß es nicht schwer sein müßte, sich mit diesem Mann über eine unglückliche Liebe zu trösten.

Richard war etwas verwundert über Monas Auftreten. Hatte er sich heute vormittag doch getäuscht? Mona sah durchaus nicht unglücklich oder bedrückt aus. Sie plauderte angeregter und heiterer denn je – und er fand, daß sie nie so vorteilhaft ausgesehen hatte wie heute. Fast verblaßte Gloria neben ihr. Vor allem wirkte Mona viel vornehmer und damenhafter als sie. Auch Gloria war etwas verwundert, glaubte aber gern, daß Mona sich Hals über Kopf in Hubert Meining verliebt hatte, zumal, da sie sich nun keine Hoffnung mehr auf Richard machen konnte. Obwohl alles nach ihrem Wunsch zu gehen schien, überfiel sie dennoch eine gewisse Eifersucht auf Mona, weil sie merkte, daß diese sich anscheinend nur zu gern von Hubert gefangennehmen ließ.

Daran ließ sich aber nichts mehr ändern. Der einzige restlos Zufriedene an diesem Abend war Hubert Meining, der sehr wohl bemerkte, wie schnell die reiche Erbin ihm ins Garn ging. Welchen Grund sie dafür hatte, ahnte er allerdings nicht; aber er schrieb das, bescheiden wie er von sich dachte, ganz allein seiner sieghaften Persönlichkeit zu. Die Weiber waren doch alle gleich. Jede biß sofort bei ihm an, er mochte es anstellen, wie er wollte. Allein sein eitles Lächeln hätte ihm beinahe alles verdorben. Mona fand es unmännlich und anmaßend. Aber es war ihr gleichgültig, wie er war, wenn er ihr nur half, Richard zu überzeugen, daß ein anderer Mann sie völlig gefangennahm.

Richard war seinerseits weit davon entfernt zu glauben, daß eine so wertvolle Frau wie Mona an diesem Gecken Gefallen finden könnte. Er glaubte sie nur zu gut zu verstehen. Sie wollte ihn glauben machen, er gelte ihr lediglich als guter Freund. Sie wollte ihn davon überzeugen, daß er sich heute morgen geirrt habe, als ihm plötzlich klargeworden, daß Mona ihn liebe.

Er versuchte, sie beschwörend anzusehen, um sie davon abzuhalten, diesem Gecken soviel unverdiente Gunst zu erweisen; aber Mona suchte seinem Blick immer wieder auszuweichen. Sie spielte sich immer mehr in ihre Rolle hinein, plauderte angeregter und geistvoller als je, sah blendend aus und hätte auch Richard getäuscht, wenn er nicht zuweilen den toten, leeren Blick ihrer Augen bemerkt hätte.

Man begab sich in das große Speisezimmer. Die runde Tafel war mit schönem, kostbarem Porzellan und Besteck bestellt, und Hubert Meining rechnete sich schon aus, wie reich die junge Erbin wohl sein mochte. Es lohnte sich jedenfalls, sich um sie zu bewerben. Sein Blick bekam etwas grausam Berechnendes, er sagte sich: Dies alles soll mir gehören, ich will diese junge Erbin schon so verliebt in mich machen, daß sie sich mir willenlos ausliefert. Sie ist übrigens gar nicht so übel, wie Gloria immer behauptet hat, sie ist jedenfalls eine sehr vornehme Erscheinung, mit der man sich sehen lassen kann. Also – halten wir uns daran.

Hätte Mona seine Gedanken erraten – vielleicht hätte auch dies sie heute nicht abgehalten, den Entschluß zu fassen, Hubert Meining sobald wie möglich dazu zu bringen, eine Werbung auszusprechen. Sie meinte, erst dann wieder einigermaßen ruhig werden zu können, wenn sie Richard bewiesen hatte, daß sie einen anderen liebte. Was nachher kam, erschien ihr vorläufig unwichtig.

Der Abend verging scheinbar in heiterster Stimmung. Nur Richard war zuweilen auffallend still. Gloria und Hubert waren wirklich von Herzen vergnügt und guter Laune, da ihre Hoffnungen sich zu erfüllen schienen. Mona täuschte Hubert Meining mit der ganzen Inbrunst ihres Stolzes eine heftige Verliebtheit vor. Sie übersah Richards besorgte Blicke. Was sollten ihr die – sie wollte und mußte ihn täuschen und Gloria ebenso.

Sie ahnte nicht, wie sehr sie Richard damit quälte.

Sie freute sich beinahe darüber, daß Hubert Meining ohne weiteres auf ihr Spiel einging und ihr auf Tod und Leben den Hof machte. Sie redete sich ein, er gefiele ihr ganz gut, er wäre wenigstens ein schöner und gepflegter Mensch, mit dem man gut zusammenleben könne. Und da sie immer angenommen hatte, daß schöne Menschen auch gut sein müßten, worin sie sich allerdings irrte, so rannte sie, nur um ihrem Stolz Genüge tun zu können, sozusagen blindlings in ihr Unglück hinein.

Endlich trennte man sich. Alle gingen mit sehr verschiedenen Gefühlen auseinander. Mona und Richard im innersten Herzen bedrückt, Gloria hochbefriedigt und Meining voll der frohen Hoffnung, dieser Goldfisch werde ihm ganz bestimmt in das Netz gehen.

Er hatte Mona überredet, sich morgen mit ihm im Museum zu treffen, dort wollte er ihr ein Bild zeigen, über das sie gesprochen hatten, und zu Richards schmerzlicher Verwunderung war Mona scheinbar freudig darauf eingegangen.

Während Mona wie kraftlos auf ihrem Bett lag und die Geschehnisse des heutigen Abends an sich vorüberziehen ließ, schämte sie sich unsagbar, daß ihr Stolz sie dazu gezwungen hatte, eine derartige Komödie aufzuführen. Aber noch mehr glaubte sie sich schämen zu müssen, daß Richard annehmen konnte, daß sie ihn liebte.

Richard brachte, nachdem sie Monas Heim verlassen hatten, seine Braut nach Hause, verhielt sich ziemlich zurückhaltend ihren Zärtlichkeiten gegenüber und wünschte sehnlichst, endlich allein zu sein. Gloria bemerkte schließlich seine Zurückhaltung und schmollte ein wenig. Er suchte sie dadurch zu besänftigen, daß er Kopfweh vorschützte. Da ließ sie ihn in Ruhe. Es war für sie ja durchaus nicht Bedürfnis, Zärtlichkeiten mit ihm auszutauschen, es erschien ihr nur notwendig, ihn wenigstens bis zur Eheschließung in einer gewissen Hochspannung der Leidenschaft zu erhalten, damit die Hochzeit auch wirklich stattfand. Sie hatte bisher vergeblich darauf gewartet, daß Richard sie drängen würde, einen möglichst nahen Zeitpunkt für die Vermählung anzusetzen, und es verletzte geradezu ihre Eitelkeit, daß er das nicht tat. Sie nahm sich aber vor, selbst möglichst bald das Gespräch darauf zu bringen. Auf eine lange Verlobungszeit legte sie keinen Wert, sie wollte ihr Opfer sicher haben.

6

Am nächsten Morgen suchte Richard den Kommerzienrat Schellhorn auf, dem er seine und des Vaters Villa zum Kauf anbieten wollte. Dieser empfing ihn sehr liebenswürdig und hörte sich das Angebot interessiert an. Richard machte ihm klar, daß er und sein Vater eine Etage in der Fabrik beziehen wollten, denn für sie beide sei die Villa zu groß. Seit der Mutter Tod fühlten sie sich nicht mehr wohl darin. Solche und ähnliche Gründe brachte er vor, nur den wahren, daß die Firma in finanziellen Schwierigkeiten steckte, verschwieg er, denn das durfte um keinen Preis bekannt werden, wenn der Kredit des Hauses Römer nicht erschüttert werden sollte. Und das wäre das Schlimmste gewesen, was jetzt hätte geschehen können. Dem Kommerzienrat verschwieg er vorläufig seine Verlobung, damit dieser nicht fragen würde, ob er nach seiner Verheiratung das Haus nicht lieber selbst benützen möchte. Da der Kommerzienrat die Villa Römer ziemlich genau kannte, war er durchaus nicht abgeneigt, diese für seine Tochter zu erwerben. Er wollte sie sich allerdings erst noch einmal daraufhin ansehen.

Da dem Kommerzienrat jedoch viel daran lag, seiner Tochter bis zu deren Hochzeit, die im Frühjahr stattfinden sollte, ein Heim zu bereiten, versprach er, sich schnellstens zu entscheiden und schon am nächsten Tag in Begleitung eines Fachmannes die Villa Römer anzusehen und taxieren zu lassen. So konnte Richard hoffen, bald zum Ziel zu kommen.

Etwas beruhigter trat er den Heimweg an und berichtete seinem Vater von dem Ergebnis seiner Unterredung mit dem Kommerzienrat.

Aber als er dann in der Fabrik bei seiner Arbeit saß, flogen seine Gedanken immer wieder zu Mona Falkner. Ob sie sich wirklich mit diesem Laffen im Museum traf? Warum sie es tat, wußte er nunmehr genau, und es schmerzte ihn mehr, als er sich eingestehen wollte. Erst glaubte er nur, es sei die Sorge um Mona, die ihn so unruhig machte, aber dieses Sich-selbst-Belügen währte nicht lange. Nein, es war nicht nur die Sorge um sie, es war auch der Schmerz, daß er in seiner törichten Leidenschaft so blind gegen sich selbst gewütet hatte. Hätte er nur eine Ahnung davon gehabt, wie Mona zu ihm stand, dann, so meinte er, hätte Gloria keine Macht über ihn gewinnen können. Eine Frau wie Mona Falkner aus seiner Empfindungswelt so weit auszuscheiden, daß er nur an freundschaftliche Gefühle für sie glaubte, war eine unerhörte Torheit gewesen, die er jetzt nicht mehr begriff. Er dachte daran, was eine Ehe mit Mona ihm für Werte gegeben haben würde im Vergleich zu einer Ehe mit Gloria. Es fiel ihm dabei nicht ein, in Betracht zu ziehen, daß Mona reich und Gloria arm war, nein, nur die inneren Werte der beiden Persönlichkeiten wog er gegeneinander ab. Und da mußte er sich wieder sagen – er hatte einen Glasscherben aufgehoben und einen Edelstein unbeachtet liegen lassen.

Aber das alles ließ keinen Augenblick den Gedanken in ihm aufkommen, sich von Gloria trennen zu wollen. Nein, sie konnte nichts dafür, daß er, von blinder Leidenschaft geblendet, sie überschätzt hatte. Er hatte sich mit ihr verlobt, und das war für ihn genausoviel, als sei sie schon seine Frau. Wenn ihn nur die Sorge um Mona nicht zu sehr gequält hätte. Sie begab sich in eine Gefahr, die sie nicht kannte, wenn sie sich Meining mehr und mehr näherte. Daß es zu einer Heirat zwischen den beiden kommen könnte, nahm er dabei noch nicht einmal an; er sah an sich schon allerlei Gefahren für sie in einem näheren Verkehr mit Meining.

Gewiß, dieser Mann war bildschön, besaß ein bestechendes Wesen; aber Richard wurde das Gefühl nicht los, daß Meining im Grunde nichts war als ein Glücksritter.

Gloria sprach allerdings in den höchsten Tönen von ihm, aber was verstanden Frauen von solchen Dingen.

Daß sie nur zu gut über Meining Bescheid wußte, ahnte Richard nicht. Sie hatte ihm gesagt: Der Tod seines Vaters habe ihm die Beendigung seines Studiums unmöglich gemacht. Aber woher nahm er dann das Geld für den Aufwand, den er trieb?

Richard sagte sich, es sei angezeigt, Mona gelegentlich vor diesem Menschen zu warnen. Nur jetzt war es nicht die passende Gelegenheit. Im Augenblick durfte er ihr nicht mit solchen Dingen kommen. Mochte Meining für sie eine Ablenkung, eine Zerstreuung sein – zu mehr durfte es jedoch nicht kommen. Dann war es seine Pflicht und sein Recht als ihr treuer Freund, sie zu warnen.

Aber das Herz war ihm sehr schwer, und er konnte an Gloria nur denken, wie ein Mensch an eine Fessel denkt, die er sich leichtsinnig übergestreift hat. Ab und zu wallte freilich leidenschaftliches Begehren in ihm auf, aber – er schämte sich gleichwohl dieses Gefühls, und das war sehr schlimm für ihn.

Die nächsten Tage war er zum Glück oder Unglück sehr stark mit geschäftlichen Sorgen belastet. Er und sein Vater stemmten sich verzweifelt gegen den Zusammenbruch der Firma, und Richard hatte sein von einer Tante ererbtes Vermögen bereits flüssig gemacht. Mit dem Geld für die Beleihung des Schmuckes waren vorerst die drückendsten Schulden gedeckt worden. Es war nicht nötig gewesen, die Zahlungen einzustellen. Die Gläubiger beruhigten sich einstweilen und hörten vorläufig auf zu drängen. Daß das jedoch nur eine kurze Zeit anhalten würde, wußten Vater und Sohn sehr wohl, aber bis dahin würde dann hoffentlich der Verkaufserlös für die Villa zur Verfügung stehen. Dann war man zunächst über das Schlimmste hinweg und konnte wieder Luft holen.

Es kam dann auch wirklich überraschend schnell zum Verkauf der Villa. Der Kommerzienrat bot neunzigtausend Mark, bar auf den Tisch, wie er sagte. Richard nahm dieses Angebot äußerlich ruhig, innerlich sehr erfreut an.

Es ging nun wieder gut voran im Geschäft, und Richard arbeitete unermüdlich darauf hin, daß von den Verlusten, die sein Vater gehabt hatte, ein Teil wenigstens wieder eingebracht werden konnte.

Das im Laufe der Woche gefeierte Verlobungsfest geriet zu einer wahren Marter für Richard. Es waren noch einige Verwandte von Lindners eingeladen, sonst kein fremder Mensch. Frau Lindner meinte, es werde ohnedies zu eng, und eine Verlobungsfeier gehe doch nur die Familie an. Richard war froh, daß er weiter keine Angehörigen hatte, und während der Festtafel sah er einige Male verstohlen zu seinem Vater hinüber. Aber dieser vergaß keinen Augenblick, daß er eine sehr gute Erziehung genossen hatte, zeigte sich gegen alle Lindners sehr liebenswürdig und wußte nur zu gut, wie seinem Sohn bei dieser Feier zumute war. Denn die gesamte Familie Lindner, und was zu ihr gehörte, war so ziemlich über einen Kamm geschoren. Alle waren sehr spießbürgerlich und ziemlich taktlos. Als sie unter dem Einfluß des selbstverständlich billigen Weines sehr vergnügt wurden, hagelte es Zweideutigkeiten. Und wenn Richard dann seine Braut bei den mehr oder minder delikaten Witzen ansah, im Glauben, daß sie darüber entsetzt sei, merkte er zu seinem Erstaunen, daß sie ganz vergnügt darüber war. Er glaubte allerdings, annehmen zu dürfen, daß sie einen Teil der neckischen Anspielungen gar nicht verstand und über den anderen nur aus Höflichkeit für die Gäste lachte.

Es war ein qualvoller Abend für ihn. Von allen Anwesenden gefiel ihm am besten sein junger Schwager Peter, der ebenfalls wenig entzückt von der Familie zu sein schien. Seine jungenhafte Ruppigkeit tat in diesem Kreis beinahe wohl, ebenso, daß er sich ungezwungen mit Richards Vater und mit diesem selbst unterhielt.

Als er eine Weile mit Richard allein war, sagte er fast mitleidig: »Du stehst wohl allerhand Ängste aus bei näherer Bekanntschaft mit unserem Familienkreis. Mußt dir nichts daraus machen, Richard, du brauchst sie ja nicht alle Tage zu genießen, diese Spießer, und etwas aus der Art geschlagen ist Gloria schon.«

Richard atmete tief auf.

»Du kannst es mir nicht verdenken, Peter, daß mir das lieb ist. Und wenn ich zu wählen habe, begnüge ich mich gern mit dir als Repräsentanten der Familie, deine Eltern und dein Bruder selbstverständlich ausgenommen.«

»Meinetwegen kannst du sie ruhig mit einschließen. Das ist doch kein Umgang für dich. Und Mutter ist darin ganz vernünftig, sie hat schon zu Gloria gesagt: Wir passen nicht zu deinem Verlobten und werden euch nicht lästig fallen. Du wirst dich schon in seinen Kreisen zurechtfinden, du hast ja eine gute Schulbildung gehabt. Aber wir dürfen uns da nicht störend einmischen.«

Richard sah zu seiner Schwiegermutter hinüber und fand, daß diese anscheinend sehr einsichtsvoll war. Er nickte Peter zu.

»Und was hat Gloria dazu gesagt?« fragte er nach einer Weile.

Peter lachte etwas spöttisch.

»Na, die ist selbstverständlich einverstanden. Sie macht nicht gern Gebrauch davon, daß sie aus der Familie Lindner stammt. Und wenn die mal mit dir verheiratet ist, brauchst du keine Angst zu haben, die läßt uns schon nicht zu nahe herankommen – auch mich nicht.«

Richard klopfte ihm auf die Schulter.

»Aber ich werde sehr viel Wert darauf legen, daß du oft zu uns kommst, Peter.«

Dieser sah schnell zu ihm auf.

»Ist das dein Ernst?«

»Aber Peter, wir sind doch Freunde!«

Peter umschloß Richards Hand wie im Krampf.

»Ich möchte von dir gerne lernen, alles, was ich daheim und im Realgymnasium nicht lernen kann, und das ist 'ne ganze Menge.«

»Es freut mich, wenn du lernen willst. Das allein macht frei, und es löst uns aus allen Banden, wenn wir uns selbst beherrschen und lernen wollen.«

Peter nickte ihm mit strahlenden Augen zu.

»Ich will mal ein Mann werden, wie du einer bist.«

»So zufrieden bist du mit mir?« fragte Richard scherzend.

»Ach du – dich verehre ich geradezu, das kannst du mir glauben. Und es ist fein, daß ich jetzt jemanden habe, den ich so richtig verehren kann.«

Richard atmete tief auf.

»Überschätze mich nur nicht, Peter; Fehler habe auch

ich eine Menge und ich habe schon manches getan, was ich gern ungeschehen machen würde.«

Peter sah ihn groß an.

»Hm! Weiß schon, zum Beispiel deine Verlobung – die würdest du gern ungeschehen machen.«

»Aber Peter, wie kommst du darauf?«

Peter winkte hastig ab.

»Laß nur, zuweilen höre ich das Gras wachsen und die Flöhe husten. Und ich kann dich sehr wohl verstehen. Aber jetzt müssen wir wieder hinüber in das Festgemach. Kannst du deinen Vater nicht bald heimlotsen? Der fühlt sich nämlich auch nicht wohl bei uns.«

Richard staunte, wie gut Peter beobachten konnte. Er legte den Arm um die Schultern des großen Jungen, und sie gingen wieder zu den anderen, deren Stimmung inzwischen bedeutend feuchtfröhlicher geworden war. Richards Vater saß mit gezwungener Heiterkeit dabei. Sein Sohn merkte ihm sehr wohl an, wie unbehaglich er sich fühlte, trotz der ziemlich aufdringlichen Zärtlichkeit Glorias.

»Peter – würdest du meinen Vater im Auto nach Hause begleiten und ihn ein wenig dabei unterhalten in deiner vernünftigen Art?«

»Mach' ich, Richard, wenn du mir die Ehre erweisen willst.«

Da trat Richard zu seinem Vater heran.

»Vater – es ist jetzt höchste Zeit, daß du zur Ruhe kommst. Peter wird dich heimbegleiten.«

Die anderen widersprachen lebhaft und meinten, jetzt würde es doch erst gemütlich. Auch Gloria lehnte sich an Richard und schmollte:

»Dein Vater ist ein ganz reizender Gesellschafter, und den willst du uns schon entführen lassen?«

»Mein Vater braucht Ruhe, um am Tag seine schwere Arbeit bewältigen zu können.«

Gloria sah ihn erstaunt an.

»Arbeiten? Dein Vater ist doch der Chef, da braucht er doch nicht zu arbeiten?«

Das war in der Familie Lindner die Einstellung zur Arbeit. Man arbeitete nur, weil man mußte. Die Freude an der Arbeit war ihnen etwas Fremdes, Unverständliches. Gloria malte sich auch ihre künftige Lebensstellung als Richards Frau aus als eine Kette von Genüssen und Vergnügungen, ohne jede Pflicht, ohne jede Arbeit. Man würde sich doch mit nichts abplagen, wenn man das nicht nötig hatte.

Sie staunte, als Richard sagte:

»Der Chef muß stets am meisten arbeiten, Gloria, denn er hat die größten Pflichten.«

Mit solchen Worten hoffte er erzieherisch auf seine Braut einzuwirken; aber Gloria hielt solche Worte für Unsinn.

Richard half seinem Vater, sich aus dem lautfröhlichen Kreis zu lösen, und übergab ihn Peter. Der alte Herr drückte dem Sohn krampfhaft die Hand. Er wußte, dieser wäre am liebsten mit ihm heimgefahren; aber er als der Verlobte mußte schon ausharren bis zuletzt.

Peter übernahm die ihm übertragene Pflicht mit rührender Treue und Hingabe. Es gelang ihm wirklich, den alten Herrn auf der Heimfahrt aufzuheitern und ihm ein wenig die Sorgen zu vertreiben. Behutsam half er ihm dann aus dem Wagen, brachte ihn bis zum Tor der Villa, klingelte den Diener herbei, der ausschließlich für Herrn Römers Bedürfnisse sorgte, und verabschiedete sich so artig, wie es ihm nur möglich war.

Peter fuhr dann im Auto wieder nach Hause zurück und sah dabei sehr nachdenklich vor sich hin. Er war der einzige aus der ganzen Familie, der ahnte, daß dieses Fest für Vater und Sohn Römer eine Qual war. Zu Hause angekommen, fand er die ganze Gesellschaft in ziemlich ausgelassener Stimmung.

Das Brautpaar hatte sich in ein Nebenzimmer zurückgezogen, und Gloria bemühte sich nach Kräften, ihren Verlobten durch ihre Liebkosungen so verliebt wie möglich zu machen. Immer wieder gelang es ihr, ihn in einen Rausch zu versetzen. Vielleicht wehrte er sich sogar bis zu einem gewissen Grad gegen ein Erwachen daraus, weil ihm vor dem Nachher graute.

Gleichwohl war Richard froh, als Peter wieder erschien und ihm meldete, daß sein Vater gut nach Hause gekommen sei und sich den Herrschaften noch einmal empfehlen ließe. Richard zog Peter auf den Platz neben sich, und obgleich Gloria ihm immer wieder heimlich abwinkte, blieb Peter dort. Für ihn galt, was Richard sagte; nicht, was die Schwester ihm befahl.

Und so ärgerte Gloria sich wieder einmal wütend über den »ungezogenen Bengel«, womit sie ihren Bruder meinte.

7

Mona war am Dienstagvormittag mit Hubert Meining im Museum zusammengetroffen. Es war eine besondere Ausstellung von Gemälden, über die Meining einen Artikel für eine kleinere Zeitung geschrieben hatte. Darauf war er sehr stolz und hatte Mona deshalb veranlaßt, mit ihm ins Museum zu gehen. Er kannte sich nämlich gut aus und konnte so sein Licht leuchten lassen.

Mona hörte ihm aufmerksam zu und glaubte, daß er ein gut informierter Mann war. Sie plauderten über Fragen der Kunst und kamen dann auch darauf zu sprechen, daß Hubert Meining sein juristisches Studium fast bis zu Ende geführt hatte. Daß er, weil er sehr faul war, schon zweimal durchs Examen gefallen war, verschwieg er großzügig. Er sagte nur mit einem tiefen Seufzer, daß der Tod seines geliebten Vaters ihm die Beendigung des Studiums unmöglich gemacht habe. Im übrigen eigne er sich auch viel besser zum Schriftsteller; wenn er einmal nicht mehr gezwungen sein würde, diese kleinen Artikel zu schreiben, weil er das Geld dafür brauchte, dann würde er sich an große Werke machen, wozu er sehr wohl das Zeug habe. Er habe auch schon den einen oder anderen Plan dafür ausgearbeitet. Doch dies sei alles der Zukunft vorbehalten.

»Und nun wollen wir nicht mehr von diesen Dingen sprechen, ich bin jetzt viel zu glücklich, um an ernste Dinge zu denken. Sie wissen ja nicht, mein gnädiges Fräulein, was ich dabei empfinde, in Ihrer Gesellschaft sein zu dürfen. Wenn ich mich in den Anblick Ihrer feinen Züge vertiefen kann – die mir als das schönste Kunstwerk der Natur erscheinen, dann bin ich wunschlos glücklich. Wäre ich nicht ein so armer Schlucker, der es nicht wagen kann, zu Ihnen emporzusehen, dann – oh – lassen Sie mich nicht davon sprechen!«

Mona nahm all das für bare Münze, für Wahrheit, für echtes Gefühl. Sie sagte sich, es müsse zu ertragen sein, eine Ehe mit diesem Mann zu führen und ihm zu helfen, vorwärtszukommen, seine künstlerischen Ideen auszuarbeiten. Vielleicht kam sie dann eines Tages darüber hinweg, daß ihr Herz unablässig nach Richard Römer rief. Sie mußte doch irgendwie mit dieser Liebe fertig werden, da der Mann, dem sie galt, nie danach verlangen würde, weil er eine andere liebte und heiraten würde.

So kam Hubert Meining während dieses Museumsbesuchs ein gutes Stück weiter mit seinem Plan: die reiche Erbin einzufangen. Freilich erschien sie ihm als Frau weder schön noch begehrenswert. Was er an Gefühlen zu verströmen hatte, war nur schwächlicher Art, und zudem gehörte dieses Wenige der schönen Gloria Lindner, die von seiner Art war und für die er eine gewisse begehrliche Leidenschaft empfand.

Sein Sinnen und Trachten ging dahin, sich als Monas Mann deren Vermögen weitmöglichst anzueignen, ein faules, bequemes Leben auf deren Kosten zu führen, und sich keinen Genuß entgehen zu lassen – auch nicht den einer geheimen Liebschaft mit Gloria Lindner, selbst wenn sie Gloria Römer heißen würde. Es kam ihm so wenig in den Sinn, sich deswegen Gewissensbisse zu machen, wie die gleichen Wünsche Gloria solche nicht verursachten. Sie waren beide krasse Egoisten, verlangten alles für sich und hielten alles für erlaubt, was ihnen gefiel.

Hubert Meining war derselben Überzeugung wie Gloria, daß Richard Römer ungefähr ebenso reich sei wie Mona Falkner. Und sie waren beide darauf erpicht, sich von diesem Reichtum anzueignen, was sich nur erraffen ließ.

»Und wenn wir genug haben, Gloria – dann verzichten wir auf eine weitere Gemeinschaft mit unseren Ehepartnern und gehen ins Ausland, wo wir sehr glücklich sein werden.«

So hatte Hubert Meining eines Tages zu Gloria gesagt, als sie ihm mitteilte, daß sie ihn mit Mona Falkner zusammenbringen wolle.

Vorläufig waren sie mit den erträumten reichen Ehepartnern allerdings noch nicht vereint; aber Hubert Meining hoffte, nach diesem Vormittag bald am Ziel zu sein. Mona kam ihm unbedingt entgegen; er wußte freilich nicht, aus welchem Grund. Er glaubte in seiner Eitelkeit nur, daß sie sich, wie fast alle Frauen, sinnlos in ihn verliebt hatte. Das wollte er kräftig ausnützen.

Mona ahnte nicht im entferntesten, daß es so schlechte, gewissenlose Menschen geben konnte. Ihr war eine Gesinnung wie die Glorias und Meinings vollkommen fremd. Durfte sie in der Liebe nicht glücklich sein, gewährte ihr es immerhin einen gewissen Trost, die Möglichkeit zu besitzen, ein Talent, wie es Hubert Meining seinen Äußerungen nach eigen sein mußte, zu fördern.

Sie hegte die Hoffnung, daß er sich damit begnügen würde, eine Scheinehe zu führen, wenn sie ihm sagte, sie wollte sich dadurch das Recht erkaufen, ihm helfen zu dürfen. Für sie gäbe es kein wahres Glück, da sie den Mann, den sie liebte, nicht heiraten könnte. Ihm aber wollte sie weiter keine Fesseln anlegen, als daß er vor der Welt ihr Mann sein und in allen äußerlichen Dingen als solcher gelten sollte. Nur ihre Person müßte aus dem Spiel bleiben. Sie wollten als gute Kameraden zusammenleben; dafür sollte er alles von ihr haben, was sie an irdischen Gütern zu teilen hatte.

Mit solchen Gedanken war Mona still neben Hubert Meining hergegangen, und sie bedauerte ihn heimlich, daß sie die große Liebe, die er, wie sie glaubte, für sie empfand, nicht erwidern konnte.

Hubert brachte sie zu ihrem Wagen, und sie fragte ihn freundlich, ob sie ihn nicht mitnehmen könne und wohin er jetzt seine Schritte lenke.

Da erwiderte er mit einem flammenden Blick in ihre Augen:

»Wenn ich nur noch einige Minuten in Ihr Antlitz sehen kann, dann bin ich schon glücklich. Darf ich wirklich zu Ihnen einsteigen?«

Lächelnd machte sie ihm Platz. Sie ließ sich zuerst nach Hause bringen und gebot alsdann ihrem Chauffeur, Herrn Meining zu seinem Ziel zu fahren.

Er war ausgestiegen, um ihr zu helfen, verabschiedete sich mit einem kleinen sehnsüchtigen Seufzer von ihr und sah ihr nach, bis sie im Haus verschwunden war. Dann gab er dem Chauffeur ziemlich von oben herab, sich schon als sein künftiger Herr fühlend, eine Adresse an, ein Restaurant, in dem er zu Mittag zu speisen pflegte.

Der Chauffeur bekam sogar ein anständiges Trinkgeld, denn Meining sagte sich, solche Ausgaben seien Geschäftsunkosten.

Im Restaurant rief er Gloria an, die seinen Anruf täglich um diese Zeit erwartete.

Sie meldete sich auch sofort.

»Nun, Hubert, wie ist es gegangen?«

»Ganz großartig, Gloria! Sie brennt schon lichterloh und hat mich in ihrem Wagen mitgenommen. Ich wette – in vierzehn Tagen bin ich da, wo ich sein möchte.«

»Wenn du dich nur nicht irrst, sie ist ein kleiner Eisklumpen«, sagte Gloria ein wenig eifersüchtig.

»Mir gegenüber, süße Gloria, ganz gewiß nicht. Wir sind unserem Ziel jedenfalls um ein sehr gutes Stück näher.«

»Ach, Hubert, wenn du recht hättest. Ich sehne mich nach dir. Weißt du, der andere – ich will keinen Namen nennen –, der ist langweilig mit seinen ewigen sittlichen Forderungen und derartigem Kram.«

Er lachte übermütig.

»Daran wird es bei der Meinen auch nicht fehlen. Aber laß sie nur fordern, süßes Herz – wir fordern auch, ganz andere, süßere Dinge – nicht wahr?«

»Du bist ein Strick, Hubert!« sagte Gloria neckisch.

»Aber ein lieber Strick, nicht wahr? Hast mich doch noch lieb?«

»Immer, Hubert. Wenn nur das leidige Geld nicht wäre!«

»Das leidige Geld wird nicht mehr leidig sein, wenn

wir es erst haben. Du weißt ja, welchem Ziel wir zustreben. Eines Tages erreichen wir es und gehören uns dann ganz.«

»Wär's erst nur soweit!«

»Können wir uns morgen nachmittag treffen, du weißt doch wo?«

»Ja, ich komme, gegen vier, da kann ich, wie immer, am leichtesten fort.«

»Gut, vier Uhr nachmittags, also um sechzehn Uhr, Gloria, wir sind doch moderne Menschen.«

»Gut, um sechzehn Uhr. Jetzt Schluß – es kommt jemand.«

Gloria hängte ein, und Hubert ebenfalls. Eine leichtfertige Melodie vor sich hinpfeifend, verließ er die Fernsprechnische des Restaurants und ging zu seinem Tisch zurück, wo er sich heute ein besonders gutes Mahl auftragen ließ. In seiner Kasse herrschte allerdings Ebbe; allein, bald würde sie gut gefüllt sein und die ewige Geldnot aufhören.

Von keinerlei Gewissensbissen geplagt, verzehrte er sein Mahl, las ein wenig in der Zeitung, blätterte in einem Witzblatt und steckte sich eine Zigarette an.

Für ihn war das Lebensproblem schon gelöst.

Eine Frau sinnlos in sich verliebt zu machen erschien ihm nicht schwierig; darin hatte er Übung.

Behaglich lehnte er sich in seinen Sessel zurück, trank seinen Mokka und rauchte seine Zigarette.

Es sollte ihm nicht schwerfallen, sich mit Mona Falkners »Millionen auseinanderzusetzen«.

Verliebte Frauen sind schwach, man muß es nur verstehen, sie auszunutzen, ging es ihm durch den Kopf.

Auf einmal war ein böses Flackern in seinen Augen, und sein schönes Gesicht bekam einen brutalen, einen gemeinen Ausdruck.

8

Leider hatte Richard Römer in der nächsten Zeit keine Gelegenheit, mit Mona zu sprechen. Vielleicht hätte er doch ein Wort gefunden, das sie vor Meining gewarnt hätte. Aber er hatte mit geschäftlichen Problemen zuviel zu tun. Auch mußten schnellstens die Räume in dem Fabrikgebäude in Ordnung gebracht und als Wohnräume eingerichtet werden, damit die beiden Herren ihren Umzug durchführen konnten. Der Kommerzienrat drängte, weil die Handwerker mit der Renovierung der Villa anfangen sollten.

Seine Braut sah Richard pflichtschuldigst jeden Tag, wenn auch nur für kurze Zeit. Aber mehr und mehr erkannte er, daß diese Zusammenkünfte tatsächlich nur Pflichtübungen waren. Er hatte keine Freude mehr daran. Glorias aufdringliche Zärtlichkeit stieß ihn eher ab, als daß sie ihn erfreut hätte. Er wollte, wie jeder richtige Mann, sich solche erkämpfen und nicht bis zum Überdruß damit überfallen werden. Gloria war nicht feinfühlig genug, um das zu merken. Sie merkte nur, daß es immer schwerer wurde, ihn in eine gewisse Verliebtheit hineinzusteigern, und hielt sich schadlos dafür durch heimliche Zusammenkünfte mit Hubert Meining, der sich seiner Sache mit Mona immer sicherer wurde. Diese ging ja nur zu schnell und unüberlegt auf seine Werbung ein, und es kam bereits nach knapp zwei Wochen zu einer Aussprache. Mona hatte Meining reichlich Gelegenheit gegeben, sich ihr zu nähern, denn sie wollte sich dadurch zwingen, sich an den Gedanken zu gewöhnen, ihn immer um sich zu haben.

Eines Nachmittags war er zum Tee bei ihr eingeladen. Frau Richter fungierte als Anstandsdame; aber sie spürte wohl, was hier im Gange war, und verschwand unter einem Vorwand für einige Zeit. Diese Gelegenheit benutzte Meining. Er beugte sich plötzlich zu Monas Hand herab, preßte sie an seine Lippen und fiel ihr dabei, wie von seinen Gefühlen überwältigt, zu Füßen. Sie war durch das Gewollte seines Verhaltens ziemlich peinlich berührt, aber er verstand es meisterlich, eine tiefe Erregung vorzutäuschen, die wahrscheinlich auch vorhanden war, denn es ging bei ihm um einen hohen Preis.

Er brachte ein so glühendes Liebesgeständnis hervor und bat Mona so heiß und innig, seine Frau zu werden, daß sie sich sagte, hier könnte sie wenigstens einen Menschen glücklich machen, wenn sie selbst auch nicht glücklich sein würde. Sie bat ihn, sich zu erheben und sich wieder zu setzen und sagte leise:

»Ich will Ihre Frau werden, Hubert Meining, wenn Sie selbst es noch wollen, nachdem ich Ihnen einiges über mich gesagt habe.«

Er bedeckte ihre Hand erneut mit Küssen, setzte sich nieder und spielte den Tiefergriffenen.

»Sagen Sie mir alles, teuerste Mona. Ich bin überglücklich, daß Sie mir gestatten, Sie zu meiner Frau machen zu dürfen; denn ohne Sie ist das Leben für mich leer und inhaltslos geworden.«

Sie legte die Hände in den Schoß und sah ihn beklommen an.

»Hören Sie mich erst an, Hubert Meining. Ich will Ihre Frau werden, es geschieht jedoch nicht aus Liebe. Ich liebe einen anderen Mann!«

Bei diesem Geständnis zuckte er so sehr zusammen, daß sie denken mußte, ihn tief getroffen zu haben. Unwillkürlich strich sie begütigend über seine Hand.

»Seien Sie ruhig – der Mann, den ich liebe, weiß nichts von meinen Gefühlen für ihn und wird nie etwas davon erfahren. Er ist überhaupt unerreichbar für mich, denn er liebt eine andere Frau. Ich weiß, daß niemals eine Verbindung zwischen ihm und mir möglich sein wird. Das muß unter uns bleiben. Ich fürchte mich aber vor einem einsamen Leben, und nun habe ich mir eine Aufgabe gestellt – Ihnen zu helfen, damit Ihre künstlerische Begabung sich frei von allen Sorgen entfalten kann. Sie lieben mich – und das ist mir ein Trost. Aber – ich kann Sie nicht wiederlieben, werde es vielleicht nie können.«

»Oh, durch meine Liebe werde ich Sie allmählich dazu bringen, mich lieben zu lernen; meine Liebe ist so groß und stark, daß es ihr eines Tages gelingen wird, die Ihre zu erringen. Schon der Gedanke beseligt mich, Ihnen zu Füßen sitzen und Sie anbeten zu dürfen. Die Aussicht, daß Sie sich mir eines Tages vielleicht doch noch ganz zuneigen werden, ist für mich so verlockend, daß ich jahrelang um Ihre Liebe werben will. Eines Tages wird Ihr Herz mir doch gehören; daran will ich immer glauben.«

Sie atmete tief und schwer.

»So bleiben Sie auch jetzt noch bei Ihrer Werbung – auch dann, wenn ich Ihnen sage, daß ich Sie vielleicht nie werde lieben können? Ich kenne mich zu gut – es wird kaum möglich sein für mich, etwas für einen anderen Mann zu empfinden. Sie müßten viel Geduld mit mir haben.«

Hubert Meining dachte bei sich, daß ihm ja nichts lieber sein könnte, als daß sie nach seiner Liebe kein Verlangen trug. Aber er sagte schmachtend:

»Ich will geduldig warten, Mona, und mich in alles fügen, was Sie bestimmen, wenn ich nur das Recht haben darf, Sie meine Frau zu nennen.«

»Dieses Recht will ich Ihnen zugestehen, und auch sonst alle Rechte, die Ihnen als meinem Mann zukommen, nur das eine nicht – das Recht, meine Liebe zu verlangen.«

»Eines Tages werden Sie mir diese doch noch schenken, das weiß ich«, sagte er schwärmerisch und dachte dabei: Es eilt mir nicht damit, und viel zu früh werde ich diese Liebe erobert haben, ich kenne doch die Weiber.

Ja, die Weiber kannte er wohl, aber nicht die Frau, die mit blassem Gesicht vor ihm saß.

Und so kam die Verlobung zwischen ihnen zustande, ehe noch Frau Richter zurückkehrte. Hubert Meining hatte sogar noch durchgesetzt, daß die Hochzeit sehr bald stattfinden sollte.

Mona war das gleichgültig. Sie wußte, daß sie sich zu nichts würde zwingen müssen, was ihr nicht aus dem Herzen kam, denn das hatte Meining ihr versprochen. Und je eher sie vor der Welt seine Frau würde, um so sicherer würde sie vor sich selbst sein. Gerade eine schnelle Hochzeit würde Richard Römer am ehesten davon überzeugen, daß sie Meining liebte.

Sie stellte Frau Richter Meining sogleich als ihren Verlobten vor und nahm deren Glückwünsche mit einem blassen Lächeln entgegen. Frau Richter wunderte sich keineswegs über diese Verlobung, denn Meining war in der letzten Zeit der ständige Begleiter ihrer jungen Herrin gewesen. Sehr erfreut war sie allerdings nicht über das Geschehene, denn sie sagte sich, daß sie nun überflüssig werden würde. Aber was half das? Sie hatte sich wenigstens eine hübsche Summe erspart, und die freigebige Mona Falkner würde ihr sicherlich auch ein beachtliches Abschiedsgeschenk machen.

So verlor Frau Richter ihre Haltung keineswegs, zumal sie auf eine längere Verlobungszeit hoffte, in der man ihrer selbstverständlich noch bedürfen würde. Deshalb war sie sehr betrübt, als sie hörte, daß die Hochzeit in spätestens zwei Monaten stattfinden sollte. Doch auch das ertrug sie mit Würde, und Mona war ihr dankbar dafür. Am liebsten hätte sie Frau Richter für immer als Anstandsdame bei sich behalten. Das ging aber nicht, wenn sie verheiratet war, und deshalb sagte sie, als der neue Verlobte sich, Triumph im Herzen, entfernt hatte:

»Es tut mir leid, liebe Frau Richter, daß ich Sie nach meiner Verheiratung nicht mehr behalten kann; Sie werden verstehen, daß sich das nicht gut machen läßt.«

Vielleicht hoffte Mona noch auf einen Widerspruch der alten Dame, doch diese sagte seufzend:

»Das geht allerdings nicht, Fräulein Falkner: Neben jungen Eheleuten darf keine dritte Person im Hause sein. Aber es tut mir sehr weh, mich von Ihnen trennen zu müssen, Sie sind mir lieb geworden wie eine Tochter. Aber damit muß ich mich jetzt abfinden.«

»Und was werden Sie in Zukunft tun?« fragte Mona besorgt.

Frau Richter überlegte. Dann sagte sie etwas unsicher: »Wenn ich das nur schon wüßte. Ich würde am liebsten mit meiner verwitweten Schwester zusammenziehen, die im Harz ein kleines Heim besitzt, aber meine Ersparnisse sind gering, und ich müßte meiner Schwester selbstverständlich eine Beihilfe zahlen, wenn sie mir ein Zimmer einräumt und mich verköstigt. Das muß ich erst mit ihr beraten.«

Mona ergriff ihre Hand. Es tat ihr sehr leid, daß sie durch ihre Verlobung einen Menschen brotlos machen mußte. Deshalb sagte sie in ihrer stets gütigen Art:

»Ich werde Ihnen monatlich eine kleine Rente auszahlen lassen, Frau Richter, etwa in der halben Höhe Ihres jetzigen Gehalts. Würde Ihnen das helfen?«

Frau Richter war sehr erfreut. Das war ganz die hochherzige Mona Falkner.

»Oh, vielen, vielen Dank, das ist ungemein liebenswürdig und gütig von Ihnen. Mit einer solchen Zuwendung würde ich gut auskommen. Sie sind wirklich ein außerordentlich gütiger Mensch; ich weiß nicht, wie ich Ihnen dafür danken soll.«

»Es bedarf keines Dankes, ich darf Sie doch nicht in Not geraten lassen, da Sie mir so treu zur Seite gestanden haben. Also, es bleibt dabei, liebe Frau Richter.«

So hatte Mona auch das schon geordnet und zog sich jetzt in ihre Zimmer zurück. Dort lief sie unruhig auf und ab. Sehr wohl war ihr nicht zumute, im Gegenteil, sie fragte sich bange und zweifelnd, ob sie recht getan habe, in diese Verbindung einzuwilligen. Nicht ihretwegen beunruhigte sie sich, sie fragte sich nur, ernst, wie sie war, ob sie Hubert Meining nicht eine schwere Last aufgebürdet habe, dadurch, daß sie ihn mit seiner großen Liebe an sich fesselte, obwohl sie genau wußte, daß sie ihn nie lieben und ihm niemals näherkommen würde. Dazu kannte sie sich zu gut. Niemals würde sie einen Mann so lieben können wie Richard Römer, und niemals ein anderer als er ihr etwas bedeuten können. Sie tröstete sich etwas damit, daß sie Meining wenigstens dazu verhelfen konnte, seine schriftstellerischen Träume zu erfüllen. Wie wenig dieser daran dachte, in der Ehe mit ihr zu arbeiten, ahnte sie nicht, sonst wäre ihr auch dieser Trost verlorengegangen.

Sie war viel zu unerfahren in allen eine Ehe betreffenden Dingen, um zu begreifen, welch eine unsinnige Abmachung sie mit Hubert Meining getroffen hatte.

Sie hätte damit zufrieden sein können, daß Richard Römer nun überzeugt sein würde, daß sie ihn ganz bestimmt nicht liebte. Aber seltsamerweise war ihr das Herz nun erst recht schwer in der Brust. Und sie krampfte die Hände zusammen und mühte sich, die Tränen zu unterdrücken, die sich in ihre Augen drängen wollten.

Hätte sie nur eine Ahnung gehabt, wie Richard Römer in Wahrheit zu ihr stand, nie hätte sie in diese törichte Verlobung gewilligt, ganz gleich, ob er der Mann einer anderen wurde oder nicht. Schon das Wissen, daß er seine Verlobung ihretwegen schmerzlich bedauerte, hätte sie glücklich gemacht, und sie hätte dann darüber ruhig sein können, daß auch er vielleicht ihre Gefühle für ihn erkannt hatte. Aber wieviel Leid und Elend müssen die Menschen zuweilen über sich bringen, wenn sie nicht erkennen, was sie zum Glück führen könnte.

Zwei Tage später erhielt Richard Römer beim Frühstück die Verlobungsanzeige von Mona und Meining Er wurde leichenblaß, als er das las. Erst in diesem Augenblick wurde es ihm ganz klar, daß er Mona liebte und daß er verzweifelt darüber war, daß sie nun einem anderen ebenso gehörte wie er einer anderen. Er wußte auch, daß sie von dem erwählten Partner genauso enttäuscht sein würde wie er von seiner Verlobten. Warum nur hatte sie diesem faden, wertlosen Menschen solche Rechte über sich eingeräumt, warum verschwendete sie ihre großen persönlichen Werte an einen Unwürdigen. Es erschien ihm unmöglich, daß Mona diesen Gecken lieben konnte. Das hielt er bei ihrem Charakter für ganz ausgeschlossen. Und warum war sie ihm gegenüber so seltsam verändert? Alles überlegte er noch einmal, und obwohl er nie überheblich gewesen war und es nie sein würde, immer wieder kam er zu der Einsicht, daß sie ihn geliebt und sich hinter diese unbegreifliche Verbindung nur wie hinter einen Schutzwall geflüchtet habe, um niemanden, und am wenigsten ihn selbst, spüren zu lassen, daß seine Verlobung mit Gloria sie in dieses Verlöbnis hineingetrieben hatte.

Am liebsten wäre er aufgesprungen, wäre zu ihr geeilt und hätte ihr gesagt: Das darfst du mir nicht antun –

denn ich liebe dich, nur dich, mag ich mich auch an eine andere gebunden haben. Du darfst diesen faden Menschen, vor dem alles, was in mir ist, mich warnt, nicht heiraten, du weißt nicht, was du damit auf dich nimmst.

Aber er sank in sich zusammen. Mit welchem Recht sollte er das tun? Mit dem seiner alten Freundschaft? Durfte er jetzt, da sie einem anderen gehörte und er einer anderen, zu ihr noch von Liebe sprechen? Nein, das wäre unehrenhaft gewesen. Aber eine heiße Angst um sie befiel ihn, eine Angst, die ihn erkennen ließ, wie teuer sie ihm war. Und wie bitter berührte es ihn, daß sie ihm wie jedem beliebigen Bekannten eine gedruckte Verlobungsanzeige schickte. Wären sie noch die alten guten Freunde gewesen, hätte sie ihm einige Zeilen geschrieben, in denen sie ihm freundschaftlich von diesem Ereignis Kunde gab. Oder sie hätte ihn zu sich gerufen, um ihm Auge in Auge diese Mitteilung zu machen. Daß sie es nicht getan hatte, gab ihm manches zu denken.

Endlich hatte er sich so weit gefaßt, daß er seinem Vater die Karte hinüberreichen konnte. Dieser las sie, sah erstaunt auf und fragte:

»Wer ist denn dieser Hubert Meining, Richard, kennst du ihn?«

»Nur flüchtig, Vater!«

Der alte Herr seufzte.

»Schade, Richard – ich hätte dich sehr gern an seiner Stelle gewußt.«

»Ich weiß es, Vater – und – ach, laß uns nicht mehr darüber reden.«

»Nein – jetzt hat es keinen Zweck mehr, Richard;

aber – seit eurem sogenannten Verlobungsfest weiß ich, daß du diese übereilte Verlobung bereust.«

»Du hast scharfe Augen, Vater! Aber laß uns nicht mehr davon sprechen, es läßt sich nichts daran ändern, und es tut nicht gut, darüber nachzudenken.«

Der Vater faßte seine Hand.

»Ich spreche nicht mehr darüber, solange du nicht selbst es tun willst. Du bist Manns genug, um nicht an einem solchen Irrtum zugrunde zu gehen.«

Die beiden Herren erhoben sich, um an die Arbeit zu gehen. Richard dachte an nichts als an Monas Verlobung, und sosehr er sich danach sehnte, zu ihr zu gehen, um ihr seinen Glückwunsch persönlich auszusprechen, sosehr fürchtete er sich davor. Er wußte nicht, ob er seine Fassung würde bewahren können.

Und vielleicht würde er Mona in schwere Kämpfe stürzen, indem er ihr sein eigenes, ihm zu spät klargewordenes Empfinden offenbarte? Nein, das durfte er nicht! Er mußte ihr eine ruhige Miene zeigen. Wie aber sollte er das jetzt fertigbringen?

Nachdem er mehrere Stunden, währenddem er mechanisch einige Arbeiten verrichtete, darüber gegrübelt hatte, entschloß er sich, wenigstens telefonisch seinen Glückwunsch anzubringen.

Es war ihm unmöglich, Mona zu schreiben, denn er wußte, es würde zu vieles zwischen den Zeilen stehen, wovon sie nichts wissen durfte.

Nachdem er sich einigermaßen zur Ruhe gezwungen hatte, stellte er die Verbindung her.

Frau Richter war am Apparat.

»Kann ich Fräulein Falkner sprechen, Frau Richter?«

»Gewiß, Herr Römer, ich lasse sie sogleich rufen.«
Wenige Sekunden später vernahm er Monas Stimme.
»Du bist es, Richard?« – Es klang scheinbar heiter.
Er spürte, daß sie sich zu diesem gelassenen Ton zwang, und sagte ernst und schwer:
»Mona – du hast mir mit einer gedruckten Anzeige einen so wichtigen Schritt mitgeteilt – wie jedem beliebigen Fremden. Es hat mir weh getan.«
»Das wollte ich nicht, Richard, nur – es gab in den letzten Tagen so viel Unruhe. Mein – mein Verlobter nimmt jetzt so viel von meiner Zeit in Anspruch, daß ich einfach nicht dazu kam, an dich zu schreiben. Und – du solltest doch nicht später als die anderen benachrichtigt werden.«
»Also doch wenigstens nicht später als die anderen. Das ist immerhin etwas«, sagte er bitter.
Sie zwang sich zu einem Scherz.
»Ich habe damit noch viel freundschaftlicher gehandelt als du, Richard; von deiner Verlobung hatten schon ziemlich viele Personen gehört, ehe ich davon erfuhr.«
»Selbstverständlich nur deshalb, weil du auf dem Fest fehltest, Mona. Sonst wärst du die erste gewesen, der ich es gesagt hätte.«
Eine Weile war es still, dann sagte Mona, sich zu einem schelmischen Ton zwingend:
»Sei nicht böse, Richard, eine Braut hat zu viele andere Dinge im Kopf.«
»Und nun erwartest du selbstverständlich einen Glückwunsch von mir?«
»Allerdings! Willst du ihn mir versagen?«

Eine Weile schwieg Richard. Dann sagte er schwer:

»Mona – hast du dir auch gut überlegt, was du tatest? Kennst du den Mann schon genügend, dem du so viele Rechte über dich einräumst?«

Wenn er gesehen hätte, wie Mona zusammenzuckte, wie sie erblassend die Augen schloß und Gott dankte, daß er nicht in sie hineinblicken konnte, er wäre vielleicht doch noch zu ihr geeilt, um sie vor einem Unglück zu bewahren.

»Ich liebe ihn doch, Richard«, entgegnete sie, sich zu einem scherzhaften Ton zwingend, »alles andere ist Nebensache.«

Er hätte aufschreien mögen: Du lügst, du liebst ihn nicht, sondern mich, und du lieferst dich einem Mitgiftjäger aus. Denn nie war es ihm klarer geworden als bei ihrer Versicherung, daß sie Meining liebe, daß dies unmöglich sei, daß sie nur aus Scham, Stolz und Verzweiflung diesen Schritt getan hatte.

Aber zugleich erkannte er auch, daß er ihr diesen Schritt nicht noch schwerer machen durfte, als er es ohnedies schon für sie war, und so sagte er ebenfalls in scherzhaftem Ton: »Das ist allerdings eine schwerwiegende Begründung. Wenn du aus Liebe gehandelt hast, dann – ja, dann verstehe ich alles.«

Sie lehnte kraftlos am Telefon, und ihre Hand, die den Hörer hielt, zitterte.

»Nicht wahr, du kannst dir doch denken, daß – ja – daß nur Liebe der Beweggrund meiner Verlobung war.«

Diese Worte klangen nicht sehr fest. Und er dachte erschüttert: Ja, du armes Kind – die Liebe zu einem anderen und dein Stolz, ihn nicht merken zu lassen, wie es um dich steht, treiben dich zu dieser Verlobung.

Mona wäre außer sich gewesen, hätte sie gewußt, daß er ihren Beweggrund so genau kannte. Erbebend hörte sie, wie er mit tiefer Bewegung sagte:

»Ja dann, das kann ich mir denken. So etwas tut man nur aus Liebe.«

Wie schwer sie dieses Wort traf. Aber scheinbar leichthin sagte sie:

»Nicht wahr, das weißt du aus Erfahrung. Habt ihr, Gloria und du, schon euren Hochzeitstag festgesetzt?«

»Nein, Mona, es eilt damit noch nicht. Wir müssen erst eine Wohnung für uns in unserem Fabrikgebäude einrichten. Dort steht ein Stockwerk leer.«

»Oh – werdet ihr nicht mit deinem Vater zusammen in der Villa wohnen?«

»Die Villa gehört uns nicht mehr, Mona.«

Sie erschrak.

»Warum nicht?«

»Weil wir das Geld brauchten, das sie uns einbrachte. – Wir hatten eine kleine Krise in der Fabrik. Dies aber nur im Vertrauen zu dir, Mona, kein anderer Mensch weiß davon.«

Mit großen, bangen Augen sah sie vor sich hin.

»Richard – hätte ich nicht helfen können? Warum kamst du nicht zu mir?« fragte sie außer sich.

»Nein, Mona, von einer Frau können wir unmöglich Geld annehmen.«

»In diesem Falle wäre ich keine Frau gewesen, sondern dein Freund«, sagte sie erregt.

»Auch von einem Freund hätte ich nichts annehmen

können, weil ich nicht wußte, ob wir über die Krise hinwegkommen würden. Du traust mir doch nicht zu, daß ich einen Freund möglicherweise schädigen würde.«

»Ach, Richard – seid ihr denn über die Krise hinweg?«

»So ziemlich, ich denke, wir schaffen es. Aber, bitte, das unter uns.«

»Selbstverständlich. Aber versprich mir, wenn ihr doch noch in Verlegenheit kommen solltet, dann komm zu mir.«

Er hätte am liebsten gerufen: Nie zu dir, denn du bist nicht mehr mein Freund, sondern die Frau, die ich liebe, wenn ich auch geglaubt habe, die andere zu lieben. Das durfte er jedoch nicht sagen, und so antwortete er heiser:

»Es wird nicht nötig sein, wir kommen nun schon zurecht. Aber innigen Dank für deine Hilfsbereitschaft.«

»Das ist selbstverständlich. Also, ihr wollt in das Fabrikgebäude ziehen? Auch dein Vater?«

»Ja, auch er.«

»Habt ihr da Raum genug?«

»Außer Küche und Zubehör sieben große Räume. Es wird sehr gut gehen.«

»Und was sagt Gloria dazu?«

»Sie weiß es noch nicht – ich hatte noch keine Gelegenheit, allein mit ihr zu sprechen. Sie wird wohl sehr enttäuscht sein.«

»Ja – von der Villa hat sie immer sehr geschwärmt.«

»Es tut mir leid, sie zu enttäuschen, aber was hilft es.«

Eine Weile blieb es still, dann sagte Mona leise:

»Ich hoffe, wir sehen uns nächste Woche bei meiner Verlobungsfeier, ihr werdet Einladungen erhalten. Es wird immerhin eine Menge Menschen da sein, denn die Angestellten nebst ihren Frauen muß ich schon einladen. Aber wir werden doch einige Worte allein sprechen können. Für jetzt muß ich das Gespräch abbrechen – leb wohl, Richard, auf Wiedersehen.«

»Auf Wiedersehen, Mona! Selbstverständlich werden wir gern kommen. Bei unserer Verlobungsfeier war nur die Familie anwesend – es hätte dir auch nicht gefallen. Also, auf Wiedersehen!«

Sie hängten beide ein und blieben beide in Gedanken verloren neben dem Apparat stehen. Mona preßte die Hand auf das Herz und schloß die Augen, und Richard fuhr sich mit beiden Händen über die Stirn, als müßte er etwas Quälendes von dort fortwischen.

Er hatte jetzt erst die wahre Liebe kennengelernt oder war sich dieser wenigstens erst jetzt bewußt geworden. Und es war für ihn eine große Qual, wissen zu müssen, daß auch Mona um ihn litt. Eine tiefe, opferbereite Zärtlichkeit gesellte sich seinen sonstigen Gefühlen für sie hinzu, und er hätte das Schwerste vollbringen mögen, um ihr Ruhe und Frieden wiederzugeben.

Wie sollte er aber eine Ehe mit Gloria ertragen? Er war ein Mensch, der das Leben ernst, fast schwer nahm. Gloria war oberflächlich und, wie er längst erkannt hatte, nur mäßig gebildet. Sie hatte ihr Wissen sozusagen da und dort zusammengenascht. Kannte man sie nicht genau, verblüffte sie zuweilen mit aufgelesenen Wissensbrocken; aber wer tiefer schürfte, stieß bald auf Sand.

Er konnte auch unter dem Einfluß seiner neu entdeckten Liebe Gloria gegenüber nicht ganz unparteiisch sein, aber er bemühte sich immerhin, ihr Gerechtigkeit widerfahren zu lassen. Wie hätte sie im Kreise ihrer Familie sich ein tieferes Wissen oder nur eine wirkliche gesellschaftliche Bildung aneignen können. Hatte ihn der Himmel nur deshalb mit Blindheit geschlagen, ihn nur deshalb in diesen flüchtigen Rausch hineingetrieben, damit er sein und Monas Schicksal in schwere Verwirrung brachte?

Seine Leiden und Schmerzen hätte er als Strafe für seine Verblendung gerne ertragen, aber daß Mona leiden mußte, die unschuldige Mona, wie hatte der Himmel das zulassen können? Und wie hatte der Himmel es zulassen können, daß Mona sich diesem Meining auslieferte? Er fühlte ahnend, daß ihr eine große Gefahr durch diesen Gecken drohte. Daß er in der Hauptsache nach ihrem Vermögen trachtete, erschien ihm gewiß. Aber wie konnte er sie retten?

Er sann und sann, allein er kam zu keinem konkreten Ergebnis.

Während er noch in schmerzliches Grübeln versunken war, klopfte es. Er rief zum Eintritt, und die Tür öffnete sich. Herein trat Peter Lindner, die Mütze in der Hand und, wie immer, den Schopf zerwühlt.

Richard riß sich zusammen.

»Du bist es, Peter? Hast du denn jetzt nicht Schule?«

»Eigentlich ja, aber heute fällt eine Stunde aus, weil ein Lehrer krank geworden ist, und das war mir sehr recht, ich hatte mir schon den Kopf zerbrochen, wie ich Zeit finden könnte, um zu dir zu kommen.«

»Hast du etwas Besonderes auf dem Herzen?«

Peter drehte die Mütze in den Händen hin und her, fuhr sich dann hastig durch den Schopf und sagte mit halberstickter Stimme: »Du bist mein Freund, Richard – und – ich möchte dich warnen.«

Richard war bereits wieder Herr seiner selbst. Er drückte Peter in einen Sessel neben dem Schreibtisch und setzte sich selbst ihm gegenüber.

»Also, mein lieber Peter, was gibt es?«

Peter atmete tief auf.

»Weißt du, Richard, ich war mir nicht ganz klar, ob ich dir das alles sagen dürfte – schließlich – es ist vielleicht ein Vertrauensbruch an meiner Schwester. Aber nein, das ist es doch nicht, denn sie hat mir noch nie etwas anvertraut, sie hat das alles nur Vater und Mutter in ihrer Aufregung vorgebracht, und ich habe es zufällig mit angehört, weil ich im Zimmer war. Gestern abend war es leider schon zu spät, daß ich noch hätte zu dir kommen können, aber ...«

Er schluckte erregt und sah sich um. Dann fuhr er fort: »Sie war doch nicht etwa schon hier?«

»Nein, Peter, hierher in die Fabrik kommt sie nie, aber sie hat mir durch einen Boten einen Brief geschickt, sie müßte mich unbedingt heute mittag sprechen, ich möchte zu den Eltern kommen.«

»Aha – dann geht es erst los. Na, mach dich auf was gefaßt – wie 'ne Tüte Mücken hat sie sich betragen, als sie gestern abend von einem Kaffeeklatsch nach Hause kam. Geheult und geschrien hat sie, und das werde sie sich nicht gefallen lassen und es sei eine Gemeinheit von dir, das hinter ihrem Rücken zu tun und so weiter.«

Peter verschnaufte erst einmal, und Richard fragte nun:

»Aber, Peter, was für eine Gemeinheit soll ich denn

hinter ihrem Rücken begangen haben? Mir ist nichts bekannt.«

Peter wischte sich mit dem Handrücken über die Stirn, auf der Schweißperlen standen, denn er war sehr schnell gelaufen.

»Hast du ja auch nicht, sie nennt es nur so; im Kränzchen – diese verflixten Kränzchen –, da hat sie gehört, du hättest eure Villa verkauft.«

»Ach so, das ist es, Peter. Nun – diese Gemeinheit habe ich allerdings begangen, ich wußte nur nicht, daß es eine war. Denn die Villa gehört erstens meinem Vater, und zweitens mußten wir sie verkaufen, weil wir Geld im Geschäft brauchten. – Es kommt im Leben manchmal vor, daß man nicht so kann, wie man gerne möchte.«

»Brauchst du mir gar nicht zu sagen, Richard, ich will mich weiß Gott nicht in dein Vertrauen drängen. Ich sagte mir nur: Wenn Gloria so in ihrem Zorn auf dich losgelassen wird, ohne daß du vorbereitet bist, dann bist du möglicherweise hilflos, denn so hast du sie noch nicht erlebt. Und deshalb war ich froh, daß diese Stunde ausfiel. Da bin ich gleich hierhergerannt, und jetzt muß ich schnell wieder in die Schule zurück, sonst gibt es was. Also, Richard – laß sie ruhig loslegen, das gibt sich von selbst wieder. Sie ist nur außer sich, weil sie sich schon in der Villa herumstolzieren sah.«

Richard erhob sich, strich Peter über den Kopf und schüttelte ihm die Hand.

»Ich danke dir, Peter, nun bin ich vorbereitet. Ist gut so. Nun kann ich ruhigbleiben, wenn Gloria ihrem Herzen Luft macht. Es tut mir leid, daß es mit der Villa für sie nichts wird. Aber ich kann es nicht ändern. Und nun geh zurück zur Schule, damit du keinen Tadel bekommst. Oder warte – ich lasse dich im Auto hinbringen.«

Er klingelte und gab den Auftrag, das Auto solle vorfahren. Peter war gerührt.

»Das war doch nicht nötig, Richard, ich hätte auch laufen können.«

»Müßtest ja Dauerlauf machen, um zurechtzukommen, und es ist heiß. Hast dich schon auf dem Herweg erhitzt.

Da fährt das Auto bereits vor; nun lauf, mein Freund, und nochmals herzlichen Dank.«

»Hab' ich dir wirklich ein wenig geholfen?«

»Viel! Nun aber fort!«

Peter lief hinaus, die Treppe hinab und grüßte von unten noch einmal zurück.

Richard sah ihm vom Fenster aus nach. Er vermochte jetzt nicht mehr an Mona zu denken. Es galt zu überlegen, was er Gloria sagen sollte, weswegen er ihr den Verkauf der Villa bisher verschwiegen hatte. Vielleicht aus Furcht vor einer Szene? Oder hatte er ihr so lange wie möglich den Traum gönnen wollen, daß sie als seine Frau in der Villa wohnen würde?

Er wußte es selbst nicht recht. Vielleicht hatte der eine wie der andere Grund ihn dazu veranlaßt, ihr bisher nichts davon mitzuteilen.

Im Grunde war er jeden Tag darauf gefaßt gewesen, daß sie vom Verkauf der Villa erfahren würde. Nur eine Gemeinheit hätte sie es nicht nennen dürfen. Aber sie würde es nicht wagen, ihm das ins Gesicht zu sagen. So weit würde sie sich schon beherrschen. Jedenfalls war er sehr froh, daß er durch Peter auf alles vorbereitet war.

Er hatte den jungen Schwager herzlich liebgewonnen. Er hatte an ihm ebenso viele gute Seiten erkennen können wie an Gloria – leider – immer weniger gute.

Die Unterredung mit Peter hatte ihn wenigstens von seinen Sorgen um Mona abgelenkt, und er konnte sich endlich wieder in seine Arbeit vertiefen. Ehe er sich in der Mittagszeit aufmachte, Gloria zu sehen, begab er sich noch einmal in den Oberstock hinauf.

Hier war alles schon ziemlich weit gediehen. Für ihn und seinen Vater war schon je ein Schlafzimmer vollständig eingerichtet. Sie wohnten sogar schon drinnen. Die aus der Villa stammenden Möbel standen in einem großen Speicher und sollten nächste Woche eingeräumt werden. Parkettfußböden hatte man hier freilich nicht legen lassen können, aber die Fußböden wurden gerade mit schönem dunklem Linoleum belegt, und da viele große Teppiche vorhanden waren, würde man ohnedies nicht viel davon zu sehen bekommen.

Sonst sah alles sehr hübsch aus. Richard hatte schöne Tapeten kleben lassen, Fenster und Türen waren neu gestrichen, ebenso die Decken. So war wirklich eine sehr hübsche und geräumige Wohnung entstanden. Der Vater hatte unbedingt nur ein Schlafzimmer und einen Wohnraum für sich haben wollen, die junge Frau sollte sich nicht einschränken müssen.

Eine Putzfrau, die gerade die Fenster säuberte, knickste höflich vor Richard und sagte:

»Schön ist das alles hier geworden; wenn nun noch die Möbel reinkommen, dann ist das der reine Palast.«

Er nickte ihr zu.

»Machen Sie nur alles hübsch blank, Frau Heinemann.«

»Na, freilich, keen Stäubchen soll liegenbleiben. Und die Marie hilft mir ja auch.«

Marie war die langjährige Hausgehilfin aus der Villa, die unbedingt bei ihrer Herrschaft bleiben wollte. Sie war sehr tüchtig, kochte vorzüglich und übernahm jede Hausarbeit. Frau Heinemann würde die groben Arbeiten machen, Marie die feineren und kochen.

So begab Richard sich ein wenig beruhigt zu Gloria, nachdem er seinem Vater gesagt hatte, er möge nicht auf ihn warten, er wolle später essen. Die Herren speisten jetzt außer Haus, bis die Wohnung fertig sein würde.

Richard hatte seinen Vater vor der Gastwirtschaft abgesetzt und fuhr nun weiter zu Lindners.

Das kleine Dienstmädchen führte ihn mit einem etwas verkniffenen Gesicht in das Empfangszimmer. Da saß Gloria, in Tränen aufgelöst, und als er eintrat, fuhr sie auf ihn los und schrie ihn aufweinend an:

»Ist das wahr, daß die Villa verkauft ist?«

Er sah sich in dem geschmacklos eingerichteten Raum um und mußte sich sagen, daß die Wohnung, die er Gloria bieten würde, im Vergleich dazu wirklich einem Palast glich. Dann faßte er sie bei den Armen und sagte ruhig und bestimmt:

»Vor allem möchte ich dich um einen anderen Ton bitten, Gloria.«

Sie weinte laut auf.

»Einen anderen Ton? Wo du mich dermaßen betrogen hast, wo ich dieses Schreckliche gestern erfahren mußte.«

Er wollte nicht verraten, daß Peter ihn eingeweiht hatte, aber er war sehr blaß geworden bei ihren in einem gehässigen Ton hervorgebrachten Worten.

»Bitte, mäßige dich! Was hast du Schreckliches erfahren?«

»Daß du deine Villa hinter meinem Rücken verkauft hast.«

»Du solltest eigentlich wissen, daß die Villa nicht mir gehörte, sondern meinem Vater!«

»Aber ihr habt mir doch gesagt, daß ich darin wohnen sollte.«

»Nein, Gloria, das haben wir nicht gesagt, denn an dem Tag, da du zum ersten Mal in der Villa warst, hatten wir schon beschlossen, sie zu verkaufen.«

Sie riß sich wütend von ihm los und stampfte mit den Füßen auf.

»Aber warum habt ihr das getan?«

»Weil es sein mußte, weil wir flüssiges Kapital in der Fabrik brauchten.«

Sie starrte ihn mit weitaufgerissenen Augen an.

»Steht es so schlecht um euch?« stieß sie atemlos hervor.

»Es muß nicht schlecht um ein Unternehmen bestellt sein, wenn es einmal um bares Geld verlegen ist. Deswegen brauchst du dir keine Sorgen zu machen. Das finanzielle Problem ist durch den Verkauf der Villa längst aus der Welt geschafft.«

Sie hatte sich ein wenig beruhigt bei dieser Auskunft und strich sich das Haar aus dem Gesicht.

»Aber – wo sollen wir dann wohnen?«

»Ich lasse eine Etage des Fabrikgebäudes instandsetzen; ich wohne mit meinem Vater schon seit einigen Tagen dort.«

»Aber warum ist mir das nicht gesagt worden?«

»Einfach deshalb nicht, weil ich die ganze Zeit über keine Gelegenheit hatte, mit dir allein zu sprechen.«

»Du hättest doch nur darum zu bitten brauchen, mit mir allein sein zu können.«

»Ich fürchtete, dir damit Ungelegenheiten bei deinen Eltern zu bereiten, das mußt du doch verstehen.«

»Nun ja, aber so mußte ich die scheußliche Geschichte in meinem Kaffeekränzchen erfahren.«

Richard blickte sie erstaunt an.

»Du gebrauchst seltsame Ausdrücke. Mit ›scheußliche Geschichte‹ meinst du doch den Verkauf der Villa?«

Sie sah ein, daß sie zu weit gegangen war. Mit der alten schmeichlerischen Gebärde fiel sie ihm um den Hals.

»Ach Richard, du mußt meine Worte heute nicht auf die Goldwaage legen. Kannst du dir nicht denken, daß ich mir wie dumm vorkam, weil ich nicht wußte, was die anderen wußten?«

Er mußte zugeben, daß dies ein Grund zur Aufregung bei einer so oberflächlichen Person wie Gloria gewesen sein konnte.

So sagte er nur:

»Sei ehrlich, Gloria – lag dir so viel an der Villa? Vielleicht mehr als an mir?«

Bei dieser Frage klopfte ihm das Herz hart und laut in der Brust, weil er sich ausmalte, daß es ein Grund für sie sein könnte, sich von ihm zu trennen.

»Ach Richard, wie kannst du nur so dumm fragen.«

»Nun, immerhin müßtest du dir das jetzt reiflich überlegen. Wenn ich nun arm würde – würdest du dann noch meine Frau werden wollen?«

Es wurde ihr plötzlich klar, daß sie wieder einlenken mußte, wenn sie nicht Gefahr laufen wollte, daß er sich von ihr löste. Denn daß seine Leidenschaft für sie stark im Abnehmen begriffen war, hatte sie sehr wohl gemerkt.

Sie schmiegte sich an ihn und sah reuig zu ihm auf.

»Ach Richard – so darfst du mich wirklich nicht fragen. Du weißt doch, wie sehr ich dich liebe. Ich war doch nur so böse, weil ich dachte, du wolltest Heimlichkeiten vor mir haben. Nun, da du mir sagst, daß du mir gern alles mitgeteilt hättest, ist ja alles gut. Und – nicht wahr, nun brauche ich mich nicht mehr um eure Fabrik zu sorgen?«

»Dazu liegt keinerlei Veranlassung vor. Derartige kleine Stockungen kommen in jedem Geschäft vor. Wir hatten einige Verluste durch den Zusammenbruch zweier anderer Firmen. Die mußten gedeckt werden, und Schulden wollten wir nicht machen. So verkauften wir lieber die Villa, und du kannst versichert sein, daß du eine sehr schöne und bequeme Wohnung bekommen wirst, wenn sie auch im Fabrikgebäude liegt.«

Sie trauerte zwar immer noch der Villa nach, sagte sich aber, daß sie immerhin gut untergebracht sein würde. Sie umarmte ihn wieder und küßte ihn.

»Dann ist ja alles gut, Richard. Bitte, verzeih mir meine Aufregung.«

»Ich muß dir ja verzeihen, aber bitte, vergiß nie wieder, daß du mit einem Ehrenmann verlobt bist, und traue ihm niemals etwas zu, was ehrenrührig ist.«

Wieder schmiegte sie sich an ihn.

»Weißt du, Richard, das alles kam auch davon, daß ich ein wenig böse auf dich war, auch in anderer Beziehung.«

»In welcher Beziehung?«

»Siehst du, es fällt mir schwer, davon zu sprechen, aber – es hat mich immer ein wenig gekränkt, daß du noch kein Wort darüber hast verlauten lassen, wann unsere Hochzeit sein soll.«

Es zuckte in seinem Gesicht, und seine Stirn rötete sich. Sie hatte recht, er hatte sich noch nicht dazu entschließen können, den Hochzeitstag mit ihr und ihren Eltern festzusetzen. Vielleicht hatte er im tiefsten Innern immer noch die Hoffnung gehabt, daß ihn irgend etwas von der voreiligen Verlobung befreien könnte. Das durfte er ihr aber nicht sagen. Und er war nun, da Mona einem anderen gehörte, bereit, das Versäumte nachzuholen. So sagte er tief aufatmend:

»Offen gesagt, Gloria – ich war jetzt durch zu vieles in Anspruch genommen, auch sollte die Wohnung in der Fabrik erst fertig sein. Unsere Möbel haben wir alle mitgenommen, du wirst es dort sehr behaglich haben, wenn erst alles fertig ist. Und dann bestimmen wir mit deinen Eltern sogleich den Hochzeitstag.«

Sie spielte mit Geschick die Schamhafte.

»Es fiel mir sehr schwer, als erste darüber zu sprechen, Richard.«

Das rührte ihn wieder, er brachte absichtlich keine Frau in eine heikle Lage.

Er strich Gloria über das Haar und sagte.

»Ich rechne dir das hoch an, denn ich kann mir denken, daß dir das schwergefallen ist. Dafür will ich auch alle harten Worte vergessen, die du mir entgegengehalten hast. Es soll nun alles wieder gut sein zwischen uns. Nicht wahr?«

Sie küßte ihn stürmisch, froh darüber, leidlich gut abgeschnitten zu haben.

»Ja, Richard, alles ist wieder gut. Und wenn ich auch die Villa vermissen werde – der schöne Schmuck von deiner Mutter wird mich dafür reichlich entschädigen und – nicht wahr, du wirst einige der alten Sachen erneuern lassen?«

Das hätte sie nicht sagen dürfen. Es berührte ihn peinlich. Sie legte mehr Gewicht auf äußerliche Dinge als auf seine Liebe. Aber gerechterweise sagte er sich dann gleich wieder, er durfte sie deswegen nicht anklagen, denn seine Liebe zu ihr war ja ebenfalls nicht stark und tief. Wie konnte er mehr von ihr verlangen, als er selbst zu geben hatte.

Er rang die Verstimmung in sich nieder und antwortete:

»Du darfst nicht vergessen, Gloria, daß Vater den Schmuck vorläufig noch als sein Eigentum betrachten kann. Ohne seine Einwilligung darf ich ihn dir weder übergeben noch etwas daran ändern lassen.«

Sie zog ärgerlich die Stirn zusammen und sah einen Augenblick sehr gewöhnlich aus. Gern hätte sie sich auch so ausgedrückt aber sie sagte sich, daß sie jetzt ruhig sein mußte und sich nicht noch weiter in die Karten sehen lassen durfte. Dann meinte sie nur:

»Ich werde deinem Vater das schon abschmeicheln, er ist so ein reizender alter Herr. Doch das hat ja noch Zeit, bis ich deine Frau bin.«

Richard atmete auf. Zwar sagte er sich, daß er Gloria jetzt eigentlich hätte sagen müssen, daß der Schmuck verpfändet war. Aber er wollte nicht noch einmal eine solche Szene heraufbeschwören wie die von vorhin. An der hatte er reichlich genug. Und er hoffte, die Hochzeit so lange hinausschieben zu können, bis der Schmuck wieder eingelöst sein würde.

Dann gab es wenigstens keine neuen Aufregungen. Und wenn er ganz ehrlich gegen sich hätte sein wollen, hätte er sich auch sagen müssen, daß er die Hochzeit auch um seinetwillen so lange wie möglich hinausschieben wollte. Er hoffte, Zeit zu gewinnen, um erst wieder ganz ruhig zu sein über seine jetzt vollkommen veränderten Gefühle für Mona. Es fiel ihm jetzt erst ein, daß er mit Gloria noch gar nicht über Monas Verlobung gesprochen hatte. Er sagte darum nebenbei:

»Was hast du denn zu der Verlobungsanzeige gesagt, die auch dir sicherlich heute morgen zugegangen ist?«

Sie sah ihn erstaunt an.

»Wer hat sich denn verlobt? Ich habe keine Anzeige bekommen.«

»Dann wirst du ebensosehr staunen wie ich – Mona Falkner hat sich mit Hubert Meining verlobt.«

Sie wurde erst rot und dann blaß. Nun, da sich erfüllt hatte, was sie selbst in Szene gesetzt hatte, fühlte sie doch einen schmerzhaften Stich in der Brust. Hubert war ja sehr hastig auf sein Ziel losgegangen! Sie faßte sich aber schnell und meinte:

»Sieh da, meine Freundin Mona, der kleine Eiszapfen – ist sie Hubert Meining so schnell verfallen?«

»Auch du wunderst dich darüber?« fragte er heiser.

Sie zuckte die Achseln.

»Ich habe es kommen sehen: Einem so schönen Mann hat sie einfach nicht widerstehen können. Sie scheint sich heftig in ihn verliebt zu haben, das merkte ich schon, als er das erstemal mit uns in ihrem Haus war, weißt du, zu jenem Abendessen. Da hat er gleich großen Eindruck auf sie gemacht.«

»Meinst du?« fragte er rauh.

»Nun, die Verlobungsanzeige beweist das. Wie kommt es denn, daß ich noch keine erhalten habe? Wann hast du sie bekommen?«

»Heute mit der ersten Post.«

»Nun, dann werde ich sie am Nachmittag bekommen, wahrscheinlich sind nicht alle Anzeigen auf einmal zur Post gegeben worden.«

Richard dachte: So habe ich sie doch etwas früher als die anderen erhalten. Es war Mona eben wichtig, daß ich so bald wie möglich erfuhr, daß sie nicht etwa mich, sondern einen anderen liebt. Meine arme Mona, in welch schlimme Lage hast du dich dadurch gebracht, daß du mir beweisen wolltest, ich hätte mich getäuscht, aus deinem Verhalten darauf zu schließen, du könntest mich lieben. Arme Mona! Du weißt nicht, was du auf dich genommen hast.

Das Herz wurde ihm sehr schwer. Aber er riß sich zusammen und fragte Gloria, ob er ihre Eltern begrüßen dürfe, er müsse sich bald verabschieden.

Gloria sagte ihm, die Eltern hielten gerade ihre Mittagsruhe. Er war froh, daß er verschont war, jetzt mit den alten Herrschaften zu sprechen, denn er nahm an, daß auch sie ihm zürnten wegen des Verkaufs der Villa. Mochte Gloria ihnen alles Nötige erklären, dann brauchte er nicht darüber zu sprechen.

So verabschiedete er sich schließlich von Gloria und entfernte sich.

Unten an der Haustür lehnte Peter und sah ihn forschend an.

»War es schlimm, Richard?«

Dieser drückte ihm die Hand.

»Nein, Freund Peter, du hast das Schlimmste abgebogen. Ich danke dir!«

Peter sah ihn mit leuchtenden Augen an.

»Du, darauf bin ich sehr stolz, daß ich dir helfen konnte. Und daß du mich Freund Peter nennst, das ist auch ein verdammt stolzes Gefühl.«

Er begleitete Richard bis an seinen Wagen. Sie drückten sich noch einmal die Hände; dann fuhr Richard fort.

Peter erfuhr oben im Wohnzimmer, was Gloria mit Richard besprochen hatte. Alles berichtete sie den Eltern – auch das mit dem Schmuck.

»Nun bin ich erst recht darauf erpicht«, fügte sie hinzu, »daß er mir den Schmuck neu fassen läßt. Die Steine kommen dann viel besser zur Geltung. Und diese Genugtuung ist er mir schuldig dafür, daß er hinter meinem Rücken die Villa verkauft hat.«

Sehr gern hätte Peter ihr darauf eine seiner ruppigen Antworten gegeben, aber er unterließ es und sah nur mit einem unbeschreiblichen Blick zu ihr hinüber. Das merkte Gloria und fragte ärgerlich:

»Was guckst du mich denn so dämlich an, du dummer Bengel?«

Er zuckte die Achseln.

»Ein dummer Bengel kann doch nur dämlich gucken, verehrte Dame Gloria!«

»Haltet doch Frieden, Kinder!« mahnte die Mutter.

»Mit Gloria Frieden zu halten ist nicht ganz leicht«, meinte Franz, der ältere Bruder.

Gloria warf den beiden Brüdern wütende Blicke zu.

»Ich bin froh, wenn ich euch nicht mehr täglich zu sehen brauche.«

Peter erhob sich und verließ das Zimmer mit der ruppigen Bemerkung:

»Das kannste gleich haben!«

Der Vater hatte sich inzwischen seine Zigarre angesteckt, denn er mußte sich nun wieder in sein Amt begeben. Er schüttelte in seiner kapitulierenden Art den Kopf.

»Warum halten die Rangen bloß keine Ruhe?« fragte er und ging davon. Wahrscheinlich dachte er unterwegs über die Lösung dieser Frage nach.

9

Gloria hatte mit der Nachmittagspost Monas Verlobungsanzeige erhalten. Aber zuvor hatte sie zur verabredeten Zeit noch ein Telefongespräch mit Hubert Meining. Dieser sagte ihr lachend:

»Endlich kann ich dir Bescheid sagen, Gloria – ich

versuchte schon einige Male bei dir anzurufen, aber jedesmal war besetzt. Nun aber habe ich dich endlich erwischt. Also, die Sache geht in Ordnung, heute oder morgen wirst du unsere Verlobungsanzeige erhalten.«

»Weiß schon Bescheid. Habe es mit einem lachenden und einem weinenden Auge zur Kenntnis genommen. Ich habe dir mancherlei zu sagen; wann treffen wir uns?«

»Heute und morgen leider nicht, Süße, habe strengen Minnedienst.«

Hubert Meining war viel zu eitel, um einzugestehen, daß Monas Liebe ihm gar nicht gehörte.

»Also dann übermorgen, ja? Du mußt mir alles ausführlich erzählen. Morgen suche ich dann Mona auf, um sie zu beglückwünschen.«

»Tu das, vielleicht bin ich gerade anwesend. Wann kommst du denn?«

»Sagen wir, um elf Uhr!«

»Gut, dann treffe ich dich noch, wenn ich halb zwölf erscheine. Habe Verlangen nach deinem Anblick.«

»Ich auch nach deinem, Huby, das kannst du mir glauben. Also, dann übermorgen zur gewohnten Zeit.«

Damit war das Gespräch beendet. Gegen fünf Uhr kam dann die Anzeige mit der Post.

Am nächsten Vormittag traf Gloria, mit einem Blumenstrauß bewaffnet, um elf Uhr bei Mona ein, die mit Frau Richter im Wohnzimmer saß und einiges ihre bevorstehende Heirat Betreffende besprach. Als Gloria eintrat, erhob sich Frau Richter und ließ die beiden jungen Damen allein.

Gloria drückte Mona die Blumen in die Hand und sagte lachend:

»Du bist ja eine kleine Heimliche. Uns so zu überraschen! Ich hätte dir niemals zugetraut, daß du dich Hals über Kopf in einen jungen Mann verlieben könntest. Allerdings, Hubert Meining ist ein bildschöner Mensch, nach dem sich alle Frauen die Augen ausgucken, aber, wie gesagt – dir hätte ich das nicht zugetraut.«

Mona lächelte freundlich, aber kühl, wie immer.

»Nicht wahr, Gloria – das hat dich überrascht!«

»Na und wie. Ich muß freilich sagen, an jenem Abend, da wir bei dir zu Gast waren, ist mir schon aufgefallen, wie sehr du dich mit ihm beschäftigt hast. Aber – offen gesagt – ich hatte geglaubt, du seist ein wenig in Richard Römer verliebt.«

Mona machte sich mit abgewandtem Gesicht an Glorias Blumen zu schaffen, so konnte sie ihre Erregung verbergen. Sie faßte sich schnell und schüttelte den Kopf.

»Auf was für törichte Einfälle du kommst, Gloria.«

»Ja, lieber Gott, eine so innige Freundschaft, wie sie zwischen dir und Richard bestand, pflegt in der Regel nicht weit von Liebe entfernt zu sein.«

»Nun, bei uns ist sie jedenfalls sehr weit davon entfernt. Warum sagst du aber, daß diese Freundschaft zwischen uns *bestand*? Ich denke doch, sie besteht noch immer. Oder – solltest du sie uns verbieten wollen?«

»Du weißt doch, wie ich über so etwas denke. Und jetzt hast du einen Verlobten, und Richard wird eine Frau haben. Dann wird wohl von dieser Freundschaft nicht viel übrigbleiben.«

Mona klopfte das Herz bis zum Hals, aber sie erwiderte ganz ruhig:

»Ich sagte dir schon einmal, die Freundschaft zwischen Richard und mir wird immer bestehen. Nur werden wir, wenn es dir und – Hubert – nicht gefällt, daß wir diese Freundschaft zeigen, sie still in uns verschließen. Sie wird auch weiterbestehen, ohne daß wir davon reden.«

Gloria lachte schelmisch; sie wollte es mit Mona nicht ganz verderben, denn immerhin war sie eine reiche Erbin, und man konnte in ihrem Haus ab und zu unauffällig mit Huby zusammentreffen. Aber in ihren Augen flackerte ein Teufelchen, als sie sagte:

»Wir werden sehen, Mona; ich bin nicht gewillt, im Herzen meines Mannes einer zweiten Frau ein Plätzchen zu lassen, auch kein Freundschaftsplätzchen: Ich will ihm alles sein. Und dein Verlobter wird dein Herz auch bald so in Anspruch nehmen, daß auch er keinem anderen Mann auch das allerkleinste und harmloseste Winkelchen darin gönnen wird.«

Mona vermochte es, gelassen die Achseln zu zucken.

»Ich hoffe, daß mein Verlobter etwas verständiger ist als du in dieser Beziehung. Jedenfalls darfst du mir glauben, daß ich mich der größten Zurückhaltung befleißigen werde.«

Gloria umarmte sie lachend und küßte sie.

»Ist doch alles nur Scherz, Mona. Aber nun mußt du mir erzählen, wie es so schnell zur Verlobung zwischen dir und Hubert Meining kam. Er kann sich jedenfalls etwas darauf einbilden, daß er dich so leicht zur Strecke gebracht hat.«

Mona hatte Gloria Platz angeboten und setzte sich ihr gegenüber.

»Weißt du denn, ob ihm das so leicht geworden ist?« fragte sie, ebenfalls einen scherzhaften Ton anschlagend.

»Nein, das weiß ich selbstverständlich nicht. Aber da du dich mit ihm nach einer kaum mehr als zweiwöchigen Bekanntschaft verlobt hast, ist es bestimmt leicht gewesen.«

Mona hätte am liebsten bitterlich geweint, aber sie zuckte lächelnd die Achseln. Gloria sollte und mußte an ihre Liebe zu Meining glauben, denn sie würde mit Richard darüber sprechen. So sagte sie fast schelmisch:

»Nun ja, Gloria, das Herz ist ein eigenwilliges Ding, es will nicht auf die Vernunft hören.«

»Ich kann das sehr gut verstehen, Mona; Hubert Meining ist wirklich ein lieber Mensch. Und schön wie Adonis. Er ist es schon wert, daß du dich ihm ergeben hast.«

»Nicht wahr, Gloria? Wir werden auch bald Hochzeit halten.«

Das zu sagen, rang Mona ihrem Stolz ab. Gloria sollte glauben und es auch Richard glaubhaft machen, daß sie so verliebt in ihren Verlobten sei, daß ihr viel an einer schnellen Heirat lag.

Gloria machte große Augen.

»Oh, euer Hochzeitstag ist schon festgesetzt?«

»So ziemlich, zwei Monate wollen wir warten, nicht länger.«

»Du Glückliche! Leider ist bei uns der Tag noch nicht bestimmt. Richard hat sehr viel zu tun, und dann gab es eine kleine geschäftliche Verlegenheit, die ihn zwang, die Villa seines Vaters zu verkaufen.«

»Davon hörte ich schon!«

»Wer hat dir das gesagt?«

»Richard selbst.«

Gloria riß die Augen weit auf.

»So – wann hat Richard dir das gesagt?«

»Gestern oder vorgestern, und zwar telefonisch, als er mir zur Verlobung Glück wünschte.«

»Nun, mir hat er es erst gestern mitgeteilt, nachdem ich es ihm auf den Kopf zusagte. Zuerst habe ich es im Kränzchen hören müssen. Du kannst dir denken, wie die Gänse sich darüber gefreut haben, mir so was zuerst beibringen zu können.«

»Richard hat es dir gewiß so lange wie möglich verschweigen wollen, weil er geahnt hat, daß es dir schwerfallen würde, auf die Villa zu verzichten.«

»Selbstverständlich fällt es mir schwer, scheußlich schwer, ich hatte mich unbeschreiblich darauf gefreut, dort zu wohnen. Aber ich hoffe, daß wir draußen in der Fabrik auch eine schöne Wohnung bekommen werden.«

»Richard wird sich jedenfalls Mühe geben, sie so hübsch wie möglich herrichten zu lassen. Ich habe es sehr bedauert, daß sein Vater die Villa drangegeben hat. Richard hätte mir doch nur ein Wort von seinen Verlegenheiten zu sagen brauchen, dann hätte ich ihm gern ausgeholfen. Aber als ich ihm das sagte, wehrte er entschieden ab; er will von einer Frau kein Geld annehmen, auch nicht, wenn sie sein bester Freund ist.«

Gloria freute sich einesteils, daß Richard sich von

Mona nicht helfen lassen wollte, andernteils sagte sie sich aber, daß er dann die Villa nicht hätte zu verkaufen brauchen.

»Du kannst dir denken, daß mir ein wenig bange wurde. Glaubst du, daß Richard ernsthafte geschäftliche Schwierigkeiten hatte?«

»Wenn das der Fall war, so sind sie jetzt jedenfalls behoben, und da er sich selbst helfen konnte, dadurch, daß er die Villa darangab, wirst du ja auch gern darauf verzichten.«

Gloria sah nicht gerade danach aus, als könnte sie auf irgend etwas, das ihr Freude machte, gern verzichten.

»Gern allerdings nicht«, entgegnete sie seufzend, »aber was hilft es: man muß. Ich tröste mich mit dem fabelhaften Schmuck, den ich bekommen werde. Richards Mutter hat wunderbare Steine hinterlassen. Sie sind aber teilweise altmodisch gefaßt, und ich habe Richard darum gebeten, sie mir neu fassen zu lassen. Dann werden sie noch viel besser wirken. Vorläufig lehnt er das jedoch ab.«

»Es wäre auch schade darum, Gloria. Ich kenne den Schmuck. Gerade die alten Fassungen machen ihn besonders wertvoll.«

»Das kann ich nicht finden. Zu einem modernen Kleid werden sie nicht passen.«

»Das ist Geschmacksache. Auch ich habe verschiedene alte Schmuckstücke geerbt, aber ich möchte sie auf keinen Fall umarbeiten lassen.«

Gloria lachte ein wenig verächtlich.

»Nun ja – du –, zu dir paßt das vielleicht auch besser, weil du selbst ein wenig altmodisch wirkst.«

Mona mußte lachen, Gloria machte es immer Freude, ihr etwas Unangenehmes zu sagen. Aber sie maß dem keine Bedeutung bei und entgegnete gelassen:

»Du sagst mir da eine Schmeichelei, Gloria.«

»Wieso?« fragte diese verwundert.

»Nun, ich freue mich, wenn du meinst, daß ich altmodisch bin. Das tue ich nämlich sehr gern. Ich schätze es durchaus nicht, in die moderne Zeit hineingeboren zu sein, ich wäre viel lieber jung gewesen, als unsere Mütter jung waren.«

»Um Gottes willen ... lange Röcke, Keulenärmel und andere Scheußlichkeiten! Warum trägst du dann so moderne Kleider?«

»Weil ich um keinen Preis auffallen möchte, und das würde ich tun, wenn ich die Mode von früher tragen würde. Im übrigen meinte ich auch durchaus nicht die Äußerlichkeiten der vergangenen Mode, sondern das Innerliche.«

»Also möchtest du, daß uns Frauen all die Rechte wieder entzogen würden, die wir uns mühsam erkämpft haben, unsere Freiheit, das Recht auf unsere Persönlichkeit und so weiter.«

Mit einem feinen, überlegenen Lächeln sah Mona zu ihr hinüber.

»Ach Gloria, kluge Frauen haben sich zu allen Zeiten das Recht auf ihre Persönlichkeit zu erhalten verstanden. Man sprach nur nicht so viel davon. Man hielt jedoch immer auf guten Ton und gesittetes Benehmen. Die Auswüchse unserer Zeit mißfallen mir zuweilen sehr. Vieles, was die moderne Frau errungen hat, das Recht auf selbständige Arbeit, auf ein weniger eingeengtes Leben in der Familie und so weiter, das lasse ich gern gelten. Aber vielleicht legst du gerade darauf keinen besonderen Wert. Du denkst nicht daran, dich durch eigene Arbeit selbständig zu machen, du lebst ganz zufrieden in deinem eng begrenzten Familienkreis. Das halte ich meinerseits für unmodern.«

Durch diese Worte bewies Mona, daß sie sich sehr wohl wehren konnte, wenn sie angegriffen wurde. Gloria stieg vor Ärger das Blut zu Kopf, sie mußte sich geschlagen fühlen. Und sie meinte achselzuckend:

»Daß du bei deinem Reichtum noch immer daran festhältst, in deinem großen Betrieb zu arbeiten, das verstehe ich längst nicht mehr. Wozu das? Du hast doch Leute genug, die dir alles das abnehmen können.«

»Und mich dadurch sehr arm machen würden. Reich und frei macht mich nur meine Arbeit, die Fähigkeit, meinen Betrieb zu übersehen, und die Möglichkeit, mich darin nach Kräften zu betätigen. Nie möchte ich das anders haben.«

»Ich würde mich dafür bedanken, zu arbeiten wie du, wenn ich es nicht nötig hätte.«

»Das glaube ich, da du es auch nicht getan hast, als du es nötig hattest.«

»Was in aller Welt hätte ich denn arbeiten sollen?«

»Ich bot dir doch einmal eine Stellung als Sekretärin unseres Direktors an. Du hättest dich schon eingearbeitet, wenn du nur gewollt hättest. Du wärest in der Lage gewesen, dir deinen Lebensunterhalt selbst zu verdienen und deinen Eltern eine ihrer vielen Lasten abzunehmen.«

Gloria fuhr auf.

»Damit du auf mich als deine Untergebene herabsehen könntest – ich danke!«

»Niemand hätte auf dich herabsehen dürfen, ich hätte es bestimmt nicht getan.«

»Und glaubst du, ich hätte unter diesen Voraussetzungen eine anständige Partie machen können, glaubst du, daß Richard um mich geworben hätte?«

Monas Augen leuchteten auf.

»Wenn er dich geliebt hätte, bestimmt.«

Gloria winkte ärgerlich ab.

»Dieses Thema wollen wir nie wieder berühren, Mona, es verstimmt mich. Und es liegt mir ganz und gar nicht, mich abzurackern, so daß man mich in zwei, drei Jahren nicht mehr ansehen kann.«

Mona lächelte.

»Ich wollte dir nur zeigen, daß du von der heutigen Zeit eigentlich noch viel weniger verstehst als ich. Es macht dir immer Vergnügen, mich irgendwie als minderwertig einzuschätzen und mir das gelegentlich zu sagen. Nun wollte ich dir einmal auf einen solch gehässigen Angriff mit gleicher Münze heimzahlen. Denn es macht mir wenig Freude, solche Angriffe immer wieder ruhig hinzunehmen. In Zukunft werde ich versuchen, dir darauf zu antworten. Das wollte ich dir nur klarmachen.«

Gloria war beinahe fassungslos. Daß Mona sich einmal wehrte, sich sogar energisch wehren konnte, kam ihr höchst überraschend. Sie starrte sie an und sagte etwas betreten:

»Gute Freundinnen dürfen doch mal ein offenes Wort miteinander reden.«

Mona hätte am liebsten Einspruch dagegen erhoben, daß sie gute Freundinnen seien. Unter Freundschaft verstand sie etwas anderes als Gloria. Aber sie sagte nur:

»Allerdings; dieses Recht darf aber nicht einseitig sein, und in Zukunft werde auch ich zuweilen davon Gebrauch machen.«

Vielleicht wäre die Unterhaltung noch kritischer geworden, wenn Hubert Meining nicht soeben eingetreten wäre. Er sah wieder blendend schön aus. Aber Mona mußte sich gegen ihren Willen eingestehen, daß er wie eine Modeblatt-Figur wirkte.

Nach ihrem Geschmack wäre weniger mehr gewesen. Gloria aber fand Huby geradezu »berauschend«. Sie störte das allzu Neue, das allzu Elegante und Geschniegelte, was ein Mann mit Geschmack stets vermeiden wird, keineswegs. Um Mona dafür zu strafen, daß diese einmal zurückgeschlagen hatte, belegte sie ihn sogleich mit Beschlag und himmelte ihn in einem fort an.

Das ließ Huby sich nur zu gern gefallen. Es war ihm durchaus nicht recht, daß Mona sich ihm gegenüber so kühl und zurückhaltend verhielt. Für ihn war es Ehrensache, jeder Frau den Kopf zu verdrehen. Bei Gloria kam er in dieser Beziehung besser auf seine Kosten.

Zu Glorias Verdruß schien aber Mona ihrer Sache vollkommen sicher zu sein. Sie unternahm keinerlei Anstrengungen, Hubys Aufmerksamkeit auf sich zu lenken. Ruhig saß sie dabei und überließ ihren Verlobten gänzlich Glorias Unterhaltung, bis diese sich endlich entfernte.

Darauf wandte sich Hubert an seine Braut.

»Fräulein Lindner ist etwas anstrengend, sie will stets

die Aufmerksamkeit auf sich lenken«, sagte er scheinbar abfällig, weil er nicht wollte, daß Mona auch nur den kleinsten Verdacht fassen sollte wegen seiner Beziehungen zu Gloria.

Mona zuckte nur die Achseln.

»Alle unbedeutenden Menschen haben einen gewissen Geltungstrieb, Hubert; du mußt das bei ihr nicht weiter tragisch nehmen.«

Hubert hätte es gern gesehen, wenn Mona auch ein wenig unbedeutender gewesen wäre. Es war ihm ziemlich lästig, daß sie in geistiger und seelischer Beziehung weit über ihm stand. Aber bis zur Hochzeit mußte er unbedingt den Schein wahren.

Vorläufig hatte er auf seine Verlobung mit der reichen Erbin hin überall unbegrenzten Kredit, und das war ihm recht, da seine Kasse völlig erschöpft war. Jetzt konnte er ganz nach Wunsch und Willen leben. Mona wunderte sich im stillen ein wenig über seine neue, übereleganten Ausstattung. Da sie wußte, daß er kein Vermögen besaß, konnte sie nicht begreifen, womit er das alles bestritt. Aber sie war viel zu taktvoll, um ein Wort darüber zu verlieren. Sie kam aber der Wahrheit ziemlich nahe und sagte sich, daß er wohl gezwungen gewesen sei, Schulden zu machen. Daß sie diese nach ihrer Hochzeit würde bezahlen müssen, machte ihr nichts aus, es war immerhin korrekter, als wenn sie ihm schon vor der Hochzeit hätte Geld anweisen müssen. Das wäre ihr schon ihren Direktoren gegenüber nicht angenehm gewesen. War sie erst seine Frau, konnte sie ihm zunächst einmal zur Verfügung stellen, was sie bisher von ihrem Monatsgeld gespart hatte, und dann würde ihm überdies die Hälfte dieses Monatsgeldes zur Verfügung stehen. Sie meinte, damit sei er in der Lage, all seine persönlichen Bedürfnisse bestreiten zu können.

Hätte sie geahnt, daß seine Pläne weit darüber hinausgingen, wäre sie sehr erstaunt gewesen. Aber ebenso erstaunt würde Hubert Meining sein, wenn er erst erfuhr, daß er sich mit seinen Ausgaben unbedingt in vernünftigen Grenzen halten mußte.

Mona war im Grunde eine sparsame Natur, sie haßte jegliche Verschwendung. Sie gab gern an Arme und Bedürftige, aber sinnlos Geld auszugeben lag ihr nicht. Sie hatte von ihrem Vater ein großes Verantwortungsgefühl geerbt. Er war der Ansicht gewesen, daß kein Mensch, sei er noch so reich, sinnlos Geld verschwenden dürfe.

Hubert Meining hatte jedoch vor, das Geld seiner Frau mit vollen Händen zu verteilen. Da würde es noch manche Meinungsverschiedenheiten geben, wenn das junge Paar erst verheiratet war.

Deshalb war es Hubert auch sehr unangenehm, daß Mona nicht bis über beide Ohren in ihn verliebt war. Dann hätte er viel mehr Macht über sie gehabt. Ihre kühle, ruhige, wenn auch immer freundliche Art erschien ihm schon jetzt wie ein Hemmschuh, und deshalb legte er es immer wieder darauf an, sie zu bestrikken. So hatte es wenigstens einen Reiz für ihn, ihr den schrankenlos Verliebten vorzuspielen; nur schade, daß Mona das peinliche Gefühl nicht loswurde, daß sie viel mehr empfangen müsse, als sie geben könnte. Sie ahnte nicht, daß alles nur Komödie war. Freilich erschien ihr sein Überschwang zuweilen ein wenig künstlich; aber sie sagte sich, vielleicht neigten alle Verliebten dazu, ihrer Liebe in so überschwenglicher Weise Ausdruck zu geben, und jedenfalls dürfe sie nichts dagegen tun oder sagen.

Heute besprachen sie wieder einiges über ihre Heirat. Hubert Meining sollte sich die Zimmer aussuchen, die er bewohnen wollte. Mona gedachte sie nach seinen Wünschen einzurichten.

Früher hatte sie manchmal gemeint, daß ihr künftiger Mann einmal die Zimmer ihres Vaters bewohnen würde – aber damals trug der, an den sie dabei dachte, Richard Römers Züge. Ihn hatte sie in diesen ihr heiligen Räumen sehen wollen. Aber nicht Hubert Meining – nein, den nicht – mit seinem geckenhaften Äußeren. »Modeblatt-Schönheit« schoß es ihr wieder durch den Kopf. So hatte sie ihm also eine Reihe anderer Zimmer, die nicht benutzt wurden, zur Auswahl gelassen. Er hatte drei von diesen gewählt, ein Schlafzimmer mit anschließendem Bad, ein Ankleidezimmer und ein Arbeitszimmer. Wozu er das Arbeitszimmer gebrauchen wollte, wußte er noch nicht – zur Arbeit gewiß nicht. Aber es standen ein behagliches breites Liegesofa darin und bequeme Ledersessel. In denen konnte man schon einige Stunden des Tages verträumen, während Mona ihn bei der Arbeit wähnte. Das Ankleidezimmer nahm er so wichtig wie eine Dame. Die hohen Spiegel mußten an der richtigen Stelle angebracht sein, damit er sich von allen Seiten betrachten konnte. Dabei sah er, daß es etwas spöttisch um Monas Mund zuckte. Ein Mann, dem es vor allem darauf ankam, sich von allen Seiten bespiegeln zu können, würde bestimmt nicht an gebrochenem Herzen sterben. Aber das bedrückte sie durchaus nicht, im

Gegenteil, es ließ sie aufatmen und gab ihr die Beruhigung, daß er auch ohne Liebe mit seinem Schicksal zufrieden sein würde.

Hubert Meining hatte aber das kleine spöttische Lächeln bemerkt und sagte, ihr die Hand zärtlich küssend:

»Du wunderst dich, daß ich so großen Wert auf die Stellung der Spiegel lege, aber – es ist mir unausstehlich, wenn Menschen ihr Äußeres vernachlässigen. Und wie soll ich deine Liebe erringen, süße Mona, wenn ich mich nicht so attraktiv wie möglich machen kann.«

Sie sah ihn mit ihren ernsten grauen Augen groß an.

»Bei einem Mann ist es doch nicht entscheidend, ob er schön ist oder nicht. Und daß du meine Liebe nie erringen wirst, das weißt du, ich habe es dir gesagt.«

»Ich gebe aber die Hoffnung nicht auf, Mona. Laß mir diese Hoffnung.«

Sie widersprach nicht. Aber seit dieser Stunde, als ihm das Anbringen der Spiegel so wichtig war, hatte sie keine Sorge mehr, daß sie an seelischen Werten von ihm mehr bekommen würde als er von ihr.

Es erschien ihr beinahe wie eine Befreiung. Er war nun ihr Verlobter, würde vor der Welt bald ihr Mann sein; damit hatte er für sie seine Aufgabe erfüllt. Niemand würde daran zweifeln, daß dieser schöne Mann ihre Liebe errungen hatte – auch Richard nicht. Und das war alles, was sie von ihm verlangte. Er würde ihr ein Begleiter und Beschützer in der Öffentlichkeit sein, würde ihr Halt in der Gesellschaft geben, und man würde sie nicht mehr mit mehr oder minder zudringlichen Werbungen belästigen. Das war jedenfalls angenehm; denn sie gehörte nicht zu den Frauen, die gern Körbe austeilen, auch nicht an solche Freier, die es ausschließlich auf ihr Vermögen abgesehen hatten.

Die Verlobten gingen mit Frau Richter in das große, schöne Wohnzimmer zurück, das, wie alle Räume des Hauses, mit gediegener, aber nicht aufdringlicher Pracht ausgestattet war. Dort wurde überlegt, wer alles zur Verlobungsfeier eingeladen werden sollte.

Frau Richter schrieb die Namen auf. Die Besitzerin der Falknerwerke mußte bei so einem Anlaß zeigen, wer sie war, das wußte Mona sehr wohl. Und sie wollte auch, daß all ihre leitenden Angestellten mit ihren Frauen eingeladen wurden. So kam eine Menge Leute von Monas Seite zusammen. Sie fragte nun auch Hubert, wer von seinen Bekannten und Freunden eingeladen werden sollte. Da stellte sich heraus, daß er keinen Freund besaß.

»Ich bin immer ein einsamer Mensch gewesen«, sagte er seufzend, »und habe nie einen Freund besessen.«

Mona fiel dabei ein Dichterwort ein:

Und einen Freund kann jeder haben,
Der selbst versteht, ein Freund zu sein.

Aber sie sprach es nicht aus.

Daß er keinen einzigen Verwandten besäße, hatte er ihr schon gesagt, als die Verlobungskarten verschickt werden sollten.

So ahnte Mona nicht, daß er dennoch einige entfernte Verwandte hatte, die aber in sehr ärmlichen Verhältnissen lebten und zu denen sich zu bekennen er keine Lust hatte.

Mona bedauerte ihn ein wenig. Freilich war auch sie ein einsamer Mensch, aber – solange Richard Römer ihr guter Freund war, hatte sie das nie empfunden. Freundinnen, wenigstens was sie Freundinnen nannte, besaß sie nicht. Einige junge Damen, mit denen sie in Gesellschaften zusammenkam, waren für sie lediglich mehr oder minder gute Bekannte. Häufiger war sie nur mit Gloria zusammengekommen, aber das lag meist an Gloria; denn obwohl sie immer nur abfällig über Mona zu urteilen pflegte, suchte sie dennoch gern ihre Gesellschaft. Denn der armen kleinen Beamtentochter war es sehr wichtig, in Monas Haus zu verkehren, wo sie Herrenbekanntschaften machen konnte, unter denen sie sich einen Bewerber erhoffte. Und das war ihr ja auch geglückt.

Mona hatte niemals eine wahre Freundin vermißt, weil sie Richard Römer als ihren treuesten Freund betrachtete. Nun würde Gloria wohl versuchen, ihr diesen möglichst fernzuhalten, das hatte sie heute deren durchaus nicht nur scherzhaft gemeinten Worten entnommen. Sie mußte sich damit zufriedengeben. Vielleicht war es auch besser, wenn sie nicht mehr so oft wie bisher mit Richard Römer zusammenkam. Das Herz schmerzte bei diesen Gedanken wieder sehr, aber Mona ging nicht sehr zärtlich mit sich um, sie riß sich zusammen und suchte sich abzufinden mit dem, was sie nicht mehr ändern konnte.

Im ganzen waren zur Verlobungsfeier etwa sechzig Personen einzuladen.

Mona schickte die Liste zu den Büros, wo die Adressen geschrieben und die Einladungskarten fertig gemacht werden sollten. Das Fest sollte am Mittwoch der kommenden Woche stattfinden.

Es kamen nur Zusagen, keine einzige Absage.

Außer Richard und dessen Vater war auch Gloria nebst ihren Eltern eingeladen worden. Glorias Eltern erschienen fast nie zu solchen Festlichkeiten, und Gloria war keineswegs entzückt von dem Gedanken, sich mit ihren unscheinbaren Eltern in der Öffentlichkeit sehen lassen zu müssen; aber Richard hatte ein Machtwort gesprochen. Er wünschte, daß die alten Herrschaften in die Gesellschaft eingeführt würden, die ihre Tochter sich längst erobert hatte. –

Am nächsten Tag traf Gloria sich mit »Huby« in einem sehr abgelegenen und durchaus nicht vornehmen, eher sogar etwas anrüchigen Lokal. Hier brauchten sie nicht zu fürchten, von Bekannten gesehen zu werden. Sie trafen sich immer hier.

Es gab da ein kleines verschwiegenes Zimmer, in dem außer ihnen selten ein anderer Mensch zugegen war. Wenn der Kellner das Bestellte gebracht hatte, waren sie vollkommen ungestört und konnten sich herzen und küssen, soviel sie wollten. Gloria sah heute sehr gut aus, und Hubys Zärtlichkeiten brachten ihre kupferbraunen Locken in Unordnung. Huby war in Gloria so sehr verliebt, wie er es nur sein konnte, und diese verschwendete alles Empfinden an diesen schönen Menschen, dessen Oberflächlichkeit sie nicht störte, da sie selbst sehr oberflächlich war.

Gloria hatte erst ein wenig geschmollt, daß Huby sich gar so eilig verlobt hatte; aber er hatte ihr unter zärtlichen Küssen lachend gesagt:

»Kind, ich brauchte notwendig Geld, ich war vollkommen blank. Ich mußte mit Volldampf voran, um ans Ziel zu kommen.«

»Hat sie dir denn Geld gegeben, Huby?«

Er zupfte sie verliebt am Ohr.

»Du süßes kleines Schaf, glaubst du, mit so was dürfte man Mona vor der Hochzeit kommen? Das könnte alles verderben. Aber sieh mal – meine ganze Brieftasche ist voll von Hundertmarkscheinen – der Verlobte der Millionärin Mona Falkner bekommt soviel Kredit, wie er begehrt.«

Gloria sah neidisch auf Meinings dickgefüllte Brieftasche.

»Du Glückspilz! Soviel Geld auf einmal! Ich wollte, ich hätte auch mal die Tasche so voll.«

Er legte ihr lachend drei Hundertmarkscheine hin.

»Steck ein, Gloria – das ist so ein kleiner Abschlag auf den Kuppelpelz, den du dir verdient hast, dadurch, daß du mich mit Mona zusammengebracht hast. Später gibt es mehr. – Wenn dein künftiger Mann dich zu knapp hält, dann komm nur zu mir. Das hier ist zunächst mal was für allerlei nette Kleinigkeiten, wie ihr Frauen sie liebt.«

Er steckte die Brieftasche wieder ein, und Gloria zauderte nicht einen Augenblick – sie schob die drei Hundertmarkscheine in ihre Handtasche. Soviel Geld auf einmal hatte sie noch nie besessen. Sie strahlte ihn an mit ihren dunklen, flammenden Augen.

»Fein ist das, Huby! Es ist ein wundervolles Gefühl, zu wissen, in deiner Tasche steckt reichlich Geld. Ich werde zu Hause leider sehr knapp gehalten.«

»Das soll dich von jetzt an nicht mehr bekümmern,

mein Liebchen. Warte nur, wenn ich erst die Schlüsselrechte habe über Monas Kassenschrank, dann soll es nicht lange dauern, bis wir genug haben. Ich möchte selbstverständlich nicht mein Leben lang Monas Mann sein – sie ist schrecklich langweilig und bis obenhin vollgestopft mit moralischen Forderungen.«

»Wem sagst du das? Gestern hat sie mir ernstlich Vorwürfe deswegen gemacht, daß ich mich von meinen Eltern aushalten ließe. Ich sollte bei ihrem Direktor eine Stellung als Sekretärin annehmen. Das heißt selbstverständlich, ehe ich Richard kennenlernte. Aber ich habe gedankt.«

»Und mit Recht, Herzchen; ein so schönes Mädchen wie du braucht nicht zu arbeiten, ebensowenig wie ich. Wozu hat man seine Schönheit, wenn sie einen nicht mal vor der Fron der Arbeit bewahrt. Laß sie nur reden! Mir richtet Mona auch ein Arbeitszimmer ein, wo ich nach der Hochzeit mit einer großen schriftstellerischen Arbeit beginnen soll. Ich danke! Wenn ich arbeiten will, brauche ich einer Mona Falkner keine schönen Augen zu machen.«

»Du, sie ist wohl wahnsinnig in dich verliebt?« fragte Gloria schadenfroh.

Es fiel ihm nicht ein, ihr zu sagen, wie es in Wahrheit damit bestellt war. Schmunzelnd strich er sein kleines schwarzes Schnurrbärtchen.

»Schließlich bin ich doch Kavalier, Gloria, und über so etwas spricht man nicht. – Wenn sie nur nicht so viele moralische Forderungen stellte.«

Sie lachte ihn an mit ihren weißen Zähnen.

»Warum sollst du es besser haben als ich?!«

»Laß nur, Süßes, eines Tages lassen wir sie alle beide mit ihren moralischen Forderungen sitzen.«

»Denkst du wirklich, daß es dir gelingt, so viel Geld auf die Seite zu bringen, daß wir genug haben?«

»Sei ganz ruhig – eine halbe Million muß es wenigstens sein, wenn nicht mehr. Dann leben wir im Ausland von unseren Zinsen und ganz nach unserem Geschmack.«

Nachdenklich sah sie ihn an.

»Wenn sie dich dann aber polizeilich suchen läßt?«

»Die stirbt lieber, als daß sie das täte, dazu kenne ich sie jetzt schon zu gut. Sei ganz außer Sorge. Leider ist sie schauderhaft gesund – sonst könnte man auf ihren Tod hoffen, und man bekäme dann sowieso alles.«

Bei diesen Worten bekam Hubert Meinings Gesicht einen grausamen, raubtierähnlichen Ausdruck, so daß selbst Gloria erschrak.

»Aber Huby – sie ist doch so jung und gesund, an so etwas ist überhaupt nicht zu denken.«

Er starrte mit unheimlich funkelnden Augen vor sich hin und dachte: Man könnte ja ein wenig nachhelfen – wenn es sich ohne Gefahr machen ließe.

Aber diesen Gedanken sprach er nicht aus.

»Nun ja – das war nur mal so eine Idee.«

Hubys Gesicht wurde wieder durch ein gemeines Lächeln entstellt.

Dann sahen sie sich mit flackernden Augen an, küßten sich, sahen sich wieder an – und lachten auf einmal beide auf.

»Was für törichte Gespräche wir führen, Huby. Wenn Richard da zuhören könnte, dann wäre alles aus.«

»Wäre auch nicht schlimm, jetzt, wo wir Geld haben wie Heu; eine glänzende Partie ist er ohnedies nicht.«

»Hast du Näheres darüber gehört?«

»Nur, was du mir vorhin auf dem Weg erzählt hast. Aber das genügt doch. Wenn er schon die Villa verkaufen mußte, steht es sicherlich nicht glänzend um ihn.«

»Immerhin – die Fabrik läuft trotzdem gut. Und der Schmuck! Du, den könnten wir eigentlich mit ins Ausland nehmen.«

Sie sagte das halb im Scherz, aber er griff es sofort auf.

»Famose Idee! Je mehr, desto besser, mein Liebchen! Wir werden sehen, wie sich alles entwickelt. Ein paar Jährchen müssen wir wohl aushalten in unserer Gefangenschaft. Steht denn euer Hochzeitstag schon fest?«

»Noch immer nicht! Erst soll die Wohnung in der Fabrik fertig sein. Das kann noch einige Wochen dauern. Im Grunde habe ich jetzt gar keine Lust mehr, ihn zu heiraten, nur – zu Hause ist es so schrecklich eng und armselig«, meinte Gloria.

Hubert Meining lachte seltsam.

»Hättest erst mein Zuhause kennenlernen sollen! Da sah es noch viel schlimmer aus. Und gute Lehren gab es da auch nicht, die man hätte befolgen können. Heilige Kümmernis, was für Prügel habe ich von meinem betrunkenen Vater gekriegt. Und die Mutter mit. Sie starb, weil er sie zu oft mißhandelt hatte. Ich war robuster und bin dann entwischt, als die Mutter tot war.«

»Armer Huby!«

»Laß mal, Gloria, so etwas härtet ab, und meinetwegen hätte es noch weitergehen können.«

»Und wohin kamst du, als die Mutter tot war?«

»Mit einem Wanderzirkus durch die halbe Welt. Dort wurde ich der schöne Kerl, dem alle Weiber nachliefen. Aber da geht es mal auf und mal ab. Einmal erstickt man fast im Überfluß, das andere Mal nagt man an den Hungerpfoten. Na, damit ist es ja nun aus und vorbei.«

Gloria faßte seinen Arm und schüttelte ihn.

»Du, wenn das die Mona wüßte! Schade, daß sie es nicht erfährt!«

Er lachte höhnisch auf.

»Man kann ihr ja dieses zarte Bekenntnis zurücklassen, als Ersatz für das, was man mitnimmt. Gar nicht dumm – dann läßt sie einen bestimmt nicht zurückholen.«

»Ich würde es ihr von Herzen gönnen«, sagte sie, die Fingerknöchel an die Lippen pressend. Der ganze Groll eines bösen Menschen gegen einen guten sprach aus diesen Worten Glorias. Monas stille Überlegenheit war Gloria stets ein Dorn im Auge gewesen, obgleich diese ihr niemals etwas zuleide getan, sondern ihr immer nur Gutes erwiesen hatte.

Die beiden einander im Charakter so ähnlichen Menschen hatten noch mancherlei zu besprechen. Sie zeigten einander ohne Scheu, wie es in ihrem Innern aussah, und das war vielleicht das stärkste und festeste Band zwischen ihnen. Sie wußten, daß sie es nicht nötig hatten, einander Sand in die Augen zu streuen, und einer fand beim andern volles Verständnis, mochte es auch noch so gemein sein, was sie sich anvertrauten. Bei Hubert Meining konnte man eine solche Denkweise allenfalls verstehen, denn er war in den schlimmsten Verhältnissen aufgewachsen, die alles in ihm getötet hatten, was vielleicht jemals gut in ihm gewesen war. Bei Gloria konnte man das allerdings weniger begreifen, denn sie war, wenn auch in einfachen, so doch gesicherten Verhältnissen groß geworden, und ihre Eltern hatten geglaubt, ihr eine sehr gute Erziehung mitgegeben zu haben. Wie sie trotzdem auf dieses seelische Tief gekommen war, konnte man kaum verstehen, auch nicht, wenn man noch so nachsichtig urteilte.

Sie sowohl als auch Hubert Meining wollten um jeden – wirklich jeden Preis reich werden, nur nicht um den Preis von Mühe und Arbeit.

Endlich trennten sich die beiden. Gloria ging zuerst, denn man mußte vorsichtig sein. Meining bezahlte die Zeche und folgte ihr einige Minuten später. Sie mußten auf jeden Fall vermeiden, sich bei diesen heimlichen Zusammenkünften ertappen zu lassen.

10

Und doch war es nicht ganz geheim geblieben, daß Gloria sich irgendwie auf Abwegen befand. Ihr Bruder Peter hatte seltsame Entdeckungen gemacht. Erst hatte er einige Male am Telefon eine Männerstimme vernommen, die auf seine Meldung hin immer etwas unsicher »falsch verbunden« sagte. Dann hatte er seine Schwester eines Abends mit einem ihm unbekannten Herrn in den Anlagen des Stadtparkes gesehen und beobachtet, wie sie sich verstohlen von diesem verabschiedete. Und als Gloria heute, wie schon oft, mit der Ausrede verschwand, sie gehe zu einer Freundin, hatte Peter wieder Verdacht geschöpft. Er ging seiner Schwester nach, sah sie in die Straßenbahn steigen und sich vorsichtig umschauen. Das machte ihn stutzig. So sprang er, kurz entschlossen, vorne auf und verbarg sich so geschickt zwischen einigen Erwachsenen, daß er vom Platz seiner Schwester aus nicht gesehen werden konnte.

Es war nicht Neugier, was ihn zu seinem Tun trieb; es war vielmehr Sorge um den Leichtsinn der Schwester. Andernteils fühlte er sich als Richards Freund verpflichtet, dafür zu sorgen, daß Gloria diesem keine Schande machte. Peter war ein Junge, in dem sich jungenhafte Ruppigkeit und tiefgründige Ehrlichkeit mischten. Sein Ideal war sein Schwager Richard. So wie dieser wollte auch er einmal werden, und bei allem, was er tat, fragte er sich: Würde Richard in diesem Fall ebenso handeln?

Heute war er sich nicht ganz sicher, ob Richard sich, wie er es tat, auf die Spur der Schwester begeben würde, aber ihm war zumute, als läge ein Unheil in der Luft und als müßte er wissen, wohin Gloria wollte. Denn die Straßenbahn, die sie bestieg, führte keineswegs zur Wohnung der Freundin, zu der sie angeblich gehen wollte.

An jeder Haltestelle paßte er auf, ob Gloria ausstieg. Aber das geschah nicht vor der Endstation. Da sah er sie auf einem schmalen Weg eilig auf einen alleinstehenden Gasthof zugehen. Er wußte von seinen Freunden, daß es ein übles Haus war, das man besser mied. Und seine Schwester steuerte geradewegs darauf zu?

Heimlich, im Schatten der Bäume, die auf beiden Seiten des Weges angepflanzt waren, folgte er ihr. Es war schon dämmerig geworden, und wenn er nicht gewußt hätte, daß die schlanke, vor ihm dahineilende Frauengestalt Gloria war, hätte er sie nicht mehr erkannt. Er sah sie nur wie einen Schatten dahingleiten.

Sein Herz wurde merklich schwerer. Am liebsten hätte er Gloria angesprochen und sie wieder nach Hause geschleppt, egal, ob sie ihm folgen wollte oder nicht. Aber er konnte ihr kaum folgen. Nun hatte sie das Haus erreicht. Über dem Eingang hing eine trübe Laterne, und ehe er sich versah, war Gloria in dem Flur des Hauses verschwunden.

Da blieb er unschlüssig stehen. Aber nach einer Weile pirschte er sich doch an das Haus heran. Auf der einen Seite war ein Zimmer schwach erleuchtet. Es war mit einem Leinenvorhang verhangen, so daß man nicht hineinsehen konnte. Aber halt – da klaffte eine schmale Lücke zwischen Fensterrahmen und Vorhang. Er spähte in das Zimmer hinein. Und – da sah er Gloria in den Armen eines Mannes – es war derselbe, mit dem er sie damals im Stadtpark gesehen hatte. Sie küßten sich beide – ja – da war kein Zweifel – sie küßten sich – mehrere Male.

Peter schrak zurück und preßte die Fingerknöchel an seine Zähne.

Seine Schwester, die mit seinem Freund Richard verlobt war, traf sich hier in der abgelegenen Spelunke mit einem elegant gekleideten Mann und küßte sich mit ihm!

Vollkommen verstört taumelte Peter auf den Weg zurück und lehnte sich erschöpft an einen Baum. Mit brennenden Augen starrte er zum Haus hinüber. Und er überlegte, außer sich vor Scham und Schmerz, was er jetzt tun sollte, tun müßte. Er hatte nie viel für Gloria übriggehabt, aber wenn er sie auch für leichtfertig, so hatte er sie doch für anständig gehalten. Und nun hatte er entdecken müssen, daß sie seinem Freund Richard die Treue brach, mit irgendeinem geschniegelten und gebügelten Laffen, den er in seiner Empörung am liebsten niedergeschlagen hätte.

»Was kann ich nur tun – was kann ich nur tun? Was muß ich tun?« stieß er erregt zwischen den Zähnen hervor.

Er schwankte zwischen verschiedenen Möglichkeiten hin und her. Sollte er zu Richard gehen und ihm berichten, was er beobachtet hatte? Das wäre seine Pflicht gewesen. Andererseits war es auch seine Pflicht, seine Schwester vor schlimmen Folgen ihres Leichtsinns zu bewahren. Denn es war wohl hauptsächlich Leichtsinn und Gefallsucht, was sie in die Arme des Mannes da drinnen getrieben hatte. Daß sie Richard nicht liebte, wie dieser es verdiente, wußte er längst; er hatte mancherlei Bemerkungen von ihr über ihn gehört, aus denen er das hatte entnehmen können. Er ahnte auch, daß Richard mit dieser Verlobung vorschnell gehandelt hatte, ahnte, daß er sie vielleicht schon bereute. Aber war er berechtigt, mit dem, was er beobachtet hatte, einzugreifen in das Schicksal seiner Schwester und das des Freundes? Was, um Gottes willen, war das Richtige? Tun, als wisse er nichts davon? Das hieß doch, mitzuhelfen, daß Richard betrogen wurde. Den Eltern sagen, was er beobachtet hatte, damit diese eingreifen konnten? Er lachte in jungenhafter Erbitterung vor sich hin. Die Eltern waren so schwach. Sie würden ihn beschwören, still zu sein, und niemandem etwas davon zu sagen, was er entdeckt hatte, da Gloria die gute Partie sonst verlieren könnte. Die gute Partie! Das allein war es, wonach Richard bewertet wurde; lediglich als gute Partie.

Während er noch hin und her überlegte, sah er immer wieder mit brennenden Augen zu dem schwach erleuchteten Fenster, hinter dem er seine Schwester und den fremden Mann wußte. Zu einem Entschluß konnte er sich jedoch nicht durchringen. Hinter einem jeden stand ein drohender Warnungsruf! Nein, er durfte nicht in das Schicksal erwachsener Menschen eingreifen, durfte die Schwester nicht anklagen, um dem Freund zu helfen. Man wußte ja nicht, was daraus entstehen konnte. Sein ehrliches Jungenherz war aber übervoll von Gram und Not. Und er fühlte sich durch das Verhalten der Schwester selbst mit Schmach bedeckt. Sagte er Richard alles, so würde dieser sich auch von ihm abwenden, wenn er mit Gloria brach. Und das glaubte Peter, nicht ertragen zu können. Er durfte Richard ja auch nichts sagen, weil er dann zum Verräter an seiner Schwester wurde; und machte er Gloria Andeutungen, dann würde diese ihn beschwören, den Mund zu halten; würde ihm irgend etwas vorschwindeln und ihm sagen, daß es sich um eine ganz harmlose Sache handle. Nein, Peter konnte auch das nicht tun – er würde selbst vor Scham in den Boden sinken, hielte er seiner Schwester ihr Vergehen vor. Peter war tief unglücklich, und wenn er es nicht für »unmännlich« gehalten hätte, würde er sich am liebsten alle Angst und Unruhe vom Herzen geweint haben.

Ganz in sich und seinen Schmerz versunken, sah er

nach ungefähr einer Stunde seine Schwester aus dem Haus kommen und eilig den Rückweg antreten. Sie ging dicht an ihm vorüber, und er hatte sich vorgenommen, das Schicksal entscheiden zu lassen. Sah sie ihn stehen, dann würde er ihr Vorhaltungen machen; sah sie ihn nicht, würde er schweigen, weil das Schicksal es dann so wollte.

Und nun hastete Gloria, vergnügt einen Schlager vor sich hinsummend, an ihm vorüber. Es war nicht so dunkel, daß sie ihn hätte übersehen müssen, denn das matte Licht über dem Hausflurfenster leuchtete schwach herüber. Aber es sollte wohl so sein, daß sie ihn nicht sah. So hatte eine höhere Macht entschieden, daß er nicht eingreifen sollte.

Als Gloria Peters Augen entschwunden war, ging er langsam zurück. Er sah die Schwester wieder in die Straßenbahn einsteigen und davonfahren. Aber jetzt blieb er zurück. Er wollte erst noch abwarten, ob der elegante Herr das üble Haus nun ebenfalls verließ.

Während Peter dastand, trat Hubert Meining aus dem Haus und ging ebenfalls zur Straßenbahn. Denn auch er hatte es vermieden, ein Auto zu nehmen.

Als Peter sah, daß der Fremde zur Straßenbahn ging, folgte er ihm und bestieg gleich hinter ihm den erleuchteten Wagen. Er blieb draußen stehen, aber Hubert Meining setzte sich in das Innere, zog eine Zeitung aus der Tasche und vertiefte sich darin. Peter sah durch die Scheibe mit haßerfülltem Herzen in das schöne Gesicht dieses Mannes, das ihm mehr als unangenehm war. Es wäre ihm eine Genugtuung gewesen, hätte er hineingehen und ihm eine kräftige Ohrfeige verabreichen können. Aber er unterließ es dennoch. Doch als Meining an einer Haltestelle ausstieg und an Peter vorübermußte, trat dieser mit aller Kraft auf seinen Fuß, so daß Meining heftig zusammenzuckte und einen Schmerzensschrei nicht unterdrücken konnte. Dann kam aus seinem Mund eine Flut von Schimpfworten und die Aufforderung, sich wenigstens zu entschuldigen. Aber Peter dachte nicht daran. Es war ihm jetzt wohler zumute. Er hatte sich auf sehr empfindliche Weise gerächt, denn er sah Meining mit schmerzverzogenem Gesicht davonhumpeln.

Hundert Jahre soll dir das weh tun, dachte Peter wütend.

An der nächsten Haltestelle stieg auch er aus und ging nach Hause. Es war höchste Zeit, daß er sich an seine Schulaufgaben machte.

Gloria war bereits daheim, und er bemerkte, daß sie verstohlen an Pralinen knabberte. Es war sicher, daß diese von dem fremden Herrn stammten. Als sie ihm großmütig davon anbot, wandte er sich noch ruppiger als sonst ab und stieß hervor:»Pfui Teufel!«

Sie sah ihn entrüstet an.

»Du wirst immer flegelhafter, du unverschämter Bengel!«

Da wandte er sich um, trat dicht vor sie hin, sah sie mit großen, strengen Augen an und sagte hart:

»Nimm dich in acht! Du bist auf schlechten Wegen.«

Damit kehrte er sich schroff ab und verließ das Zimmer, um drüben in seinem und seines Brudes gemeinsamen Schlafzimmer seine Schulaufgaben zu machen. Sie starrte ihm eine Weile ganz bestürzt nach und fragte sich unruhig: Was will er denn? Was meint er damit? Aber dann schnippte sie mit den Fingern durch die Luft und zuckte die Achseln. Er will sich wohl nur wichtig machen, der dumme Bengel, dachte sie.

Damit war der Fall für sie erledigt. Peter aber hoffte, daß seine Worte Eindruck auf sie gemacht hatten. Vielleicht tat sie künftig nicht wieder, was sie heute getan hatte.

Der arme Peter lief fortan mit scheußlich bedrücktem Gewissen umher, als sei er es, der ein Unrecht begangen hätte. Er wich Richard in den nächsten Tagen aus, weil er ihm nicht in die Augen sehen konnte. Gloria schwebte aber sozusagen über den Wassern und schien sich vollkommen unbeschwert zu fühlen, was Peter einfach nicht begreifen konnte. Er begann, gleich vielen in den Pubertätsjahren befindlichen Jungen, über das Rätsel Frau nachzugrübeln, und gelangte dadurch in einen Zustand innerer Zerrissenheit. Richard wäre vielleicht als einziger imstande gewesen, ihn zu verstehen und ihm zu helfen, wenn Peter sich nicht gerade vor ihm ängstlich verschlossen hätte.

Mit Richard traf Peter das erstemal wieder flüchtig zusammen, als dieser Gloria und deren Eltern abholte, um mit ihnen zu Monas Verlobungsfest zu fahren. Sein Vater hatte darum gebeten, ihm den Wagen erst zu schikken, wenn er seine Braut und ihre Eltern zur Villa Falkner gebracht hatte.

Peter stand aber nicht, wie sonst in solchen Fällen, unten an der Haustür, um mit Richard noch einige Worte unter vier Augen wechseln zu können, sondern er kam oben auf einen Augenblick aus seinem Zimmer, drückte Richards Hand krampfhaft und sagte heiser:

»Ich habe verdammt schwere Schulaufgaben, Richard, und muß gleich wieder an die Arbeit. Viel Vergnügen heute abend!«

Richard war heute so mit sich selbst beschäftigt, daß ihm nichts an Peter auffiel; denn er sollte heute abend das erstemal Mona als die Braut eines anderen Mannes sehen. Diesen Mann haßte er, weil er sich in seiner Minderwertigkeit erkühnt hatte, seine Hände nach Mona Falkner auszustrecken. Und er ahnte nicht, daß in Peters Herzen gegen genau denselben Mann ein unerhörter Groll wohnte.

Als die Eltern mit dem Brautpaar die Wohnung verlassen hatten, trat Peter an das Fenster, preßte seine Stirn gegen die Scheiben und sah hinunter, um noch einen verstohlenen Blick auf seinen Freund werfen zu können.

Dieser hatte gleich bemerkt, daß Gloria ein neues, sehr elegantes Kleid trug, während ihre Mutter dasselbe schwarze Seidenkleid angelegt hatte, in dem sie seit etwa zehn Jahren alle Festlichkeiten besuchte, die in ihrem bescheidenen Dasein vorkamen. Sie sah ziemlich unbedeutend und gewöhnlich aus, obwohl Gloria ihr einen Spitzenkragen um den Hals gelegt hatte, um sie ein wenig festlicher herauszuputzen. Und Vater Lindner trug ein schwarzes Etwas, das wahrscheinlich seit ebenso vielen Jahren als Smoking hatte dienen müssen.

Die beiden alten Herrschaften waren beinahe überwältigt von der Ehre, heute in der vornehmen Villa Falkner als Gäste weilen zu dürfen. In der Stille ihres Schlafzimmers hatte Mutter Lindner gestern abend ihrem

Mann angekündigt, daß es am nächsten Mittag nur Kartoffelbrei mit Speck geben würde, da man ja am Abend ein großartiges Menü zu erwarten habe. Das hatte Vater Lindner richtig gefunden und malte sich nun schon im Geiste die fabelhaften Genüsse aus, die seiner heute abend warten würden.

Gloria saß, ganz Dame von Welt, neben der Mutter in den Fond geschmiegt und war durchaus nicht davon erbaut, ihre Eltern in die vornehme Gesellschaft zu führen. Sie hatte ihnen den ganzen Tag Verhaltungsmaßregeln gegeben, bis Peter, wütend darüber, sie angeschnauzt hatte:

»Besser als du werden sich die Eltern jedenfalls benehmen, lerne du doch erst, was sich für eine anständige Dame schickt.«

Darauf hatte der Vater ihm eine sanfte Ohrfeige verpaßt, aber die hatte Peter ruhig eingesteckt. Er hatte seinem bedrängten Herzen wieder einmal Luft gemacht. Das mußte ab und zu geschehen, sonst fürchtete er an seinem Zorn zu ersticken.

Am liebsten hätte Gloria auch jetzt auf der Fahrt den Eltern noch Verhaltensmaßregeln gegeben, aber ein Blick in Richards seltsam blasses, versteinertes Gesicht hielt sie davon ab.

Dann fuhr das Auto vor Villa Falkner vor. Richard half zuerst seiner Schwiegermutter aus dem Wagen und dann Gloria. Zuletzt stützte er auch noch seinen Schwiegervater. Dann gab er dem Chauffeur Weisung, seinen Vater aus der Fabrik abzuholen.

Es war schon eine Anzahl Gäste eingetroffen. Richard sah Mona an der offenen Tür des großen Empfangsraumes neben ihrem Verlobten stehen und mit vornehmer Ruhe und Freundlichkeit die Ankommenden begrüßen. Ihm war, als müßte ihm das Herz stillstehen. Mona sah wundervoll aus in einem sich weich um ihren schlanken Körper schmiegenden weißen Kleid aus Seidensamt. Nichts unterbrach das fleckenlose Weiß ihres wunderschönen Kleides, sie trug als einzigen Schmuck eine Perlenschnur um den Hals, und an ihrer schönen schmalen Hand steckte ein Ring, den eine einzelne große, von kleinen Brillanten umgebene Perle zierte. Als Richards Augen sich von dieser wundervollen Lichtgestalt zu seiner Braut hinwandten, um ihr beim Ablegen zu helfen, verblaßten Glorias sehr berechnend herausgestellten Reize vollständig, und er fragte sich unwillkürlich, wie er so verblendet gewesen sein konnte, über diese Mona zu vergessen. Gewiß, Gloria war von den beiden unbestritten die Schönere – aber dennoch wirkte sie, mit Mona verglichen, gewöhnlich. Er begriff sich selbst nicht, wie er das hatte übersehen können.

Als er, seine Verlobte und deren Eltern auf die junge Herrin des Hauses zugingen, war ihm zumute, als könne er kaum die Füße vom Boden heben.

Gleichwohl strebten seine Augen mit einer stummen, traurigen Frage Mona entgegen.

Diese wurde seiner erst jetzt gewahr und fühlte, daß sie jäh erblaßte. Sein Blick traf sie ins Herz, so daß sie alle Kraft benötigte, um ihm mit einem Lächeln die Hand zu geben. Warum sah er sie so seltsam an?

Aber immer gewohnt, sich zu beherrschen, begrüßte sie ihn und seine Braut und deren Eltern mit freundlicher Gelassenheit. Richard aber merkte, wie sie dabei mit sich kämpfen mußte. Er brachte kein Wort heraus, sondern beugte sich still über ihre Hand, deren leises Zittern ihm sehr vieles verriet.

Mona wandte sich dann sogleich mit besonders freundlichen Worten an Frau Lindner und deren Mann. Sie bemerkte sehr wohl die gesellschaftliche Unsicherheit der alten Herrschaften und glaubte, es Richard schuldig zu sein, ihnen diese Scheu so weit wie möglich zu nehmen. Mutter und Vater Lindner waren auch ganz überwältigt von Monas Liebenswürdigkeit und konnten gar nicht begreifen, daß Gloria ihnen immer gesagt hatte, diese sei ein Eisklumpen und äußerst hochmütig.

Hubert Meining stand, wie einem eleganten Modeblatt entsprungen, neben seiner Braut und hatte für jeden das gleiche einstudierte Lächeln. Nur als er Gloria begrüßte, flammten beider Augenpaare einen Moment ineinander, und er und sie drückten einander so fest wie möglich die Hände. Beide fühlten gerade in diesem Augenblick, daß sie trotz allem nur Außenseiter in dieser Gesellschaft waren.

Mona hatte Frau Richter, die würdevoll in einem schwarzen Spitzenkleid ihres Amtes waltete, leise gebeten, sie möge sich Glorias Eltern besonders annehmen und sie zu einem behaglichen Platz führen.

Mit Geschick hatte Frau Richter sich dieses Auftrages entledigt. Sie staunte im geheimen über die Bescheidenheit und Anspruchslosigkeit dieser beiden Menschen, die gar nicht recht zu ihrer eleganten und überheblichen Tochter passen wollten.

Bald saßen Papa und Mama Lindner, wohlversorgt und aufgehoben, an einem Tisch zusammen mit einem

Angestellten aus den Werken und dessen Frau und unterhielten sich vortrefflich mit ihnen.

Eigentlich hätte Mutter Lindner gar keiner besonderen Unterhaltung bedurft, denn sie bekam so viel zu sehen und zu hören, daß sie es kaum verarbeiten konnte.

Mona war, solange Gäste eintrafen, ganz mit deren Begrüßung beschäftigt und hatte dadurch Zeit, sich wieder zu fassen. Sie mußte sich jedoch hüten, an den Blick zu denken, mit dem Richard sie vorhin angesehen hatte. Er wühlte ihre Seele auf, obwohl sie nicht wußte, was er zu bedeuten hatte.

Hubert Meining wurde der Empfang der Gäste bald langweilig. Verstohlen fragte er Mona, wie lange das noch dauern sollte. Sie sah ihn mit mattem Lächeln an.

»Nur, bis alle da sind, es wird bald soweit sein.«

Er hätte am liebsten laut gemurrt, aber klugerweise unterließ er das und flüsterte ihr nur zu:

»Ich wäre viel, viel lieber mit dir allein!«

Darauf konnte sie schon nicht mehr antworten, denn es kamen wieder neue Gäste.

Endlich waren alle da, bis auf ein paar Nachzügler, auf die man nicht zu warten brauchte. Mona machte mit ihrem Verlobten einen Rundgang durch die geschmackvoll eingerichteten Räume und plauderte hier und da mit diesem und jenem. Dann wurde die Tafel herumgereicht, auf der jeder Herr seinen Platz und den Namen der Dame, die er zu Tische führen sollte, verzeichnet fand. Die Herren informierten sich schnell und suchten ihre Damen auf, und schon öffneten die Diener die hohen zum Speisesaal führenden Türen.

Der Tischplan war ein Meisterwerk der Frau Richter; sie hatte es vorzüglich verstanden, die passenden Partner für einander auszuwählen. Sogar Frau Lindner und ihr Mann waren gut untergebracht und konnten sich ungestört den Tafelfreuden hingeben.

Mona saß wie eine junge Königin in der Mitte der langen Tafel, neben ihr Hubert Meining. Denn das Brautpaar gehörte an diesem seinem Ehrenabend selbstverständlich zusammen. Auf Monas anderer Seite saß Richard Römer, ihr bester Freund. Mona und Richard empfanden es ebensosehr als ein Glück wie als eine Qual, so dicht beieinander zu sitzen. Es wurde, wie bei solchen Festen üblich, viel geredet. Viele der Herren wollten ihre Rednergabe bewundern lassen. Manche Rede war jedoch alles andere als schwungvoll, und gerade diese wollten kein Ende nehmen. Aber man war daran gewöhnt, scheinbar aufmerksam zuzuhören und dabei an ganz andere Dinge zu denken.

Glorias und Meinings Blicke trafen sich zuweilen in spöttischem Einverständnis, aber sie waren vorsichtig genug, es niemanden merken zu lassen.

Mona und Richard konnten während der Tafel nur wenige belanglose Worte wechseln; aber Richard fühlte, daß Mona sich ihm trotz allem, was geschehen war, innig verbunden fühlte. Ihn konnte sie nicht täuschen mit der leidlich gut gespielten Rolle einer glücklichen Braut. Und ein inniges Erbarmen mit ihr überkam ihn. Er hätte vor ihr niederknien und sie bitten mögen: Laß ab von diesem Wahnsinn, bekenne dich stolz zu deiner Liebe, verbanne diesen Gecken aus deiner Nähe. Ich kann es nicht ertragen, daß er dich ansehen, und noch viel weniger, daß er dich berühren darf. Ich möchte ihn, der sich mein Liebstes angeeignet hat, um es zu vernichten, niederschlagen wie einen gefährlichen tollwütigen Hund. Denn dieser Mensch hat kein Herz in der Brust, er ist ein gefühlloser Laffe, der nur nach deinem Vermögen trachtet. Hüte dich vor ihm – mein Herz ahnt eine Gefahr, die dir von ihm droht.

Aber all das dachte er nur, und Mona ahnte nichts davon. Doch Richard nahm sich vor, kraft seiner Rechte als langjähriger treuer Freund sie zu warnen. Das mußte und wollte er tun, weil er es für seine Pflicht hielt. Seine übereilte törichte Verlobung hatte Mona zu dem getrieben, was sie getan hatte, letzten Endes war er, nur er, schuld daran. Und wenn er schwieg, würde er sich noch schuldiger machen. Seiner Warnung durfte er nicht jetzt, nicht hier bei der Tafel Ausdruck geben, wo aller Augen auf ihnen ruhten, dazu mußte er ein, wenn auch kurzes, Alleinsein mit ihr herbeiführen.

So verging das Essen. Einen uneingeschränkten Genuß davon hatten vielleicht nur Glorias Eltern. Sie fanden alles großartig und sagten sich, stolzgeschwellt, daß mitten hinein in diese vornehme Gesellschaft ihre schöne Tochter gehörte und immer dazu gehören würde. Dafür wollten sie gern all die vielen Opfer gebracht haben, die Gloria ihnen als selbstverständlich auferlegt hatte.

Endlich war die Tafel zu Ende, und nun wurden in einem großen Nebenraum Mokka, Zigarren und Zigaretten und auch Liköre herumgereicht. Zu deren Liebhabern gehörte vor allem Vater Lindner, weil er selten Gelegenheit zu solchen Genüssen hatte. Er bekam denn auch einen kleinen, harmlosen Schwips, worauf Mutter Lindner ihm vorsichtig einige Tassen starken Kaffee aufnötigte. Der schmeckte ihm ebenfalls so gut, daß sie auch dann wieder ein wenig bremsen mußte, weil er sonst die ganze Nacht nicht hätte schlafen können. Mutter Lindner bedauerte es sehr, daß sie von all den gereichten Leckereien nichts unbemerkt für ihre beiden Jungen beiseite schaffen konnte. Aber wo sollte sie das lassen? Es ging einfach nicht, und sie mußte deshalb davon absehen.

Sie schwor sich aber, daß nun, da Gloria versorgt war, auch ihre beiden Söhne in eine gehobene Lebensstellung hineingebracht werden müßten. Das würde sie schon noch erreichen. Irgendwie mußte sich das machen lassen; vielleicht half Richard dabei, denn Gloria war für dergleichen nicht zu gebrauchen.

Sie ließ ihre Augen auf Richard ruhen und fand bei sich, daß er von allen anwesenden Herren am vornehmsten aussah, vornehmer noch als der Bräutigam der jungen Herrin des Hauses. Und ihre Gloria war unbestritten die schönste von allen Damen, wenn auch – ja – das mußte sie allerdings zugeben, wenn auch Mona Falkner dank ihrer Vornehmheit viel besser zu Richard gepaßt hätte als zu ihrem Verlobten, der wohl ein sehr schöner Mann war – aber – nun ja – Mutter Lindner gefiel eben Richard viel besser.

Inzwischen räumte man drüben den Speisesaal aus, damit getanzt werden konnte. Es waren viele junge Herrschaften anwesend, die das dankbar begrüßten. Auch Gloria, denn sie brannte darauf, mit Huby tanzen zu können.

Als die ersten Töne der Musik erklangen, reichte Hubert Meining Mona den Arm und führte sie hinüber, um mit ihr den Ball zu eröffnen. Er war ein ausgezeichneter Tänzer und führte gut; aber Mona hielt doch schon nach der ersten Runde an und sagte ruhig lächelnd zu ihm:

»Nun widme dich den anderen Damen, Hubert, ich muß auch mit den anderen Herren tanzen.«

Er sah sie mit einem glutvollen Blick an.

»Muß das sein, Mona? Ich würde am liebsten nur mit dir tanzen.«

Sie schüttelte lächelnd den Kopf.

»Das wäre geschmacklos, wir haben den Tanz eröffnet, damit muß es genug sein.«

Und da stand auch schon Richard, sich tief verneigend, vor ihr.

Hubert ging davon, um sich Gloria als Tänzerin zu sichern.

Richard sah Mona mit seinem traurigen Blick an.

»Ich möchte viel lieber mit dir plaudern als tanzen, Mona. Mir ist, als hätten wir uns einiges zu sagen.«

Sie hatte vorausgesehen, daß es heute dazu kommen würde, und glaubte, sich genug in der Gewalt zu haben, um auf seine Bitte eingehen zu können. So sagte sie so ruhig sie konnte:

»Laß uns erst eine Runde tanzen, Richard, und noch einige Pflichttänze erledigen, dann wollen wir uns in einer Stunde in meinem kleinen Salon treffen.«

Er legte den Arm um sie und sagte, heiser vor unterdrückter Erregung:

»Ich danke dir, daß du mir beides erlaubst, Mona.«
Sie suchte zu scherzen.
»O Richard, willst du jetzt förmlich werden?«
Er führte sie im Tanz dahin.
»Nein, Mona, das werde ich dir gegenüber niemals sein.«
Sie tanzten und hatten beide das Gefühl, als hätten sie keinen Boden unter den Füßen, als müßte es wunderbar befreiend sein, wenn sie jetzt emporfliegen könnten, fort von all den gleichgültigen Menschen und ganz allein miteinander sein. Sie wußten nicht, wie lange sie so getanzt hatten, als die Musik schwieg und sie plötzlich beide wieder auf der Erde waren.
Er blieb noch eine Weile neben ihr stehen und sprach einige belanglose Worte mit ihr, da kam aber schon wieder ein Tänzer und bat Mona um den nächsten Tanz. Richard mußte sich zurückziehen. Er tanzte nun wahllos mit allen Damen, die ihm gerade in die Hände liefen. Gloria schien sich vorzüglich zu unterhalten und kümmerte sich zum Glück nicht um ihn.
Er zählte jede Minute dieser Stunde; sie verging grausam langsam, und er atmete auf, als sie endlich vorüber war. Schnell entfernte er sich aus dem Saal und ging hinüber zu Monas kleinem Salon, in dem er oftmals in freundschaftlicher Unterhaltung mit ihr geweilt hatte. Niemand bemerkte, daß er den Festraum verließ, nur sein Vater. Der aber verlor kein Wort darüber, auch dann nicht, als er nach einer Weile merkte, daß die weiße, schlanke Gestalt Monas sich ebenfalls entfernte.
Wie sehr bedauerte es der alte Herr, daß sein Sohn so

töricht gewesen war, sich mit Gloria Lindner zu verloben. Allerdings ahnte er nicht, daß Richard inzwischen entdeckt hatte, daß seine Liebe Mona gehörte, wohl aber, daß er es bedauerte, Gloria seine Hand angetragen zu haben. Wieviel besser hätten Richard und Mona zusammengepaßt! Und nun trafen sie sich wohl irgendwo im Haus, um freundschaftlich wie sonst miteinander zu plaudern. Monas Verlobter schien ihm ebensowenig zu dieser zu passen wie Gloria zu seinem Sohn. Aber was half es, sie mußten verantworten, was sie getan, mußten die Folgen ihrer Handlungsweise tragen.

Inzwischen trafen sich Mona und Richard. Richard ging ihr, als sie den Salon betrat, entgegen und reichte ihr mit festem, herzlichem Druck die Hand. Er hatte sich ebenso wie Mona vorgenommen, ruhig zu bleiben, ganz gleich, worüber sie sprechen würden.

»Ich danke dir, Mona, daß du gekommen bist. Komm, laß uns hier niedersitzen, wie so oft, als wir uns vom Herzen gesprochen haben, was uns bewegte.«

Sie war sehr bleich, sagte aber ruhig:

»Ach, Richard, diese traulichen Stunden werde ich sehr vermissen; aber Gloria hat mir schon gesagt, daß sie die einzige Frau in deinem Leben sein will und auch nicht das kleinste Freundschaftsplätzchen an eine andere abtreten wird.«

Es zuckte in seinem Gesicht.

»Gloria ist manchmal sehr töricht; das kann sie nicht im Ernst gemeint haben, und ich werde nie darauf verzichten, dein Freund zu sein.«

»Das habe ich ihr auch gesagt. Sie kann uns hindern,

zusammenzutreffen, aber sie kann uns nicht hindern, unsere Anhänglichkeit zu bewahren.«

»Ich danke dir, daß du mir das sagst. Es macht mir das Herz ein wenig leichter. Denn – wenn ich als treuer Freund über dich wachen darf, werde ich etwas ruhiger sein. Ganz offen, Mona – ich verstehe nicht, daß du – ein so wertvoller Mensch – dich mit diesem Herrn Meining verbinden konntest. Ich will nichts gegen deinen Verlobten sagen – aber – er paßt nicht zu dir, er ist ein Mißton in dem harmonischen Zusammenklang deiner Empfindungen.«

Er hatte ihre Rechte erfaßt.

Ihre kleine, kalte Hand zitterte leicht in der seinen. Dieses Zittern empfand er wie ein heimliches Liebesgeständnis, und er brauchte seine ganze Ehrenhaftigkeit, um sich nicht zu vergessen und sie nicht an sich zu ziehen.

Mit aller Kraft ihres Stolzes sagte Mona aber:

»Du darfst nicht übersehen, Richard, daß die Liebe alles ausgleicht. Ich habe dieselbe Empfindung gehabt, als du dich mit Gloria verlobtest, die ebensowenig zu dir paßt wie Hubert Meining zu mir. Glaube ja nicht, daß ich unsere Wesensverschiedenheit nicht kenne, ich weiß, es muß vieles überbrückt werden.«

Er sah sie besorgt an.

»Wenn ich weiß, daß du dir dessen bewußt bist und dich keinen rosigen Täuschungen hingibst, ist mir schon etwas wohler. Ich bin in schwerer Sorge um dich, Mona, ohne daß ich selbst weiß, warum ich mich eigentlich so sorge. Jedenfalls habe ich das Empfinden, daß du dich zu sehr übereilt hast mit dieser Verlobung. Wenn du doch um Gottes willen erst mit mir darüber gesprochen hättest.«

Sie war noch blasser geworden. Dann sagte sie scheinbar ruhig:

»Manche aus Liebe geschlossene Verbindung bringt später Enttäuschungen; aber das muß man dann tragen.«

Er sah sie beschwörend an.

»Wenn ich nur wüßte, daß es wirklich Liebe ist, was dich zu dieser Verbindung getrieben hat.«

Sie senkte den Blick vor dem seinen und sagte hastig:

»Was soll es sonst gewesen sein, Richard? Ganz gewiß war es Liebe, die mich dazu trieb, mich mit Meining zu verloben.«

Er wußte, weshalb sie ihn dabei nicht anzusehen wagte, und dachte tief bekümmert: Liebe war es wohl, meine arme Mona, aber nicht Liebe zu diesem Gecken, sondern zu mir – zu mir –, und ich darf dir das nicht sagen, dir nicht klarmachen, daß wir beide sehr töricht waren und blind an unserem Glück vorbeiliefen. – Nein, das durfte er nicht aussprechen. Er schwieg eine Weile, dann sagte er rauh:

»Vergiß nie, niemals, Mona, daß ich da bin, wenn du einmal eines Rates, einer Hilfe bedarfst. Ich denke nicht daran, auf unseren freundschaftlichen Umgang zu verzichten, auch nicht, wenn Gloria es ernst gemeint hat. Niemand gestatte ich, zwischen uns zu treten, und ich will immer dein Beschützer und Behüter sein, wie ich es stets gewesen bin, zumal nach dem Tod deines Vaters. Mir ist schwer ums Herz, so, als drohte dir eine Gefahr und als hätte ich nicht genug acht auf dich gegeben in letzter Zeit. Nur so konntest du dich zu dieser Verlobung entschließen. Mona, ich habe das Gefühl, daß du mich eines Tages sehr nötig brauchen wirst. Dann rufe mich, ich bitte dich inständig darum, denn kein Mensch kann dir so treu ergeben sein wie ich. Laß dich von nichts und von niemandem abhalten, wenn es not tut, mich, gerade mich zu rufen. Versprich mir das, damit ich ruhig sein kann!«

Er hatte so herzlich und eindringlich, so voll tiefer Sorge gesprochen, daß sie nur mit Mühe die Tränen zurückhalten konnte. Sie umfaßte krampfhaft seine Hand.

»Dank, Richard – herzlichen Dank – und mein Wort – wenn ich dich brauche, rufe ich dich! Aber – nun laß uns diese Unterredung beenden, ich – ich – ja – ich muß zu meinen Gästen zurück.«

Er erhob sich sogleich, küßte ihr die Hand mit tiefer Inbrunst und sah sie mit einem unbeschreiblichen Blick an. Dieser Blick löste ihre Tränen, sie winkte ihm nur noch schweigend und hilflos zu und eilte hinaus.

Aber sie ging nicht in den Saal zurück, sondern floh wie vor sich selbst auf ihre Zimmer, weil sie ihren Tränen nicht mehr Einhalt gebieten konnte.

Richard begab sich in den Saal, aber – seine Augen suchten dort vergeblich nach Mona. Er hatte es eigentlich nicht anders erwartet. Sie erschien erst eine halbe Stunde später wieder, und obwohl sie sich bemüht hatte, die Spuren ihrer Tränen zu tilgen, und sich betont heiter gab, merkte er nur zu gut, daß sie geweint hatte. Er vielleicht allein, die anderen achteten zum Glück nicht so genau auf Mona. Am wenigsten ihr Verlobter, der sich anscheinend sehr gut mit Gloria unterhielt. Darüber war Richard froh; er hätte sich seiner Braut jetzt nicht widmen können, ohne sich zu verraten. In seinem Herzen war eine tiefe Verzweiflung. Nur zu sehr hatte Monas Verhalten ihm bestätigt, daß sie ihren Verlobten nicht liebte, daß sie sich nur mit ihm verlobt hatte, um zu verbergen, daß ihr Herz nur ihm, Richard, gehörte. Davon war er fest überzeugt. Und er sagte zerknirscht zu sich selbst:

»Meine arme süße Mona – was habe ich dir angetan! Nie werde ich mir das verzeihen können.«

Zum Glück war niemandem Monas langes Verschwinden aufgefallen. Das Fest nahm seinen Fortgang, und alle Teilnehmer, außer der Braut und Richard Römer, waren von seinem Verlauf sehr befriedigt. Es wurde sehr spät, bis die letzten Gäste sich entfernten.

Als Mona sich endlich in ihrem Schlafzimmer befand – sie pflegte sich stets allein auszukleiden –, stand sie lange mit gefalteten Händen da – in tiefe Gedanken versunken. In ihrem Herzen klangen noch immer Richards Worte nach. Wie gut und teilnahmsvoll hatte er zu ihr gesprochen, wie treu war seine Freundschaft. Ach, daß sie sich diesem anderen anvertraut hatte, der ihr heute fremder und gleichgültiger erschienen war als all die Zeit über, seit sie ihm ihr Jawort gegeben. Wie hatte sie das nur tun können? Hatte Richard recht, wenn er sie vor Hubert Meining warnen zu müssen glaubte? Drohte ihr von ihm Gefahr? Aber nein – sie war töricht und überreizt –, was für eine Gefahr sollte das sein? Daß Richard einem Menschen wie ihrem Verlobten wenig freundlich gegenüberstand, war verständlich; Richard war ein Mann der Arbeit, der niemals einen Pfennig von einer Frau annehmen würde. Und er ahnte wohl, daß Hubert in dieser Beziehung nicht besonders heikel war.

Schon fing Mona an zu zweifeln, ob Hubert sie wirklich so liebte, wie er sich den Anschein gab. Er hatte heute abend auch andere Frauen und Mädchen mit den flammenden Blicken seiner dunklen Augen angesehen.

Aber warum sich damit belasten? Es war viel besser, wenn er sie nicht liebte, dann blieb sie ihm nichts schuldig. Mochte das Geld die Hauptrolle bei ihm spielen – immerzu; sie würde seine in diese Richtung zielenden Wünsche gern befriedigen, soweit es ihr möglich war und den Bestimmungen ihres Vaters nicht zuwiderlief. Wenn er sie dafür nur in Ruhe ließ, ihr über diese quälende Zeit hinweghalf und Richard die Überzeugung beibrachte, daß sie eben nur ihren Mann liebte, so hatte er seinen Zweck erfüllt. Es war schließlich gleich, ob er oder irgendein anderer ihr Mann wurde. Er hatte sich wenigstens mit ihren Bestimmungen einverstanden erklärt. Das war die Hauptsache.

Daß in Richards Worten eine heiße Angst um sie geklungen hatte, war ihr nicht entgangen; aber sie glaubte noch immer fest daran, daß sie nur seiner treuen Freundschaft entsprang. Lieb und gut war er immer zu ihr gewesen. Aber der herzliche Ton seiner Stimme hatte sie gerade heute bis ins Innerste getroffen.

Langsam entkleidete sie sich. Das weiße Samtkleid fiel von ihren Schultern herab und breitete sich auf dem Teppich aus wie ein sterbender Schwan.

Müde und traurig bis ins tiefste Herz, sank sie endlich

auf ihr Lager und ließ den Tränen freien Lauf. Jetzt konnte sie ungehindert weinen, brauchte nicht besorgt zu sein, daß jemand diese Tränen sehen konnte. Der Tag graute schon, als sie endlich in einen tiefen, schweren Schlaf der Erschöpfung sank.

11

In der Familie Lindner herrschte noch während einiger Tage große Aufregung über die Verlobungsfeierlichkeit im Hause Falkner. Mutter Lindner mußte ihren beiden Söhnen jede Einzelheit über dieses Fest berichten, und da sie ihnen nichts von all den leckeren Dingen hatte mitbringen können, schenkte sie jedem eine Mark, damit sie sich in einer Konditorei etwas kaufen könnten. Peter aber verwahrte diese Mark zu anderen Zwecken, wo er sie einmal nötig brauchen würde. Die beiden Male Fahrgeld mit der Straßenbahn hatten in sein knappes Taschengeld eine schwere Bresche geschlagen, und wer konnte wissen, ob er nicht noch einmal diese Fahrt antreten mußte. Denn er sagte sich, da er Richard nichts sagen wollte, müßte er wenigstens selbst bestens auf Gloria achtgeben. Das nächste Mal wollte er alles klüger anfangen, er wußte schon wie.

Richard kam jetzt nicht mehr jeden Tag seine Braut besuchen; er schob viel Arbeit und den Wohnungsausbau im Fabrikgebäude vor.

Gloria lag auch nicht mehr viel an seinen Besuchen, sie war froh, viel freie Zeit zu haben.

Es war etwa eine Woche nach dem Fest in Monas Haus, als Richard eines Abends wieder bei Lindners erschien, um mit Gloria und ihren Eltern den Hochzeitstag festzusetzen. Er sagte sich, es sei am besten, wenn er verheiratet wäre, dann würde es vielleicht leichter für ihn, über seine Niedergeschlagenheit hinwegzukommen. Zu ändern war ja doch nichts mehr. Er war an Gloria gebunden, und Mona an Meining. So sagte er, als er mit Lindners um den Tisch herum saß:

»Ich wollte fragen, Gloria, ob es dir und deinen Eltern recht ist, wenn wir Ende Mai Hochzeit halten?«

Gloria richtete sich rasch auf.

»Sagen wir doch lieber Anfang Juni, Richard. Ende Mai – am achtundzwanzigsten, ist Monas Hochzeit. Die wollen wir noch als Brautpaar mitmachen. Es wird selbstverständlich eine große Hochzeitsfeier, der Bedeutung des Hauses Falkners entsprechend. Ich habe Mona schon für uns zugesagt. Es ist dir doch recht, Richard?«

Wie gern willigte er in diese kleine Verzögerung ein. Sie hätte viel größer sein können.

»Also gut, sagen wir den fünften Juni.«

Gloria nickte. Huby befand sich dann schon auf der Hochzeitsreise mit Mona; sie wollten einige Wochen in der Schweiz und Oberitalien verbringen. Beides kannte Meining noch nicht. Darum hatte er diesen Vorschlag gemacht. Mona war es im Grunde gleich, wohin es gehen würde. Sie wollte fünf bis sechs Wochen fortbleiben. Inzwischen sollte Frau Richter, ehe sie zu ihrer

Schwester übersiedelte, alles im Haus Erforderliche erledigen.

Hubert hatte sich schon alles mögliche für die Reise ausgedacht, und Mona hatte widerstandslos in alles eingewilligt. Das hatte Huby Gloria bei einem kurzen Zusammentreffen in einer kleinen Konditorei mitgeteilt.

Also wurde der fünfte Juni als Hochzeitstag für Richard und Gloria festgesetzt.

»Und wohin machen wir unsere Hochzeitsreise, Richard?« fragte Gloria schmeichelnd, indem sie sich zärtlich an ihn schmiegte.

Peter, der mit am Tisch gesessen hatte, konnte das nicht mit ansehen, er erhob sich und verließ unter einem Vorwand das Zimmer.

Richard überlegte und sagte dann aufatmend:

»Lange können wir nicht weg, Gloria, wir haben erfreulicherweise viele neue Aufträge bekommen. Aber vierzehn Tage werde ich mich freimachen können.«

Sie machte ein Mäulchen.

»Oh, vierzehn Tage nur, Richard? Da kommen wir nicht sehr weit.«

Richard hätte ihr noch sagen müssen, daß er auch nicht die Absicht hatte, viel Geld für die Hochzeitsreise aufzuwenden. Er hatte, mochten die Geschäfte auch erfreulich angezogen haben, den Kopf immer noch nicht frei und suchte obendrein zu sparen, soviel er konnte, um den Schmuck seiner Mutter möglichst bald einlösen zu können.

»Ich denke«, sagte er, »wir heben uns größere Reisen für später auf, liebe Gloria. Da ich unsere Hochzeitsreise nicht über zwei Wochen hinaus ausdehnen kann, schlage ich vor, daß wir nach Thüringen oder in den Schwarzwald fahren. Der Frühling ist überall schön.«

Gloria hatte bereits von einem Aufenthalt in Italien geträumt. Richards Vorschlag gefiel ihr keineswegs.

»Könnten wir nicht wenigstens über den Brenner nach Venedig reisen, Richard?«

Dieser sah nachdenklich vor sich hin. »Das hätte für so kurze Zeit wenig Sinn. Will man alles Schöne, was es in Venedig gibt, wirklich genießen, muß man mehrere Wochen dort zubringen. Heben wir uns das lieber für später auf. Aber ich will dir einen anderen Vorschlag machen. Wie wäre es mit dem Taunus oder mit Oberbayern?«

Gloria zuckte verdrießlich die Achseln.

»Also, dann bestimme du, ich kenne noch nichts von der Welt. Du aber bist schon weit herumgekommen.«

»Gut, dann wollen wir in den Taunus fahren. Da lernst du Wiesbaden kennen, und wir können vielleicht noch von Biebrich aus eine kleine Rheinreise machen.«

Das hatte wenigstens etwas Verlockendes für Gloria, und sie bekam deshalb wieder bessere Laune.

Richard mußte ihr berichten, was alles sie zu sehen bekäme und wo sie wohnen würden. Er versprach ihr, die ganze Reise aufzuschreiben, sobald er sie zusammengestellt haben würde.

Als alles erledigt war, verabschiedete er sich, weil er mit seinem Vater noch eine Partie Schach spielen wollte. Er hatte es ihm versprochen.

Gloria meinte, das sei doch ein schrecklich langweiliges Spiel, aber Richard schüttelte den Kopf.

»Ich halte es für das interessanteste von allen Spielen,

die es gibt, Gloria, und wenn du erst meine Frau bist, werde ich es dir beibringen.«

Sie hätte am liebsten heftig abgewehrt. Das fehlte ihr gerade noch, sich mit diesen langweiligen Schachfiguren zu beschäftigen und sie mal dahin, mal dorthin zu schieben. Aber sie schwieg vorläufig. Wozu sich über dergleichen aufregen? Richard würde es ohnedies bald aufgeben, ihr mit so langweiligen Dingen zu kommen. Sie wollte abends nicht zu Hause hocken, sondern Theater, Konzerte, Kinos und dergleichen besuchen.

Glorias Eltern hatten sehr wenig zu allem gesagt; sie waren mit allem einverstanden.

Als Richard sich von der Familie verabschieden wollte, war von Glorias Brüdern nur noch Franz anwesend. So nahm er an, daß Peter unten beim Auto sein würde.

Als er das Haus verließ, lehnte dieser wirklich an der Eingangstür und starrte vor sich hin. Richard schlug ihm auf die Schulter.

»Na, Peter, dich bekomme ich ja fast nie mehr zu sehen? Warum warst du in der letzten Zeit nicht einmal bei mir in der Fabrik?«

Peter hätte sich am liebsten an Richards Brust geworfen und all seinen Kummer ausgeweint. Da das aber unmännlich gewesen wäre, unterließ er es und sagte scheinbar lässig:

»Ach, weißt du, Richard, ich muß jetzt mächtig büffeln, es geht auf Ostern zu, und ich will doch versetzt werden. Gelt, das verstehst du?«

Richard strich ihm liebevoll über den blonden Schopf und sagte gutmütig:

»Selbstverständlich, Peter; sind immer scheußliche Wochen, die vor der Versetzung. Aber nur Kopf hoch! Wenn du so fleißig büffelst, kommst du bestimmt durch. Wir aber müssen vernünftig sein und uns dareinfinden, daß wir uns mal eine Zeitlang weniger sehen. Nachher wird es um so schöner, mein Junge.«

Peter drückte ihm krampfhaft die Hand und kam sich wie ein elender Verräter an seinem besten Freund vor.

»Dann gute Nacht, Richard!«

»Warum bist du denn vorhin weggelaufen?«

»Ach – weißt du –, ich hatte Sehnsucht nach dem Auto, wollte es mal wiedersehen. Und oben – da wird ja doch kein vernünftiges Wort gesprochen, nur von Hochzeit und solchem Kram. Weißt du – Richard – ich wünschte, du machtest überhaupt keine Hochzeit, und wir beide könnten auf eine einsame Insel gehen.«

Richard lächelte und klopfte ihm wieder auf die Schulter.

»Das ist richtiger Weltschmerz, mein Junge, kommt oft vor um diese Zeit. Warte nur, das wird alles wieder besser. Also, setz dich auf die Hosen und lern dein Pensum, das ist die beste Medizin gegen Weltschmerz.«

Damit stieg Richard in seinen Wagen. Peter machte die Tür hinter ihm zu und blickte aufmerksam in das Gesicht seines besten Freundes. Wenn er wüßte, was ihn bedrückte – was würde er dann wohl tun?

Leise streichelte er wie in stummer Abbitte das Auto, weil er den Freund nicht streicheln konnte. Der Wagen fuhr davon, und Peter sah ihm nach und kämpfte wieder mal verzweifelt einen schweren Kampf. So gern er auch losgeheult hätte, um seinem gepreßten Herzen

Luft zu machen, er durfte es nicht: Es wäre zu unmännlich gewesen.

Und er nahm sich wieder einmal vor, genau auf Gloria aufzupassen. Er wollte sie, wenn er es verhindern konnte, nicht wieder in diese Spelunke gehen lassen; nicht hin zu dem geschniegelten Laffen mit dem lächerlich gestutzten Lippenbärtchen, das ihm das Aussehen einer Zierpuppe gab. Herrgott, wenn er dem Kerl nur noch einmal heftig auf die Füße treten könnte! Eigentlich hätte er ihn von der Straßenbahn hinunterschmeißen müssen, daß er Hals und Bein brach. Ja – so wütend war Peter auf diesen Kerl, der unbefugt seine Schwester geküßt und umarmt hatte. Sie hatte es allerdings geduldet und ihn wiedergeküßt, und wer von beiden die meisten Ohrfeigen verdiente, war schwer zu entscheiden. Jedenfalls hatten sie beide des armen Peters Seelenfrieden zerstört.

Als er wieder hinaufkam, hörte er gerade, wie Gloria zur Mutter sagte: »Morgen nachmittag gehe ich wieder auf ein Teestündchen zu Gretchen Keller. Sie kann ja so schlecht fort wegen ihres gelähmten Beines.«

Peter spitzte die Ohren. Gretchen Keller, das war dieselbe Freundin, die Gloria auch damals zu besuchen vorgegeben hatte. Sie hatte sich sonst doch nie um das arme Ding gekümmert, das bei einem Straßenunfall das Bein gebrochen hatte und gelähmt geblieben war. Kellers hatten, wie Peter bereits festgestellt hatte, keinen Telefonanschluß, und Gretchen konnte Glorias angebliche Besuche nicht erwidern. Das hatte Gloria sich schlau ausgedacht. Aber Peter wußte nun Bescheid, sicherlich wollte die Schwester morgen nachmittag um fünf Uhr wieder mit diesem Zierbengel zusammentreffen. Aber – das sollte ihr, wenn er es verhindern konnte, nicht gelingen. Sein Plan stand fest.

Gleich von der Schule aus fuhr Peter am nächsten Tag mit der Straßenbahn hinaus an die Endstation, sprang ab und verbarg sich in dem Gebüsch eines kleinen Gehölzes.

Hier wartete er auf die Schwester. Mit der nächsten Straßenbahn kam sie noch nicht, aber mit der übernächsten. Und kaum hatte sie einige Schritte auf die Spelunke zu gemacht, da tauchte Peter plötzlich vor ihr auf. Er machte ein erstauntes Gesicht.

»Alle Wetter, Gloria, was tust du hier draußen? Du willst doch nicht zu der Spelunke hinüber?«

Sie war bei seinem Anblick heftig erschrocken und wurde erst blaß, dann rot.

»Was machst denn du hier?« fragte sie erst einmal, um sich etwas ausdenken zu können.

»Ich war mit einem Schulfreund drüben in dem Gehölz, wir haben Insekten für den Naturkundeunterricht gesucht, aber nichts gefunden. Er ist weitergegangen, und ich wollte gerade heimfahren, um Mutter nicht zu lange warten zu lassen, als ich dich sah. Wie kommst du bloß hier raus? Ich denke, du wolltest zu Gretchen Keller.«

»Ja – sie fühlte sich gar nicht wohl, und da ich nun einmal unterwegs war, fuhr ich hier heraus; ich habe scheußliches Kopfweh und wollte ein wenig frische Luft schöpfen.«

»Na, schön, dann tu das, ich werde mich einmal als Kavalier benehmen und dich begleiten. Hier draußen ist nämlich eigentlich keine Gegend für schöne junge Damen. Es ist hier nicht ganz geheuer. Kannst froh sein, daß du mich getroffen hast, sonst hätte sich vielleicht irgendein Kerl an dich herangemacht.«

Gloria warf verstohlene Seitenblicke zur Spelunke hinüber. Was sollte sie nur beginnen, um den mehr als lästigen Bruder loszuwerden? Wenn Huby sich nur mal am Fenster zeigen wollte, daß sie ihm verstohlen ein Zeichen machen könnte. Schon wenn er Peter sah, mußte er daraus schließen, daß dies ihr Bruder war, dem sie hier sehr zur Unzeit begegnet war. Aber es ließ sich drüben niemand blicken.

»Ach, ich habe keine Angst und will dich nicht aufhalten. Ich werde nicht weit gehen. Du kannst dich ruhig nach Hause begeben – ich glaube, die Straßenbahn will gleich abfahren.«

»Nein, nein, Gloria, davon kann keine Rede sein. Ich lasse dich auf keinen Fall im Stich.«

Sie überlegte und sagte dann schnell:

»Weißt du, ich lade dich zu einer Tasse Tee oder Kaffee ein, die werden wir ja da drüben in dem kleinen Gasthof bekommen. Ich wollte schließlich bei Gretchen Tee trinken und kam nicht dazu. Vielleicht vertreibt mir der Tee am ehesten das Kopfweh.«

Gloria sah ein, daß sie den Bruder nicht loswerden würde. Wenn sie auch nicht glaubte, daß er wirklich besorgt um sie war, nahm sie dennoch an, daß seine Neugier ergründen wollte, was sie hier draußen zu suchen hatte. Ging er mit ihr in den Gasthof hinüber, dann würde Huby sie sehen und wissen, daß sie verhindert war, mit ihm zusammenzusein. Sie war wütend auf Peter und konnte ihm das nicht einmal zeigen.

Peter durchschaute sie voll und ganz.

»Meinetwegen!« sagte er. »Aber ich habe kein Geld für Tee. Und das da drüben ist doch kein Lokal, in dem eine anständige junge Dame sich aufhält. Es hat einen schlechten Ruf.«

»Ach, wenn ich mit dir hineingehe, hat das nichts auf sich. Ist es wirklich so schlimm? Woher weißt du das?«

»Hat mir vorhin mein Schulfreund berichtet, es soll ein Unterschlupf für allerlei Gesindel sein.«

»Ach, du, das möchte ich gern mal sehen, so ein bißchen was Grausliches. Es kann uns doch nichts passieren, ist heller Tag; und die Straßenbahn hält gar nicht weit von hier. Und deinen Tee bezahle ich natürlich.«

»Gott, wie nobel«, meinte Peter und schlenderte neben der Schwester den mit Bäumen eingefaßten Weg entlang zu dem Gasthof hinüber.

Glorias Augen spähten voraus, sie sah aber Huby noch immer nicht. Sonst hätte sie ihm ja ein Zeichen geben können.

Aber als sie das sogenannte Gastzimmer betraten, stand Huby am Schanktisch und goß gerade einen Likör hinunter. Als er sich umwandte, erkannte Peter ihn sofort wieder. Aber Gloria rief laut zu dem Wirt hinüber: »Bitte, zwei Tee, für meinen Bruder und mich.«

So, dachte Peter befriedigt, jetzt hat sie ihm auf schlaue Weise zu wissen getan, daß ich ihr Bruder bin und daß er Haltung und Abstand wahren muß. Wenn er mich jetzt als den Attentäter auf seinen Fuß von neulich erkennt, dann riecht er vielleicht Lunte, daß der Fußtritt nicht ganz zufällig war.

Aber Huby sah sich Glorias Begleiter gar nicht so genau an und verschwand, um über dem Gang drüben das kleine Zimmer aufzusuchen, wo er sich mit Gloria hatte treffen wollen.

Dort schrieb er rasch einen Zettel, den er Gloria durch den gewitzten Wirt heimlich zustecken lassen wollte.

Gloria aber sagte zu Peter ganz lässig:

»Siehst du, das kann keine Spelunke sein; hast du eben den vornehmen, eleganten Herrn gesehen, der am Schanktisch stand?«

Peter zuckte die Achseln.

»Ach, der hat im Vorbeigehen wohl nur einen Schnaps getrunken, oder er sucht hier ein kleines Abenteuer. Das soll es hier auch geben. Ich sagte dir doch, mein Schulfreund hat mir allerlei Lichter aufgesteckt. Laß dir ja nicht einfallen, mal allein hierherzugehen. Es wäre um deinen guten Ruf geschehen, sobald dich jemand hier sehen würde!«

Das wußte Gloria selbst sehr genau, aber sie wußte auch, daß man hier vor jeder Nachforschung sicher war, und das war ihr und Huby die Hauptsache. Sie war nun ein wenig ruhiger, denn Huby wußte jetzt wenigstens Bescheid. Was er nun wohl tun würde? Es war doch gar zu ärgerlich, daß Peter ausgerechnet hier draußen Insekten oder irgendwelches Gewürm gesucht hatte. Sie bezweifelte das nicht einmal. Auf den Gedanken, Peter könnte ihr nachspüren, kam sie gar nicht. Dazu erschien er ihr zu dumm. Sie hatte ja keine Ahnung, was für Werte in Peter steckten, niemand in der Familie wußte davon – nur Richard hatte seinen jungen Freund richtig eingeschätzt.

Der Tee war übrigens schauderhaft, auf Qualität gab man hier nichts. Wozu auch? Die hier verkehrenden Gäste achteten auf dergleichen nicht. Selbst Peter verschmähte ihn und erklärte ihn unverblümt als »elendes Gesöff«.

»Wie dir davon besser werden soll, begreife ich nicht«, sagte er.

Sie machte ihm ein Zeichen, er möge schweigen, denn jetzt spielte sich der Wirt in ihre Nähe. Sein Benehmen erschien Peter etwas auffällig, und er ließ ihn nicht aus den Augen. Der Wirt brachte jetzt ein Päckchen mit Zigaretten herbei.

»Vielleicht Zigaretten gefällig?« fragte er, Gloria ein Zeichen gebend.

Diese verstand aber nicht, weshalb der Wirt mit den Augen zwinkerte. Sie meinte, er wolle sie veranlassen, das Zimmer zu verlassen, um draußen mit Huby zusammenzutreffen. Aber um den Wirt bei guter Laune zu erhalten, kaufte sie ihm die Zigaretten ab. Als er Tee und Zigaretten von Gloria bezahlt bekam, zwinkerte er ihr abermals verstohlen zu, aber Gloria verstand auch jetzt noch nicht, was das Zwinkern bedeuten sollte. Sie wäre gern unter einem Vorwand hinausgegangen, um einen Augenblick in das kleine Zimmer zu schlüpfen, wo sie Huby glaubte. Aber Peter wäre imstande gewesen, sie zu begleiten, und das mußte unter allen Umständen vermieden werden.

Der Wirt entfernte sich wieder. Peter, der viel klüger war als Gloria, streckte seine Hand nach dem Kästchen aus.

»O fein, Gloria, da du heute die Spendierhosen anhast, werde ich mir eine von diesen Zigaretten genehmigen. Erlaubst du?«

»Himmel, du wirst ja höflich! Selbstverständlich erlaube ich.«

Schon hatte Peter das Päckchen geöffnet. Es fiel ihm auf, daß die Zigaretten in der obersten Reihe nicht so glatt geordnet waren, wie das sonst der Fall ist bei einer unangebrochenen Schachtel. Und seine Luchsaugen hatten schnell entdeckt, daß eine Zigarette etwas dicker war als die anderen. Mit sicherem Griff wählte er gerade diese und erkannte, daß das oberste Papier sich ein wenig aufrollte. Schnell löste er es unter dem Tisch ab, ohne daß Gloria etwas gemerkt hatte. Immer noch sah sie zu dem Wirt hinüber, der ihr nach wie vor Zeichen mit den Augen machte. Peter gab sich den Anschein, als suchte er nach Streichhölzern; tat es, um den Zettel unauffällig wegstecken zu können. Alsdann klopfte er sachgemäß mit der Zigarette auf den Tisch und brummte:

»Verdammt, ich habe kein Feuer.«

Da nahm Gloria aus ihrem Handtäschchen ein winziges Feuerzeug, ließ, selbst ebenfalls eine Zigarette nehmend, das Feuer aufflammen und setzte die beiden Zigaretten in Brand. Dabei nickte sie unbemerkt dem Wirt zu, als wollte sie ihm sagen, sie habe verstanden, daß er ihr eine Botschaft habe bringen wollen. Der Wirt glaubte, sie sei im Besitz der Zigarette, um die Huby den Zettel gewickelt hatte, und gab sich zufrieden.

Nach einer Weile brachen Gloria und Peter auf. In dem schmalen Hausgang sagte Gloria laut:

»Warte einen Augenblick, Peter, ich will sehen, ob es hier eine Toilette gibt, in der ein Spiegel ist.«

»Nee, nee«, erwiderte Peter, »ich lasse dich hier nicht einen Augenblick aus den Augen. Hier ist mein Taschenspiegel, der wird genügen, um deine Schönheit zu überprüfen. Ist übrigens gar nicht nötig, alles in Ordnung. Und die Lippen brauchste dir auch nicht schon wieder anzuschmieren.«

Gloria mußte die Segel streichen, aber sie sagte sich, Huby würde sicherlich das Gespräch – es wurde sehr laut geführt – verstanden haben. Sie zweifelte nicht daran, daß er noch in dem kleinen Zimmer war. Peter ließ sie ganz weltmännisch vorangehen und atmete auf, als er sich wieder mit ihr im Freien befand.

Richard, das war ich dir schuldig – und ich werde jetzt auf Gloria aufpassen wie ein Luchs. Wenn nur die verflixte Schule nicht wäre! So dachte der brave Peter, während er neben seiner Schwester einherging wie ein guter Wachhund. Ab und zu fühlte er verstohlen nach dem Zettel, den er in seine Westentasche gesteckt hatte.

Was darauf stand, sollte sein weiteres Tun bestimmen.

Peter und Gloria kamen gerade bei der Straßenbahn an, als diese abfahrbereit war. Peter sah scharf zu dem Fenster hinüber, wo er neulich durch den Leinenvorhang gespäht hatte, und ihm war, als bewegte sich dieser leicht. Er hatte richtig gesehen. Huby stand dahinter und sah den Geschwistern mißgestimmt nach. Er hatte gerade heute Wichtiges mit Gloria besprechen wollen. Nun war der dumme Bengel dazwischengekommen, wer weiß, durch welchen Zufall. Aber der Wirt hatte ihm ja gesagt, daß das junge Fräulein die Zigarette an sich gebracht haben müßte, denn sie habe ihm zugenickt.

Daß auch der Junge sich eine Zigarette genommen hatte, verschwieg er lieber, das war ja auch nicht wichtig. Um so mehr, als der Junge seine Zigarette sofort angezündet und aufgeraucht hatte, und zwar in Eile, wie Anfänger eben mit einer Zigarette fertig werden.

So war Huby beruhigt. Gloria hatte sicherlich seine Nachricht erhalten, und sie würden ein andermal hier zusammentreffen.

Gloria berichtete ihrer Mutter über den Besuch bei Grete Keller und fügte hinzu, daß sie Peter getroffen und ihn zu einer Tasse Tee eingeladen habe. Wo und wie diese Begegnung stattgefunden hatte, verschwieg sie, und Peter ebenfalls. Die Mutter schimpfte ein wenig über die Verschwendung. Tee hätten sie doch auch zu Hause bekommen können und nicht das teure Geld dafür auszugeben brauchen. Aber auf solche Worte der Mutter hörte Gloria überhaupt nicht. Sie hoffte nun, da sie von Huby keine Nachricht erhalten hatte, daß er morgen anrufen würde. Sie wollte gut aufpassen, damit sie sein Gespräch nicht verfehlte.

Peter stand inzwischen in seinem und des Bruders engem Schlafzimmer und war froh, daß Franz nicht zu Hause war. Er hatte seine Schulmappe auf den kleinen Tisch geworfen und zog nun den Zettel aus der Westentasche. Darauf stand:

»Scheußliches Pech! Wie kommt Dein Bruder hier heraus? Also morgen um dieselbe Zeit hier am selben Ort.   H.«

Peter fuhr sich durchs Haar. Also H. hieß der Laffe. Sicher Hans oder so ähnlich. Na warte, ich werde dir schon deine Gelüste auf meine Schwester austreiben!

Auf Richards Braut, du Schuft! Wenn ich dich doch zu Brei schlagen könnte!

Solche mordgierigen Gedanken hatte Peter. Aber er fühlte sich Richard gegenüber immerhin ein wenig gerechtfertigt und beschloß, Gloria auch am anderen Tag irgendwie von einem Zusammentreffen mit dem Laffen abzuhalten. Denn wenn diese den Zettel auch nicht gelesen hatte, vielleicht bekam sie die Botschaft noch einmal auf anderem Wege.

Doch das sollte ihm nicht gelingen. Huby rief wirklich am anderen Vormittag an, als Frau Lindner gerade Einkäufe machte. Der Vater war im Amt und die Brüder auf dem Gymnasium und in der Universität. Als Gloria von dem um die Zigarette gewickelten Zettel hörte, erschrak sie.

»Ich habe ihn nicht bekommen, Huby!«

»Das ist ja reizend! Dann hat ihn dein Bruder!«

»Ach, den hat er zusammen mit der Zigarette geraucht, sonst hätte er ihn mir bestimmt gezeigt. Aber weißt du was, Huby, wir dürfen uns in Zukunft immer nur dann treffen, wenn der Bengel in der Schule ist. Es könnte ja sein, daß er den Zettel gelesen hat und uns nachspürt. Er ist durchaus dazu imstande, denn er mischt sich gern in anderer Leute Angelegenheiten.«

»Nun gut, Schätzchen, dann sehen wir uns während seiner Schulstunden. Wann also morgen? Ich habe Sehnsucht nach dir.«

»Ich auch nach dir, Huby. Warte – morgen hat er von acht bis eins und nachmittags von zwei bis vier Unterricht.«

»Dann verlegen wir unsere Zusammenkünfte einfach

auf die Vormittage, da ist er bestimmt immer in der Schule.«

»Außer in den Ferien.«

»Und kannst du dich vormittags frei machen?«

»Eigentlich besser als nachmittags, denn vormittags ist nur Mutter zu Hause. Der kann ich schon etwas vormachen.«

»Gut, Schätzchen, also morgen vormittag. Um welche Zeit?«

»Ich werde um zehn Uhr draußen sein.«

»Gut, ich erwarte dich, habe dir viel zu sagen und – Sehnsucht nach dir. Auf Wiedersehen also.«

So kam es, daß Peter am Nachmittag vergeblich auf dem Posten war. Er freute sich sehr, ein erneutes Zusammentreffen vereitelt zu haben, und ahnte nicht, daß dieses bereits vormittags stattgefunden hatte.

Huby und Gloria hatten miteinander ausgemacht, sich nicht mehr in dem kleinen Gasthaus zu treffen. Peter konnte irgendwelchen Verdacht geschöpft haben, und sie mußten auf alle Fälle vorsichtig sein.

Darum machte Meining den Vorschlag, er wolle irgendwo ein Zimmer mieten, wo sie sich ungestört treffen könnten und wo sie auf niemand Rücksicht zu nehmen brauchten. Gloria war verblendet genug, darauf einzugehen, und wenige Tage später, als sie mit Huby – scheinbar zufällig – bei Mona zusammentraf und sie einige Minuten allein waren, flüsterte er ihr zu, daß er etwas Passendes gefunden habe. Ein hübsches, einfaches Zimmer mit eigenem Eingang, wo sie von niemandem gesehen würden. Im Hause wohnte auch eine Modistin, diese könnte schlimmstenfalls als »Deckmantel« benützt werden.

Gloria hatte freilich einige Hemmungen zu überwinden. Die ehrsame Beamtentochter kam wieder einmal zum Vorschein; aber Huby schwor ihr die heiligsten Eide, daß sie unbesorgt kommen könnte, er wollte sie ja nur ungestört sprechen und nicht bei jedem Kuß erschrecken müssen, wenn sich etwas regte. Die Spelunke da draußen sei doch im Grunde eine Zumutung für sie gewesen. Das von ihm gemietete Zimmer liege ebenfalls in einem abgelegenen Stadtteil, und sie könnte sich ihm unbesorgt anvertrauen.

Da siegte wieder die Lust an Heimlichkeiten und Abenteuern bei ihr, und sie versprach, sich in Zukunft dort mit ihm zu treffen. Seine alte Wohnung behielt er selbstverständlich bei. Er brauchte jetzt nicht so ängstlich zu sparen, wenngleich ihm der Zugriff in die Kasse seiner Braut verschlossen war. Das würde nach der Hochzeit alles anders werden.

Gloria teilte ihm alsdann ihren Hochzeitstag mit, und Huby bekam einen Eifersuchtsanfall. Er gönnte diesem Richard Römer Glorias Besitz nicht. Sie fühlte sich dadurch sehr geschmeichelt und beruhigte ihn mit zärtlichen Küssen.

»Ich liebe doch nur dich, Huby, und ich muß es ja auch ertragen, daß du mit Mona auf Hochzeitsreise gehst.«

Er hätte sie ja nun beruhigen können mit dem Hinweis, daß zwischen Mona und ihm an eine wirkliche Ehe nicht gedacht werden könne und daß zwischen ihnen weder jetzt noch später Zärtlichkeiten getauscht werden sollten; aber das ließ seine Eitelkeit wiederum nicht zu. Eingestehen zu müssen, daß er auf diese Frau, die doch *seine* Frau werden sollte, keinerlei Rechte besitzen, daß sie ihm dauernd kalt und unnahbar gegenüberstehen würde, das brachte er nicht fertig. Er sagte lässig:

»Auf Mona brauchst du wirklich nicht eifersüchtig zu sein, sie ist, gottlob, eine sehr kühle Natur und wird mich niemals zur Liebe entflammen. Anders ist es schon mit deinem künftigen Mann, der sieht durchaus nicht entsagungsvoll aus.«

»Ach, Huby, es kommt doch immer auf die Frau an, ich werde ihn mir schon vom Leibe halten. Und – lange werden ja unsere beiden Ehen hoffentlich nicht bestehen.«

So war denn zwischen diesen beiden gewissenlosen Menschen die nötige Klarheit geschaffen.

Sie trafen sich in Zukunft, wenn sie sich sprechen wollten, in dem von Huby gemieteten Zimmer, und dort kümmerte sich wirklich kein Mensch um sie.

Peter war eine ganze Weile glücklich in dem Gedanken, daß Gloria vernünftig geworden sei und nicht wieder mit dem »Laffen« zusammengetroffen wäre. Und wenngleich sein Gewissen Richard gegenüber noch nicht ganz frei geworden war, ein wenig besser ging es doch damit. Trotzdem beobachtete er Gloria, sooft er konnte. Er entdeckte jedoch nichts, denn sie traf sich mit ihrem Freund nur noch vormittags, wenn Peter in der Schule war.

Auf diese Idee kam Peter nicht. Er glaubte vielmehr, in den Morgenstunden könnte die Schwester nicht von daheim fort. Auch der »Laffe«, meinte er, würde dann wohl keine Zeit haben.

Ein paarmal traf das Pärchen sich auch abends, aber

dann war es nicht schwer, den Besuch eines Kinos oder Theaters vorzuschützen. Zudem war Peter dann ans Haus gefesselt.

Der Junge büffelte, was er konnte, um Ostern versetzt zu werden. Er nahm es ernst und schenkte sich nichts.

So brachte er wirklich ein viel besseres Zeugnis nach Hause als früher. Richard sollte mit ihm zufrieden sein, das war sein Ehrgeiz. Und jedesmal, wenn dieser ihm mit einem guten Lächeln über den Kopf strich, dann war ihm zumute, als habe er einen Orden bekommen. Aber gerade deshalb quälte es ihn ganz besonders, daß er diese eine schlimme Heimlichkeit vor Richard haben mußte. Das war aber nicht zu ändern, und er konnte nur hoffen, daß Gloria es aufgegeben hatte, ihre leichtsinnigen Streiche zu machen. Er konnte nicht begreifen, daß man einen Mann wie Richard hintergehen konnte, zumal mit einem solchen »Zierbengel«. Der war ihm einfach ein Greuel. Wenn er nur gewußt hätte, wer er war und wo er wohnte, dann hätte er ihm wenigstens ab und zu einen Streich spielen können.

12

Für Mona vergingen die beiden Monate bis zu ihrer Hochzeit in quälender Eintönigkeit und dennoch viel zu schnell. Je näher sie Hubert Meining kennenlernte, desto weniger gefiel er ihr. Sie hatte immer wieder versucht, wenigstens in ein geistiges Verhältnis zu ihm zu kommen, aber dabei machte sie zu ihrer Verwunderung die Entdeckung, daß sein Wissen ein sehr beschränktes und sein Stil für einen Schriftsteller recht schlecht war. Diese Erkenntnis gewann sie freilich nicht übermäßig schnell, denn solange es ging, behalf Hubert sich mit Gemeinplätzen, mit allerlei Phrasen und Aufgelesenem. Er versuchte, sie, so gut es ging, über seine geistigen Fähigkeiten im unklaren zu lassen. Wenn sie irgendein tiefgründiges Thema mit ihm diskutieren wollte, fing er gleich an, ihr von seiner Liebe vorzuschwärmen und sie abzulenken.

Ihn vollkommen zu erkennen, wie es nötig gewesen wäre, um das Ausmaß ihrer Torheit einzusehen, fehlte es an Zeit, denn es gab vor der Hochzeit noch allerlei zu regeln, und dann mußte Mona auch mit ihren Direktoren vorarbeiten für die Zeit ihrer Abwesenheit.

Hubert konnte einfach nicht verstehen, wie sie sich freiwillig stundenlang sehr ernst und eingehend an ihrem Schreibtisch beschäftigen konnte, dazwischen mit ihren leitenden Angestellten über allerlei wichtige Fragen telefonierte und diese und jene Auskünfte verlangte. Einmal, als er sich zufällig eine Weile in ihrem Arbeitszimmer aufhielt, konnte er nicht unterlassen zu sagen:

»Warum arbeitest du nur so fleißig, Mona, dazu sind doch deine Leute da?«

Sie sah mit großen Augen zu ihm auf.

»Möchtest du ganz ohne Arbeit leben, Hubert?«

Er merkte, daß er sich vergessen hatte, richtete sich stolz auf und sagte wichtig:

»Ja, ich? Ich bin doch ein Mann. Aber wie eine Frau

sich freiwillig in eine solche Fron begeben kann, das verstehe ich nicht.«

»Für mich ist Arbeit keine Fron, sondern eine Freude.«

Das war ihm völlig unverständlich, denn er liebte die Arbeit durchaus nicht, sondern ging ihr weit aus dem Weg.

»Ich möchte dich viel lieber nur als Frau anbeten, Mona, nicht als Besitzerin deiner Werke.«

Sie zuckte die Achseln.

»Auf Einsichtnahme in die Bücher hätte ich nicht einmal verzichtet, wenn ich einen Mann heiraten würde, der mich in allen geschäftlichen Dingen vertreten könnte. Da du aber der Leitung der Werke ganz fernstehst und sicherlich als Schriftsteller viel besser deinen Mann stehen wirst, mußt du dich schon darein finden, daß ich die mir obliegenden Pflichten erfülle. Es macht mir außerdem Freude.«

»Dann will ich dich selbstverständlich nicht davon abhalten. Mein beschwingter Geist könnte sich niemals an eine so nüchterne Tätigkeit gewöhnen, das wirst du verstehen.«

Diese Unterredung fand statt, als Mona noch nicht angefangen hatte, an seinem »beschwingten Geist« zu zweifeln. Und so sagte sie ruhig:

»Ich kann dich schon verstehen, Hubert, und du sollst dich auch nicht zu einer nüchternen Tätigkeit zwingen. Ich erwarte Schöneres und Größeres von dir als von einem Buchhalter oder Kaufmann. Ich werde mir aber immer Mühe geben, dir auf deinem geistigen Höhenflug folgen zu können, auch wenn ich mich nebenher in einer nüchternen Sphäre bewege. Im übrigen – das ist eben der Unterschied – finde ich meine Tätigkeit durchaus nicht nüchtern. Ich betrachte auch diese vom idealen Standpunkt aus.«

»Wie willst du eine solche Rechenarbeit vom idealen Standpunkt auffassen, süße Mona? Ich bin einfach eifersüchtig auf deine Arbeit, die dir so viel Interesse abnötigt, daß für mich kaum Zeit übrigbleibt.«

»Das wirst du kaum noch merken, wenn du erst selbst ernsthaft an einem großen Werk arbeitest. Dabei werde ich dich niemals stören.«

Das war aber keineswegs nach seinem Sinn. Er wünschte sehnlichst, daß die Hochzeit erst vorüber wäre, damit er einen anderen Ton anschlagen konnte.

Je näher der Zeitpunkt der Vermählung heranrückte, desto beklommener wurde Mona zumute, denn sie entdeckte mancherlei, wenn auch nichts Gravierendes, was sie gegen Hubert einnehmen wollte. Sie zwang sich, es zu übersehen; es war ja doch nicht mehr zu ändern. Jetzt, so nahe vor dem Hochzeitstag, konnte man nicht mehr von der Verlobung zurücktreten. Es hätte ja auch keinen Zweck, man mußte sich eben damit abfinden, und zum Glück hatte sie Huberts Versicherung, daß er ihre Einstellung zu dieser Ehe streng achten würde. Es fiel ihr allerdings auf, daß er, je weiter die Zeit voranschritt, um so weniger von seiner Liebe zu ihr redete. Darüber war sie im Grunde froh. Sie war zu klug, um nicht zu merken, daß es ihm mit dieser Liebe gar nicht besonders ernst war. Er glaubte wohl nur, ihr damit zu schmeicheln, wenn er ihr glühende Liebesworte zuflüsterte. Und mehr und mehr erkannte sie, daß auch bei ihm, wie bei so vielen Bewerbern um ihre Hand, hauptsächlich die Geldfrage wichtig gewesen war. Diese Erkenntnis wurde ihr immer gewisser, aber sie fühlte sich dadurch erleichtert; und wenn er jetzt noch zuweilen seine Liebesworte hervorstammelte, hob sie ruhig abwehrend die Hand und sagte:

»Laß das Hubert, du brauchst dich nicht weiter zu bemühen und mich nicht mit Liebesschwüren zu unterhalten – ich lege ebensowenig Wert darauf wie du; und wie unser gegenseitiges Verhältnis eingestellt sein wird, ist es ja auch gut, wenn wir uns gegenseitig nichts schuldig bleiben.«

Das war wenige Tage vor der Hochzeit. Hubert war das einesteils ganz lieb, andernteils aber fürchtete er, Mona nicht völlig in die Hand zu bekommen, wenn sie so kühl und ablehnend blieb. Er nahm sich daher vor, nach der Hochzeit ihre abwehrende Haltung nicht mehr gelten zu lassen. Es müßte doch mit dem Teufel zugehen, wenn es ihm nicht gelingen sollte, ihre Kühle in flammende Leidenschaft zu verwandeln. Er wollte auch seiner Eitelkeit damit Genüge tun. Keine Frau sollte sich rühmen dürfen, ihm widerstehen zu können.

Nur jetzt wollte er sich noch zurückhalten. Befanden sie sich erst auf der Hochzeitsreise, wo sie ohnedies aufeinander angewiesen sein würden, dann sollte es nicht lange dauern, bis er sie bezwungen hatte. Es war ja völliger Unsinn, wie sie sich ihre Ehe dachte. Zudem konnte er dann nicht so, wie er es wünschte, an ihr Vermögen herankommen.

Diese kühle, wenn auch freundlich abwehrende Haltung gab ihr zuviel Überlegenheit, und das paßte ihm durchaus nicht. Im Grunde war er bei aller Weichlichkeit ein brutal veranlagter Mensch, und wenn er daran dachte, wie er Mona »kleinkriegen wollte«, dann flakkerte es gefährlich in seinen Augen.

Von all diesen Gedanken und Wünschen ihres Verlobten hatte Mona keine Ahnung. Sie nahm an, daß er sich wegen ihrer Verlobung Geld geliehen hatte. Jetzt war sie zu feinfühlig, um davon zu sprechen, waren sie aber erst verheiratet, dann wollte sie ihm sagen, er möge ihr die Forderungen seiner Gläubiger nennen, damit seine Schulden beglichen würden. Dann sollte er für seine persönlichen Bedürfnisse eine feste Summe aus den Werken angewiesen bekommen. War sie bisher mit der Hälfte der für sie ausgesetzten Summe ausgekommen, so würde Hubert eben die andere Hälfte bekommen. Damit konnte er sich alle vernünftigen Wünsche erfüllen, und dadurch würde, wie sie meinte, der Fall erledigt sein.

Wie ganz anders dachte Hubert sich die Zukunft als Mann der Millionenerbin.

Und dann nahte die Hochzeitsfeier. Es waren wieder viele Menschen geladen worden, denn Mona hielt es für ihre Pflicht, sich als Besitzerin der Werke zu zeigen. Aber diesmal sollte das Fest nicht im eigenen Haus gefeiert werden, sondern in einem Hotel, dem ersten am Platz.

Die ganze Stadt hatte jetzt nur ein Gesprächsthema, und wer keine Einladung zu der kirchlichen Feier bekommen hatte, der nahm sich vor, wenigstens an der

Kirchentür etwas vom Glanz dieses Festes zu erspähen. Mona hätte am liebsten die kirchliche Einsegnung ihrer Ehe mit Hubert vermieden; denn sie erschien ihr wie eine Komödie. Aber sie wußte auch, daß sie in ihrer hervorragenden Stellung ein gutes Beispiel geben mußte: was sollte man von ihr denken, wenn sie ohne kirchliche Trauung heiratete? Das Herz war ihr freilich schon schwer genug, als sie am vorausgehenden Tag auf dem Standesamt mit ihrem neuen Namen als Mona Meining hatte unterzeichnen müssen. Es überlief sie kalt. Mona Meining. Wie seltsam sie das anmutete. Ihr war plötzlich, als sei Mona Falkner gestorben und eine Fremde stände an deren Stelle hier neben dem Mann, für den sie nichts empfand als nachsichtige Duldung.

Richard Römer und der erste Direktor der Werke waren ihre Trauzeugen. Richard sah sehr blaß und erregt aus, er konnte kaum seine Fassung bewahren. Ihm war, als müßte er Mona, während sie mit ihrem neuen Namen unterschrieb, von der Seite dieses Gecken wegreißen. Dieser stand mit seinem eitlen Lächeln neben Mona, und als sie unterzeichnet hatte, atmete er wie erlöst auf. Nun war Mona sein Eigentum, niemand durfte sie ihm jetzt wegnehmen. Er hatte nach deutschem Gesetz Herrenrechte über sie – so glaubte er wenigstens –, und was bisher ihr gehört hatte, gehörte nun auch ihm. Gottlob, er hatte es geschafft. Alles andere würde sich von selbst finden.

Richard aber war zumute, als habe er geholfen, die Frau, die ihm das Liebste und Teuerste auf Erden war, zu opfern. Er wußte, wie unerfahren sie in diese Ehe ging, in die Ehe überhaupt. Sie gehörte nicht zu den modernen Frauen, die schon vor der Ehe ihre Erfahrungen gemacht haben. Sie wußte auch gar nicht, was sie mit einer Ehe auf sich nahm, und Hubert Meining sah nicht aus wie ein Mann, der zarter Rücksichtnahme fähig war. Hätte er wenigstens gewußt, auf welcher Grundlage diese Ehe geschlossen worden war, dann hätte er sich vielleicht ein wenig beruhigt.

Er konnte Mona nach Schluß der standesamtlichen Feier nur stumm die Hand küssen; aber als seine Augen in die ihren trafen, zuckte Mona zusammen. Eine so tiefe Verzweiflung lag in seinem Blick, daß ihr war, als stürzte alles um sie herum zusammen. Was lag in diesem Blick? Und weshalb war Richard so furchtbar blaß, daß er wie ein Sterbender aussah? Ihr war, als hätte sie aufschreien und sich in seine Arme flüchten müssen. Das war nicht nur freundschaftliche Sorge, was aus seinem Blick sprach, das war doch – Nein – sie riß sich zusammen, sie durfte nicht denken, was sie meinte: daß es Liebe sei, die ihr aus Richards Blick verzweiflungsvoll entgegenleuchtete. Sie war wohl von Sinnen, daß sie seinem Blick eine solch unmögliche und unglaubliche Deutung geben wollte. Noch einmal sah sie zu ihm auf – und noch einmal traf ein sehnsuchtsvoller Blick in ihre Augen. Da brach Mona plötzlich kraftlos zusammen – sie wurde zum ersten Mal in ihrem Leben ohnmächtig.

Der ihr soeben standesamtlich angetraute Gatte sah eher erstaunt als erschrocken auf sie herab; aber noch ehe er alles begriffen hatte, hatte Richard die stille, leblose Gestalt emporgehoben, während der Standesbeamte eine Tür zu einem kleinen Zimmer öffnete.

»Legen Sie die Dame auf den Diwan – da hat schon

manche junge Frau ohnmächtig oder fassungslos erschöpft gelegen. Die vorhergehenden Aufregungen bedingen zuweilen nervöse Störungen«, sagte er dabei.

Richard bettete Mona auf den Diwan. Seine Zähne schnitten in seine Unterlippe, daß diese zu bluten begann. Er richtete sich auf und blickte umher. Da standen eine Flasche mit Wasser und ein Glas auf einem kleinen Tisch.

»Wasser!« rief er heiser dem Standesbeamten zu.

Dieser füllte ein Glas und reichte es Richard. Der junge Ehemann stand noch immer vollkommen fassungslos da und wußte nicht, was er anfangen sollte. Richard hätte ihn um keinen Preis an Mona herangelassen. Er kannte sie viel zu gut, um nicht zu ahnen, daß sie erkannt hatte, was er ihr in dieser leidgefüllten Minute verraten hatte. Aber nun war alles zu spät – sie hieß jetzt Mona Meining.

Richard benetzte ihre Stirn mit Wasser und kühlte ihre Augen.

»Soll ich einen Arzt rufen, Herr Römer?« fragte der Standesbeamte.

Richard riß sich zusammen.

»Nein – warten Sie – es – es ist wohl nur ein vorübergehender Schwächeanfall. Aber bitte – verlassen Sie mit Herrn Meining das Zimmer – es wird am besten sein, wenn sie, sobald sie zu sich kommt, niemanden sieht als mich, ihren alten Jugendfreund.«

So stieß Richard heiser hervor.

Hubert Meining ließ sich nur zu gern hinausführen – auf solche Vorfälle war er durchaus nicht eingestellt.

Richard dankte Gott, daß er wenigstens einige Minuten mit Mona allein sein durfte. Wieder kühlte er ihr die Stirn. Da atmete sie ganz tief und schlug die Augen auf.

Sie schaute sich um und gewahrte, daß sie mit Richard allein war. Da überflutete ihr Gesicht eine dunkle Röte, und sie sah groß und mit banger Frage in seine Augen, in diese geliebten, gütigen Augen, die jetzt nicht verbergen konnten, was in seinem Herzen vorging.

Sie erkannte abermals ganz deutlich: Er liebte sie – er liebte sie. Das konnte keine Täuschung sein, so sah ein Mann nur die Frau an, die er liebte, vielleicht in Qual und Verzweiflung – aber tief und innig.

Sie blickte unverwandt in seine Augen hinein und fragte leise: »Richard – ist es wahr?«

Er preßte seine Lippen auf ihre kalte Hand. Weiter gestattete er sich nichts. Aber er erwiderte tief und schwer: »Ja, Mona – ich liebe dich – nur dich; Gloria – das war eine Täuschung meiner Sinne.«

Da leuchtete es in ihren Augen auf, als sähe sie den Himmel offen. Und dann sagte sie leise:

»So helfe uns Gott, Richard – wir sind irregegangen. Auch ich liebe dich, nur dich, und floh in diese Ehe, um es dir zu verbergen.«

Er senkte seine Stirn auf ihre Hand.

»Ich kann dich diesem Mann nicht überlassen, Mona«, stieß er qualzerrissen hervor.

Sie strich leise und zart über seine Stirn.

»Nie werde ich ihm gehören – ich habe mit ihm vereinbart, daß wir nur nach außen hin als Eheleute gelten.«

Er hob das Gesicht zu ihr auf und sah sie an, als sei eine Last von seiner Seele gefallen.

»Ist das wahr?«

»Ich schwöre es dir, Richard – bei meiner Liebe. Und nun hilf mir auf – es ist nun zu spät, diese Erkenntnis kam leider zu spät. Du mußt auch an Gloria denken. Und – was auch kommt – Richard –, es ist ein herrliches, großes Glück für mich – daß ich weiß – du liebst mich.«

Er legte den Arm um sie und half ihr auf. Einen Moment lehnte sie sich an ihn und schloß die Augen.

»Es wäre auch viel zu schön gewesen – ein so großes Glück wäre kaum zu ertragen gewesen«, sagte sie leise, wie verträumt.

»Mona!«

Es rang sich wie ein Stöhnen aus seiner Brust.

Sie versuchte, ihn anzulächeln, und sah anbetungswürdig dabei aus.

»Laß uns stark sein, Richard, damit du mir wenigstens Freund bleiben darfst. Vergiß das nicht – als solchen brauche ich dich –, mehr dürfen wir uns nun nie mehr sein als gute treue Freunde. Und wenn wir auch diese Stunde nie vergessen werden – nie vergessen wollen, sie soll uns nicht niederzwingen –, ich gehe dennoch reich aus diesem bescheidenen Zimmer, das mir eine Königshalle sein müßte. Komm – laß uns gehen – und habe Dank – daß du dich eine Minute vergessen konntest – mein Leben wäre sonst zu arm gewesen. Jetzt ist es reich, trotz allem. Und nun nie mehr ein Wort davon – wir erfüllen unsere Pflicht und bleiben uns selbst treu.«

Wie gern hätte er ihre Lippen mit den seinen berührt – nur ein einziges Mal –, aber er wußte, das durfte er nicht tun – sie hätte es nicht ertragen. Er mußte stark sein, ihretwegen.

Nur ihre Hand küßte er noch einmal mit Inbrunst und Zärtlichkeit.

»Verzeih mir – daß ich zu spät erkannte, was du mir bist.«

Ein hinreißendes Lächeln verklärte ihr Gesicht.

»Daß du es nun erkannt hast – wenn auch spät –, zu spät war es dennoch nicht. Ich nehme ein stilles, reines Glück mit mir – und der andere wird mir nie etwas sein, das schwöre ich dir. Komm, Richard – wir dürfen die anderen nicht länger warten lassen.«

Er reichte ihr den Arm, während er noch einmal ihren Namen flüsterte wie ein Gebet.

Draußen im Vorzimmer standen Hubert Meining und der Standesbeamte, etwas abgesondert von einigen Paaren, die sich ebenfalls standesamtlich trauen lassen wollten.

Mona reichte mit einem blassen Lächeln dem Standesbeamten die Hand.

»Hoffentlich habe ich Sie nicht erschreckt, lieber Herr? – Ich weiß selbst nicht, wieso mich diese Schwäche überkam.«

»Wenn sie nur vorüber ist, verehrte gnädige Frau. Gestatten Sie, daß ich Ihnen Glück wünsche zu Ihrer Vermählung.?«

Er küßte ihr die Hand. Richard trat ein wenig zurück und kämpfte heldenhaft um seine Fassung. Hubert Meining reichte nun seiner Frau den Arm.

»Auch mich hast du sehr erschreckt, Mona; ich war so fassungslos und verwirrt, daß ich gar nicht wußte, was ich mit dir anfangen sollte. Ein Glück, daß Herr Römer dabei war, der dir gleich helfen konnte.«

»Ja, es war ein großes Glück, daß er da war, ein sehr großes Glück, er hat mir wunderbar geholfen.«

Richard wußte, daß diese Worte für ihn bestimmt waren. Noch immer kämpfte er mit dem Verlangen, Hubert Meining von Monas Seite zu reißen. Er fragte sich, ob es nicht vielleicht das beste sei, sie an sich zu ziehen und mit ihr die Flucht zu ergreifen, irgendwohin, wo er ungehindert mit ihr hätte glücklich sein können. Aber er sagte sich, als er nun hinter ihr und Meining herging, daß weder Mona die Frau, noch er der Mann war, sich ein Glück zu stehlen. Langsam gewann er seine Fassung wieder. Seine Augen hingen aber unverwandt an der vor ihm einherschreitenden Mona.

Die beiden Trauzeugen waren schon vorher von dem jungen Paar zum Frühstück eingeladen worden; aber Mona bat, sich zurückziehen zu dürfen, sie mußte, *mußte* jetzt um jeden Preis allein sein, um in sich ausklingen zu lassen, was sie bewegte. Sie bat die Herren, allein zu frühstücken, und sagte ihrem Mann, er möge sie für den Rest des Tages sich selbst überlassen, sie müsse sich für morgen frischhalten, da das morgige Fest sehr anstrengend für sie sei. Er möge nach Belieben über diesen Tag verfügen.

Auch Richard verabschiedete sich von Mona und meinte, er wolle nicht stören, sie sollte keine Rücksicht nehmen müssen auf ihre Gäste. Es sei ihm ganz lieb, sich zurückziehen zu dürfen.

Wie gut verstand das Mona. Sie reichte ihm die Hand, die er mit krampfhaftem Druck umschloß. Ansehen konnten sie sich nicht dabei, da sie ihre Fassung nicht verlieren wollten.

Hubert Meining führte Mona die Treppe zu ihren Zimmern hinauf, kam aber gleich wieder herunter. Richard hatte sich schon entfernt. Hubert nahm nun mit dem Direktor ganz vergnügt das vorzügliche Frühstück ein; er war sehr guter Laune, und die Ohnmacht seiner Frau nahm er nicht weiter wichtig. Um so mehr das, den Direktor vorsichtig nach Monas Vermögensverhältnissen auszuforschen. Dieser aber konnte Meining nicht leiden, er begriff nicht, daß seine junge Herrin auf diesen faden Kerl »hereingefallen« war, und so brachte Meining zu seinem Ärger keine Silbe aus ihm heraus, die ihm irgendeinen Aufschluß hätte geben können. Das erboste Hubert sehr, und er nahm sich vor, dem ungefälligen Herrn Direktor das Leben ein wenig schwerzumachen. Jetzt als Monas Mann war er doch sozusagen der Herr der Falkner-Werke, und wer ihm nicht paßte, der wurde schleunigst an die Luft gesetzt. Das stand fest – dieser hier würde einer der ersten sein, der seines Postens enthoben wurde.

Das Frühstück wurde ziemlich rasch eingenommen, und der Direktor entfernte sich. Auch Hubert entschloß sich, diesen unerwartet freien Tag noch gut zu nutzen; er konnte sich ja Gloria bestellen und mit dieser seinen Polterabend feiern. Er verabschiedete sich also von Frau Richter, sagte ihr, wie sehr er sich um seine Frau sorge und daß sie unbedingt Ruhe haben müsse, damit sie morgen frisch wäre. Man solle sie auf keinen Fall stören. Frau Richter versprach das, sah ihm aber mit sonderbaren Blicken nach und dachte: Wenn ich den hätte heiraten sollen, wäre ich bestimmt ebenfalls in Ohnmacht gefallen. Ich verstehe nicht, daß meine junge Herrin diesen minderwertigen Kerl hat zum Mann wählen können. Als Mona in ihrem Zimmer allein war und die Türen hinter sich abgeschlossen hatte, fiel sie, wie aller Kraft beraubt, auf ihr Bett. Schauer rannen über ihre Glieder. Sie dachte an Richards Augen, an den Ausdruck qualvoller Liebe, mit dem er sie angesehen hatte. Ein tiefer Seufzer hob ihre Brust. Und sie flüsterte in die Falten ihres Kleides hinein:

»Richard! Richard – wie blind waren wir! Ich ebenso wie du!«

Aber etwas Großes, wunderbar Schönes hatte sie sich doch gerettet aus dieser Stunde der Erkenntnis und des Zusammenbruchs – die Gewißheit seiner Liebe. Mona glaubte, nunmehr alles leicht ertragen zu können, sie redete sich das wenigstens ein. Sie war doch wirklich unsagbar reich geworden in den wenigen Minuten in dem kleinen unscheinbaren Amtszimmer. Reich genug, um sich heimlich glücklich fühlen zu können. Und würden Richard und sie sich auch niemals gehören dürfen, sondern gehalten sein, ganz ihrer Pflicht zu leben, die sie unbedacht auf sich genommen hatten – eines würden sie immerhin für allezeit voneinander wissen: daß sie sich liebten, daß ihnen kein Mensch teurer sein würde, als sie es sich waren. Sie wußte nun auch, warum sie an ihrem Verlobungsfest durch Richards Worte so aufgeregt worden war. Wäre sie nicht total verblendet gewesen, dann hätte sie schon damals erkennen müssen, daß es Liebe war, was ihn bewegte, und nicht nur Sorge.

Sie wußte jetzt genau, daß er Gloria in einem Rausch seiner Sinne ins Netz gegangen war. Sie kannte ihn doch, wie er sie kannte, und hätte sich sagen müssen, daß Richard niemals eine Frau wie Gloria wirklich lieben konnte. Ach, wenn sie das damals so sicher gewußt hätte, wie sie es heute wußte. Freilich – Richard würde Gloria niemals darunter leiden lassen, daß er sich geirrt hatte. Er war ein Ehrenmann durch und durch; stets bereit, die Folgen seiner Handlungsweise auf sich zu nehmen. Hätte sie früher klargesehen, würde sie sich niemals das Joch aufgeladen haben, das jetzt ihre Schultern drückte.

Jetzt mußte sie Hubert Meining ertragen und für immer neben sich dulden. Das würde schwer werden, viel schwerer, als sie geglaubt hatte. Wie gut wenigstens, daß sie ihm sofort gesagt hatte, daß sie einen anderen liebte und nur dem Namen nach seine Frau werden wollte. Wie gut auch, daß sie nun schon längst erkannt hatte, daß es nicht Liebe war, was Meining zu ihr geführt hatte. Ihn hatte nur ihr Vermögen angelockt, und er gedachte, wie sie ihn jetzt erkannt hatte, ein bequemes Genießerleben in ihrem Haus und wohl auch außer Haus zu führen. Aber sollte er! Was ging Hubert Meining sie noch an. Er war nichts für sie als ein gleichgültiges – seit heute sogar höchst überflüssiges Etwas, das sie oft genug stören würde.

Aber geschehen war geschehen, und allem, was sich nicht mehr ändern ließ, hatte sie seit jeher tapfer die Stirn geboten. Wenn sie nur die kirchliche Trauung für morgen absagen könnte! Es erschien ihr geradezu wie ein Frevel, daß sie diese Ehe kirchlich einsegnen ließ. Wie konnte sie nur darum herumkommen? Sie grübelte darüber nach, machte Pläne, verwarf sie und machte neue. Eines aber wurde ihr mit jeder Minute klarer. Sie konnte unmöglich mit diesem Mann vor den Altar treten, konnte ihm vor Gott nicht schwören, daß sie ihn lieben und ihm vertrauen wollte, »bis daß der Tod euch scheide«. Dort auf dem Standesamt – da war alles so gewesen, als wenn ein geschäftlicher Vertrag unterzeichnet wurde – das hatte sie tun können; aber nun – nachdem sie in Richards Augen gelesen, was sie vor Glückseligkeit kraftlos zu Boden sinken ließ, nachdem seine Seele und die ihre sich in dem kleinen düsteren Bürozimmer vermählt hatten – nein –, nun konnte sie nicht mehr mit Hubert Meining vor den Altar treten.

Das würde allerdings viel Staub aufwirbeln, würde eine große Umstellung erforderlich machen – aber es mußte alles abgesagt werden – es mußte. Mit fiebernder Unruhe überlegte sie alles, und dann erhob sie sich entschlossen. Jetzt wußte sie, was zu geschehen hatte. Sie hatte bisher nie die Ausrede gebraucht, durch Krankheit an etwas verhindert zu sein. Das erschien ihr sündhaft. Jetzt zum ersten Mal mußte es geschehen. Es war das einfachste und unverfänglichste – wenn sie krank wurde, so krank, daß an eine kirchliche und gesellschaftliche Feier nicht zu denken war.

Eilig kleidete sie sich aus und klingelte. Ehe die Zofe eintrat, lag Mona schon im Bett. Erbarmungswürdig blaß sah sie aus, man würde ihr glauben, daß sie krank war, das hatte sie mit einem Blick in den Spiegel festgestellt.

Zu der Zofe sagte sie:

»Bitte, rufen Sie mir Frau Richter herauf, ich muß sie sprechen, denn ich fühle mich kränker, als ich glaubte.«

Das Mädchen sah sie erschrocken an. Eine Braut, die am Tag vor der Hochzeit krank wurde, das war doch sehr traurig. Aber ohne Widerrede eilte es hinunter und beorderte Frau Richter in Monas Schlafzimmer.

Als die alte Dame bei ihr eintrat, sagte Mona mit großer Mattigkeit, die auch durchaus nicht geheuchelt war:

»Liebe Frau Richter, ich fühle mich sehr, sehr schlecht. Daß ich auf dem Standesamt eine Ohnmacht bekam, war wohl der Vorbote einer Krankheit. Ich halte es für ausgeschlossen, mich morgen den Anstrengungen einer kirchlichen und gesellschaftlichen Feier auszusetzen. Es hilft nichts, wir müssen den Gästen, dem Herrn Pastor und allen sonstwie Beteiligten absagen.«

Bestürzt sah die alte Dame auf ihre blasse junge Herrin nieder.

»Aber, mein liebes, verehrtes Fräulein Falkner, das wird eine sehr unliebsame Überraschung geben.«

»Besser, als wenn ich während der Festlichkeit zusammenbreche. Es geht wirklich nicht! Ich habe meine letzte Kraft bei der standesamtlichen Trauung verbraucht und – das Wichtigste ist ja damit erledigt. Es werden unzählige Verbindungen geschlossen ohne kirchliche Einsegnung und ohne große öffentliche Feiern, es muß also auch in meinem Fall möglich sein. Krankheit entschuldigt alles.«

Frau Richter bewies, daß sie selbst ungewöhnlichen Geschehnissen gegenüber nicht die Fassung verlor. Vor allen Dingen, sagte sie sich, man dürfe die Kranke nicht aufregen. Außerdem hatte sie einen leisen Verdacht, daß es mehr war als nur eine leibliche Krankheit, was Mona zu diesem Schritt veranlaßte. Taktvoll wie immer sagte sie nur:

»Sie haben recht: Krankheit entschuldigt alles.«

»Ihnen muß ich dadurch eine große Last aufbürden, liebe Frau Richter, Sie müssen – wo es geht, telefonisch – den Gästen absagen. Teilen Sie ihnen mit, daß ich nach einer schweren Ohnmacht auf dem Standesamt krank geworden bin und von allem Weiteren absehen muß. Auch dem Herrn Pfarrer sagen Sie das.«

»Das werde ich nach der Liste auf der Stelle erledigen. Aber vor allem – das Hotel müßte unbedingt benachrichtigt werden?«

»Selbstverständlich, das zuerst. Und sagen Sie, daß man für bereits beschaffte Waren, soweit man sie nicht anderweitig verwenden kann, mir die Rechnung einsenden soll.«

»Und wie wird es mit dem Antritt der Hochzeitsreise?«

Mona strich sich über die schmerzende Stirn, sie fühlte sich wirklich nicht wohl.

»Die Abreise muß wahrscheinlich um einige Tage verschoben werden. Sobald ich wieder gesund bin, können wir ja das Versäumte nachholen. Sie bleiben bitte noch so lange bei mir, bis ich wieder heimkehre, wie ich das schon mit Ihnen vereinbart habe.«

»Und – wollen Sie Herrn Meining selbst von alldem unterrichten?«

Monas Gesicht rötete sich. Sie wagte es nicht, Frau Richter anzusehen.

»Nein, bitte nicht – ich möchte wirklich unbedingte Ruhe haben. Sagen Sie Herrn Meining – ich – ich meine, meinem Mann, denn das ist er ja bereits durch die standesamtliche Trauung – daß ich mich auch zu der Reise nicht gesund genug fühlte, ich hoffte aber, sie nicht zu lange aufschieben zu müssen.«

»Und – darf ich dem Herrn Pastor sagen, daß die kirchliche Trauung später stattfinden würde?«

Abermals wurde Mona rot und erwiderte leise:

»Ich – ja – ich werde vorläufig ganz darauf verzichten – sobald ich mich für die Reise kräftig genug fühle, werden wir aufbrechen – und – dann lassen wir vielleicht unterwegs in irgendeiner Kirche die kirchliche Trauung nachholen – ohne große Vorbereitungen. Ich möchte hier nicht das Versäumte nachholen. Sie wissen doch – ich bin hier zu bekannt, und es würde viele Neugierige herbeilocken. Das möchte ich vermeiden.«

Frau Richter war eine kluge Frau, und es ging ihr ein Licht auf, Mona müsse irgendein Erlebnis gehabt haben, was sie die kirchliche Trauung überhaupt vermeiden lassen wollte. Ob sie vielleicht schon den wahren Wert dieses Herrn Meining kennengelernt hatte? Dann konnte sie alles ohne weitere Erklärungen verstehen. Schade nur, daß die standesamtliche Trauung schon stattgefunden hatte.

Die beiden Damen besprachen noch einiges – sogar, was mit dem Brautkleid geschehen sollte, das Mona morgen hatte tragen wollen.

»Packen Sie es weg, liebe Frau Richter – das – ja – das sind ja doch nur Äußerlichkeiten. Und noch etwas – Herr Römer war ja mein Trauzeuge, er war zugegen, als ich in Ohnmacht fiel, und da wir, wie Sie wissen, von Kind auf gute Freunde waren, wird er sich sorgen, wie es mir geht. Bitte rufen Sie auch ihn so bald wie möglich an und teilen Sie ihm alles mit, was ich jetzt mit Ihnen besprochen habe, und daß ich mich gar nicht wohl fühle. Aber Sorge soll er sich nicht machen. Sollte Fräulein Lindner hierherkommen, sagen Sie ihr kurz und bündig, daß ich keine Besuche empfangen kann, sie ist immer ein wenig lebhaft. Aber ich will auch sonst niemanden sehen, da ich nicht einmal meinen Mann empfange. Liebe, gute Frau Richter, ich erwarte von Ihnen einiges Verständnis für meine etwas außergewöhnliche Lage. Bitte, bringen Sie alles in Ordnung!«

»Sie können ganz beruhigt sein, liebe gnädige Frau – beinahe hätte ich wieder Fräulein Falkner gesagt. Also, ich bringe alles ins Lot, und wenn das geschehen ist – darf ich dann noch mal nach Ihnen sehen? Vielleicht wäre es doch besser, einen Arzt zu holen.«

Mona winkte hastig ab.

»Sie wissen, Frau Richter, ehe ich mich für einen Arzt entscheide, muß ich schon todkrank sein.«

»Wie Sie wünschen, wir können ja noch abwarten. Wollen Sie mich einmal Ihren Puls feststellen lassen?«

Mona gehorchte, und Frau Richter stellte fest, daß er zwar ein wenig unruhig ging, daß aber kein Fieber vorhanden war.

Mona nickte ihr zu.

»Stellen Sie aber bitte meinen Zustand nicht als ganz so harmlos hin, da man sonst annehmen könnte, es wäre nicht nötig gewesen, die Feier abzusagen.«

Frau Richter nickte.

»Sie können sich auf mich verlassen, gnädige Frau.«

Mona klang dieses »gnädige Frau« in den Ohren wie ein Mißton. Wenn sie doch nicht fortan gezwungen wäre, sich so anreden zu lassen. Viel lieber wäre sie wieder Mona Falkner gewesen, die sich um keinen Herrn Hubert Meining zu kümmern brauchte.

Frau Richter entfernte sich, um ihre nicht ganz leichte Aufgabe zu erledigen. Sie wußte, viele der Geladenen würden durch diese Absage sehr unliebsam berührt sein. Aber Frau Richter fand überall die rechten Worte. Man bedauerte Monas Erkrankung und wünschte gute Besserung, und da Frau Richter stets die Ausrede gebrauchen konnte, noch sehr viele Herrschaften benachrichtigen zu müssen, konnte sie sich überall ziemlich kurz fassen.

Bei Richard Römer mußte sie allerdings ziemlich ausführlich berichten. Das tat sie auch gern, ohne eine Ahnung davon zu haben, wie sehr er mit Monas Krankheit im Zusammenhang stand. Ihm gegenüber machte sie auch eine Andeutung, daß Monas Leiden vornehmlich seelischer Natur sei und daß sie voraussichtlich ganz darauf verzichten würde, sich kirchlich trauen zu lassen.

Richard verstand Mona. Er wußte, daß sie sich nun bewußt geworden war, daß man eine solche Ehe nicht kirchlich einsegnen lassen konnte. Und es war ihm, als sei sie durch ihre Krankheit etwas aus der von ihm befürchteten Gefahrenzone gerückt worden.

Er dankte Frau Richter sehr herzlich und bat sie, ihn auf dem laufenden zu halten über das Befinden seiner kranken Freundin. Er konnte es nicht über sich bringen, sie als Frau Meining zu bezeichnen. Für ihn war und blieb sie Mona Falkner und würde es immer bleiben.

Über die Art ihrer Ehe fühlte er sich einigermaßen beruhigt.

Für Meining jedoch war alles nur eine Geldangelegenheit gewesen und weiter nichts. Gerade deswegen schien es Richard geboten, Mona tunlichst vor Ausbeutungen irgendwelcher Art zu schützen. Da er die Bestimmungen genau kannte, die Monas Vater getroffen hatte, konnte er sich wenigstens sagen, daß Meining sich in gewissen Grenzen halten müßte.

Daß die Vermählten nach einiger Zeit die sogenannte Hochzeitsreise antreten würden, nahm er als sicher an. Mona würde froh sein, ein wenig abgelenkt zu werden – und vor allen Dingen nicht an seiner und Glorias Hochzeit teilnehmen zu müssen.

An diese seine Hochzeit dachte Richard allerdings mit recht gemischten Gefühlen, und er wäre froh gewesen, wenn sie gar nicht stattgefunden hätte.

Frau Richter hatte es am schwersten mit Herrn Meining, den sie in seiner Junggesellenwohnung anrief. Er fand es unglaublich, daß die glänzende Feier, als deren Held er sich fühlte, abgesagt werden sollte. War das Befinden seiner Frau wirklich so schlecht? Das konnte doch morgen schon wieder besser sein. Er wollte Mona unbedingt aufsuchen und ihr zureden, sich zusammenzunehmen. Sie werde morgen schon durchhalten. Aber Frau Richter bemühte sich, gerade ihm gegenüber Monas Zustand als besonders bedenklich hinzustellen.

Noch schwerer fiel es ihm, auf den Antritt der Hochzeitsreise zu verzichten. Es sei doch alles schon bestellt und vorbereitet, und gerade Luftveränderung sei das beste für Mona. Darauf sagte die alte Dame ruhig und bestimmt:

»Ich muß mich nach den Anordnungen der gnädigen Frau richten. Die Fahrkarten sind bereits abbestellt, und das Gepäck bleibt vorläufig hier. Es wird ja hoffentlich nur einige Tage dauern.«

Daß seine Frau ihn keinesfalls empfangen würde, sagte sie ihm auch. Hubert Meining hätte Frau Richter gar zu gern mit Entlassung gedroht, wenn er nicht gewußt hätte, daß sie ohnedies nur noch bis nach der Heimkehr des Ehepaares von der Hochzeitsreise bleiben würde.

Einen ziemlich schweren Stand hatte Frau Richter auch mit Gloria. Diese jammerte über den Ausfall des Festes, sie habe sich eigens ein elegantes Abendkleid dafür angeschafft, und wie denn das alles gekommen sei, und ob sie Mona nicht sogleich aufsuchen könnte. Aber Frau Richter fand auch hier die rechten Worte, und so war im Verlauf von ein paar Stunden alles erledigt.

Als sie dann wieder zu Mona hinaufkam, fand sie diese, wenn auch immer noch sehr blaß und matt, so doch ruhiger. Sie berichtete ihr, was zu berichten war, vor allem das, was zu Hubert Meining, Richard Römer, Gloria, dem Hotel und dem Pfarrer zu sagen war.

Mona seufzte erleichtert auf. Frau Richter sagte ihr noch, daß Herr Meining gefragt habe, ob er nicht seine Wohnung in diesen Tagen im Hause seiner Frau aufschlagen könne, aber sie habe darauf erwidert, daß seine Zimmer noch nicht in Ordnung gebracht seien und erst während der Reise fertig gemacht werden sollten. Mona war damit durchaus einverstanden.

Nun verlangte sie, schlafen zu dürfen. Sie nahm auf Frau Richters Bitten einen leichten Imbiß und bat dann, allein gelassen zu werden.

Das geschah. Nun konnte Mona ungestört an Richard Römer denken. Frau Richter hatte ihr gesagt, wie besorgt und teilnehmend er gewesen war. Er sei überhaupt ein herrlicher Mensch, so zuverlässig und ritterlich. Ach – wem sagte sie das?

Mona ahnte jedoch nicht, daß Frau Richter, als sie die Treppe hinabging, dachte:

Warum wohl meine junge Herrin nicht Herrn Richard Römer zum Mann genommen hat? Den windigen Herrn Meining hätte ich dafür Fräulein Lindner gegönnt, die beiden hätten vortrefflich zusammengepaßt.

Und damit bewies Frau Richter wieder einmal, daß sie eine sehr verständige Frau war und gute Menschenkenntnis besaß.

13

Hubert Meining war von Monas Villa zu seiner derzeitigen Wohnung zurückgekehrt und hatte gleich darauf mit Gloria telefoniert. Es war ihm dabei nicht aufgefallen, daß Peter Lindner, der eben an Monas Haus vorübergegangen war, ihn dort hatte herauskommen sehen. Peter kannte Mona schon lange vom Sehen, ohne je ein Wort mit ihr gesprochen zu haben, aber ihre stolze, vornehme Erscheinung hatte ihm stets gefallen. Daß Gloria meist abfällig über sie urteilte, machte keinen Eindruck auf ihn, denn er wußte, daß seine liebe Schwester nicht gern an einer anderen Frau auch nur einen guten Faden ließ. Als ihm nun die Mutter nach dem Verlobungsfest vorschwärmte, ein wie reizendes, liebenswürdiges Mädchen Mona sei, fand er seine eigene, allerdings unmaßgebliche Meinung über sie nur bestätigt. Und wenn er es einrichten konnte, an ihrer Villa vorüberzugehen, tat er es, immer in der Hoffnung, sie zu sehen, was ihm auch einige Male gelang. Heute nun sah er zu seinem größten Erstaunen den Mann, mit dem seine Schwester sich in der Spelunke getroffen hatte, mit dem Direktor der Falkner-Werke aus dem Haus heraustreten.

Peter versteckte sich hinter einem Baum und wartete, bis die beiden Herren den Vorgarten durchschritten hatten. Den Direktor kannte er vom Sehen. Außerdem wußte er, daß Mona Falkner heute standesamtlich getraut werden sollte. War dieser Laffe vielleicht einer der Trauzeugen? Aber nein – der zweite Trauzeuge sollte doch Richard Römer sein. Wo war der denn geblieben?

Peter starrte angestrengt auf die beiden Herren. Es war kein Zweifel: Der Mann, der den Direktor begleitete, war jener verhaßte Mensch, mit dem sich Gloria verschiedene Stelldichein gegeben hatte. In letzter Zeit war das wohl kaum noch der Fall gewesen, denn sosehr Peter aufgepaßt, nie wieder hatte er Gloria auf Abwegen erwischt. Daß diese sich vormittags mit Meining traf, wenn Peter in der Schule war, wußte er ja nicht, auch nicht, daß sie abends einige Male statt ins Kino zu dem von Meining gemieteten Zimmer gegangen war, um sich dort mit ihm zu treffen. Aber ganz war Peter doch nicht überzeugt, daß Gloria ihm nicht irgendein Schnippchen schlug. Sie war immer schnell am Telefon, wenn es läutete, und wenn er neben ihr stehenblieb, sprach sie nur belanglose Worte oder sagte: »Falsch verbunden.«

So hatte Peter nichts mehr feststellen können, was gegen Richards Ehre ging. Aber je gütiger und verständnisvoller Richard ihm gegenüber war, desto mehr fühlte der Junge sein Gewissen beschwert.

Gar zu gern hätte er herausbekommen, wer der »geschniegelte Laffe« eigentlich war. Deshalb hatte er sich schon einige Male in der Gegend herumgetrieben, in der Meining nach jenem wohlgezielten Fußtritt von der Straßenbahn herabgehumpelt war. Aber niemals hatte er ihn wiedergesehen.

Heute nahm er sich fest vor, sich auf seine Fährte zu setzen. Er wollte ihm unbemerkt folgen, um herauszubekommen, wo er wohnt. Denn er traute Gloria sehr wohl zu, daß sie ihn in seiner Wohnung besuchte.

Es stand allerdings ein Auto vor dem Tor, aber in das stieg nur der Direktor, während Meining zu Fuß ging, da es nicht sehr weit bis zu seiner Wohnung war.

Ahnungslos, wer ihm auf der Spur war, begab Meining sich nach Hause, und Peter wußte nun wenigstens, wo dieser Kerl wohnte. Wenn seine Schwester abends wieder einmal ausging, würde er ihr nachschleichen, um zu erfahren, ob sie etwa zu diesem Fatzken ging.

Er prägte sich die Hausnummer ein und wußte nun, daß der »geschniegelte Laffe« in der Marienstraße Nummer elf wohnte.

Wenn er nur auch den Namen hätte in Erfahrung bringen können. Aber den würde er schon noch herausbekommen.

Es fiel ihm auch ein, wie das geschehen könnte. Er fiel

in einen gelinden Trab und begab sich zu dem Fabrikgebäude der Firma Römer. Dort suchte er seinen Freund Richard in dessen Büro auf. Dieser war heute nicht fähig, sich auf seine Arbeit zu konzentrieren. Er war bis in sein tiefstes Sein erregt. Mona hieß sein einziger Gedanke. Und er war in großer Unruhe ihretwegen. Rastlos lief er in seinem Büro auf und ab und hoffte immer darauf, angerufen zu werden und etwas von ihr oder über sie zu hören.

In diese qualvolle Stimmung hinein platzte Peter. Er versuchte, sehr munter und vergnügt zu erscheinen, aber Richard hatte heute nicht viel Aufmerksamkeit für ihn, sonst wäre ihm vielleicht etwas an Peter aufgefallen. Erst nach einer Weile schenkte er ihm mehr Interesse, als dieser sagte:

»Wie war's denn heute auf dem Standesamt, Richard? Ich ging eben an der Villa Falkner vorbei, sah aber nur, wie der Direktor der Falkner-Werke und ein anderer Herr aus dem Haus kamen.«

»Ich war schon vorher fortgegangen. Mona Falkner ist auf dem Standesamt leider ohnmächtig geworden; und da sie nicht am Frühstück teilnahm, bin auch ich gegangen.«

»Dann ist wohl nichts aus der Trauung geworden?«

»Doch, doch, es geschah erst nach der Trauung.«

»Das ist ja Pech, an einem solchen Tag ohnmächtig zu werden. Tut mir leid um Mona Falkner – ach nee – die heißt ja nun anders, nicht wahr?«

»Ja – sie ist jetzt Frau Mona Meining.«

Das kam sehr schwer und rauh aus Richards Mund, und Peter lauschte diesem Ton nach.

»Du, ich mag sie gut leiden – hoffentlich hat sie einen patenten Mann bekommen, ich kenne ihn leider noch nicht.«

Richard seufzte.

»Ach, weißt du, Peter, die nettesten Frauen bekommen meist ziemlich unausstehliche Männer – und umgekehrt. Mein Geschmack ist Monas Mann nicht, und als ihr bester, ehrlichster Freund von Kind auf hätte ich ihr einen besseren Mann – einen wertvollen – gewünscht.«

»Also – das ist ihr Mann nicht?«

»Nein!«

Dies Nein stand scharf und schneidend im Raum. Aber Peter war zu erfüllt von dem Wunsch, etwas über den geschniegelten Laffen zu hören, und achtete nicht so darauf.

»Aber nun sag – wer konnte denn der andere Herr sein, der mit dem Direktor herauskam? Weißt du, das war ein schrecklicher Zierbengel, so einer mit einem kleinen schwarzen Schnurrbärtchen. Er sah aus, als sagte er in einem fort das Wort: Süß! Und angezogen war er wie eine Modepuppe aus dem Schaufenster eines Modegeschäfts.«

Langsam wandte Richard sich zu ihm um:

»Du zeichnest das Bild ziemlich treffend. Ich kann dir sagen, wer dieser Mann gewesen ist; dann wirst du auch verstehen, warum ich Mona einen besseren Mann gewünscht hätte. Es war bestimmt Hubert Meining, Monas jungvermählter Gatte.«

Peter verfärbte sich, wurde sehr blaß und zuckte zusammen wie unter einem Schlag.

»Nein!«

Dieses Nein kam gepreßt und angstvoll über Peters Lippen.

Richard sah ihn forschend an.

»Was ist dir denn, mein Junge – du siehst ja ganz verstört aus?«

Peter faßte sich mühsam.

»Ach – weißt du –, das hat mich beinahe umgeschmissen: Dieser – dieser Zierbengel – Mona Falkners Mann – das ist doch nicht möglich! Ich bin eigens hinter ihm hergegangen, weil er mir gar so widerlich erschien, ich – ja – ich hätte ihm am liebsten ein Bein gestellt – das kannst du mir glauben.«

Peter konnte seine Aufregung kaum meistern, und Richard dachte wieder einmal, was für eine gute Menschenkenntnis Peter doch besaß. Er legte ihm die Hand auf die Schulter.

»Ja, mein Junge – auch in bezug auf diesen Mann sind wir einig.«

Peter wirbelten die Gedanken durcheinander. Ganz zerschlagen sagte er, um ganz sicher zu gehen:

»Er ging in ein Haus – Marienstraße 11.«

Richard nickte.

»Zufällig weiß ich, daß er dort wohnt.«

Peter hätte am liebsten wieder einmal ganz unmännliche Tränen vergossen. Also, dieser Zierbengel, dieser unausstehliche Kerl, mit dem Gloria heimliche Zusammenkünfte hatte, von dem sie sich umarmen und küssen ließ – das war Mona Falkners damaliger Verlobter und jetziger Mann. Wie konnte das nur sein? Wie schlecht mußte seine Schwester sein, wenn sie die Freundin und den eigenen Verlobten mit diesem elenden Wicht betrog? Was mußte jetzt, um Gottes willen, geschehen? Was fing er nur an, um diese Last von der Seele zu bekommen? Jetzt erst wurde ihm vollends klar, was für eine Gemeinheit da vorlag. Und dazu sollte er schweigen? Sollte es einfach zulassen, daß hier zwei anständige Menschen so unerhört betrogen wurden? Die arme Mona Falkner auch. Wie war sie zu bedauern, daß sie sich von diesem elenden Fatzke hatte dermaßen betören lassen, daß sie ihn zum Mann nahm!

Richard war auf Peters verstörtes Wesen aufmerksam geworden.

»Was ist mit dir, Peter, bist ja heute so sonderbar?«

Peter raffte sich auf.

»Ach, weißt du – das ist alles nur wegen der Versetzung – aber jetzt muß ich gehen – auf Wiedersehen, Richard!«

Er preßte krampfhaft Richards Hand und stürmte davon, als befände er sich auf der Flucht. Er war auch auf der Flucht vor sich selbst – vor seinem eigenen anständigen Empfinden, das ihn drängte, dem Freund alles zu sagen, was gegen ihn und seine verehrte Freundin Mona im Gange war. Nur zu gut fühlte er, daß auch Richard diesen Kerl nicht leiden konnte, daß er Mona für zu schade hielt, dieses Laffen Frau zu sein. Wie hatte Richard doch gesagt? Die nettesten Frauen bekommen meist unausstehliche Männer und umgekehrt. Ja, so war es wohl. Sein ehrenhafter, zuverlässiger und wertvoller Freund Richard sollte ein Geschöpf wie Gloria zur Frau bekommen, ein so verlogenes, schlechtes Geschöpf! Und Mona Falkner – einen anderen Namen vermochte er ihr in Gedanken nicht zu geben – die mußte ihr Herz an einen Unwürdigen verschenken.

Jetzt, als er so allein und verzweifelt dahinstürmte, kamen ihm doch Tränen in die Augen. Wütend wischte er sie mit dem Handrücken fort. Was nun beginnen? All das konnte und durfte er nicht zulassen. Jetzt kam zu der Sorge um Richard auch noch die um Mona Falkner, die er so sehr verehrte.

Am liebsten wäre er nie wieder nach Hause gegangen, weil er dort mit Gloria zusammentraf. Wenn er sie wenigstens rechts und links hätte ohrfeigen können, das leichtsinnige, schlechte Geschöpf.

In unbeschreiblicher Stimmung kam er kurz vor Tisch zu Hause an. Auf dem Korridor traf er mit Gloria zusammen, wo sie anscheinend gerade am Telefon gewesen war. Ihre Augen glänzten; sie schien sehr vergnügt zu sein. Er vermied es, sie zu begrüßen, ging in seine Kammer und blieb dort, bis zu Tisch gerufen wurde.

Heute hatte die Mutter sein Leibgericht – Apfelstrudel – zubereitet. Es blieb ihm aber fast im Halse stecken.

Und bei Tisch erzählte Gloria ganz nebenbei, sie habe sich für heute abend mit einer Freundin verabredet, ins Theater zu gehen. Die Freundin habe Karten geschenkt bekommen. Nach dem Theater wolle man dann die Eltern der Freundin in einem Café abholen und dort noch ein Stündchen sitzenbleiben. Es könnte also spät werden.

Gloria hatte inzwischen schon den Anruf von Huby bekommen. Dieser hatte ihr in Kürze berichtet, was sich zugetragen hatte. Da er infolge der Ereignisse den ganzen Abend für sie frei habe, wollten sie zusammen »Polterabend« feiern.

Gloria war sehr neugierig, Näheres zu erfahren, konnte aber nicht länger mit ihm sprechen, da sie Peters Schritte auf der Treppe hörte. Sie sagte nur noch, daß sie pünktlich zur Stelle sein würde.

Peter war schon wieder mißtrauisch. Die Geschichte mit dem Theater und dem anschließenden Cafébesuch wollte ihm nicht einleuchten. Gleich nach Tisch ging er hinunter in ein Zigarrengeschäft, wo er bat, einmal telefonieren zu dürfen. Da er hier Vaters Bedarf an Tabak und Zigarren einkaufte, also als Kunde gewertet wurde, erlaubte man ihm das gern. Er suchte im Telefonbuch nach dem Namen der Freundin, und als er die Telefonnummer gefunden hatte, rief er sie an. Es meldete sich eine weibliche Stimme, und Peter sagte, ohne seinen Namen zu nennen:

»Meine Schwester läßt fragen, wann das Theater heute abend beginnt.«

Sehr erstaunt fragte die Stimme:

»Welches Theater?«

»Nun, das Sie heute mit meiner Schwester besuchen wollen.«

Die weibliche Stimme lachte.

»Da sind Sie wohl falsch verbunden? Hier ist Heimann – und ich weiß nichts von einem Theaterbesuch.«

»Ah, dann entschuldigen Sie, ich bin wirklich falsch verbunden, ich meinte Krögel.«

Und er hängte ein. Aber er war richtig verbunden gewesen und wußte nun, daß Gloria den Theaterbesuch als Vorwand benutzt hatte, wahrscheinlich wieder wegen eines Zusammentreffens mit dem Laffen. Sie sollte ihm diesmal aber nicht entwischen. Er würde ihr nicht, wie bisher, wenn er Verdacht geschöpft hatte, draußen bei der Spelunke auflauern. Anscheinend hatte sie jetzt einen anderen Treffpunkt verabredet. Er würde ihr gleich von daheim aus unbemerkt folgen. Und – wenn sie sich heute wieder mit diesem Kerl traf – dessen jung angetraute Frau wahrscheinlich krank zu Hause lag, wenn sie so schlecht war, den Hochzeitstag der Freundin zu entweihen, dann bei Gott – dann würde und mußte er reden, dann durfte er sie nicht länger schonen, dann mußte Richard alles erfahren – alles. Am Nachmittag büffelte er über seinen Aufgaben und wurde zeitig genug fertig. Sein Bruder hatte heute einen Bierabend mit Studienfreunden, war also nicht zu Hause. So konnte er sich hinreichend vorbereiten. Er machte sich so unkenntlich wie möglich und schlich dann aus der Wohnung, ehe Gloria diese verließ. Mochte die Mutter, wenn sie ihn später vermißte, glauben, er sei ausgekniffen, um einen dummen Streich zu machen – das sollte ihn jetzt nicht kümmern. Solange Gloria noch daheim war, sah die Mutter bestimmt nicht nach ihm, da zupfte und bastelte sie doch nur an ihrem Töchterchen herum, damit dieses recht schön im Theater aussehen möge.

Er brauchte nicht lange in einem Hausgang gegenüber zu warten, bis Gloria aus dem Haus kam und schnell nach rechts abbog. Wie ein Spürhund schlich er hinter ihr her. Aber an der Ecke rief sie eine der wenigen Pferdedroschken an, die es in dieser Stadt noch immer gab. Peter war ein flinker, gewandter Bursche; ehe Gloria ihre Verhandlungen mit dem Kutscher beendet hatte, war er schon an der hinteren Seite der Droschke angelangt und hatte sich dort einen ziemlich halsbrecherischen Sitz zurecht gemacht. Als Gloria einstieg, hörte er noch, daß sie sagte:

»Halten Sie an der Ecke der Ludwig- und Pfeilstraße.«

Peter überlegte. Wo war denn diese Ecke? Das mußte ziemlich weit weg sein – oder – war das vielleicht da, wo die Neubauten errichtet wurden und wo man neue Straßen anlegte? Ja – da konnte es sein – das war gottlob nicht sehr weit, denn lange würde er es auf seinem Sitz nicht aushalten. Immerhin – wenn er abspringen mußte, würde er wenigstens wissen, wo ungefähr er Gloria zu suchen hatte. Er hielt sich krampfhaft fest. Gerade, als er glaubte, es nicht mehr länger schaffen zu können, hielt der Wagen. Gloria stieg aus und bezahlte den Kutscher.

Es war eine schlecht beleuchtete Gegend, und wirklich bei den neu angelegten Straßen. Peter ließ sich vorsichtig zur Erde gleiten und spitzte um den Wagen herum. Gloria steuerte auf eines der neuen Häuser zu. Es gab hier zum Glück Bäume, die es Peter möglich machten, sich zu verstecken. Und als er sah, daß Gloria ein Haus betrat, war er wie ein Wiesel hinter ihr her. Er öffnete leise die zum Glück unverschlossene Haustür und lauschte hinein. Da hörte er auch schon eine Wohnungsklingel läuten. Die Wohnung, die seine Schwester betreten wollte, mußte sich im Erdgeschoß befinden.

Lautlos wurde eine Tür geöffnet und geschlossen. Peter schlich sich in das Haus hinein. Im Erdgeschoß befanden sich drei Wohnungseingänge. Ihm war es, als habe Gloria den, der gleich an der Treppe war, benutzt. Die beiden anderen Wohnungstüren hatten Namensschilder. »Anna Lehmann, Modistin«, stand an der einen. An der anderen »Friedrich Bernsdorf«. Die Tür, die dicht an der Treppe lag, hatte jedoch kein Namensschild.

Man hatte den Eindruck, als läge hinter ihr eine leerstehende Wohnung. Peter legte vorsichtig lauschend das Ohr ans Holz, und da vernahm er ein leises Kichern. Das kannte er – so lachte Gloria. Also hinter dieser Tür war sie. Und allein war sie auch nicht, denn jetzt hörte er eine Männerstimme sagen: »Famos, Gloria!«

Es war nur leise gesprochen, aber Peters scharfe Ohren hatten es doch gehört.

Er wußte nun, daß seine Schwester hinter dieser Tür wieder mit einem Mann zusammentraf, und wenn er diesen Mann auch nicht sehen konnte – es mußte dieser elende Meining sein.

Er richtete sich vorsichtig auf, und nun vernahm er Glorias Stimme:

»Huby – gib acht, mein Hut fällt herunter.«

Darauf folgte wieder Lachen von beiden Seiten.

Nun wußte Peter genug – wußte auch, daß Gloria für längere Zeit bleiben würde. Wie ein sorgenvoller Familienvater seufzte er leise vor sich hin und schlich sich aus dem Haus. Draußen blieb er, von den Büschen eines Vorgärtchens gegen das Entdecktwerden gesichert, eine Weile stehen. Da beobachtete er, wie eine schlanke männliche Gestalt an das Fenster trat und den Rolladen herabließ. Peter erkannte das ihm verhaßte Gesicht.

Kein Zweifel, Gloria war mit dem Mann ihrer Freundin hier zusammen.

Mit brennenden Augen sah er die beiden Fenster an, die jetzt von den Rolläden verdeckt wurden. Einige Ritzen hätten ihm wohl einen Einblick gestattet, und er hätte über den Zaun klettern und an dem Haus auf dem untersten, vorspringenden Absatz Fuß fassen können, um in das Zimmer sehen zu können; allein ihm graute davor – er wußte ja leider so schon genug.

Nun bekam das Jungengesicht einen harten, verbissenen Ausdruck. Eines wurde ihm klar: Jetzt hieße Schweigen mitschuldig sein an dem ungeheuerlichen Betrug, der an Richard und Mona Falkner verübt wurde. Jetzt konnte er nicht länger stillschweigen. Mochte daraus werden, was wollte – Richard mußte jetzt alles wissen. Ob er dann Mona Falkner informieren wollte, war dessen Sache. Richard war sein Freund, und wenn Gloria auch zehnmal seine Schwester war – sie durfte ihren Bräutigam nicht länger betrügen und ihm eine so unerhörte Schande antun.

Plötzlich straffte sich Peters Gestalt, und er flog wie gejagt dahin, immer an der Stadtgrenze entlang, bis er die Fabrik Römer erreichte.

Da sah er im oberen Stock Licht. Er wußte, das war die neu ausgebaute Wohnung. Einige Fenster waren hell erleuchtet.

Peter legte die Hände an den Mund und stieß einen Signalpfiff aus, durch den er sich schon des öfteren mit Richard verständigt hatte. Es dauerte auch nicht lange, da erschien Richards Gestalt am Fenster. Er öffnete es und beugte sich hinaus.

»Richard – ich muß dich sprechen, sofort!« rief Peter zu ihm hinauf.

»Du bist es Peter!« klang es zurück. »Ich komme sofort.«

Das Fenster wurde geschlossen. Kurze Zeit darauf wurde die Vorhalle der Fabrik hell, und Richard erschien am Tor. Er öffnete es und sah Peter mit großen, ernsten Augen an.

»Ist etwas geschehen, Peter?« fragte er, als er das verstörte, abgehetzte Jungengesicht erblickte.

»Ich muß dir etwas sagen, Richard – aber – ich muß mit dir unter vier Augen sprechen.«

Richard empfand sehr wohl, daß ein Unheil nahte; Peter war nicht umsonst so aufgeregt. Und da Richard seit heute morgen, seit der Szene auf dem Standesamt, an nichts weiter hatte denken können als an Mona, zumal er durch Frau Richter wußte, daß sie krank war und die Feier absagen ließ, so fragte er nur:

»Du bringst mir schlimme Nachricht, Peter – wen betrifft sie?«

»Dich selbst – dich am meisten«, stieß Peter hervor.

Richard führte den vom langen, schnellen Lauf ganz Atemlosen in sein Büro hinauf und drückte ihn in einen der Sessel.

»Verschnauf dich erst einmal, Peter – wenn es vor allem mich betrifft, erfahre ich es zeitig genug. Ich will inzwischen meinem Vater sagen, daß ich Besuch habe, und dann mit dir hier unten bleibe.«

Peter fiel wie kraftlos in den Sessel, und Richard ging hinaus.

Peter atmete immer wieder tief und schwer und fragte sich ein letztes Mal, ob er reden oder schweigen sollte. Aber seine Jungenseele ertrug das Schweigen nicht länger, er fühlte, daß er der Wahrheit die Ehre geben mußte, wenn er nicht ein ganz schlechter Mensch sein wollte. Gleichwohl fiel es ihm schwer, seine Schwester anzuklagen, und niemals hatte er so heftig gefühlt, daß er eines Blutes mit ihr war, wie in dieser Stunde. Aber er fühlte: Er durfte dem Freund das, was er wußte, nicht länger verschweigen. Wäre es nur ein einmaliger Fehltritt Glorias gewesen, hätte er es vielleicht über sich gebracht, zu schweigen; aber dieser an dem edelsten und besten Mann, den er kannte, mehrmals verübte Betrug durfte nicht länger verschwiegen werden. Nein, nein – es ging auf keinen Fall.

Als Richard wieder in das Büro trat, war Peter fest entschlossen, ihm alles zu sagen, mochte danach kommen, was wollte.

Richard setzte sich Peter gegenüber auf einen Sessel.

»Nun, Peter, bist du wieder bei Atem – du bist wohl hier heraus gerannt? Nun sag mir, was du loswerden möchtest.«

Peter richtete sich auf, warf wie in schmerzvollem Grimm seine Mütze auf die Erde und würgte die aufsteigenden Tränen hinunter.

»Richard – ich habe dich scheußlich hintergangen in den letzten Wochen. Aber glaube mir, leicht ist es mir nicht geworden. Ich habe mich nie so elend gefühlt. Nicht die Angst vor der Schule war es – etwas ganz anderes hat mich gequält.«

Richard strich begütigend über den blonden Schopf.

»Nur Ruhe, mein Junge – wenn man ein Unrecht einsieht und es korrigiert, ist man schon gerechtfertigt. Also, was hast du mir zu sagen?«

Peter faßte seine beiden Hände und umklammerte sie.

»Ich habe ja nicht meinetwegen geschwiegen, Richard, ich wollte jemanden schonen – und – dir nicht weh tun. In einer ganz scheußlichen Zwickmühle habe ich mich befunden – und – nun kann ich nicht mehr, nun muß alles heraus – sonst verdiene ich, daß du mich verachtest – und das soll nicht sein – selbst nicht um den Preis, Gloria zu schonen.«

Richard zuckte leicht zusammen, aber sein Gesichtsausdruck wurde ruhiger. Was konnte ihm von dieser Seite drohen?

»Hängt es mit Gloria zusammen, Peter?«

»Ja, Richard – wenn ich dir alles sage, wirst du zu handeln wissen – Gloria kann dann unmöglich deine Frau werden.«

Richard sah mit großen Augen in Peters zuckendes Gesicht.

»Mein Junge – du bist ja ganz verstört. So beruhige dich doch – mach dir das Gewissen frei, dann wird dir wohler sein. Ich weiß schon lange, daß dich etwas bedrückt – aber ich hatte während der letzten Monate den Kopf selbst mehr als voll. Nur eines will ich dir sagen, um dir deine Beichte zu erleichtern – meine Verlobung mit Gloria war etwas sehr Unüberlegtes – ich bin nur nicht zurückgetreten, weil ein Mann sein Wort nicht brechen soll, wenn es nicht sein muß. Nun sprich weiter.«

Wieder preßte Peter Richards Hände wie im Krampf.

Und dann begann er seine Beichte, ohne vorerst den Namen Meining ins Spiel zu bringen. Erst als er zu Ende war, sagte er:

»Und nun sollst du auch noch erfahren, wer der Mann ist, mit dem dich Gloria betrogen hat. Das weiß ich erst seit heute – es ist Hubert Meining, Monas Mann.«

Richard sprang mit einem Satz auf und packte Peter bei den Schultern. Er war leichenblaß, und sein Gesicht zuckte vor heftiger Erregung.

»Peter – ist das Wahrheit?«

Peter begriff zwar nicht, was in Richard vorging, aber er merkte, daß dieser bis in sein tiefstes Wesen aufgerüttelt war. Seinem Blick standhaltend, nickte er ernsthaft wie ein gereifter Mann.

»Ja, Richard, es ist wahr. Komm mit mir und überzeuge dich selbst – sie werden noch beisammen sein.«

Richard fuhr sich über die Augen, als müßte er etwas fortwischen, was ihm den Blick trübte. Dann richtete er sich auf.

»Warte ein paar Minuten, Peter, ich mache mich fertig.«

Peter fing seine Hände wieder ein und sagte rauh:

»Nur unter einer Bedingung führe ich dich dahin, Richard.«

»Unter welcher Bedingung?«

»Du mußt mir dein Ehrenwort geben, daß du keine Waffe mitnimmst; ich möchte nicht, daß du dich von der Erregung hinreißen läßt, zu schießen – du würdest dann vielleicht gar zum Mörder werden. Gib mir dein Ehrenwort, daß du ohne Waffe mitkommst. Schlag den Hund mit deinen Fäusten nieder – du bist, wie ich weiß, ein guter Boxer; wenn du sein Puppengesicht etwas aufpolierst, ist es gut und richtig. Aber daß du eine Waffe mitnimmst, kann ich nicht verantworten.«

Richard strich Peter gerührt über den Kopf.

»Mein lieber Junge, ich gebe dir mein Ehrenwort. Zu solchen Schuften geht man mit der Hundepeitsche, meine Hände sind mir zu gut, ihn anzufassen. Die Hundepeitsche nehme ich mit.«

»Aber Gloria wirst du doch nicht schlagen. Bedenke, Richard, was ich erst habe in mir niederzwingen müssen, ehe ich sie verraten habe.«

Richard legte den Arm um seine Schulter.

»Beruhige dich, Peter – Gloria soll mit aller Schonung behandelt werden, die man einer Frau selbst in einem solchen Fall schuldet. Wir werden in aller Form unser Verlöbnis lösen – und – offen gesagt, Peter, du hast mir einen großen Gefallen erwiesen dadurch, daß du mir einen triftigen Grund verschafftest, um von dieser Verbindung zurücktreten zu können. Ich hätte sonst die drückende Last dieser Ehe auf mich genommen – um mein Wort nicht zu brechen; denn ich hielt Gloria zwar für oberflächlich und war von ihr enttäuscht, aber das wäre nicht ihre Schuld gewesen. Also nochmals, sei ganz ruhig, die Abrechnung wird für Gloria so schonend wie möglich ausfallen. Und daß du deine Hand im Spiel hattest, soll sie niemals erfahren.«

»Ich werde es ihr selbst sagen«, fuhr Peter auf. Aber Richard Römer malte sich aus, was Peter von der ganzen Familie Lindner würde auszuhalten haben, und wollte ihn davor bewahren.

»Das wirst du nicht tun! Gib du mir darauf dein Ehrenwort, Peter. Du darfst nicht verraten, daß du davon weißt – ich will es nicht. Du würdest deinen Eltern dadurch sehr weh tun und alles nur noch schlimmer machen, als es so schon ist. Also, dein Ehrenwort, Peter!«

Dieser sah den Freund unsicher an.

»Wäre das nicht feige von mir?«

»Nein, du hast Mut genug bewiesen. Klug und verständig sollst du auch weiterhin sein, mein Junge. Und was auch kommt – wir zwei bleiben Freunde fürs Leben – du hast mir einen großen Dienst erwiesen und – vielleicht deiner Schwester auch; denn daß sie mich nicht liebt, ist doch klar. Sie wäre an meiner Seite nur unglücklich geworden.«

Da reichte Peter ihm ein wenig beruhigter die rechte Hand.

»Ich gebe dir also mein Ehrenwort, Richard.«

Dieser drückte ihm die Hand.

Dann sagte er rasch:

»Also, ich mache mich schnell fertig, warte hier. Dann führst du mich zu dem Haus – und dann verschwindest du und gehst heim. Brauchst dich um nichts weiter zu kümmern.«

Peter sank ziemlich abgekämpft in den Sessel zurück, und Richard sprang hinauf zu seinem Vater, der noch vor der unterbrochenen Schachpartie saß.

»Vater, ich muß noch einmal weg – bitte, frag mich nicht und warte nicht auf mich.«

Der alte Herr sah ihn besorgt an, er hatte Richard heute nur zu gut angemerkt, daß er sehr erregt und unruhig war.

»Ich frage nicht, mein Sohn. Nur sag mir, ob ich mich um dich sorgen muß.«

»Nein, Vater, das brauchst du nicht. Eines will ich zu deiner Beruhigung sagen: wenn ich wieder heimkomme, bin ich ein freier Mann – Gloria Lindner sorgt selbst dafür.«

Mit einem tiefen Atemzug richtete der alte Herr sich auf.

»Dann Gott mit dir, mein Sohn.«

Schnell machte Richard sich fertig und stand einige Minuten später vor Peter.

Der erhob sich. Schweigend gingen sie durch die Halle und zur Garage hinüber, aus der Richard den Wagen holte. Peter setzte sich zu ihm, diesmal nicht mit glücklichem Jungenstolz, sondern voll heimlicher Unruhe. Daß Richard die Angelegenheit taktvoll behandelte, sah er mit Befriedigung. Es tat ihm aber leid, daß er nicht selbst über Meining Gericht halten konnte. Denn es wäre ihm eine Genugtuung gewesen, wenn er ihn tüchtig hätte verprügeln können.

Bald hatten sie die Straße erreicht, und Richard parkte ein paar hundert Meter von der Stelle entfernt, an der der Wagen gehalten hatte, der Gloria herausgebracht hatte.

Beide stiegen aus. Richard schloß seinen Wagen ab und folgte Peter. In dem bewußten Zimmer war es noch hell, man sah das Licht durch die Ritzen der Rolläden schimmern. Peter zeigte auf die beiden Fenster, und Richard nickte ihm zu.

»Jetzt mach, daß du nach Hause kommst, Peter – und halte Wort. Du weißt von nichts – von überhaupt nichts.

Lauf, mein Junge, komm morgen nach der Schule zu mir!«

So flüsterte Richard Peter zu; dieser drückte ihm krampfhaft die Hand und lief davon. Langsam und zögernd erst, dann immer schneller.

14

Richard blieb im Schatten der Bäume stehen und sah zu den beiden Fenstern hinüber. Er wußte, daß er sich erst zur Ruhe zwingen und überlegen mußte, was jetzt zu geschehen habe. Er wollte alles vermeiden, was einen Skandal hervorrufen konnte, nicht nur Glorias, sondern vor allem Monas wegen. Sie durfte jetzt durch nichts und niemanden beunruhigt werden. Solange sie krank war, mußte man alles von ihr fernhalten. Es würde sie ja gottlob nicht hart treffen, daß Meining ihr untreu war; und wenn sie, wie sie sagte, mit ihm vereinbart hatte, daß sie eine Ehe überhaupt nicht führen, sondern nur vor der Öffentlichkeit den Anschein einer solchen erwecken wollte, war seine Schuld Mona gegenüber geringer als gegen Gloria. Wäre Meining ein Ehrenmann gewesen, hätte er nicht Mona mit ihrer Freundin betrogen. Aber daß er kein Ehrenmann im strengen Sinn des Wortes war, wußte Richard längst. Er hatte Monas unglückliche Stimmung nach seiner Verlobung mit Gloria schlau genutzt und sich Monas unüberlegtes Jawort erlistet. Denn daß ihm an Monas Geld viel mehr gelegen war als an ihr selbst, erschien ihm klar, da er sie sogar an ihrem Trauungstag betrog. Es würde also Mona nicht ins Herz treffen, daß Meining sie mit einer anderen betrog, darauf hatte sie gefaßt sein müssen. Aber daß es mit ihrer Freundin geschah und ausgerechnet an dem heutigen Tag, war eine große Gemeinheit. Solange aber Mona krank oder leidend war, wollte er verhindern, daß sie erfuhr, was heute hier und früher schon anderwärts geschehen war. Von ihm selbst sollte sie es später erfahren, und sicher war, daß er sie nicht mit Meining abreisen ließ. Auf keinen Fall würde er das jetzt noch zulassen.

Also vorläufig hatte er mit diesem Herrn Meining nichts zu tun als in eigener Angelegenheit mit ihm abzurechnen.

Im Grunde fühlte er sich wie erlöst, daß er einen stichhaltigen Grund hatte, um mit Gloria zu brechen.

Niemand konnte ihm zumuten, jetzt noch die Ehe mit ihr einzugehen. Aber er war immerhin noch ihr Verlobter und dadurch berechtigt, sie zu schützen und ihren Verführer zu strafen, so, wie er es verdiente.

Wie sich Mona später Meining gegenüber verhalten würde, mußte er ihr überlassen.

Weiter wollte er aber jetzt nicht denken. Er war sich im klaren darüber, was zu geschehen hatte. Langsam und ruhig schritt er auf das Haus zu. Er betrat es, schaltete die Treppenbeleuchtung ein und suchte das Erdgeschoß auf. An der Tür ohne Schild machte er halt. Er blieb eine Weile stehen und überlegte, ob er Einlaß fordern oder warten sollte, bis die beiden herauskamen. Das konnte aber sehr lange dauern, und inzwischen würden wohl andere Leute das Treppenhaus benützen und ihn sehen.

Als er sich gerade entschließen wollte zu klopfen, hörte er drinnen eine Männer- und eine Frauenstimme. Er erkannte beide sofort. Es war ihm jetzt klar, daß diese Tür geradeswegs in ein Zimmer führte und nicht erst in einen Flur. Dieses alleinliegende Zimmer war also sehr gut für besondere Zwecke geeignet.

»Hubylein, jetzt wird es bald Zeit, nach Hause zu gehen«, sagte Gloria. Es war deutlich zu verstehen. Und ebensogut verständlich klang Meinings Stimme:

»Süßer Schatz, du hast noch Zeit. Bedenke doch, wir feiern unseren Polterabend. Das wollen wir doch ausgiebig tun.«

In Richard stieg der Zorn hoch. Er pochte kurz und energisch an die Tür. Drinnen blieb es eine Weile still, die beiden waren anscheinend nicht wenig erschrocken. Dann hörte Richard ein aufgeregtes Flüstern, und kurze Zeit darauf fragte Meinings Stimme anscheinend sehr ungehalten:

»Wer ist da?«

»Öffnen Sie!« Hart und laut klang es zurück.

Wiederum Totenstille; dann erneut aufgeregtes Flüstern. Richard klopfte nochmals und sagte:

»Wenn Sie nicht sofort aufmachen, kommt die Polizei.«

Ein leichter Schrei, abermals aufgeregtes Flüstern und das Rascheln von Frauenkleidern.

Das Paar war sich anscheinend darüber einig geworden, daß es seine Lage nur verschlechtern würde, leistete es der Aufforderung nicht Folge.

Nach einigem Zögern öffnete Meining einen Spaltbreit die Tür, erkannte Richard und wollte sofort wieder zumachen. Aber dieser hatte schon einen Fuß dazwischen und riß die Tür weit auf.

Nun standen die beiden Männer einander gegenüber.

Gloria hatte sich, kaum daß sie Richards ansichtig geworden, hinter den Tisch geduckt.

»Was wollen Sie?« fragte Meining, sich zu einiger Festigkeit zwingend.

Da hob Richard die Peitsche und schlug sie ihm zweimal mitten ins Gesicht.

»Das wollte ich!« sagte er kurz und hart.

Gloria jammerte leise vor sich hin. Meining aber wollte sich auf Richard stürzen. Dieser versetzte ihm jedoch, ohne den Handschuh auszuziehen, einen kräftigen Boxhieb unter das Kinn, so daß er zurücktaumelte und in die Knie sank.

Meining war für einige Zeit bewußtlos.

Richard wandte ich nun an Gloria.

»Schnell, mach dich fertig und verschwinde von hier – ich wünsche nicht, daß dein Name in einen Skandal verwickelt wird. Daß ich dich hier gefunden habe, gibt mir hinreichend Grund, unsere Verlobung zu lösen. Das werde ich jedoch mit deinem Vater ausmachen. Daß du mich schon eine Zeitlang betrogen hast, schon, solange wir verlobt sind, ist mir bekannt. Wir sind fertig miteinander. Aber deiner Angehörigen wegen will ich jeden Skandal vermeiden. Schnell, schnell – wenn dieser Halunke zu sich kommt, habe ich weiter mit ihm zu verhandeln. Dabei kann ich dich nicht brauchen.«

Sie hatte sich mit fliegender Hast zurechtgemacht, wagte nicht zu widersprechen und weinte jämmerlich.

»Tu ihm nichts mehr – ich – ja – ich liebe ihn – verzeih mir, aber bringe ihn bitte nicht um!«

Richard zuckte nur mit den Achseln.

»Schade wäre es nicht um ihn! Aber sei unbesorgt, ich habe ihm nur noch einiges zu sagen.«

Sie war fertig zum Gehen, hatte nur ihre Handtasche liegenlassen. Er reichte sie ihr mit einem steinernen Gesicht.

»Nichts von dir darf hier gefunden werden. Scher dich fort!«

Sie schlich davon, verwirrt, halb gelähmt vor Entsetzen und Angst. Was sollte jetzt aus ihr werden?

Als sie hinausgegangen war, schloß Richard die Tür hinter ihr ab und trat an den Tisch heran, auf dem die Reste eines sehr guten Abendessens und mit Sekt noch halb gefüllte Gläser standen. Ein Grauen schüttelte ihn. Wie nun, wenn er Gloria noch so geliebt hätte, wie er es sich einst eingebildet hatte?!

Ruhig und erbarmungslos sah er auf Meining herab. Er kannte die Wirkung seiner Hiebe und wußte, daß Meining in wenigen Minuten wieder zu sich kommen würde, etwas benommen zwar, aber ohne dauernden Schaden genommen zu haben. Wie leer und häßlich dieses Gesicht jetzt aussah. Wie eine Wachspuppe, von deren Wangen man die Farbe abgewaschen hatte.

Jetzt regte Meining sich und starrte zu Richard hoch. Er wollte aufspringen, aber Richard sagte:

»Es wird noch nicht gehen, warten Sie ruhig noch einige Minuten, dann werden Sie so weit sein, daß Sie meinen Worten wieder Aufmerksamkeit schenken können.«

Aber Meining brachte sich wenigstens, wenn auch mit großer Anstrengung, in eine sitzende Stellung und sagte wütend:

»Darf ich endlich wissen, weshalb Sie hier sind und mich wie ein Wegelagerer überfallen haben?«

In Richards Gesicht zuckte kein Muskel.

»Sie sind sehr glimpflich dafür bestraft worden, daß Sie meine gewesene Braut in eine Lage gebracht haben wie die, in der ich Sie beide fand. Wie Ihre Frau Mona Meining sich nach den Geschehnissen zu Ihnen stellen wird, ist deren Sache. Sobald sie genesen ist, wird sie alles erfahren.«

Meining hatte sich inzwischen erheben können. Als jetzt das Licht der Lampe auf sein Gesicht fiel, erkannte man deutlich zwei rote Streifen.

»Wie ich mich mit meiner Frau auseinandersetze, geht Sie nichts an«, stieß er hervor. »Sie müssen wissen, daß wir unsere Ehe unter ganz bestimmten Voraussetzungen geschlossen haben. Meine Frau gewährt mir volle Freiheit, mich in jeder Beziehung auszuleben – aus einem besonderen Grund.«

Richard richtete sich straff auf.

»Ich habe keinerlei Verlangen, diesen Grund kennenzulernen, aber ich verlange von Ihnen, daß Sie Ihre Frau, die meine langjährige Freundin ist und immer unter meinem ritterlichen Schutz gestanden hat, solange sie krank oder leidend ist, nicht mit etwaigen Geständnissen über diese Dinge behelligen. Da Fräulein Lindner ihre Freundin war und bei ihr im Hause verkehrte, würde sie das, auch wenn sie sich Ihretwegen nicht aufregen würde, schwer bedrücken. Das muß jetzt unter allen Umständen vermieden werden. Wenn es ihr wieder gutgeht, dann soll und wird sie alles von mir erfahren. Selbstverständlich so schonend wie möglich. Diese Bedingung stelle ich.«

Meining überlegte eine Weile und sagte sich, es sei vielleicht ganz klug, diese Bedingung anzunehmen. Immerhin konnte er froh sein, daß es nicht noch schlimmer gekommen war, und im übrigen – was konnte ihm schon geschehen? Er würde Mona sagen, daß ihre Kälte und Unnahbarkeit ihn dazu getrieben hätten, sich eine Geliebte zu nehmen. Sie habe ihm ja deutlich genug gesagt, er könne tun und lassen, was er wolle, und das war eben geschehen. Nicht mehr! Und vor allem, sie war seine Frau, und er hatte die Möglichkeit, an ihr Vermögen heranzukommen. Da war es ganz gut, wenn er einige Tage ungestört seine Maßnahmen treffen konnte. Irgendwie mußte er sich jetzt Geld, und zwar viel Geld, verschaffen. Wenn Mona doch so schwer erkrankte, daß sie – nun ja – das Zeitliche segnen würde, so wäre das die beste Lösung aller Wirren. Dann war er ihr alleiniger Erbe, denn das hatte er einmal schlau aus ihr herausgefragt.

Ob man nicht ein wenig nachhelfen konnte?

Ein bösartiges Glitzern erschien nun in seinen Augen – Richard sah es und war auf der Hut, weil er glaubte, Meining würde sich auf ihn stürzen. Aber durch dessen Kopf schossen ganz andere Gedanken. Er gedachte eines winzigen Päckchens, das in seinem Besitz war. Das hatte ihm einmal ein alter dem Trunk ergebener Apotheker für eine schöne runde Summe verkauft. Er hatte, als er es erwarb, bei sich gedacht, daß man dergleichen vielleicht einmal würde gebrauchen können. Es war ihm auch eine genaue Anweisung beigefügt, wie es anzuwenden war, um jede Spur zu verwischen. Jeden Tag ein Pillchen – nach dem fünften Tag täglich zwei und nach dem zehnten drei. Dann war nichts weiter zu tun. Und dann war auch jede Entdeckung ausgeschlossen. Also bedurfte es im ganzen zehn Tage – um Witwer zu werden.

Er schrak auf und blickte sich um, als fürchtete er, laut gedacht zu haben. Aber Richard sah ihn nur fragend an.

»Sind Sie einverstanden?« fragte er scharf.

»Meinetwegen! Ich werde so lange schweigen, bis Sie es selbst sagen. Aber nun lassen Sie mich allein – mir scheint, Sie haben mich schlimm zugerichtet.«

»Bei weitem nicht schlimm genug«, sagte Richard, nahm seinen Hut, sah sich noch einmal im Zimmer um, das nur zu deutliche Spuren aufwies von dem, was sich in den letzten Stunden hier zugetragen hatte, und entfernte sich. Meining sah ihm haßerfüllt nach.

»Warte nur, mein Lieber – deine Braut habe ich dir gründlich ausgespannt, und außerdem sollst du die längste Zeit der Jugendfreund von Mona Meining gewesen sein. Mona Meining! Gut, daß sie so heißt, gut, daß wir wenigstens so weit sind!«

So dachte er, schüttete aus einem Krug kaltes Wasser über seinen schmerzenden Kopf und kühlte die von der Peitsche herrührenden Striemen.

15

Peter hatte sich unbemerkt in sein Zimmer schleichen können. Dort fand er einen Zettel seines Vaters:

»Morgen früh gibt es was, Peter, weil du ausgekniffen bist.«

Peter zerknüllte den Zettel. Mochte der Vater ihm ruhig eine Standpauke halten oder ihn gar ohrfeigen – das mußte ertragen werden. Es würde ihn weniger treffen als das, was heute geschehen war. Er setzte sich hinter seine Bücher. Schlafen konnte er ja doch nicht. Er wollte warten, bis Gloria zu Hause war. Als er diese kommen hörte, atmete er auf. Sie war jetzt wenigstens in Sicherheit – und lebte. Er hatte allerlei Ängste um sie ausgestanden, wenn er auch Richards Worten vertraute. Man konnte ja nie wissen, wie alles ablief; und gräßlich verliebt mußte sie in diesen Kerl ja doch sein, daß sie sich zu alldem hatte verleiten lassen.

Viel war nicht aus Peters Arbeit geworden. Er packte seine Bücher wieder zusammen. Gleich darauf kam sein Bruder heim.

»Wie, Peter, noch nicht zu Bett?«

»Ich habe noch gearbeitet, weil ich vorher eine Stunde draußen war. Der Kopf war mir so voll.«

»Kann ich mir denken. Na, bald hast du es ja überstanden. Wirst schon versetzt werden, hast ja fleißig gebüffelt. Nun mach aber, daß du zur Ruhe kommst – sonst bist du morgen zu nichts zu gebrauchen.«

Die Brüder gingen nun beide zu Bett und waren bald eingeschlafen.

Am nächsten Morgen beim Frühstück war alles wie sonst, als sei nichts geschehen, nur Gloria war sehr blaß und sehr still, und Peter zerkrümelte ohne Appetit sein Brötchen und sah verstohlen zur Schwester hinüber. Sie beachtete ihn aber gar nicht, und so kam er zu dem Schluß, daß sie wohl von seiner Beteiligung an ihrer Entlarvung nichts gemerkt hatte. Gern hätte er alles gebeichtet und auch jede Strafe auf sich genommen – aber Richard hatte sein Ehrenwort, daß er über alles schweigen würde. Vor dem Frühstück hatte der Vater Peter bei den Ohren genommen und ihn gefragt:

»Wo hast du denn gestern abend gesteckt?«

»Ich hatte sehr starkes Kopfweh, Vater, und bin draußen herumgelaufen. Meine Arbeit habe ich nachgeholt, als ich wieder heimkam.«

Da der Vater gehört hatte, daß Peter nicht allzusehr überzogen hatte und er auf die Frage, ob er sich etwa in einer Kneipe herumgetrieben habe, geantwortet hatte, »nein, Vater, mein Wort darauf, ich war in keiner Kneipe, ich habe meinen Kopf derzeit viel zu voll«, da ließ der Vater es damit bewenden und verlangte nur, daß Peter, ehe er wieder die elterliche Wohnung verließe, um Erlaubnis fragen sollte.

Peter meinte achselzuckend:

»Mutter war mit Glorias Theaterkleidern beschäftigt, da hatte ich nicht stören wollen.«

So war alles glimpflich für Peter abgelaufen, viel zu glimpflich nach seiner Meinung, der sich gern durch eine härtere Strafe hätte läutern mögen.

Während des Frühstücks läutete das Telefon. Gloria zuckte zusammen und wollte an den Apparat, aber der

Vater war ihr zuvorgekommen. Als er nach einer Weile wieder hereinkam, sagte er verwundert:

»Es war Richard! Er fragte, wann er mich in einer wichtigen Angelegenheit sprechen könne. Was mag er nur wollen? Ich habe ihm gesagt, ich würde erst nach ein Uhr zu Hause sein; sollte es aber dringend sein, möchte er mich im Amt aufsuchen. Da sind wir ja ungestört. Er hat dann gesagt, daß er ins Amt kommen wollte. Muß also was Dringendes und Eiliges sein.«

»Vielleicht betrifft es die abgesagte Hochzeitsfeier von Mona Falkner, nein – sie heißt ja schon Mona Meining«, vermutete die Mutter.

Vater Lindner zuckte die Achseln.

»Schon möglich. Aber bei euch dreht sich heute ja alles um die abgesagte Hochzeitsfeier.«

»Na, es ist doch auch sehr ärgerlich, daß die Braut krank geworden ist. Es muß wohl etwas sehr Ernstes sein, denn eine Hochzeitsfeier, zu der so viele Vorbereitungen nötig waren, sagt man nicht ohne besonderen Grund ab. Ich bin nur ärgerlich, daß ich mir zu diesem Fest das neue Kleid habe machen lassen. Und deinen Frack mußten wir auch aufbügeln lassen.«

»Na, laß nur, Mutter, all das wird bei der Hochzeit unserer Tochter zu Ehren kommen.«

Peter sah, daß Gloria bei diesen Worten erblaßte, und das Mitleid mit ihr war heute größer bei ihm als der Groll. Aber doppelt so groß war die Wut auf Hubert Meining

Wie gewöhnlich ging der Vater in das Amt, obwohl er sich für heute Urlaub genommen hatte. Aber er war so pflichteifrig, daß er ohne Grund nicht aus dem Amt fortblieb.

Peter mußte in die Schule und beeilte sich, fortzukommen, und Franz ging in sein Kolleg. So blieben Mutter und Tochter, wie meistens, allein zu Hause. Sie saßen noch, wie sonst auch, eine Weile am Frühstückstisch, und Frau Lindner sprach über das Mittagessen.

Da Gloria still blieb, sah die Mutter sie fragend an.

»Du siehst heute sehr müde und elend aus, Gloria. Bist doch gar nicht so spät heimgekommen. Ist dir nicht gut?«

Da barg Gloria das Gesicht in den Händen, kniete vor der Mutter nieder und weinte bitterlich.

Frau Lindner erschrak.

»Aber, Gloria – was sind denn das für dumme Sachen? Knien soll man nur vor Gott. Was hast du denn?«

»Ach Mutter, ich bin sehr unglücklich!«

»Dummes Zeug, wenn man einen so netten, vornehmen Mann heiraten kann, gesund ist und keine Sorgen hat – dann ist man doch nicht unglücklich. Was ist denn mit einem Mal in dich gefahren? Bist wohl traurig, weil heute keine Hochzeitsfeier stattfindet?«

Gloria sah nicht auf, schüttelte nur heftig den Kopf.

»Wenn es nur das wäre, Mutter! Aber – es ist viel schlimmer: Ich liebe einen anderen und habe Richard nur mein Wort gegeben, weil er reich ist und der andere arm. Und nun weiß Richard das – das von dem anderen –, und er wird Vater heute vormittag alles sagen und von der Verlobung zurücktreten.«

»Um Gottes willen, Gloria – knapp eine Woche vor der Hochzeit. Du bist wohl nicht ganz bei Sinnen und weißt nicht, was du sagst?!«

»Es ist alles wahr, Mutter. Ich muß dir der Reihe nach

erzählen, wie es kam. Du mußt mir dann helfen – wie immer, gute Mutter; wenn Vater heimkommt, muß ich mich auf Schreckliches gefaßt machen.«

Frau Lindner zitterten die Hände.

»Also rede dir alles vom Herzen, Gloria, vielleicht ist es gar nicht so schlimm, wie du denkst – schnell, sag mir alles.«

Und Gloria legte eine umfassende Beichte ab: Daß sie Huby schon lange gekannt und geliebt habe, daß er aber, ebenso arm wie sie, nicht daran habe denken können, sie zu seiner Frau zu machen, und wie sie beide beschlossen hätten, sich reich zu verheiraten und dann irgendwie zu Geld zu kommen, um später miteinander auf und davon zu gehen. Und wie dann alles so gekommen sei, daß sie sich mit Richard verlobt hatte und Huby mit Mona, und daß sie sich immer heimlich getroffen hätten, um in ihrer Liebe Trost zu suchen. Zuletzt schilderte sie Richards Auftauchen in dem gemieteten Zimmer, er müsse sie wohl längere Zeit beobachtet haben. Auch Peter habe sie beinahe einmal erwischt. Aber das sei noch gutgegangen. Und wie dann Richard Huby niedergeschlagen habe, und wie sie habe fortgehen müssen. Sie wisse nicht, was noch zwischen den beiden geschehen sei, und sie vergehe beinahe vor Angst.

Die arme Mutter mußte erfahren, was so viele Mütter in solchen Fällen erfahren müssen: »Deine Seele wird ein Schwert durchdringen.«

Sie war auf ihre Art eine gute Mutter und auf ihre schöne Tochter immer sehr stolz gewesen. Diesen Stolz mußte sie nun bitter büßen. War sie auch kein tiefgründiger Mensch, so konnte sie dennoch schmerzlich leiden.

Leider fand sie nicht den rechten Trost für Gloria, weinte und jammerte hauptsächlich nur um die verlorengegangene gute Partie. Denn was sollte Gloria der Mann von Mona Falkner nützen? Das war ja verrückt, daß sie beide annahmen, sie könnten in ihren Ehen ein Vermögen auf die Seite schaffen, mit dem sie dann ins Ausland fliehen würden. Ob Gloria nicht einsehe, daß dies ein Verbrechen war? Ob sie sich nun nicht die Augen aus dem Kopf schämen müsse, wenn Richard die Verlobung auflöste? Und das tat er bestimmt. Ein Ehrenmann wie er führte keine Frau zum Altar, die ihn vorher betrogen hatte. Was sollte bloß werden?

Bei diesem Jammer der Mutter wurde Gloria vollends übel zumute. Es wurde wieder einmal die ehrbare, spießbürgerliche Tochter einer anständigen Familie in ihr wach, und heimlich sündigen war selbstverständlich etwas anderes als an dem Pranger zu stehen.

Ja, was sollte nun werden? Ob die Mutter vielleicht erlauben würde, daß sie sich wenigstens mit Huby telefonisch verständigte über das, was gestern abend noch geschehen war, und über ihre Zukunft?

In ihrer Angst ließ die Mutter das zu, wollte aber mit anhören, was Gloria mit Meining sprach. Das Dienstmädchen wurde mit einem Auftrag zum Einkaufen fortgeschickt, und nun waren Mutter und Tochter allein in der Wohnung. Gloria rief Huby an. Er meldete sich auch, und als er Glorias Stimme hörte und diese gleich weinte, sagte er ziemlich ruhig und überlegen:

»Heul doch nicht, davon wird nichts besser. Und verlaß dich auf mich, ich werde schon irgendwie Klarheit schaffen. Jedenfalls hat Römer mir Zeit gelassen:

Mona soll erst gesund werden, ehe er ihr alles sagen wird. Inzwischen werde ich mir auf alle Fälle Geld beschaffen, ich habe schon einen Brief an Mona geschrieben, denn ich kann mich heute nicht vor ihr sehen lassen. Ich habe ihr mitgeteilt, was nötig ist, um Geld in die Finger zu bekommen; denn du weißt, ich bin ziemlich abgebrannt. Morgen gehe ich dann mit Monas Einwilligung, die ich sicherlich erhalte, zum Direktor der Werke und werde mir den Burschen kaufen. Er war zu mir gestern, wie ich dir schon sagte, mehr als pampig und zugeknöpft. Das wird sich ändern, wenn ich als Vertreter meiner Frau komme, denn das ist ja Mona gesetzlich auf alle Fälle, wenn auch keine kirchliche Trauung stattfindet. Also nur Kopf hoch, Gloria – auch wenn deine Verlobung auseinandergeht. Um so besser – dann bist du frei. Laß mich nur alles in Ruhe überlegen – wahrscheinlich kann ich dir genügend Geld geben, um irgendwo auf dem Land zurückgezogen leben zu können – bis wir abhauen.«

»Ach Huby – du wirst mich doch nicht verlassen?«

»Hab' ich nicht im Sinn, heule nur nicht mehr. Wir verwirklichen unsere Pläne schon noch. Kannst mich heute den ganzen Tag anrufen, ich bleibe zu Hause, Römer hat mich schön zugerichtet – mit seiner Hundepeitsche. Dafür gönne ich ihm, daß er dich hergeben muß. Sei ruhig – es wird schon alles gut werden, hab nur keine Angst. Und wenn deine Leute dir keine Ruhe lassen – dann haust du eben ab – aufs Land, wo ich dich ungehindert besuchen kann, sooft ich will. Denn ein Auto ist das erste, was ich mir anschaffe – verstehst du? Das werden wir brauchen. Aber jetzt muß ich meinen Brief zu Ende schreiben – kannst später wieder anrufen.«

Damit war das Gespräch beendet, und Gloria mußte es der Mutter wiederholen. Sie tat das auch ohne Vorbehalt, denn sie glaubte, der alten Dame werde alles recht sein, wenn sie nur keine Sorge mehr um sie haben mußte. Und sie flehte sie an, ihr zu gestatten, sich aufs Land zurückziehen zu dürfen, falls Huby ihr das Geld dazu verschaffen könnte. Es sei doch das beste, wenn sie allem Gerede ausweichen könnte.

Frau Lindner hatte, was das Gefühl für Ehre anbetrifft, kein besonderes Feingefühl. Sie sagte sich auch, daß an ihrer Tochter nicht mehr viel zu verderben war. Dabei darf man aber nicht glauben, daß sie Gloria die Sache leicht gemacht hätte. Diese bekam viele Vorwürfe und Klagen zu hören, aber sie ertrug das mit ziemlicher Fassung, denn sie kannte ihre Mutter gut genug, um zu wissen, daß diese, blieb nur der Schein gewahrt, trotz alles Geschehenen mit ihr durch dick und dünn gehen würde. Beide Frauen waren der festen Überzeugung, daß Richard über alles Vorgefallene schweigen und daß auch Mona Falkner keinen Skandal heraufbeschwören würde. Zudem mußte Hubert im eigenen Interesse vorsichtig sein. So durfte man hoffen, daß von dem Geschehenen nicht viel mehr an die Öffentlichkeit dringen würde als die Kunde von der aufgelösten Verlobung. Dafür aber konnte man allerlei harmlose Gründe angeben. Es waren schließlich schon viele Verlobungen in die Brüche gegangen.

So verging für die beiden Frauen der Vormittag mit Anklagen, Verteidigungen, Jammern und Hoffen.

Inzwischen war Richard im Amtszimmer von Herrn Lindner erschienen. Dieser bat ihn nach der Begrüßung, Platz zu nehmen, und fragte etwas gespannt:

»Was hast du mir Wichtiges zu sagen, Richard? Hoffentlich nichts Unangenehmes?«

Mit großen, ernsten Augen sah Richard den alten Herrn an, so daß diesem etwas flau zumute wurde.

»Leider ist es nichts Angenehmes, was ich dir berichten muß, aber ich will dich nicht lange hinhalten und auf die Folter spannen, wir sind ja Männer und müssen damit fertig werden. Also – kurz und bündig, ich bin gezwungen, meine Verlobung mit Gloria zu lösen!«

Lindner fuhr erschrocken zurück.

»Das ist doch nicht dein Ernst – es ist nur noch gut eine Woche bis zu eurer Hochzeit.«

»Die kann leider nicht mehr stattfinden – es hat sich etwas zwischen Gloria und mich geschoben, was mir eine Vermählung mit ihr unmöglich macht.«

»Aber – um Gottes willen – was denn?«

Richard zögerte.

»Ich will dir nur das eine sagen – Gloria liebt einen anderen und ist mit ihm vertrauter, als wir es je gewesen sind. Ich habe die Konsequenzen daraus gezogen und trete von dieser Verbindung zurück. Bitte, sei überzeugt, daß ich als Ehrenmann nicht anders handeln kann.«

Der alte Herr war wie gebrochen in seinen Sessel gesunken.

»Mir bleibt aber auch nichts erspart! Ist das wirklich dein Ernst, Richard?«

»Es muß mein Ernst sein!«

»Aber dann erkläre mir doch alles.«

»Bitte laß dir das von deiner Tochter erklären, die Hauptsache weißt du nun, alles übrige mag Gloria dir berichten, wie sie es für gut befindet. Bitte sag ihr auch, daß ich nicht bekanntgeben werde, daß ich die Verlobung löse; wir werden erklären, daß wir beide von der Verlobung zurücktreten. Dann werden die Leute meinen, daß sich Unstimmigkeiten zwischen unseren Charakteren herausgestellt haben und wir vernünftig genug sind, unter diesen Umständen von einer Heirat abzusehen. Das ist alles, was ich tun kann, um euch das Ganze zu erleichtern.«

Mit beiden Händen fuhr der alte Herr sich in sein dünnes graues Haar und sagte verzweifelt:

»Was werde ich alles hören müssen? So etwas muß man mit seinen Kindern erleben!«

»Bitte – beruhige dich! Ich will dich heute noch mit ›du‹ anreden, bis wir uns trennen, denn es wäre Unsinn, das schon während unserer jetzigen Unterredung abzustellen. Wir müssen durch! Glaube nicht, daß es mir leichtfällt, zu tun, was ich tun muß. Aber schließlich ist eine aufgelöste Verlobung nichts Außergewöhnliches, und eine rechtzeitige Trennung ist immer noch besser als eine unglückliche Ehe.«

Der alte Herr seufzte.

»Das Unglückskind! Konnte sie einen besseren Mann finden als dich?«

»Darüber kann man nichts sagen – handelt es sich um die Liebe, will eben das eigene Ich sprechen, und man soll nicht verurteilen, wenn es nicht unbedingt sein muß.«

Bei diesen Worten dachte Richard daran, daß auch er eine andere Frau viel lieber sein eigen genannt hätte als Gloria, wiewohl er sich niemals von dieser gelöst haben würde.

Jedenfalls wollte er nachsichtig sein bis zum Äußersten. Richard erhob sich.

»Ich habe nun alles gesagt, was ich in dieser Sache zu sagen habe, und will dich jetzt allein lassen. Wir werden vielleicht nie mehr zusammentreffen, deshalb bitte ich dich um eines: Gestatte, daß Peter auf jeden Fall mit mir in Verbindung bleibt. Wir sind trotz des Altersunterschieds echte Freunde geworden und – auf diesen Sohn kannst du stolz sein, es steckt viel mehr in ihm, als ihr ahnt. Es wäre mir eine Freude, den Jungen zu fördern und ihn vorwärtszubringen, denn ich habe mancherlei Verbindungen und hoffe, ihn, wenn er mit seinem Studium fertig ist, bei den Falkner-Werken unterzubringen. Er wird ein tüchtiger, zuverlässiger Mensch werden. Also bitte, tritt nicht trennend zwischen ihn und mich. Laß ihn ungehindert bei mir aus und ein gehen!«

Der alte Herr sah Richard mit trüben Augen an.

»Es freut mich sehr, daß du eine so gute Meinung von Peter hast – mir hat er sich noch wenig erschlossen – aber vielleicht habe ich nicht verstanden, ihn richtig zu nehmen. Selbstverständlich werde ich ihn an dem Umgang mit dir nicht hindern; denn an dir wird er immer ein gutes Beispiel haben, das weiß ich, obgleich du mir diese bittere Stunde bereiten mußtest. Und wenn du ihn fördern willst und kannst, so danke ich dir dafür.«

Richard reichte ihm die Hand.

»Noch eine Bitte: Geh nicht zu hart mit Gloria ins Gericht; vielleicht hat sie ihrem Charakter nach nicht anders handeln können. Wir wollen ihr nicht Richter, sondern Helfer sein; ich glaube, sie wird es sehr nötig haben.«

»Wer – wer ist denn der andere?«

»Das soll sie dir selbst sagen; es ist ihre Sache, ob sie dir seinen Namen preisgeben will oder nicht.«

Damit verabschiedete Richard sich und war froh, daß dies alles hinter ihm lag.

Heute vormittag hatte er sich nach Monas Befinden erkundigt. Frau Richter hatte ihm gesagt, es sei gut, daß die Hochzeit abgesagt worden sei, denn besser sei Monas Zustand nicht geworden. Sie habe jedoch das Gefühl, daß das Leiden der jungen Frau mehr seelischer als körperlicher Natur sei. Frau Mona wolle niemanden sehen und sprechen – auch ihren Mann nicht, der schon wiederholt angerufen habe. Er sei einsichtig genug, sich heute zurückzuhalten, aber er wollte an seine Frau einen Brief schreiben, den sie, Frau Richter, ihr aushändigen sollte. Er habe sein Wort gegeben, daß der Brief nichts Aufregendes, sondern nur Fragen enthalten würde, was jetzt weiter geschehen solle und müsse. Und es wäre gut, wenn man das klärte.

Darauf hatte Richard gefragt, ob sie etwas an Mona bestellen würde. Die alte Dame bejahte, denn sie wußte, von seiner Seite würde Mona nichts Nachteiliges drohen. Da sagte er ihr:

»Dann bitte, sagen Sie ihr, daß ich sie herzlich ersuche, nicht abzureisen, bevor sie mich zu einer Unterredung von großer Wichtigkeit empfangen hat. Sobald sie sich wohl genug fühlt, um an die Abreise zu denken, soll sie es mich wissen lassen, damit ich mich bei ihr melden kann.«

»Ich werde das gern ausrichten, Herr Römer, und Ihnen bei Ihrem nächsten Anruf Bescheid geben.«

»Vielen herzlichen Dank, Frau Richter!«

Richard fühlte sich einigermaßen beruhigt.

Er hatte Mona gewarnt; mochte sie selbst entscheiden, ob sie mit Meining auf die Reise ging oder nicht.

Er hatte dann jedenfalls seiner Pflicht genügt.

Als Richard in die Fabrik zurückkam, sagte er seinem Vater schnell Bescheid, wie die Unterredung mit Lindner verlaufen war, und begab sich dann in sein Büro, wo er Peter erwartete. Dieser kam auch sehr bald, ganz erhitzt, denn er hatte von der Schule aus einen Dauerlauf gemacht.

Mit großen, bangen Augen sah er Richard an.

Dieser nahm ihm die Büchertasche und die Mütze ab und drückte ihn in einen Sessel.

»Tausend Fragen stellen mir deine Augen, Peter.«

Dieser seufzte.

»Wenn du wüßtest, wie jammervoll mir zumute ist!«

»Das ist nicht nötig, mein Junge, und zu deiner Beruhigung: Es ist alles viel besser gelaufen, als du vielleicht gefürchtet hast in deinem übersteigerten Empfinden.«

Er berichtete ihm ausführlich, was gestern abend geschehen war, was er mit Gloria und mit Meining gesprochen, wie er diesen gezeichnet und niedergeboxt und was er dann von ihm verlangt hatte.

»Denn sieh mal, Peter, Mona Falkner ist krank; sie

darf jetzt nichts Aufregendes erfahren, und was geschehen ist, soll sie von mir hören. Aber erst, wenn sie wieder ganz gesund ist.«

Peter nickte.

»Das ist gut, Richard – man muß sie schonen und so wenig wie möglich beanspruchen.«

»Das soll geschehen. Und – deine Schwester soll ebenfalls weitgehend geschont werden. Höre, was ich mit deinem Vater besprochen habe.«

Peter sah ihn unruhig an.

»Wie nahm Vater es auf?«

»Nicht gerade jauchzend, aber gefaßt – schließlich ist er in Mann.«

»Und – du hast es ihm ja leicht gemacht – ich danke dir, Richard!«

»Für Selbstverständliches bedarf es keines Dankes.«

»Nun, nicht jeder an deiner Stelle hätte diese Großmut bewiesen.«

»Ich habe dir viel mehr zu danken, Peter – viel mehr, als du im Augenblick begreifen kannst.«

Peter winkte ab.

»Ich weiß schon, was du meinst. Glaub nur nicht, daß ich es nicht begreifen könnte – ich – nun ja – ich habe längst gemerkt, daß du in diese Verbindung gehen wolltest, wie – ja – wie ein Sklave sich in sein Schicksal ergibt.«

Richard strich ihm über den Kopf und sagte dabei:

»Du bist für deine Jahre ungewöhnlich reif, mein Junge. Aber nicht davon wollen wir reden, sondern von dem, was dein Vorwärtskommen betrifft. Es war mein voller Ernst, was ich zu deinem Vater gesagt habe. Sobald du, wie man so sagt, fertig bist, bringe ich dich in den Falkner-Werken unter.«

Peter schluckte, und die Augen wurden ihm feucht.

»Sei bloß jetzt, um Gottes willen, nicht so gut zu mir, Richard – ich heule sonst los wie ein Hosenmatz und möchte mir doch keine Blöße geben.«

Gutmütig nickte Richard ihm zu.

»Bilde dir nicht ein, mein Junge, daß es einen Mann schändet, wenn er so viel Herz hat, daß ihm mal die Augen naß werden. Aber wir wollen lieber nicht weich werden. Kopf hoch, Brust raus, Peter! Und jetzt geh heim, vielleicht wirst du dort gebraucht.«

»Ich kann mir denken, wie es zu Hause aussieht: Gloria hat der Mutter wahrscheinlich alles haarklein gebeichtet; denn daß diese ihrem Liebling kein zu hartes Urteil spricht, weiß sie sehr genau. Na – und Vater, der wird es in sich hineinfressen, wird Gloria wahrscheinlich ein paar harte Worte sagen, aber dann werden Vater und Mutter das Ihre tun, um Gloria aus dieser Lage herauszuhelfen. Wie, das weiß ich nicht. Na – und auch ich werde mein möglichstes tun, in Anbetracht dessen, daß ich den Stein ins Rollen gebracht habe. Wenn ich bloß den Zierbengel vergiften könnte!«

Das letzte stieß Peter wütend heraus. Richard wollte ihn seiner Stimmung entreißen, machte einen Satz rückwärts und sagte lächelnd:

»Junge – stoß keine solchen Drohungen aus, da bekommt man es ja mit der Angst zu tun. Es ist nur gut, daß du nicht für einen Groschen Rattengift bekommst und daß Meining es bestimmt nicht schlucken würde.«

Nun mußte selbst Peter lachen.

»Es kocht immer noch in mir, wenn ich an diesen Kerl denke, und dann muß ich zu meiner Erleichterung so grausige Drohungen ausstoßen. Es wäre ja schade um das Rattengift.«

Richard faßte Peter bei den Schultern.

»Also heraus mit der ganzen Wut – ich habe mich gestern abend auch nicht halten können!«

»Hast du ihm wenigstens ordentlich eins ausgewischt?«

»Nun, heute wird er wahrscheinlich kühlende Umschläge machen müssen, damit sein Puppengesicht wieder schön wird. Ganz wohl war ihm gestern abend nicht, und heute dürfte es sich ebenfalls in Grenzen halten.«

»Das ist noch viel zu wenig. Also jetzt gehe ich heim, Richard. Und – ist es wirklich wahr, daß ich dich auch in Zukunft besuchen darf?«

»Sooft du willst, mein Junge – für dich bin ich immer zu sprechen.«

Sie trennten sich mit festem Händedruck, und Peter begab sich erleichtert heimwärts.

Er traf die übrige Familie in hochgradiger Aufregung. Vater Lindner hatte sich sogar hinreißen lassen, seiner schönen Tochter eine Ohrfeige zu verpassen.

Die Mutter flatterte aufgeregt zwischen beiden hin und her, und Franz suchte die Mutter zu beruhigen. Der Sturm dauerte noch gut eine Stunde, dann legten sich die Wogen der Empörung und Aufregung. Man kam nach langem Hin und Her überein, Gloria für ein paar Wochen aufs Land zu schicken, damit sie aus dem Gerede käme.

Papa Lindner war sogar bereit, ein paar hundert Mark von seinem Sparkonto dafür abzuheben.

Gloria war schon wieder so sehr sie selbst, daß sie dieses Geld annahm, ohne auf das zu verzichten, was Huby ihr geben würde; denn er war jetzt reich und mußte darum das Seine tun, ihr zu helfen.

16

Blaß und still lag Mona in ihrem Bett und träumte vor sich hin. Zweierlei war es, wovon ihre Gedanken sich nicht lösen konnten. Nicht davon, daß Richard sie liebte, und nicht davon, daß sie so töricht gewesen war, sich durch ihre Heirat eine Fessel anzulegen, die ihr unerträglich werden mußte.

Meining war ihr vollkommen gleichgültig; trotzdem wußte sie nicht, wie sie es ertragen sollte, unter einem Dach mit ihm zu leben und täglich mit ihm zusammenzusein.

Und doch mußte sie sich sagen, daß sie dem nicht entrinnen konnte.

So sollte die Krankheit ihr wenigstens dazu dienen, noch einige Zeit für sich bleiben zu können.

Frau Richter hatte ihr Richards Bitte ausgerichtet, und Mona hatte darauf erwidert, sie solle ihm sagen, sie würde nicht von hier abreisen, bevor sie mit ihm gesprochen habe.

Inzwischen war Meinings Brief eingetroffen.

Wohl oder übel mußte Mona sich entschließen, ihn zu lesen, denn es war sehr wichtig, zu erfahren, was er ihr mitzuteilen gedachte.

Dagegen hatte sie sehr entschieden gefordert, daß er nicht zu ihr kommen dürfe, und ebenso das Hinzuziehen eines Arztes abgelehnt.

»Mir kann keiner helfen«, hatte sie gesagt, »es ist weiter nichts als ein Versagen der Nerven. Ich brauche nur Ruhe, unbedingte Ruhe, dann komme ich von selbst über den Berg. Bitte verhelfen Sie mir dazu, liebe Frau Richter. Ihnen will ich es eingestehen, daß ich etwas durchzumachen habe, wobei mir kein Mensch helfen kann. Auch kein Arzt.«

Frau Richter war taktvoll genug, Mona in keiner Weise zu bedrängen.

Nun entfaltete Mona den Brief. Das Papier war hochelegant – und parfümiert. Mona mußte den Kopf schütteln: Es war das Briefpapier einer nicht sehr vornehmen Dame, aber ganz gewiß nicht das eines Mannes. Mona las:

Meine liebe, arme Mona!

Du kannst Dir nicht denken, wie leid es mir tut, daß Du krank bist und wir unsere schöne Feier absagen mußten. Leider willst Du mich auch nicht sehen; aber es sind einige Fragen klarzustellen, weswegen ich Dich mit diesem Briefe belästigen muß. Zuerst also bitte ich Dich, anzuordnen, daß man mir in Deinem Haus Zimmer einrichtet; denn wie Du weißt, habe ich meine derzeitige Wohnung zum ersten Juni gekündigt und kann nicht länger hierbleiben, weil sie bereits

weitervermietet ist. Da wir nicht auf Reisen gehen können, bevor Du gesund bist, wäre ich also obdachlos, und das willst Du doch sicher nicht. Bitte, gib Anweisung, daß ich morgen in Dein Haus einziehen kann, das doch jetzt, da wir Mann und Frau sind, das unsere ist.
Und dann noch etwas mir sehr Peinliches: Du weißt, daß ich ein armer Schlucker bin. Ich habe, um in einer Deiner würdigen Weise auftreten zu können während unserer Verlobungszeit, zehntausend Mark Schulden machen müssen, zumal ich noch einige frühere Verpflichtungen regeln mußte. Damit Du nicht unnötig behelligt wirst, bitte ich Dich, mir eine Vollmacht auszustellen, daß ich Geld bei Deinem Direktor abheben kann, der, wie Du mir sagtest, Deine Kasse für private Zwecke verwaltet. Ich versuchte ihn schon gestern dahin zu bringen, mir eine Summe anzuweisen, doch er sagte mir, dazu brauche er Deine Unterschrift. Er war außerdem überheblich und unliebenswürdig, und sein Benehmen hat mich zutiefst verletzt. Das kann unmöglich in Deinem Sinne sein, und ich bitte Dich, ihn zurechtzuweisen und ihm zu sagen, daß er mir fortan genauso zu gehorchen hat wie Dir und er meine Wünsche einfach zu erfüllen hat, ohne Beleidigungen und Einschränkungen. Ich denke, es kann Dir nicht recht sein, wenn man mich als etwas total Nebensächliches behandelt. Dafür kenne ich Deinen vornehmen Sinn zu gut, meine angebetete Frau.
Wie bitter ist es für mich, Dich nicht sehen zu können. Ich sehne mich nach Deinem Anblick wie die Blume nach der Sonne. Und noch eines, Mona, veranlasse

bitte, daß man mir Dein Auto vorläufig zur Verfügung stellt, bis ich mir selbst eines angeschafft habe. Dafür muß ich Deine Hilfe leider ebenfalls in Anspruch nehmen, aber Du sagtest mir ja, daß ich fortan alle meine Bedürfnisse aus Deiner Kasse befriedigen darf. Es kann leider bei meiner persönlichen Armut nicht anders sein. Ich habe Dir, so leid es mir tut, nichts zu bieten als mich selbst und meine große Liebe. Doch das weißt Du ja. Ich erwarte, wenn möglich, sofort Deine schriftliche Antwort, daß Du meine berechtigten Wünsche erfüllst und die Vollmacht für den Direktor, den ich morgen vormittag aufsuchen möchte, ausstellst. Ich fühle mich heute selbst ganz krank und elend, weil ich Dich, geliebte Frau, leidend weiß. Werde rasch gesund, damit ich Dich wiedersehen kann. In Sehnsucht Dein
         Dich anbetender Mann

Als Mona gelesen hatte, war die Röte der Empörung in ihr blasses Gesicht gestiegen. Diese Verquickung von Geld und Liebe erschien ihr taktlos und unfein. Auch Meinings Ton war trotz seiner Liebesworte fordernd und überheblich. Wie er dazu kam, ein Auto für sich zu verlangen, da ihm doch das ihre zur Verfügung stand, wenn sie es nicht, was selten geschah, für sich brauchte, konnte sie nicht begreifen. Wohl hatte sie ihm gesagt, daß er für seine persönlichen Bedürfnisse Geld abheben könne, da sie nicht wollte, daß er es aus ihrer Hand bekam, aber zu diesen Bedürfnissen gehörte keinesfalls ein eigenes Auto. Die Zeiten waren ernst und schwer, überall mußte gespart werden, und ein zweites Auto erschien ihr als ein höchst überflüssiger Luxus. Dafür konnten schon wieder einige Arbeiter eingestellt werden. Aber – Unterkunft im Hause mußte sie ihm schon gewähren, Frau Richter konnte seine Zimmer, so gut es in der Eile möglich war, fertig und für morgen bezugsfertig machen lassen. Wegen des Autos würde sie ihm schreiben, und im übrigen mochte er die Geldangelegenheit mit dem Direktor in Ordnung bringen. Dieser hatte schon Auftrag, Meining auszuhändigen, was sie im letzten Jahr erspart hatte. Auch sollte er künftighin die Hälfte der ihr zustehenden Beträge abheben dürfen, aber nur in Vierteljahresraten. Mona wollte um keinen Preis, daß ihres Vaters Bestimmungen umgestoßen würden. Meining schien zu glauben, daß er nur in einen unerschöpflichen Born zu greifen brauche. So würde er wohl enttäuscht sein, wenn er erkennen mußte, daß es damit nichts war. Wenn er zehntausend Mark Schulden hatte, würde ihm von der ersten Zahlung nicht viel übrigbleiben. Mona war selbst so an ein sparsames, vernünftiges Leben gewöhnt, daß sie jede Verschwendung haßte; Meining aber schien in dieser Zeit planlos verschwendet zu haben. Das durfte nicht so weitergehen. Doch der Direktor würde ihm das schon klarmachen, sie brauchte sich also darüber nicht aufzuregen.

Sie erbat sich, nachdem sie geklingelt hatte, Schreibzeug und ließ Frau Richter rufen, um ihr mitzuteilen, daß Meining morgen in die für ihn vorgesehenen Zimmer einziehen würde, da seine bisherige Wohnung weitervermietet sei.

Frau Richter verschwand, um den ihr nicht sehr angenehmen Auftrag auszuführen. Da sie noch im Hause bleiben sollte, sah sie bei einem Zusammenleben mit Meining allerlei Unannehmlichkeiten voraus. Doch daran war nichts zu ändern.

Mona schrieb nun den Antwortbrief:

Lieber Hubert!

Deine Zimmer werden morgen mittag zu Deinem Einzug bereit sein. Im übrigen lege ich Dir hier die Vollmacht für den Direktor bei, damit Du mein Privatkonto bis zur vollen Höhe abheben kannst. Weitere Auskünfte wird Dir der Direktor erteilen. Daß er sich Dir gegenüber im Ton vergriffen haben soll, kann ich kaum glauben, denn er ist sehr taktvoll. Du warst wohl auch ein wenig nervös. Was ein Auto für Dich allein betrifft, so bitte ich Dich, davon abzusehen. Du kannst selbstverständlich das meine mitbenutzen; wir werden uns jeweils verständigen. Zwei Autos zu halten sehe ich in der jetzigen schweren Zeit als Verschwendung an, denn wir müssen alle flüssigen Gelder darauf verwenden, Arbeit zu schaffen, damit wir keine Arbeiter entlassen müssen.

Zum Stil Deines Briefes möchte ich Dich noch bitten, geschäftlichen Dingen keine Liebesworte anzufügen, das ist fehl am Platze, und wie wir zueinander eingestellt sind, überhaupt nicht passend. Wir wollen in Zukunft solche Überschwenglichkeiten vermeiden, denn sie kommen Dir sowieso nur über die Lippen und nicht aus dem Herzen. Mir jedoch weder über die Lippen noch aus dem Herzen. Es ist mir peinlich, wenn wir von unserer Abmachung abweichen. Vor der Welt werden wir uns so benehmen, wie es sein

muß, unter uns aber so, wie ich es wünsche und mir vorbehalten habe.
Frau Richter wird vorläufig für Dich sorgen. Du kannst ganz nach Deinem Geschmack leben und brauchst auf mich nur die Rücksicht zu nehmen, die mir vor der Öffentlichkeit zukommt. Ich hoffe auf baldige Gesundung und auf ein Wiedersehen!
Mona

Als sie die Feder aus der Hand legte, atmete sie erleichtert auf. Jetzt würde wenigstens Klarheit geschaffen sein zwischen ihr und dem Mann, dem sie Rechte über sich eingeräumt hatte, nur um dem anderen, den sie liebte, ihre Liebe zu verbergen. Nun würde Meining morgen in ihr Haus einziehen und in Zukunft Tag für Tag mit ihr unter einem Dach weilen; aber er wußte nun wenigstens, daß seine Forderungen an sie begrenzt waren. Sie erkannte immer deutlicher, daß er sie nur ihres Geldes wegen geheiratet hatte, seine Liebesgeständnisse sollten das nur vor ihr verschleiern. Das wäre ihr auch gleichgültig oder sogar erwünscht gewesen, wenn sie inzwischen nicht erfahren hätte, daß sie von Richard geliebt wurde. Jetzt beleidigten Hubert Meinings berechnende Liebesäußerungen sie geradezu, und sie hatte nur den einen Wunsch, davor verschont zu bleiben. Daß ihre Ehe nicht kirchlich eingesegnet war, erschien ihr als ein Glück – nie würde sie das nachholen lassen, mochte kommen, was da wollte. Und auf eine wenn auch nur formelle Hochzeitsreise würde sie auch nicht mit ihm gehen, das ertrug sie nun nicht mehr. Richard konnte beruhigt sein. Vorläufig fühlte sie sich außerstande, ihn wiederzusehen, aber – ehe er sich mit Gloria verheiratete, würde sie noch einmal mit ihm sprechen und ihm über ihre Beziehungen zu Meining Klarheit verschaffen.

Daß Richard jetzt gegen sich selbst kämpfen mußte, gegen sein eigenes Herz, genau wie sie, das wußte sie, und ebenso, daß er seine Pflichten Gloria gegenüber nicht vernachlässigen würde. Sie ahnte ja nicht, daß er inzwischen frei geworden und was sonst noch geschehen war.

Mona hatte sich vorgenommen, Meining nicht eher wieder zu begegnen, als bis sie ruhiger geworden war. Inzwischen hatte er dann Klarheit über ihre Vermögensverhältnisse bekommen und würde sich damit abgefunden haben. Sie konnte dann jeder weiteren Erklärung aus dem Weg gehen. Ihre sogenannte Krankheit, die eigentlich nichts weiter war als eine Lähmung ihrer Kräfte, als Willenlosigkeit, würde ihr jetzt den Vorwand liefern, in ihren Zimmern zu bleiben. Mochte er seine Mahlzeiten mit Frau Richter einnehmen. Diese konnte auch sonst für ihn sorgen, und Mona hatte sich schon überlegt, ob es nicht das beste sei, wenn sie Frau Richter bäte, auch künftig bei ihr zu bleiben. Dann ließ sich am leichtesten ein Alleinsein mit Meining vermeiden. Darüber wollte sie aber erst nach einem Wiedersehen mit Richard mit ihrer alten Getreuen verhandeln.

Mit solchen Überlegungen beruhigte Mona sich. Sie wußte oder glaubte vielmehr, daß Richards und Glorias Hochzeit nahe bevorstünde. Daß sie an diesem Hochzeitsfest nicht teilzunehmen brauchte, dafür würde ebenfalls ihre Krankheit als Vorwand dienen.

Sie beschloß, das Telefon an ihr Lager bringen zu lassen, damit sie mit den Werken sprechen konnte, sofern es nötig war. Und das geschah sogleich. Sie rief den Direktor an, um diesem nochmals genaue Verhaltungsmaßregeln betreffs der bevorstehenden Unterredung mit Meining zu geben.

Als Mona ihn bat, ihrem Mann auseinanderzusetzen, daß alles den Wünschen ihres Vaters entspräche, glaubte dieser daraus entnehmen zu können, sie sei inzwischen zu der Einsicht gelangt, sich mit ihrer Ehe übereilt zu haben, und nicht nur das, sondern daß diese geradezu ein Fehlgriff gewesen sei.

Der verstorbene Herr Falkner hatte seinerzeit verfügt, in besonderen Fällen dürfe Mona der Geschäftskasse auch größere, die ihr zugebilligte Rente übersteigende Beträge entnehmen. Das aber nur dann, wenn der Direktor und die Prokuristen sich damit einverstanden erklären würden.

Mona standen jährlich zweiunddreißigtausend Mark zu; sie hatte aber immer nur die Hälfte dieses Betrages abgehoben.

Ihr Auftrag an den Geschäftsführer lautete dahin, Hubert Meining ihr Privatkonto in voller Höhe auszuhändigen und ihm mitzuteilen, daß ihm künftig jedes Vierteljahr viertausend Mark zur Verfügung stehen sollten.

Das war für einen Mann, zumal, da er in ihrem Haus freie Wohnung und Verpflegung hatte, ein sehr ansehnliches Einkommen; aber – Hubert Meining würde wohl nicht damit zufrieden sein. Er hatte anscheinend eine unbegrenzte Vorstellung von ihrem Reichtum und dem ihm davon zustehenden Anteil.

Als Mona dieses Telefongespräch erledigt hatte, sank sie ein wenig ermüdet in ihre Kissen zurück. Sie verspürte noch keinerlei Lust, ihr Lager zu verlassen, und träumte wieder vor sich hin.

17

Als Hubert Meining Monas Brief erhalten und gelesen hatte, schien er sehr zufrieden damit zu sein, wenn der darin angeschlagene Ton auch sehr kühl, ja fast schroff war. Mochte Mona sich zu ihm stellen, wie sie wollte – er hatte jetzt die Vollmacht in den Händen, über ihr Privatkonto nach Gutdünken zu verfügen und dann noch weitere Vierteljahresraten in Anspruch zu nehmen. Wie hoch diese sein würden, ahnte er allerdings nicht. In seiner Vorstellung waren sie jedenfalls bedeutend. Noch phantastischer stellte er sich die Höhe des Privatkontos der reichen Erbin vor. Er vermutete, daß ein Privatkonto von dreimalhunderttausend Mark vorhanden sein müsse – wenn nicht mehr. Und da er nicht wußte, wie Mona über seine Beziehungen zu Gloria dachte, wollte er immerhin in Betracht ziehen, daß er vielleicht eines Tages sehr schnell verduften mußte. So rechnete er sich aus: Dreihunderttausend Mark konnte er ohne weiteres in die Hand bekommen. Vielleicht sogar mehr. Außerdem wußte er, daß Monas Schmuck mindestens ebensoviel wert war, sie besaß wundervolle Perlen und Steine. Diesen Schmuck verwahrte sie in ihrem Arbeitszimmer in einem hinter einem Bild verborgenen Geheimfach. Nun, er würde schon Mittel und Wege finden, sich den Schlüssel zu verschaffen. Dann würde er sich einfach den Schmuck aneignen und ihn im Ausland zu Geld machen. Monas Wagen wollte er zur Flucht benutzen und Gloria, die inzwischen auf dem Land untergebracht sein würde, abholen. Ehe irgend jemand von alldem etwas ahnte, war er dann längst über die Grenze.

Mit sechshunderttausend Mark ließ sich dann, einerlei wo, gut leben. Mona würde ihn bestimmt nicht verfolgen lassen. Dazu war sie zu vornehm. Außerdem fürchtete sie jedes Aufsehen.

Eigentlich war es bei ihrem Reichtum sehr knickerig von ihr, daß sie ihm nicht erlaubte, sich ein eigenes Auto anzuschaffen. Nun gut, dann benutzte er eben das ihre zur Flucht.

Er sagte sich auch, daß er vorläufig seine Schulden nicht bezahlen würde. Mußte er fliehen, dann konnte Mona auch noch diese begleichen. Im übrigen hatte er nicht so verschwenderisch gelebt, wie er angegeben hatte, er hatte nur fünftausend Mark Schulden gemacht. Die anderen fünftausend wollte er einfach für sich buchen. Er konnte jetzt gar nicht Geld genug zusammenscharren, damit er auf alle Fälle als vermögender Mann aus dieser Affäre hervorging.

Unbedingt nötig war auch, daß sein Paß und seine Papiere für den Übergang über die Grenze in Ordnung waren, ebenso mußten Glorias vollständig sein. Das mußte er mit ihr bei nächster Gelegenheit besprechen.

Es galt, für alle Fälle gerüstet zu sein. Wenn Römer Mona sagte, was geschehen war, dann konnte sie vielleicht sehr ungehalten werden und ihm womöglich alle Bezüge sperren. Ihr vortrefflicher Jugendfreund würde sie wahrscheinlich in dieser Hinsicht beeinflussen. Deshalb hieß es: gewappnet sein!

Für den schlimmsten Fall erwog er noch einmal die Sache mit den Giftpillen. Daß sie wirkten, hatte er an einer Katze erprobt. Der Apotheker hatte ihn also nicht etwa betrogen. Aber das sollte nur im schlimmsten Fall zur Anwendung kommen: Denn wenn er auch gewissenlos genug war, nicht vor einem Mord zurückzuschrecken, so mußte dennoch bedacht werden, was für Folgen das haben könnte.

Zwar hatte der alte Apotheker ihm mehrmals versichert, daß dieses aus Indien stammende Gift bei richtiger Anwendung keine Spuren hinterlasse. Und er hatte auch gesagt, wenn es schneller wirken sollte als in zehn Tagen, brauchte man nur zweimal ein Pillchen zu geben, dreimal zwei und zweimal drei. Dann sei das Opfer gleichfalls erledigt. Es habe dann den Anschein, als sei der Kranke einem Herzschlag erlegen.

Ohne die geringste Erregung zu spüren, überdachte Meining das alles. Er entsann sich genau, wie es bei der Katze gewesen war, die er gewissermaßen zur Probe vergiftet hatte. Er hatte sogar den Tierarzt zu Rate gezogen, ohne daß dieser die Ursache ihrer Erkrankung feststellen konnte. Und als das Tier, selbstverständlich nach der halben Menge des Giftes, verendet war, hatte der Arzt gemeint, sie habe wohl an einer schleichenden, nicht zu ergründenden Krankheit gelitten. Jedenfalls war sie ohne Schmerzen einfach eingeschlafen.

Also, schlimmstenfalls konnte er innerhalb von

sechs Tagen Monas Witwer sein. So überlegte er sich. Aber großzügig beschloß er, davon nur im schlimmsten Fall Gebrauch zu machen, falls ihm alle anderen Wege zum Reichtum verschlossen sein würden. Vorläufig spielten seine verbrecherischen Instinkte nur mit dieser Möglichkeit, denn wenn er auf die andere Weise mindestens eine halbe Million erraffen konnte, dann wollte er damit zufrieden sein. Es war dann weniger aufregend, und er kam sich sogar sehr großmütig bei diesem Gedanken vor. Immerhin, als er nun in den Spiegel schaute und die jetzt nur noch blaßroten Striemen sah, die Richards Peitsche da hineingezeichnet hatte, überlegte er doch, wie er gegebenenfalls einen Giftmord an seiner Frau in Szene setzen könnte. Es war auf alle Fälle gut, daß er morgen in ihr Haus übersiedeln durfte. Vielleicht war es möglich, auch noch andere Werte zu ergattern. Er mußte sich genau umsehen. Nur für den Fall, daß alles andere fehlschlug, mußten die Giftpillen in Aktion treten. Man mußte dann sehen, wie es sich machen ließ, sie Mona in ihre Getränke zu mischen.

Aber als er so weit war, erschrak er vor seinem eigenen Gesicht, das auf einmal einen furchtbaren Ausdruck angenommen hatte. Sah man so aus, wenn man einen Mord plante? Dann hieß es sehr vorsichtig sein; denn ein aufmerksamer Beobachter mußte seine Schlüsse ziehen können aus solch einem Gesichtsausdruck.

Aber – wer würde ihn denn so genau beobachten?

Nun wandte er seine Aufmerksamkeit wieder seinen Striemen zu. Die Creme war vorzüglich, und der kühlende Umschlag hatte das Seine getan. Morgen würde er ohne Hemmung zum Direktor der Werke gehen können. Dem wollte er schon zeigen, wer Herr im Haus war, er sollte ihm nicht noch einmal so dumm kommen wie gestern. Hatte er doch Monas Vollmacht, wonach er alles auf ihrem Privatkonto befindliche Geld abheben konnte! Er wollte das so erklären, daß er beabsichtigte, sich ein eigenes Konto auf einer Bank zu eröffnen, denn er habe nicht Lust, jedesmal bei Bedarf den Herrn Direktor zu bemühen.

Hubert hatte heute wirklich genug zu überlegen. Am Nachmittag rief Gloria noch einmal an, und er sagte ihr, daß sie auf alle Fälle einen Auslandspaß haben müsse, sie möge sich ihn auf der Meldestelle ihres Bezirks ausstellen lassen. Auf die Frage, wie es ihm gehe und wie die Sache stünde, erwiderte er:

»Alles vorzüglich, Gloria, ich möchte nur nicht am Telefon darüber sprechen. Aber morgen nachmittag fahre ich aufs Land, um etwas für dich zu suchen, was am Weg liegt. Du rufst mich morgen abend oder übermorgen früh wieder an, damit ich dir Näheres mitteilen kann. Halte jedenfalls alle deine Sachen bereit, und nimm alles mit, was du brauchst, und vergiß vor allem den Paß nicht. Du bekommst ihn ohne weiteres.«

»Ja, Huby, ich werde alles besorgen.«

»Wie geht es dir denn, Schatzi?«

»Es ist alles glimpflich abgelaufen. Von Vater habe ich zwar eine Ohrfeige bekommen; aber er will mir noch einige hundert Mark für meinen Landaufenthalt geben.«

»Gut, gut, alles mitnehmen, Gloria – wir brauchen eine Menge Geld, und zwar so bald wie möglich. Es kann sehr schnell kommen, daß wir uns davonmachen.

Ich habe keine Lust, lange in dieser Ehe zu versauern, ich sehne mich nach meinem Schatz. Du auch?«

»Ach Huby – wären wir nur erst zusammen!«

»Nur Geduld, geht es nicht auf die eine, dann geht es auf die andere Weise.«

Daß es bei dieser Flucht nicht ganz sauber zugehen würde, ahnte Gloria wohl, aber dennoch nicht, wie tief die moralische Verkommenheit Huberts war.

Daß sie jedoch mit ihm gehen würde und mußte, war ihr ebenso klar, wie es bei ihm feststand, daß er ohne Gloria nicht ging. Die beiden hingen so fest aneinander, daß sie eine Trennung für unmöglich hielten. Sie wußten, was auch kam – sie waren einander unlöslich verbunden.

Am nächsten Vormittag stellte Hubert Meining fest, daß er sich sehr wohl wieder unter Menschen sehen lassen konnte. Er kleidete sich mit größter Sorgfalt an und machte sich, nachdem er seine Koffer einem Gepäckträger übergeben hatte, der sie zur Villa Falkner bringen sollte, auf den Weg zu den Werken. Er hatte sich Monas Chauffeur mit dem Auto vor das Haus bestellt. Als vornehmer Herr befahl er dem Chauffeur, ihn zum Direktionsgebäude der Werke zu fahren.

Dort wurde er bereits vom Direktor in dessen Büro erwartet.

Dieser bot ihm höflich einen Sessel an und fragte:

»Womit kann ich Ihnen dienen, Herr Meining?«

»Hat meine Frau Ihnen noch keine Anordnungen erteilt?« fragte dieser ziemlich von oben herab.

Der Direktor lächelte ein wenig.

»Anordnungen pflegt meine junge Chefin mir überhaupt nicht zu erteilen, wohl aber erhielt ich einige Weisungen bezüglich Ihres Besuchs.«

»Sie haben meine Frau gesprochen?«

»Nur telefonisch.«

»Nun gut, dann werden Sie wissen, daß ich durch eine Vollmacht meiner Frau berechtigt bin, deren Geld auf dem Privatkonto abzuheben. Sie müssen sich nicht wundern, wenn ich die ganze Summe auf mein eigenes Bankkonto überschrieben wissen möchte. Es dürfte, da ich sehr wohl weiß, daß Sie mir nicht besonders freundlich gesonnen sind, den gegenseitigen Umgang erleichtern, wenn ich nicht gezwungen bin, immer wieder hierherzukommen und Sie vielleicht in dem Wahn zu lassen, Sie hätten sich darum zu kümmern, wie ich die abgehobenen Gelder zu verwenden gedenke. Ich nehme an, Ihnen ist bekannt, daß ich befugt bin, das Privatkonto meiner Frau bis zum letzten Pfennig abzuheben.«

Meinings überhebliche Art machte keinerlei Eindruck auf den Direktor. Er verneigte sich sehr kühl, sah die Vollmacht durch und meinte, Meinings Wünschen stehe durchaus nichts im Wege, er möge nur bestimmen, wohin das Geld überwiesen werden solle. Nur müsse er bitten, ihm alle Beträge zu nennen, die er schulde, und auch die Namen und Adressen seiner Gläubiger, damit von hier aus diese Schulden bezahlt werden könnten.

Hubert fuhr auf.

»Das werde ich selbstverständlich nicht tun – ich werde meine Verpflichtungen selbst regeln.«

Wieder lächelte der Direktor.

»Verzeihen Sie; aber Frau Mona Meining hat ausdrücklich bestimmt, daß Ihre Schulden durch mich restlos bezahlt werden, ehe ich Ihnen ihr Konto auszahle. Es macht auch einen besseren Eindruck, wenn die Sache hier von den Werken aus geregelt wird.«

Das war Hubert Meining sehr unangenehm, weil er gar nicht die Absicht gehabt hatte, seine Schulden zu bezahlen. Aber er sagte sich, daß er sich dem Wunsch seiner Frau fügen müsse.

Zwar zuckte er spöttisch die Achseln, aber er zog einen Notizblock aus seiner Brieftasche und gab seine Schulden an. Der Direktor notierte und rechnete dann zusammen.

»Das sind aber nur viertausendneunhundertachtundneunzig Mark, Herr Meining. Die gnädige Frau sprach von zehntausend.«

»Na ja, ich hatte es grob überschlagen und wundere mich jetzt selbst, daß es nicht mehr ist. Aber das tut ja nichts zur Sache.«

Der Direktor ahnte, weshalb Meining sich so erheblich geirrt hatte, aber er gab sich unbefangen, nickte und sagte:

»Ich werde heute noch die hier aufgeführten Beträge bezahlen lassen und dann das übrige auf Ihr Konto überweisen. Welche Bank haben Sie ausgesucht?«

Hubert Meining schlug ein Bein über das andere und gab von oben herab Auskunft, daß man das Geld bei der Deutschen Bank einzahlen solle. Dort hatte er wirklich mit einem kleinen Betrag bereits ein Konto eröffnet. Der Direktor notierte sich das und fragte dann ruhig und höflich:

»Kann ich sonst noch mit irgend etwas dienen?«

Mit einer lässigen Handbewegung sagte Hubert:

»Ich habe noch einige Fragen an Sie, denn meine Frau möchte mit mir nicht gern über Geldgeschäfte sprechen. Sie hat mich an Sie verwiesen. Daß ich von Ihnen jede Auskunft erhalte, hat sie mir gestern mitgeteilt.«

»So ist es!«

»Und weshalb haben Sie mir dann gestern vormittag meine Fragen nicht beantwortet?«

»Weil meine Chefin mich dazu noch nicht ermächtigt hatte.«

»Nun, jetzt ist das geschehen, und ich sage Ihnen gleich, Ihr Benehmen von gestern lasse ich mir nicht mehr gefallen. Sie haben sich mir gegenüber eines anderen Tones zu befleißigen, da ich sonst dafür sorgen müßte, daß Sie Ihres Amtes als Direktor der Werke enthoben werden.«

Ein unermerkliches Lächeln zuckte um den Mund des Direktors.

»Vor allem möchte ich Sie bitten, auch mir gegenüber einen anderen Ton anzuschlagen. Und dann erlaube ich mir, Ihnen zu sagen, daß Ihre ziemlich unverblümte Drohung mich nicht schrecken kann. In den Falkner-Werken kann mich niemand meines Amtes als Direktor entheben, selbst Ihre Frau Gemahlin nicht; denn ich bin laut Vertrag mit deren verstorbenem Herrn Vater auf Lebenszeit als Direktor verpflichtet.«

Hubert Meining erblaßte vor Wut. Dabei wurden die Striemen in seinem Gesicht wieder sichtbar, auch für den Direktor. Dieser achtete jedoch nicht darauf, obwohl er sehr richtig schloß, daß irgend jemand dieses schöne, aber wenig markante Gesicht mit einer Peitsche gezeichnet haben müsse.

»Davon hat mir meine Frau nichts gesagt«, stieß Hubert wütend hervor.

Mit einem leichten Nicken erwiderte der Direktor: »Möglich, daß sie nichts davon gesagt hat – es ist aber so –, und unser verstorbener verehrter Chef hat diesen Vertrag mit mir und den beiden Prokuristen deshalb geschlossen, damit etwa ein zukünftiger Mann seiner Tochter es sich nicht eines Tages einfallen ließe, gut eingearbeitete Leiter der Werke zu entlassen; denn daß sich Ihre Frau Gemahlin stets gern unserer Führung anvertraut hat und immer anvertrauen wird, hat er so gut gewußt wie wir selbst.«

Hubert wäre am liebsten aufgesprungen und hätte in maßlosem Zorn im Büro herumgetobt; aber die eherne Ruhe des alten Herrn hielt ihn davon ab. So sagte er nur höhnisch:

»Das ist allerdings ein Glück für Sie. Ob für die Werke, wird sich erst herausstellen. Also bitte – wie hoch ist der Betrag auf dem Privatkonto meiner Frau?«

Der Direktor zog seinen Notizblock heran, blätterte eine Weile darin und sagte dann ruhig:

»Fünfzehntausenddreihundertzwölf Mark.«

Hubert riß die Augen weit auf und starrte ihn an, als habe er sich verhört.

»Wieviel?«

Der Direktor wiederholte die Summe und fuhr dann fort:

»Davon würden also viertausendneunhundertachtundneunzig Mark für Ihre Schulden abgehen, somit würde für Sie ein Rest von zehntausenddreihundertundvierzehn Mark bleiben.«

Jetzt sprang Hubert mit verzerrtem Gesicht auf.

»Das ist unmöglich! Meine Frau ist eine reiche Erbin, sie kann doch nicht nur ein so geringes Privatkonto haben!«

Der Direktor blieb ruhig sitzen.

»Sie scheinen einen höheren Betrag erwartet zu haben; aber wie die Dinge liegen, kann Ihre Frau Gemahlin gar kein hohes Privatkonto haben. Alles Geld steckt in den Werken und wird immer wieder darin angelegt, soweit es erwirtschaftet wird. Meistens hat Ihre Frau Gemahlin noch weniger auf dem Privatkonto; aber sie ist eine bewundernswert sparsame Frau und hat seit ihres Vaters Tod nur die Hälfte ihres jährlichen Einkommens verbraucht. Davon sind diese reichlich fünfzehntausend Mark zusammengekommen.«

»Aber das ist ja verrückt! Wie kann eine Frau in ihren Verhältnissen so wenig Macht über ihren Reichtum haben? Das muß sofort geändert werden.«

»Ihre Frau Gemahlin kann selbstverständlich, falls es nötig sein sollte, über jede beliebige Summe verfügen – aber nur in dem Fall, wenn wir, die beiden Prokuristen und ich, mit ihr darüber beraten haben, ob es wirklich nötig ist, größere Kapitalien aus den Werken herauszuziehen.«

»Aber dann ist ja meine Frau völlig abhängig von Ihnen und ihren Prokuristen?«

»Sagen wir lieber, von vorsichtigen Überlegungen. Herr Falkner, unser hochverehrter früherer Chef, war ein sehr kluger und weitblickender Mann und wußte, daß junge Frauen zuweilen wie Wachs sind in der Hand ihrer Ehemänner. Er wollte dafür sorgen, daß seine Tochter nicht von einem mehr oder weniger gewissenlosen Mann zu leichtsinnigen Ausgaben verleitet werden könnte. Im übrigen hat sie das Recht, jährlich zweiunddreißigtausend Mark für ihre Bedürfnisse abzuheben; davon will sie Ihnen großzügig die Hälfte zur Verfügung stellen, obwohl sie von ihrer Hälfte die Haushaltkosten bestreitet. Sie haben also am ersten Juli bereits wieder das Recht, eine Vierteljahresrate von viertausend Mark abzuheben; damit kann doch ein einzelner, zumal bei freier Kost und Wohnung, behaglich leben.«

Hubert fiel wie niedergeschmettert in seinen Sessel zurück, und in seinen Augen glühte ein unheimliches Funkeln. Das Gesicht war verzerrt, und den Direktor befiel ein Grauen vor diesem Mann.

Endlich richtete Meining sich wieder auf und sagte mit heiserer Stimme:

»Ich habe Sie nicht um Ihre Meinung gefragt, mit wieviel ich jährlich auskommen kann. Mir widerstrebt es nur, daß meine Frau, die Erbin der Falkner-Werke, die Besitzerin eines großen Vermögens, sich von ihren Leuten vorschreiben lassen muß, was sie ausgeben darf und was nicht!«

»Sie irren, nicht ihre Leute schreiben ihr das vor – das hat in weiser Voraussicht ihr gütiger und kluger Vater getan. Ich glaube, könnte er noch einmal wiederkehren, würde er sehr froh darüber sein«, erwiderte der Direktor, Hubert kalt und ruhig ansehend.

Dieser mußte alle Kraft aufbieten, um nicht die Beherrschung zu verlieren. Was war nun aus seinen schönen Plänen geworden?! Etwas über zehntausend Mark sollte er von all dem großen Reichtum ausgezahlt bekommen, wo er auf mindestens dreihunderttausend gerechnet hatte. Und dieser unverschämte Direktor saß da und schien sich noch zu freuen, daß er ihn mit dieser lächerlichen Summe abfinden konnte. Ahnte der Mann nicht, was er damit anrichtete: daß er ihn so unaufhaltsam auf die Bahn des Verbrechens trieb? Was sollte er mit diesen schäbigen zehntausend Mark beginnen? Davon konnte er unmöglich mit Gloria so leben, wie er es erträumt hatte. Völlig unmöglich war das! Und deshalb hatte er alle Unannehmlichkeiten auf sich genommen, hatte Mona gegenüber den Verliebten gespielt, hatte sich letzten Endes von Richard Römer mit der Peitsche schlagen lassen müssen!

Ein heftiger, wenngleich unberechtigter Groll stieg in ihm auf. Jetzt blieb ihm nur noch der letzte Ausweg, den er hatte vermeiden wollen. Welches Glück mußte es sein, wenn er plötzlich der einzige Erbe Monas sein würde, wenn er diesem hochnäsigen Direktor als Herr gegenübertreten konnte, wenn er das Geld, das man ihm jetzt vorenthielt, mit vollen Händen ausstreuen konnte.

So rechtfertigte er sich vor sich selbst, jetzt, da er wußte, daß es unhaltbar auf abschüssiger Bahn weiterging. Daß er hätte versuchen können, sich mit den zehntausend Mark eine Existenz zu gründen und sich durch fleißige Arbeit emporzuarbeiten, kam ihm nicht in den Sinn. Das faule Nichtstuerleben behagte ihm doch zu sehr. Und – hatte er Gloria nicht goldene Berge versprochen, mußte er nicht ihretwegen das Letzte, Äußerste wagen? Was sollte werden, wenn Mona ihm in absehbarer Zeit den Laufpaß gab, weil er sie mit Gloria betrogen hatte? Das würde sie in einiger Zeit ja doch von Römer erfahren. Zwar hatte sie auf seine Liebe keinen Wert gelegt, aber – sie hatte dennoch verlangt, daß er sich so betrage, daß kein öffentliches Ärgernis entstünde. Die Auflösung der Verlobung zwischen Römer und Gloria war schon als ein solches zu betrachten. Und Römer würde es schon genügend aufbauschen, daß man ihm die Braut genommen hatte. So glaubte Meining wenigstens.

Während er all das, zwischen Wut und Enttäuschung schwankend, überlegte, steigerte er sich immer mehr in den Gedanken hinein, daß er nun die Giftpillen benutzen müsse, um aus dieser »schlimmen Lage«, wie er es nannte, herauszukommen.

Der Direktor ließ ihn mit sich allein fertig werden. Aber während er von Zeit zu Zeit heimlich zu ihm hinübersah, befiel ihn jedesmal ein leises Grauen. Wie sah dieser Mensch aus, wie glühten seine Augen, wie verzerrte sich sein Gesicht! Ihm war, als müßte er seine junge Chefin warnen. Aber – was sollte er ihr sagen? Würde er sie nicht unnötig aufregen? Daß es in Meining kochte, konnte man bei seiner Einstellung und bei seinem minderwertigen Charakter verstehen. Sollte man deshalb die junge Frau, die anscheinend in einer schlimmen Lage war, beunruhigen?

Während der Direktor sich darüber den Kopf zerbrach, kam ihm plötzlich Richard Römer, der Jugendfreund seiner jungen Herrin, auf den Monas verstorbener Vater so große Stücke gehalten hatte, in den Sinn. Eines Tages hatte der alte Herr zu ihm gesagt: »Wenn meine Tochter einen Mann wie Richard Römer heiratete, würden alle diese Vorsichtsmaßregeln unnötig sein.«

Der Direktor blickte entschlossen auf. Ja, man mußte Richard Römer einen Wink geben, damit er ein wenig auf die junge Frau achtgab.

Inzwischen hatte Meining sich einigermaßen gefaßt und sich gesagt, er müsse sich beherrschen, müsse jeden Verdacht vermeiden, wenn er seinen Plan ausführen wollte. So richtete er sich auf und sagte anscheinend lässig:

»Ich habe inzwischen über die ganze Sache nachgedacht. Alles kommt mir begreiflicherweise ein wenig unerwartet, denn meine Frau hatte mir nichts über den wirklichen Stand der Dinge mitgeteilt. Wir haben über Geldangelegenheiten überhaupt noch nicht gesprochen. Ich muß damit so lange warten, bis sie wieder gesund ist. Vorläufig bedarf sie der Schonung. Sie will auch niemanden sehen. Ich ziehe aber heute noch in die Villa Falkner, da wir unsere Hochzeitsreise aus Ihnen wohlbekannten Gründen nicht antreten können. Wenn Sie etwas mit mir zu besprechen haben – ich möchte meiner Frau alle Störungen fernhalten – so wissen Sie, wo ich zu finden bin. Das Geld brauchen Sie auch nicht auf die Bank zu überweisen; Sie können es mir morgen durch einen Boten in bar zusenden, nachdem Sie meine Schulden bezahlt haben. Und wenn ich etwas aufgeregt war, haben Sie Nachsicht mit mir. Für jetzt haben wir wohl nichts mehr zu besprechen?«

»Ich wüßte nicht, Herr Meining«, sagte der Direktor, der merkte, wie sehr Meining sich zusammenriß. Aber der böse, funkelnde Blick war nicht aus Meinings

Augen gewichen. Der alte Herr sorgte sich sehr um die junge Frau, wenn er auch nicht wußte, aus welchem Grund.

Als Meining sich endlich verabschiedet hatte, stand der Direktor eine Weile nachdenklich mitten im Büro. Dann griff er energisch zum Telefon und ließ sich mit der Fabrik Römer verbinden. Als sich jemand meldete, bat er, man möge ihn mit Herrn Richard Römer verbinden. Dieser meldete sich gleich darauf und fragte, was der Herr Direktor wünsche.

»Mein lieber Herr Römer«, sagte dieser, tief aufatmend, »ich habe ein etwas seltsames Anliegen, über das ich aber nicht telefonisch mit Ihnen sprechen möchte. Könnten Sie sich wohl eine Viertelstunde freimachen und zu mir kommen – es handelt sich um das Wohl und Wehe von Frau Mona Meining«

Richard erschrak.

»Es ist doch nichts geschehen?«

»Nein, nein – aber ich habe das dumpfe Gefühl, es könnte irgend etwas Schlimmes geschehen. Und da ich weiß, daß Sie mit ihr befreundet sind und wie große Stücke ihr Vater auf Sie hielt, möchte ich Ihnen meine Befürchtungen anvertrauen.«

»Ich komme sofort«, rief Richard, halberstickt vor Angst um Mona, und hängte ein.

Zehn Minuten später war er schon im Büro des Direktors.

»Was haben Sie mir zu sagen?« fragte er hastig.

Dem Direktor entging nicht, wie blaß und aufgeregt der junge Mann war.

»Bitte nehmen Sie Platz und beunruhigen Sie sich in

keiner Weise. Ich bemühe Sie vielleicht umsonst; aber – ich weiß nicht –, es gibt Warner in unserer Brust, die man nicht unbeachtet lassen darf. Also hören Sie mir zu!«

Und er berichtete Richard haargenau, welche Unterredung er auf Monas Veranlassung mit Meining gehabt und wie dieser sich dabei benommen hatte. Zuletzt kam er auf dessen bösartig funkelnde Augen zu sprechen und schloß:

»Sie können sich kaum denken, wie mir bei alldem zumute war. Ich hatte ständig das Gefühl, daß die junge Frau in schwerer Gefahr ist. Beim Anblick Meinings schüttelte es mich förmlich – ich weiß allerdings nicht, warum. Auf seinem erblaßten Gesicht sah ich übrigens zwei rote Striemen. Ich komme zu wenig in die Villa Falkner, als daß ich Frau Mona irgendwie behilflich sein könnte, Sie aber – ihr vertrauter Freund seit Kinderzeiten, haben eher Gelegenheit, ohne aufdringlich zu erscheinen, einzugreifen, falls es erforderlich sein sollte.«

Aufmerksam, seine Erregung unterdrückend, hatte Richard zugehört. Als der Direktor schwieg, sagte er heiser:

»Die Striemen in Meinings Gesicht – das ist meine Handschrift.«

Der Direktor zuckte zusammen.

»Sie hatten eine Auseinandersetzung mit ihm?«

Richard zögerte einen Augenblick, dann sagte er mit verhaltener Stimme:

»Ich weiß, Ihnen kann ich vertrauen – aber ich bitte um strengste Verschwiegenheit. Mona darf vorläufig nichts davon erfahren, und – ich möchte zudem den Ruf einer anderen Frau schützen.«

Der Direktor reichte ihm die Hand.

»Sie haben mein Ehrenwort!«

Richard berichtete nun ohne Umschweife und ohne Beschönigungen, was gestern abend und heute vormittag passiert war. Der Direktor ballte die Hände zu Fäusten.

»Ich hatte gleich das Empfinden, daß meine junge Herrin sich in einen niederträchtigen Kerl verliebt hat.«

Mit einem bitteren Lächeln schüttelte Richard den Kopf.

»Sie hat sich nicht in ihn verliebt, er ist ihr mehr als gleichgültig. Sie flüchtete nur in diese törichte Ehe – vor einer anderen Liebe. Ich will Ihnen auch darüber reinen Wein einschenken, mein lieber Herr Direktor; ich weiß, daß man Ihnen vertrauen kann und Sie nie etwas tun oder sagen werden, was Mona schaden könnte.«

»Darüber können Sie ganz beruhigt sein.«

Da beichtete Richard dem alten Herrn alles, was Mona und ihn in diese Irrungen und Wirrungen hineingetrieben hatte, verschwieg ihm auch nicht, weshalb Mona auf dem Standesamt ohnmächtig geworden und was dann in dem kleinen Amtszimmer geschehen war.

»So, Herr Direktor, nun wissen Sie alles. Ich hätte trotz allem Fräulein Lindner zu meiner Frau gemacht, weil ich ihr mein Wort gegeben hatte, und Mona wird aus dem gleichen Grund diese lächerliche Scheinehe weiterführen – wenn nicht ein Wunder geschieht. Sie ahnt noch nichts von meiner Entlobung, weiß auch nicht, inwieweit dieser Mann daran beteiligt ist. Ich will sie auch nicht eher einweihen, als bis sie wieder ganz gesund und bei Kräften ist. Ich habe ihr nur durch Frau Richter die Bitte vortragen lassen, ihre Hochzeitsreise nicht eher anzutreten, als bis ich mit ihr gesprochen hätte. Diese Zusage habe ich auch bekommen. Ich bin zur Zeit allerdings ein wenig behindert, wie sonst in ihrem Hause aus und ein zu gehen. Ich würde vielleicht von diesem Kerl hinausgewiesen, zumal, wenn er merken sollte, daß ich ihn beobachten oder überwachen will. Aber – ich weiß bereits, wie ich Mona helfen kann, daß er nicht in ihre Nähe gelangt. Ich werde Frau Richter ins Vertrauen ziehen und sie bitten, nicht von Monas Seite zu weichen, solange Meining im Hause ist, und ihn niemals in Monas Zimmer hineinzulassen. Sie muß sich selbstverständlich ihm gegenüber hinter den Befehl ihrer Herrin verschanzen, aber das läßt sich machen. Mona wird selbst den Wunsch haben, nicht mit Herrn Meining zusammenzutreffen.«

In tiefstem Herzen bewegt, hatte der Direktor Richard zugehört. Wie schade, daß diese beiden Menschen sich nicht hatten finden können. Aber – vielleicht geschah doch noch ein Wunder und brachte alles wieder ins Lot.

»Darf ich gleich von hier aus anrufen?« fragte Richard.

Der Direktor bat ihn durch eine Handbewegung zum Apparat. Richard rief in Villa Falkner an. Er hatte Glück, Frau Richter meldete sich. Er gab sich zu erkennen und sagte:

»Liebe Frau Richter – sind Sie allein?«

»Im Augenblick ja, Herr Römer, aber jede Minute kann Herr Meining hier sein, er ist im Haus, und – Gott behüte – er führt eine Art Schreckensregiment.«

Richard atmete erregt.

»So hören Sie mir bitte zu, aber nennen Sie meinen Namen nicht mehr. Niemand darf wissen, was ich Ihnen jetzt sage – verstehen Sie?«

»Gewiß, ich verstehe, ›gnädige Frau‹.«

»Ah, sehr gut! Das klingt unverfänglich. Also bitte, liebe Frau Richter, ich beschwöre Sie, ein Zusammentreffen Monas mit ... mit ... einem gewissen Herrn unter allen Umständen zu verhindern. Sie darf nicht eine Minute mit ihm allein sein. Später werden Sie alles Weitere erfahren. Jetzt nur so viel – verlangen Sie von Mona eine strikte Anweisung, daß niemand zu ihr gelassen wird. Sagen Sie ihr, ich flehte sie an, auf keinen Fall ihren Mann bei sich einzulassen. Ich spreche hier von den Falkner-Werken aus. Der Herr Direktor und ich sind in gleicher Besorgnis ihretwegen. Können Sie Meining dennoch nicht von ihr fernhalten, so rufen Sie mich sofort zur Villa Falkner. Seien Sie um Gottes willen sehr achtsam – er darf nicht mit ihr zusammentreffen.«

»Sie können beruhigt sein, gnädige Frau – die strikte Anordnung habe ich bereits – und es wird alles nach Ihrem Wunsch geschehen.«

»Gottlob! Und bitte, sehen Sie zu, daß Sie auch nachts in ihrer Nähe sein können.«

»Mein Bett steht schon im Nebenzimmer – ich lasse die Türen zwischen uns offen. Das hatte ich mir bereits vorgenommen – vielleicht aus demselben Grund, der Sie beunruhigt. Seien Sie ganz unbesorgt – auch der Diener ist in der Nähe. Ein Wachhund wird eine Schlafmütze gegen mich sein.«

»Gut, gut – und tausend Dank – und bitte, wenn es geht, stellen Sie das Telefon um zu der gnädigen Frau – sagen Sie, der Herr Direktor möchte sie für eine Minute sprechen.«

»Wird besorgt.«

Alsbald meldete sich Mona. Richard hatte dem Direktor den Hörer gereicht, nachdem er ihm eine kurze Weisung gegeben hatte.

»Sie wünschen mich zu sprechen, Herr Direktor?« fragte Mona.

»Ja, gnädige Frau – ich habe die bewußte Unterredung mit Ihrem Gatten gehabt und muß Ihnen melden, daß er sehr ausfallend und wütend wurde. Ich bitte Sie deshalb dringend, ihm in den nächsten Tagen nicht zu begegnen. Lassen Sie ihn sich erst austoben.«

»Sie dürfen unbesorgt sein, lieber Herr Direktor, ich habe gar nicht die Absicht, mit ihm zusammenzukommen. Meine Krankheit ist ein hinreichender Vorwand, und wenn ich gesund bin, werde ich mich bei Ihnen melden. Dann besuchen Sie mich vielleicht auf ein Stündchen und erstatten mir Bericht.«

»Das werde ich tun. Also – bitte Vorsicht!«

»Seien Sie unbesorgt!«

Damit war das Gespräch beendet. Die beiden Herren teilten einander mit, was sie am Telefon vernommen hatten, und waren nun einigermaßen beruhigt.

»Vielleicht sehen wir doch zu schwarz – vielleicht tun wir Meining unrecht, wenn wir annehmen, daß er Mona etwas antun könnte – aber besser, wir sind vorsichtig«, sagte Richard, tief aufseufzend. Das war das härteste für ihn, daß er nicht bei Mona sein konnte, um sie unter seinen Schutz zu nehmen. Aber was möglich war, war getan worden.

18

Frau Richter war sehr nachdenklich geworden und irgendwie beunruhigt. Auch sie hatte das böse Funkeln in Meinings Augen gesehen; und daß er sehr wütend war, entnahm sie dem Ton, in dem er mit der Dienerschaft verkehrte. Auch ihr gegenüber war er kurz angebunden. Aber das war ihr nur lieb – sie konnte ihn nun mal nicht leiden. Irgendwie stand auch vor ihren Augen ein geheimes Warnsignal, das auf »Gefahr für Mona« wies.

Sie traf erst beim Mittagessen wieder mit Meining zusammen und bemerkte zu ihrem Erstaunen, daß er plötzlich ganz anders eingestellt war. Er gab sich sehr höflich und sagte:

»Sie dürfen mir bitte nicht böse sein, wenn ich in der letzten Zeit etwas nervös und aufgeregt war. Es quält mich namenlos, daß meine Frau krank ist und ich sie nicht wenigstens sehen kann. Ist es denn nicht möglich, zu ihr zu gehen?«

Frau Richter fand keine Veranlassung, schroff gegen ihn zu sein, und meinte begütigend:

»Es ist völlig ausgeschlossen, daß Ihre Frau Gemahlin Sie empfängt. Man würde damit eine neue Nervenkrise heraufbeschwören.«

Er seufzte zum Steinerweichen.

»Ich bin sehr unglücklich darüber, das dürfen Sie mir glauben. Und leider muß ich fürchten, daß Mona sehr krank ist. Was sagt denn der Arzt?«

»Sie wünscht keinen Arzt, sie behauptet, es könne ihr sowieso keiner helfen.«

Das war Meining nur lieb, aber er machte ein äußerst besorgtes Gesicht.

»Daß Schwerkranke niemals etwas von einem Arzt wissen wollen!«

Frau Richter wußte zum Glück, daß Mona nicht schwerkrank war, sondern nur Ruhe haben und allein bleiben wollte. Sie widersprach jedoch nicht, denn je ernster Meining Monas Zustand erschien, um so leichter war er von ihr fernzuhalten.

»Ich habe ihr auch schon zugeredet, einen Arzt kommen zu lassen; aber sie wird dann jedesmal sehr aufgeregt und will es nicht haben. Sie hat nie sehr gern mit Ärzten zu tun gehabt.«

»Nun ja, es kommt meist auch nicht viel dabei heraus. Die Hauptsache ist, daß sie sich gut ernährt. Offen gesagt, die Ohnmacht auf dem Standesamt kam wohl davon, daß sie nicht kräftig genug gegessen hatte. Die jungen Damen treiben bei der Sucht, schlank zu bleiben, gefährlichen Unsinn und machen sich nur krank. Was ißt sie denn jetzt eigentlich?«

»Leider sehr wenig, heute hat sie noch nichts weiter gegessen als eine Hühnersuppe und ein paar Bissen Hühnerfleisch. Frühmorgens nur einen Zwieback und eine Tasse Tee.«

»Nun also, da haben wir's. Trinkt sie wenigstens manchmal ein Glas Wein?«

»Sehr selten.«

»Also darauf müssen wir halten, Frau Richter; sie muß unbedingt täglich ein gutes Glas Wein trinken. Ich weiß, sie hat alten Portwein im Keller, der besonders gut ist. Bitte lassen Sie doch gleich eine Flasche davon heraufholen. Dann füllen wir ein Glas, und am besten tragen Sie das gleich zu unserer lieben Kranken hinauf und bitten sie, es auszutrinken, solange Sie noch bei ihr sind. Sonst tut sie es ja doch nicht.«

Frau Richter fragte sich unwillkürlich, was es mit diesem plötzlichen Besorgtsein um Mona auf sich haben konnte. Daß es Meining nicht aus dem Herzen kam, erschien ihr sicher. Also, was hatte das zu bedeuten?

Darauf schien sie jetzt die Antwort gefunden zu haben – er hatte einfach selbst Appetit auf diesen guten alten Portwein, der nur bei besonderen Gelegenheiten auf den Tisch kam. Nun wollte er auf diese Weise versuchen, an den Wein heranzukommen.

Aber da sie selbst der Ansicht war, daß Mona etwas für sich tun müsse, war sie schnell einverstanden und ließ eine Flasche heraufholen.

Der Wein wurde gebracht, Meining nahm die Flasche entgegen und öffnete sie selbst. Holte auch ein Glas aus dem Büfett, hielt es gegen das Licht, stellte es auf den Tisch und stellte ein zweites Glas daneben. Er füllte alsdann dieses letztere Glas, leerte es und sagte, Frau Richter zunickend:

»Das wird ihr guttun. Nicht wahr, Sie tragen es ihr selbst hinauf und bestellen ihr, ich lasse sie inständig bitten, etwas für sich zu tun und von jetzt an jeden Mittag ein Glas Portwein zu trinken.«

Während er das sagte, hantierte er so am Büfett, daß sie nur seinen Rücken sehen konnte. Sie bemerkte nur, daß er das Glas füllte, sah aber nicht, daß er zugleich eine von den bereitgehaltenen Pillen hineinfallen ließ. Behutsam stellte er das Glas auf ein Kristalltellerchen und überreichte es Frau Richter.

»So, bitte!«

Und dabei sah er sie mit einem Blick an, der betörend wirken sollte, der die alte Dame jedoch berührte wie ein Warnsignal. Irgend etwas an diesem Blick war falsch, lauernd und grausam.

Sie bezwang sich jedoch, lächelte ihm zu und ging mit dem Glas hinaus. Langsam stieg sie die Treppe empor, und unwillkürlich neigte sie sich dabei über das Glas, um den Duft des Portweins einzuatmen. Sie kannte diesen Duft genau, denn zuweilen nahm sie selbst ein Gläschen davon. Aber plötzlich stutzte sie und sah aufmerksam auf das Glas. Was für ein eigenartiger Geruch, der dem Wein heute entströmte! War die Flasche vielleicht nicht gut verkorkt gewesen? Das war ja ein Geruch, wie – ja – wie denn gleich?

Sie blieb oben auf der Treppe stehen, sog noch einmal den Duft des Weines ein.

Wie eigenartig er roch, ganz anders als sonst!

Sie hob das Glas gegen das Licht, und es wollte ihr scheinen, als sei der Wein etwas dunkler als sonst.

Sofort stand es bei ihr fest, daß sie ihrer Herrin den

Inhalt des Glases nicht zu trinken geben würde. Warum, wußte sie selbst nicht.

Sie trat in ihr direkt neben der Treppe liegendes Zimmer und entnahm einem Schränkchen ein leeres Kristallfläschchen. In dieses schüttete sie den Portwein, wobei, ohne daß sie es bemerkt hätte, ein Tröpfchen auf den Boden fiel. Nachdem sie die Kristallflasche mit einem Glasstöpsel verschlossen hatte, stellte sie diese in das Schrankfach zurück.

Sodann spülte sie das Glas gut aus, rieb es noch mit einem Tuch nach und füllte es schließlich mit leichtem Rotwein, von dem sie stets eine Flasche bei sich verwahrte, da der Arzt ihr geraten hatte, sich von Zeit zu Zeit mit einem Schluck zu stärken.

Ordentlich leicht und frei war ihr zumute, als sie sich nun zu Mona begab, um ihr das neugefüllte Glas zu bringen.

Ehe sie zu deren zum Korridor hin abgeschlossenem Schlafgemach gelangte, mußte sie eine Flucht von Zimmern durchschreiten, die ebenfalls verriegelt waren.

Als Frau Richter bei ihr eintrat, lag Mona, halb aufgerichtet, auf ihrem Bett und las in einem Buch.

»Ich bringe Ihnen im Auftrag von Herrn Meining ein Glas Wein, gnädige Frau. Er meinte, es müsse Ihnen guttun. Allerdings gab er mir von dem alten schweren Portwein für Sie; aber ich tauschte diesen gegen unseren leichten roten Tischwein, denn Sie trinken ja immer nur von diesem, wenn Sie überhaupt Wein trinken. Ich soll aber dabei stehenbleiben, bis Sie das Glas geleert haben; er meint, er sorge sich sehr um Sie und Sie müßten zu Kräften kommen.«

Mona legte das Buch beiseite und zuckte die Achseln.

»Ich kann mir nicht denken, daß ich von irgendwelchem Wein zu Kräften komme, denn mir wird nach dem Genuß von Alkohol jedesmal übel. Aber das braucht Herr Meining nicht zu wissen. Immerhin war der Wille, mir etwas Gutes zu tun, vorhanden. Darum sagen Sie ihm ruhig, Sie seien dabeigeblieben, bis das Glas geleert war. Aber bitte, trinken Sie es selbst aus. Ihnen hat der Arzt ja Wein verordnet.«

Frau Richter zwang sich zu einem Lächeln. Ihr war bei alledem sehr seltsam zumute. Aber sie leerte langsam das Glas.

»Auf Ihre baldige Genesung!« sagte sie dabei.

Mona nickte ihr lächelnd zu.

»Machen Sie sich keine Sorge meinetwegen, liebe Frau Richter, ich glaube, ich bin einfach sträflich faul; wenn ich ernstlich wollte, wäre ich wohl schon wieder gesund.«

Die alte Dame sah sehr erstaunt auf sie herab.

»Es wird jedenfalls besser sein, Sie bleiben noch einige Zeit in Ihrem Bett – ich habe das bestimmte Gefühl, daß Sie hier die beste Ruhe und Erholung haben.«

Mona nickte wieder.

»Ja, und deshalb will ich auch noch einige Zeit das Zimmer hüten. Mein – mein Mann soll ruhig glauben, ich sei noch krank. Ich hoffe, Sie verstehen mich?«

»Vollkommen!«

»Ich bin sehr froh, Frau Richter, daß ich Sie noch hier habe. Und – ich lasse Sie auch so bald noch nicht fort.«

»Es eilt mir auch nicht. Aber nun muß ich wieder hinuntergehen und mit Herrn Meining den Nachtisch verzehren.«

Kaum daß Frau Richter das Eßzimmer wieder betreten hatte, fragte Meining mit geradezu überstürzter Hast:

»Nun – hat sie den Wein getrunken?«

Frau Richter erschrak vor dem Ausdruck seiner Augen und dachte bei sich: Es ist doch gut, daß Frau Mona den Portwein nicht getrunken hat. Aber sie sagte mit einem erzwungenen Lächeln, indem sie das leere Glas umstülpte:

»Bis auf den letzten Tropfen!«

Dann stellte sie das leere Glas auf das Tablett des Dieners, der eben herbeikam, um das Geschirr abzuräumen. Meining machte unwillkürlich eine Bewegung mit der Hand, als wollte er das Glas wieder vom Tablett herabnehmen, aber er unterließ es dann doch – es hätte auffallen können.

Sehr eifrig sagte er:

»Das wollen wir jetzt immer so halten, Frau Richter. Ich will unbedingt auch etwas dazu beitragen, meine Frau wieder gesund zu machen. Jeden Tag werde ich ihr selbst das Glas mit Portwein füllen, und Sie tragen es regelmäßig hinauf und bleiben so lange, bis meine Frau es schön brav leergetrunken hat.«

Das Lächeln, das dabei über sein Gesicht huschte, und das Funkeln seiner Augen ließen Frau Richter unwillkürlich erbeben.

»Gott mag mir vergeben«, sagte sie heimlich zu sich, »wenn ich diesem Menschen Unrecht tue; aber wenn in seinen Augen jetzt nicht Mord gefunkelt hat, will ich mich nie mehr auf meine Menschenkenntnis verlassen.«

Sie aßen alsdann die Nachspeise und plauderten friedlich miteinander. Als Frau Richter sich zurückziehen wollte, sagte Meining:

»Ich werde jetzt eine Stunde arbeiten und dann im Wagen meiner Frau ein wenig über Land fahren – mir ist ganz wüst im Kopf. Sollte meine Frau nach mir fragen, sagen Sie ihr das bitte!«

»Das werde ich tun, Herr Meining!«

Dann ging Frau Richter hinaus.

Meining begab sich, nachdem er eine ganze Flucht von Gemächern durchschritten, in das große Arbeitszimmer seiner Frau, das sie zu benutzen pflegte, wenn sie mit dem Werk und für dieses arbeitete. An dem Fenster rechter Hand stand ein großer Schreibtisch; an dem zur Linken ein Tisch, auf dem Bücher lagen. Eine ganze Wand war bedeckt mit Bücherborden, und an der gegenüberliegenden Wand stand ein Diwan, während an der inneren Korridorwand eine prächtige Frühlingslandschaft hing.

Hinter diesem Bild, das war Meining bekannt, befand sich das Geheimfach, das Monas Schmuck enthielt.

Seine Augen starrten darauf. – Es war eigentlich nicht mehr nötig, sich den Schmuck anzueignen. Aber man konnte ja nicht wissen! Besser war besser! So würde er ihn irgendwie in Sicherheit bringen.

Aber wo mochten nur die Schlüssel seiner Frau sein? Sie hingen alle an einem Ring, und darunter befand sich auch der Schlüssel zu dem Geheimfach.

Das war alles, was er wußte. Suchend flogen seine Augen durch das Zimmer. Dann trat er an den Schreibtisch heran. Nein – hier steckten die Schlüssel nicht. Vielleicht lagen sie in einer der Schubladen. Er zog die oberen auf.

Sie waren mit Schreibpapier und Schreibutensilien gefüllt. Von den Schlüsseln keine Spur.

Die unteren Fächer waren durch Türen verschlossen und nicht ohne weiteres zu öffnen.

Er bückte sich, nahm einen der Kästen heraus und faßte durch die Öffnung in das darunterliegende Fach. Aber ehe er darin etwas entdecken konnte, trat, vom Gang kommend, Frau Richter in das Zimmer.

Hastig wandte er sich um, lachte ein wenig verlegen.

»Ich suche die Schlüssel meiner Frau und wollte Sie nicht noch einmal bemühen, weil ich glaubte, Sie hielten ein Mittagsschläfchen.«

Frau Richter faßte sich schnell. Sie fand es höchst seltsam, daß Meining in dem Schreibtisch seiner Frau herumschnüffelte. Sie verbarg jedoch ihr Befremden und erwiderte nur:

»Die gnädige Frau hat die Schlüssel wohl mit nach oben genommen.«

Ihm kam ein anderer Gedanke.

»Mir geht es nämlich darum: Meine Frau hat die Schlüssel zu unseren Koffern, die für die Reise schon bereit waren, an ihrem Schlüsselbund befestigt. Ich möchte meine Koffer öffnen und etwas herausnehmen. Bitte sorgen Sie doch dafür, daß mir meine Frau ihren Schlüsselbund für eine Weile überläßt.«

Frau Richter mußte dabei denken: Ob er wohl die Wahrheit sagt? Sie erklärte sich aber bereit, das Gewünschte herbeizuholen. Als sie sich der Tür näherte, bemerkte sie, daß die Frühlingslandschaft schief hing.

Meining hatte daran gerückt, als er nach dem Geheimfach hatte sehen wollen.

Um Frau Richters Lippen zuckte es, als sie die Treppe hinaufstieg. Ich komme mir beinahe vor wie Sherlock Holmes, dachte sie.

Aber sie wurde gleich wieder ernst. Sie war sicher, daß es Meining nicht um die Kofferschlüssel zu tun war – er war an dem Geheimfach gewesen und hatte nach dem passenden Schlüssel gesucht – das hätte sie beschwören können. Sie beschloß daher, sehr wachsam zu sein und die Augen offenzuhalten. Gegebenenfalls wollte sie sogar nicht davor zurückschrecken, zu lauschen oder durch das Schlüsselloch zu sehen. Leise trat sie bei Mona ein, die noch immer in ihrem Buch las. Sie berichtete ihr von Meinings Verlangen, ohne ihr zu verraten, wie sie ihn vor dem Schreibtisch gefunden hatte. Sie war gespannt, ob Mona auf seinen Wunsch eingehen würde. Diese faßte aber ohne weiteres in ein Körbchen, das auf dem Nachttisch stand, und reichte Frau Richter den Schlüsselbund.

»Ich weiß nicht, welches meines Mannes Kofferschlüssel sind – er soll sie sich selbst heraussuchen. Mir fällt übrigens ein, daß ich, weil wir ja abreisen wollten, alles abgeschlossen habe. Bitte lassen Sie die Schlüssel tagsüber ruhig unten, nur abends möchte ich sie wegen des Geheimfachs oben bei mir haben. Die Schlüssel können ja am Tage in einem offenen Fach meines Schreibtisches liegen, damit sie für Sie und meinen Mann immer erreichbar sind.«

Mona kam es nicht in den Sinn, daß es nicht ratsam war, Meining die Schlüssel zugänglich zu machen. Anders Frau Richter. Diese fand es sogar sehr vertrauensselig und nahm sich daher vor, gut achtzugeben und die Schlüssel jeden Abend bei Mona abzuliefern.

Sie wußte allerdings, daß außer dem Schmuck ihrer Herrin keine Dinge von besonderem Wert im Hause aufbewahrt wurden. Mit Bargeld war Mona auch nicht reichlich ausgestattet, weil sie immer nur abhob, was sie gerade brauchte. Aber immerhin – der Schmuck. Und warum war der Herr Meining am Geheimfach gewesen?

Frau Richter hatte schon recht, wenn sie sich mit Sherlock Holmes verglich. Sie hatte scharfe Augen, denen nichts entging – und jetzt war sie besonders wachsam.

Meining befand sich noch in Monas Arbeitszimmer, als sie wieder herunterkam. Er stand am Fenster, die Hände in den Hosentaschen, und wandte sich bei ihrem Eintreten schnell um. Ruhig reichte sie ihm den Schlüsselbund und bat, ihn in den Schreibtischkasten zu legen, wenn er ihn nicht mehr brauchte.

Dann entfernte sie sich wieder, indem sie eine Decke mitnahm, die sie vorhin hatte holen wollen, weil sie gereinigt werden mußte.

Als sie draußen auf dem Gang war, blieb sie plötzlich stehen, denn sie bemerkte, daß hinter ihr die Tür zu Monas Arbeitszimmer abgeschlossen wurde. Warum sperrte Meining das Zimmer zu?

Ohne lange zu überlegen, betrat sie leise das danebenliegende Musikzimmer, schlich auf dem weichen Teppich bis zur Tür und spähte durch das Schlüsselloch. Sie konnte von hier aus gerade die Wand sehen, in der sich das Geheimfach befand. Meining stand davor, hatte das Bild abgenommen und die Tür des Schranks geöffnet. Sie sah deutlich, wie er die Schmuckkassette herausnahm, aufschloß und sich anscheinend vom Vorhandensein des Schmucks überzeugte.

Er öffnete einige Fächer und ließ die Sonne auf den Steinen spielen. Er bekam dabei ein so habgieriges Gesicht, daß Frau Richter erschauerte. Sie bemerkte dann aber, daß er alles wieder in die Schmuckkassette zurücklegte und diese wieder in dem Geheimfach verschloß. Vom Schlüsselbund machte er nun einige Schlüssel los, wahrscheinlich seine Kofferschlüssel, und legte dann die übrigen in das Schreibtischfach.

Schnell entfernte die Lauscherin sich von der Tür und eilte in das Wohnzimmer hinüber, von wo aus sie feststellen konnte, daß Meining Monas Arbeitszimmer verließ und sich in seine eigenen Gemächer begab.

In tiefes Sinnen verloren, stand die alte Dame da. Mona war ihr sehr, sehr lieb geworden, und sie sorgte sich um sie beinahe wie um das eigene Kind. Was hatte dieser Mensch mit ihrer jungen Herrin vor? Weshalb betrachtete er sich so genau ihren Schmuck? Wollte er ihn etwa heimlich zu Geld machen? Und – was war mit dem Wein, weshalb drängte er so darauf, daß Mona jeden Tag ein Glas Wein bekam.

Sie fühlte, ihr war eine Verantwortung aufgebürdet worden, die sie allein weder tragen konnte noch wollte. Mit Mona konnte sie zur Zeit unmöglich über ihre Sorgen sprechen. Also mußte sie sich entweder an den Direktor wenden – oder an Richard Römer. Ja – der war der richtige Mann, in dessen Hände man vertrauensvoll alles, was Mona betraf, legen konnte.

Sie beschloß daher, später – wenn Meining fortgefahren war, sich mit Richard in Verbindung zu setzen. Vor allen Dingen mußte sie die Schlüssel an sich nehmen, damit Meining nicht noch einmal an das Geheimfach herankonnte.

Gedacht, getan! Sollte Meining nur, wenn er sie brauchte, jedesmal nach den Schlüsseln fragen.

Es war noch zu früh, Richard Römer anzurufen, und so begab Frau Richter sich zunächst in ihr eigenes kleines Reich, um hier in aller Ruhe noch einmal zu überdenken, was zu tun war.

Als sie ihr Zimmer betrat, fiel ihr etwas sehr Merkwürdiges auf. Sie sah auf dem Fußboden den Tropfen, den sie von dem Wein verschüttet hatte und der auf dem Parkettfußboden stehengeblieben war. Um ihn herum lagen fünf tote Fliegen.

Beklommen sah sie darauf. Und dann lief ein Zittern über ihren ganzen Körper. Es war jetzt im Frühsommer nicht normal, daß Fliegen ohne jeden Grund hinstarben. Diese fünf hier hatten wohl an dem Tropfen Portwein genascht – und das mit dem Leben bezahlt. Also – wenn Fliegen an diesem Portwein starben –?

Sie bückte sich hinab und wollte die Fliegen und den Tropfen entfernen, aber dann besann sie sich anders. Nein – das mußte so bleiben, wie es war – und – sie mußte es Richard Römer zeigen. Er konnte dann das Weitere veranlassen.

Entschlossen richtete die alte Dame sich auf und faltete die Hände zu einem Dankgebet. Welch ein Glück, daß sie ihre junge Herrin diesen Wein nicht hatte trinken lassen. Denn wenn Fliegen davon starben, mußte der Wein irgendwie auch Menschen schaden.

Sie nahm das Kristallfläschchen aus dem Schrank und

hielt es gegen das Licht. Der Wein schien noch etwas dunkler geworden zu sein; die Farbe spielte ein wenig ins Violette hinüber.

Sie setzte sich ans Fenster, um achtzugeben, wann das Auto, mit dem Meining über Land fahren wollte, vor das Haus fahren würde. Es dauerte nicht sehr lange, bis das geschah. Gleich darauf trat auch Meining aus der Haustür, schön und elegant von Kopf bis Fuß.

Frau Richter lief ein Grauen über den Rücken. Und als der Wagen fortgefahren war, atmete sie auf.

Ohne einen Augenblick zu zögern, rief sie Richard Römer an. Als er sich meldete, sagte sie, so ruhig sie konnte:

»Ich muß Sie dringend um eine Unterredung bitten, Herr Römer, leider kann ich nicht fort, sonst würde ich Sie aufsuchen, denn telefonisch kann ich Ihnen nicht sagen, was ich auf dem Herzen habe. Oder doch nur das eine: Ich wittere Gefahr für meine junge Herrin!«

Ein tiefer Atemzug, dann stieß Richard hastig hervor:

»Ich komme sofort zur Villa Falkner – oder ist es besser, wir treffen uns an einem anderen Ort?«

»Nein, nein, kommen Sie bitte – Herr Meining ist soeben über Land gefahren. Ich erwarte Sie, denn ich weiß keinen Rat mehr.«

19

Zehn Minuten später saß Richard schon Frau Richter in ihrem Zimmer gegenüber. Sie hielt es für das Beste, ihn hier zu empfangen.

Kurz und aufrichtig teilte sie ihm ihre Ängste und Nöte und ihre Beobachtungen mit und schloß alsdann:

»Ich weiß nicht, ob ich in meiner Sorge um Frau Mona etwas zu weit gehe mit meinen Befürchtungen und meinem Verdacht. Sie selbst will ich nicht beunruhigen. Außerdem bin ich, solange sie krank ist, an das Haus gefesselt. Ich werde meine Unruhe nicht los; ich wußte mir nicht anders zu helfen. Ich mußte Ihnen mein Herz ausschütten, denn bei Ihnen weiß ich alles in den besten Händen. Nun sagen Sie mir bitte, was ich tun soll!«

Richards Gesicht hatte jede Spur von Farbe verloren. Er krampfte die Hände zusammen. Da war sie ja, die Gefahr, die er für Mona gewittert hatte. Das waren schon sehr deutliche Anzeichen. Was plante Meining? Wollte er Monas Gesundheit schädigen – oder – hatte er noch Schlimmeres vor?

Und was wollte er mit dem Schmuck? Wie hing das mit einem etwaigen Angriff auf Monas Gesundheit oder Leben zusammen? Wollte er sie beerben – dann hatte er doch nicht nötig, den Schmuck beiseite zu schaffen. Oder hatte er seine gierigen Augen nur an dem Anblick der Juwelen weiden wollen? Sei es, wie es wolle – hier mußten auf alle Fälle Vorkehrungen getroffen werden.

»Bitte, geben Sie mir einige Minuten Zeit – ich muß das alles durchdenken. Wo ist der Wein? Wo sind die toten Fliegen?«

Sie zeigte sie ihm und holte das Fläschchen mit dem Wein aus dem Schrank. Er öffnete den Stöpsel, roch daran und schüttelte sich.

»Irgend etwas ist damit nicht in Ordnung – ich nehme den Wein mit und gebe ihn einem Chemiker zur Untersuchung. Und – nun hören Sie genau zu, verehrte Frau Richter: Mona darf unter keinen Umständen mit Meining zusammenkommen. Halten Sie ihre Klausur noch strenger aufrecht als bisher. Sollte er Ihnen wirklich morgen mittag wieder ein Glas Wein übergeben, damit sie es Mona bringen, geben sie sich den Anschein, es zu tun, und füllen Sie den Inhalt wiederum in eine saubere Flasche. Und – wenn der Chemiker Ihren und meinen Verdacht bestätigt, dann werden wir einen als Diener verkleideten Detektiv ins Haus schmuggeln, der Meining fortan beobachtet. Sobald sich bei Ihnen also ein Karl Müller, der eine Anstellung als Diener sucht, meldet, stellen Sie ihn sofort ein. – Und nun zum Schmuck? Ich weiß noch nicht, was er damit will – aber – ich halte es für notwendig, ihm diesen aus den Klauen zu rücken. Passen Sie auf: Sie entfernen sämtliche Schmucksachen aus dem Geheimfach, und zwar sofort – und übergeben sie mir. Ich bringe sie unverzüglich zu den Falkner-Werken und lasse sie durch den Herrn Direktor verwahren. Die Kassette füllen wir mit irgendwelchen Dingen von annähernd dem gleichen Maß und Gewicht. Dann schließen wir die Kassette wieder zu. – Den Schlüssel dafür werde ich ebenfalls dem Direktor aushändigen. Plant Meining aus irgendeinem Grund, den Schmuck zu entfernen, wird er die ganze Kassette an sich nehmen.

Bestätigt sich unser schlimmster Verdacht, wird Meining – mein Gott wie schrecklich – danach trachten, sein Ziel möglichst schnell zu erreichen.

Bitte sagen Sie ihm zur Vorsicht, Monas Befinden verschlechtere sich von Tag zu Tag. – Irgendwelche besondere Anzeichen zu schildern wird am besten vermieden, um nichts Falsches anzugeben. Sobald wir ihn dann überführen können, wird das geschehen. Aber so, daß Mona so wenig wie möglich davon erfährt. Wir wollen tunlichst jeden Skandal vermeiden. Sind Sie nun im Bilde, was Sie zu tun haben?«

»Ja, Herr Römer, und nun ist mir das Herz schon ein wenig leichter. Es ist schrecklich, einen Verdacht zu hegen und nicht mehr davon loszukommen.«

Sie begaben sich nun hinunter in Monas Arbeitszimmer, und Richard Römer packte dort, ein Verzeichnis davon erstellend, sämtliche Schmuckschatullen mit Inhalt in seine Aktenmappe. Sie wurde dick und schwer. Dann holte Frau Richter aus dem Speisezimmer eine Anzahl leere Pralinenkartons, die sie mit wertlosem Kram gefüllt hatte, und verstaute sie in der Schmuckkassette.

Dann verabschiedete Richard sich und versprach, Nachricht zu senden, sobald er etwas wisse.

Einen Gruß an Mona trug er ihr nicht auf, um diese nicht zu beunruhigen.

Richard fuhr zunächst zu einem Chemiker, gab das Fläschchen mit dem Wein zur Untersuchung ab und fragte, wann er sich nach dem Ergebnis erkundigen dürfe. Er erhielt zur Antwort, daß dies morgen vormittag geschehen könne.

Dann fuhr er zum Direktor, lieferte Monas Schmuck und den kleinen Schmuckkassettenschlüssel ab und berichtete, was er von Frau Richter gehört hatte. Seltsamerweise hielt auch der Direktor es sofort für möglich, daß Meining seiner Frau nach dem Leben trachte, um als deren Witwer ihr Erbe zu werden. Er war in großer Unruhe, aber Richard sagte ihm, es sei alles zu Monas Schutz getan, was getan werden könne. Die Herren konnten sich beide nicht denken, was Meining, wenn er doch auf das Erbe hoffen konnte, mit dem Schmuck vorhabe, bis endlich der Direktor auf die Vermutung kam, daß er an den Schmuck wohl nur als an einen Notbehelf denke, falls sein anderer Anschlag mißglükken sollte.

Was aber konnte er auf dem Land wollen?

Auf diese Frage des Direktors sagte Richard:

»Damit habe ich mich auch schon befaßt. Mir ist eingefallen, daß meine ehemalige Braut von ihren Eltern aufs Land geschickt werden sollte, um allem Gerede aus dem Weg zu gehen. Vielleicht glaubt er sie schon dort und will sich mit ihr in Verbindung setzen.«

Richard verabschiedete sich dann schnell, weil er noch einen ihm bekannten Privatdetektiv aufsuchen wollte.

Das geschah auch. Er fand den Herrn zu Hause und trug ihm sein Anliegen vor. Da dieser gerade keine anderen Aufträge zu erledigen hatte, stellte er sich schon gegen abend bei Frau Richter als Diener Karl Müller vor.

Diese war heilfroh, noch einen weiteren Schutz im Hause zu haben. Der Diener Karl war eine Stunde später schon so vertraut mit allen Obliegenheiten, als sei er bereits jahrelang im Hause.

Als Meining am Abend zurückkam, servierte Karl Müller bereits das Abendessen. Meining achtete so wenig auf ihn, daß er sich gar nicht bewußt wurde, ein neues Gesicht vor sich zu haben.

Karl Müller beobachtete schon an diesem Abend durch das Schlüsselloch, daß Meining einem Fach seines Schreibtischs ein winziges Päckchen entnahm, das er, nachdem er die Tür verschlossen hatte, vorsichtig öffnete, und dessen Inhalt er ausbreitete. Karl Müller hatte Luchsaugen und konnte erkennen, daß das Päckchen kleine runde Pillen enthielt, die Meining sorgfältig abzählte und dann wieder zusammenpackte, nachdem er eine der Pillen besonders eingewickelt und in die Westentasche gesteckt hatte.

Dann mußte Karl Müller sich schnell zurückziehen, weil Meining sich der Tür näherte. Aber heraus kam er nicht.

Er ging nur in sein Schlafzimmer.

Meining hatte für Gloria eine Unterkunft gemietet in einem nicht allzuweit entfernten, dicht an der Straße und am Wald gelegenen Dörfchen. Er hatte ihr das bereits mitgeteilt und ihr geraten, sich schon am kommenden Morgen dort hinaus zu begeben. Er würde sie dann nachmittags besuchen.

Durch Peter Lindner erfuhr Richard wiederum, wohin Gloria gehen würde. Diese hatte ihren Eltern mitgeteilt, daß eine Bekannte ihr dieses kleine Sommerhaus empfohlen habe.

Als Richard zur verabredeten Stunde den Chemiker aufsuchte, teilte dieser ihm mit, der Portwein enthalte eine Beimischung eines ihm leider unbekannten, seiner Ansicht nach indischen Giftes. Die in dem Wein enthaltene Dosis reiche, Ratten und Mäuse zu töten, einen Menschen aber höchstens zu schwächen oder lähmen. Näheres könne er erst mitteilen, wenn ihm größere Mengen zur Verfügung stünden. Für ausgeschlossen halte er allerdings nicht, daß ein Mensch bei wiederholten Gaben von diesem Gift schließlich unter Lähmungserscheinungen in den Tod hinüberschlummern könne.

Das war für Richard Anlaß genug, seine Sorge um Mona erheblich zu vergrößern. Er telefonierte mit Frau Richter und bat sie nochmals um strenge Bewachung ihrer Herrin. Im übrigen teilte er ihr nur noch mit:

»Unser Verdacht hat schon eine erste Bestätigung gefunden – bitte senden Sie mir so schnell wie möglich den Diener Karl, damit ich ihm weitere Weisungen erteilen kann.«

Eine Stunde später war Karl Müller zur Stelle und berichtete Richard, was er bisher beobachtet hatte. Das Belastendste war die Beobachtung mit dem Pillenpäckchen.

Richard übergab das Gutachten des Chemikers dem Detektiv, der, als er es gelesen, leise durch die Zähne pfiff.

Die Sache sah sehr ernst aus. Gleichwohl meinte der Detektiv, trotz aller Gerissenheit sei Meining ziemlich leicht zu durchschauen.

Bei Tisch sagte Meining, daß er auch heute das Auto für eine Überlandfahrt brauche. Karl Müller hatte diesen Befehl kaum entgegengenommen und weitergegeben, da begab er sich in das Musikzimmer, von wo er durch das Schlüsselloch alles genau beobachten konnte, was in dem nebenangelegenen Gemach geschah. Alsbald öffnete sich die gegenüberliegende Tür, und Meining betrat, einen größeren Koffer in der Hand haltend, leise und vorsichtig Monas Arbeitszimmer. Nachdem er den Koffer abgesetzt hatte, entnahm er dem Schreibtischfach den darin liegenden Schlüsselbund, öffnete das Geheimfach, holte die Schmuckkassette heraus, brachte sie in seinem Koffer unter und verschloß diesen schleunigst. Dann suchte er, nachdem er die Tür des Geheimfachs zugeschlagen und das Bild wieder aufgehängt hatte, an dem Schlüsselbund herum, wahrscheinlich, um den Schlüssel der Schmuckkassette abzunehmen. Er fand ihn natürlich nicht. Jetzt hielt Karl Müller es für angebracht, schnell zur nächsten Tür zu laufen und diese nicht gerade leise zu öffnen und zu schließen. Er vermutete, Meining würde erschrecken, Schlüssel Schlüssel sein lassen, um erst einmal seinen Raub in Sicherheit zu bringen.

Der Detektiv hatte sich auch nicht getäuscht. Meining warf den Schlüsselbund hastig in die Schublade zurück, schob diese zu und eilte mit der vermeintlich kostbaren Beute in sein Zimmer.

Nachdem er Hut und Mantel genommen hatte, ließ er den Koffer von dem »Diener Karl« zum Auto bringen. Dieser hörte nur, wie Meining dem Chauffeur zurief:

»So wie gestern.«

Frau Richter hatte er gesagt, daß er wahrscheinlich zum Abendessen nicht zurück sein würde. Man solle nicht auf ihn warten. Das ließ darauf schließen, daß er sehr spät heimkehren würde.

Karl Müller hatte bereits vom Chauffeur erfahren, wohin er Meining gestern gefahren hatte. So kam es, daß er als harmloser Waldspaziergänger bald darauf das kleine Haus umstrich, in dem am Vormittag eine schöne junge Dame aus der Stadt für einige Wochen als Logiergast eingezogen war. »Ihr Mann« hatte sie gestern hier eingemietet und gleich für eine Woche vorausbezahlt.

Sonst konnte Karl Müller allerdings nichts weiter herausfinden, als daß der bewußte Koffer so, wie er war, von Meining in einem Kleiderschrank verstaut wurde. Das hatte Karl Müller von einem Baum aus am Abend beobachtet, als er in das Zimmer der schönen Dame blickte. Meining hatte es anscheinend nicht eilig, den Schmuck anzusehen, und Karl Müller schloß daraus, daß die schöne Dame nichts davon wissen sollte, welch kostbare Beute Meining in dem Koffer an sich gebracht zu haben glaubte. Daß er jetzt nichts Wichtiges mehr hier draußen herausbekommen würde, war Karl Müller klar. Er kehrte daher zu dem von ihm benutzten Auto zurück, das, ein wenig abseits im Wald, auf ihn gewartet hatte.

Unverzüglich fuhr er dann zur Villa Falkner zurück. Am Mittag dieses Tages hatte Meining erneut darauf gedrungen, daß Frau Richter ein Glas von dem alten Portwein zu Mona hinauftrage. Während er Frau Richter den Rücken zuwandte und das Glas füllte, hatte Karl Müller im Spiegel beobachten können, daß Meining seiner Westentasche etwas entnahm und in den Wein fallen ließ.

Als Frau Richter wieder von oben herunterkam, berichtete sie wie immer, daß Mona das Glas sofort geleert habe, und fügte – vom Detektiv dazu angeleitet – hinzu, daß die Kranke überaus schwach sei und sich kaum noch bewegen könne.

Daß Meining Monas Schmuck in das Waldhaus gebracht hatte oder wenigstens glaubte, es getan zu haben, war aus folgendem Grund geschehen:

Er hatte sich möglichst vor einem Fehlschlag schützen und sich unter allen Umständen des Schmuckes versichern wollen.

Er war vorsichtig genug gewesen, seiner Geliebten nichts davon zu sagen, was der Koffer enthielt, damit sie ihn nicht verraten konnte. Schlug sein Unternehmen fehl und mußte er vielleicht fliehen, wollte er Gloria aus dem Waldhaus abholen und mit ihr über die Grenze verschwinden.

Das von Monas Privatkonto stammende Geld, das der Direktor ihm durch einen Kassenboten geschickt hatte, hielt er zusammen, da er jetzt wenig brauchte.

Gloria wie auch er hatten sich Auslandspässe besorgt; sie würden also ungehindert über die Grenze kommen. Aber wahrscheinlich, so meinte Meining, würde das gar nicht nötig sein. Klappte alles, wie er es geplant hatte, dann wurde er Monas Erbe – und dann war sein Triumph vollkommen.

Sein Gewissen war in keiner Weise beschwert; die junge Frau tat ihm auch nicht leid. Er hatte nur eine

Sorge: daß sie die Giftpillen nicht alle zu sich nehmen und nur schwer erkranken würde, ohne ihn zu ihrem Erben zu machen. Daß sie keinerlei Verwandte mehr hatte, die irgendwie erbberechtigt waren, wußte er von ihr selbst. Also – ging alles glatt, dann war er in einer Woche Herr der Falkner-Werke, und dann sollte der Herr Direktor sich vor ihm in acht nehmen. Konnte er auch nicht gekündigt werden, so konnte man ihm doch allerlei Steine in den Weg werfen. Und das wollte er auf alle Fälle tun. Rachsüchtig genug war er, diesen Vorsatz auszuführen.

20

Einige Tage waren vergangen.
Der Chemiker hatte bei seinen Untersuchungen in dem ihm überbrachten Wein das doppelte Quantum Gift festgestellt, ohne jedoch herauszufinden, welcher Art dies sein könnte. Er machte weitere Experimente an Ratten und Mäusen. Es wurde auch eine Katze geopfert; diese war am doppelten Quantum verendet. Bei der Sektion der Tierleichen stellte man jedoch fest, daß kaum eine Giftspur nachzuweisen war. Obendrein verminderte sich die allenfalls vorhandene von Tag zu Tag.

Man hatte bei den Tieren seltsame Lähmungserscheinungen beobachten können; schließlich waren sie anscheinend völlig schmerzlos verschieden.

Eines Abends bemerkte Müller, daß Meining drei

Giftpillen zu sich steckte. Drei – das würde wahrscheinlich ausreichen, selbst einen Menschen umzubringen.

Nun, sagte der Detektiv sich, wäre jegliches Säumen sträflich und traf deshalb seine Vorbereitungen.

Als Meining am nächsten Tage die drei tödlichen Kügelchen verstohlen in das Weinglas gleiten ließ, wurde seine Hand plötzlich mit eisernem Griff gepackt. Müller hatte sich katzengleich hinter ihn geschlichen und zugepackt, während er ihm gleichzeitig einen Revolver vorhielt.

Im selben Augenblick traten auf seinen Ruf der Direktor, Richard und zwei weitere Detektive in das Zimmer. Alle richteten ihre Waffen auf Meining, der mit fahlem Gesicht um sich starrte und erkennen mußte, daß er verloren war.

Mit einem Ruck befreite er sich plötzlich, eilte zu dem Fenster, riß es auf und sprang hinaus. Dabei stürzte er so unglücklich, daß er mit dem Kopf auf einen Rabattenstein aufschlug und sofort tot war.

Auf Richards Bitte wurde seine Leiche unverzüglich weggeschafft. Frau Richter war inzwischen zu ihrer jungen Herrin hinaufgeeilt, die seit einigen Tagen das Bett verlassen hatte und sich wieder auf dem Weg der Besserung befand.

Frau Richter hatte es fertiggebracht, Mona von allem abzulenken, was inzwischen im Hause vorgegangen war.

Als die alte Getreue ihr sagte, Richard bitte sie, ihm eine Unterredung zu gewähren, und anschließend die Frage stellte, ob sie sich kräftig genug fühle, den Jugendfreund zu empfangen, stieg dunkle Röte in Monas Gesicht. Aber sie sagte sich, einmal müsse eine Begegnung mit ihm ja doch stattfinden und es habe keinen Zweck, sie hinauszuschieben.

»Führen Sie ihn in mein kleines Wohnzimmer, Frau Richter – ich fühle mich kräftig genug, ihn zu empfangen. Aber bitte, sorgen Sie möglichst dafür, daß er nicht mit – meinem Mann zusammentrifft. Und lassen Sie uns allein – ich habe mancherlei mit Herrn Römer zu besprechen.«

Frau Richter tat, wie ihr befohlen.

Als wenige Minuten später Mona ein wenig zaghaft das Zimmer betrat, ging Richard ihr rasch entgegen und nahm ihre beiden Hände.

Sie sah ihn mit einem schmerzlichen und doch klaren Blick an.

»Du hast morgen Hochzeit, Richard nicht wahr?«

Er führte sie zu einem Sessel, ließ sie darin Platz nehmen und legte ihr ein Kissen in den Rücken. Dann zog er einen Stuhl herbei und ließ sich auf diesem nieder.

»Nein, Mona – ich feiere morgen nicht Hochzeit – und werde nie mit Gloria Lindner Hochzeit feiern. Ich habe meine Verlobung aufgelöst.«

Sie zuckte zusammen, sah ihn mit großen, angstvollen Augen an und fragte mit verhaltener Stimme:

»Richard – tatest du das meinetwegen?«

Er küßte ihr die Hände, langsam und andächtig.

»Nein, Mona – nicht deinetwegen. Ich hätte mein Kreuz auf mich genommen. Gloria selbst löste unsere Verbindung – sie liebte einen anderen und brach mir mit ihm die Treue.«

Ihre Hände zitterten in den seinen.

»Es – nein – es hat dir nicht weh getan?«

»Nein!«

Ihre Augen wurden feucht.

»Ach Richard – hätte ich doch meinen Stolz bezwungen und geduldig gewartet. Es sollte aber wohl nicht sein! Und nun bist du frei – und ich liege in Ketten, die ich mir in törichtem Stolz selbst geschmiedet habe.«

Wieder zog er ihre Hände an die Lippen.

»Fühlst du dich stark genug, Mona, einige etwas aufregende Dinge zu hören?«

»Ich kann jetzt alles hören, Richard.«

»Dann will ich dir sagen, daß der Mann, mit dem Gloria die Treue brach – Hubert Meining war.«

Betroffen, aber durchaus nicht entsetzt, sah sie ihn an.

»Er? Mein – mein Mann?«

»Ja, Mona – ich überraschte Gloria und ihn am Abend eures Hochzeitstages in einer sehr eigenartigen Situation. Darauf schlug ich Meining mit der Hundepeitsche ins Gesicht und streckte ihn mit einem Boxhieb zu Boden. Meine Verlobung mit Gloria habe ich daraufhin gelöst. – Glaube mir, daß das für mich eine Erlösung war.«

»Ach Richard – warum haben die beiden sich nicht angehört?«

»Weil sie beide arm waren.«

»Und – was wird nun aus Gloria?«

»Denkst du zuerst an sie? Was wird aus dir, Mona?«

Sie zuckte mutlos die Achseln.

»Ich muß mein Kreuz weiter tragen.«

»Nein, du mußt nicht! Das hat Gott nicht gewollt – du bist frei, Mona! – Niemand mehr kann uns hindern, uns anzugehören.«

Sie wollte aufspringen, doch er hielt sie fest.

»Bleibe ruhig, Mona – meine Mona – erschrick vor nichts! Gott selbst hat dein Opfer nicht gewollt, er selbst hat dich befreit – Hubert Meining ist nicht mehr am Leben.«

Mit großen, entsetzten Augen starrte sie ihn an.

»Richard! Wie ist das geschehen?«

Er atmete tief.

»Das ist eine lange Geschichte von Schuld und Verfehlung, Mona, und ich weiß nicht, ob du schon stark genug bist, sie anzuhören.«

Sie kämpfte ihre Unruhe nieder und sagte leise:

»Sag mir alles! Was ist geschehen – wie kam er ums Leben? – Mein Gott, so jung – hätte er nicht mit Gloria glücklich sein können?«

»Nein, Mona – es konnte nicht sein, weil – nun ja – weil Meining zum Verbrecher herabgesunken war.«

Sie zitterte am ganzen Körper und sagte, ihn durchdringend anblickend:

»Sag mir alles, jetzt will und muß ich alles hören. Du brauchst mich nicht zu schonen, ich bin längst wieder gesund, ich war überhaupt nicht krank – ich fürchtete mich nur, mit – ihm zusammenzusein.«

»Mit Recht hast du dich davor gefürchtet, Mona. Gottlob, daß du es getan hast, – sonst, mein geliebtes Herz – sonst wäre vielleicht Schlimmeres geschehen. Du schwebtest in einer entsetzlichen Gefahr – Meining trachtete dir nach dem Leben – er wollte dein Erbe werden.«

Und nun, als Mona tief erschüttert in den Sessel zurücksank, berichtete er ihr alles, was sich in den letzten

Tagen in ihrem Haus zugetragen hatte, während man sie krank auf ihrem Zimmer glaubte und sie darin bestärkte, es nicht zu verlassen.

Daß Mona ein Schauer nach dem anderen über den Rücken lief, läßt sich denken. Aber Richard sagte sich, sie würde am besten über alles hinwegkommen, wenn er sie vor unangebrachtem Mitleid bewahrte. Alles erfuhr sie, und sie ertrug es stark und gefaßt, denn sie wußte nun, daß sie frei war und Richard ohne Vorwurf und Schuld angehören durfte.

Richard teilte ihr auch mit, wie man Meining gefaßt und wie dieser sich zu Tode gestürzt hatte.

Sie faltete, bleich bis in die Lippen, die Hände und sagte leise: »Gott sei seiner Seele gnädig!«

Als Richard sie dann liebevoll besorgt in seine Arme nahm, sagte sie mit zitternder Stimme, indem sie ihren Kopf an seine Schulter legte:

»Ich kann jetzt nicht an unser Glück denken, Richard, alles in mir muß erst ruhig werden – aber Gott hat es gut gemeint mit mir. Und dir und all den anderen muß ich dankbar sein – und will es nie vergessen, daß ihr wie treue Wächter um mich gestanden habt.«

Er küßte sie zart und leise, nur um sie zu beruhigen.

»Wir warten in Geduld, meine Mona, bis wir ohne Unruhe glücklich sein können. Wir wissen, was das Beste und Schönste ist – daß wir uns lieben.«

Eine Weile standen sie Auge in Auge, und dann sagte Richard:

»Verzeih mir, wenn ich jetzt noch an etwas anderes denke als an dich – ich möchte Gloria über das, was hier geschehen ist, benachrichtigen. Und ich weiß auch einen

Boten, den ich damit betrauen kann – Peter soll seiner Schwester die Nachricht bringen. Der Prachtjunge kann, wenn es sein muß, sehr mitfühlend sein. Und das sage ich dir gleich, Mona – ihm mußt du eines Tages in deinen Werken eine gute Anstellung geben, er hat es verdient, ohne ihn wäre alles anders gekommen.«

Sie nickte ihm mit feuchten Augen zu.

»In welch guter Hut war ich all die Zeit und wußte es nicht!«

Richard rief Peter an und ließ ihn dann in seinem Wagen holen.

Peter ertrug die Nachricht – wie ein Mann. Er löste seine Aufgabe zur größten Zufriedenheit seines Auftraggebers. Gloria wurde vorsichtig von ihm in alles eingeweiht. Leidenschaftlich, wie sie war, gebärdete sie sich zunächst, als sei sie von Sinnen. Aber Peter machte ihr klar, welch schrecklichem Schicksal sie entgangen war – als Gattin eines Giftmischers hätte sie ein unglückliches Dasein führen müssen.

Die Geschwister fanden sich in dieser furchtbaren Stunde, und Peter wachte in Zukunft über seine Schwester.

Meinings Tod wirbelte begreiflicherweise viel Staub auf; aber die ganze Furchtbarkeit drang dennoch nicht in die Öffentlichkeit. Man hatte Mona geschont, soweit es ging, und so legte sich auch darüber die Aufregung.

Ein Jahr später wurde Mona Richard Römers Frau – und ihr gemeinsames Glück ist nie wieder getrübt worden. Alle Kämpfe lagen hinter ihnen, und es gab keine schwierigen Probleme mehr zu lösen.

Peter Lindner war jeden Sonntag Monas Tischgast. Er

verehrte Mona und Richard, was er aber hinter einer rauhen Art verbarg.

Mona strich ihm zuweilen, wie Richard es auch tat, über den blonden Schopf, und dann war ihm jedesmal, als sei er zum Ritter geschlagen worden.

Peter dachte dabei immer: So wie Richard will auch ich werden, und wenn ich einmal heirate, muß es eine Frau sein wie Mona Römer.

Das war für ihn eine abgemachte Sache.

Hedwig Courths-Mahler

Liebhaber~Kollektion

12 Doppelbände in Neugestaltung zum Preis von je DM 12,-

Das verschwundene Dokument
Das Findelkind von Paradiso

Du darfst nicht von mir gehen
Die verstoßene Tochter

Das Drama von Glossow
Unschuldig - schuldig

Die Tochter der zweiten Frau
Sag, wo weiltest du so lange

Ihr Reisemarschall
Deines Bruders Weib

Die entflohene Braut
Heidelerche

Aus erster Ehe
Ich weiß, was du mir bist

Dorrit und ihre Schwester
Ihr Geheimnis

Lissa geht ins Glück
Nur wer die Sehnsucht kennt

Du bist meine Heimat
Jolandes Heirat

Das Erbe der Rodenberg
Die Pelzkönigin

Des Schicksals Wellen
Hilfe für Mona

BASTEI LÜBBE